貫井徳郎
Tokuro Nukui

邯鄲の島遥かなり

下

新潮社

目次

第十四部　明日への航路　7
第十五部　野球小僧の詩《うた》　143
第十六部　一ノ屋の終わり　325
第十七部　邯鄲の島遥かなり　431

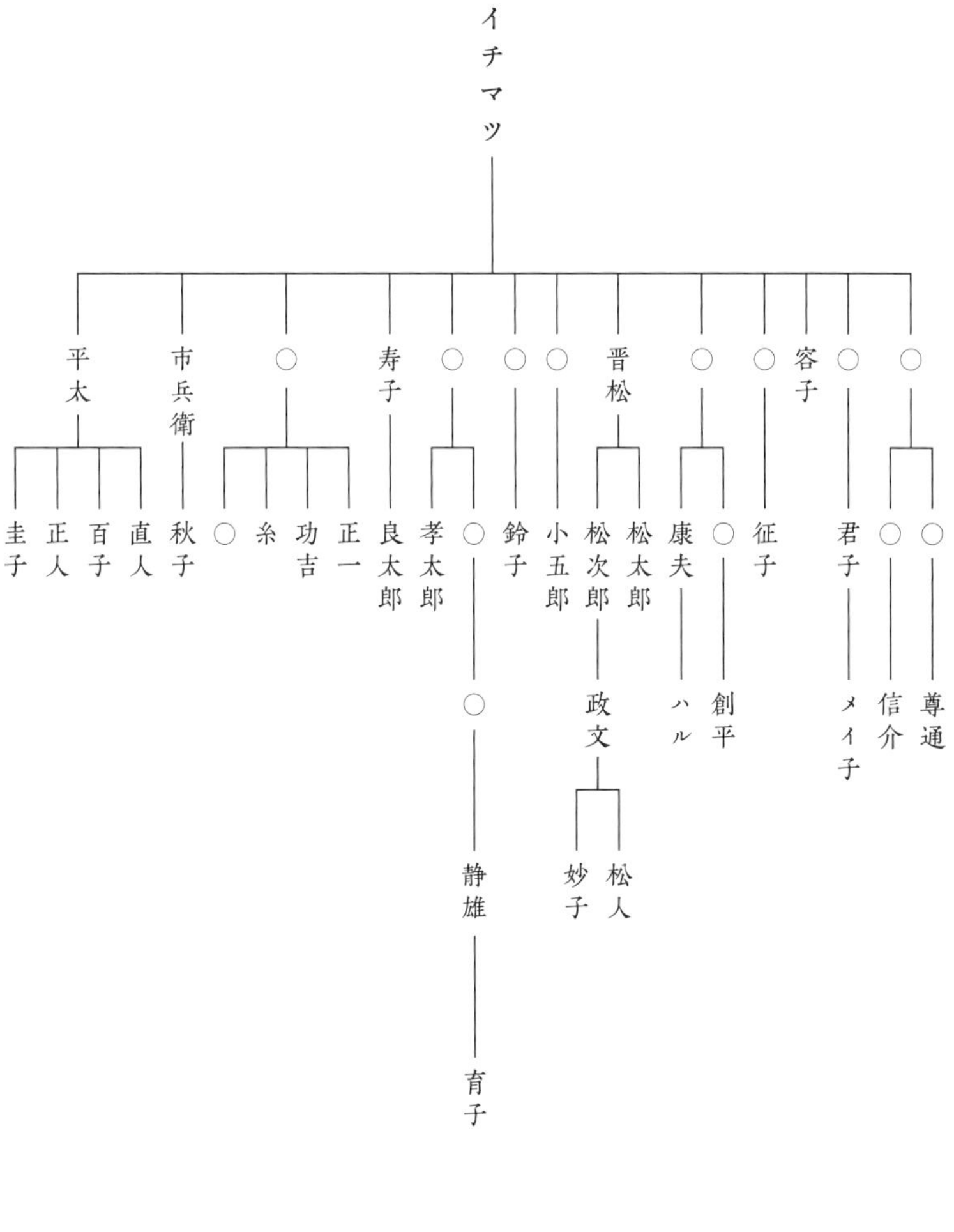
イチマツ
平太
市兵衛
○
寿子
○
○
○
晋松
○
○
容子
○
○
圭子
正人
百子
直人
秋子
○
糸
功吉
正一
良太郎
孝太郎
○
鈴子
小五郎
松次郎
松太郎
康夫
○
征子
君子
○
○
○
政文
ハル
創平
メイ子
信介
尊通
静雄
妙子
松人
育子

邯鄲の島遥かなり　下

第十四部　明日への航路

1

金槌で釘を叩く音が、そこかしこで聞こえる。

釘を叩いているのは素人ばかりだから、決して心地よいリズムというわけではないが、それでも気持ちが浮き立つ響きだ。壊す音と作る音なら、作る音の方が断然いいと、勝利《かつとし》は思う。破壊の音は、もう充分すぎるほど聞いた。これからは、何かを生み出す音だけ聞いていたい。

「そこの板きれ、くれ。それだ」

声をかけられ、勝利は「あいよ」と応える。まだ八歳でしかない勝利は、大人の手伝いができるのが嬉しい。指示された板きれは大きく、子供にはいささか重かったが、渾身の力を込めて持ち上げて渡した。特に礼は言われなかったが、満足感があった。

この辺り一帯は、勝利も住んでいた場所だった。だが、以前の面影はまるでない。町が完全に焼け、残っている建物はひとつもない状態になったからだ。見渡す限り、真っ黒になった炭と、わずかに焼け残った木材の山である。少しでも往時を偲ばせる物があれば悲しい気持ちになったのかもしれないが、まるで様変わりしたので、もはや別の場所としか思えない。見ていて辛いとも感じないのは、幸いなことなのかもしれなかった。

天皇陛下がラジオで戦争が負けたことを告げてから、戦場に行っていた大人たちが続々と帰ってきた。驚いたのは、五体満足で戻ってきた人がほとんどいなかったことだ。皆、腕や脚を失っている。戦争は怖いことなのだと、空襲から死に物狂いで逃げた記憶も新しいのに、改めて勝利は思った。

空襲を生き延びた人たちは、帰ってきた家族と抱き合って泣いていた。家族が戻ってきたのが嬉しいのか、それとも腕や脚を失ったのがかわいそうなのか、勝利にはわからなかった。たぶん、両方なのだろう。嬉しいも悲しいも気持ちが大きすぎて、泣くしかないのだ。港でたくさん繰り広げられたそんな光景を眺めながら、勝利はぼんやり考えた。勝利の身内は、誰も帰ってこなかった。

父も叔父たちも、帰還兵たちの中にはいなかった。母は、空襲の際に勝利を庇《かば》って死んだ。燃えた梁が倒れてきたとき、下敷きになりそうだった勝利を突き飛ばして、自分が押し潰されたのだ。人が死ぬという現象を勝利は知識として知っていたが、母が虚《うつ》ろな目で動かなくなってもそれが死とは認識できなかった。呆然と坐り込む勝利を、近所の人が強引に引っ張ってくれなければ、そのまま焼け死んでいただろう。母は死んだのだと理解はしていても、未だにいずれ自分を迎えに来てくれる気がしてしまう。死を目の当たりにした母についてさえそう感じられるのだから、ただ帰ってこないだけの父や親戚たちの不在を死として受け止められるわけがなかった。胸には切なさと悲しみと、そして寂しさがあった。

船から帰還兵がすべて吐き出された後も、勝利は立ち上がる気になれず、膝を抱えて坐っていた。気分が落ち込み、額を膝小僧につけていた。すると突然、肩をぽんと叩かれた。顔を上げたら、そこには恐ろしげな人が立っていた。驚いて、ひっと叫んで尻で後ずさった。恐ろしげな人は、困ったように口をへの字にした。

『ごめんごめん、脅すつもりはなかったんだ』

恐ろしげな人は、左手で顔の左半分を隠した。そうしたら、恐ろしげな印象は霧散した。声をかけてきた人は、顔の左半分に大火傷《やけど》を負っていただけだったのだ。火傷のせいで左目は白濁し、皮膚は引《ひ》き攣《つ》れて紫色になっていた。真正面から見たら、子供にとってはかなり怖い顔である。しかし傷を隠せば、残っている顔はむしろ優しげだった。驚いて悪かったと、子供心に思った。

『どうした。家族が帰ってこないのか』

　尋ねられ、勝利は『うん』と応えた。帰ってこないのは父ちゃんか、母ちゃんはどうした、他に身内はいないのか、と立て続けに訊かれる。勝利が天涯孤独になったことを知ると、火傷した人は『そうか』と頷いた。

『じゃあ、ついてくるか。迎えがいないってことは、おれの家族も空襲でやられちまったんだろう。まだわからないけどな。きっと家もないとは思うけど、お前ひとり分の食い物くらいはなんとかしてやるよ。どうする』

　どうする、と問われても、選択の余地などなかった。食べ物は他人に恵んでもらっているが、余裕のある人なんていない。ほんのわずかしかもらえず、毎日ひもじい思いをしていた。食い物をなんとかしてやる、と言われたら、ついていくに決まっていた。『うん』と弾むように応えると、火傷した人はニカッと笑った。今度は火傷を隠していなかったのに、怖くなかった。

　それが、信介《しんすけ》との出会いだった。

　信介は上背はないものの、がっちりした体軀の持ち主だった。肩幅があり、上腕が太く、頰は瘦《こ》けていたが窶《やつ》れた印象はなかった。大怪我をして入院し、おそらくこれでも瘦せたのだろうが、そんなことはまるで感じさせない。火傷の痕を包帯で隠そうともせず、堂々としていた。

　町があった場所に行ってみて、信介は立ち止まった。そこには掘っ立て小屋が建ち並んでいる。だから人の姿があって町ではあるものの、かつての様子からは一変していた。冬の寒さを凌ぐため、ともかく使える木材で急いで小屋を建てたのだ。隙間風が入ってきて、とうてい快適とは言いかねたが、野宿するよりはましだった。

『こりゃあ、まったく別の町だな』

　信介は淡々と言った。淡々としているから、感心しているのか呆れているのかわからなかった。

もしかしたら悲しんでいたのかもしれないと気づいたのは、後のことだ。大人は本心を隠すと口調が平板になると、しばらくしてから知った。

『この小屋は全部、元の家があった場所に建ってるのか』

問われて、勝利は首を傾げた。

『うーん、そうでもない』

一家全滅してしまった家族も多いので、敷地は余り気味だった。それをいいことに、前よりもいい場所に小屋を建てた者も少なくない。そのことに文句を言うような人は、ひとりもいなかった。

『ともかく、おれの家があった場所に行ってみるか』

独り言ともつかぬ口調で信介は言い、また歩き出した。そして家があった場所が空き地のまま放置されているのを見て、『ふう』と息をついた。港で言っていたように、覚悟はできていたのだろう。泣かないのかな、と思って見ていたが、信介は涙を流さなかった。その代わり、何もない土地をしばらくじっと見つめていた。

『信ちゃん、信ちゃんじゃないの』

不意に、横手から声が聞こえた。そちらに目を向けると、若い女の人が立っていた。よほど驚いたのか、両手で口許を覆っている。だから顔立ちはわからなかった。

『あ』

信介は声を発した。そしてすぐに、顔の左半分を手で隠した。出会ったときからずっと火傷の痕を堂々と曝《さら》していたのに、どうしたことだろう。手で隠しただけでなく、俯《うつむ》いて火傷の痕を女の人から見られないようにした。

『信ちゃん、生きてたのね。よかった。今日帰ってくるなんて、ぜんぜん知らなかった』

女の人は駆け寄ってきて、信介の腕を掴んだ。信介は俯いたまま、答える。

『良《りょう》ちゃん、生きてたんだな。よかったよ』

『信ちゃん、顔に大怪我したのね。かわいそうに。でも、生きててよかった。よく生きて帰ってきてくれたね』

女の人は涙ぐんでいた。ふたりの様子を見上げている勝利は、信介を迎えてくれる人がいてよかったと安堵していた。誰も出迎えてくれないのでは、寂しすぎる。信介の態度が急に変わったのは気になるものの、生還を喜んでくれる人がいるのは絶対に嬉しいはずだと思った。

『恥ずかしがらなくてもいいわよ。名誉の負傷でしょ。ねえ、顔を見せて』

目を合わせない信介に焦れたように、女の人は信介の手を掴み、顔を隠すのをやめさせようとした。信介は少し抵抗したみたいだが、結局諦めてゆっくりと手をどかせた。紫色の肌が見えてくる。白く濁った左目が露わになると、女の人はひゅっと息を呑み、そのまま号泣し始めた。

信介はそんな女の人を持て余したかのように、肩を抱こうかどうしようかと両手を宙に浮かせている。意外と純情なんだなこの人は、と勝利はませたことを考えた。

2

どんなに悲しいことがあっても、いつまでも悲嘆に暮れているのは難しい。長く辛かった戦争が終わると、自分の命以外の物すべてを失った人にすら、笑顔が見られるようになった。人間の心は案外頑丈にできているのかもしれない、と勝利は思う。この先には希望が満ちていると知れば、人は元気になれるのだった。

戦争中は家を建て直す気になれなかった人々も、今はようやく掘っ立て小屋から脱しようとし始めている。だからそこかしこで聞こえるのは、金槌で釘を打つ音だ。金槌を振るう音がこんなに心地いいものとは、勝利は知らなかった。聞いているだけで、気分が浮き立ってくる。

結局信介の家族は見つからず、互いにひとりぼっちになったこともあって、ごく自然に勝利と一緒に暮らすようになった。それまで勝利は、顔見知りの近所の人たちの家を転々としていた。かわいそうだからと数日は引き受けてもらえるのだが、その日に食べるものにも困る生活を誰が送っているときである。勝利の存在は負担になるらしく、大人同士で相談して数日ごとに引き取りを分担することにしたようだった。自分が迷惑をかけていることは感じ取れるから気が引けたが、だからといってひとりで生きていくこともできない。ずっと肩身の狭い思いをしていたので、信介と暮らせるようになって勝利は本当に嬉しかった。

そして今、信介は自分の家を建てようとしている。きちんとした材木があるわけではないから掘っ立て小屋と大差ないが、それでも隙間風が入らないよう、丁寧に仕上げることはできる。同じように考えた人たちが大勢いるので、町じゅうで金槌の音が響いているのだった。

勝利は主に信介の手伝いをしているが、呼ばれれば他の人にも手を貸す。人々の間をうろちょろしているだけかもしれないけれど、本人としては働いている充実感があった。母が目の前で死に、父や叔父たちが帰ってこなくても、勝利は笑顔でいられるようになった。

「お疲れ様。そろそろお腹空いてない？」

女性の声がそう問いかけてきた。良子《りょうこ》だ。信介が島に帰ってきたとき、顔の火傷を見て泣いた女性である。信介のひとつ年下の幼馴染みだそうだ。

「空いた。何かあるの？」

勝利は目を輝かせた。戦争が終わったからといって、食糧事情がよくなったわけではない。むしろ、戦争中よりも悪くなったかもしれない。だから勝利は、常に腹を減らしていた。良子はいつも食べ物を運んできてくれるから、顔を見ただけで腹が鳴る。

「お芋を蒸《ふ》かして持ってきたわよ」

「やった」

薩摩芋は島でも比較的手に入りやすい食べ物だった。もちろん、一番簡単に手に入るのは魚だ。その点、島はくがよりよほど恵まれているのだろう。くがでは食べるものがないと、噂で聞いた。島では魚が捕れるから、少なくとも飢えている人はいない。

とはいえ、来る日も来る日も魚ばかりでは、飽きが来る。米が食べたいし、甘いものも食べたい。米が無理な今、薩摩芋の甘みはありがたかった。昼飯が薩摩芋一本だけでも、文句を言う気はさらさらない。

「おっ、いつも悪いね」

信介が良子の来訪に気づき、手を休めた。再会したときは火傷の痕を恥じた信介だが、今はもう隠そうとしない。他の人に対してはあんな態度をとらない信介だから、なぜ良子にだけは火傷の痕を見せたがらなかったのか、勝利には不思議だった。

「何言ってるの。うちこそ助かってるんだから、お芋くらいで働かせて気が引けるわ」

心安い調子で、良子は答える。信介は良子の家の修繕もやっているのだ。良子の父親は健在だが、空襲の際に負った怪我で右肩が上がらなくなってしまった。金槌を振るうのは無理だそうだ。

「良ちゃんの家族も、ちゃんと食べてるんだろうな」

「もちろんよ。心配しないで」

はい、と言って竹籠の中に入っている芋を差し出す。勝利は言われるより先に籠に手を突っ込み、さっさと食べ始めていた。甘くて旨《うま》い。

「かっちゃんも坐って食べなさいよ。もう」

良子は半ば笑いながら眉を寄せ、自分は信介と並んで材木に腰を下ろした。籠には芋が三本入っていたから、一緒に食べるつもりだったようだ。

「けっこうできてきたね」

芋を皮ごとひと口食べてから、良子は斜め後方を見て言った。屋根と壁ができたから、家だとわかるようになっている。

「ああ、ただ材料が足りない。山の木を伐《き》ってくればいいってもんじゃないからな」

信介は口をもぐもぐさせながら、答えた。さりげなく良子の左隣に坐ったのは、やはり火傷痕を見られたくないからだろう。それくらいは、勝利も気づく。きっと良子も察しているだろうが、何も言おうとしなかった。

「物資不足よねぇ。飢えないだけ、ましなんだろうけど」

良子は憂わしげにこぼす。今はくがとの往来が途絶えているから、材木に限らず、すべてにおいて物が不足していた。一番困るのは、薬がないことだった。だから病気になっても怪我をしても、医者はろくな手当てができずにいる。

「やっぱり、くがに行かなきゃ駄目だよな」

芋を食べながらということもあり、信介の口調は軽かった。だが、良子は目を丸くする。

「くがに行くって、どうやって？　船はないのよ」

良子の言うとおり、現在この島にまともな船はないのだった。すべて、徴発という名目で軍に取られてしまった。鉄が絶望的に不足していたので、漁師から船を取り上げて軍艦を作ったのである。それらの軍艦は今、海の底に沈んでしまった。

「こっちからくがに行く手段はないんだから、向こうから来てくれるのを待つしかないじゃない。いずれきっと、来てくれるよ」

「そうかな。もう一橋産業《いちはし》は頼りにならないんだぜ」

信介は言い返す。一橋産業がかつて島を支えていたのは勝利も知っているが、アメリカの空襲を呼び込んだのもまた一橋産業だと、大人たちが言っているのを聞いた。一橋産業が軍艦の造船所などこの島に作らなければ、攻撃目標にはならなかったのだ。だから大勢の人が、一橋産業を恨んでいる。正確に言えば、先代は立派だったのに二代目が馬鹿だからこうなった、と皆が腐《くさ》していた。

「くがと行き来する定期便は一橋汽船が運航してたんだから、一橋産業が立ち直らない限り再開されないだろ。でも、一橋産業はもう駄目だとおれは思うぜ」

「うん、そうかもね」

信介があくまで軽い口振りなのに対し、良子の声は少し曇った。信介が容赦なく現実を突いているからだろう。先の望みを奪うような言い方をしなくたっていいだろうに、と勝利は思う。

「でもさ、船がないのにどうやってくがに行くのよ。まさか、櫓《ろ》を漕いでなんて言わないよね」

恐る恐るといった体《てい》で、良子は訊き返す。どうやら、最初からそうした返事を恐れていたようだ。勝利でさえそのことがわかるのに、信介は鈍感に答えた。

「そのまさかかな。エンジンがないなら、帆を張るか手で櫓を漕ぐしかないだろ」

「そんなの無理よ！　くがまでどれだけの距離があると思ってるの」

良子は声を大きくした。信介なら、そうした無茶をしかねないと考えているのだろう。

「エンジンがなかった昔は、そうやってくがに行ってたんだ。無理ってことはないだろうよ」

何をおかしなことを、と言いたげな信介の口調だった。信介があまりにこともなげに言うからか、良子は少し言葉に詰まった。

「む、昔はって、それはあくまで昔の話でしょ。帆と櫓でくがと行き来するなら、そのための知識と技量が必要なんじゃないの。信ちゃんには無理でしょ」

「おれだけならな」

「えっ、おれだけならって？」

信介の返答は思いがけないものだったようだ。きょとんとして、良子は尋ねる。信介は胸を張って言った。

「くがまで帆と櫓で行ける人を探す」

ふたりが言う昔が、どれくらい過去のことか勝利にはわからない。もしかしたら、ほんの十数年くらい前のことかもしれない。ならば、年寄りなら可能なのではないか。やり取りを聞いていて、そう考えた。

「エンジンのない船でくがまで行ってたなんて、いつの時代の話よ。そんな知識持ってる人、いるのかなぁ」

不審そうに、良子は口を尖らせる。対照的に、信介は楽観的だった。

「きっといるよ。探してみないとわからないじゃないか」

「まあ、そうだけど」

まだ短い付き合いながら、信介があまり悩まない性格だということを、勝利は把握していた。顔の半分が焼け爛《ただ》れ、片目が見えなくなってしまえば、普通の人なら相当悲しいのではないかと思う。だが信介は、良子に見られたがらなかったときを除いて、まるで気にしていない。結局はこういう性格の方が得だと、勝利も学習した。

「連絡船が来るのを待ってるだけじゃ、どうにもならないかもしれないだろ。何事も、まずはやってみないとな」

「でも、途中で転覆したりしたら……」

良子の心配ももっともなのに、信介はまるで気にかけなかった。楽天的というより鈍感なんだろうなと、勝利は密かに思った。

「大丈夫大丈夫」

3

動力を使わなくてもくがまで行ける、と豪語する漁師はいた。とはいえ、今の時代に動力なしでくがまで行ったことがあるわけもないから、おそらく自信ありげなのは本心ではないのだろう。島のために、くがに行かなければならないと考えたのではないか。いずれにせよ、信介をくがまで連れていってくれる人は見つかったのだった。

「じゃあ、行ってくるぜ」

悲壮感などまるでなく、ちょっとそこまでといった態度で信介は挨拶した。港まで見送りに来た勝利と良子に向けて、にやりと笑ってみせる。良子は両手を祈るように握り合わせた。

「絶対帰ってきてね。死んだら承知しないから」

「おいおい、縁起でもないことを言うな。おれは南方からも生きて帰ってきた男だぜ」

信介は胸を張る。それは確かにすごいことだ。戦場から帰ってきた男は皆、半死半生の状態だったのに、信介は生気に溢れている。失ったのが腕や脚ではなく目だったのは立ち直りに有利だったのだろうが、そもそも元気いっぱいの人なのだと勝利は理解していた。

「そうだね。ごめんね。信ちゃんなら必ず生きて帰ってくるって、信じてるよ」

良子は言い直した。信介はいかにも嬉しそうに破顔する。

「おお、そうだそうだ。そういう送り出し方をしてくれよ」

そんなふうに言って、軽く手を上げ船に乗り込む。鉄を供出してしまったため、船は木製である。大人が何人も乗れる大きさではなく、四人がぎりぎりだろうか。ぎりぎりまで人を乗せては物資を積めないため、乗るのは三人だった。信介以外のふたりは中年の漁師で、それぞれ四十代と五十代である。顔は真っ黒に日焼けして皺が寄り、見るからに海の男といった風貌だった。このふたりが連れていってくれるなら、きっと大丈夫だろうと勝利は安心した。

船は古いものなのに、帆だけが真新しかった。もともと帆船ではなかった船に、急遽帆柱を立てたそうだ。この航海は、大袈裟に言えば島の命運がかかっているため、生き残っていた船大工が無償で帆柱を立ててくれたのである。布を継《つ》ぎ接《は》ぎで縫って帆に仕立てたのは、女たちだった。港には勝利たちの他にも、見送りの人が来ている。漁師の家族だけではなく、大勢の人が信介たちに望みを託すために港までやってきていた。「頼むぞ」「期待しているからな」と声がかかる。信介は鷹揚に「おう」と応え、漁師ふたりは無言で頷いた。

天候と風の具合を見て、今日を出発日と決めたそうだ。船は港を離れると、まるで水面を滑るようにするすると遠ざかっていった。帆は風を受け止め、大きく膨らんでいる。あの調子なら、あっという間にくがまで着くのではないかと思えた。

「行っちゃったね」

見る見る小さくなり、やがて船は見えなくなった。勝利が呟くと、良子は小さく「うん」と頷く。やはり心配なようだ。信介に対する信頼とは、別の問題なのだろう。勝利はすっかり信介の楽観的な態度に感化されたので、大丈夫だよと気楽に考えていた。

しかし、待てど暮らせど信介は帰ってこなかった。一日二日で戻ってくると思っていたわけではないが、二週間も経つとさすがに不安になってくる。信介が出発してから、一度も悪天候になってはいないが、海上では何があるかわからない。鯨にでもぶつかって転覆したのではないかと、いやな想像をしてしまった。

「ねえ、良子ちゃん。信介はなんで帰ってこないんだろう」

いても立ってもいられず、良子の家にまで行って不安を吐露した。良子もさぞやおろおろしているのだろうと予想していたが、案に相違して落ち着いたものだった。

「くがでいい女でも見つけたかしら」

まさか冗談を返してくるとは思わなかった。唖然として、思わず顔をまじまじと見てしまった。そんな表情が面白かったのか、良子はぷっと吹き出す。

「何よ、その顔。心配しないと駄目？　必ず帰ってくるから、心配するだけ無駄よ」

あっさりと言い切った。この変わり様はなんだろうか、と勝利は首を傾げる。腹を括《くく》ると女の方が強いのだ、そう学習した。

さらに一週間、また一週間と時間が過ぎていった。ひとりでは食べ物を調達できない勝利は、結局良子の世話になっていた。何度も「大丈夫かなぁ」と呟き、「かっちゃんは心配性ね」と返される。しかしそのうち、良子は単に強がっているだけだとわかってきた。良子がひとりでいるときに、不安をありありと浮かべた横顔を見てしまったのだ。おれの前だから強がっていたのか、と勝利は悟り、申し訳ないと思うと同時に、そんなに無理しなくてもいいのにとも考えた。信介が帰ってきたら、良子がすごく心配していたと言ってやろうと決めた。

果たして、信介は帰ってきた。実に一ヵ月以上も経った後である。勝利たちの心配をよそに、信介はまるで変わっていなかった。ある日いきなり良子の家にやってくると、背負っていた風呂敷包みをどっかと床に置き、「今帰ったぜ」と言った。

「いやいや、大変だった」

なんの前触れもなかったので、勝利は目の前にいる信介が本物かどうか疑いたくなった。幽霊ではないかと思ったのである。良子も驚いた点では同様らしく、口をぽかんと開けていた。

「おいおい、なんだなんだ、死んだとでも思ってたのか」

信介は楽しそうに図星を指す。どうやら、自分がどれだけ心配をかけていたのか、まるでわかっていないらしい。いつぞや良子が言ったとおり、確かに心配するだけ無駄だったようだ。

「思ってたよ！　どうしてこんなに時間がかかったんだよ」

勝利は軽く信介の肩を突いた。信介の能天気な態度に、少し腹立ちさえ覚えている。良子も小声で、「ホントよ」と同意した。

「なんだよ、責めるなよ。文なしで行ったんだから、まずは金を稼ぐところから始めなきゃいけなかったんだ。これでも早く戻ってこられたと思ってたんだぜ」

信介は心外そうに、口を尖らせた。なるほど、そんな問題もあったのかと、勝利は素直に納得する。それについては大人同士で事前に話し合い、魚の干物を大量に運んでいったのだが、単純に欲しい物と交換できたわけではなかったようだ。

「干物、売れなかったの？」

良子が遠慮がちに訊いた。責める口調にならないようにと、気をつけているのだろう。信介は「いいや」と首を振る。

「飛ぶように売れたよ。やっぱりくがは、食い物で困ってたからな。とはいえ、その売り方が問題だったんだ。くがでは目端の利く奴が闇市ってもんを始めてて、売り買いはそこですることになってたから、ちょっと面倒だったのさ」

「面倒って？」

「まあ、いろいろだよ。今はいいじゃねえか。戦利品を見てくれ」

説明が面倒だったのか、信介は背負ってきた風呂敷包みを解いた。中からは薬瓶や包帯、絆創膏といった医療品の他、鍋釜茶碗などの日用品、そして大小の麻袋があった。大きい方の袋に入っているのは米で、小さい方は種らしい。信介は嬉しそうに、口を開けて中身を見せてくれた。

「どうだ。これで島でもいろいろな野菜が作れるぞ。そうしょっちゅうくがにも行けないから、島で自給自足しないとな」

「じきゅうじそく、って？」

言葉の意味がわからず、勝利は問い返した。信介は苛立ちもせずに教えてくれる。

「自分たちで作って食うことだ。昔はそうしてたらしいぞ。なまじ、くがと簡単に行き来できるようになったから、こんなことになると困るんだよ」

「そうね。地道にお百姓仕事をして、魚を捕って、それだけで生きていければよかったのよね」

なにやら思うように、良子がしみじみと言う。そういう生活だけをしていれば、空襲に遭うこともなかったと考えているのだろう。同じように考えている人は、今の島には多いのではないかと勝利は思った。

「ともかく、いろいろ持って帰ってきたからな。困っていた人を助けてやれるぞ。戦争には負けたって、日々の生活には負けやしねえってところをアメリカの野郎どもに見せてやりてえからな」

信介は不敵に言った。身ひとつで焼け出され、鍋釜もなく毎日の暮らしに困っている人は大勢いる。島にはそうした物を作れる人がいなかったのだ。もちろん、野菜も米もなかった。島が一番必要としている物を、信介は持って帰ってきてくれたのだった。

「そうだね、信ちゃん。信ちゃんはすごい人だね」

良子は感動したかのように、目を輝かせて両掌を組み合わせた。すると信介は、顔を赤らめて俯いた。

「よせやい。お、おれはちょっとしょんべんしてくる」

そんなことを言って、そそくさと家を出ていってしまった。大人のくせにわかりやすい人だなぁ、と勝利は信介の後ろ姿を見送った。

4

信介は涼しい顔をしているが、やはりくがまでの航海は過酷だったらしい。何より日中は、日の光から逃げる場所がない。ずっと太陽に照らされ、暑くて死ぬかと思ったそうだ。あらかじめ船に積んであった水も、くがに着く直前に尽きてしまったという。

「次に行くなら、何より水を多めに持っていかないと駄目だと思ったよ」

良子の家で夕飯をご馳走になりながら、信介は反省の言葉を述べた。良子の両親は感心しきりで、ただ「はあ」とだけ相槌を打っている。良子はもう、表面上だけでも強がることをやめていた。眉根を寄せて、信介の顔を見ている。

「島のためにがんばってくれたのね」

「お、おう。まあな」

信介は応じて、丼飯を掻き込んだ。今日だけは、贅沢して米を食べているのだ。

「でも、次に行くならって、また行くつもりなの?」

もうやめて欲しい、という気持ちを言外に滲ませた良子の言葉だった。とはいえ、一往復で運べる物資の量はたかが知れている。今回の分だけで足りるわけはなく、また行ってもらわなければならないのは明らかだった。

「ああ、他の奴に任せるより、一度経験しているおれが行く方がいいだろ」

「それはそうだけど……」

　くがとの往復は、子供の勝利でもわかっていたが、命懸けのことなのだ。今回は運よく何事もなかったものの、また次も無事と保証されているわけではない。良子が気を揉むのは当然だった。

「早く連絡船が復活してくれたらいいのに」

　少し俯き気味に、良子は呟いた。それは島の皆が望んでいることだ。それでも船が動かないのは、そう簡単な話ではないからだろう。何より、島じゅうの尊敬を集めていた一橋家は、今や憎しみの対象になっていた。一橋産業には、誰も期待していないのだった。

「一橋汽船は、もう駄目だろ」

　信介ははっきりと言い切った。今後復活することはないと、見切ったようだ。何を根拠にそう考えるのかと、勝利は不思議に思う。一橋産業は大会社ではないか。そんなに簡単に潰れないだろうと、反論したくなった。

「くがに行ってわかったんだが、今の日本は完全にアメリカに占領されてるんだ。青い目をした兵隊たちが、我が物顔で車に乗って走ってたぜ。で、聞いたところによると、アメリカが目の敵《かたき》にしているものがいくつかあるらしい。大きい会社は、そのひとつだ」

　信介は声を低め、ここだけの話と言わんばかりに打ち明けた。くがと自由に往復もできない島にいると、日本がアメリカに占領されたという実感はまるでなかったので、心底仰天した。勝利だけでなく、良子の一家も口をぽかんと開けている。

「三井《みつい》とか三菱《みつびし》とか、大財閥の名前は聞いたことがあるだろう。そういうところは、全部目をつけられてる。それだけじゃなくて、一橋産業くらいの規模でも駄目だろうな。きっと解体させられるよ」

「解体……」

呆然と、良子が呟いた。まだ八歳の勝利でさえ、島は一橋産業に支えられていたと知っている。大人たちにしてみれば、朝になればお天道様が昇ってくるのと同じくらい、一橋産業が今後も続くことを当たり前と考えていたのではないか。

「そんなことになったら、島はどうなるの？」

良子は不安でいっぱいのようだった。気持ちはわかるが、一橋家は憎まれているのではなかったのかと勝利は思う。憎まれていても、やはり必要とされていたのか。なんだかんだ言っても、一橋産業がない島は想像できないに違いない。

「別にどうもなりゃしねえよ。なるようにしかならねえだろ」

信介は相変わらず楽観的だった。投げやりというわけではなく、本気でそう考えているのだろう。まあそうだな、と勝利も納得した。どうせ何もなくなってしまったのだから、なるようにしかならないのだ。

ただ、良子一家はそこまで簡単に割り切れなかったようだ。押し黙ってしまい、表情が暗くなった。信介は少し気まずそうな顔をして、勝利相手にくがの様子を語り始めた。目新しい話ばかりなので、勝利は箸を動かすのも忘れて聞き入る。信介が帰ってきてくれたことが、嬉しくてならなかった。

良子の家を辞去して帰る道すがら、信介は夜空を見上げながら言った。

「次にくがに行ったら、お前にみやげを買ってきてやるよ。今回はそんな余裕がなかったからなぁ」

「そんな気を使わなくていいよ」

信介の言葉はありがたかったが、無事に帰ってきてくれることが一番なのだ。それに、みやげと言ってもどんな物がもらえるのか想像もできないから、実感が湧かない。

「子供は遠慮するなって。ともかく、近いうちにまた行かないといけないからな」

「近いうち」

とうぶん行かないだろうと思っていたが、この口振りでは来週にも行きそうな気配だ。確かに、物資は多ければ多い方がいい。とはいえ、信介ひとりで背負い込むことはないと思うのだが。それこそ一橋家の人は何をしているのかと、少し腹が立ってきた。

「ああ。ちょっと用があるんでね。ただその前に、一橋産業の社長に会っておきてえけどな。一応、仁義を切った方がいいから」

勝利の考えを読んだかのようなことを、信介は言う。しかし一橋産業の社長といえば、雲の上の人だ。そんなに簡単に会えるわけがないと思った。

「椿油御殿に会いに行くの？」

人が住む場所とは思えないほど大きい屋敷を思い浮かべて、訊き返した。屋敷は空襲で焼けたが、半分は残っている。一橋家の人は、その焼け残った屋敷に籠っているらしいと聞いていた。

「そうだよ。島から出ていってはいないだろうからな」

何も難しいことはないと考えている、信介の口調だった。勝利の怪訝そうな顔を見たのか、すぐにつけ加える。

「なあに、同じ一《いち》ノ屋《や》の血を引く者同士だ。会いたいって言えば会ってくれるよ」

「いちのやって？」

聞き慣れない言葉が飛び出したので、首を傾げた。するとどうしたことか、信介は大笑した。

「なんだ、お前、一ノ屋を知らないのか。島で生まれたのに、一ノ屋を知らない子供がいるとはなぁ。これからはそういう時代になっていくんだな」

「だから、いちのやってなんだよ」

笑われたので、むかっ腹が立った。それなのに信介は答えてくれず、「まあ、いいわ」と言うだけだった。面白くなくて、勝利は道に落ちていた石ころを蹴り飛ばした。

5

翌日と翌々日は、持って帰った物資を必要とする人に配ることに追われた。実際のところ、物資を必要とする人は島に住む者全員である。しかし全員分などあるはずもないから、どうしても優先順位をつけざるを得ない。すると、物資を手にできなかった人に恨まれることになった。命を張ってくがまで往復したのに、悪態をつかれてしまう信介が気の毒だった。

手許の物資がすべて消えると、信介は「さて」と言った。

「じゃあ、明日は一橋家に乗り込んでみるか」

まるで友達に会いに行くかのような気楽さである。もっとも、くがにもこんな調子で向かったのだから、信介が緊張で身を固くすることなどないのだろう。

「なんの用だか知らないけど、がんばってね」

止めても無駄だとわかっているから、少し投げやりに勝利は激励した。だが信介は、思いもかけなかったことを言う。

「お前も来いよ。椿油御殿の中に入る機会なんて、そうそうないぞ」

「えっ、なんでおれが」

そう答えたものの、同行できるならついていきたかった。信介の言うとおり、めったにない機会なのだ。たとえ半分焼けていても、残っている部分だけでも相当豪華に違いない。好奇心がむくむくと頭をもたげた。

「行かないか」

「いや、行く」

慌てて返事をした。そうだろう、とばかりに信介はにやりと笑った。

次の日の午前中に、信介とともに椿油御殿に向かった。一橋家の人たちの姿は、空襲があってから一度も目撃されていない。しかし死んだわけではないのは、使用人が証言していた。使用人に払う金はまだあるらしく、食料調達を全面的に任せているのだ。屋敷に閉じ籠っていてもどうにもならないと思うのだが、外に出られないと考える気持ちは理解できた。島民にどんな恨みをぶつけられるかわからず、怖いのだろう。

椿油御殿は、町外れにある西洋風の屋敷だった。珍しい建物なので、何度もそばに行って眺めたことがある。かつては威容を誇っていたが、今は半壊状態で、かえって空襲の凄まじさを物語っていた。よくまあ、半分は残ったものだと感心する。

「ごめんください」

以前は門があったところで立ち止まり、大きい声で呼びかけた。玄関はなくなっていて、勝利の位置からは左手奥に続く廊下が見える。その廊下に、中年女性が現れた。廊下で靴を履き、こちらに近づいてきた。

「はい、なんでしょう」

割烹着《かっぽうぎ》を着ているところからすると、使用人なのだろう。特に警戒するふうもなく、不思議そうに勝利たちを見る。子連れの男がなんの用か、と訝《いぶか》っているのだろう。信介は堂々と申し出た。

「私は野津《のづ》信介といいます。ご当主にお目にかかりたい」

「野津様。どういったご用でしょうか」

「連絡船のことでお話がしたい、とお伝えください」

「連絡船のこと。はあ。少々お待ちください」

約束もなく乗り込んできた信介はかなり不躾《ぶしつけ》だが、使用人の女性は仕事上の話と受け取ったのかもしれない。門前払いをせず、屋敷へと戻っていった。信介は腕を組み、「さて」と言った。

「果たして会ってくれるかな」

「いちのやがどうのこうのって言ってなかったっけ」

その言葉の意味は、今に至るもわからない。まるで信介は一橋家の縁者であるかのような物言いだった。しかし、そんな話は聞いたことがなかった。

「ああ、それか。実はあんまり意味がない」

「えっ、そうなの」

いったいなんなのか。てっきり勝算があって乗り込んできたのだと思っていた。

「ないよりはまし、という程度の縁だよ。社長は出てきてくれるかなぁ。せめて、下のお嬢さんでも顔を出してくれるといいんだけど」

「社長じゃなくてもいいのか」

会社に関わっていないお嬢様相手に話をしても仕方ないのではと考え、訊き返した。信介は目を屋敷の方に向けたまま、答える。

「話が伝わればいいんだよ。でも、さっきのおばさんに伝言するわけにもいかないだろ。だからせめて、一橋家の人と話がしたいんだけどな。おっ、来た来た」

その言葉につられて振り返ると、使用人の女性が姿を見せていた。近くまで来て、「申し訳ありません」と頭を下げる。

「主人はどなたにもお会いにならないと申しております」

「そこをなんとか。大事な話なんですよ」

「主人は野津様という方は存じ上げないと申していますが」

「面識はないんでね。くがまで往復してきた男だ、と言えば噂は耳に入ってるかな」

話には聞いているだろう、と言わんばかりの自信満々の態度だった。だがその自信は、あっさりと打ち砕かれた。

「いいえ、ご存じでないと思います」

「あ、そう。そりゃまた。ええと、どうしようかな」

当てが外れて、信介は苦笑していた。そして次には、思い切った行動に出た。

「すみませーん。この島にとって大事な話なんですよー。聞いてもらえませんかー」

大声を張り上げて、屋敷に向けて話しかけたのだ。やっぱり無茶苦茶な人だな、と勝利はニヤニヤ笑った。

「おれは手漕ぎの船でくがまで行ってきたんですよー。くがとの行き来は大事でしょー」

「ちょ、ちょっと、藪から棒になんですか。うるさくするなら、帰ってもらえませんか」

使用人の女性は、信介を屋敷から遠ざけようとした。両手を突き出し、信介の胸を押したそうにする。だが、そんなことで口を噤《つぐ》む信介ではなかった。

「くがの噂は耳に入ってるんですかー。このままじゃまずいってこと、わかってますかー」

「何を大声で言うんですか。もう帰ってください」

女性は少し怒ったようだった。眉を寄せて、怖い顔をする。勝利は頭の後ろで手を組み、さてどうなるかと傍観した。

すると、屋敷の方で動きがあった。人が現れたのだ。あまり若くない女性が、靴を履いて外に出てくる。着ている服が明らかにいい物なので、これが一橋のお嬢様かと見当がついた。

「どうしました。お客様ではないんですか」

いい服を着ている人は、使用人の女性に問いかけた。女性は振り返り、「これは圭子《けいこ》お嬢様」と言った。やはり、お嬢様で間違いない。名は圭子というようだ。

「客なんかじゃないようですよ。旦那様はご存じないって」

使用人の女性が説明したが、圭子はそれをあまり重視しなかった。

「聞こえてましたよ。島にとって大事な話、とおっしゃいましたか。兄は人に会おうとしませんが、私でよければお話を伺わせていただけませんか」

「おっ、話がわかるね」

信介は嬉しそうに口角を吊り上げた。狙いどおりの展開である。もしかしたら信介は、圭子の人となりを事前に把握していたのかもしれない。

「よろしいんですか」

不満そうに使用人の女性が圭子に確認した。圭子はあっさり「いいのよ」と応じた。

「おふたりをお通しして」

「はあ」

命じられたら、従わざるを得ないのだろう。見るからに納得していないようだったが、使用人の女性は「こちらへ」と信介たちを促した。圭子は先頭に立ち、先に屋敷に入っていく。

廊下で靴を脱ぎ、案内された部屋に入った。部屋は六畳間ふたつよりもまだ大きいくらい、広かった。中央に見たこともない椅子と机が置いてあり、壁には絵が掛かっている。向かって左の壁には外国風の戸棚のようなものがあって、なにやらいろいろ入っているが、それらの名前を勝利はほとんど知らなかった。ともかく、見たことはないがどう見ても高そうな物ばかりだった。

「おかけください」

圭子に促され、椅子に坐った。椅子は布団よりも遥かにふかふかで、体が跳ね返されて弾んだ。

面白くて、体を上下させてみた。隣に坐る信介に、「こら」と注意された。

「くがに行って帰ってきた人がいるという評判を聞きました。それがあなただったのですね」

机を挟んで正面に坐った圭子が、そう切り出した。信介は自慢げに胸を張る。

「はい、そうです。おれです」

「今、島が必要とする物をたくさん持って帰ってきてくれたとか。ご立派なことです」

「いやあ、それほどでも」

信介は頭を掻いた。真っ直ぐに誉められ、本当に照れているのだろう。自分の手柄を誇りたがるのに、実は照れ屋なのが信介である。

「そういうことは、一橋家が率先してするべきことなのですけどね。今の一橋家には、そんな力はないのです」

「もしかして、財閥解体の噂は耳に届いてますか」

ふと真顔になって、信介は尋ねた。圭子は憂わしげに眉を寄せ、首を振る。

「私は何も知りません。ただ、一橋産業がこのまま存続できるとは思っていませんでした。解体とは、政府の指示でしょうか」

「いいえ、今の日本はアメリカに占領されているのです。財閥解体は、アメリカの意向です」

「そうでしたか。軍需に関わった企業は、存続が許されないのでしょうね」

「どうもそのようです」

なにやら難しく、かつ不景気な話だった。勝利にわかったのは、どうやらこの圭子お嬢様は覚悟ができているらしい、ということだった。

そこに、先ほどの使用人の女性が入ってきた。盆を手にしている。圭子と信介の前には湯飲み茶碗を、そして嬉しいことに勝利の前にはラムネを置いてくれた。まだラムネなんてものが残っていたのか。目を輝かせ、使用人の女性と圭子の顔を交互に見た。

「飲んでいいの?」

「どうぞ。召し上がれ」

圭子はそう言ってくれた。召し上がれ、なんて初めて聞いた言葉だ。上流階級の人は言葉遣いまで違う、と感心しながらラムネの瓶を鷲摑みにした。ぐいとひと口呷《あお》ったら、炭酸に喉を刺激されてびっくりした。大昔、物心がついたかつかないかの頃に飲んだ記憶はあるが、味はすっかり忘れていた。こんなにおいしいものだったかと、感動すらした。

「ついてきてよかったろ、勝利」

信介がまるで自分の手柄のように誇る。勝利は素直に、「うん」と返事をした。本当についてきてよかった。

「野津様はそのことを伝えるために、いらしてくださったのでしょうか」

改めて自己紹介はしていないが、信介の名前は伝わっていたようだ。野津様か、とその物言いにまた感心した。

「まあ、それもあります。何しろこの島には、くがの情報がほとんど入ってきていないでしょう」

「そうですね。連絡船が止まってますから。早く再開させるのが当家の責務とはわかっていますが、船もないし船を造る工場もない。どうにもならないのです」

圭子は辛そうに首を振った。別にこの人が会社の中で責任を負っているわけでもないだろうに、まるで自分のことのように語る様子に違和感を覚えた。もっとも、自分には関係ないなんて顔をされるより、よっぽどいいが。そもそも、責任があるはずの社長は会ってもくれないのだから話にならない。ラムネを飲ませてくれたこともあり、勝利は圭子にすっかり好意的になっていた。

「その件でお話ししたいことがあり、お邪魔したのですよ」

ようやく本題に辿り着いたとばかりに、信介は軽く身を乗り出した。その顔は、くがに手漕ぎの船で行くと決めたときのように、不敵な薄笑いを浮かべている。ああ、また何か突拍子もないことを言うつもりだな、と勝利は察した。

「一橋汽船は、売っちゃいませんか」

予想どおり、信介はいきなりとんでもないことを言った。子供の勝利でも、目を剝くような話だ。一橋家の人に会社を売れと提案するとは、どんな非常識な男だろう。圭子が腹を立て、すぐに追い出されることを予想した。急いでラムネを飲まなければ、と思った。

ところが案に相違して、圭子は表情を変えなかった。至極冷静に、信介の言葉を受け止めたようだ。伏せた目が、少し悲しげだった。

「一橋産業が自力で立ち直るのは無理、とお考えですか」

静かな声で、圭子は信介に問うた。信介は涼しい顔で答える。

「まあ、そうですね。アメリカ様には逆らえないし、何より今の社長にこの難局を乗り切る器量はないでしょ」

言うに事欠いて、そこまでずけずけとした物言いをするとは。さすがにこれはまずいだろうと、勝利は慌ててラムネを呷った。また炭酸が喉に沁みて、噎《む》せそうになった。

「おっしゃるとおりです」

しかし圭子の忍耐力は、勝利の想像を大きく上回っていたようだ。苦笑するだけで、怒りはしなかった。これまた、圭子の性格を知った上での発言だったのかと、信介の横顔を窺う。信介は依然として、不敵な笑みを口許に刻んでいた。

「父に比べて、兄には寛容さが欠けていることは、島の皆さんがご存じのようですね。父が決して手を出そうとしなかった軍需産業に進出しなければ、島が空襲を受けることもなかったでしょう。島の皆さんの平穏な暮らしは、一橋産業が奪ったようなものです。兄は、島に住む人みんなに謝らなければならないことをしたのです」

訥々《とつとつ》と、圭子は兄の非を認める言葉を口にする。だがそれは非を認めるというより、一橋家が甘受しなければならない非難を確認しているかのようだった。先ほども感じたことだが、圭子は兄の判断を一橋家全体の責任と考えているようだ。

「謝ったって、誰も許しはしないでしょう。袋叩きにされるだけだから、屋敷に籠っているのは正解ですよ」

なおも信介は、遠慮会釈もないことを言い続ける。ただ、社長を非難する言葉ではなかった。

「きっとそうなんでしょうね」

圭子は寂しそうに、信介の言いようを受け止めた。言われなくてもわかっていたようだった。

「父の存在があまりに大きすぎたので、兄はそれを重圧に感じていたのです。兄の器量に合った境遇に生まれていれば、もっと幸せだったことでしょう。たぶん、兄もそれはわかっているのです。だからもう、立ち直る気力はないと思います。一橋産業が解体されるのはやむを得ませんし、従業員のためにも切り売りされた方がいいと私も考えます」

やはりこの圭子お嬢様は、肝が据わった人だったようだ。この人が長男に生まれていればよかったのにね、と勝利は心の中で呟いた。

「ただ、船もなくなってしまった一橋汽船を、買い取ってくれる人がいるでしょうか」

圭子は不安そうに眉根を寄せ、信介に尋ねた。信介は「さあ」と首を捻る。

「いるかどうかはわかりません。ただ、絶対にいないとは言い切れませんよ。船を失っても、造船技術や航海術を持った社員はまだ残ってるでしょ。ゼロから航路を開くより、一橋汽船を買い取った方がずっと早いはずだ。もっとも、買い叩かれるのは覚悟しなきゃいけませんけどね」

「それは、仕方のないことです。島のためにも、早く連絡船を再開すべきですから」

「じゃあ、社長のお墨付きをいただきたいですな。おれがまたくがに行って、買い手を探してきますよ」

「そうしてくださいますか。では私は、兄の承諾を得ることにします」

「頼みます」

あっさりと合意に至ってしまった。話がわかる人がいてよかったと、勝利は思う。この圭子お嬢様が間に入ってくれれば、きっと話はうまく進むだろう。いっそ、一橋家の全権をこの人が握ればいいのではないかと考えた。戦争に負けて時代が変わったのだから、これからは男か女かなんて関係なくなればいいのだ。

飲み物の礼を言って、立ち上がった。圭子はいまさら気づいたかのように、勝利のことを信介に訊いた。

「こちらは弟さんですか」

「いいえ、戦争孤児です。おれも家族を失ったので、似た者同士、一緒に暮らしてるんですよ」

「そうでしたか」

圭子は身を屈めて勝利と視線の高さを合わせると、口許に笑みを刻んで言った。

「いいお兄さんを持ったわね」

「うん」

勝利は力強く頷いた。両親を亡くして自分は不幸だと考えていたが、そうでもないかもなと初めて思えた。

6

明かりが灯った瞬間、おーっという声が上がった。島の皆がずっと待ち侘びていた瞬間だったのだ。空襲以降、夜はずっと暗かった。送電線が破壊されたので電気が来ず、夜の明かりは蠟燭に火を灯すか焚き火をするか、どちらかで得るしかなかった。月が出ている日はいいが、新月の夜は真の暗闇だった。夜はこんなに暗いものだったのかと、勝利は驚いた。

幸い、発電所は破壊から免れていた。アメリカからすればまず真っ先に狙うべきは造船所と発電所のはずだから、発電所が壊されなかったのは本当に幸運としか言いようがない。おそらく、狙いが外れたのだろう。もしかしたら町に爆弾が落ちてきたのは、本来の狙いが外れたからなのかもしれないが、今となってはもうわからない。ただ、発電所が残ったことを喜ぶだけだった。

とはいえ、発電するための重油がない。電力会社もくがの復旧に大わらわなのか、離島までは重油を運んでくれないのだ。まったく電気がない生活を、島では半年以上も続けていたのだった。

そんな状態から、ついに脱することができた。電力会社がようやく、島に重油を運んできたのだ。それだけでなく、街灯も立て直してくれた。ひとつひとつの家にまで電気が行き渡るのはまだ当分先だろうが、ともかく電気が使えるようになったのは朗報だ。これでまたひとつ、以前の生活を取り戻した気持ちになれる。街灯の明かりが、生き残った者たちに勇気を与えてくれるかのようだった。

「電気が来るなら、いよいよ電球が欲しいよなぁ」

街灯の明かりを見上げて、信介は呟いた。そう、各家庭に電気を引いても意味がないのは、電球がないからだった。町が丸ごと焼けてしまったのだから、電球が残っているはずもない。島で作ることもできないから、やはりまたくがに行って買ってくるしかないのだった。

「大量に買ってこないと駄目だね」

エンジンのない船でくがまで行くのは命懸けの行為だが、もはや信介はもう一度行かずに済ますわけにはいかなくなっていた。島が必要とする物はあまりに多いし、信介がいちいち命を懸ける必要がなくなるよう、連絡船を復活させてくれる会社を探さなければならない。次の往復が最後になればいいんだけどと、勝利は願う。

「おう、山ほど買ってくるよ」

人の心配も知らず、信介は簡単に請け合う。まあ、これが信介のいいところなのだ。まだ短い付き合いだが、信介の人となりを勝利は充分に理解していた。

「実はな、電気が来たらやってみたいことがあったんだ」

街灯を見てから帰る道すがら、信介はそう言い出した。なんのことかと思い、信介の顔を見上げる。信介はにやりと笑って、続けた。

「イースト菌って知ってるか。って、知るわけないよな」

「知らないよ。何それ」

「くがではな、そのイースト菌を使ってパンを作ってたんだ。少しだけイースト菌を持ち帰ってきたから、なんとか電気を使ってパンを作ってみよう」

「えっ、パン？」

そんなものが食えるのか。魚と貝ばかりの食事には、飽き飽きしていた。米はなく、むろんパンもない。たまに蒸かした芋を食べるのがせいぜいなのだ。パンと聞いただけで、胸が弾む思いだった。

翌日、さっそくパン作りに取りかかった。まず信介は、板きれを組み合わせて枡《ます》のような物を作った。その枡の内側に、廃材の中から拾ってきたトタン板を二枚貼る。これでパンを焼くらしい。そして次に、電柱から電気を引っ張ってきた。電力会社の人と交渉して、電気コードを手に入れていたようだ。そのコードを、二枚のトタン板に繋げた。なんとなく形になり、信介は「おっ、いい感じだな」と言った。

「くがではこんなふうに、手製のパン焼き器を作ってパンを焼いている人を見かけたんだ。見様見真似だけど、まあ間違っちゃいないようだ」

「見様見真似なの？」

そう聞いて、少し不安になった。作ってみたことがあるわけではないのか。しかしここは、信用するしかない。勝利は手にしている丼に、視線を落とした。

丼の中には、白い粉が入っている。信介が自慢げに取り出したイースト菌と片栗粉を合わせて、塩を加えたものだ。信介はイースト菌を勝利に見せたときも、いささか気になることを言った。

『本当は小麦粉を使うんだが、ないから代わりに片栗粉を使う』

片栗粉ならわかるが、小麦粉というものは見たことがない。まして、イースト菌がどういう代物かなど見当もつかない。片栗粉でパンができるのかなぁと内心で思ったが、文句を言っても仕方がないので言われたとおり粉を混ぜた。

「さて、その粉を水で溶くぞ」

信介は宣言し、湯飲み茶碗に入っている水を丼に注ぎ始めた。箸を使って、粉を練る。すると、粉は水に混じってどろどろとしたものになった。信介は箸を止め、「よし」と言う。

「いいぞ。ここに流し込め」

電気コードを繋いだ枡に、顎をしゃくる。勝利は丼を傾け、どろどろとしたものを注ぎ込んだ。

焼ける気配はなかったが、このまましばらく放っておくらしい。どれくらいかかるの、と訊いたら、「わからん」と答えられた。

「片栗粉で焼いてる人は見たことないからな。ともかく、焼きすぎないよう様子を見よう」

「はあ」

もはや昨晩の期待は、かなり萎んでいる。せめて食べられるものになって欲しいと、それだけを望んだ。

目を逸らさずにじっと見ていたら、水っぽい粘土のようだったものは、時間が経つにつれて膨らみ始めた。少なくとも、最初の状態に比べれば食べられるものに近くなってきた気がした。イースト菌なるものが、ただの水溶き片栗粉を膨らませているのかもしれない。

「ちょっと味見してみるか」

加減がわからないのだから、味見は必要だろう。信介は膨らんだパンの一部をちぎり取り、口に運んだ。また少し期待が甦ってきたのを自覚しつつ、勝利は見つめる。信介は眉間に軽く皺を刻み、咀嚼《そしゃく》していた。

「どう？　旨い？」

「旨いかまずいかと訊かれたら、旨くはない。でも、食えなくもない」

ある意味、予想どおりの答えを信介は返した。まあそうだろうと、返事を聞いて勝利は苦笑する。旨いものができあがるわけがなかった。食えるだけ、ありがたいのだ。

「まだ少し水っぽさが残ってるから、あと二分焼こう。二分経ったら、食えるぞ」

「うん」

声に失望が滲まないよう、一応気を使った。二分後に、信介は枡の中のものを取り出した。それは一応、パンのように見えなくもなかった。そもそも、勝利は本物のパンを見たことがない。

これがパンだと言われたら、そうなのかと納得しているだろう。ふんわりと膨らんだ姿といい、漂う香ばしい匂いといい、予想外に食欲をそそる。手でざっくりと半分に割った信介は、その片方を突き出した。

「ほれ」

「ありがとう」

礼を言って受け取ると、信介が平気な顔をしていたのが不思議なくらい熱かった。左右の手で交互に持ち、冷めるのを待つ。そして、頃合いを見てかぶりついた。食感は柔らかい。いや、柔らかいというより、ねちゃねちゃしている。煮凝りをもう少し固くしたくらいか。そして肝心の味は、ひと言でいえばこうだった。

「片栗粉だね」

「うん、片栗粉だ」

当たり前といえば、あまりに当たり前だった。イースト菌を入れても、元は片栗粉なのだから、手品のように味が変わるわけもない。ただ、目新しいことだけは確かだった。

「旨くはない。でも、食えなくもない」

先ほど信介が言ったことと、まったく同じ感想を口にした。信介は「だろ」と、なぜか得意げな顔をする。ふた口目を頬張って、勝利は言った。

「まあ、これはこれでいいかも」

「だろ」

信介はニッと笑う。勝利も笑いながら、さらにパンに齧りついた。

7

決して旨いものではないが、魚介類に飽きた舌には新鮮なので、良子にも手製パンを振る舞うことにした。味の説明はあらかじめしたのに、良子は興味津々で目を輝かせた。

「パンを焼いたなんて、すごいねぇ」

「電気が来たからこそだけどな。火だったら、飯を炊くようにはいかないから」

「でも、焼き方を知らないと焼けないでしょ。くがに行ってた期間は短いのに、よくそんなことまで覚えてきたねぇ」

「ま、まあな」

信介は明らかに照れて、手許の作業に没頭する振りをした。そんな信介を、勝利は離れたところからニヤニヤと眺めた。

特に敏感でなくても、信介が良子をどう思っているかは手に取るようにわかった。ふたりは物心ついた頃からの幼馴染みらしいが、つまりはそんな頃から信介はずっと良子が好きだったということだ。なんとも純情な人である。

せっかく戦争から生きて帰ってきて、なおかつ思い人は空襲で死なずに無傷だったのだから、ためらうことなく求婚すればいいのに、と勝利は思う。良子を前にしてどぎまぎしているだけの信介は、八歳の勝利から見てももどかしかった。

良子がそんな信介の気持ちに気づいているのかどうかは、勝利にはわからなかった。まるで気づいていないようでもあるし、知っていて気づかない振りをしているのかもしれない。信介くらいわかりやすいなら見抜けるが、大人の女性の気持ちは見当がつかなかった。

信介が一途に惚れ込むだけあって、良子はなかなか愛らしい顔立ちだった。目を瞠《みは》る美人、というわけではないが、笑うと頰にえくぼができて、人なつっこい印象になる。信介のすることに素直に感心するから、こりゃあ惚れるわけだわと勝利は見て取っていた。

今日も良子は、パンが焼き上がるのを見るからに楽しみにしていた。こんなにもわくわくしている気持ちを隠さずに待たれたら、信介でなくても張り切ってしまうだろう。そしていざ焼き上がり、「さあ」と信介が振る舞うと、良子はひと口食べて苦笑いを浮かべた。

「うーん、すごくおいしいというわけではないね。でも、けっこういけるかも。なんか、癖になりそう」

良子はいい人だなぁと思う。癖にはならないだろ、と言いたいが、また魚介類にうんざりしたら食べたくなるかもしれない。信介は自分もパンを齧りながら、「そ、そうだろ」と応じていた。信介は良子に相対するとき、いつも半身になっている。火傷で醜く爛れた顔の左半分を、良子から見えないようにしているのだ。

「かっちゃんは本当にいらないの？」

焼く前からいらないと言っていた勝利に、良子は気を使ってくれた。ふたりが嬉しげに食べているところを見たら、なぜか自分も欲しくなってしまった。うーん、と唸ってから、大きい声で答える。

「やっぱり、いる」

「じゃあ、半分あげるよ」

良子は自分のパンを半分に分けようとする。信介は慌てて右手を突き出した。

「いやいや、せっかくだから良ちゃんは全部食べてよ。こいつにはおれの分をやるから」

いらなくて半分くれようとしているのではないか、と勝利は怪しんだが、良子の優しさを疑うのはやめておいた。信介と良子は押し問答をした末に、ふたりとも少しずつパンを勝利にくれることになった。仲がいいことだね、と素直に双方から受け取った。

その日の夜に、改めて信介に尋ねてみることにした。むろん、良子をどう思っているか、である。

「なあ。良子ちゃんにちゃんと気持ちを伝えたら?」

そう話しかけたら、手にしていた椀を取り落としそうになるほど信介はうろたえた。

「な、何言ってるんだよ。気持ちってなんの気持ちだ」

どうやら、良子に対する気持ちを見抜かれているとは思っていないらしい。半ば呆れて、言ってやった。

「見え見えなんだよ。面倒だから、しらばっくれるのはやめてくれ」

「そ、そうか」

信介はしょげてしまった。そんな態度をとられると、少し申し訳ない気がしてくる。

「まあ、それはいいんだけどさ。早く良子ちゃんを口説いた方がいいぞ。良子ちゃんかわいいから、他の男に攫《さら》われちゃうぞ」

「そんなこと言ったって、向こうはおれのこと、ただの幼馴染みとしか思ってないからな」

いつもの自信満々の姿は、すっかり消え失せていた。なんだ情けない、と下がった肩を叩きたくなる。

「本人に訊いたのかよ」

「訊いてないよ」

「じゃあ、わかんないだろ。良子ちゃんも信介のこと絶対好きだよ」

「それこそ、わからないだろ。おれのことは好きでも、兄弟のようにしか思ってないかもしれないじゃないか」

「だったら、良子ちゃんに訊いてやろうか？　信介をどう思ってるか」

「やめてくれ。それだけはやめてくれ」

信介は首をぶるんぶるん振って、懇願した。そこまで言うなら、無理に仲立ちしようとは思わない。しかし、どうにも歯痒かった。

「おれに訊かれたくないなら、自分で訊けばいいだろ。どうして何もしないんだよ」

「だって、おれはこんな顔になっちゃったから……」

信介は俯いて、自分の顔に左手を当てた。ああ、やっぱりそれを気にしていたのか。不意に、信介がひどく憐れに思えた。

「そんなことを気にしてたのかよ！　良子ちゃんが顔の火傷くらいでいやがるわけないだろ。むしろ、同情してくれてたじゃないか。何を気にしてるんだよ」

「いや、だから、幼馴染みの火傷だから同情してくれたんであって、結婚相手だったら話が違うだろ。こんな顔の男と結婚したくはないはずだよ」

「それなら、本人に訊いてみろよ。絶対に、気にしないって言うから」

「そんなのわかんないじゃないか」

「わかるよ！」

付き合いが長いとは言えない勝利がわかるのに、どうして幼馴染みの信介はわからないのか。信介はどちらかといえば頭がいい男なのだが、こと良子のこととなるとまるで鈍い。良子が信介を男として見ているかどうかは怪しいだけに、本当に別の男に取られてしまうのではないかと心配になってきた。

しばらく、黙々と夕飯を食べた。食べ終わって食器を片づける際に、勝利はぽつりと言葉をつけ足した。

「後で泣いても、遅いんだぞ」

「――うん」

信介は頷いた。そのうなだれた様子を見て、こんなことは言われなくてもわかっているんだなと思った。

8

前回の渡航から一ヵ月半ほどして、二度目のくが行きが決まった。今回は水や食料など、準備を万全にした。前回より涼しくなっているので、日差しから逃げる場所がない辛さは和らぐだろう。何より、信介も他の漁師ふたりも、これが二度目という自信を態度に滲ませていた。きっと無事にくがに辿り着くに違いない、と思わせる頼もしさがあった。

一橋汽船売り渡しの件は、圭子が社長の許可を取りつけていた。圭子曰《いわ》く、社長は万事に亘《わた》って投げやりで、好きにすればいいという返事だったそうだ。そんな人に、くがとの大事な連絡船を任せておけるわけがない。信介が買い取り先を見つけてきてくれることを、皆が強く望んだ。

「じゃあ、行ってくる」

信介は前回と同様、至って気楽な口調だった。まるで、ちょっとそこの浜まで行くかのようだ。しかし、この気負わないところが信介のよさである。きっと今回も無事に帰ってくるだろうと、勝利は信じて疑わなかった。

今回の滞在は長くなると、信介はあらかじめ言ってあった。くがで金を稼ぎ、必要な物を買い、さらに一橋汽船の買い取り先まで探すのだから、簡単に終わるわけがない。二ヵ月くらいはかかるだろうとのことだったので、もう帰りが遅いのをやきもきするのはやめた。そのうち帰ってくるだろうと、大きく構えておくことにした。

今回もまた、信介が留守の間は良子の世話になることになっていた。良子ともすっかり仲が良くなったので、年の離れた姉のように感じる。血の繋がった家族は確かに失ったが、最近ではそれを寂しいとは思わなくなっていた。戦争孤児はたくさんいる。その中でも自分は恵まれているのだと考えていた。

信介の不在中、島でひとつの動きがあった。島の若い人たちが集まり、互助会を作ることになったのだ。

島に若い人は少なくなかった。空襲を生き延びた女性は多かったし、戦場から帰ってきた男性も十人近くいた。男性は皆、怪我をしたり病気になったりしていたが、島の復興に貢献したいという気持ちは強かった。そこで、若い者同士で集まって何かできないだろうかという話になったようだった。

中心になっているのは、メイ子《こ》という女性だった。勝利にとっては知らない人だが、ずいぶんと行動的な女性らしい。初めての集会から帰ってきた良子は、かなり感銘を受けた様子だった。

「すごくはきはきと喋る人なのよ。自分の意見をきちんと持ってて、それが頭の中でちゃんと整理できてて、言葉がすごく筋が通ってるの。女の人であんなふうに喋る人とは、初めて会ったわ。ああいう人こそ、新しい時代の女性なんでしょうねぇ」

良子は少し興奮しているようだった。目が潤んでいて、勝利相手に話しているのに遠くを見ているかのようである。それを聞いて思い出したのは、一橋家の圭子だった。当主である社長よりよほどしっかりしていそうな圭子は、もっと遅く生まれていたら会社経営にも関われたのかもしれない。何もかも全部壊れてしまった世の中では、男だの女だのと言っていること自体が馬鹿馬鹿しい。これからはそのメイ子という人のような女性が、どんどん現れてくるのだろう。

互助会という名のとおり、青年団の主目的は助け合いである。幸い、復興は日々進んでいるが、どこの家にも動ける人がいるわけではない。家族をすべて亡くし、途方に暮れているお年寄りも中にはいた。そうした人を訪ねては、男は家の補強や水汲みなどの力仕事、女は炊事や洗濯の手伝いをするらしい。良子は手が空いている限り、互助会の活動に参加していた。

勝利も、暇があればついていった。力仕事や家事ができるわけではないが、まったく役に立たないこともない。大工仕事の手伝いならこれまでもやっていたし、料理も野菜の皮剝きくらいならできる。同世代の子供たちと遊ぶのも楽しいが、島の復興に自分も関わっているという充実感は格別だった。

そうして互助会の活動に顔を出していると、良子以外の人とも知り合いになる。良子が絶賛していたメイ子とも会った。なるほど、存在感のある人だった。顔は取り立てて特徴もないが、なんと言っても口調に圧がある。相手の目を真っ直ぐに見て喋る態度は、曖昧な返事を許さない迫力に満ちていた。勝利に対しては優しく話しかけようとしている気配があったが、おそらくそれも今だけだろう。勝利がもう少し成長したら、あれこれと指示されるようになるに違いない。こういう人はすごいと思うが、少し苦手にも感じた。

その一方、物腰の柔らかい男性もいた。ひと昔前なら、メイ子と男女が入れ替わっていればよかったと言われそうな人だ。慶太《けいた》という名の男性は、南方のジャングルで熱病に罹《かか》り、生死の境をさまよったという。かろうじて生き残って日本に帰ってきたが、未だに体の調子はよくないそうだ。げっそりと痩せ、頬骨が飛び出ている。勝利は密かに、幽霊みたいな見た目の人だなと思っていた。

しかし何度も会ううちに、慶太はただの物静かな人ではないとわかってきた。口数が少ないだけで、何も考えていないわけではない。むしろ、人一倍いろいろなことを考えていそうだった。というのも、慶太はかなり頭がいい人だったからだ。

「町には計画が必要だ」

あるとき、慶太はそう言った。青年互助会の集まりに、勝利も紛れ込んでいるときだった。酒はなく、食べ物もろくにないから、水を飲みながらの集会である。それでも、参加者の議論は熱かった。

「欧米の大きい都市は、どこも計画に基づいて造られたらしい。日本も昔は、きちんと計画して都市を造っていた。平城京や平安京だ。それなのに東京は、どうしてだかあまり秩序なく広がってしまった。関東大震災後はいい機会だったのに、やはりうまく都市計画を進めることができなかった。東京は空襲で、ふたたび焼け野原になったそうだ。今度こそ、計画を立てて効率的な都市を造るべきだ」

あまり喋らない印象がある慶太が、突然滔々《とうとう》と語り始めたので、勝利は目を丸くした。この人こんなに喋れるんだ、と唖然としながら慶太の顔を見つめた。慶太は痩せすぎて髑髏《どくろ》みたいな顔をしているが、肉づきがよくなればいい男かもしれない。目が切れ長で、鼻筋が通っている。そんな慶太が理知的な熱弁を振るうと、たちまちインテリに見えてきた。こういう人だったのか、と印象が一変した。

「つまり、この島の復興も計画的にやるべきだ、ってこと？」

訊き返したのはメイ子だった。メイ子はどんなときでも、発言をためらわない。そこが、他の女の人と違うところだ。議論はたいてい、メイ子の仕切りで進む。

「そうだ。道幅を広くし、町の中心地を決め、役場や銀行などを集中させる。今みたいに、それぞれが勝手に家を建てていては駄目だ。役場を動かして、一日も早く都市計画を立てさせるべきだ」

「そう言われても、計画的な町なんて想像ができないんだけど。慶太は案があるの？」

「おれひとりで決めることじゃないだろう。みんなで考えようじゃないか。おれたちの町なんだから」

慶太は静かに言った。おれたちの町、という表現に勝利は頼もしさを覚える。影が薄くて幽霊みたいな人だと思っていたが、お見それしましたと心の中で感服した。

「そうか。それもそうだね。自分たちで町の姿を考えるのは、確かに面白いかも」

メイ子が賛同すると、集まっていた人たちは銘々《めいめい》に頷いた。これでまた、互助会には新しい目標ができたようだ。

町には何が必要かという案に始まり、道幅はどれくらいが適当かとか、一橋産業の再興が望めないならくがの資本は何を誘致すべきかとか、わかりやすい話から難しい議題まで、いろいろ話し合われた。勝利としては、駄菓子を置いていた雑貨屋には復活してもらいたかった。物心ついたときには戦時中で、菓子などろくに口にできなかったから、許されるなら駄菓子を腹いっぱい食べてみたい。

意見はさんざんに出たが、まだまとめる段階ではないだろうと慶太が言うので、継続して話し合われることになった。最後に慶太は、改めて一同の顔を見回した。

「おれたちの考えは、いずれ町役場に伝えなくちゃいけない。でもおれは、役場につてがない。誰か、役場と繋がりがある人はいないか」

狭い島の中だから、間に人を挟めばつては簡単に見つけられるだろうと思った。案の定、おずおずと手を挙げた人がいたが、意外にもそれは良子だった。

「私の叔父が、役場に勤めています」

そうなのか。それは知らなかった。驚いて良子の横顔を見ていると、メイ子が直接話しかけてくる。

「それはいい。橋渡しをして欲しいね」

「はい」

良子は声を弾ませた。ようやく役に立てることが見つかり、嬉しいのだろう。意見がまとまったら叔父に話を通して欲しい、ということで会合は終わった。良子は少し頬を紅潮させていた。

「ああ、よかった。私、互助会で何もしてないから、肩身が狭かったんだよね」

帰る道すがら、良子はそんなことを言った。勝利はその言葉が納得いかなかった。

「何もしてないことないだろ。お年寄りの家に行って、料理や洗濯をしてたじゃないか」

「でも、そんなの誰でもできるし。これからの女は、家事をしてるだけじゃ駄目だと思うの」

良子は明らかに、メイ子の影響を受けていた。悪いこととは思わないが、自分を役立たずのように考えるのは間違っている。年寄りの助けになっているのは事実だし、何より勝利自身が助けてもらっているのだ。良子にそれをわかってもらいたかったが、うまく言葉にできずに歯痒かった。

「町が綺麗に生まれ変わったら、良子ちゃんの手柄だね」

せめてもと、良子の気持ちに添うことを言った。良子は嬉しそうに、「ちょっとだけね」と答えた。

9

それ以後、良子の積極性が少し増したようだった。互助会ではいつも人の意見を聞くだけだったが、遠慮がちながらも発言をするようになった。もちろん、女のくせになどという目で見る人はいない。互助会は良子にとって居心地がいい場所らしく、集まりがある日はいつも朝から楽しそうだった。

互助会での話し合いは、徐々にまとまってきた。大方針として、文化を育てようということになった。書店があり、映画館があり、図書館がある。なくても生活に困らないものがある町こそ文化的だと、皆は考えた。もちろん、復興途上の今は優先すべきことがある。映画館を誘致しろなどと町役場に要求しても、相手にされないだろう。ただ、これは将来の夢なのだ。しかも、可能な夢である。いずれはそうした町を造ろうと考えていれば、元気が出るのだった。

腹案が曲がりなりにも形になったところで、良子の叔父に担当者への橋渡しを頼むことになった。良子が叔父の家を訪ねて事情を話し、担当者とメイ子たちを引き合わせることが決まる。互助会の意見がどれくらい聞き入れられるかわからないが、少なくとも迷惑がられているわけではなさそうだった。

良子の役割が大きくなったことで、メイ子や慶太とじかに話をする機会が増えた。メイ子は互助会の話し合いを取り仕切っているときは厳しい顔をしているが、ふだんはそうでもないのだと知った。驚いたのは、良子よりも年下で、なおかつ戦争未亡人だということだった。

「えっ、結婚してたの」

初めてそれを聞いたときは、口をぽかんと開けてしまった。人妻らしき雰囲気など、かけらもなかったからだ。

「うん。結婚してすぐ、旦那は戦争に行って死んじゃったんだけどね」

珍しい話ではない。実際、青年互助会にもそうした悲しみを味わった人は何人かいる。とはいえ、メイ子と結婚はまるで水と油のように結びつきにくかった。メイ子が男を好きになっている様は、はっきり言って想像できなかった。

「どんな人だったの」

遠慮なくなんでも訊けるのは、子供の特権である。メイ子はいやがりもせず、答えてくれた。

「幼馴染みだよ」

「へえ」

思わず、良子の様子を窺った。だが良子は、そんな話を聞いてもまるで感銘を受けた気配がない。自分の幼馴染みの存在を、思い出しもしていないようだ。信介のことがかわいそうに思えた。

「手足がなくなろうと目が潰れようと、帰ってくるだけましだよ」

メイ子はぽつりとつけ加えた。そのときだけは、いつも気丈なメイ子の顔に悲しみがよぎったように見えた。

慶太も、個人的に話してみれば気さくな人だった。見た目は幽霊のようで、互助会で口を開けば難しいことを言うだけだから、てっきり怖い人だと思っていた。だが実際は、勝利を子供扱いせず、対等に話しかけてくる。そんなところは、信介と共通していた。

「なんだ、良子さんの弟じゃないのか」

改めて良子が紹介すると、慶太は軽く驚いたようだった。これまでずっと、弟だと思っていたらしい。

「姉弟じゃないから、一緒に風呂に入ったこともないよ」

冗談を口にすると、良子は「何を言ってるの、もう」と顔を赤らめた。慶太は「ははは」と笑う。

「ませたガキだな。姉弟でも親戚でもないなら、戦争孤児なのか」

「そうだけど、もともとは違う人と暮らしてたんだ。今はその人が留守だから、良子ちゃんちに世話になってるんだよ」

「違う人？」

「野津信介さんっていう、私の幼馴染みです」

横から良子が説明した。するとその名を知っていたらしく、慶太はぱっと顔を明るくした。

「ああ、あの。くがまで行った人だろ」

「そうそう。今も行ってるから、一時的にかっちゃんを預かってるんです」

「なんだ、あの人と幼馴染みだったのか。野津さんって人はすごいな。おれにはとても真似できない。今のこの島には、ああいう人こそ必要なんだと思うよ」

慶太は信介の行動をかなり評価していたようだ。ふだんの冷静さがどこかに飛んでしまい、熱い口調で誉めた。

「野津さんって、昔から冒険する人だったの？」

「そうですね。無茶ばっかりしてました」

「そうかぁ。いやしかし、驚いた。良子さんがあの野津さんと幼馴染みとは、ぜんぜん知らなかったなぁ」

互助会の面々は皆、大なり小なり戦争で辛い目に遭っているため、互いの前歴を詮索したりしない。だから勝利はメイ子が戦争未亡人だということを知らなかったわけで、慶太が良子と信介の付き合いを知らなくても当然だった。信介を崇拝しているかのような慶太の口振りに、良子は明らかに戸惑っていた。

「これまで、良子さんとろくに話をしなかったからだな。追い追い、野津さんの話を聞かせてよ」

慶太はそんなことを言った。良子ははにかみながらも、「はい」と応じる。そのやり取りを見ていて、勝利はやきもきする思いを味わった。早く帰ってきた方がいいぞ信介、と心の中で遠くくがにいる相手に呼びかけた。

10

当然のことながら、心の中で呼びかけても声は届かず、信介はなかなか帰ってこなかった。前回と違い今回は、連絡船を運航してくれる会社を探す必要がある。そんな会社、おいそれと見つかるわけがない。大人の交渉がどんなものか想像はつかなくても、すぐ帰ってこられないことは理解できた。

くがとの行き来が止まってわかったのは、この島は自給自足が可能だということだった。海産物が採れ、芋が育ち、加えて塩が作れる。米は穫《と》れないし、火山灰で土地が痩せているから野菜もなかなか育たないが、食べるものに困っていないのは事実だった。前回信介がくがに行ったときは、魚の干物よりも塩の方が喜ばれたという。人が生きていくためには、塩は欠かせないのだ。塩など海水から無限に作れるから、勝利はありがたみを感じたことがなかった。くがにいる戦争孤児より、自分はずっと恵まれているのだとつくづく実感する。

その代わり、勝利も自分の食い扶持を稼ぐために働いた。勝利くらいの子供ができることは、芋掘りか貝獲りである。芋掘りは経験がなかったが、さほど難しいことではない。貝獲りはもっと小さい頃からやっている。自分が獲ったものを自分が食べる、というわけではないが、誰かの口には入るのだ。島の自給自足の助けになっているかと思うと、満足感も大きかった。

とはいえ、このままくがと隔絶した状態のままでいいとは、誰も考えていなかった。電力会社の船はやってくるが、それは発電用の重油を運ぶためであり、他の物資を積んでいる余裕はない。

むろん、人を乗せて運ぶこともできない。電力会社の人からくがの様子を聞くことはできるし、かろうじて残っていたラジオにも電波は入る。だからまったく情報が途絶えているわけではなかったが、それだけになおさら、取り残されているという焦りが島内には生まれていた。

信介が出発してから一ヵ月半ほどした頃、船は帰ってきた。だが乗っていたのは、漁師ふたりだけだった。信介はくがに残り、会社探しを続けているという。取りあえず物資は届き、人々は喜んだ。手放しで喜べていないのは、勝利と良子だけだった。

約束では、さらに一ヵ月半後にまた漁師がくがに信介を迎えに行くことになっているという。その時点でもまだ新しい船会社が見つかっていなければ、また物資だけを積んで船は帰る。向こうに残った信介は、ひとりで物資の買い込みをしているのだそうだ。なぜ信介は、自分だけですべてを背負い込んでしまうのだろう。手伝えるほど成長していないことが、勝利はもどかしくてならなかった。

そして一ヵ月半の後、今度は二艘の船が島を旅立った。漁師ふたりが二度往復して勝手がわかったため、別の者も連れて二艘で行くことになったのである。二艘で行けば、それだけ物資も多く運べる。ただ勝利としては、今度こそ信介を連れ帰って欲しかった。

二艘の船は、一週間もせずに戻ってきた。しかし乗っていたのは積み荷だけで、またしても信介は同乗していなかった。港で出迎えた勝利が肩を落としていると、顔見知りになった漁師が声をかけてきた。

「がっかりするな。信介は追って帰ってくる」

「えっ、どういうこと」

船は戻ってきてしまったのに、どうやって信介が帰ってくるのか。見当がつかずに漁師の顔を見上げていたら、日に焼けた皺深い顔がニッと笑った。

「船会社の船で、この島に帰ってくるのさ」

「えっ、じゃあ」

信介は連絡船を動かしてくれる会社を見つけたのか。さすがは信介だ。期待は絶対に裏切らない。

漁師の予告どおり、信介は小型の動力船に乗って帰ってきた。一緒に島にやってきたのは、きちんとした身なりの大人ふたりだった。ふたりとも背広を着込んでいて、とても船旅をしてきたようには見えない。動力船には屋根があり、漁師たちが使っていた帆船とはまるで乗り心地が違いそうだ。港で待っていた勝利と良子に対し、信介は「よっ」と挨拶をした。

「遅くなっちまったな」

「いや、でも、すげえよ。船会社の人たちを連れてきたんだろ」

勝利は興奮して、信介の左腕を引っ張った。信介は笑いながらも、首を小さく振る。

「そうだけど、まだ決まったわけじゃないぜ。何せ、おれは一橋汽船の人間じゃないんだから」

「ああ、そうか」

いくら交渉を任されたとはいえ、勝手に何もかも決めることはできなかったのだろう。肝心の取り決めは、これからということか。

「まあでも、大丈夫だよ」

信介は楽観的に言った。信介がそう言うなら、本当に大丈夫に違いない。勝利はまさに大船に乗った気分になった。

一橋汽船の人と引き合わせれば信介の役目は終わりらしく、後は結果待ちという状態になった。手が空いた信介は、勝利から青年互助会の話を聞いて興味を示した。

「そりゃいいな。今は島のみんなで助け合わないといけないからな」

「良子ちゃんも入ってるんだぜ。信介も仲間に入った方がいいよ」

良子と一緒にいる時間をできるだけ多く作るべきだと考え、そう勧めた。信介は簡単に頷く。

「おお、入る入る。で、言い出しっぺは誰なんだ」

「メイ子ちゃん。知ってる?」

「ああ、メイ子か」

信介はなにやら困ったように眉根を寄せた。メイ子の性格を知っているらしい。まあ、この表情の意味はわからないでもなかった。

翌日の夜に、互助会の集まりがあった。信介は良子に連れられて、顔を出した。むろん、勝利もついていった。信介は大歓迎された。

「信介、お前は島の英雄だな」

「連絡船が復活したら、島のみんなが感謝するよ」

「足を向けて寝られないな」

もともとの顔見知りらしき人たちは、口々に誉めた。照れ屋の信介は、「大したことはしてねえよ」などと言って頭を掻く。謙遜なのだろうが、自分の手柄を誇示したい気持ちは本当にないようだ。ひょっとすると、居心地悪くすら感じているかもしれない。

互助会の集まりは、いつも青空集会である。大勢が集まれる建物など、残っていないからだ。こんなときでなければ、きっと信介の帰還を祝う会が開かれたのではないか。それほどに、信介の行動には皆が感謝していた。

「私は生島《いくしま》慶太といいます。お初にお目にかかります」

皆の歓迎が一段落した頃、慶太が近づいてきて挨拶をした。いつも冷静沈着な慶太が、今は少年のように目を輝かせている。憧れの英雄に出会えた、といった表情だった。

「ああ、初めまして。野津です」

信介は偉ぶらずに挨拶を返す。慶太の表情は、特に意識していないようだ。

「良子さんから、常々お話を伺っていました。お目にかかれて、光栄です」

「あ、そう。おれが寝小便した話でも聞いた？」

信介はおどける。慶太の崇拝の目つきには、やはり気づいているのかもしれない。

「そんな話、してないよ。ちゃんと誉めておいたってば」

横に坐る良子が、苦笑いしながら口を挟んだ。慶太が頷いて、それを認める。

「そうです。野津さんは子供の頃から、自己犠牲を厭わない方だったそうですね。お話を聞くたび、感服していました」

「やめてくれよ。こそばゆくなってくる」

信介は軽くいなしたが、本当にいやがっていることが勝利には感じ取れた。だが慶太は、きっと気づいていない。

「野津さんが互助会に入ってくださると聞いて、感激しました。これからもどうぞ、ご鞭撻《べんたつ》のほどよろしくお願いします」

そんなことを言って、頭を下げる。信介は口をへの字にした。

「ゴベンタツってなんのことだかわからねえけど、こちらこそよろしく」

慶太は信介から良子に視線を移し、小さく頷いてから、何度も頭を下げて離れていった。慶太にまるで悪気がないのはわかるが、あまり信介と相性がよくなさそうだなと勝利は考えた。

「いい奴っぽいけど、おれのことを持ち上げすぎだな。良ちゃん、いったいどんな話をしたんだよ」

困惑を隠さず、信介は良子に問いかけた。良子も戸惑った様子で、慶太が去っていった方を見やる。

「別に大袈裟なことは言ってないんだけど、なんだかずいぶん憧れてたみたいね。あんな態度、初めて見た」

「そうなのかい。まあ、そのうちがっかりするだろうけどさ」

「そうかな。信ちゃんは自分が思うよりもずっと、島の人に認められてるんだよ」

「買い被りだなぁ。良ちゃんは本当のおれを知ってるから、笑っちゃうだろ」

「笑わないよ。私だって、信ちゃんは立派な人だと思ってる」

「おいおい、良ちゃんまでやめてくれよ」

「ホントよ」

良子は真面目な顔で言い切った。信介は面食らったように目を丸くし、次の一瞬には寂しげな表情を浮かべた。

信介は本当に不器用な奴だな、と勝利は心の中で呟かずにはいられなかった。

11

一橋汽船買い取りの話はあっさりまとまり、もともと別の航路を持っていた会社が東京と神生《かみお》島《じま》間の運航を引き継ぐことになった。連絡船復活は、島の悲願である。買収話が成立したときは、まるで祭りのように皆が大喜びして騒いだ。話を持ってきた信介の株はますます上がり、今や英雄視されていた。当人がそれを居心地悪く感じていようと、信介は人々から感謝される存在になったのだった。

「割と最近まで、いたずら小僧扱いされてたんだけどなぁ。叱られるんじゃなくて誉められると、どうも尻がこそばゆくていけない」

勝利とふたりでいるとき、信介はそんなことを言ってぼやいた。勝利は信介のがっちりした体軀を見て、言った。

「最近までって、いつ頃の話だよ。ずいぶん前じゃないのか」

「まあ、そうなんだけどさぁ。気分的には、つい最近って感じなんだよ。おれの頭に拳骨くれてたおっさんが、今は手を合わせて拝まんばかりなんだから、勝手が狂うぜ」

「そりゃ、信介が大人になったってことだろ。おれも早く大人になりたいよ」

勝利は実感を込めて言い返した。早く大きくなり、信介の手伝いがしたかった。

「そんなに焦っちゃ、もったいないぜ。大人には大人の苦労があるんだから、お前は今をゆっくり楽しみな」

信介は勝利の肩を、軽くぽんと叩いた。おそらく信介の言うことは正しいのだろうが、それでも勝利にしてみれば子供でいることは不自由ばかりだった。信介が島にいるときはいい。信介がくがに行っている間の心細さは、きっと話してもわかってもらえない。良子はよく面倒を見てくれるが、面倒を見られること自体が不本意なのだ。せめて信介がいない間は、ひとりで家を守っていられるようになりたかった。

人々から誉めそやされることを居心地悪く感じていても、島のためになることを常に考えているのが信介のいいところである。連絡船の次に島が必要としているものは何か、人々の暮らしを観察して気づいたようだ。あるとき、信介は唐突に言い出した。

「今の島に必要なのは、建築業だな。みんな、急場凌ぎの掘っ立て小屋に住んでるじゃないか。世の中も落ち着いてきたことだし、そろそろまともな家に住みたい頃だろう」

まさに信介の言うとおりだった。人々が暮らしているのは、素人が燃え残りの建材を掻き集めて建てた小屋でしかない。材木は不足しているし、そもそも大工がいないのだ。くがに比べれば冬場は暖かいそうだが、それでも隙間風が入り込んできて難儀した。まともな家に暮らせるものならそうしたいと、誰もが思っていることだろう。

「連絡船が復活したら、おれはまたくがに行ってくるよ。島でちゃんとした家を建てられるよう、材木と大工を見つけてくる」

信介は宣言した。それを聞いて、勝利はニヤニヤする。

「そりゃあ、みんな喜ぶだろうよ。信介に感謝して拝む人が、また増えるな」

「よせやい。感謝して欲しくてやってるんじゃねえよ」

「信介はそういうつもりでも、みんなが感謝するのは止められないさ。一橋産業の先代社長は、一橋平太《へいた》っていうんだっけ。信介は第二の一橋平太だな」

「よせっての。おれはそんな偉い人とは、ぜんぜん違うよ」

信介は否定するが、第二の一橋平太という表現はなかなか当を得ているのではないかと勝利は思っていた。勝利が言い触らさなくても、誰かが言い出すのは時間の問題だろう。

連絡船復活は、思いの外《ほか》に早かった。一橋汽船の買収が決まってから、一ヵ月そこそこで船が来た。航路は開拓されているから、他で使っていた船をこちらに持ってくるだけで済んだらしい。大勢の人が、嬉々として復活第一便に乗り込んだ。不足している物を、くがで買い込んでくるためである。そんな人々の中に、信介も紛れ込んだ。注目されることを嫌い、目的は良子の他数人にしか言っていなかった。

「エンジンつきの船でくがに行けるのは、楽でいいなぁ」

自分の手柄であることなど忘れたかのように、信介は他人事《ひとごと》めいた物言いをした。見送る勝利たちも、これまでとは気分が大違いである。大船に乗った心地、という表現を地で行くようだと思った。

今回もまた、信介がいつ帰ってくるかはわからない。だから勝利は良子の世話にならざるを得ないが、基本的には自分のことは自分でやろうと決めていた。水汲みと洗濯くらいは、子供でもできる。料理だけは良子を頼るしかないが、夜は家に帰ってひとりで寝るつもりだった。心細いし寂しいけれど、早く大人になりたいという気持ちが勝った。

気を張っているためか、ひとり暮らしは存外なんとかなった。ひとり暮らしとはいえ、四六時中ひとりでいるわけではない。昼間は再開した学校に行ったり友達と遊んだり、大人の手伝いをしたりするからひとりでいることはなかった。夕方になると良子の家に行って食事をさせてもらい、家に帰って寝る。夜の寂しさが紛れるわけではないが、できるだけひとりでいる時間を減らせば自分でも意外なほど平気だった。

そんな日々を一週間ほど過ごした頃のことだった。夕方にいつものように良子の家に行くと、待っていたのは両親だけで良子はいなかった。良子はどうしたのかと問うと、今夜は友達と会うのだと言う。青年互助会の集まりはないはずだから、私的な用事か。珍しいな、と思った。

以後、夕食の席に良子がいないことが増えた。十日に一回くらいは、良子は外で食事をする。誰と会っているのかと訊いても、「友達よ」と答えるだけだった。しかしその返事に、勝利はいやな予感を覚えた。

自分の予感が当たっていたことを、勝利はほどなく知った。良子が夕食時にいなかった晩、勝利は家に帰らず外で良子の帰りを待った。物陰に隠れ、良子の家を見張る。するとさほど遅くならない時分に、良子は帰ってきた。ただし、ひとりではなかった。良子の横には、慶太がいた。

そんなことではないかと思った。良子が会っている相手は、慶太だったのだ。ふたりがどんな関係なのか、勝利にはわからない。しかし単なる友達付き合いならば、こんなふうに夜に会ったりしないだろうことは理解できた。似合いの仲とは口が裂けても言いたくなかったが、月明かりの下で見えた良子の表情は明るく、慶太と一緒にいることを心から楽しんでいるのが伝わってきた。だから言わんこっちゃない、と勝利は心の中で信介に毒づいた。

こうしたことを知ったとき、大人なら気づかぬ振りを続けるのかもしれない。だが勝利は、信介のためにも知らん顔はしていられなかった。翌日の夕食の際に、持って回った言い方はせずに直截《ちょくせつ》に問うた。

「良子ちゃん、慶太さんと付き合ってるの？」

良子は目を丸くし、両親は気まずそうに顔を見合わせた。自分が不躾なのはわかっていたが、曖昧な返事でごまかされたりはしないぞという決意を胸に秘めていた。良子は苦笑気味の表情で頷く。

「まあ、ね。どうして気づいたの？」

「昨日の夜、ふたりで歩いているところを見た」

「あら、ぜんぜん気づかなかったわ。かっちゃんの家の前は通らなかったのに、どこで見たの？」

「この家のそばだよ。良子ちゃんが帰ってくるのを待ってたんだ」

「なんで？」

「誰と会ってるのか、知りたかったから」

勝利の返答に、良子は少し睨むようにして「いやね」と応じた。しかしそれだけで、重ねて文句は言わなかった。

「ねえ、どうして信介じゃないの？　信介の気持ちは知ってるんでしょ」

どうしても言わずにはいられなかった。もたもたしていた信介が悪いとはわかっていても、代わりに恨み言のひとつも言いたかったのだ。

「信ちゃんの気持ちって……、信ちゃんは私のこと、幼馴染みとしか思ってないよ」

良子は目を伏せた。態度が言葉を裏切っていた。

「そんなわけないだろ。信介は良子ちゃんのこと――」

「それ、信ちゃん本人から聞いたの？」

勝利の言葉を遮って、良子は訊き返した。勝利は答えに窮した。

「いや、信介がはっきり言ったわけじゃないけど……」

「じゃあ、かっちゃんの勘違いだから。私と信ちゃんは、ただの幼馴染みだから」

まるで自分に言い聞かせているようだ、と勝利には感じられた。良子の心はもう、慶太に向いているのだと知った。

「信ちゃんのことは好きよ。幼馴染みとして好きだし、島の人間のひとりとしては尊敬してる。信ちゃんはすごく立派になったでしょ。私はそれが嬉しいし、誇らしく思ってるよ。でも、偉くなった分、遠い人になっちゃった気がするんだよね。信ちゃんには、私みたいな平凡な女は似合わないよ」

訥々と、良子は語った。これが本心なのだろうと理解できた。もともと良子は、自分には島のためにできることが少ないと嘆いていた。島の復興に大きな役割を果たす信介とは、距離が開く一方だと感じていたのかもしれない。そんな相手に、恋愛感情を持つのは難しいのだろう。身近な人間しか、人は好きになれないのだ。

かわいそうだけど、仕方がないな。勝利も諦めるしかなかった。次に信介が帰ってきたとき、どんな言葉で慰めればいいのか、しばらく悩もうと思った。

12

約四ヵ月後に、信介は帰ってきた。信介は三人の男を伴っていた。三人とも大工だというが、そのうちのひとりの風体が異様だった。頭巾《ずきん》で顔をすっぽり覆い隠していたのだ。

頭巾はちょうど頭の大きさくらいで、ぴったり合うように作られたもののようだった。目、鼻、口の部分に穴が開いているが、ずれることはなさそうだ。頭巾は首元で、紐を使って緩く縛られていた。

戦争で顔にひどい怪我を負ったため、頭巾で隠しているのだという。顔に怪我をしたのは信介も同じだが、それを恥じるかどうかは本人次第だろう。堂々としている信介の方が例外で、普通は隠したくなるものなのかもしれない。男の名は、屋下次男《やしたつぐお》といった。

「取りあえず三人ともうちに寝泊まりしてもらうけど、男五人でこの狭い家に暮らすのはむさくるしいから、早くなんとかしないとな」

信介はあまり困ってなさそうな口振りだった。だが六畳ひと間の家である。そこに男五人が押し込められるのは、いくらなんでも狭い。大工たちもいやがるのではないかと思った。

次の日から信介は、大工たちが居候《いそうろう》できる家を探し歩いた。そしてたちまち、ふたりを引き取ってくれる家を見つけてきた。大工となれば、歓迎する家は多かったのだろう。屋下だけが残り、三人で暮らすことになった。

屋下は無口な男だった。あまりにも喋らないから、最初は怪我で口が利けなくなったのだと思っていた。だがそうではなく、単に口が重いだけだった。こちらから話しかけなければ、屋下はひと言も発しようとしなかっただろう。それほどに、口数の少ない人だった。

「屋下さんは戦争に行ったの？」

一緒に暮らすからには互いのことを知っておいた方がいいと考え、問いかけた。本当はこんな陰気な人に話しかけるのは怖かったのだが、ずっと黙っていられる方がもっと怖かったのである。

「いや」

屋下は首を振った。屋下はどうも、五十は過ぎていそうである。そんな年なら、戦争に行くことはなかっただろう。ならば顔の怪我は、空襲で負ったのか。

顔全面を火傷したのかもしれないが、その割には頭巾に開いている穴のわずかな隙間から見える皮膚はなんともなさそうだった。頰や額など、隠れている部分に傷があるのだろうと推測した。

驚いたことに、屋下は絶対に頭巾を取らないのだった。寝ているときも、頭巾を被ったままである。さすがに顔を洗うときくらいは外しているのだろうが、その姿を勝利や信介には見せようとしない。体を拭く際に、こそこそと顔も拭いているようだ。

「屋下さんって、家族はいるの？」

訊いてみたが、それに対しても「いや」と答えるだけだった。家族をくがに置いてきたわけではないらしい。戦争で家族を亡くしたのか、それとももともといないのか、どちらなのか確認する勇気は湧かなかった。戦争の被害は触れないようにするのが、残った者たちの礼儀だった。

あまりしつこくすると怒るかもしれないし、そもそも何を訊いても「いや」しか言わないのではないかと思えたので、質問するのはやめた。顔かたちがわからないことも相まって、得体の知れない人という印象を抱いてしまった。

「ねえ、屋下さんって大丈夫な人？」

不安になり、信介にだけこっそり尋ねた。信介は訊かれたことの意味がわからないかのように、眉を吊り上げる。

「大丈夫って、何がだよ。大丈夫だよ」

「変な人じゃない？」

「変じゃないよ。なんでそう思うんだ」

「だって、話しかけてもろくに喋らないし、どんな顔なのかもわからないし」

「顔なんて、そのうち見慣れるよ。おれの顔も見慣れただろ」

信介はそう言って、焼け爛れた方の顔の半面を突き出す。実はそんなに見慣れたわけではないのだが、怖いと思わなくなったのは確かだ。信介を傷つけないために、「うん」と答えておく。

「まあ、そうかもしれないけど、何も喋ってくれないのは息苦しいよ。信介は平気なの？」

「職人なんて、みんなそんなもんだよ。黙って仕事をする人の方が、腕が確かって感じがしないか」

「そうだねぇ」

頭巾を被って顔を隠しているから、変に警戒してしまっているのかもしれない。職人が無口と言われれば、なるほどそうかとは思う。だからといって、屋下に対する警戒心は解けそうになかったが。

屋下は家でごろごろしていたわけではなく、島に来た次の日から精力的に出歩いていた。新しい材木はまだ届かないが、修繕仕事ならいくらでもあるのである。朝早く出ていき、夕方には帰ってきて勝利たちと飯を食う。どこでどんな仕事をしたかは、当然の如く何も語らなかった。屋下はいないかのように、信介と勝利だけが言葉を交わす夕餉《ゆうげ》だった。

あるときたまたま、屋下の仕事ぶりを見かけた。屋根に上って、板を打ちつけていたのである。おそらく、雨漏りを直して欲しいと頼まれたのだろう。頭巾の隙間から釘を数本口にくわえ、金槌を振るっていた。その手つきは、間違いなく本物の大工であろうと思わせる達者なものだった。

日は中天にかかり、ただ歩いているだけでも汗が滲んでくる季節だった。屋根に上って金槌を振るっていれば、さぞや暑いだろう。当然、汗をだらだらかいているはずだが、屋下は頭巾を取らなかった。見ていると、頭巾を手拭い代わりにしてそのまま汗を拭いていた。頭巾は数枚あって、まめに替えているから、汗を拭いてもかまわないようだ。

しかし、そうまでして顔を隠したいのかと思わずにはいられなかった。勝利はたまたま屋下を見つけ、その素性を胡散臭《うさんくさ》く感じているから見上げているが、普通は誰も気に留めないだろう。せめて屋根の上にいる間だけでも、頭巾を取ればいいのに。そこまでひどい怪我なのかと、少し同情した。

屋下がふと顔を上げたときに、目が合ってしまった。勝利は慌てて踵を返し、逃げた。夕食の際に何か言われるかもしれないと覚悟していたが、帰ってきた屋下はいつものように何も喋らなかった。ホッとしたような、やはり不気味なような、なんとも複雑な気分になった。

日曜日のことだった。島に来てからこちら、ずっと真面目に働いていた屋下だが、さすがに日曜日は休む。それに対して勝利は、小学校が休みではあるものの、日曜日には大事な仕事があった。山から水を汲んでこなければならないのだ。

飲料水は、戦前から山の湧き水に頼っていた。井戸を掘っても、塩水しか出ないからだ。用足しは海に向かってすればいいが、飲み水や料理の際に使う水は海水でというわけにはいかない。山の湧き水を汲み、家まで運んでくるのは重要な作業だった。信介は日曜日でも、忙しく飛び回っている。勝利がやるしかなかった。

「おれも手伝ってやる」

寝転んでいた屋下が、珍しく自分から言葉を発して起き上がった。重労働である水汲みを、子供の勝利に任せておくのは忍びないと考えてくれたようだ。一緒に行動するのは息が詰まるが、手伝ってもらえるのはありがたい。遠慮せず、厚意を受けることにした。

「助かるよ、屋下さん。ありがとう」

天秤棒《てんびんぼう》は一本しかないから、それを屋下に預ける。屋下が天秤棒の両端に桶ふたつをぶら下げ、勝利はさらにもうひとつの桶を手にした。桶三杯分汲めれば、四、五日は保つ。次に汲みに行かなければならない日を先送りできるという意味でも、かなり助けになるのだった。

並んで歩いても言葉を交わす間柄ではないから、勝利が先に立った。山の麓にある泉まで、黙々と脚を動かす。だが林に分け入った辺りで、後ろから屋下が声をかけてきた。驚いて、立ち止まった。

「こっちに行った方が近くないか」

「えっ」

屋下が何を言っているのかわからなかった。屋下が顎をしゃくったのは、林の奥だった。そちらは道もなく、分け入っても何があるかわからない。知りもしないくせに何を言っているのか、と思った。

「そっち行って、何があるって言うんだよ。道に迷うぞ」

「よく見ろ。獣道がある。これに沿っていけば、迷わない」

言われて、下生えを見つめた。確かにうっすらと、下生えが倒れている部分がある。これが獣道なのか。初めて知った。

「獣道があったって、そっちに水があるってどうしてわかるんだよ」

「いいから来い。こっちの方が近い」

屋下は繰り返して、先に道を逸れてしまった。おいおい、と思いながらも、山の中で迷子になられたら困るのでついていった。どうせすぐに引き返すことになる、と考えていた。

だが、正しいのは屋下だった。ほどなく、小さい泉が現れたのだ。こんな場所、これまで聞いたことがなかった。下生えと岩の陰になっているので、屋下に連れてこられなければ絶対に見つけられなかっただろう。なるほどこちらの方が目指していた泉より近いが、しかしなぜ屋下が知っていたのか不思議だった。

屋下は桶を泉に突っ込み、水を汲む。勝利も同じように水を汲みながら、問い質した。

「なんでここを知ってたの？」

屋下は問いかけが聞こえなかったかのように、すぐには答えなかった。二杯目を汲み、それらを天秤棒の両端に吊して、こちらに背を向けてからようやくぼそりと言った。

「仕事中に来たことがある」

「誰かに教えてもらったの？」

仕事の休憩中に冷たい水を求めたとしても、誰かに聞かなければこんな場所は見つけられないだろう。だから重ねて尋ねたのだが、もう屋下は答えてくれなかった。さっさと歩いていってしまうので、勝利は桶を手にしてその背中を追った。

屋下にはどうも得体の知れないところがある。その思いを、ますます強くした。

13

良子と慶太のことを、勝利は信介に話せずにいた。どう言葉を選ぼうと、信介が悲しむのは避けられないからだ。だがぐずぐずしているうちに、信介の耳に入ってしまったようだ。そのことを、勝利は良子から聞いた。

「えっ、話したの？」

言われて驚いた。信介の態度は、いっさい変わっていなかったからだ。

「うん。だって、信ちゃんは幼馴染みだからね」

そうするのが当然、とでも言いたげな良子の口振りだったが、表情は複雑そうだった。内心では気まずい思いをしていたのだろう。それでも、正直に言うべきだと考えて打ち明けたに違いない。良子がそう判断したなら、勝利が文句を言う筋合いではなかった。

良子が他の男と付き合い始めたことを知っても平然としているなら、実は信介はそれほど良子を思っていなかったのではないかと勝利は考えた。良子が言うとおり、ただ幼馴染みとしての好意だったのかもしれない。一度はそう解釈したのだが、やはりそんなことはなかったとあるとき気づいた。

夜中にふと、目を覚ました。空襲の記憶はずいぶん薄らいだつもりでいるが、単にそう思い込んでいるだけなのか、まだ夢で見ることがある。そんなときは大声を発してしまい、その声に驚いて目覚める。だが叫ぶときばかりではなく、泣いている自分に気づいて起きることもあった。その夜はどちらでもなく、ぱちりと目を開けて天井をただ呆然と見上げていた。

そのまま目を閉じて、また寝ようとした。だが視界の端に、人の姿を見た。隣で寝ているはずの信介が、窓辺に坐って外を眺めている。窓とは言ってもガラスは嵌《はま》ってなく、単に枠があるだけなので、外気がじかに入ってくる。信介は月を見ているようだった。

勝利の位置からは、信介の横顔が見えた。その横顔が、ひどく寂しげだった。月を見ているようで、本当は何も見ていない気がした。勝利は声をかけず、すぐに瞼を閉じた。しばらく、信介の横顔が脳裏に残っていた。

信介が平然と受け止めたことに安堵したのか、良子は明るさを取り戻した。幸せであることを隠さなくなり、信介の前でもよく慶太の話をした。信介はそれを、にこにこしながら聞いていた。

その顔を見ていたら、良子が鈍いのか、それとも自分が考えすぎなのか、勝利はわからなくなってしまった。

男女が互いに好き合っていたら、いつまでもそのままの状態でいていいものではない。町の復興はまだまだ道半ばではあるが、良子と慶太は結婚することになった。むろん、きちんとした結婚式を挙げている余裕はない。良子が着るべき花嫁衣装も作れない。それでもふたりは、手を取り合ってこの難局を生き抜くことを選んだようだ。来るべき時が来たのであり、これを機に信介がきっぱりと思いを断ち切るならそれもいいだろうと思えた。

空襲でも狙われずに残っていた寺で、結婚式は行われた。寺の境内は広いから、来たい人は誰でも来ていいという大らかな式になった。新郎は借り物の黒い和装を着、新婦は白い布を頭に被り体に纏《まと》って花嫁衣装とした。知り合いが皆集まってきて、厳かだが賑やかな、いい式になった。信介も終始、笑顔だった。

未だ居候状態が続いている屋下は、知り合いではないからと式には出なかった。あんな頭巾を被った人がいては目立って仕方ないから、来なくてよかったと思う。式の間、何をしていたのかと訊いたら、呼ばれた先で大工仕事をしていたそうだ。得体は知れないが、勤勉であることは間違いなかった。

くがから離れた島にいると、日本が今どのような状態にあるのかなかなか実感しにくい。だが変化は確実に訪れていて、その波は島にも押し寄せていた。連合国軍最高司令官総司令部、通称GHQは矢継ぎ早に改革案を発し、日本を抜本的に変えていった。中でも驚いたのは、戦争を指導した政治家や軍人を犯罪者として裁いたことだった。

「戦争なんていやだと思ってたけど、やっぱりいけないことだったのか」

これまで正しいとされてきたことが犯罪と見做《みな》されるのは、まさに天地がひっくり返る思いだった。自分は何を信じればいいのか、頭が混乱しそうになる。

「正確に言うと、戦争は戦争でもしてはいけない戦争があるらしい。その決まり事を破った人を、戦争犯罪人と呼ぶんだ」

信介は説明してくれた。しかし、勝利にはわかりにくかった。

「例えば？」

「平和に対する罪、って言われてるな。侵略戦争とか、条約違反の戦争は駄目なんだ」

「空襲で大勢の人を殺すのも駄目なんでしょ？」

当然のことを訊き返したつもりだった。だが信介は、珍しく苦い顔をして首を振った。

「いや、それは普通の戦争行為で、罪ではないってことになってる」

「どうして！　兵隊でもない人を殺すのが、一番ひどいことだろ」

「何が正しくて何が間違っているかは、戦争に勝った方が決めるんだよ」

吐き捨てるような信介の物言いに、勝利は口を噤んだ。島には進駐軍はやってきていない。くがで進駐軍を見た信介は、勝った側が正義という現実を目の当たりにしてきたのかもしれなかった。

常識が覆《くつがえ》ることは他にもあった。ＧＨＱは財閥を目の敵にしたのだ。財閥と言われても勝利はピンと来ないが、一橋産業のような大会社と説明されれば理解できる。一橋産業はこれまでのまとというわけにはいかないと信介から聞いていたとおり、ＧＨＱは財閥解体に乗り出したのだった。

株主総会なるもので、社長の一橋直人《なおと》は解任された。今後、一橋一族が一橋産業の経営に関わることはなくなるという。島民の暮らしは、長く一橋産業に支えられてきた。一橋一族あっての、神生島だったのである。その一橋一族が、会社から追い出された。一時代の終わりを、子供の勝利ですら感じざるを得なかった。

14

ふとした弾みに、妙なものを見た。屋下の着ている服がめくれ上がり、臍の横にある痣《あざ》が目に入ったのだ。痣くらい珍しくもないが、その形が奇妙だった。まるで、唇のような形をしていたのだ。

それだけなら、変な形の痣だなと思って終わっていた。しかし勝利は、その形に見憶えがあった。信介のふくらはぎにも、唇の形をした痣があるのだ。ただの偶然だろうが、不思議なこともあるものだと思った。

信介にも、その話をした。だがあまり興味を覚えなかったのか、「ふうん」という返事だけで済まされた。自分だけが不思議がっているようで、なにやら悔しかった。

だから、良子にも同じ話をしてみた。すると信介とは違い、「あら」と驚いてくれた。これが普通の反応だよなと嬉しくなり、さらに語った。

「そもそも、唇の形をしてるのが変だろ。特別なぶつけ方をしたら、ああいう痣ができるのかな。ねえ、どう思う?」

「信ちゃんは、生まれたときからその痣があるのよ。でも屋下さんは、どうしてあるんだろう。たまたまかな」

良子も不思議に感じてはいるみたいだが、どうも勝利とは違うことで首を傾げているようだ。信介の痣のことなど、なぜ知っているのか。

「生まれたときから痣があるって、信介が自分で言ってたの?」

「そうじゃないけど、知ってるのよ」

「なんで？」

「信ちゃんは一ノ屋の血を引くからね。一ノ屋の血が流れてる人は、みんな同じ形の痣があるのよ」

「えっ、何それ。そうなの？」

そんなことがあるものなのか。その話自体が不思議ではないか。

「かっちゃんの友達には、一ノ屋の血を引く子はいないのかしら。いても、意識してないのかもね。時代を感じるわねぇ」

「一ノ屋って何？」

確か、一橋家も一ノ屋の一族だと信介が言っていた。どうも特別な血のようだが、それがどういうものなのかさっぱりわからない。

「うーん、改めて訊かれると、説明が難しいわね。ほら、町外れに大きなお屋敷があるでしょ。椿油御殿じゃなく、反対側の平屋のお屋敷。あそこに住んでるのが、一ノ屋の当主よ」

「ああ」

その屋敷なら知っている。空襲でも焼けずに残ったから、今は開け放って家をなくした人に寝る場所を提供しているらしい。きっと金持ちなのだろうと思ってはいたが、何をしている人なのか考えたことはなかった。

「この島では昔から、一ノ屋の一族は特別ってことになってたのよ。どう特別なのかって訊かれると、私もよくわからないけど。一ノ屋の家にいい男が生まれると、島のみんなに幸せが訪れる、なんて言われてたわね」

「なんだ、それ。福の神みたいなもの？」

「まあ、そうね。いい男はめったに生まれないらしいけど」

勝利は信介の顔を思い浮かべた。火傷を抜きにしても、さほどいい男ではない。醜男《ぶおとこ》ではないが、ごく普通の面相だ。そもそも、顔立ちがいい男になんて生まれてこの方会ったことがない。たまにしか生まれないから、希少価値があるのだろう。

「一橋家も、一ノ屋の一族なんだよね」

「そうよ。会社を創った平太社長は、一ノ屋の血を引くから特別なんだって言われてたみたいね。もっとも、顔は特に整ってたわけじゃないらしいけど」

「ああ、そうなのか」

ただし、一ノ屋の血を引いていればみんな特別というわけではないのだろう。血脈そのものに特別な力があるなら、二代目社長は会社を追放されたりはしなかったはずだ。平太社長の血は、あの圭子という人に色濃く受け継がれたのかもしれない。

「他にも、お医者様も一ノ屋の一族らしいわよ。やっぱり、立派な人が出てくる血筋なのよね」

「へえ」

島でただひとりの医者には、勝利も世話になったことがある。そんな話を聞くと、一ノ屋の血はすごいのだなと理解できた。

信介も一ノ屋の血を引く者として、その器量を存分に発揮している。信介がくがで商談をまとめてきたお蔭で、島には材木がどしどし運ばれていた。大工の数も増え、町は急速に甦りつつある。青年互助会が考えた新しい町の姿は、現実のものとなり始めているのだった。

「信介も、さすが一ノ屋って言われるね」

無邪気に口に出してから、この話題はよくなかったかと反省した。信介が立派になったからと、良子は距離を感じ始めたのだ。だがすでに人妻となった良子は、もうそんなことは気にしていないようだった。なんの屈託も感じさせない返事をする。

「ホントね。さすが一ノ屋よね」

誉める気持ちに偽りはないのは確かだが、どこか他人事のような響きがあった。実際、他人事なのだろう。信介にも早く嫁が来てくれないかな、と勝利は心の中で考えた。

良子と話をしているうちに、痣を不思議に思ったことをすっかり忘れていた。だが、屋下の素性を怪しむ気持ちが収まったわけではなかった。ちょっとしたきっかけで、その気持ちはすぐ頭をもたげるのだった。

屋下は夜遊びをしない。酒をいっさい飲まず、夜は信介たちとともに食事をしてから寝る。そんな生活態度は真面目としか言いようがなく、むしろ毎日がつまらなくないのだろうかと心配になるほどだ。屋下の禁欲的な暮らしぶりは、まるで己に対する罰のようにすら思えた。

そんな屋下が、珍しく喧嘩をして帰ってきた。大工仕事で行った先の家で、口論になったらしい。それには信介も驚いたようで、目を丸くして尋ねた。

「何があったんだ」

「大したことじゃない」

屋下はそうとしか答えなかった。屋下の頭巾には、血が滲んでいる。単なる口喧嘩ではなく、殴り合いになったようだ。そうまでして、大したことないわけがない。喧嘩の理由を言いたくないのか、それともいつもどおり単に口が重いだけなのか。

「なんだ、話してくれないのか。だったら、喧嘩の相手にわけを訊きに行くぞ」

見過ごしにはできないと思ったか、珍しく信介は強い態度に出た。屋下は少し黙り込み、「ちっ」と舌打ちした。

「しょうがねえな。話すが、顔を殴られた。痛むから、少し冷やしたい」

「ああ、そうしたほうがいい。桶と手拭いを使ってくれ」

土間に置いてある桶に、信介は顎をしゃくった。屋下は無言で頷き、土間に下りる。甕《かめ》から水を汲んで、桶を手にして外に出た。

勝利は好奇心を抑えられなかった。一分ほど待ってから、信介には「小便」と嘘をついて屋下の後を追った。屋下が家の裏側に回ったのは、気配でわかっている。体を拭く際にはいつも、人目を避けるように家の裏に行くのだ。今は頭巾を取る必要があるから、見られないように家の裏に隠れたのだろう。

これまでにも、覗く機会がないわけではなかった。だが、裸になっているところを覗くのは気が引けた。今は裸ではなく、確実に頭巾だけを取るとわかっている。この好機を逃したくはなかった。

足音を立てないよう、こっそりと忍び寄った。家の陰に隠れるようにして、顔の右半分を出す。屋下はこちらに背を向けていた。予想どおり、頭巾を取っている。桶を覗き込むようにしゃがんで、手拭いを頰に当てていた。

こちらを向いていないのはよかったが、背後からでは顔が見えなかった。これでは後頭部を覗きに来たようなものだ。後頭部に生えている髪は、かなり白いものが交じっている。わかったのはそれだけだった。

いっそ、反対側に回り込もうか。しかしそうすると、今度は真正面から覗くことになってしまう。さすがにそれでは、屋下にばれる。どうしたものかと考えあぐね、少し身を乗り出して屋下の横顔を見ようとした。

その際、地面に落ちていた小枝を踏んでしまった。大きくはなかったが、枝が折れる音がはっきりと響いた。まずい、と思ったときにはもう遅く、屋下がこちらを振り向いた。まともに目が合う。勝利は驚いて、家の中に逃げ帰った。

屋下の顔には、火傷の痕などなかったのだ。

すぐに、頭巾を被った屋下が戻ってきた。勝利を睨み、頭に拳骨を落とす。手加減抜きだったようで、かなり痛かった。信介がそれを見て、「どうした」と尋ねた。

「こいつが何かやったのか」

「覗きだ」

屋下は頭巾を被っているから、表情がわからない。だが激怒しているなら、拳骨一発くらいでは済まないだろう。「痛え」と頭を押さえる勝利を尻目に、畳に胡座《あぐら》をかいた。

「おれが頭巾を取っているところを見やがった」

「なんだ、男の顔を覗き見とは、いい趣味してるな」

信介は面白がるような物言いをした。勝利は自分が今見たことを、信介に話していいものか迷った。

ともかく、今はやめておこう。屋下の前では話せない。屋下がいないときに言うかどうかは、改めて考えることにした。

「で、喧嘩の理由はなんなんだ」

信介は話の続きを忘れていなかった。促され、屋下は口を開く。

「……あの野郎は、洞窟の中の男のことを嗤《わら》ったんだよ。夢だけ見て野垂れ死んだ馬鹿だ、ってな。だからぶん殴ってやった」

「ああ」

信介は納得したような声を発した。だが勝利は、ちんぷんかんぷんだった。

洞窟の中の男の話は、聞いたことがある。勝利が物心ついた頃にはすでに死んでいたが、有名な変人だったようだ。なんでも、洞窟の中には財宝が眠っていると信じて、ずっと探し続けていたらしい。もちろん、財宝など見つからなかった。子供の勝利が聞いても、馬鹿馬鹿しい話だと思う。

その話であることは間違いないだろうが、洞窟の男を馬鹿にされたらなぜ屋下が怒るのか。そして、なぜ信介は納得しているのか。そもそも、よそ者の屋下がどうして洞窟の男のことを知っているのか。

以前に山の泉の場所を知っていたときにも怪しんだことだが、屋下はこの島に来るのが初めてではないのではないか。馴染みがない振りをしているけれど、屋下がこの島のことを知っているのは間違いない。さらに、どうやら信介もそのことを承知しているようだった。信介は屋下の正体を知った上で、家に置いているのだ。

頭巾は火傷の痕を隠すためではなく、顔そのものを隠すために被っていた。ならば、島には屋下の顔を知っている人がいるのだ。信介が承知しているなら悪いことは起きないだろうが、屋下がなんらかの秘密を抱えて島にやってきたのはもう間違いなかった。教えてくれよ、という気持ちを込めて信介の顔を見ても、何も気づかない体《てい》で目を逸らされてしまった。いずれ屋下の秘密を暴いてやる、勝利はそう心に決めた。

15

慶太は一橋産業ではなく、電力会社に勤めている。電気は早々に復旧したから、この島での慶太の仕事は多かった。単に発電所が動くだけでは意味がなく、送電線で各戸に電気が供給されなければならない。電柱は根こそぎ倒れてしまったから、慶太は日々、その立て直しに奔走していた。

その多忙さがよくなかったのかもしれない。慶太は体を壊して、寝込んでしまったという。もともと、戦場で熱病に罹り、半死半生で帰ってきた身である。養生しようにも生活環境は悪く、いつまでも幽霊のように痩せたままだった。そこに多忙な毎日が襲いかかり、体調を崩してしまったのだろう。

「心配だね」

良子に会ったとき、そう声をかけた。いつも明るい良子も、夫が寝込んでしまえばさすがに表情が曇る。眉を寄せて、頷いた。

「ありがとう。信ちゃんのお蔭でくがから薬が届いてるから、まだましだけど」

信介が手漕ぎの船でくがに行くという冒険をしたときも、真っ先に持ち帰ったのは医薬品だった。あのときは充分な量とは言えなかったが、今は定期連絡船が動いている。潤沢とは言えないまでも、必要な分の医療品は届いているはずだ。良子のためにも、ゆっくり養生して体を治して欲しかった。

ある晩のことだった。勝利たちの掘っ立て小屋に、客がやってきた。信介は顔が広いので、客が来ることは珍しくない。だがその晩の客は、初めて来た人だった。少なくとも、勝利には見憶えのない顔だった。

「やっぱり」

玄関に立った男は、挨拶もせずにいきなりそんなことを言った。なんだこいつ、と思ったが、妙な動きをした者がいたのでそちらに気を取られた。屋下が腰を浮かせ、今にも走り出しそうな姿勢になったのだ。

だが唯一の出入り口である玄関は、男に塞がれている。屋下は逃げられず、かといって隠れる場所もなく、中途半端に腰を浮かせて固まっていた。

「噂で聞いてたんだよ。兄さんに似た人が、島にいるって」

来訪者はそう言いながら、中に入ってきた。屋下は警戒するかのように、腰を浮かせた姿勢のままでいた。ひとり信介だけが、とぼけた声を発した。

「あーあ、ついに勘づかれたか。まあ、いずれこうなることはわかってたよな。諦めて、ちゃんと坐れよ、松太郎《まつたろう》さん」

信介は屋下を、松太郎と呼んだ。それが本名なのか。屋下は信介をひと睨みしてから、言われたとおり腰を落ち着けた。来訪者は「お邪魔するよ」と断って、板の間に上がってくる。来訪者は勝利だけに向かって、話しかけてきた。

「いきなりすまないね。おれは一ノ屋松次郎《まつじろう》って者だ」

「一ノ屋？　一ノ屋本家の当主か」

そういう人がいることは聞いていた。戦災で焼け出された人に屋敷を開放している、偉い人だと認識していた。これが、その当主か。かなり貫禄のある人を想像していたが、実際はそうでもない。身なりはごく普通の安物の服を身に着けているだけで、その辺りの人と変わりなかった。しかし、そんなところは好感が持てた。

「名前のとおり、おれは本当は次男なんだ。それなのにどうして本家を継いでいるかと言うと、長男が島を出ていっちゃったからなんだよ。そこで変な頭巾を被っているのが、その長男だ」

「えっ」

顔を隠しているからには事情があると思っていたが、まさか一ノ屋本家の当主の兄だったとは。あまりの驚きに、瞬きも忘れて屋下――いや、松太郎のことを凝視した。

松太郎は観念したように、頭巾を取った。皺が刻まれた顔が現れる。この前見たとおり、火傷の痕などない顔だ。しかし肌は荒れ、皺が深い。苦労を重ねてきたかのような顔だった。

「おれをあざ笑うために来たのか、松次郎」

松太郎は唸るような声で、問いかけた。松次郎は目尻を下げて苦笑する。

「相変わらずだな、兄さんは。三つ子の魂百まで、ってか。おれは生まれてこの方、一度も兄さんをあざ笑ったことなんてないだろ。つけ加えると、誰も兄さんのことを嗤ったりしてないぞ。いきなり喧嘩腰になるなよ」

松次郎は自分の目の前の床板を、トントンと叩いた。まあ落ち着け、という意味のようだ。松太郎は反省したのか、鼻から息を抜いた。

「兄さん、小五郎《しょうごろう》は死んだぞ」

「知ってる。聞いた」

小五郎という名には、聞き憶えがあった。誰だっけと首を捻り、洞窟の中で宝探しをしていた変人だと思い出す。松太郎はその小五郎と知り合いだったのか。だから、いつぞや小五郎のことを馬鹿にした人に殴りかかったのか。

「小五郎は炭鉱で稼いだ金を盗まれ、食うや食わずになっても財宝探しをやめなかったんだ。で、結局、痩せ衰えて洞窟の中で死んじまった。まあ、傍目にはどう見えようと、本人にとっては初志貫徹で幸せな死に方だったのかもしれないよ」

松次郎は特に感情を交えず、淡々と語る。詳しいことは知らなかったので、そうだったのかと勝利は感じ入った。少し憐れだとも思ったが、松次郎が言うように、当人は満足していたのかもしれない。

「そのとおりだ。おれは小五郎が羨ましい。おれも小五郎のように死にたい」

もともと松太郎の声は低いが、今はさらに声がくぐもっていた。相手に語りかけているのではなく、自分自身の中に声を届かせようとしているかのようだった。松太郎と小五郎は、いったいどんな関係にあったのだろうか。

「里子《さとこ》さんはどうした」

松次郎がまた知らない名前を出した。松太郎は、まるで痛みを覚えたかのように顔を歪めた。

「逃げられた。おれに甲斐性がなかったからだ」

「あー、そうか。まあ、そんなことじゃないかと思ったけどね」

苦しげな松太郎に対し、松次郎の口振りは飄々《ひょうひょう》としていた。口調だけではない、この兄弟は顔も似ていなかった。詳しい事情はよくわからないが、松次郎の方が軽やかに生きているのは間違いなさそうだった。松次郎の軽やかさが少しでも松太郎にあれば、頭巾を被って島に戻ってくる必要などなかったのではないか。無関係の第三者である勝利には、そう思えた。

「ええと」

そこに、なにやら気まずそうに信介が言葉を挟んだ。兄弟ふたりの顔を見比べて、どちらにともなく問う。

「おれと勝利は、ここにいてもいいのかな。席を外そうか」

「ここはお前たちの家なんだから、出ていく必要はない。勝利も、おれの恥をすべて聞け」

松太郎はこちらに目を向け、そう言った。こんな話の途中で追い出されたらたまったものじゃないと思っていたので、いていいと言われて安堵した。松太郎には悪いが、勝利の胸は好奇心ではち切れそうだった。

「勝利にもわかるように話してやる。おれは以前、一ノ屋の当主だったんだ。でも、当主の重圧に耐えられずに逃げ出した。おれは小五郎と一緒に、洞窟の中の財宝を探していた。おれと小五郎は、友だった。それなのに、おれは友の女房を奪い、くがに駆け落ちした。ひとりで逃げる勇気がなかったからだ」

　言葉を吐き捨てるように、松太郎は語る。なんだか、予想以上に重い話だなと面食らう。顔を隠しているくらいだからどうせろくな過去ではないだろうと思っていたが、やはりろくでもない話だ。小五郎という人がかわいそうになった。

「兄さんは運がなかったんだよ。おれはその後、女房をもらったんだぜ。かわいい女房だ。兄さんももう少し我慢してれば、今のおれの立場にいられたのに」

「そのとおりだな。おれは何をやっても、裏目に出る。くがでの里子との暮らしも、ひどいもんだったよ」

　松太郎は小さく首を振った。ひどいもんだった生活については、松次郎は尋ねようとしなかった。

「それで、大工仕事を覚えたのか」

「ああ。里子に逃げられた後にな。自分の食い扶持は自分で稼がなきゃ、生きていけなかったから」

「いい選択だったじゃないか。大工仕事ほど、今求められてる仕事はないよ。で、どうして島に戻ってきたんだ？　信介に会って、里心がついたか」

　松次郎は顎でちょんと信介の方を指した。松太郎は曖昧に頷く。

「まあ、そうかな。里心というより、おれなんかが島の役に立てるなら、立ちたいと思ったんだ。いまさら遅いが」

「遅くないよ。まさに今こそ、大工の腕が役に立つときじゃないか。兄さんはくがで修業して、一番いいときに島に帰ってきたんだよ」

　言われて、松太郎は不思議そうに弟の顔を見た。優しいことを言うなぁと勝利は感心していたが、どうやら言われた当人は違う感想があるらしい。

「お前、変わったな。そんなことを言えるようになったとはな。家族を持って、丸くなったか」

「そりゃあ、そうだ。おれのこと、いくつだと思ってるんだよ」

「おれは年を取ったって、ぜんぜん成長しちゃいない。小五郎に謝りたくても、死なれちまってそれも果たせない。悔いを抱えて、生き恥を曝すだけだ」

「相変わらず、暗いなぁ。まあ、兄さんらしくていいけどね」

重い情念が籠るかのような松太郎の言葉を、松次郎はあっさりと受け流した。松次郎のことは好きになれそうだな、と勝利は見ていて思った。

「なあ、兄さん。うちに帰ってこないか。兄さんが生まれ育った家だ。母さんは死んじまったけど、おれの女房子供がいる。会ってやってくれよ」

「いまさら、どの面下げて帰れるか」

「またそんなことを言う。おれの女房子供とは会ったこともないんだから、どの面下げてもくそもないだろ。別に兄さんを憐れんで言ってるんじゃないぜ。兄さんに頼みがあるんだ」

「頼み」

怪訝そうに、松太郎は眉を顰《ひそ》めた。対照的に松次郎は、なんでもないことのように言う。

「知ってのとおり、大立て者だった一橋家も傾いちまった。一橋家の援助で生きてた一ノ屋は、今や食うにも困る有様なんだよ。他人様《ひとさま》の情けに縋《すが》って、かろうじて毎日過ごしている始末さ。新しい時代になったからには、おれも働かなきゃならないわけだ」

「それは、そうだな」

「で、だ。この年になって初めて会社勤めをするのも辛いから、兄さんに弟子入りさせて欲しいんだよ。おれも大工をやるわ」

松次郎は思いがけないことを言った。松次郎の年はわからないが、五十は過ぎていそうである。この年で経験のない会社勤めをするのは確かに辛いだろうと思うものの、大工仕事を覚えるのもきついのではないか。どうせ何をやっても辛いなら、兄に教えを乞おうというわけか。

「大工仕事なんて、そう簡単に身につくものじゃないぞ」

案の定、松太郎は渋い顔をする。しかし、その声に拒絶の響きはなかった。

「わかってるよ。でも、何もしないで屋敷で寝てるのも辛いんだぜ。兄さんならわかるだろ」

「ああ」

松太郎は二度頷いた。一度目は軽く、そして二度目は深く。

「おれの教え方は厳しいぞ。音《ね》を上げるなよ」

「優しくしてくれよ」

心を定めたかのような松太郎の言葉を、松次郎はまたしても軽々と受け流した。勝利はつい笑ってしまい、信介の顔を見た。信介は眉を吊り上げ、剽《ひょう》げた表情をした。その顔は、よかったよかったと言っているかのようだった。

16

昭和二十二年五月三日には、新憲法が施行された。何がどう変わったのかと信介に訊いたところ、「一番偉いのは天皇陛下じゃなく、おれたちになったらしいよ」と言われた。おれたちが一番偉い、と言われてもなんのことだかわからない。おれたちという言葉が指すのは、勝利と信介だけであるはずがなかった。

「なんだよ、それ。日本の中でおれが一番偉いのか。そんなわけないだろ。どういう意味なんだよ」

「みんな平等になった、ってことだろ。少なくとも、天皇陛下が一番じゃなくなったってことは間違いないな」

「天皇が一番偉いんじゃなかったら、天皇はどうなっちゃうの？」

「さあ。天皇という立場がなくなっちまうんじゃないかとも思ってたけど、どうやらそうではなさそうだ。退位もしないみたいだし、そのまま宮城《きゅうじょう》にいるんじゃないか」

「じゃあ、何が変わったんだか結局よくわかんねえな」

「こういうことは、時間が経って初めてわかるんじゃないかね」

信介の説明では今ひとつ腑に落ちなかったが、信介の理解が浅いわけではなかった。誰もが皆、国民主権と言われてもピンと来なかったのである。実際、新憲法の影響はすぐには生活に現れなかった。勝利にとってはむしろ、新しい学校教育法の方が大事件だった。

なんと、学校が男女共学になったのである。これを大事件と言わず、いったい何が大事件であろうか。

同じ教室に、女子がいるのだ。小学校一、二年は共学だったが、戦時中だったのでろくに学校に行けなかった。終戦時にはすでに三年生になっていたから、別学だった。この四月の新学期からまた共学になったのだが、慣れないのでどうにも違和感が消えない。学校はいきなり非日常の世界になり、教室には緊張感が漲《みなぎ》っているかのようですらあった。以前は馬鹿騒ぎしていた連中も、妙に構えて静かになっている。新しい国に生まれ変わる、という表現は戦争が終わってから何度も聞いたが、こういうことだったかと初めて実感できた。

「あー、肩が凝る。学校に行くのに、なんでこんなに緊張しなきゃいけないんだ」

ある日、家に帰って愚痴をこぼした。すると信介は、面白がってニヤニヤした。

「いっちょ前に女子の存在を意識してるのか。十年早いと言いたいところだけど、まあ気持ちはわかるよ」

「おれも、信介が良子ちゃんを意識する気持ちがわかるようになったよ。女子ってのは、気になるもんだなぁ」

「何、馬鹿なこと言ってるんだ。おれと良ちゃんはただの幼馴染みだから、意識なんかしてねえよ。ガキの話と一緒にするな」

信介は右手をぶんぶんと振って、目を逸らしてしまった。相変わらずわかりやすい。勝利は苦笑を浮かべて、「はいはい」と応じた。

「そういうことにしておくよ。そうだ、良子ちゃんといえば、慶太さんがまた寝込んじゃったらしいね。大丈夫かなぁ」

食糧事情はずいぶん改善されてきたのに、慶太は依然としてガリガリに痩せていた。こうなると単なる養生の問題ではなく、一度失った健康はもう二度と元には戻らないということなのかもしれない。無理が祟って倒れたのを機に、仕事量は比較的抑えめにしてもらっているとのことだったが、結局また寝込んでしまったのだ。良子の悲しむ顔が目に浮かぶようだった。

「ああ、聞いた。明日にでも見舞いに行くか」

「うん」

良子を信介から奪った男として、慶太に対しては少し複雑な思いがあるが、決して嫌いなわけではない。慶太個人はいい人だと思っている。それに、信介当人が特にわだかまりを覚えずに慶太に接していた。前に倒れた際にも、貴重な白米を手みやげにして見舞いに行ったくらいである。勝利も、見舞うのはぜんぜんいやではなかった。

翌日、手に入ったリンゴを持って良子たち夫婦の家に行った。良子は喜んで出迎えてくれたが、部屋の奥で寝ている慶太を見て勝利は言葉を失ってしまった。死体が寝ている、と思ってしまったのだ。

もちろん、それは死体などではなく、息をしている慶太だった。見間違えたのは、慶太の眼窩《がんか》が落ち窪み、頬がげっそりと痩けていたからだ。以前から幽霊みたいな人だと密かに思っていたが、今は皮一枚を被った骸骨にしか見えなかった。

「具合、どうだ」

信介も驚いただろうに、それを感じさせない小声で良子に問うた。良子は「うん」と頷いてから、明らかに空元気とわかる口調で答えた。

「食欲が出てきたから、ずいぶんましになった。二日くらい前までは、お粥を無理矢理喉に流し込んでいるような感じだったから」

「そりゃあ、よくないな。リンゴなら、摺《す》り下ろせば食えるか」

「うん、そうね。ありがとう」

良子は嬉しげに微笑んだ。無理に笑ったわけではなさそうなのが救いだった。

「寝てるのか」

部屋の奥にいる慶太を顎で指し示して、信介は訊いた。良子は「どうだろう」と首を捻る。起こさなくていい、と信介が止めようとしたが、それより先に慶太の体に手を置いてゆすった。

「ねえ、起きてる？　信ちゃんとかっちゃんがお見舞いに来てくれたよ」

「あ、ああ」

慶太はぼんやりと目を開いて、勝利たちを認めた。そして身を起こそうとするので、信介が慌てて制止した。

「いいから、いいから。そのまま寝ててくれ」

「すみません、見てのとおり、みっともない有様で」

慶太は頭を枕に戻すと、悔しげに眉を寄せた。信介は布団の傍らに腰を下ろす。勝利はその背後から、覗き込むようにして慶太の様子を見た。

「みっともないなんて言うな。これも名誉の負傷だろ。あんたがみっともないなら、おれの顔もみっともないことになるぜ」

信介は静かな口調で言った。慶太は今度は、眉を八の字にする。

「ああ、そうですね。失言でした。ただ、体が動かないのは情けなくてね」

「戦争で負った傷は、そう簡単には治らないよ。おれの顔は一生このままで、治る見込みはない。それに比べりゃ、あんたは五体満足なんだ。諦めるなよ」

「いやぁ、信介さんの励ましは身に沁《し》みるな。がんばらなきゃって気になりますよ」

慶太は少し声を大きくした。ただ、本当に元気が出たのか、無理に元気な振りをしているのか、勝利には判別がつかなかった。

「リンゴが手に入ったから、持ってきた。これを食って、早く体を治せ」

「ええ」

長居しては慶太を疲れさせると思ったか、信介はそう言って腰を上げた。玄関先まで見送りに来た良子に、最後に声をかける。

「何か困ったことがあったら、言ってくれ。おれにできることなら、いくらでも力になるから」

「うん、ありがとう」

慶太の体を治してくれる薬があるなら、良子はそれを欲しただろう。だが、そんなものはくがに行ってもないのだ。せっかく戦争から生きて帰って、かわいい嫁さんをもらったのに、慶太もさぞや悔しいだろうなと勝利は推察した。良子の後方をもう一度覗き込むと、慶太はまた目を閉じていた。やはり死体のように見えた。

17

信介は島とくがを忙しく往復している。会社を創り、建築業に本腰を入れているのだった。今や、月の三分の二はくがで暮らし、島には十日ほどしかいない生活を送っていた。

あるとき、人を伴って島に帰ってきたから驚いた。いや、誰かを連れてくること自体は珍しくない。むしろ、仕事関係の人を島に連れてくることはしょっちゅうだった。勝利が驚いたのは、連れが女だったからだ。

「なんだ、迎えに来てたのか」

港で顔を合わせると、信介はばつが悪そうにそんなことを言った。くがとの往復は頻繁になったので、必ず港に迎えに行くというわけではなくなった。今回はたまたま、気が向いたから待っていたのである。信介の表情からすると、どうやらありがた迷惑だったようだ。

「なんだはないだろ。誰だよ、その人」

信介の背後に立っている女に、顎をしゃくった。なにやら、妙に綺麗な人である。島では見たことないような美人だ。服装もモンペではなくスカートを穿いていて、話で聞く銀座《ぎんざ》辺りを歩いていそうな雰囲気だった。物資不足の困窮生活とは、まるで無縁に見えた。

「あー、えー、こちらは花村《はなむら》さん。花村玲子《れいこ》さんだ。これが例の勝利です」

言葉の後半は、背後の女に向けた説明だった。花村玲子という女は、にこりと笑って一歩前に出てきた。

「こんにちは。初めまして」

近くで見たら、ますます美人だった。眉が綺麗に整っていて、すらりと眉尻に向かって伸びている。目が大きく、目尻が少し上向きで、まるで眸《ひとみ》自体が光っているようだ。鼻が高く、顎が綺麗に尖っていて、肌がすべすべそうだ。くがに行けばこんな美人がいるのかと、挨拶を返せないほど圧倒された。

自分ではこんにちはと言ったつもりだったが、口の中でもごもごと唱えただけになってしまった。そんな勝利の様子を見て、信介は調子を取り戻したようだった。

「おいおい、なんだその挨拶は。花村さんがあんまり綺麗なんで、びっくりしたか」

楽しげにずばり言い当てる。そのとおりだよ、と内心で言い返したが、腰が引けていた。これ以上この場にいたら申し訳ない気がして、そのまま踵を返して駆け去った。

まさか、家に連れてくるつもりじゃないだろうな。そう心配していたら、夜になって信介はひとりで帰ってきた。ホッとした気持ち九割、残念な気持ち一割の、複雑な思いを味わった。

「あの人はどうしたんだよ」

尋ねると、信介はなんでもないことのように「ああ」と応じた。

「旅館に泊まるよ。他にどこに行けって言うんだよ」

確かにそれはそのとおりだが、そもそも信介と花村玲子の関係がわからないのだから、判断がつかない。ふたりきりになったのをいいことに、遠慮なく訊いた。

「あの人、信介の何?」

「何って、いや、まあ、その、あれだ」

信介の説明は見事に曖昧だったが、それだけで理解できてしまった。そうなのか、あの人が信介の恋人なのか。

なんというか、信じられない思いだった。信介に恋人ができればいいと、ずっと望んでいた。

しかし想像していたのは、島生まれの純朴な女だった。良子のように、世間ずれしていなくて愛らしい、素朴な女以外はあり得ないと勝手に思い込んでいた。花村玲子は、勝利のそんな想像とは大きくかけ離れていた。

「どこであんな美人と知り合ったの？」

訊かずにはいられなかった。信介は一応、小さいとはいえ会社の社長である。社長ともなると、女にもてるのだろうか。もてるのかもしれない。いや、きっともてるのだ。そうでなければ、信介があんな美人を島に連れてこられるわけがなかった。

「それは、まあ、いろいろだ」

信介はしどろもどろだった。照れているのか、それとも言いづらいのか。ずっと良子ひと筋だったから、ばつが悪いのかもしれないと思った。

「いろいろって、いろいろなところで知り合うのは変だろ。知り合った場所は、一ヵ所だろ」

「そうだけどな。その辺はあんまり訊いてくれるなよ」

眉を寄せて、信介は困った顔をする。どうして困るのかと考え、ピンと来た。

「あの人、女給か」

銀座を歩いていそうな女だと思ったが、銀座の女給だとしたら納得できる。信介が言いたがらないのは、そのせいなのだと察した。

「知り合うきっかけはいろいろだろ。女給だったら、なんだってんだ。女給を卑しい仕事だとでも思ってるのか」

不意に、信介はむきになった。つまりそれは、信介自身がかなり気にしている証拠だった。こんな調子では、この先大変なんじゃないのか、と危ぶんだ。

「おれは卑しいなんて思ってないけど、眉を顰める人はいるだろうね。そういう人に説明するためにも、うまく話を作っておいた方がいいんじゃないの」

「そうか、そうだな」

信介は素直に何度も頷く。女給という仕事がどういうものなのか、勝利は正確には知らないが、そうした仕事に偏見を抱く人が多いことは知っている。特にこの島には、後ろ指を差す人が少なからずいそうだ。島はいいところだし、決して排他的な気質ではないが、女給と聞いて偏見を持たずにいられるほど開明的とは言えない。信介も厄介な人を連れてきたもんだ、と内心で嘆息した。

信介は島の暮らしぶりを見せたくて、玲子を連れてきたのだと言った。港で勝利と別れた後は、ふたりであちこち見て回っていたらしい。明日は一日休みにして、また島を巡る予定だそうだった。

明けて次の日、信介は旅館に玲子を迎えに行った。邪魔をしては悪いと思ったが、どうしても好奇心を抑えられず、勝利はこっそりと後を追った。信介は後を尾《つ》けられているとは思いもしないらしく、背後をまったく気にせずに歩いていく。それでも勝利は、こそこそと物陰に隠れながらついていった。

旅館の近くまで行き、驚いた。なぜか、旅館を遠巻きにして人だかりができていたのだ。何かあったのだろうか。信介も少しの間立ち止まり、それからその人だかりに近づいていった。

人々は信介に気づくと、あたかもたじろいだかのように後ずさった。何が起きているのか、離れた場所からではさっぱりわからない。人だかりは綺麗にふたつに割れ、その間を通って信介は旅館に入っていった。信介の姿が見えなくなるのを確認してから、勝利は駆け寄った。

「ねえねえ、何があるの」

手近な人を摑まえて、尋ねた。相手は顔見知りで、話しかけてきたのが勝利とわかると目を輝かせた。

「あらっ、なんでこんなところにいるのよ。ついていかないの？」

中年の女性は、旅館の方に顎をしゃくった。勝利が信介と同居しているのを知っているからだ。勝利は「だって」と口を尖らせた。

「邪魔しちゃ悪いかと思って。信介は客を迎えに来たんだよ」

すると中年女性は、我が意を得たりとばかりに顔を近づけてきた。

「そうよね、そうよね。邪魔しちゃ悪いわよね。やっぱりあれなの？　信介さんはあの綺麗な人とそういう関係なの？」

中年女性は、好奇心で今にも胸が破裂しそうな口振りだった。女性の声が大きかったせいで、いつの間にか周りの人たちの視線もこちらに集中していた。そこでようやく、人だかりの意味を理解した。この人たちは、玲子を見に集まってきていたのだ。

「そういうって、まあそうなんじゃないの」

いい加減にごまかしたつもりだったが、人々はそうは受け取らなかった。勝利が肯定したと見做したらしく、どよめきが起きる。「やっぱりそうなのか」「嘘だろ」「信じられない」という声がそこここで上がった。

「名前はなんて言うんだ？」

「信介はどこで知り合ったって言ってた？」

「年はいくつだ？」

すぐに、勝利に向けてたくさんの質問が飛んできた。どうやら、すでに玲子のことは相当噂になっていたらしい。たった半日の島内散策で、噂は駆け巡ったようだ。まあ、無理もない。玲子はかなり目立つ美人だし、それを連れてきたのが信介となれば、人の口の端《は》に上るのは当然だ。

信介の許《もと》にいつ嫁が来るかは、もともと島の人々の関心事だったのだ。

質問に答えないことには解放してもらえそうになかったので、取りあえず名前だけは明かした。だが知り合ったきっかけは「知らない」と答えておいたし、年齢は本当に知らなかった。他にも「親の職業は」だの、「兄弟はいるのか」だのと、知っているわけがない質問をさんざん浴びせられた。まるで映画スターがやってきたかのような、人々の興奮ぶりだった。

そうこうするうちに、旅館から人が出てきた。勝利を囲んでいた人々は、いっせいにそちらに顔を向ける。果たして、出てきたのは信介と玲子だった。声にならないどよめきが起きた。それは間違いなく、玲子の美貌に喚起されたものだった。

「なんだなんだ、見世物じゃねえぞ。ほら、どいてくれ。ついてくるなよ」

信介は迷惑そうに大声を張り上げ、野次馬たちを追い払った。人々は素直に道を空け、信介たちを通す。勝利は大人の陰に隠れ、信介から見つからないようにした。

難しげな顔をした信介が目の前を横切っていくのを、勝利は密かに見送った。信介は一見むっとしているようではあるが、実はあれは照れ隠しであることを長い付き合いの勝利は見抜いた。ふたりの背中が充分小さくなったのを見計らって、ふたたび後を追い始めた。

18

野次馬たちは、さすがについてこなかった。だから信介たちの後を尾けているのは、勝利だけだった。信介は歩き始めたときこそ背後を気にしていたが、野次馬たちが追ってこないと知ると警戒しなくなった。それでも勝利は油断せず、身を隠しながらふたりの姿を追った。

島を見せて回る、と信介は言っていたが、見所がそんなにあるわけではない。町は未だ復興半ばだし、火口まで行くのは一日がかりだ。おそらく自分の会社の仕事でも見せるのではないかと予想したらそのとおりで、信介は玲子を家の建築現場へと連れていった。木の香りはいいものだし、家の骨格が剝き出しになっているのは興味深い。まったくの素人には、新鮮に感じられるのではないかと思った。

そこを見た後は、すでにできあがっている家をいくつか巡った。終戦から二年以上経ち、掘っ立て小屋ではなくきちんと基礎から造った家も増えた。それらの大半は、信介の会社が請け負ったものだ。信介が会社を創っていなければ、島の復興は数年遅れていたことだろう。

信介たちは町を抜け、海の方へと足を向けた。山に行かないなら、見所は他に海しかないだろう。幸い今日は天気がよく、砂浜で潮風を浴びながら寛ぐには適している。ふたりは浜辺に出て、岩の上に腰を下ろした。その際には信介がハンカチを広げ、玲子の服が汚れないよう配慮していた。

こりゃあ、これ以上覗き見するのは気が引けるな。勝利はそう考え、尾行はここまでで打ち切った。どうぞお幸せに、と心の中だけで声をかけ、浜から離れた。

夕方になって、仰天した。信介が玲子を連れて家に帰ってきたのだ。瞬きを忘れ、「どど、どうして」と問う。家には連れてこないのではなかったのか。

「喜べ。玲子さんが夕飯を作ってくれるってさ」

「ええっ」

思いもよらないことだった。信介は照れ屋だから、勝利と玲子を引き合わせたくはないのだと考えていた。

「おいしいかどうかわからないけど、がんばって作るからね」

玲子は微笑みながら、そんな謙遜したことを言う。勝利はうまく受け答えできず、「いやいや、そんな」と口の中でもごもご言った。なんとなく家の中にいづらくなり、外に出て地面に石で絵を描いたりした。

　建築会社の社長が掘っ立て小屋に住んでいては様にならないので、すでに勝利たちの家は新しく建てていた。だから台所もきちんと整備されていて、竈《かまど》は薪《たきぎ》の燃えかすを外から取り出せる最新式を導入している。とはいえこれまでは、材料をざくざく切って炒めたものや煮たものくらいしか食べていなかった。良子が結婚してからこちら、若い女性に作ってもらった料理を食べるのは初めてだった。

　できたわよ、と呼ばれて、家の中に戻った。信介は特に手伝ったりはしなかったらしく、居間でどっかりと胡座をかいている。とはいえ、どことなく居心地悪そうにしているのが見て取れた。やはり玲子ひとりに料理を作らせ、自分は偉そうに構えているのは落ち着かないようだ。

　座卓には、たくさんの皿が並んでいた。焼き魚、肉じゃが、ほうれん草のおひたし、ホタテの煮つけ、ワカメの味噌汁。品数だけでもいつもの食卓とは格段に違っていて、腹が鳴りそうになる。思わず「うわー」と声を発すると、玲子は嬉しそうに笑った。

「そんなふうに言ってもらえると、作った甲斐があるわ。勝利くんは素直でかわいいわね」

「えっ」

　かっと頬が熱くなったのを自覚した。どう振る舞えばいいのか、まるでわからない。ともかく腰を下ろし、大きい声で「いただきます」と言った。箸を手にし、ガツガツと食べ始めた。正直、緊張しすぎて味はよくわからなかった。

　代わりに信介が、旨い旨いと連呼した。別の料理に箸をつけるたびに、「いやー、これも旨い」「本当に旨い」としみじみ感想を口にする。いっそうるさいほどだが、作った側にしてみれば嬉しいだろう。玲子はにこにこしながら、「ホント？」と応じていた。

「本当だよ。なあ、勝利。旨いよなぁ」

「うん、旨い旨い。こんな旨い料理は初めてだ」

つい調子に乗って、大袈裟なことを言ってしまった。良子も料理の腕は確かだったので、実はおいしい料理にありつけなかったわけではない。しかし今は、玲子と信介両方の顔を立てることにした。心の中で、良子に詫びた。

最初の緊張がほぐれて落ち着いてくると、信介はがんばって玲子を持ち上げているのではないかと思えてきた。と言うのも、少し味つけが微妙なものもあったからだ。例えばおひたしや味噌汁は、勝利の感覚ではしょっぱかった。魚は焼きすぎではないかと思った。公平に見て、良子の方が料理は上手だ。ただ、こうして作ってくれることのありがたさは充分に承知している。旨い旨いと言い続けるのは義務だと考えた。

食べ終えた後の片づけまで、玲子はやってくれた。玲子が食器を洗っている間、勝利と信介は互いに言いたいことをこらえている顔で、居間で無言のまま待っていた。これまでずっと男所帯で、自分のことは自分でやってきたから、何もかも女の人に任せてしまうのはどうにも落ち着かない。今回は玲子に断られてしまったのだが、もし次があるなら絶対に食器洗いくらいはやろうと心に決めた。

そしてふと、大変なことに気づいた。もし信介が玲子と結婚したら、自分はどこに行けばいいのか。この家に居続けるわけにはいかないのではないか。

顔からさあっと血の気が引いていくかのようだった。そんなことは、まるで考えていなかった。だが、考えずに済ませられることではない。勝利は信介の弟ではないのだ。ふたりが結婚したら、ただの邪魔者でしかないではないか。

どうすればいいのか。勝利は判断がつかず、途方に暮れた。頭を下げて頼み込めば、信介は出ていけとは言わないだろう。しかし、玲子はどう思うか。信介の血縁者ならまだしも、勝利は赤の他人なのである。そんな子供まで背負い込むのは、いやに決まっている。玲子の料理を誉めておいてよかったと、計算高くて自己嫌悪を覚えるが、つい考えてしまった。

信介はこちらの気も知らず、手持ち無沙汰そうに耳をほじっている。勝利は台所に立つ玲子の後ろ姿を、複雑な思いで見つめた。

19

勝利は島のことを、ことさら閉鎖的とは思わない。くがまでの距離が近いこともあり、昔から行き来は盛んだったそうだ。つまり、よそ者を排除するような狭量さを、島民たちは持ち合わせていないはずだった。

しかし同時に、考え方が古いと思わされる面もあった。くがに行ったことはないから都会の人間を知らないが、きっともう少し進歩的な思考をするのではないかと思う。島民たちは玲子に対し、明らかに偏見に基づいたことを言い始めたのだ。

無理もないことではある。何しろ玲子は綺麗すぎるし、それに対して信介は顔の半分が焼け爛れている恐ろしいご面相だ。釣り合うか釣り合わないかと問われれば、百人が百人、釣り合わないと答えるだろう。その点に関しては、勝利も賛成である。

釣り合わないならば、玲子の目的はひとつ、信介の金目当てに違いない。それが島民たちの出した、偏見に満ちた結論だった。誰もろくに玲子と言葉を交わしていないのだから、完全に見た目だけでの判断である。都会の美人は腹黒に決まっているという思い込みは、いかにも田舎者の発想と言えた。

玲子がかわいそうだった。信介は火傷痕こそ恐ろしいものの、間違いなく好漢である。玲子は外見ではなく、中身に惚れたのだろう。それなのに金目当てと決めつけられては、傷つくのではないか。こんな島に来て暮らし始めても、きっといやな思いをするだけだと勝利は考える。

と同時に、島が玲子にとって居心地の悪い場所であるのは、勝利には利になりうることにも気づいていた。玲子が島に来なければ、勝利が居場所を失うこともない。島民たちの偏見に眉を顰めながらも、一方でそれを認めてしまう己に、勝利は嫌気を覚えていた。

そんな勝利の葛藤をよそに、玲子はなかなか島を再訪しなかった。もっぱら、信介がくがに行ったときに会っているらしい。だからふたりの仲がどれくらい進展しているのかわからなかったが、信介の様子を見る限り、あまり距離が縮まっているようでもなかった。少なくとも当面は、自分の居場所について勝利が思い悩む必要はなさそうだった。

それよりもずっと大変なことが、島では起きた。慶太の病状が、予想以上に悪化してしまったのだ。戦場での熱病が体力を奪っていたところに、帰島後の激務が食欲すら失わせた。食べなければ、どんどん衰えていく一方である。良子はなんとか慶太の喉を通るものを作ろうとしていたが、胃にもたれない食事ばかりでは体力は戻らない。とうとう、床から起き上がることもできなくなってしまった。

戦場での痛手が元で命を落とす人は、決して珍しくないらしい。かわいそうだけどもう駄目だろうね、などと、慶太や良子を直接知らない人は噂しているそうだ。不吉なことを言うなと勝利は腹を立てるが、病み衰えた慶太本人を見てしまうと、必ず治るなんていう無責任なことは口にできない。戦争の酷《むご》さを、二年以上経った今なお突きつけられる思いだった。

「良子ちゃんも辛いだろうな」

近所の人から慶太の現状を聞き、思わず勝利は呟いた。信介も神妙な顔で頷く。

「ちょっともう、見舞いにも行きづらいな」

来客があるだけでも、今の慶太は体力を削がれるだろう。だから勝利たちのできることは、遠くから祈るくらいなものなのだ。子供の勝利が無力さを感じているのだから、信介はなおのことに違いない。その日は結局、信介の眉間の皺が消えることはなかった。

そして、覚悟した瞬間がやってきた。その訃報を、勝利たちは朝一番に聞いた。夜のうちに、慶太は息を引き取ったらしい。悲しみの底に沈んだ一夜を過ごした良子を思い、勝利は痛ましさに言葉を失った。

近所の人から慶太の死を知らされた信介は、畳にへたり込んでしまい動こうとしなかった。その姿は、勝利には意外だった。こうまで衝撃を受けるとは思わなかったのだ。

何しろ慶太は、信介から思い人を奪った男である。嫌わないまでも、親愛の情は持ちにくいだろうと考えていた。しかし信介は、声をかけられないほどうなだれている。その様を見て、いまさらながら勝利は理解した。

信介が慶太と言葉を交わした回数は、おそらく数えられるほどでしかない。信介が慶太に友情を感じていたはずがない。信介が悲しんでいるのは、良子の気持ちを思ってなのだ。良子が悲しむことが、信介にとっての悲しみなのだ。

そんなに好きなのか。半ば呆然とする思いで、勝利は信介を見つめた。玲子という女性が現れたから、良子に対する気持ちは断ち切れたものと想像していた。だが、そもそも断ち切れる類のことではなかったようだ。信介はただひたすら、良子の幸せだけを望んでいたのだろう。良子が幸せであるなら、そこに自分が関わっていなくてもかまわなかったのだ。

そんなふうに人のことを好きになれるのか。恋愛経験のない勝利には、大きな驚きだった。おそらく信介は特殊なのだろう。顔の火傷さえなければ、そのような境地には達しなかったかもしれない。だとしても、感嘆せずにはいられなかった。信介の度量の広さを、改めて目の当たりにした思いだった。

とはいえ、いくら衝撃を受けても、良子の悲しみとは比ぶべくもない。良子を放っておいていいとは思えない。勝利は信介の腕を摑み、「行こう」と促した。信介が真っ先に駆けつけないでどうするのか、そう言ってやりたい気持ちだった。

信介の腕を引っ張って、良子の家まで行った。すでに近所の人が集まっていて、女性たちの大半は泣いている。そんな人たちを搔き分けて、家の中に入った。敷かれた布団には、顔に布をかけられた慶太が寝ている。そしてその枕許で、良子がまるでひと回り小さくなったかのようにうなだれていた。

「良子ちゃん」

信介に先に声をかけさせた方がいいと考えていたのに、良子を見たらつい呼びかけてしまった。近くに駆け寄り、手を摑む。良子と慶太の姿を見たら、自分でも予期しなかったことに涙がぽろぽろとこぼれてしまった。

「良子ちゃん、良子ちゃん」

かける言葉がなかった。ただ、良子の名前を繰り返した。人の死に直面したのは、初めてではない。そもそも勝利は、両親を喪《うしな》っている。だがそれはまだ物事がよくわからない年齢の頃だったから、本当の悲しみも感じずに済んでいた。勝利は今初めて、人の死がもたらす喪失感を味わったのだった。

「ああ、かっちゃん。ありがとうね。ありがとうね」

まだ子供の勝利がいきなり泣き出したことで、良子は悲しみの淵から引き揚げられたのかもしれない。焦点を結んでいなかった眸に、力が戻った。勝利が摑んだ手を、握り返してくる。その手は冷たかった。

「良ちゃん、こんなことになっちゃって」

遅れて信介が声をかけた。良子は顔を向け、「信ちゃん」と呟く。すると栓を開いたように、良子の目から涙が溢れた。それを見たら、勝利の胸にもますます悲しみが押し寄せてきた。

耐えられなくて、良子の腿《もも》に顔を埋め、号泣した。自分でもどうしてこんなに泣くのかわからないほど、声が出てしまった。良子は「かっちゃん、かっちゃん」と言いながら、頭を撫でてくれた。後頭部に水滴が落ちてくるのを、勝利は感じた。

20

こんなときこそ信介は良子のそばにいて慰めてやればいいのにと思うが、仕事は放置できないと言うのだった。それはもっともなので、釈然としないながらも納得する。しかし、一緒にくがに行くかと誘われたのには驚いた。信介がいないなら自分が良子を慰めなければならないと考えていたけれど、くがに行けるという喜びは大きい。それに、良子を慰めようにもどんな言葉をかければいいのかわからずにいたのも事実だった。後ろめたさを感じつつ、信介に同行してくがに行くことにした。

おそらく信介は、良子の慰め役を勝利に押しつけてしまうことを心苦しく思ったのだろう。子供の勝利に、いくらなんでもそれは荷が重い。島には他にも戦争未亡人がいるから、そういう人たちに任せてもかまわないはずだった。同じ痛みを味わった人の言葉の方が、良子も受け入れやすいのではないか。

くがに向かう船の中で胸を弾ませてしまう自分に、勝利はそんな言い訳をした。信介も難しげな顔をしていて、内心は同じ思いではないかと考える。無力な己に腹が立つが、腹を立てたところで何もできることはないのだ。ならば島から離れた方がましと信介が考えたなら、勝利も同感だった。

波は穏やかだったので船は揺れず、船酔いをせずにくがまで辿り着けた。竹芝《たけしば》桟橋というところで下船すると、そこはもう東京だった。港から東京までは距離があるものと思っていたので、少し意外だった。東京は海に面した町なのだと、改めて実感した。

東京は空襲の被害が大きく、復興はまだまだと聞いていたが、勝利の目には実に賑やかに映った。勝利が上陸に感激して立ち止まって周囲を眺めているうちに、他の乗船客たちはどんどん歩き去っていく。それぞれに仕事があり、職場に向かわなければならないのだろう。そんな慌ただしさは、すでに島とは違う気がした。海辺だから潮の匂いはするが、それでも東京の空気は島とは別物と感じられた。

「ここが東京かぁ」

たまらず、声に出して呟いた。信介はそんな勝利の反応を面白がっているらしく、ニヤニヤしながら見下ろしている。

「島とあんまり変わらないだろ」

「えっ、変わるよ。ビルがあるじゃないか」

港の建物を出たところには、高いビルがあった。数えてみたら六階建てで、こんな高いビルは島には存在しない。島と変わらないとは、とうてい言えなかった。

「ああ、これか。これくらいのビルなら、すぐに島にも建つだろ」

信介は簡単に言うが、果たしてそうだろうか。島の町が東京並みに栄える日なんて、来るとは思えない。島は永久に田舎町のままだろうと、特に悲観もせずに考える。今の状態の島が、勝利は好きなのだった。

「こんなところで驚くのは、まだ早い。この後、新宿《しんじゅく》に行くぞ」

「しんじゅく?」

そう言われても、知らない地名なのでピンと来ない。それよりも、生まれて初めて乗る電車に興奮した。まず切符を買って改札口なるものを通ることが目新しく、カチャカチャといい調子で切符切り専用の鋏を鳴らす駅員の姿をずっと眺めていたかった。ホームに出て電車を待っていたら、大きい鉄の箱が目の前に滑り込んできたので驚いた。そこに乗り込むと、最初はゆっくりだったが、すぐに経験したこともない速度になり、窓の外の景色がビュンビュンと後方に流れていく。何もかもが新鮮で、瞬きするのも惜しいほどだった。

二十分近く乗っていたはずなのだが、「降りるぞ」と信介に言われたときにはもっと乗っていたくてならなかった。電車に乗れるだけでも、東京はすごいと思う。自分も大きくなったら、くがと往復する仕事に就くと心に決めた。

新宿という町は、なるほど確かに竹芝桟橋周辺とは賑やかさが違った。ともかく、人の数が桁違いに多い。この新宿駅前の往来だけで、島に住む人より数が多いのではないか。皆、忙しげに早足で歩いている。周りを見回しながらのんびり歩を進めているような、そんな田舎者はいなかった。これは大変なところに来てしまった、と雰囲気に呑まれて気後れした。

駅から少し離れたところには、話で聞く闇市というものがあるらしい。最初、信介もそこで海産物を売り捌いて金を得たらしいが、そうした場所で物を売るには仁義を通さなければならない相手がいて、なかなか大変だったという。だが信介は、苦労話をあまりしてくれない。済んだことだ、と言って片づけてしまうのだ。だから信介が闇市で何をしていたか、勝利は知らずにいる。

信介は駅前にできているビルのひとつに入っていった。そこに取引先の会社があるのだそうだ。

事務机がいくつも並ぶ部屋を訪れ、片隅のソファに腰かけて信介は商談を始めた。その間、勝利はおとなしく横に坐っていた。

一時間ほどで商談は終わった。話を聞いていてもちんぷんかんぷんなので退屈だったが、我慢しとおした。くがに連れてきてもらっただけでも、感謝すべき立場なのである。信介の仕事の邪魔をするわけにはいかなかった。

「よくおとなしくしてたな。ご褒美に、面白いところに連れていってやるか」

取引先を後にすると、信介はそう言った。面白いところなら、山ほどありそうだ。どんなところだろうと期待に胸を膨らませていたら、歩いてすぐの建物に入っていった。その内部を見て、勝利は目を丸くした。

見渡す限り、本ばかりだったのだ。広い部屋の四方の壁すべてに本棚が設置されていて、そこにびっしりと本が並んでいる。それだけでなく、大きい平台がいくつもあり、やはり本が敷き詰められていた。ここはなんなのだ、日本一大きい図書館だろうか、と考えた。

「紀伊國屋《きのくにや》という本屋だ」

信介が説明してくれた。本屋なのか。島に本屋はなく、本が欲しければ雑貨屋で取り寄せを頼まなければならなかった。だからもちろん、勝利は本など一冊も持っていない。学校の図書室にある本を手に取ったことはあるが、読む意欲も湧かなかった。

「最近、ようやく再建されたんだよ。すごいだろ。二階にも本があるんだぞ。世の中にはこんなにたくさんの本があるんだ」

信介の言うとおり、本の量もさることながら、種類の多さにも驚いた。戦後の何もない状態から、早くもこんなに大量の本が出版されたのか。日本はすごいんだな、という感想を初めて抱いた。皆、食うや食わずの生活をしているはずなのに、本を買う人がいるのだ。日本はきっとすぐに立ち直れると、心から信じることができた。

とはいえ、読書習慣がない勝利は、ただこの壮観な眺めに感動するだけで、本を手に取ってみる気は起きなかった。どうせ難しくて、子供には理解できないのだ。せめて子供向けの本はないものかと思ったが、本が多すぎて見つけられない。立ち止まってキョロキョロするだけの勝利の心境を察したか、信介が「こっちに来いよ」と促してくれた。

「勝利も読めそうな本を探してやる」

そう言って、児童書が置いてある一角に先導してくれた。ただ、いまさら絵本を読みたいとは思わないし、だからといって活字だけの本は頭が痛くなりそうだ。せっかくだけど、この光景を見ただけで充分だよと言いたくなった。

「あったあった。これ知ってるか？　って、知らないよな」

そんなことを呟きながら、平台にあった一冊を信介は手に取った。表紙に子供と犬の絵が描いてあり、子供は宝箱を開けて驚いた顔をしている。宝箱の後ろには、海賊たちが隠れていた。題名は難しくて読めないが、新なんとか島と書いてあった。

「『新寶島《たからじま》』っていうんだ。今、評判の漫画だよ。すごく面白いらしいぞ」

「ふうん」

信介の説明に生返事をして、本をぱらぱらと捲ってみた。漫画というから絵物語のようなものかと思ったら、予想に反して活字の量は少ない。これなら読めるかもしれないが、学校の図書室に入るような種類の本ではなかった。ここでこうして眺めたら、以後は二度とお目にかかれないだろう。

「買ってやるよ。読んでみな」

「えっ、いいの？」

信介に何かを買ってもらったことは、ほとんどない。衣食住を世話になっているのだから、それ以上を望まないのは当然だった。とはいえ、自分が我慢を強いられているとも思わない。親がいる子供でも、欲しい物が自由に手に入らないのは同じだからだ。そうした生活を送っていたので、本を買って欲しいと考えたことすらなかった。

「いいよ。おれも読んでみたいからな」

信介はそんな返事をして、にやりと笑った。漫画なんて子供が読むものだと思うが、それを読みたいと言うのはいかにも信介らしい。ならばと、甘えることにした。会計をして本を袋に入れてもらうと、読むのが楽しみでならなくなった。

「もうちょっと、本を見てろよ」

そう言って、信介は離れていった。自分は大人向けの本を見るらしい。勝利は児童書がある一角に戻って、他の本を手に取った。『新寶島』は、落ち着いた場所でじっくり読みたかった。

「漫画少年」という雑誌を開いた。やはり、絵はついているが活字が多い。うーんと思いつつ、暇潰しに次々とページを捲る。そんなことをしていたら、背後から声をかけられた。

「勝利くん」

それが女の声だったので、驚いて雑誌を取り落としそうになった。慌てて振り返ると、そこにいたのは玲子だった。どうして玲子が声をかけてきたのかわからず、へどもどしてしまう。

「えっ、れ、玲子さん。なんで……」

「ここで信介さんと待ち合わせたのよ。でも、先に勝利くんを見つけちゃった」

「そ、そうなの」

だからこの本屋に来たのか。それならあらかじめ言っておいてくれればいいのに、と信介に心の中で文句を言ったが、些細なことではある。玲子と一緒に信介を捜すことにした。

信介は奥まった場所にいて、なにやら難しげな本を手に取っていた。仕事に関係する本だろうか。題名を見てもそもそも読めなかったが、それは玲子も同じらしかった。

「難しい本を読んでるのね。なんの本なの？」

「ああ、玲子さん。これは、まあ、商売についての本だ。おれの仕事には役に立ちそうにないけど」

「信介さんって、頭いいのね」

玲子は持ち上げた。信介は、「いやいや、そんなことはないさ」と明らかに照れる。玲子との付き合いもそれなりに長くなってきたはずなのに、態度は特に変えていないようだ。信介らしくていいと思えた。

「勝利くんはもしかして、何か買ってもらったの？」

勝利が手にしている紙袋を目敏く見て、玲子は訊いてきた。隠すことではないので、素直に答える。

「うん、漫画を買ってもらった」

「あら、いいわねぇ。だったら、あたしも何か買って欲しいな」

玲子は口調を変えず、さらりと言ってのけた。勝利は驚いて信介の顔を見たが、ただ苦笑気味に微笑むだけだった。

「わかったわかった。じゃあ、買いに行こうか」

特に戸惑う様子もなく、信介は玲子のおねだりを受け止めた。もしかして、こうして求められるのは初めてではないのではないか、と勝利は考えた。

玲子は自分の右腕を、信介の左腕に絡めた。そんな様子に、勝利は目を丸くした。腕を組んで歩く人なんて、島にはいない。これがくがでは普通なのか。照れ屋の信介が女と腕を組んで歩いているとは、己《おの》が目で見ても信じがたかった。

玲子は上から下まで繋がっているスカートを穿いている。確か、ワンピースという服だったはずだ。島では目立っていたが、ここ新宿ではそうでもない。男は未だに国民服姿の人が多い一方、女性の服装は様々だった。青や黄色、白といった原色の派手な服を着ている人も少なくない。服に関しては、女性の方が先に敗戦の痛手から立ち直っているようだった。

紀伊國屋書店は闇市の真ん中にぽつんとできたらしく、周囲はテントや屋台に毛の生えた程度の建物に囲まれていた。人々はそうした小屋の間を忙しく行き交っていて、活気がある。下手をすると、信介たちとはぐれてしまいそうだ。それもあって、玲子は信介と腕を組んだのだろうか。そう好意的に解釈しつつ、勝利は信介の服の裾を摑んだ。一度はぐれたら、もう二度と巡り合えないかもしれないという恐怖があった。

こちらのそんな気も知らず、玲子は左右の店を品定めしながら歩いていた。「あれはちょっと」とか「あら、よさそう」などという声を発する対象は様々で、欲しい物が決まっているわけではないらしい。ともかく、信介に何かを買ってもらうのが目的のようだ。先ほども思ったことだが、信介が玲子に何かを買い与えるのは、どうやらこれが初めてではなさそうだ。

そのうち、ひとつの店の前で玲子は足を止めた。そこは、明らかに高そうな物を取り揃えた店だった。腕時計や財布、鞄、靴など、どこから仕入れてきたのだろうと不思議になる物が並んでいる。その疑問には、信介が答えてくれた。

「ここは進駐軍の放出品を扱っている店だ」

「進駐軍の放出品」

進駐軍は知っている。アメリカの兵隊だ。だが、放出品とはなんなのかわからない。中古品みたいな物か。

玲子はいくつかの品を手に取り、矯《た》めつ眇《すが》めつしていた。その結果、「これにする」と女物の鞄を手にして言った。おそらく本革の、いくらするのか見当もつかない代物だ。そんな高価そうな物を無造作にねだる玲子に、勝利は驚きの目を向けずにはいられなかった。

「それでいいのか」

「うん、いいいと思わない？」

ふたりはそんな言葉を交わし、店の者に買う旨を告げた。店主は四千円を要求する。四千円とは、普通の人の稼ぎのふた月分以上ではないか。本当にこんな物を買ってやるのかと見守っていたら、信介は財布から札を抜き出して支払った。玲子は「ありがとう」と言って、信介にしなだれかかる。考えるより先に、勝利はそんなふたりから目を逸らした。なにやら、見なければよかったやり取りを見てしまった心地だった。

21

今夜は宿を取ってあるらしいが、夕食は玲子が作ってくれるとのことだった。そのため、鞄を買った後はそのまま闇市で食材を探し始めた。島と違いこちらでは、食べるものを手に入れるのも大変らしい。配給では足りず、闇市で買ったもので補うしかないと聞いた。

「ずいぶんましになったんだけどな。腹いっぱい食えるようになるのも、もうじきだろう」

信介はそう言う。島にいると魚や貝に飽きることはあっても、腹が減ってひもじい思いはしなかった。贅沢なことだったのだなと、わかってはいたが改めて感じた。

「あっ、ねえねえ、見て。鯨だって。すごい」

玲子が信介の腕を引っ張りつつ、指を差した。玲子が見つけた小屋の軒先には、漢字を書いた紙が貼ってある。勝利は読めないが、魚偏に京と書いてくじらと読むのだろう。その下には肉と書いてあるから、鯨の肉を売っているようだ。島育ちの勝利でも、鯨の肉など食べたことがない。闇市では珍しいものが売っているのだなと、少し感心した。

「鯨か。なんでそんなものが闇市に出回ってるんだ」

信介は苦笑気味の表情をしながら、その張り紙を見た。なんで、と信介が不思議がる意味がわからない。そのわけを問うと、声を潜めて教えてくれた。

「鯨漁は最近解禁になったんだ。反対する国もあったらしいが、何しろ今の日本は食い物に困ってるだろ。特に肉がないから、ＧＨＱが強引に許可してくれたらしいのさ。お蔭で日本で鯨が食えるようになったわけだけど、肉は配給制のはずなんだよな。どこかのどさくさで、肉が闇市に流れてきたんだろう」

「食べたい、食べたい。あたし、配給でも鯨肉なんてもらってないもん」

玲子はまたねだった。信介と一緒にいる限り、支払いはすべて任せるつもりのようだ。珍しいものは高いのではないかと、勝利はとっさに考える。玲子は何も考えずにせがんでいるのか。それとも、高いと知っていてねだっているのか。

「玲子さん、鯨の肉を料理できるの？」

信介が尋ねる。もっともな確認だ。ふだん口に入らないものだから、どんなふうに食べればいいのか見当がつかない。

「竜田揚げにするとおいしいって言うよね。隣のおばさんに、竜田揚げの作り方を教わる」

玲子は嬉しそうに答えた。一応、知識はあるらしい。信介は納得して、小屋に近づいていった。坐っていた中年の男に声をかけ、値段の交渉を始める。

案の定、びっくりするような金額を吹っかけられた。最前の鞄ほどではないが、島ならそもそもそんな金額の食べ物は売っていない。押し問答の末、多少は値切れたが、だとしても食べ物に払う額とは思えなかった。信介の正気を疑いたくなった。

信介は社長をやっているとはいえ、かなり薄利で仕事をしているのである。信介が望むのは己の金儲けではなく、島の復興だからだ。大工の手間賃は手厚くしているようなので、なおさら信介の取り分は少ないのではないかと思われる。つまり、社長だからといって金持ちというわけではないのだ。

玲子の贅沢な要求に応えるために、信介は無理をしている。馬鹿だなと思いつつ、これが女に骨抜きにされるという状況かと納得もする。島の人たちは、玲子は金目当てで信介に接近したと決めつけていた。そのことに勝利は憤慨したが、しかし島の人たちの見る目の方が正しかったのかもしれないと思えてきた。綺麗な女にいいように操られている信介には幻滅する。だが同時に、少し気持ちもわかる気がした。自分の顔に引け目を感じている信介は、利用されていることにうすうす気づいていても、親しみを示してくれる玲子を邪険にはできないのだろう。

買った鯨肉の塊を手にし、玲子の家に向かった。玲子の家は、電車でふた駅乗ったところにあった。思いの外、質素な家に住んでいる。その辺りにたくさん建っている、バラック小屋のひとつだった。これなら、今現在勝利が住んでいる島の家の方が立派だ。そのことに、密かに安堵した。

小屋の中は六畳ひと間だった。ここに家族と暮らしているのか、それともひとり暮らしなのか。置いてある家具は、箪笥《たんす》と鏡台である。家族がいるとするなら、家具が少ない。しかし、戦災で焼け出されたならこんなものかもしれない。

「ちょっと待っててね。ゆっくりしてて」

玲子は台所で鯨肉を切り分けると、小さなかけらを持って外に出ていった。隣のおばさんに、調理の仕方を聞きに行ったのだろう。玲子がいなくなったのをいいことに、信介に尋ねた。

「ねえ、玲子さんは家族はいないの？」

「ああ、戦争でみんな死んだらしい」

「そうなのか」

境遇は、勝利や信介と同じなのだ。いや、勝利と信介は互いがいる分、玲子の方が寂しいかもしれない。女がひとりで生きていかなければならないから、したたかになったのか。だとしても、信介を食い物にされるわけにはいかない。

しばらくして、「わかったよ」と言いながら玲子が戻ってきた。そのまま休みもせず、「すぐ作るね」と台所に立つ。そういうところは、甲斐甲斐しいと言えた。これで贅沢な要求をしなければいいのだが、贅沢をさせてもらっているからこその甲斐甲斐しさではとも思える。

「どうだろう。初めて作ったから、うまくできたかどうかわからない」

四十分ほど立ち働き、玲子は皿を並べ始めた。ご飯まで炊いていた。嬉しいが、その米代もきっと信介の懐から出ているのだろう。勝利としては複雑な思いだったけれど、こうして供されたからにはせいぜい味わおうと考えた。

「いただきます」

一礼し、まず真っ先に鯨の竜田揚げに手をつけた。物珍しさもあるが、何より肉を食べたいという欲求が強い。齧りつくと熱く、そして思ったより固かったけれど、肉を口にした喜びが味わえた。牛や豚に比べると今ひとつなのだろうが、今の勝利には美味だった。

「おいひい」

熱くて口の中で竜田揚げを転がすようにして感想を言ったので、言葉が不明瞭になった。上品に竜田揚げを齧っていた玲子は、「本当ね」と同意する。むろん、信介は以前と同様、「旨い旨い」「これは旨い」と褒めちぎった。

鯨肉があり、野菜の煮物があり、白米がある食事は豪勢だったが、やはり贅沢だった。満足感と同時に、おいしくて当たり前という気持ちもある。食事を終えて玲子の家を後にすると、夕食の旨さを喜んだことにも、なにやら後ろめたさを覚えた。

新宿に戻り、旅館の部屋に落ち着いた。ふたりきりになると、勝利は言わずにはいられなかった。

「いつも玲子さんに、あんなふうになんでも買ってやってるの？」

信介は自分の荷物を漁っていて、顔を上げなかった。すぐには答えず、しばらくしてから言葉を発した。

「いつもってわけじゃないよ」

「あの人と付き合ってたら、破産するぞ。それはわかってるんだよな」

「だから、いつもってわけじゃないって言ってるだろ。破産するほど馬鹿じゃねえよ」

信介は言い返すが、勝利は心の中で「どうだか」と思わずにいられなかった。今の信介は、女に誑《たぶら》かされている馬鹿だ。その自覚がないなら、いずれ本当に破産するだろう。

「良子ちゃんの方が、ぜんぜんいいじゃないか。そりゃあ、顔は玲子さんの方が綺麗だけど、顔だけで選んじゃ駄目だよ。良子ちゃんの方が気立てはいいし、質素だし、信介のこともよくわかってるし――」

「やめろよ」

途中で遮られた。信介は不快そうに眉根を寄せている。それでも、勝利は続けた。

「良子ちゃんは今、独り身なんだぜ。もう誰も信介の邪魔はしないし、もちろん良子ちゃんは信介の顔なんて気にしてないよ」

「うるせえな」

「玲子さん相手だと、自分の顔を引け目に思わないんだな。なんで玲子さんなら平気なんだよ。良子ちゃんにも同じように接すればいいじゃないか」

「ガキのくせにうるせえんだよ。そんなにほいほい、こっちの女からあっちの女って乗り換えられるか」

そう言って信介は、見える方の目で勝利を睨みつけた。ああ、そういうことか。信介の言葉で、勝利はようやく理解した。

信介は、玲子に対して責任を感じているのだ。一度付き合ったからには、その関係を全《まっと》うしなければならないと生真面目に考えているのだろう。たとえ関係の維持に金がかかっても、それは必要な支出と諦めているのではないか。信介に金を払わせているのは、責任感だったのだ。

もう少し早く、良子が独り身に戻っていれば。死んだ慶太には悪いが、そう考えないわけにはいかなかった。世の中、うまくいかないものだ。すれ違いばかりで、信介にとっての本当の幸せはいつも手が届かないところにある。歯痒さを通り越して、もはや憐れにすら感じられた。

信介には幸せになって欲しい。しかし男女のことは、子供の勝利の手には余る。いったいどうすればいいのかと、ひとり考え込んだ。

22

ともかく、自分の手に余ることだけは自信を持って断言できた。となれば、誰かの知恵を借りるしかない。こんなときに親身になって相談に乗ってくれる相手は、勝利が知る限り良子だけだった。しかし、良子当人に相談するわけにはいかない。

誰か、他にいないものか。島に帰ってからも、町をぶらぶらと歩いて適当な人物を捜した。もちろん、顔見知りはたくさんいる。信介が子供の頃からずっと良子を好きで、そこに玲子が割り込んで話がややこしくなった、という事情もたいていの人が知っている。だから誰でも相談に乗ってくれるとも言えるが、勝利としては相手を選びたかった。勝利が軽々しく喋って回れば、面白おかしい噂を広げることにもなりかねない。そうなれば信介に悪いのは当然として、良子にも申し訳ないことになってしまう。

一度は一緒に暮らし、その秘密もすべて聞いたという意味では、屋下改め松太郎は話を聞いてもらうのにもってこいの相手とも言えた。だがそれは単に状況からの判断であって、あの無口な松太郎に男女の話などしても意味があるとは思えない。そもそも、松太郎は駆け落ち相手にも逃げられたというではないか。むしろこんな際には、最も役に立たない人物であった。

完全な手詰まりだった。自分ひとりではどうにもならず、他人の助けも借りられないのだから、まさに藁《わら》にも縋りたい心地だ。困り果てて、勝利は木の根元に坐り込んだ。もはや巡らす知恵もなく、ただぼんやりと目の前を通り過ぎていく人を眺めていた。

しばらくしたときだった。視界の端から、見知った顔が現れた。知り合いなら、先ほどから通っている。だから最初は特になんとも思わなかったのだが、藁にも縋るとはこのことかと考え直した。勝利は跳ねるように立ち上がり、その人に近づいていった。

「ねえねえねえ、今忙しい？」

いきなり話しかけると、相手は眉を顰めて不快そうな顔をした。相変わらず、愛想のない人である。しかしこの人が常日頃からこんな顔をしているのは知っているので、勝利は特に怯まなかった。

「ねえ、ちょっと話を聞いて欲しいんだよ。ホントに困っちゃってて、誰に相談したらいいかわからないんだ」

「信介さんに相談すればいいだろう」

相手はぼそりと言う。勝利は相手の服の袖を摑んで、軽く引っ張った。

「その信介のことで、悩んでるんだよ。もちろん、良子ちゃんにも話せないんだ。ねっ、だから相談に乗っておくれよ」

「――仕方ないな」

仏頂面をしながらも、承知してくれた。人柄を知らないと、なかなか近づきがたい。しかし困った相手をメイ子が本当は放っておけないことを、勝利は承知していた。メイ子が相談相手として適当かどうかはともかく、少なくとも話を聞いてくれることは間違いないと声をかけたときから思っていた。

先ほどまで坐っていた木の根元に、ふたりして腰を下ろした。メイ子はまだモンペ姿だから、じかに地面に坐ることも気にしないようだ。同じ女なのに、玲子とはまるで違う。こんなメイ子だから、きっと玲子のことは虫が好かないと思っているのではないか。

「信介さんの何に困ってるんだ？」

良子にも話せないと言えば、見当がつきそうなものだが、メイ子はそう質《ただ》してきた。本当にわからないのかもしれない。だとしたら、まるでお門違いの相手に相談をしようとしているのか。いや、そんなはずはない。これでもメイ子は、戦争未亡人なのだ。一度は好いた相手と一緒になったのである。まるで想像もできないのだが、男女のことには勝利よりずっと詳しいはずなのだった。

「信介に美人の恋人ができたのは知ってるでしょ。その美人が、金遣いの荒い人なんだ。高い鞄とか食べ物を、信介に平気で買わせるんだよ。金目当てで信介に近づいたに決まってるって島の人たちが言ってたけど、どうもそれが当たってるようなんだ」

「それで？」

顔の筋ひとつ動かさず、メイ子は訊き返す。それで、じゃないだろうと勝利は言い返したくなった。今の説明で、どんな悩みかは充分に理解できるはずだ。

「いや、だから、そんな女と関わるのはやめさせたいのさ。信介が良子ちゃんのことを好きなのは、メイ子さんも知ってるでしょ。良子ちゃんが他の男の嫁さんなら諦めるしかないけど、今は独り身なんだ。あんな金遣いの荒い女より、良子ちゃんの方がずっといいと思うんだよね」

「そんなことは私じゃなく、信介さん本人に言えばいいだろう」

メイ子は突き放すような物言いをした。やはり、相手を間違えたか。勝利は密かに嘆息した。男女の心の機微など、メイ子にわかるわけがなかった。期待した自分が馬鹿だった。

「言ったよ。でも、聞く耳を持たないのさ。あのね、メイ子さんも信介の性格は知ってるでしょ。だったらわかると思うけど、あの人は付き合う女をこっちからこっちって簡単に替えられる性格じゃないんだよ。一度付き合い始めたからには、たとえ相手が金遣いの荒い人でも、自分から別れ話なんてできないんだ」

「なら、放っておけばいい」

またしてもメイ子は、割り切ったことを言う。一応見た目は女だが、中身は男だなと勝利は思う。よくまあこれで、結婚できたものだ。相手はどんな人だったのだろうと、好奇心が湧いてきた。

「このままだと、信介は破産するよ。そうしたら、おれが困るんだ」

なぜ放っておけないのかメイ子にわからせるためには、こういう言い方をするしかなかった。もう諦めたのでメイ子にわかってもらおうとするのは無駄な努力なのだが、行きがかり上言わずにはいられない。するとようやく通じたのか、メイ子は「なるほど」と頷いた。

「確かに困るな」

メイ子は同意してくれた。なにやらそれは動かない岩が動いたかのようで、勝利に期待を持たせた。ひょっとしたら、メイ子はいい知恵を授けてくれるのではないか。一度は諦めただけに、まるで一条の光が差したかのように感じられた。

「でも、そんなことを私に相談して、何か助けになると思うのか？」

しかし、現実は無情だった。メイ子は自分の資質をよく理解している。男女の仲の相談など、メイ子にする方が間違っていたのだ。それを当人の口から指摘され、勝利は脱力した。そのとおりです、と認めるしかなかった。

「……うん、そうだね」

うなだれて、応じた。付き合ってもらったのに悪いが、時間を無駄にしたと思ってしまった。

「私なら、本人に直接言うだけだ。信介さんにも言うし、相手の女にも別れろと言うよ」

しょげた勝利を見て多少は気が引けたのか、メイ子はつけ加えた。いかにもメイ子らしい考え方である。そうできれば苦労はない、と反射的に言いたくなったが、一考の余地があるかもしれないと思い直した。なるほど、玲子に直接言うのか。その発想はなかった。

別れて欲しいなどと玲子に言えば、信介は怒るだろう。しかし、どんなに怒られようとも、それが信介のためならばやるべきなのだ。一時的に信介との関係が気まずくなるかもしれないが、結局は感謝されることになる。玲子に別れを迫れるのは、むしろ自分しかいないと勝利には思えた。

「そうだね、ありがとう。メイ子さんの言うとおりだ。助けになってくれたじゃないの。ありがとう、ありがとう」

メイ子の右手を両手で握り、大きく振った。勝利の態度の豹変に、メイ子はきょとんとしている。メイ子を驚かせたのが面白く、勝利は笑いながら何度も手を振り続けた。

23

玲子は島に一度来たきり、なかなか再訪しようとはしなかった。白い目で見られていることをなんとなく察し、いい印象を持っていないのかもしれない。だから玲子に会いたいなら、勝利の方からふたたびくがに行かなければならなかった。くがは面白かったなぁ、と何度も述懐し、また連れてって欲しいと信介にせがんだ。

「まあ、いいけどな」

あまりに勝利が繰り返すので、信介は承知してくれた。本当の目的を隠しているのは気が引けるが、玲子のこと抜きでもまたくがに行きたいのは本心だった。くがに行ったことのある子供は、島では勝利ただひとりである。くがから帰ってきた後は、学校でしばらく人気者だった。あの快感を、もう一度味わいたかった。

学校が冬休みに入ったときに、くがをふたたび訪れた。当然のことながら、信介は仕事がある。今回はついていかず、ひとりで行動したいと切り出した。東京も初めてではないので、勝手がわかる。仕事の話を聞いていても退屈だから、好きにさせてくれと頼んだ。

「まあ、お前なら目端が利くから、なんとかなるだろ」

信介は認めてくれた。それだけでなく、いざというときのために多少の金を持たせてくれた。絶対になくさないこと、金がある素振りを見せないこと、と念を押される。頷き、もらった金は布でしっかりと腹に巻きつけた。

実は、金が必要だった。こちらから頼み込もうと思っていた。というのも、電車に乗らなければならなかったからだ。勝利は玲子の家を直接訪ねるつもりなのだった。

玲子と話をするのは、信介がいないときでなければならない。しかし、一緒にくがに行けばずっと信介がそばにいることになる。どうすれば玲子とふたりだけになれるかと考え、信介の仕事中にひとりで玲子を訪ねることにしたのだった。一度行ったことがあるとはいえ、道を間違えずに辿り着ける自信はない。それでも、人に訊けばなんとかなるだろうと楽観していた。

新宿で信介と別れ、ひとりで駅を目指した。どの電車に乗ればいいかは、憶えていた。自分で切符を買って改札口を通るのは、緊張より楽しさの方が勝った。電車は何度乗っても面白い。たったふた駅で目的地に着いてしまったのが、むしろ残念だった。

案ずるまでもなく、玲子の住む家は簡単に見つけられた。問題は、玲子が在宅しているかどうかだ。夜の仕事をしているのだろうから、昼は家にいるはずと計算している。勝利は自分にためらう時間を与えず、いきなりドアを叩いた。

「すみませーん。いますかー」

中に声をかける。もし在宅しているとしても、寝ている可能性があるから、大声で呼びかけたのだ。何度かドアを叩くと、中で人の動く気配がした。

「なあに？　あら、勝利くんじゃないの。ひとり？」

なにやらむくんだ顔の玲子が出てきた。やはり、寝ていたのか。化粧もしていないから、少し印象が違う。それでも、美人であることには変わりなかった。

「うん、ひとり」

「えーっ、どうして？　信介さんに何かあったの？」

玲子は目を丸くして、驚きを示した。勝利は首を振り、切り出した。

「違うよ。ただおれが、玲子さんと話がしたかったから来たんだ。少し話せないかな」

「何よ、なんのこと？」

玲子は警戒するように、目を細めた。あまりいいことではないと、瞬時に察したようだ。勘がいいな、内心で感心する。こちらが何を言おうと、取り合ってくれないかもしれないと心配になった。

「お願いだ。話を聞いてくれよ。そのためにわざわざ島から来たんだから」

手を合わせて拝んだ。門前払いを食うことは考えていなかったが、そうした扱いもありうると今になって気づいた。勝利を追い返したところで、信介の耳に入る心配はないと玲子はおそらくわかっている。信介に内緒でなければ、勝利がひとりで訪ねてくるはずもないからだ。

追い返されないためには、情に訴えるしかない。姑息だが、ひたすら頼み込むより他に勝利には手がないのだ。玲子は表情もなく、こちらを見ている。だがやがて鼻から息を吐き出すと、諦めたように頷いた。

「しょうがないわね。でも、部屋を片づけるからちょっと待って」

そう言って、ドアを閉める。このまま二度と開けてもらえなかったらどうしようと不安だったが、数分したらまた玲子は顔を覗かせた。

「入って」

「お邪魔します」

断って、上がり込んだ。室内は乱雑だった名残もない。もともと、それほど散らかしていなかったのではないか。公平に見て、玲子にはだらしない女という印象はない。

「飲み物は何もないよ。白湯《さゆ》でも飲む？」

座卓を挟んで向かい合うと、玲子は訊いてきた。勝利は首を振る。

「いらない。それより、ずばり訊きたいんだけど、本当に信介のことが好きなの？」

こんなとき、大人だったら持って回った言い方ができるのだろうが、勝利にはそんな世間知はなかった。駆け引きもできず、いきなり本題に入ってしまう。その余裕のなさに対してか、玲子は苦笑した。

「本当にずばりね。そんなことを訊いて、どうするの？」

「本当に信介のことが好きなわけじゃないなら、別れて欲しい」

「あらあら」

玲子はそう言って、眉を吊り上げる。驚いた顔をして見せているのだろうが、大して驚いているようではなかった。勝利がひとりで訪ねてきた時点で、用件には予想がついていたのだろう。

「好きじゃないなら、なんであたしが信介さんと付き合っていると思うの？」

逆に訊き返してきた。なんとなく、これが大人の女の手管《てくだ》なのではないかと感じつつ、うまくいなすすべは思いつかない。訊かれたことにそのまま答えるだけだった。

「金目当てなんじゃないの？　信介が会社の社長だから、いろいろ買ってもらうために付き合ってるんでしょ」

「前にあなたがこちらに来たときのことを言ってるのね。あれくらいで怒っちゃうなんて、さすが子供ね」

あの散財を「あれくらい」と言ってしまう神経に、驚かされた。玲子にとっては少額なのかもしれないが、一般的にはれっきとした散財だ。こんな感覚ならば、やはり別れてもらうよりない。

「言っておくけど、信介は社長だけど金持ちなんかじゃないよ。会社を創ったのは、島の復興のためなんだから。儲けは度外視で、人の家を建ててるんだぞ」

「知ってるわよ、それくらい」

平然と、玲子は応じる。知ってるのか。ならばなぜ、信介から金を搾り取るのか。

「知ってるんなら、信介に無駄遣いさせないでくれよ」

「あたしにとっては、無駄じゃないんだけど」

「このままだと、信介は破産する。だから、別れてくれよ」

座卓に手をつき、頭を下げた。言葉で玲子を説得するのは、無理ではないかと思えてきた。本人に直接言う、という考えをメイ子から得たときは、それしかないと思った。だが実際にこうして向かい合ってみれば、無駄な行為に感じられてきた。玲子相手に説得を試みるなら、信介を説き伏せた方がよほどいい。自分は何をしに来たのかと、己の無鉄砲さがいやになった。

「あのね、勝利くん」

玲子は部屋の隅に手を伸ばし、なにやらごそごそと探ると、たばこの箱と灰皿を取り出した。たばこを吸う人だったのか。これまで一度もたばこを吸うところを見ていなかったのは、猫を被っていたためだったようだ。玲子は勝利に断りもせず、マッチでたばこに火を点ける。煙を吐き出すときは、さすがに横を向いてくれた。

「今の世の中、女がひとりで生きていくのは大変なのよ。男に頼るしか、生きていく方法がないの。あたしだっていやだけどさ。でも他に方法がないんだから、仕方ないでしょ。パンパンにはなりたくなかったから、信介さんを選んだってわけ」

「パンパンって何？」

知らない言葉が出てきた。いや、言葉だけではない。口振りや話す内容が、これまでの玲子とは違う知らない人のものに思えた。

「進駐軍の兵隊さんにぶら下がってる人よ。アメリカ人にぶら下がるか、日本人にぶら下がるか、ふたつしか生きる道がないのさ。で、あたしは信介さんにぶら下がることにしたんだから、見る目があると思わない？　あ、そうそう。ここで最初の質問に答えるけど、あたしは信介さんのこと好きよ。だって、いい人じゃない」

　アメリカの兵隊さんの女になるよりは、信介の妻になった方が遥かにましだ。それは勝利もわかる。しかし、だから信介のことが好きだと言われても、打算に裏打ちされた感情としか思えない。あまりに正直すぎて、なぜそんな説明をするのか不思議ですらあった。もっとごまかしようがあるのではないか。

「勝利くんもそう思うでしょ」

　うまく答えられずにいると、玲子は言葉を重ねてきた。信介をいい人と思うかと問われれば、頷くに決まっている。だがそれは、玲子の言う「いい人」とはまるで違うのだ。同意を求められても、不愉快だった。

「なんか、不満そうね。じゃあ訊くけど、勝利くんは信介さんにぶら下がって生きてるんじゃないの？　兄弟でも血縁でも、なんでもないんでしょ。勝利くんも信介さんの金を頼って生きているじゃない。あたしとどこが違うの？」

　指摘され、愕然とした。違わない、ととっさに考えたのだ。勝利は信介に全面的に頼っている。勝利が信介のためにしてやれることは、ほとんどない。それに対して玲子は、料理が作れるしおそらく他の家事もできるだろう。何より、一緒にいるだけで誇らしくなるくらいの美人だ。玲子の方がよほど、信介にとって存在意義がある。

「他人を非難するときは、もっと考えを深めてからにしようね。人を呪わば穴ふたつ、って諺《ことわざ》知ってる？　人を呪うと、自分に返ってくるんだよ」

　玲子の口調はあくまで淡々としているが、勝利の胸には突き刺さるほど痛かった。まったくそのとおりだ。自分は馬鹿で、考えが足りなかった。信介に申し訳ないことをしたと思えてきた。

「ちょっと厳しかったかな。何が言いたいかって言うと、信介さんは懐が広い人だってことよ。勝利くんのことを、身内も同然にかわいがってるでしょ。だから、あたしが多少贅沢をしたいと思ったって、ぜんぜん大丈夫ってこと。いいよいいよって受け止めてくれるだけなんだから、他の人がよけいな口を挟むのは、野暮ってものなのよ」

「……うん、そうだね。おれが間違ってた。ごめんなさい」

素直に謝罪の言葉が出てきた。心底、玲子に対して謝りたい。玲子が信介の嫁になり、贅沢三昧の生活を送ったとしても、勝利はもう何も言わないだろう。それより、早く大人になって信介の許を離れ、恩返しをすべきだった。そう、強く己に言い聞かせた。

「あら、あっさり謝るなんて、意外とかわいいわね。別にあたしは勝利くんのことを邪険にはしないから、仲良くやりましょ」

玲子はそう言うと、たばこを灰皿に置いて手を差し出してきた。握手を求めているようだ。握り返すと、玲子はにこりと笑った。玲子さんの手は柔らかいな、と思った。

24

年が明け、信介はまたくがに行った。二週間ほどして帰ってくると、浮かない顔をしている。どうしたのかと問うたら、思いがけないことを打ち明けられた。

「いや、実はな、玲子さんと別れることになったんだ」

「えっ」

玲子の本音を聞いたのは、つい先月のことだ。あのときは、どんなことがあろうと別れそうになかった。このひと月の間に、何かが変わったのだろうか。

「どうして？」

自分が関係しているとは思わなかった。あのとき、勝利の言葉は玲子の心を少しも動かさなかった。むしろ、考えが変わったのはこちらだった。勝利という邪魔者を納得させたからには、玲子は堂々と信介と付き合えるはずだった。

「うん、それが、よくわからないんだ」

信介の声は沈んでいた。別れてほっとしている、という顔ではなかった。振られたのか。別れるなら信介が離れていく場合しか考えていなかったので、かなり意外だった。

「わからないって？」

理由もなく振られたのだろうか。たとえ玲子が理由を言わなかったとしても、心当たりくらいはありそうなものだが。

「最初から態度が冷たくて、口を開いたら『別れたい』って言うんだ。どうしてかって訊いても、好きじゃなくなったって言うだけなんだよ」

「何かしたの？」

「何もしてないよ！　だから、よくわからないって言ってるんじゃないか」

信介は声を大きくしつつも、眉根を寄せて困惑を隠さなかった。信介のことだから、うっかり玲子を傷つけるような言葉を口にしたとは思えない。信介の側に原因がないなら、玲子の心変わりか。だとしても、なぜ玲子の気持ちは変わってしまったのか。

やはり、勝利がひとりで会いに行ったのが心変わりのきっかけなのだろうか。玲子は涼しい顔をしていたが、実は勝利の頼みを重く受け止めていたのかもしれない。自分は信介にふさわしくないと考えて、身を引いたのか。あれほど信介と玲子が別れるのを望んだのに、いざ関係が壊れてみると、勝利としてはかなり複雑だった。いや、もっとはっきり言えば、罪悪感が胸に宿っていた。

「別れたくないって言ったんだろ。それでも、駄目なのか」

訊くまでもないが、信介がどれくらい粘ったのか知りたかった。信介が別れを簡単に受け入れたのなら、この罪悪感も少しは和らぐ。

「駄目だった。ともかく、話し合いに応じてくれないんだ。せめて理由だけでも教えてくれれば、少しは納得いったかもしれないのに」

信介は肩を落とす。信介にとって、玲子との別れが辛いものであったのは間違いなさそうだ。勝利の罪悪感が和らぐことはなかった。

次の日は放課後に友達と遊ぶ気にもなれず、ひとりで浜辺に行った。ずっと頭の中にもやもやしたものが残っているので、静かなところで考えてみたかったのだ。玲子はなぜ突然、信介と別れることにしたのか。玲子の本当の気持ちは、信介より自分の方がわかっているのではないかと思えてならなかった。

冬なので、浜辺には人がいなかった。冷たい風が、海から吹いてくる。長い時間ここにいると、体が冷えてしまいそうだ。それでも、少し荒れた冬の海を見ていると、考えに集中できそうだった。砂浜に腰を下ろし、両膝を引き寄せて、打ち寄せる波をじっと見つめた。

玲子は金目当てで信介と付き合っていることを隠さなかった。それ以外、女がひとりで生きていく道はないと言った。あれは開き直りだったのだろうか。そうではなく、ただの事実を口にしただけだったのかもしれない。

くがに二度行き、島が恵まれていることを勝利は知った。食うものに困らないのは、何より幸せなことなのだ。くがでは、傷痍《しょうい》軍人が物乞いをしているのをたくさん見た。手や脚を失ってしまい、働けなくなってしまった人は、物乞いをして生きていくしかないのだ。それから、派手な服を着て街角に立っている女たちも見た。最初は何をしているのかわからなかったが、信介に訊いたら『お前は知らなくていいんだ』と撥ねつけられたので、見当がついた。勝利はもう、体を売るという言葉の意味をなんとなく知っている。いやなことをして、代わりに金をもらっているのだ。傷痍軍人も女も、好きでそんなことをしているわけではないだろう。それ以外に、金を手にする手段がないのだ。

信介の経済力を当てにして付き合うのを不純と咎《とが》めるなら、体で金を稼げと言っているにも等しいことになる。そんなことは、信介と同居している勝利であっても言う権利はない。相手の事情がわかっていなかった勝利は、一方的だと咎められても仕方なかった。だが、玲子はこちらを責めなかった。勝利も玲子も立場に違いはないと、冷静に指摘しただけだった。

そもそも、男の金を頼りにしているからといって、その男を好きではないということにはならない。玲子は確かに信介に金を払わせていたかもしれないが、それとは別に、本当に信介のことが好きだったのではないか。思い返してみれば、玲子ははっきりそう言っていた。あのときは口先だけだと思ったから、聞き流してしまった。

初めて島に来たとき、玲子は嬉しそうだった。あれは旅行を楽しんでいるというより、好きな人の生まれ故郷に連れてきてもらったのが嬉しくてならなかったのではないか。それなのに島の人は、玲子が綺麗だからといって偏見の目で見た。勝利はそれを苦々しく思っていたはずだったのに、最終的には同調してしまった。他の人たちよりずっと、近くで玲子を見る機会があったにもかかわらず。

こうしてあれこれ思い出してみると、一番印象に残っているのは台所に立つ玲子だった。あの後ろ姿もまた、嬉々として料理をしているように見えなかったか。玲子はきっと、信介のために料理をするのが嬉しかったのだ。決して抜群に料理の腕がいいというわけではなかったが、一所懸命作ってくれていたのは勝利にも感じ取れた。あれまでも金目当てだと考えてしまった自分は、どうかしていた。

玲子は信介のことが嫌いになったのだろうか。どうしても、そうは思えなかった。考えるほどに、きっかけは自分の訪問だったような気がしてくる。勝利がよけいなことを言わなければ、ふたりはまだ付き合っていたはずなのだ。なぜなら、ただの金目当てなら玲子が信介を振るはずがないからだった。

玲子は本当に信介が好きだったから、金を当てにして付き合うことに疚《やま》しさを覚えたのではないか。おそらく、信介を好きになればなるほど迷いが生じていたはずである。その迷いを、勝利がひと押ししてしまったのだ。自分があまりに考えなしの子供であったことが、ほとほといやになった。

寒風が海から吹いてくる。考え込んでいたら、すっかり体が冷えた。そろそろ家に帰った方がいいのだが、勝利は立ち上がる気になれなかった。玲子に詫びたくても、くがは遠い。この海の向こうにいる玲子に思いが届くことなどないとわかっていても、勝利はじっと波を見つめ続けた。

25

五月になると、アメリカの要請で海上保安庁なるものができた。早い話が、海の警察である。神生島近辺では関係のない話だが、山陰地方や北九州では朝鮮半島からの密輸や密航、海賊に悩まされていたらしい。そこで、海の警察が必要になったそうだ。海上保安庁創設は海軍の復活だと中国やソ連が反対したというが、そんなことにはならないんじゃないかと勝利は思った。もう日本は、他の国と戦う気力なんてない。毎日生きていければそれで幸せだし、今は戦争がない状態を皆が喜んでいた。漁で生きている島としても、海に秩序ができるのは歓迎すべきことだった。

すでに去年、GHQによる造船制限は解除されていた。大小の船が、どんどん造られ始めているのだ。島にも、連絡船の他に物資を運ぶ船がよく来るようになった。終戦直後の自給自足生活からは、もう解放された。物資不足も、徐々に改善されてきているようだ。新宿の闇市には活気があったし、銀座はまるで別世界のように立ち直って綺麗な服を着た人たちが歩いていた。物事は一度いい方向に転がり始めると、その速度をさらに増していくようだ。あまりに日本の復興が早いので、オーストラリアから文句が来たなどという話も聞いた。

船や建物は造り直せばいい。しかし人の心は、そう簡単に元に戻るものではなかった。良子とは以前と変わらずよく会うが、表情はまだ暗かった。たまに笑っても、無理をして笑顔を作っているような痛々しさがあった。元気出して、などと励ますのも憚られ、勝利はあえて普通に接するようにした。そうされる方が、良子も楽そうだった。

信介は玲子に振られたからといって落ち込み続けているわけにはいかず、依然として忙しく島とくがの往復生活を送っていた。物資の調達が楽になったので、一度にいくつもの家の新築を請け負っている。だが材料はあっても、大工が足りないそうだ。これればかりはどうにもならず、むしろ早めに数人の大工を島に連れてきた信介は先見の明があったと言える。ともあれ、信介は仕事に追われていて新しい女を作るどころではなさそうだった。

夏になると、楽しいこともあった。祭りを復活させることになったのだ。実は勝利は、祭りを経験したことがない。物心ついたときにはすでに戦時下で、祭りどころではなかったからだ。大人たちは皆、口を揃えて祭りの楽しさを語ってくれる。勝利たち子供は、祭りの日を心待ちにした。

「ねえねえ、信介も祭りの日は島にいるんだろ」

祭りはきっと楽しいだろうが、そこにはぜひとも信介にもいて欲しかった。自分だけ楽しんでは気が引けるし、何より信介がいてこそ祭りを楽しめると思うのだ。信介が毎日忙しくしているのを知っているから、せめて祭りの日くらいは羽を伸ばして欲しいという気持ちもあった。

「そうだな。たぶん、いるよ」

「よかった」

町には昔、立派な神輿《みこし》があったらしいが、空襲で燃えてしまった。しかし、せっかく祭りを再開するなら神輿も新しく作ろうということになった。以前のものほど豪華ではないが、大人八人くらいでないと担げない大きい神輿ができあがったらしい。大工たちが手弁当で、仕事が終わった後に作ってくれたそうだ。神輿なるもののことは、言葉で説明してもらっても今ひとつうまく想像できない。実物の神輿を見るのも、勝利が祭りを心待ちにする理由のひとつだった。

良子に会ったときにも、祭りに行くか訊いてみた。良子はあまり考えていなかったらしく、小首を傾げて「うーん」と言う。さほど気が進まないようだ。だが、ここは強引にでも誘い出さなければならないと考えた。

「行こうよ。絶対楽しいよ。気分も明るくなるよ」

「……そうね。祭りの日に家にひとりでいても、気分が塞ぐだけね」

良子はそう答えて、にこりと笑った。その笑みは、無理に作ったものには見えなかった。

当日は、いくつかの商店が祭り用の食べ物を売るらしい。例えば八百屋は焼き芋、雑貨屋は水飴とジュース、乾物屋はまんじゅうを売るという話が聞こえてきている。実はそれもあり、信介にぜひ祭りに来て欲しかったのだった。信介がいれば、水飴くらいは買ってくれるかもしれない。

指折り数えるようにして祭りの日を待ち、そしてようやくその日がやってきた。神輿は正午過ぎに動き出すらしい。それに備えて、町の中央にある広場に行った。

広場にはすでに、神輿が置いてあった。人が群がっているので、遠目からは見えない。勝利は走り寄り、人を掻き分けて前に進んだ。そして、神輿を初めて己の目で見た。

昔ほど豪華ではない、と聞いていたが、勝利には充分立派に見えた。手の込んだ細工がびっしりと施されていて、まるで寺の本堂を小さくしたもののようだ。小さくとは言っても、勝利が腕を回しても半分にも届かないほどの大きさがある。確かにこれなら、大人が八人がかりでないと担げそうになかった。

「さあ、行くぞ」

人垣の外から、威勢のいい声が聞こえた。人垣がさっと割れると、そこには揃いの法被《はっぴ》を着て頭に捻り鉢巻きをした男たちが立っていた。青年互助会にいた人たちが多いので、何人かは顔を知っている。だが若い人ばかりでなく、髪が半分白い人も三人交じっていた。若い者たちばかりに任せておけない、と考えた人なのだろう。大丈夫か、などという冷やかしの声が飛び、「うるせえ」と返事をしていた。

八人の男たちは神輿に取りつき、「せえの」の合図とともに担ぎ上げた。そして次には、「わっせ、わっせ」というかけ声で神輿を上下に揺らした。かなりの迫力があり、勝利は目を丸くした。男たちをかっこいいと思ったし、自分も大きくなったら担いでみたいと考えた。

「ねえねえ、信介は担いだことあるの？」

傍らにいる信介の服を引っ張って、尋ねた。信介は神輿に目を向けたまま、首を振る。

「いや、ないよ」

「じゃあ、やればよかったのに！　来年はぜひやって」

「あれ、肩が痛くなりそうだぞ」

「そんなこと言ってないで、やって」

「わかった、わかった」

信介は苦笑して頷いた。信介なら捻り鉢巻きが似合いそうだと、勝利は思った。

神輿は少しずつ前に進んでいく。このまま、町内を一周するそうだ。人がどんどん集まってきて、道の左右を埋める。皆、ひと頃の暗い表情を脱し、今は誰もが笑っていた。

人々の中に、良子を見つけた。良子ちゃん、と手を振り、近づいていく。最近では珍しく、良子の目に光があった。

「神輿、すごいね」

良子の方から、そう感想を口にした。勝利は訊き返す。

「神輿見たことないの？」

「子供の頃のことだから、忘れちゃった。だって、遠い昔のことだもん」

「良子ちゃんはまだ、そんな年じゃないだろ」

「間に戦争が挟まれば、戦争前のことは大昔に思えるのよ」

「そうだな、おれもそうだ」

信介が自然にやり取りに入ってきた。最近の信介は良子を避けているようだったが、今はこの祭りの雰囲気がわだかまりを打ち払ってくれたようだ。

「でも、懐かしいね。信ちゃんは山車《だし》を引いたよね」

良子も構えずに応じる。勝利はその言葉の意味がわからなかった。

「出汁《だし》？」

「味噌汁の出汁じゃないぞ。子供でも引ける、神輿に車輪がついたようなのがあるんだ。今年は間に合わなかったけど、来年は作るんじゃないか」

「作って欲しい！　おれ、それを引く」

大声で宣言すると、信介と良子は顔を見合わせて笑った。おっ、ちょっといい感じだな、とそれを見て内心で思う。今日は少し大袈裟なくらい無邪気でいようと決めた。

神輿が進むのに追随して、人々もぞろぞろと歩いた。人の固まりが、町を練り歩く。商店が建ち並ぶ一角に差しかかると、事前の話どおり縁台を出して食べ物を売っていた。雑貨屋の縁台の向こう側には、なぜかメイ子が立っていた。

「あれ、何やってるの？」

話しかけると、メイ子はこんなときにもかかわらず無表情に答えた。

「見ればわかるだろう。店の手伝いだ」

「そうなんだ。ねえねえ、おれ、水飴食べたい」

後半は、信介に顔を向けて言った言葉だ。反対隣に立っている良子も、それに賛同した。

「私も食べる。信ちゃんも食べるでしょ。三本ください」

信介の返事も待たず、勝手にメイ子に注文した。メイ子は無言で頷き、箸に水飴を絡めてまず勝利に渡す。受け取り、二本の箸で水飴をぐるぐると回した。透明だった水飴が、見る見る白くなっていく。

勝利を挟んで信介と良子は、どちらが代金を払うかで押し問答していた。良子は自分の分を払うつもりだったようだ。結局、メイ子が信介にだけ代金を要求して、決着した。良子は、「じゃあ、何か他のものを奢《おご》る」と言って引き下がった。

信介につりを返したメイ子が、勝利たち三人を無遠慮にじろじろと見て、言った。

「勝利がもっと小さければ、子持ちの夫婦に見えるな」

「えっ」

「いっ」

信介と良子は、揃って妙な声を出した。そんな反応を引き出した当人のメイ子は、まったく表情を変えない。

「思ったことを言ってみただけだ。他意はない」

ぼそりとつけ加える。メイ子さんは面白いなぁ、と勝利は心の中で思い、ニヤニヤした。

メイ子に言われたことで互いを意識してぎくしゃくしたりしないだろうなと案じたが、さすがに信介も良子もそこまで子供ではなかった。むしろ、一緒に買い食いをしたことで昔の親密さが戻ったかのようだった。また神輿に追いつき、町内をそぞろ歩く。一周したところで、今度はまんじゅうを買い、三人で食べた。先ほどの言葉どおり、代金は良子が払った。

神輿はこの後も、また町内を巡るとのことだった。希望者は担げるらしいので、信介に手を挙げさせた。「ようし、やるか」と信介は腕に力瘤を作る。「がんばって」と励ます良子の顔は、慶太を亡くす前の明るさを取り戻しているように見えた。

出発時間になり、信介が担ぎ手に加わった。また「わっせ、わっせ」のかけ声とともに神輿を上下させる。たちまち信介の顔や体は汗だくになった。体格のいい信介は、神輿の担ぎ手にふさわしく見えた。「信介、かっこいいなぁ」と思わず呟いたら、「そうね」と良子は同意した。

夜には寺の境内で、盆踊りをした。勝利は踊ったことなどなかったが、見様見真似で両手を交互に振っていたらそれだけで楽しかった。信介は最初、恥ずかしがって踊ろうとしなかったが、良子に引っ張り出されて参加した。三人で踊っている間、良子はずっと笑顔だった。

日本の復興は続く。八月にはプロ野球初のナイターが開かれ、ヘレン・ケラーという偉い人が来日し、十二月には東条英機《とうじょうひでき》が絞首刑になった。年が明けて昭和二十四年になると、初めての成人の日やこどもの日があり、年齢を満で数えることになり、古橋広之進《ふるはしひろのしん》という水泳選手が世界新記録を出した。湯川秀樹《ゆかわひでき》という博士がノーベル物理学賞を取ったときには、日本じゅうが驚いた。

日本人も捨てたもんじゃないね、と人々は顔を合わせれば挨拶代わりに言った。

そして昭和二十五年に入り、信介と良子はようやく結婚した。勝利に言わせれば、まさに「ようやく」だった。いったい何をしていたのかと、本当に焦れったかった。信介が復員してから五年、あの夏祭りの日から数えても一年半もの時間が経っているのである。でもまあ、落ち着くべきところに落ち着いてよかった。ずいぶん遠回りしたが、信介も良子も互いに幸せと思えるところに辿り着いたのだ。ずっと見守ってきた勝利は、感無量だった。

結婚式は、島の慣例どおり仏前式で行われた。色打掛を着た良子は、本当に綺麗だった。対して信介は、終始照れているようであった。綺麗な良子が眩しいのか、勝利が見ていた限り、一度も視線を向けようとしなかった。それも信介らしかった。

良子の親族側に、同年代の女子がいた。二度、目が合ったのでつい意識してしまった。学校は同じだがクラスが違うため、話をしたことはない。良子の従妹《いとこ》で、名前は万紀子《まきこ》といったか。

「ねえ」

式が終わり、寺から祝いの席へと移動し始めたときに、その万紀子が背後から話しかけてきた。振り返ると、思いの外すぐそばにいた。間近に見たら、目が大きくて口が小さく、思ったよりかわいかった。なぜか、心臓がどくんと跳ねた。

「な、何？」

「キミ、信介さんの養子なの？」

キミ、などと呼ばれ戸惑った。男子をそんなふうに呼ぶ女子は、聞いたことがない。たじろぎつつ、否定した。

「違うよ。ただの居候」

「ふうん。じゃあ、親戚になるわけじゃないんだね」

「そ、そうだね。それが何か?」

「別に。でも、これからは話をすることが増えそうだね」

「そ、そ、そ、そうだね」

自分がなぜ、うまく喋れないのかわからなかった。万紀子は「後でね」と言って、軽やかに門前の階段を駆け下りていく。その後ろ姿から、なかなか視線を外せなかった。

勝利、十二歳の春のことだった。

第十五部　野球小僧の詩《うた》

1

お前の名前は茂雄《しげお》にすればよかった、と父は何度も言った。もちろん、茂雄とはあの長嶋《ながしま》茂雄のことである。静雄《しずお》が生まれたとき、長嶋はすでに大学野球で活躍していた。だからその名にあやかろうと思えばできたのだが、父はそうしなかった。長嶋が巨人に入ってから、ファンになったのである。静雄の名前が似ているのはただの偶然なのだが、なまじ似ているからこそ「茂雄にすればよかった」と何度も繰り返すのだ。言われるこちらは迷惑、と普通は思うところだろうけれど、静雄自身もぜひ茂雄にして欲しかった。なんで大学野球にも注目してなかったんだ、と文句を言いたかった。

父親が熱烈な野球ファンなら、息子もそうなるのは自然の理《ことわり》である。おそらく、生まれて初めて言葉を発した瞬間から、静雄は巨人ファンだったのだ。話に聞く天覧試合は、静雄が三歳のときのことだった。天皇が初めてプロ野球観戦に訪れ、その前で長嶋と王《おう》は初めてアベックホームランを打つ。これほど人々の記憶に残る試合があるだろうか。三歳だからもちろん憶えているわけもないのだが、耳に胼胝《たこ》ができるほど父からその試合の様子を聞かされているので、実際に観たかのような気になっている。実は父もその試合を観ていないのだから、ふたりして幻の記憶を頭に植えつけたようなものだ。当時はまだテレビが普及していなかったので、野球の試合はラジオで実況を聴くのが普通だった。それなのに父は、観てきたかのような臨場感で試合を語った。父の頭の中では、きちんと映像が再現されているのだろう。その映像は、静雄にも受け継がれている。まるで、生まれつき備わっていた記憶のようだった。

野球は相手チームがなければできないものだから、当然のことながら巨人以外にも球団はある。

しかし、巨人の人気は圧倒的に一番だった。他の地域に行けばその土地の球団が人気なのかもしれないが、島には巨人ファンしかいなかった。なんと言っても東京は近いから、島の人間にとって巨人は地元球団なのだ。加えて、テレビ中継は巨人戦しかやらない。これで他の球団のファンになる方が無理だろう。静雄は幼い頃から、長嶋と王がホームランを打つところを観ては興奮し、自分も素振りの真似事をした。友達と遊ぶときは、ごく当たり前のように空き地で野球をした。

友達の間でも、静雄は野球がうまい方だった。なぜなら、父の指導を受けていたからだ。父とはよく、空き地でキャッチボールをした。父がピッチャーになり、打撃の練習もした。父は「野球選手なんかに、そう簡単になれるもんか」と言うが、心の底では静雄がプロ野球選手になることをこっそり期待しているのではないかと思う。キャッチボールで球を落とそうものならうんざりするほど怒られるし、打撃練習の際は大人げなく本気でボールを投げてきた。最初は打てるわけがなく、ただ空振りをするだけだったが、やがて掠《かす》るようにはなった。大人の本気のボールになんとか当てることができるのだから、子供の球など止まっているようなものだった。空き地の野球ではたいてい、静雄がいるチームが勝った。

くがには、リトルリーグという子供が入る野球チームがあるらしい。それを知ったとき、静雄はくがの子供が羨ましくてならなかった。島に生まれたことを、初めて残念に思った。遊びの野球などではなく、きちんとしたチームに入って野球をしてみたい。その思いは、成長するにつれどんどん強くなっていった。

小学校でも、野球クラブのようなものはなかった。放課後に空き地に集まって野球をするという生活は、学校に入る前と何も変わらない。ひたすらボールを投げて打ち、疲れたら巨人の選手について語り合う。そしてあるとき、中学に入れば野球部があることを静雄は知った。「おれ絶対野球部に入る」「おれも」「おれも」と誓い合った。早く大きくなりたいと、心底思った。

一緒に遊ぶ野球仲間の中では、功喜《こうき》という小柄な奴と気が合った。身長は静雄より頭ひとつ小さいが、その分すばしっこく動ける。ゴロをヒットにしてしまう足の速さがあり、守備範囲も広かった。仲間の中で野球が一番うまいのは静雄だが、次はおそらく功喜だろう。功喜と同じチームになれば間違いなく勝てるし、別々のチームに分かれればなかなかいい試合になった。島の中でただひとり、静雄が一目置く存在だった。

「今はおれたちさぁ、ピッチャーやったりファーストやったり、特にポジションは決めないでやってるだろ。でも中学で野球部に入ったら、ポジションは固定されるんじゃないか。功喜はどこをやりたい？」

放課後に皆で連れ立って空き地に向かう際、横を歩く功喜に問いかけた。功喜は即答する。

「おれは足が速いから、外野がいいんじゃないか。外野じゃ目立たないけど」

それはやむを得ないことと、受け入れているような口振りだった。まあそうだよなぁ、と静雄も納得する。だが、口では違うことを言った。

「やっぱりサードかファーストか、そうじゃなきゃピッチャーがいいよなぁ。功喜ならサードができるんじゃないの？」

「そんなこと言って、静雄がサードを狙ってるんだろ」

「ばれたか」

長嶋がサードだから、子供は皆サードをやりたがる。さもなければ、王のファーストだ。外野は普通、あまり野球がうまくない者が回される。とはいえ、遊びの野球とは違い、中学の野球部では外野も重要なポジションになるだろう。目立たないことに変わりはないが、下手な奴に任せられるポジションではなかった。下手な奴は、ベンチに坐っているだけだ。

「早く中学に行きてえなぁ。おれ、入学祝いはグローブにしてもらうつもりなんだ。子供用じゃなく、ちゃんとしたやつ」

静雄は小学五年生だから、少し気が早い。功喜はそれを聞いて、「いいなぁ」と呟く。

「静雄の家はお父さんが野球好きだからな。うちはグローブなんて買ってもらえないよ」

「功喜の父ちゃんも、野球は好きだろ。違うの？」

「ビール飲みながら、だらだら試合を観るのが好きなんだよ。静雄のお父さんみたいに、子供と一緒に野球やったりはしないよ」

「まあ、そうかぁ」

確かに、子供と野球をやるほどの野球好きは、父の他に見たことがない。だから父は、仲間内では星一徹《ほしいってつ》と呼ばれている。去年「少年マガジン」で連載が始まった、『巨人の星』の主人公の父親だ。息子の飛雄馬《ひゆうま》をプロ野球選手にするために、めちゃくちゃな鍛え方をしていた。父はさすがに、あんな野球狂ではない。父がまともな人でよかったと、『巨人の星』を読むと思う。

「でもさ、野球部に入ったらグローブが必要だろ。どうするんだ」

功喜と一緒に野球部に入るのは、もう確定していることだ。そのときに功喜がまだ子供用のグローブを使っていたら、上級生から見下されてしまうかもしれない。グローブがない場合は、部の物を貸してもらえるのだろうか。

「今から小遣い貯めてる。だから、自分で買う」

功喜は決意を込めたかのような、きっぱりした口振りだった。おお、それはすごい、と感嘆した。

「そうか、功喜。すげえな。やる気あるな」

「当たり前だ」

友人の気合いに、少し圧倒された。グローブは買ってもらえるから、気が緩んでいたと自覚する。おれも小遣いを貯めて、自分のバットを買うか。バットは学校にあるものでいいと考えていたが、本気で打ち込むなら自分用の物が必要かもしれない。

「早く中学に行きてえな。で、その後は高校だな」

「ああ」

功喜の相槌は短かった。しかし、言葉の裏にある思いは共有していた。静雄と功喜は、すでにひとつの約束をしている。それは、軽々しく口に出していい約束ではなかった。

巨人は去年も優勝し、連覇を果たしている。今年も今のところ、圧倒的に強い。テレビでナイター中継を見、翌日は友達たちとその試合内容について語り合い、空き地で野球をする。そんな毎日に、静雄はまったく飽きなかった。むしろ巨人がまたも優勝すると、ますます野球熱が高まった。自分の将来は、もう野球選手以外に考えられなかった。そのためにはまず、中学で野球部に入らなければならない。その日が来るのを、まさに一日千秋の思いで待ち焦がれた。

六年生になっても、生活はまるで変わらなかった。プロ野球の試合を観て、次の日に自分も野球をやって、また夜は野球の試合を観る。巨人は日本シリーズを四連覇し、父とともにひたすら興奮した。冬になって、ペナントレースが終わってしまったのが残念でならなかった。しかし、小学校卒業ももうじきである。そう考えると、友達たちとやる草野球にも、父との練習にも、自ずと力が籠った。

そうして四月になり、ついに静雄は中学入学の日を迎えた。静雄は意気揚々と、中学校の門をくぐった。

2

功喜と別のクラスになったのは残念だったが、些細なことだった。どうせ放課後の部活で一緒になるのだ。始業式の日は、担任教師の挨拶だけで終わってしまった。すぐにも野球部に入部できると思っていたので、肩透かしに遭った心地だった。手を挙げて、いつから部活が始まるのかと担任に訊いた。一年生は四月の後半からだと言うので、思わず「えーっ」と声を上げた。

「今月後半からなんて、冗談じゃない。先に挨拶に行こうぜ」

帰りに功喜と落ち合い、そう提案した。功喜は「いいね」と賛同してくれる。功喜はこんなときに消極的なことを言う男ではない。だからこそ、一番気が合うのだった。

翌日から、放課後は必ず校庭に行った。野球部が練習を始めたら、入部希望の一年生だと挨拶をするためだった。しかし新学期は部の始動が遅いのか、どの部もなかなか練習を始めなかった。そのことが、静雄には苛立たしかった。自分が入部したら、始業式の日からすぐ練習を始めるように提案する。プロを目指すなら、一日も遊んでいる暇はないのだ。本気度の足りなさに、静雄は失望を禁じ得なかった。

「弛《たる》んでるな」

思わず呟くと、横に立っていた功喜が応じた。

「ああ、弛んでる」

思いは同じのようだった。互いに目を見交わし、頷き合う。そして踵を返し、それぞれの自宅に向かった。自宅に帰るのは、グローブやボールを持ち出すためである。特に相談しなくても、空き地で落ち合うことは了解済みだった。

いつぞやの宣言どおり、功喜は自分で新しいグローブを買った。ワセリンを塗り、ボールを挟んだ状態で固定して、型をつけたという。新品のグローブは固いから、そのようにして使いやすくするのだ。気合いが入っているから、道具の手入れも怠りない。それを今日初めて、空き地に持ってきて使うとのことだった。

　静雄も、自分用のバットを買った。これまでは友達の中にバットを持っている奴がいたので、それをみんなで使っていたのだ。静雄は自分のバットは自分専用にしたかったが、これまで借りていた手前、そういうわけにはいかないだろう。傷をつけてくれるなよと、他の奴らに釘を刺したい心地だった。

　示し合わせたわけではないが、空き地にはいつもの連中が集った。考えてみれば、静雄たちは同学年の仲間とだけ野球をやっている。あまり上や下の学年とは付き合いがないのだ。当たり前のことだと思っていたが、なかなか活動を始めない野球部を見て、自分たちの学年には特に野球好きが集まったのだとようやく気づく。なぜそうなったのか、静雄には思い当たる節がない。ただ、仲間たちがいる年に生まれてよかったと喜ぶだけだった。

「よし、揃ったな。やるか」

　静雄の音頭で、二チームに分かれた。グーパーで半分に分かれるのだ。単純にグーパーでは戦力に偏りが出そうなものだが、皆そこそこにうまいので試合が一方的になることはない。それでも、たいていは静雄がいる側が勝つのだが。静雄がピッチャーまでやるとそれこそワンサイドゲームになってしまうので、守備の際はサードをやることにしている。

　その日も二試合やって、二試合とも静雄が属するチームが勝った。今日は二回とも功喜とは別のチームになったので、功喜は二連敗したことになる。一度も勝てず、功喜は悔しそうだった。

「静雄は味方なら頼もしいけど、敵に回すと本当に厄介だよな」

　試合後に、功喜はぽんとこちらの肩を叩いてそう言った。新しいグローブが嬉しいらしく、まだ手に嵌めていて何度も拳を叩きつけている。静雄も、新しいバットを使えて満足だった。皆、新品であることを考慮して大事に使ってくれたから、傷はついていない。

ないだろ」

「だろ？　でも、おれも功喜が味方なら頼もしいぜ。おれたちが揃えば、大会に出てもまず負け

中学での対外試合のことを言っているのである。ただの大言壮語ではなく、客観的に自分たちの実力を評価した上での予想だった。

「ああ。早く大会に出てみたいな」

功喜は同意した。自分たちは島生まれで、くがに行けば野球少年が山ほどいることくらいはわかっている。こんな小さな島の中だけで野球のうまさを誇っていたら、井の中の蛙《かわず》と嗤われてしまうだろうことも承知していた。それでも、自分たちが負ける気はしなかった。むしろ、おれたちを負かすほど強い相手と当たってみたいと思っていた。

四月下旬になって、ようやく各部の募集が始まった。静雄は功喜とともに、入部の申し込みをした。意外だったのは、いつもの野球仲間の全員が入部を希望したわけではないことだった。理由を問うと、こう言われた。

「遊びでやる分にはいいけど、野球部に入ったら静雄は本気だろ。本気の静雄に付き合えるほど、おれはうまくないからな」

そんなことないだろ、と説得しようとしたが、相手は折れなかった。試合に負けたときに、静雄が怒り狂うだろうからいやだと言うのだ。友達にどう見られていたかを知って、かなりショックだった。敗戦の責任を他の人に押しつけるような男だと思われていたのか。

「試合に負けたって、お前を責めるわけがないだろ」

「そうかもしれないけど、ふだんの練習で厳しいことをやらせるに決まってる。おれ、そこまで熱血じゃないからさ」

要は、静雄ほど野球に対して本気ではないということだ。ならば、無理に引き入れても仕方な

い。みんな仲間だと思っていたから少し落ち込んだが、現実を受け入れるしかなかった。入部したのは、静雄と功喜を含めて五人だけだった。

念願の部活動初日は、体操着に着替えなくていいと言われた。そのお達しだけで、いきなり不安になる。まさか、初日は練習をしないつもりではなかろうか。疑念を抑えて放課後に校庭に行くと、制服を着た上級生たちが待っていた。やはり、練習をする気はなさそうだ。

まず自己紹介をして、その後に三年生の部長から部活動に関する注意事項を聞いた。自分用の道具を持っている者は使ってもいいが、ない者は学校の備品を借りることができるという。ユニフォームはなく、学校指定の体操着を着てふだんは練習をしているそうだ。ユニフォームはないのか、と内心でがっかりした。揃いのユニフォームを着、一列に並んで校歌を歌うことに憧れていたのだ。まあ、ユニフォームはきっと高いだろうから、それぞれの家庭の事情を考えれば、ないのはやむを得ない。大会で勝ち進めば、ユニフォームを作るという話が持ち上がるだろうと、近い将来を予想した。

さほど面白くもない説明が終わり、質問はあるかと問われた。静雄はぱっと手を挙げ、言った。

「今日は練習をしないのでしょうか」

「えっ、今日？」

まったく思いがけないことを訊かれたかのように、部長は目を丸くする。そしてぷっと笑うと、顔の前で手を振った。

「おいおい、勘弁してくれよ。練習なんて、好きこのんでやるもんじゃないだろ。せっかく休めるんだから、休もうぜ」

驚いたことに、部長の言葉に他の上級生たちも笑って頷いた。練習は好きこのんでやるものではないとは、まるで別の世界の言語のように理解不能だった。練習とは、好きこのんでやるものに決まっている。練習がいやなら、なぜ野球部に入っているのか。

「練習させてください。お願いします」

腹が立ったが、なんとか気持ちを抑えて頭を下げた。嬉しいことに、功喜も一緒に頭を下げてくれた。しかし、部長はなかなか返事をしなかった。顔を上げると、眉を寄せて不快そうな表情をしていた。

「休みと言ったら、休みだ。お前らは、いきなり上級生の言いつけに背くのか」

「いえ、そんなつもりはありませんが、ぼくたちは練習がしたいんです」

「うるせえ。さっさと帰れ」

気分を害したようで、部長は顎をしゃくって命じた。入部初日から部長に逆らうわけにはいかない。やむを得ず、「はい」と応じて引き下がった。

「空き地で野球やろうぜ」

とぼとぼ歩きながら、他の一年生四人に呼びかけた。全員「おう」と言ってくれ、いったん帰宅するために解散する。家に向かって歩いているときの両脚は、鉛を込めたように重かった。うすうすいやな予感はしていたが、中学の野球部があんなやる気のなさとは。これまで評判を聞かなかったから知らなかったが、評判になるわけがなかったのだと理解した。

しかしやがて、足取りに力が戻った。今の野球部が駄目なら、おれが改善するまでだ。幸い、功喜を始めとする仲間たちがいる。やる気がある者たちだけで、部の雰囲気を変えればいいのだ。それは、さほど難しいこととは思えなかった。

家に帰り着いて着替え、バットとグローブを持って空き地に向かった。三々五々、他の仲間もやってきて五人が集まる。だが、これまで一緒に遊んでいたが野球部に入らなかった者は、ひとりも現れなかった。野球に本気で打ち込もうという者は、この五人だけなのだと改めて実感した。

五人では試合はできない。やむを得ず、練習をすることにした。おれたちで野球部を変えよう、と提案すると、全員が「そうだな」と頷いてくれた。おそらく、野球部に対して失望する気持ちは同じだったのだ。その失望が、おれたち五人の結束を固くしてくれると静雄は信じて疑わなかった。

3

基本的に部活は毎日あることになっている。昨日はがっかりしたが、今日から本当に練習が始まるかと思うと前向きな気持ちになれた。静雄くらいの年齢だと、一歳差はかなり大きい。まして二学年違うとなれば、三年生は静雄より遥かに野球がうまいのだろう。うまい人たちに揉まれることを、静雄は強く望んでいた。

「ようし、来たか。じゃあ、一年坊主はまずランニングだ。校庭三十周」

体操着に着替えて校庭に出てきた静雄たちに、部長はそう命じた。いきなり校庭三十周か。中学校の校庭は広いので、三十周はかなりきつい指示と言える。もしかしたら部長は、気分を害したまま理不尽なことを命じているのだろうか。

しかし部長当人はもちろん、他の上級生たちも特にニヤニヤしたりはしていないので、これは入部儀礼として普通なのかもしれない。野球に体力は必要だから、まずは体力作りから入ることに異論はない。文句は言わず、走り始めた。

静雄たち一年生をよそに、上級生はバットとグローブを使った実践的な練習を始めた。部長がバッターボックスに立ち、守備に就いた者たち相手にノックをする。部長の打つ球はそれほど鋭くないが、練習だからかなと静雄は考えた。それなのに、球を受ける側の者たちはときどき捕り損ねていた。上級生の中にも、あまりうまくない人がいるのだと知った。

三周もした頃から、疲れを感じ始めた。脚を前に出すのが辛くなる。それでも、まだ十分の一だ。こんなところで音を上げるわけにはいかない。厳しさは大歓迎だった。

「やっぱり、三十周は、なかなかきつそう、だな」

仲間のひとりが、切れ切れに声を発した。堀之内《ほりのうち》といい、巨人のピッチャーに名前が似ていることを自慢としている。瓜実顔で、どことなく見た目も似ている。しかし、ピッチャーができるほど肩は強くない。野球が好きな気持ちは誰にも負けないが、その気持ちに実力が追いついていない奴だった。

「部活は、厳しいものなんだよ」

静雄も息が荒くなっていた。それでも、堀之内の方が辛そうである。こいつ大丈夫か、と心配になった。仲間内で野球をやっているうちは、こんな走り込みはしていない。全員、生まれて初めての走り込みかもしれなかった。

まだ春先で、さほど暑くないのが救いだった。とはいえ、すでに体操着は汗だくになっている。家に帰ったらすぐ母ちゃんに洗ってもらわないと、明日の練習に着る服がなくなってしまう。そんな心配をする余裕が、まだ静雄にはあった。

上級生たちの間では、笑い声も起きていた。和気藹々《わきあいあい》といった雰囲気だった。そのこと自体は悪くはない。楽しく練習することに文句はない。しかし、一年生に辛い指示を出しておいて、自分たちは笑いながら練習をしているとは、さすがに面白くない。これが部活動というものかと、上下関係の厳しさを味わった。

五周すると、足が痛くなってきた。靴擦れを起こしたようだ。疲労よりも、そちらが辛い。だが、靴擦れなど起こしてしまう自分の軟弱さがいやだった。これまでは父と練習をしていても、ボールを使ったことだけだった。基礎体力を上げることが目的の練習は、まったくしていなかった。自分の足りない部分を思い知らされた心地だった。ランニングに慣れ、靴擦れしなくなった頃には、きっとかなりスタミナがついているだろうと思った。

「おれ、駄目、かも」

弱音を吐いたのは、予想どおり堀之内だった。顎が上がり、他の四人についていくのが精一杯といった様子だ。五周目でこれなのだから、三十周はとうてい無理そうだ。駄目だった場合どうなるのだろうと、静雄は部長の方を見た。部長はこちらになどまったく注意を払ってなく、ノック役を他の人に代わり、自分は木陰で寛いでいた。

「がんばれ。こんな部で、初日から脱落するわけにはいかないぞ」

上級生たちに聞こえないよう、小声で堀之内を励ました。弛んだ雰囲気だと失望していたのに、そんな部の練習にもついていけなければ、矜持《きょうじ》が傷つく。自分だけでなく、仲間五人全員で最後まで走り抜きたかった。

「あっ」

静雄の励ましに応えたのは、悲鳴にも似た叫びだった。堀之内が転んだのだ。すぐ立ち上がれ、と念じながら、脚を動かし続ける。堀之内のために脚を止める必要はないと考えた。

しかし、堀之内はなかなか立ち上がらなかった。振り返ってみると、なにやら足先を押さえてもがいている。脚が攣ったのか。仕方なく、向きを変えて引き返した。他の三人も、静雄に倣《なら》った。

「攣ったのか」

傍らに立って、問うた。堀之内は顔を歪め、「うん」と頷く。仕方なく、しゃがみ込んで爪先を堀之内の体側に向けさせてやった。「うう」と堀之内は呻きを漏らす。かなり痛そうだ。

「どうだ、走れるか」

静雄としては、三十周を完走することしか頭になかった。だが堀之内は、あっさりと首を振る。

「たぶん、無理だ。お前たちだけで行ってくれ」

その諦めの早さに、静雄は失望した。しかしそれは顔に出さず、再度部長を見やる。さすがに部長は、こちらの異変に気づいていた。

「お前は休んでろ。部長に事情を説明してくる」

断って、堀之内のそばを離れた。部長は木陰に坐ったまま、こちらを待ち受ける。部長の前に、走って向かった。

「すみません、堀之内の脚が攣りました」

「情けないな」

部長の反応は、そのひと言だった。実は、静雄も同じ思いだった。たった五周で脱落してしまうとは、堀之内は情けない。とはいえ、いきなり三十周がきついのも事実だった。

「お前たちは走ってろ。脚が攣った奴も、そのうち治るだろ」

部長は立ち上がりもせず、顎を校庭の方に向けてしゃくった。そう言われたら、ランニングを再開するしかない。静雄たち四人は、また黙々と走り始めた。堀之内は依然として、脚の筋肉を伸ばそうとしている。

「厳しいのか、弛んでるのか、よくわからないな」

併走している功喜が、そんな言葉をこぼした。まったく同感だ。部長は人に厳しく、自分に甘いタイプなのかもしれない。だとしたところで、ランニングを拒否する理由にはならなかった。

「でも、これは、おれたちにとって、無駄じゃないよ。部の、雰囲気を、変えるために、がんばろう」

息が上がったまま、そう応じた。綺麗事を言っているつもりはなく、あくまで本気だった。さすがに毎日校庭三十周させられたりはしないだろうが、こうして走り込むことは必要だと痛感している。脚を動かすのが辛ければ辛いほど、野球部に入った喜びが込み上げてくるようだった。これだ、おれが求めていたのはこれなんだ、と内心で嬉しさを噛み締めていた。

十周目を過ぎた頃から、あまり思考が働かなくなってきた。おれが求めていたのはこれだ、という同じフレーズばかりを脳裏で繰り返す。かろうじて、堀之内に続く脱落者がいないことだけは把握していた。四人一緒に走っていられることが、今は喜びだった。

ペース配分を考えて、最初からスピードは抑え気味にしていたが、どうしても脚を動かす速度が徐々に落ちてきた。一周に時間がかかるようになり、二十周した頃には日がかなり西にあった。今日の練習はこれだけで終わりかな、と覚悟する。早くバットとボールを使った練習がしたいな、と純粋に考えた。

ほとんど歩いているのと変わらないほど、スピードが落ちていた。皆、今にも倒れそうにふらふらしながらも、なんとか脚を動かしている。もはや、互いに声をかけ合う元気も残っていない。気がつけば、辺りは夕暮れ時だった。上級生たちは練習を終えたのか、いつの間にか姿が見えなくなっている。残っているのは坐り込んでいる堀之内と、そして腕組みをして立っている部長だけだった。

三十周目を走り終えたとたん、四人全員が倒れ込んだ。頬を土につけると、ひんやりして心地よい。靴擦れを起こした足は、きっと血塗《ちまみ》れだろう。だがもはや、痛みなど感じられないほど全身が疲労困憊していた。

「まさか、本当に三十周するとは思わなかった」

頭上から、部長の声が降ってきた。それを聞き、「えっ」と内心で声を上げる。無理だと思っていて命じたのか。やはりこれは、ただのしごきだったのか。

「お前たち、根性あるな。しばらく動けないと思うけど、暗くならないうちに帰れよ。足は靴擦れしてるだろうから、ちゃんと手当てをしておけ」

部長はつけ加えた。口調は淡々としているが、思いやりから発された言葉のようにも聞こえた。根性があることを、静雄たちは部長に認めさせたのだ。体力作りという面でも、それから新入部員として意気込みを示す意味でも、三十周のランニングは無駄ではなかった。

部長はすたすたとその場を後にした。堀之内が恐る恐るといった様子で、「大丈夫か？」と話しかけてくる。答えた声は、全員が揃っていた。

「大丈夫じゃねえよ！」

見事に声が揃ったので、思わず笑ってしまった。堀之内以外の四人は、グラウンドに倒れ伏したまま笑う。楽しいな、と静雄は思った。

4

次の日は、歩くのも辛かった。靴擦れで血塗れになった両足が痛いのが理由だが、それだけでなく、全身の筋肉がみしみしと軋《きし》んだ。ランニングは、意外に全身を使うのだと初めて知った。ひと晩寝たら治るどころか、翌朝の方が痛みが強かった。昨日は疲れ果てていて、痛みも感じなかったのかもしれない。

「いやぁ、辛いな、こりゃ」

ちょうど校門のところで功喜と鉢合わせして、そんな言葉を発した。功喜も脚を引きずり、一歩一歩大地を踏み締めるように歩いている。少しでも靴擦れの痛みを抑えようとすると、足を上げて下ろす動作が慎重になるのだ。功喜は眉を顰めながらも、不敵に笑った。

「体力つきそうだなぁ。少し自主的に走り込みをした方がいいなって思った」

功喜はそう応じる。やはり、感じたことは似ているのだ。静雄たち一年生の一番の弱点は、基礎体力だろう。その点を底上げできれば、野球の技術では上級生に引けを取らないはずだった。

「今日の部活、まともに動けるかな」

放課後までに回復することを願っているが、いくらなんでもそれは無理だろうとも思っている。昨日の様子からすると、こちらの消耗具合を部長は考えてくれそうだと期待していた。

「何やらされるだろうねぇ」

功喜は恐れ半分、楽しみ半分といった口振りだった。それもまったく同じ気持ちである。互いに頷き合って、それぞれの教室に入っていった。

体が痛くて、その日の授業はまったく頭に入らなかった。だが、もともと勉強はあまり好きではない。というより、率直に言って嫌いだ。体が痛くなくても、きっと真剣には聞いていなかっただろう。早く放課後になって欲しいとしか考えていなかったが、いざ放課後になってみれば、部活で何を命じられるかが不安に思えてきた。厳しさは歓迎という気持ちに嘘はないが、今日だけは手加減して欲しかった。

「来たのか」

体操着に着替えて校庭に出ていくと、後から現れた部長は意外そうな顔をした。他の上級生たちも同じである。初日にいきなりあんなことをやらされれば、入部をやめると考えていたのかもしれない。やめないまでも、今日は休みたいと言い出すと予想していたのではないか。もしそうなら、静雄たち一年生を舐《な》めていると言わざるを得なかった。

静雄と功喜だけでなく、他の三人もきちんと体操着に着替えていた。最初から野球部入部を諦めてしまった友達たちとは違い、ここにいる五人の根性は並大抵のものではないのである。部活を休むことなど、頭の片隅にもなかったに違いない。

「はい」

五人揃って返事をした。直立したまま、部長の指示を待つ。部長は少し戸惑ったように沈黙したが、やがて校庭の奥を指差して言った。

「今日はお前たちは球拾いだ。おれたちがノックをしている間、こぼれた球を拾って返球しろ」

「はい」

考えてみたら、一年生は球拾いから始まるのは理の当然だった。ランニングではなかったことに安堵する。喜んで、外野に散った。グローブを手に着けられるだけで嬉しかった。

こういうことなら、どんどんエラーして欲しかった。すかさず球を拾い、遠投する自分を脳内に思い描く。中腰になり、両膝に手をついた。中腰は辛かったが、まっすぐ立っていても辛いのである。中腰でいると、野球をしているという感覚が味わえた。

昨日と同じように、部長がバットを握ってノックが始まった。そして、部長が打つ球がそれほど鋭くないのも昨日と同じである。だから内野の守備に就いた上級生たちがほぼ捕球し、外野にはこぼれてこなかった。エラーはするが、足許に落とすだけなのだ。球拾いとは言いつつ、ノック練習を見学しているに等しかった。

「こりゃあ、退屈だな」

思わずひとりごちた。他の一年生たちは離れているので、会話もできない。走らされるのは御免蒙《こうむ》りたかったから、これも部長の温情なのだろうか。これはこれで、昨日とは別の辛さがあった。

ノックが終わると、上級生たちのバッティング練習が始まった。このときもまた、静雄たちは球拾いである。今度こそ球が飛んでくるだろうと思いきや、驚いたことにあまり出番がなかった。上級生たちが打っても、ほとんど内野ゴロなのである。外野まで球が飛んでくるのは、五回に一回といった程度だった。

下手だ、と心の中で呟いた。全員が全員、下手である。中にはうまい人がいるのではないかと期待して見守っていたが、全員打ち終わっても、ヒット性の当たりは一本もなかった。出塁できた人は、内野守備の人がエラーをしたためであった。打撃が下手なら、守備も下手だった。

これはまずい。静雄は憂鬱な気分になってきた。これでは都大会で優勝など夢のまた夢、それどころか一回戦敗退が濃厚である。静雄たち五人が加わっても、最低他に四人はうまい人がいなければ野球にならないのだ。そのたった四人が、上級生の中には見当たらなかった。

そもそも、ピッチャーをやっている三年生が、本当に正ピッチャーなのか単なるバッティングピッチャーなのか、どちらともつかなかった。他にピッチャーをやろうとする人がいないから正ピッチャーなのかもしれないが、それにしては球が遅い。打撃練習のためにわざと遅い球を投げているとも考えられるけれど、ずっと見ていたところ、かなり本気で投げているようでもある。あれなら、あまりピッチングの練習はしていない静雄の方がずっとましだ。もっとも、静雄が投げたら上級生の誰ひとり、バットは球に掠りもしないだろう。

見ていて苛々してきたので、バットを振りたくなった。だが体じゅうが痛い状態の今は、きっとあのヘロヘロ球でも空振りしてしまう。幸か不幸か、球拾いはお役御免にならなかった。素振りをやらされないことにも安堵した。

最後に軽くランニングをして、練習は終了した。ランニングと聞いてうんざりしたが、たった校庭二周だったので、むしろ物足りない気持ちにすらなった。今日はまったく運動した気がしない。一日休みみたいなものだった。

「上級生さぁ、下手だったなぁ」

帰り道、学校から充分に離れた頃に、功喜が慨嘆した。静雄と同じく、衝撃を受けたのだろう。二年生は一年間、三年生は二年間も練習をしていたはずである。それであれとは、本気度が足りないのか、あるいは野球のセンスがないのか。前途は多難だった。

「このままじゃ、対外試合をやっても一勝もできないぜ」

堀之内が皮肉めいた口調で言う。仲間内ではさほどうまい方ではない堀之内だが、上級生に比べれば自分の方がましと思ったのだろう。静雄もそう思う。

「問題はピッチャーだよな」

静雄は率直に指摘した。代わりのピッチャーがいなければ、初回だけで大量失点をしてしまいそうだ。あの三年生に代わる人材を、早急に確保する必要がある。しかし、今ここにいる五人のうちから選ぶのも難しかった。

「おれたちのうちの誰かがやるのか?」

疑問の声が上がった。皆、同じことを考えたようだ。静雄たちが空き地で野球をやっているときは、ピッチャーは人気ポジションだから、交替で投げていた。だから全員が経験者と言えるが、本職はひとりもいないのだ。静雄自身、自分はサードだと思っている。投げろと言われればできるが、対外試合で通用するレベルかどうかは自信がなかった。

「そうするしかないよなぁ」

真っ先に答えたのは、功喜だった。上級生のことを、静雄以上に見放したのかもしれない。断定されると、静雄も確かにそうだと頷いた。

「誰がやる?」

静雄は歩きながら、他の四人を見やった。自分はサードだ。身長が低い功喜は、ピッチャーには向かないだろう。俊足を生かし、外野がいいと思う。堀之内はそつなくどこでもできるものの、逆に言えば、どこのポジションをやってもぱっとしないのだ。ピッチャーという専門職ではなく、セカンド辺りでその器用さを生かして欲しかった。

となると、残りふたりのどちらかだ。両方の顔を見て、迷いながらも指名する。

「山辺《やまべ》か」

名指しされた山辺は、苦笑した。山辺は五人の中では最も背が高い。本気で投げると球が上の方から飛んでくるようで、打ちにくいのだ。だが、ピッチャーにふさわしいかは疑問がある。五人の中で一番根気がないのも、山辺だった。

正直、昨日の校庭三十周では山辺が脱落することを心配していた。根性はあるのだが、飽きっぽいのだ。だからピッチャーも、せいぜい打者三人分を投げると、交替したがる。その都度ファーストをやったり、外野をやったり、なんとも気まぐれな奴だった。

「おれにできると思うか」

鼻先で笑うような返事を、山辺はした。自分には無理だと、最初から諦めている口振りだった。この性格でなければなぁ、と静雄は密かに嘆く。三十周走り抜く根性も、速い球を投げる肩もあるのに、性格に問題があるとはなんとも惜しかった。

「でも、川端《かわばた》は無理だろ」

もうひとりの方に顔を向け、本人に確認する。問われた川端は、ぶんぶんと首を振った。

「おれの球は、この中で一番軽いじゃないか」

そうなのだ。おそらく川端は、肩が弱いのだろう。打撃のセンスはあるが、投げるのはまるで駄目だ。川端がピッチャーをやると、打ち込まれてしまうことが多い。川端は体つきががっちりしていて、野球よりもむしろ柔道でもやった方がよさそうに見える。それなのに、自分で「球がしかなかった。

軽い」と言うとおり、なぜか打ちやすい球なのである。これはもう、持って生まれた資質と言う
「静雄、お前がやればいいじゃないか」

山辺がこちらに顎をしゃくった。すると他の四人も、そうだそうだと頷く。まさかそんな流れになるとは思わなかった。

「ちょ、ちょっと待ってくれ。おれはサードがいいんだよ。長嶋と同じサードがやりたいんだ」

サード以外のポジションは、まるで考えていなかった。捕球してファーストに送球した後のポーズまで、長嶋の姿を完全に真似ている。いまさら他のポジションなど、できるわけがなかった。

「そんなこと言ったって、お前以外にピッチャーできる奴はいないじゃないか」

山辺はまるで、面倒事を人に押しつけようとしているかのようだった。そんなにピッチャーがいやなのかよ。静雄はつい笑いたくなった。山辺の性格を考えると、代打や代走が一番向いているのかもしれない。自分の出番以外は、ベンチでのんびりしていたいと考えていてもおかしくなかった。

「いや、だから、お前ができるだろうが」

言い返したが、全員の視線は静雄に向いていた。まずい、このままではピッチャーをやる羽目になってしまう。なんとかそれは避けようと、結論を先延ばしにすることにした。

「まあ、今おれたちが決めるのも変な話だよな。野球部員はおれたち五人だけじゃないんだから。もしかしたら上級生の中に速い球を投げられる人がいるかもしれないし、これから探し出して勧誘してもいいしな」

「そう都合よく、ピッチャーできる奴なんているかねぇ」

自分に関わる話ではないとばかりに、山辺はうそぶく。その場合はお前を鍛えるまでだ、と心

の中で静雄は言い返した。

5

次の日の練習は、軽いランニングの後、素振りをやらされた。体はもう回復しているので、バットを振っても痛くない。素振り百回と言われたが、なんら苦でなかった。静雄たちがバットを振っている間、上級生たちはキャッチボールをしていた。

「よし、今日はお前たちの打撃を見てやる」

素振りを終えると、部長が近づいてきて言った。やっと打撃練習か。三日目で打撃練習をさせてくれるなら早い方なのかもしれないが、静雄にとっては待望の瞬間だった。素振りを百回しても、筋肉は痛んでいない。むしろ、もっと振りたかった。

「まあ、一年生だからバットに当てられなくても仕方ない。ボールをよく見て、中学生の球がどれくらい速いか感じてみろ」

部長は偉そうな物言いをした。思わず功喜と顔を見合わせたくなる。しかし、なんとか思いとどまった。部長の言葉を聞いて目配せをするようでは、あまりに感じが悪い。怒らせて、また校庭三十周などと命じられたらたまったものではなかった。

「ええと、打ってもいいんですか」

念のため、確認をした。取りあえず見ているだけ、という指示にも受け取れたからだ。だが部長は、重々しく頷く。

「もちろんだ。打てるものならな」

よし、あらかじめ断った。打っていいと言われたのだから、打つ。つい表情が緩んで、ニヤニヤしてしまいそうだった。

「じゃあ、おれからでいいか」

他の一年生四人に訊いた。皆、静雄の性格を知っているから、行けよとばかりに顎をしゃくる。遠慮なく、バッターボックスに立った。

校庭だからピッチャーマウンドなどはないが、一応ピッチャープレートはある。そこに、昨日バッティングピッチャーを務めていた三年生が立っていた。昨日は外野からしか見ていなかったのでよくわからなかったが、改めてこうして相対してみると、三年生は顔立ちが整っていた。顔がよく、野球部のピッチャーならば、女子にもてるのではないか。なんとなく、気障《きざ》ったらしい三年生に反感を覚えた。

「最初は手加減してやるからな」

三年生は肩をぐるぐる回しながら、そんなことを言った。いいえけっこうです、と言いたくなるのをぐっとこらえる。静雄は肩の力を抜いて、バットを軽く握った。さあどうぞ、という気持ちで三年生と向き合った。

三年生は振りかぶって、まず一球目を投げてきた。スイングし、ミートの一瞬前にグリップを強く握る。カキーン、と小気味いい音がして、ボールは校庭の遥か遠くへ飛んでいった。まあ、こんなものだろうと思った。

しかし三年生は、ボールの行方を目で追って振り返ったまま、なかなか体勢を変えなかった。驚いているようだ。何を驚いているのか、と静雄は言いたくなるが、昨日はこんな当たりをする人がひとりもいなかったのだから、衝撃だろう。自分のピッチングがいいから、他の部員は打てないとでも思っていたのか。単に他の人たちが下手なだけなのだが。

「ま、まぐれでもなかなかいい当たりをするじゃないか。次は本気で行くぞ」

こういう場合の典型的な強がりを、三年生は口にした。一年生に打たれては沽券《こけん》に関わる、とでも考えているのだろうか。そんな沽券はもともとないですから、と言い返してやりたいものの、さすがにそこまで言っては性格が悪い。静雄は黙って次の投球を待った。

三年生はゆっくりとピッチングモーションに入った。もったいをつけているようにしか思えないが、もしかしたらタイミングを外そうとしているのかもしれない。しかしこちらは、力まずに構えている。急にクイックモーションで投げられても、対応する自信があった。

三年生はごく普通に投げてきた。どうやら渾身の力を込めたようだった。先ほどよりは、少し球を速く感じる。とはいえ、静雄にとっては打ち頃の球だった。

ふたたびボールは高く空に舞い上がり、守備に就いている上級生たちの遥か後方に消えた。ピッチャーの三年生だけでなく、上級生全員が唖然としているようだった。驚かれていることに、静雄は驚いた。

確かに静雄は仲間内では一番うまいが、これくらいの打撃ができる者は他にもいる。例えば川端は、静雄とは違って力任せにバットを振るので、当たれば静雄より遠くに飛ぶ。長打力では、おそらく川端の方が上だろう。静雄で驚いているなら、川端の飛距離を見たら目の玉が飛び出るのではないか。次は川端に打たせてみたくなった。

もはやピッチャーの三年生は、強がる様子もなかった。なにやら悄然として、無言で次の球を投げてくる。同じく静雄は、それを軽々と打ち返す。凡打にするのが難しいほどの球だった。

三年生が投げた五球をすべて校庭の反対側まで運んだら、部長に交替を命じられた。まあ、静雄の打撃力は充分にわかっただろう。次に指名を受けたのは、川端ではなく功喜だった。一番小柄な功喜が打者なら、さすがにこんなに打ち込まれはしないと部長は考えたのかもしれない。しかしその判断は間違いであると、すぐに証明されることを静雄は知っていた。

「よろしくお願いしますっ」

殊勝《しゅしょう》にも、功喜はバッターボックスに入るとそんな挨拶をした。従順な一年生のようだが、功喜の性格を知っている静雄としては噴き出したくなる。功喜は仲間の中でも、なかなか性格がひねくれている方だ。こんな挨拶は、相手を馬鹿にしているからに他ならなかった。

中学の備品であるヘルメットは、小柄な功喜にはぶかぶかだった。どう見ても、子供が野球の真似事をしているかのようである。「ヘルメットで前が見えないんじゃないか」と堀之内がヤジを飛ばした。功喜は振り返らず、「うるせえ」と応じる。

そんなやり取りのさなか、三年生は不意に球を投げた。隙を衝いたつもりなのだろう。しかし功喜は、視線を逸らしてはいなかった。鋭くバットを振り、ボールを弾き返した。

功喜はふだん、長打ではなく単打で塁に出て、足で攪乱するタイプである。しかし今の功喜の当たりは、先ほどまでの静雄のものと遜色なかった。ボールは空高く舞い上がり、大きく弧を描いて校庭の反対側まで飛んだ。自分でも会心の当たりだったのか、功喜はこちらを向いて親指を立てた。顔には得意げな笑みが浮かんでいた。

ピッチャーの三年生は、目を大きく見開いて口をぱかりと開けていた。

6

それ以後、ピッチャーの三年生は部に顔を出さなくなってしまった。結局、一年生五人全員がポンポンとホームラン性の当たりで打ち返してしまったのだから、プライドも傷ついただろう。手加減すべきだったのかと思わなくもないが、それはそれで失礼な話だと思う。本気で打ったことが、上級生に対する礼儀だと静雄は考えていた。

ただ、三年生は正ピッチャーだったらしい。だから辞められてしまえば、部にピッチャーがいないことになってしまう。お前がやれ、と指名されないだろうかと静雄はひやひやしたが、そうはならなかった。二年生の控えピッチャーが、繰り上げで正ピッチャーになった。

「おい、どうする。また打っちゃったら、あの先輩も辞めちゃうぞ」

練習中に一年生五人で集まり、ひそひそ話をした。発言の主は、功喜である。功喜が言うとおり、二年生の球も難なく打てそうだ。単に後輩だから控えだったのではなく、実力的に三年生に劣っているのは、球筋を数球見ればわかる。静雄たちが本気になれば、三年生の二の舞になるのは明らかだった。

「だからって、わざと手を抜くのか。先輩に気を使って手を抜くなんて、絶対に駄目だぞ」

静雄は眉を吊り上げて力説した。うっかり声が大きくなってしまう。「馬鹿、聞こえるぞ」と功喜に窘《たしな》められ、肩を竦めた。こんな会話をしていることが知られたら、それだけで機嫌を損ねてしまうだろう。

「いやぁ、上下関係も大事だけど、やっぱ実力勝負じゃないか。おれたちの方がうまいんだから、しょうがないよ」

達観したようなことを言うのは、堀之内だ。ずいぶんと偉そうだが、真実でもある。静雄も同感だった。

功喜の懸念は退けられ、二年生ピッチャーの球も手加減抜きで打つことになった。だがどうしたことか、部長がバッターボックスに立たせてくれなかった。二年生ピッチャーが打ち込まれてしまうと、さすがに予想がつくのだろう。意地悪なのか後輩思いなのか、よくわからない処置だった。

また、球拾いの日々になった。そして、素振り。やらせてもらえるのはただそれだけで、打撃練習も守備練習もなしだった。素振りが無駄とは思わないが、球拾いは要するに上級生たちの尻拭いである。こんなことをするために野球部に入ったわけではなかった。

「部長、話があります」

そんな状態が二週間続き、痺れを切らした。静雄は校庭で部長を待ちかまえ、直談判に出た。部長は初めて顔を合わせたときと同じように、不愉快そうに眉を寄せる。

「おれたちにも練習をさせてください。おれたちが戦力になるのは、部長もよくわかっているはずです。そろそろ都大会の予選が始まるではないですか。おれたちに練習させた方が、部にとってプラスになりますよ」

自己主張が過ぎるという自覚はあったが、言わずにはいられなかった。部長は単に、三年生ピッチャーを退部に追い込んだ静雄たち一年生を面白く思っていないだけなのだ。公平に見て、静雄たちがスターティングメンバーに加わった方が部は絶対に強くなる。そのことは、誰の目にも明らかだろうと考えた。

これまで観察した限りでは、部長は少し大人げないところがあるものの、決して意地悪一辺倒の人ではない。静雄たちに打撃練習をさせないのは、二年生ピッチャーを慮《おもんぱか》ってのことなのだ。そうした後輩思いの面もあるからには、話が通じない相手ではないと判断した。

部長はしばし考え込むように沈黙したが、やがて「よし」と頷いた。静雄の主張にも一理あると思ってくれたようだ。静雄は功喜と顔を見合わせて、笑う。やはりバッティングは、野球において一番楽しい要素だ。バットで球を打てるのは、純粋に嬉しかった。

三年生、二年生の打撃練習の後に、バッターボックスに立った。二年生ピッチャーは明らかに、怯えた顔をしていた。なにやら申し訳ない気持ちになったが、手加減はしないと決めている。心を鬼にして、向き合うことにした。

結果は、予想どおりだった。平たく言えば、一年生五人による滅多打ちである。この球をなぜ、上級生たちは打てないのだろうと不思議になる。それほどに打ちやすい球を、二年生ピッチャーは投げてくれたのだった。

「畜生、やってらんねえよ！」

五人目の打者である山辺にホームラン性の当たりを打たれると、二年生ピッチャーはそう叫んでグローブを地面に叩きつけた。そしてそのまま、踵を返して校舎の方へと帰ってしまう。いきなりの豹変に、静雄は唖然とした。悔しいのはわかるが、何もそんな怒り方をしなくてもいいのではないか。

静雄の驚きは、それだけにとどまらなかった。なんと、他の二年生たちが「そうだそうだ」と同調して、練習を放棄してしまったからだ。「お前たち、気に食わねえんだよ」と捨て台詞《ぜりふ》を残した人までいた。二年生にかわいがられている実感は皆無だったが、それどころか嫌われていたようだ。今初めて気づいて、静雄は呆気にとられた。

部長を始めとする三年生たちは、止めようとしなかった。二年生たちの怒りがわかるのかもしれない。静雄としては、「そんなことを言われても」という気持ちだった。この期に及んでも、手加減した方がよかったとは思えなかった。

三年生たちは二年生を止めなかっただけでなく、静雄たち一年生にも言葉をかけてこなかった。皆、静雄たちはいないかのように振る舞い、練習を終えた。かなり気まずい雰囲気になり、一年生五人で下校する際には今後どうするかを話し合わねばならなかった。話し合う、といってもどうしようもないのだが。

「なんかさ、おれたちのせいで部が崩壊しそうじゃないか？」

言葉を選ばない功喜は、はっきりと指摘する。山辺が皮肉そうな笑みを浮かべた。

「客観的に見て、おれたちはいやな下級生だと思うよ。嫌われるのも当然だろ」

おそらく、そのとおりなのだろう。上級生たちを見くびっていなかった、とはとても言えない。その気持ちを隠しきっていた自信はなかった。自分の態度を反省はするが、しかしどんな態度ならよかったのか見当がつかない。しおらしくしていても、結局は上級生の球を打ち込んでしまうことになるだけだからだ。

「二年生の先輩に、謝りに行くか？」

山辺の言葉が応えたのか、功喜は悄《しお》れてそんなことを言った。皮肉屋のくせして、仲間意識は強いのである。二年生とはろくに付き合いがなくても、同じ部の仲間として仲良くしていたいのだろう。

「謝りにって、何を謝るんだ？　打ち込んじゃってすみません、ってか？　それも馬鹿にしてるんじゃないか」

山辺は冷静だった。謝る筋合いではない。謝ったところで、何も解決しないと思う。仕方がなかったのだ、と割り切るしかなさそうだった。

重苦しい気分を抱えたまま、解散した。これまでは同じ年の者たちだけで楽しく野球をしていたから、上下関係がこんなに難しいとは知らなかった。上級生たちが、年長者らしく静雄たちよりうまければややこしいことにはならなかったのである。ついそんなふうに考えてしまうが、それもまた上級生たちからすれば腹が立つのだろうことは理解できた。

次の日の練習に、二年生はひとりも出てこなかった。いやな予感を覚えていたら、部長が仏頂面で告げた。

「二年生は全員辞めた」

静雄は目を瞠って驚愕した。まさか、そんな決断をするとは予想もしなかった。それほどに、静雄たちの存在を疎ましく思っていたのか。人に嫌われるのは苦いことだと、人生で初めて感じた。

部長はそうなった理由を言わなかった。静雄たちに、感想も求めてこなかった。その態度は、ある意味公平なのかもしれない。ただ、よそよそしいことは確かだった。

その日の練習は、少人数でやることになった。打撃練習の際は、一年生の誰かがピッチャーをやれと命じられた。仕方なく、静雄がその役割を買って出た。あくまで打撃の練習なので、本気では投げない。三年生相手に打ち頃の球を投げたつもりだったが、大半の人が内野ゴロを連発した。またこれで嫌われるのか、と虚無感に襲われた。

対照的に一年生たちは、景気よく打った。これが現実なんだよな、と内心で思う。上下関係に応じた実力差があれば、なんの問題もなかった。しかし実際はこの有様で、どんな気遣いも無効にする。上級生たちに嫌われるのは、避けられないことなのだと悟った。

その後しばらく、三年生と一年生だけで練習を続けた。大会が六月に始まるのに、部長はスタメンを決めなかった。どうするつもりなのかとやきもきしていたら、あるとき唐突に告げられた。

「おれたち三年生は、少し早いけど部を卒業することにした。後はお前たちで好きにやれ」

他の三年生は現れず、部長は制服姿のままだった。部長はいつもどおり仏頂面で、静雄たちに腹を立てているのか、さばさばした心持ちなのかさっぱりわからない。ただ、突き放されたことだけは理解できた。

静雄たち一年生は、こうして上級生全員を部から追い出してしまったのだった。

7

都大会予選は目前に迫っている。それなのに野球部員は、今や五人だけになってしまった。五人では、出場することができない。不戦敗は、なんとしても避けたかった。

「先輩たちを呼び戻すことはできないだろうなぁ」

無理だとわかっているはずなのに、功喜はそんなことを言う。自分たちのせいで先輩全員が部を辞めてしまったと、罪悪感を覚えているのだろう。それは大なり小なり、皆同じである。しかしそんな気持ちは脇に置いておいて、現実に向き合わなければならない。

「たぶん、無理だろ。おれたちは完全に嫌われたんだ。なんとかあと四人、部に引き入れることを考えよう」

静雄は提案した。すぐさま、堀之内が答える。

「いつも一緒に野球をやってた奴らに、声をかけようぜ」

そのことは、真っ先に考えた。だが、何人野球部に入ってくれるか、かなり心許なかった。静雄が厳しそうだからいやだ、とはっきり言った奴の顔を思い浮かべる。おれのせいで部員は今ここにいる五人だけになったのだ、と考えざるを得なかった。

「おれが声をかけても駄目だから、みんなで誘ってみてくれよ」

あまり期待をせず、他の四人に頼んだ。堀之内は「おう」と単純に請け合ったが、他の三人はなにやら複雑そうな顔で頷く。無理だろうと内心で考えているのだ。そしてその予想が正しいことは、ほどなく証明された。

結局、誰ひとり入部してくれなかったのだ。それぞれ、すでに他の部に入っていたからやむを得なかった。掛け持ちはできないので、野球部に入ってもらうためには今いる部を辞めさせなければならない。入学から二ヵ月経ち、皆が自分の部に馴染んでいたから、いまさら引き抜くことはできなかったのだった。

もちろん、理由はそれだけではないのだろう。静雄が課すはずの厳しい練習を嫌ったのだ。そんな厳しいことは求めない、とは言い切れない。勝利のためについむきになってしまう姿は、自分でも容易に想像できる。己の人徳のなさを反省するが、反省すれば治るものでもなかった。

「別口を誘うしかないいんじゃないか」

山辺が冷静に言った。そうするしかないが、しかし誘う相手は今現在部活動をしていない者に限られる。すると、あまり運動が得手でない人ということになってしまう。そんな人を誘って、果たして戦力になるのだろうか。

「そうだな。これという奴に声をかけてみよう」

しかし静雄は、悲観的なことは口にしなかった。戦力になるかどうかは、誘ってみなければわからない。何か事情があって、部に入っていない者もいるかもしれないのだ。行動を起こす前に無理だと決めつけてしまうのは、自分らしくないと前向きに考えた。

というのも、ひとりだけなら心当たりがあったのだ。そいつが野球に興味があるかどうかは知らない。野球ではなく、他の競技が好きなのはわかっていた。だがその競技の部は学校にないので、どの部にも所属していない。だから、声をかける相手として真っ先に思い浮かんだのだった。

「なあ、片倉《かたくら》。お前、野球やってみない？」

次の日の昼休みに、そいつに近づいて話しかけた。席に坐っていた相手は、立っている静雄を細い目で見上げる。

「野球？　おれに野球ができると思う？」

片倉は笑いながら答えた。声をかけられたことを、冗談とでも思ったようだ。確かに片倉の体型は、野球向きではない。冗談と受け取られても、仕方がなかった。

片倉は巨漢だった。それも、一年生にして学校一の巨漢である。腕は静雄の太腿ほども太さがあり、脚は当然もっと太い。ほとんど丸太のようだ。腹は前方に大きくせり出し、机に向かって前屈みになることが不可能である。だから片倉はいつも、腕をかなり伸ばしてノートを取っていた。腹は前だけでなく、左右にも広がっている。早い話が、太っているのだった。

片倉は相撲取りになりたいのだそうだ。この体型ならむしろ、相撲取り以外に道はないとも言えた。中学を卒業したらくがに行き、相撲部屋に入門することにしているという噂も聞く。球技が好き、という話は聞いたことがなかった。

「野球はポジションによっては、そんなに走り回らなくていいからさ。バッターボックスに立ってバットを振れるなら、誰にでもできるよ」

事実のごく一部分しか伝えていない自覚はあった。だが、走攻守すべてを求めては、メンバーは集まらない。片倉には「打」だけを求めて、声をかけているのだった。もっとも、打撃がいいかどうかは打たせてみないとわからないのだが。

「野球は好きだよ。父ちゃんもおれも、巨人ファンだ」

片倉はそう答える。手応えを感じて、静雄は身を乗り出した。

「おお、そうか。おれもなんだよ。偶然だなぁ。おれの親父なんて、おれの名前は茂雄にすればよかったってよく言うよ」

野球が好きなら、巨人以外のファンである可能性はかなり低い。だから偶然でもなんでもないのだが、大袈裟に言っておいた。片倉は相好を崩す。

「バットを振ってみたいとは思ってたんだ。でも、おれなんかには無理だと思ってた。本当におれでもいいの?」

「いいよいいよ。大歓迎だよ」

「そうか。嬉しいなぁ」

片倉はもともと細い目を、ますます細めた。よし、ひとり獲得だ。これは幸先がいい。放課後に校庭に来てもらうことにした。

案ずるより産むがやすしとは、まさにこのことだ。あっさりひとりスカウトできたことで、悲観的な予想は消え果てた。この調子で、あと三人くらい簡単に見つかるのではないかと思った。とはいえ、心当たりは片倉だけだった。改めて考えてみても、他に声をかけるべき相手はクラス内にいない。功喜たちがいい人を見つけてくれることを期待するしかなかった。

放課後に校庭に集まると、勧誘に成功したのは静雄だけだった。まあ、やむを得ない。そうそう簡単に集められるとは思っていなかった。まずは片倉に入部してもらうことが大事だった。片倉を紹介すると、他の四人はなんとも微妙な顔をした。気持ちはわかる。だが、入ってくれるだけありがたいではないかと、内心で言い返した。片倉の機嫌を損ねるような事態だけは、なんとしても避けなければならなかった。

「じゃあ、ちょっとバットを振ってみるか」

いきなり厳しい練習など、論外である。野球部は楽しいなと思ってもらわなければならないので、やりたがっていたバッティングを試してもらうことにした。片倉は嬉しそうに「うん」と頷く。

備品のバットを貸し、バッターボックスに立ってもらった。バッティングピッチャーは、静雄が務める。マウンドに相当する場所に立って、初めて気づいたことがあった。片倉は腹が出ているから、ストライクゾーンが狭く見えて投げにくいのだ。もちろん、たとえ腹にボールが当たったところでそれがストライクゾーンなら、デッドボールにはならない。それでも、これだけ投げにくければひとつの武器になるのではないかと考えた。

「行くぞー」

声をかけてから、できる限り緩い球を投げた。片倉は、風を切る音が聞こえそうなフルスイングをする。バットは見事に空を切った。盛大な空振りだった。

「ドンマイドンマイ、次行くよ」

続けて十球投げたが、一度としてバットはボールを捉えなかった。少しはバッティングの楽しさを味わって欲しかったのだが、緩く投げても当ててくれないのだからどうしようもない。それでも片倉は「いやあ、難しいもんだね」と言うだけで、恥じ入る様子はなかった。入部はしてくれるかもしれないが、戦力としては期待できそうになかった。

見ている他の四人がますます微妙な顔をしていたが、無視した。文句があるならお前たちも誰か連れてこい、と心の中で反論する。

キャッチボールもやってみよう、と片倉を誘った。片倉は「いいね」と素直に応じる。これまでほとんど付き合いがなかったから知らなかったが、性格はいいようだ。それだけでも御の字だと思わなければならなかった。

キャッチボールは、予想外に普通にできた。球を投げる際には、腹は邪魔になっていない。少しずつ距離を空けても、きちんとボールを投げ返してきた。これならばと、ひとつ思いつきを口にした。

「なあ、片倉。思いっ切り投げてもいいぞ」

「えっ、本気で投げていいの？」

「いいよ。投げてみて」

正直、本気と言ってもたかが知れていると思っていた。だが、片倉がほとんど腕だけで投げてきた球は、かなり球速があった。ずどん、という音とともに、静雄のグローブに収まる。少し手が痺れた。

「すごいな。速い球投げられるじゃないか」

世辞ではなく、本心から言った。他の四人の方に顔を向けると、皆、目を瞠っている。片倉に対する印象が変わったに違いない。実は静雄自身もそうだった。

片倉は太っているから、体を捻って球を投げることができない。いわゆる手投げである。しかし、そんな投げ方でこれだけ速いなら、使い道がある。キャッチャーはまさに、そうした投げ方を要求されるポジションだからだ。

念のため、何度も投げさせてみた。毎回、球は速かった。それだけでなく、コントロールもいい。きちんと静雄の正面に飛んでくるのだ。これはいい相手を見つけたと思うと、顔がにやけて仕方なかった。

8

三日後に、川端がひとり連れてきた。ひょろりとした体軀だが、ひ弱そうではない。むしろ日に焼けていて、逞しげである。静雄も顔を知っている相手だった。

「三村《みむら》だ」

川端が紹介した。三村は坊主頭をガリガリ掻いて、へへっと笑う。照れているようだ。

「三村は山の上にある食堂の息子なんだ。学校に来るまでに一時間半かかるから、部活をやってる時間がなくて、これまで入ってなかったんだよ。放課後も食堂を手伝ってるんで、早く帰らなきゃいけない。そこを無理言って、入部してもらうことになった。そういう事情だから、練習も短い時間しかできないんだ」

川端が三村の代わりに説明した。ひとりだけ練習量が少ないのはよくない、などということはもはや言っていられない。すでに片倉には、同じ練習を課すことは難しいからだ。ランニングをさせた時点で、片倉は脱落してしまうだろう。三村の都合も認めるしかなかった。

「三村は持久走が得意なんだってな。クラスで一番らしいじゃないか」

静雄はそう話しかけた。山道を毎日上り下りしているだけあり、スタミナは誰にも負けないようだ。ただ、それが野球に役立つかどうかはまた別の問題だった。ピッチャーでない限り、あまりスタミナを生かす局面はなさそうである。

片倉のときと同じように、バッティングとキャッチボールで様子を見てみた。どちらも、ごくごく普通だった。片倉のような驚きの発見はない。まあ、多くは望むまいと思った。入部してくれるだけでありがたいのだ。

しかし、ここまでだった。あとふたりが、どうしても見つからない。都大会の登録自体はすでに先輩たちがいるときに済ませてあるので、メンバー変更の届けを出せば出場はできる。だが人数が揃わなければ、不戦敗だ。メンバー変更締め切りの日が刻々と近づいてきて、静雄は大いに焦った。

そんなときに、堀之内がクラスメイトを伴って校庭に出てきた。静雄は最初、なんの用だろうかと思った。入部希望者には見えなかったのだ。何か野球部に対して文句でもあるのか、とすら考えた。

「キミたち野球部は今、困った状態にあるらしいね」

その人物はなぜか堂々とした口振りで、静雄たちに話しかけてきた。体操着ではなく、制服のままである。黒縁の眼鏡をかけていて、レンズは牛乳瓶の底のようだ。背が低く、肩幅が狭く、野球に限らずスポーツ全般が苦手そうに見える。態度だけは大きかった。

「人数が足りないと、都大会に出場できないと聞いた。だから、誰でもいいから入部して欲しいらしいね。そんな話を聞いたら、気の毒に思った。ぼくでよければ、力を貸そうじゃないか」

入部するつもりなのか。そこまで聞いて、ようやく理解した。思わず堀之内の顔を見ると、ばつが悪そうな表情を浮かべている。確かに今は追いつめられていて、入部してくれるなら誰でもいい状態ではある。それでも、バットを振ることができるかどうかも怪しい人材を連れてくるとは思わなかった。

「谷《たに》は頭がいいんだよ。たぶん、クラスで一番だと思う」

せめて長所をわかってもらおうとしたのか、横から堀之内が口添えした。話し方からして、頭がよさそうなことはわかる。しかし三村の持久力と同様、頭のよさが役立つ局面はあるだろうか。いや、贅沢は言うまい。谷が入部すれば、必要な人数まであとひとりなのだ。

「歓迎するよ、谷」

静雄は愛想笑いを浮かべて、そう言った。

八人までは揃った。あともうひとり、本当に誰でもいいから、野球部に入って欲しかった。静雄はなりふりかまわず、同学年の男子に話しかけて誘った。それでも見つからないので、こうなったら上級生に声をかけるしかないかと考え始めたときだった。

「なあ。野球部って、男子しか入れないのか」

話しかけてきたのは、同じクラスの大島芳美《おおしまよしみ》だった。男女が仲良く友達付き合いをしているクラスではないので、言葉を交わしたことはない。色が浅黒く、髪は男のように短く、見目はお世辞にもいいとは言えない。同じ教室で授業を受けているという一点しか、共通項がない相手だった。

「えっ、いや、そうなんじゃないか。知らないけど」

考えてもみなかったことを訊かれ、少ししどろもどろになった。女子は駄目、というルールはないと思うが、野球をやる女子など聞いたことがない。それに、この中学の野球部に女子不可というルールはなくても、都大会にはきっとあるだろう。大島芳美が何を考えて話しかけてきたのか、静雄は先回りして察した。

「どうして駄目なんだ。本当にそういう規則があるのか？」

静雄の物言いがはっきりしなかったせいか、大島芳美は食い下がった。規則の有無を訊かれては、調べないことにはわからないとしか答えられない。それ以前にまず、大島芳美の意図を確認したかった。

「規則のことはわからないけど、なんで？　まさか、野球部に入りたいのか」

「うん」

芳美は無愛想に頷く。予想はしていたが、やはり驚いた。女子が野球をしたがるとは、天地がひっくり返るような話だ。

「あたしの父ちゃんが野球好きで、一緒に観ているうちにあたしも好きになった。観てるだけじゃなく、バット振ったりボールを投げたりしてみたくなったんだ。女子も入れるなら、入部させてよ」

どうやら、こちらをからかっているのではなさそうだ。冗談やちょっとした思いつきで言っているわけではないのも、理解できる。芳美は女子の中では体が大きい方で、少なくとも谷よりは背が高い。谷よりよほど、戦力になりそうな雰囲気はあった。

ただ、やはり規則が問題だった。一応調べてみるが、男子に限るという規定はまず間違いなくあるだろう。やる気がある芳美を門前払いするのは気が引けるものの、これればかりは仕方がないと諦めてもらうしかなかった。

都大会の規則次第、ということでひとまず引き下がってもらった。規則の問題もあるが、仲間たちの意向も無視するわけにはいかない。練習で集まった際に、これこれこういうことがあったと説明した。

「女子ぃ？」

妙な声を発したのは、功喜である。驚いて目をパチパチさせているが、なにやら嬉しそうでもあった。

「女子が入ったら、おれ、緊張しちゃうなぁ」

大島芳美本人を知らないから夢を抱いているようだが、見た目はおれやお前とあまり変わらないぞと言ってやりたかった。ただ、女子の外見をとやかく言うのはよくない気がしたので、黙っておく。

「大会に出場できる生徒は男子に限る、という規定があるんじゃないかな」

冷静に指摘したのは、谷である。さすがはクラスで一番頭がいいと言われるだけあり、真っ先にそこに引っかかったようだ。こんなときは頼りになりそうだから、職員室には谷に同行してもらった。先生に声をかけて都大会の実施要項を見せてもらうと、案の定、男子に限るの文言があった。

「その大島さんという女子がやる気があるんなら、断ってしまうのはもったいないね。男子だというだけでぼくみたいな運動ができない者が大会に出られるのに、女子だからと出場を認めないのは理不尽な話だ」

谷は難しい言葉を使って、不満を表明した。静雄も同感である。調べた結果を校庭に戻って告げると、仲間たちの間ではがっかりしたような安堵したような、複雑な空気が流れた。

「いくら人数が足りないからって、女子を入れるわけにはいかないだろう」

山辺は呆れたような口振りだったが、静雄としては言い返したかった。女子でもなんでも、あとひとり入部してくれなければ都大会に出られないのだ。大会で勝ち進むことを夢見て中学に入ったのに、まさか試合すらできない事態になるとは予想もしなかった。どうして芳美は女子に生まれたんだ、と文句を言いたかった。

次の日、申し訳ない気持ちを抱えながら、芳美に話しかけた。芳美は愛想がなく無表情なので、気圧《けお》されてしまう。静雄は自然と頭を下げた。

「都大会の規則で、やっぱり女子は出られなかった。なんか、ごめん」

静雄が謝る筋合いではないが、せっかくの思いを無にしている後ろめたさは拭えなかった。芳美は顔の筋ひとつ動かさず、「やっぱりね」と言う。

「そんなことじゃないかと思った。どうせそうだよね。だったらあたし、男子になるよ」

「へっ」

耳に入ってきた言葉を、すぐには理解できなかった。ぽかんとして、芳美の浅黒い顔を見つめてしまう。芳美は平然と続けた。

「あたしは髪が短いし色は黒いし、体も大きいでしょ。男子の振りすれば、ばれないんじゃない？」

堂々と言われ、唖然とした。あんぐりと開いた口を、なかなか閉じられなかった。

9

通常時であれば、間違いなく断っていただろう。だが今は、切羽詰まっている。藁にも縋る思いとは、まさにこのことだ。その藁が目の前にあれば、しがみつかずにはいられなかった。

「ほ、本気？　本気で男子の振りをするか？」

一応、念を押した。冗談とは思わなかったが、顔に表情がないので本音がわからない。すると芳美は、疑われたのが心外とばかりに少し目を細めた。

「本気だ。困っているあんたらを、こんなことでからかうような性格じゃない」

「そ、そうか」

疑って申し訳なかった、とすぐさま謝りたくなる冷ややかさである。芳美の本気度はよく理解できた。そうなると、後は他の部員たちが受け入れるかどうかだ。

「あ、あのさ、おれは大島がその気ならいいと思うんだけど、一応他の連中の意見も聞いてみないと」

「そうだね。じゃあ、そうして。でも、都大会まで時間がないんでしょ。あたし、まったくのド素人だから、早く練習したいよ。迷ってる暇はないぞ」

「うん」

いちいちごもっともで、反論の余地はなかった。女子の言いなりになっているのに、それを恥ずかしいと思う気持ちも湧かない。迷いのない芳美の口振りに、唯一の正しい道を示されたようにすら感じていた。

放課後に部員たちの前で芳美の決意を話すと、またしても微妙な反応が返ってきた。しかし、それは予想済みである。目立った反対がなければ、強引に押し切るつもりだった。

「おれは本人を知らないからわからないけど、本当に男に見えるのか」

口を開いたのは山辺だった。反対するなら山辺だろうと思っていた。逆に言えば、山辺さえ説得できればいいのだ。静雄は大きく頷いた。

「見える。本人に会ってみれば、よくわかるよ」

「そうか。じゃあその点はいいとして、具体的に問題点を考えると、着替えはどうするんだよ。

おれたちと一緒に着替えるのか」

まるで考えていなかった点を衝かれ、困惑した。よくそんなことまで気が回るな、と思った。

「学校にいる間は、女子の更衣室で着替えればいいだろ」

「違うよ。対外試合をするときは、外で着替えることもあるだろ。そんなとき、どうするんだよ」

言われて、しばし頭を捻った。芳美本人は考えているのだろうか。考えていない気がする。ならば、静雄が考えてやらなければならないのか。

「……トイレで着替えるとか。さもなきゃ、家から着てくるとか」

「まあ、そんなところだろうな。なら、次だ。声はどうなんだよ。声も男みたいなのか」

よく気がつく男である。半ば感心し半ば呆れたが、慎重な人がいるのは悪くないかもしれなかった。問題点は今のうちに洗い出せるからだ。

「声までは男っぽくないなぁ。でも、無愛想な奴だから、喋らせなければいいんじゃないか」

「強引だな。じゃあ、そうしよう」

山辺は苦笑した。そして最後に、一番大事な点を訊いてきた。

「で、肝心の野球はどうなんだよ。できるのか」

「いや、プロ野球を観て好きになっただけだそうだ。バットを握ったこともないって」

「そりゃ、仕方ないか。わかったよ、おれたちがうだうだ言ってても仕方ない。ともかく一度、連れてこいよ」

ついに山辺も折れた。よし、と拳を握りたくなる。他の連中の顔を見渡したが、不満そうな者はいなかった。谷など、それでいいとばかりに大きく頷いている。あくまで態度が偉そうな奴だ。

校舎に戻って、待っていた芳美に声をかけた。みんなと引き合わせると言うと、さすがに緊張したのか硬い表情で頷く。制服のままだったので、体操着に着替えさせた。静雄としては、すぐにも練習に加わってもらうつもりだった。

着替えて教室に戻ってきた芳美を、改めてしげしげと見た。ブルマーを穿いているから女子だとわかるが、男子と同じ半ズボンを穿いていたら確かに男なのか女なのか迷うところだ。観察されて不愉快なのか、芳美はこちらを睨んでいる。だが、視線の意味がわかっているらしく、文句は言わなかった。

「よし、行こう」

あえて大きい声で促した。今度は芳美も、「うん」と応じた。

校庭に出ていくと、待っていた全員の視線が芳美に集中した。芳美は少し顔を赤くしたが、恥ずかしがっているのではなく、きっと怒っているのだろう。男たちの視線を跳ね返すように、胸を張った。

「大島芳美だ。あたしを仲間に入れる度胸があるか」

いきなり挑戦的なことを言った。功喜は面食らって、目を何度もしばたたいている。静雄は笑いを嚙み殺しながら、全員に改めて尋ねた。

「どうなんだよ。いけると思わないか。男の体操着を着れば、なんとかなりそうだろ」

「ああ、確かにな」

山辺は負けを認めたように、片頰に笑みを刻んだ。他の連中も、納得したように頷く。そんな中、谷が一歩前に出てきて発言した。

「野球部は大島さんを歓迎するよ。ようこそ」

まるで自分こそが一同の代表のような素振りである。お前は部長かよ、という声が飛び、笑いが起きた。静雄も笑ったし、横にいる芳美も緊張が解けたように微笑んでいた。

こうしてついに、野球部員が九人揃ったのであった。

10

人数が足りたなら、次はポジション決めである。適材適所に、文句が出ないように割り振らなければならない。もちろん静雄の一存ではなく、全員で相談して決めた。

まず片倉をキャッチャーにすることには、異論が出なかった。片倉を坐らせて二塁への送球をさせてみたが、なかなかいい球を投げたのである。もちろんピッチングのリードはできないが、配球はピッチャーに任せればいい。後はキャッチャーミットでのキャッチングに慣れれば、どうにかなりそうだった。

肩が弱い川端はファースト、小器用な堀之内はセカンド、野球経験がない三村と谷は外野に回し、センターの功喜が守備範囲の広さを生かしてふたりをカバーすることにした。

問題は芳美のポジションと、それからピッチャーだった。静雄は指名を受ける前に、自分の希望を宣言した。

「おれはサードがいい。おれがサードで大島がショートなら、大島の分も守備できる」

野球未経験者が三人いるのだから、ひとりはショートを守らせなければならない。ならば、三人の中ではなんとなく芳美がよさそうだった。単に経験がないだけで、運動はできそうだからだ。

「じゃあ、おれがピッチャーなのかよ」

山辺は鼻で嗤うような物言いをした。山辺は自分の力を過小評価している。この九人の中では間違いなく、一番いい球を投げるのだが。

「お前以外にいないだろう。他に誰がいるんだよ」

言ってやったが、以前にこんなやり取りをしたときと同じことを言い返してくる。

「お前がいるじゃないか。おれはサードをやるから、ピッチャーやってくれ」

「いや、だから、おれはサードがいいんだ」

押し問答をしていたら、皆の総意で静雄がピッチャーをやることになってしまいそうだった。山辺の肩が強いのはわかっていても、最後まで完投できるとは誰も思っていない。それなら、静雄の方がずっといいと考えるのではないか。やむなく、折衷案を提示した。

「わかった。じゃあ、交替しながらやろう。おれもピッチャーをやるけど、山辺もやってくれ。それでいいだろ」

そうするしかないだろうと、少し前から案を温めていた。山辺は眉を吊り上げ、「なるほど」と感心したような声を発する。もちろん、他から文句は出なかった。

交替しながらでも、五回は投げて欲しいよなぁと内心で思ったが、口には出さなかった。五回でいいと言えば、三回とか二回とか、絶対に値切ってくるからだ。山辺相手に、回数の約束などしない方が得策だった。

さっそく練習を始めた。いきなり三村が帰ってしまって出鼻を挫かれたが、最初からそういう約束なので仕方がない。三村はほとんど練習ができていないから、やはりショートを任せるわけにはいかないだろう。芳美の運動能力に期待したかった。

というわけで、まずは芳美のテストから始めた。グローブを着けて守備位置についてもらい、静雄が緩いゴロを打つ。それをキャッチしファーストに送球という基礎的な動きを教えると、難なくこなした。少し山なりだが、ファーストの川端のミットにきちんと球が収まる。何球か続けたら、山なりでなく真っ直ぐ届くようになった。

そこで今度は、芳美の正面ではなく左右に球を打ってみた。ゴロは体の正面で捕るのだと教えたら、すぐに呑み込んで動いて捕球する。ふだんからプロ野球の試合を観ているというだけあり、わかっている人の動きだった。これならショートが充分務まりそうであった。

ゴロの次にはフライを打ち上げてみたら、さすがに何度か落球した。初めてなのだから、当たり前だ。むしろ、よくできている方だと思う。練習次第で、試合当日までには格好がつくだろう。速いゴロにもまだ対応できないが、あまり心配はしなかった。

打撃は、守備と同じようにはいかなかった。バットに振り回され、ボールに当てることすらできない。芳美本人はかなり悔しがったが、経験もないのにいきなり打てるほど野球は甘くないのだと言わざるを得なかった。練習する、と芳美は悔しげに決意表明した。どうやら、かなりの負けず嫌いのようだ。悪いことではないと思った。

芳美に比べ、谷はほとんど駄目だった。外野守備の練習をしたのだが、球を追いかけているうちに転んでしまい、追いつくこともできない始末である。もちろんバッティングも、相当緩い球を投げても空振りする。守備はともかく攻撃は、静雄たち五人で点を取るようにするしかなさそうだった。

片倉と芳美、それと一応谷も鍛えているうちに、あっという間に都大会の地区予選が始まった。試合は島ではやってくれないので、くがまで行かなければならない。港に集合したときは、それだけで気持ちが浮き立った。今日ばかりは、三村も家業の手伝いを休んで参加した。

「おれ、くがに行くの初めてなんだよね」

功喜が言うと、おれもおれもと全員が告白した。島を離れたことがある者は、ひとりもいなかったのである。なあんだ、と少し安心した。くがに行くというだけで緊張していたが、全員が同じだと思えば気が楽だった。

練習にはまるで参加しなかったが、部には顧問の先生がいる。子供たちだけでくがに行かせるわけにはいかないと考えたか、珍しく先生もついてきた。五十過ぎの、白髪が目立つ男性の教師である。黒縁眼鏡をかけ、学校ではいつも事務用の腕カバーをしていたが、今日はさすがに背広姿だった。引率を面倒だと思っているようで、船に乗っている間はずっと船室に籠っていた。芳美が男子の振りをしていることについても、「あ、そう」と言うだけだった。

対照的に静雄たちは、初めての航海に大騒ぎした。船室にいるのはもったいなくて、甲板に出て潮風を浴びた。船は速く、まるで風を切り裂くように進む。皆、「ひゃー」とか「いぇー」など意味のない奇声を発し続けた。無表情な印象の芳美でさえ、甲板上ではなにやら楽しそうだった。

この船賃は、もちろん学校が出してくれたりはしない。それぞれの親に、頼み込んで払ってもらったのである。静雄の家は父親が野球好きだから問題なかったが、親が船賃を出し渋った家もあったようだ。勝ち進んだらくがと何度も往復しなければならなくなるが、そうなっても親たちは船賃を出してくれるだろうかと密かに心配してもいた。

静雄たちの中学校は、東京の大田《おおた》区という地区の予選に組み込まれていた。くがに到着すると、先生は寄り道などいっさい許さずに桟橋から対戦相手の中学まで直行した。初めてのくがは、見るものすべてが都会的に思えた。船の上にいたときと同じように、「うわー」「おおーっ」と声が漏れてしまったが、さすがに声量は控え目にした。

初めて乗った電車に興奮しながら、対戦相手の中学に到着した。先生が挨拶のために、ひとりで校舎の中に入っていく。静雄たちは校門周辺にとどまって、案内されるのを待った。

都会の中学とはいえ、校舎自体は島の中学となんら変わらなかった。そのことに拍子抜けと安堵を同時に覚える。校舎が先進的だったら、それだけで圧倒されて勝負には負けたようなものだったろう。都会に来た興奮はまだ冷めていなかったが、この興奮をそのまま勝負にぶつければいいという気持ちになっていた。

「入っていいぞ。着替え用に、教室をひとつ貸してくれるそうだ」

先生が出てきて、顎をしゃくった。一階の、下駄箱に近い教室に入る。先生は先に校庭に出ていった。

着替えのことは、すでに相談してあった。男子たち八人が先に着替え、その間芳美は背を向けておく。男子は着替え終えたら廊下に出て、教室に芳美だけを残す。男の格好をしてきた芳美が女子トイレに入るわけにはいかないし、男子トイレには本人が入りたくないと言うので、そういうことになった。ここに来るまで、芳美は男子の制服を着ていた。制服は、無理を言って静雄が同じクラスの者から借りたのだった。

全員体操着に着替えて、校庭に出た。芳美の男子用半ズボンは、谷が貸した。替えを持っているのが谷だけだったからだ。小柄な谷の半ズボンだから少し窮屈そうだったが、妙なほどではない。男子の制服を着ているときも特に不自然ではなかった芳美は、体操着になっても半ズボンだと充分男に見えた。

校庭にはすでに、相手チームが待ちかまえていた。ざっと見て、十五、六人はいる。九人ちょうどのこちらとは、すでに戦力差があった。いや、試合は人数ではない。数の多さに呑まれるわけにはいかないと、気を引き締めた。

審判は、アマチュアの第三者が務めてくれると聞いている。その審判が両チームを集め、礼をさせた。このまますぐに試合が始まるのである。長旅をしてきたこちらは明らかに不利だが、先乗りして体を休める余裕などなかったのだから仕方がない。せめて船の中では体力を温存しておけばよかったのだが、そんなことまで知恵が回らなかった。ずっと立っていたから、今になって脚がだるくなってきた。

いきなり守備に就くより、打順が回ってこない者は休める先攻がいいと考えた。代表して静雄が、相手チームの部長らしき人とじゃんけんをする。すると幸先悪く、負けてしまった。しまったと思ったら、相手は後攻を選んだので安堵する。

「よかった。先攻の方がいいと思ってたんだよ」

皆が直接地べたに坐っているところに戻り、大袈裟に安堵の息をつく真似をする。「いやー、疲れたもんなぁ」と山辺が一同の気持ちを代弁することを言った。皆、ここに来て心持ちぐったりしている。自分も疲れを感じているだけに、まずいなと静雄は思った。

「お前らは休めていいな。ちぇっ」

貧乏くじを引いたかのようなことを言いながら、一番バッターの功喜がバットを握ってバッターボックスに向かった。確かに気の毒だが、ここは功喜にがんばってもらわなければならない。できれば、ファウルで粘って皆に休める時間を与えて欲しかった。そのためにも、三球三振に倒れる心配が少ない功喜に一番バッターを務めてもらってよかった。

相手ピッチャーが数球のピッチング練習をした後、審判が「プレイボール」と宣言した。静雄たちの位置から見ても、相手ピッチャーの球はなかなか速そうだった。しかし、山辺の球も打ってきた功喜なら、対応できるだろう。「がんばれよ」と声を張り上げて応援した。

何度か素振りをしてから、礼をして功喜はバッターボックスに入った。ピッチャーが投球モーションに入ると、功喜はバントの構えになった。一球目からそれか。静雄は思わず苦笑する。小柄な功喜がバントの構えをすると、いかにもバントヒットを狙っていそうな気配だった。

それに惑わされたか、ピッチャーは大きく外した。まずはワンボール。功喜はバットを引き、首を左右に倒している。こちら側からは背中しか見えないが、おそらく澄ました顔をしているだろう。功喜が曲者であることは、早くも相手側にも伝わっているのではないだろうか。

次も功喜は、バントの構えをした。今度はピッチャーも逃げず、投げ込んでくる。功喜はバットを引いて、見逃した。審判がストライクを宣言した。

功喜が本当にバントヒットを狙っているとは思わなかった。一塁まで全力疾走したくないだろうから、おそらくはフォアボールを取ろうとしているのだ。走る力は、塁に出てからのために温存しているはずである。しかしバットに当てる気満々の雰囲気は、功喜の意図を隠していた。やはり功喜は、野球のことがよくわかっている。功喜が味方でよかったと、頼もしく思った。

三球目を功喜は、当てにいった。だが球は前に飛ばず、後方に大きく逸れていく。一見、タイミングが合わずにバントを失敗したかのようだが、あれはわざとだろう。一番打者として、ピッチャーに球数を投げさせようとしているのだ。一番打者がこんないやらしいタイプなら、ピッチャーはそのうちうんざりしてくるに違いない。静雄たちのチームでは、一番は功喜以外に考えられなかった。

四球目も五球目も、功喜はファウルにした。当て損なっているのか、それともわざとファウルにしているのか、敵バッテリーもそろそろわからなくなっている頃だろう。そんな迷いが、配球に出た。六球目は外角に外れてボールになった。

七球目、八球目とファウル。功喜はボール球が来るまで、チップで逃げる技量がある。打つ気になればヒットは打てるが、今はピッチャーを疲れさせることが目的なのだ。「ありがたいな」と隣に坐る山辺に話しかけると、「ホントにそうだよ」と応じた。山辺も功喜の意図がわかっているのだった。

最終的に功喜は、ピッチャーに十二球投げさせた末にフォアボールを選んで出塁した。よくやった、と声を大きくして誉めたかった。

11

二番打者は、堀之内だ。堀之内に長打は期待できないので、ともかくまずは粘ること、そしてランナーを進塁させることが求められている。最終的には送りバントで充分だった。

しかし堀之内は、あっという間にアウトになってしまった。功喜の真似をしてファウルチップで球数を稼ごうとしたが、一球目のことである。ボールを後方に高く上げてしまい、あえなくキャッチャーに捕られてしまったのだ。さすがに本人もばつが悪かったか、「あのピッチャー、速ええ」などと言いながら戻ってきた。「おいおい」と皆で声を揃えて文句を言った。

次は川端がバッターボックスに立った。当たれば大きい川端だが、三振も多い。しかしまだ一回表なので、ここは強振でかまわなかった。

ブン、と風を切る音が聞こえてくるほどバットを振り回し、川端は三振に打ち取られた。戻ってきて、「確かに、あのピッチャーは速い」とぼそりと呟く。「そうだろ」と堀之内が賛同したが、やり取りはそれだけだった。相手ピッチャーの球威に感心している場合ではなかった。

ここまで観察して、このピッチャー相手に欲をかいてはならないと静雄は考えた。バットを短く持ち、ミートを心がけると決める。ただ、単打では点が入らないから、次の山辺に託すしかなかった。山辺に「ミート優先だ」と言い残して、左打席に入った。

一球目は、あえて手を出さずに見送った。離れた場所から見ているのと、実際にバッターボックスに立って感じるスピードはぜんぜん違う。なるほど、堀之内や川端が言うとおり、相手ピッチャーの球は速かった。手許で伸びる球とは、こういう球か。おそらく、山辺より速い。静雄が初めて体験する速さかもしれなかった。

目がこのスピードに慣れるまで、少し時間がかかるかもしれないと思った。静雄だけのことではなく、こちらのチーム全員に言えることだ。だが、目が慣れれば振り遅れることはなさそうな気もした。問題は、変化球だった。このピッチャーは変化球を投げられるのか。

投げられるとしても、今は速球で押し切れているから、まだ変化球は使わないと読んだ。これだけ球が速いなら、自分は速球派だと自任しているだろう。ならば、変化球は多用しないに違いない。ストレートにヤマを張るべきだった。

幸い、功喜に球数を稼がれて、少し疲れてきているはずだ。ならば手許が狂うことを恐れているから、あまり内角は攻めてこない。取りあえずまだワンストライクなので、低めは捨てて外角高めのみを狙う。四番だから強打を警戒しているのか、相手守備は一、二塁間を絞っていた。

二球目、読みどおり外角高めにボールは来た。脇を締め、コンパクトにバットを振る。ボールは三遊間を抜けて、外野に転がった。相手守備の裏をかいた、綺麗な流し打ちだった。

ナイスバッティング〜、と味方から声が飛んだ。一塁ベース上に立った静雄は、軽く手を上げて応える。功喜は二塁に進塁した。ツーアウト一、二塁、山辺にヒットが出れば、一点だった。

その山辺だが、期待していいのかどうか、それなりに付き合いが長いのに未だによくわからなかった。しごきも同然の校庭三十周には耐えるくせに、ずっとピッチャーをやっているのは疲れるからいやだと言う男である。今も疲れているだろうから、バットを振るのを億劫に感じているかもしれない。しかし山辺の後は下位打線なので、ヒットは期待できない。ここでなんとしても、山辺にやる気を出してもらわなければならなかった。

「山辺ーっ、気合い入れろーっ」

思わず声を出してしまった。言わずにはいられなかったのだ。山辺は口を動かしたが、何も聞こえない。唇の動きからして、「はいはい」と答えたようだった。

山辺は静雄に言われたとおり、グリップを拳半個分短く握っていた。山辺は身長が高いので、その程度の握り方では長打狙いかミート優先かわからない。初対戦だからピッチャーも、まずは探りを入れてくるだろう。静雄に打たれた後だけに、警戒もしているはずだ。

一球目は高めのボール球だった。山辺はバットを動かさずに見送る。闘志が表に出ないタイプの山辺だから、高めを狙っていたのかどうかは静雄が見てもわからない。相手バッテリーはなおさら、高めを打つ気はないと考えるだろう。

続く二球目も、高めだった。だが、今度のコースはストライクだ。打つ、と判断したので、静雄は走り出した。

次の瞬間、ボールがグローブに収まるバシッという音が響いた。山辺の振ったバットはボールを捉えた。功喜も同時に走っている。予想どおり、山辺の振ったバットはボールを捉えた。当たりはよかったが、サードの真正面だったのだ。サードはライナーをしっかりキャッチし、主審がアウトを宣告した。静雄は脚を止め、軽く天を仰いだ。まあ、最初の攻撃としては悪くなかった。少し運に恵まれなかっただけだ。

「悪いな、静雄。抜けると思ったんだけど」

山辺はさほど悪びれずに、そう言った。ドンマイ、と応え、肝心なことを尋ねる。

「お前、ピッチャーやるか?」

「いきなり?　やだよ」

予想どおりの返答だった。最初の二回くらいは、静雄が投げなければならないようだ。しかしその後は、しっかり抑えてもらう。途中で交代するのを見越して、頭から全力で投げるつもりだった。

少し投球練習をして、肩を温める。片倉のキャッチングは、ずいぶん様になってきた。しゃがむとどっしり安定感があるので、投げやすい。相撲取りなど目指さないで、高校に進学して野球を続けてくれればいいのにと改めて思った。

一番バッターが左打席に立つ。日頃、静雄はピッチングの練習をしていないので、内角ぎりぎりを突ける自信がない。どうしても、真ん中から外を狙うしかない。しかし最初の二回だけなら、相手にそれを見抜かれはしないだろう。ともかくデッドボールだけは気をつけ、投げ込んだ。

スタミナを考えずに投げるから、静雄の球はそれなりに速い。バッターは明らかに振り遅れていた。ポンポンとツーストライクを取れたので、次は一球遊び球を投げそうなところである。だが相手のそんな読みの裏をかき、真ん中低めにストレートを投げ込んだ。バッターは見送って、三球三振に終わった。

まずはひと息だ。相手がこちらのことを知らないから通用する配球である。次はそうはいかないだろう。二番バッターも左利きで、露骨にバットを短く持っていた。静雄の球が速いのを見て取り、当てに来るつもりのようだ。

内角には投げられないが、こうもバットを短く持たれたら外角にも投げにくい。三遊間には不安があるからだ。静雄がサードに就いているなら、芳美の守備範囲でもカバーしてやれる。だが今は、山辺がサードだ。守備範囲をどれくらいに考えているかわからないから、三遊間に流し打ちされたくはなかった。

真ん中に投げるしかない。あのバットの持ち方なら、打たれても外野には飛ばないだろう。そう考えて、真ん中低めを狙った。しかし、狙ったところに確実に投げられるほど、静雄のピッチングは安定していなかった。

力んで、外角に逸れてしまった。まずい、と思った瞬間には打たれていた。速いゴロが、静雄の右側を転がっていく。とっさに振り返ると、芳美がゴロに追いつこうとしていた。

「山辺っ」

名を呼んだが、遅かった。山辺は芳美に処理を任せ、自分は動こうとしなかった。芳美はゴロにグローブを差し出したものの、弾かれてしまった。球は外野に転々と転がる。センターの功喜がカバーし、打者が二塁まで進むのをなんとか防いだ。

芳美は声を出さず、頭を下げて詫びた。声を出せば、女だとばれてしまうからだ。静雄は首を振り、「おれの配球ミスだ」と言った。芳美はもちろんのこと、山辺を責める気もなかった。

やっぱりおれはサードの方が向いてるよなぁ、と内心で思った。

12

三番打者は右打ちだった。右打ちならば、外角に投げている分には三遊間に飛ばない。少し安堵し、二球続けて外角に投げた。そして三球目に、初めてカーブを投げた。右投げの静雄がカーブを投げれば、球は右打者から遠ざかっていくことになる。ここまでストレートしか投げていないから、おそらく変化球を予想していなかったであろうバッターはあっさり手を出し、引っかけた。ファーストゴロになり、川端が前進して捕る。カバーに入った堀之内が川端からトスを受け、アウトになった。一、二塁の守備は、さすがに安心して見ていられた。

自チームに戻った三番打者は、次の打者に話しかけていた。おそらく、カーブも投げるぞと教えているのだろう。当然伝わると思っていたし、それはそれでかまわなかった。変化球も来ると思えば、ヤマが張りにくくなるからだ。

四番打者も右打ちで、密かに胸を撫で下ろす。右打者ならば、こちらの三遊間の守備に不安があることや、静雄が内角に投げられないことを悟られる心配が少ない。ともかく、そのふたつがばれないうちに山辺と交替するべきだった。

おそらく三年生なのだろう、四番打者は体が大きく、威圧感があった。バットをゆったり構えている姿には、余裕も感じられる。だが、静雄が気圧されることはなかった。こちらは、ゆくゆくはプロになろうと考えているのである。こんなところで、気持ちで負けるわけにはいかなかった。

二球続けて、外角のボール球になった。ストライクを取るつもりだったのだが、コントロールが定まらない。ボールが先行したから、バッターの打ち気も高まっているだろう。ここで、静雄の向こうっ気に火が点いた。外角ばかりの逃げの投球が、ふといやになったのだ。

思い切って、内角に投げた。体に当たれば当たれ、という気持ちだった。内角低めぎりぎりのところで、球はキャッチャーミットに収まる。主審はストライクと判定した。

バッターは少し目を見開き、タイムを要求した。どうやら、内角は投げないと読んでいたようだ。その読みが外れて、混乱しているのだろう。バッターボックスから出て、バットのグリップ感を確かめていた。

次も内角に投げた。ただし、外に逃げていくカーブだ。バッターは狙いを内角に切り替えたと予想したのだ。バットを動かさなかったことで、外角狙いをこちらが読んだと考えているはずだ。だから次も内角に投げてくると踏む。その予想どおりに内角に投げれば、手を出すだろう。しかし球種はカーブ。裏の裏をかいたのだった。

案の定、バッターは打ちに来た。だが球が変化したので、ジャストミートはしなかった。一塁ゴロになり、先ほどの再現でアウトに打ち取る。スリーアウト、チェンジだった。

「ナイスピッチングだ」

外野から戻ってきた功喜が、グローブでこちらの胸をぽんと叩いた。誉めてくれるのはありがたいが、何人も打ち取れるピッチングでないことは自分が一番よくわかっている。早々に地べたに坐り込んだ山辺に、「三回からは替われよ」と言っておいた。山辺は「お前が最後まで投げればいいじゃないか」と言い返してきたが、「駄目だ」と撥ねつけた。

二回表のこちらの攻撃は、あっさり終わった。下位打線の四人は、急造野球部員である。昨日今日野球を始めたばかりのバッターでは、相手ピッチャーにまるで歯が立たなかった。あえなく三連続三振に終わった。

だが、こちらも負けていなかった。三連続三振とはいかなかったが、ふたりを内野ゴロ、ひとりを三振に打ち取った。ひとまず、務めは果たした。後は山辺に託すだけだった。

三回表の攻撃は、九番の谷からだ。谷は積極的にバットを振っていったが、一度も掠りもしなかった。「野球は難しいね」と言いながら、戻ってくる。悪びれないのが、谷のいいところだ。

ふたたび、功喜に打順が回ってきた。さて、ここからだ。今度は何をするだろう。味方のこちらがわからないのだから、向こうの警戒心はかなり強いはずだった。

功喜はバッターボックスに向かいながら、「今度は打っちゃおうかなぁ」などと大きな声で独り言を言った。まるで、第一打席は打てたのに打たなかったと言わんばかりである。こんなことを言われたら、相手ピッチャーも腹が立つだろう。平常心を失えば、コントロールにも影響が出る。功喜は心理戦を仕掛けているのだった。

「いやな奴だなぁ」

山辺がそう言い、その言葉に全員で笑った。笑われて、相手ピッチャーはますます不愉快に感じているはずだ。示し合わせたわけではないが、期せずしていいチームワークを発揮した。

功喜は三球目までを見送った。ワンストライク、ツーボール。明らかに、相手ピッチャーは投げにくそうである。ボール球は意図的か、外れてしまったのか、どちらなのかわからない。どちらであっても、心理戦の結果なのは明らかだった。

功喜はフォアボールを狙っているのではない。宣言どおり、打つ気でいるのだ。長い付き合いの静雄には、それがよくわかった。しかし今のところ、功喜は泰然と構えているだけで打ち気を見せなかった。相手バッテリーは、またフォアボールを狙っていると考えているだろう。

四球目で、功喜はバットを振った。球は高く上がり、外野の頭上を越えた。功喜の曲者ぶりに警戒して、外野は前進守備をしていたのだ。球は転々と、後方に転がっていく。センターが慌てて追いかけ、ようやくセカンドに返球したときには、功喜は涼しい顔でセカンドベースの上に立っていた。

「ナイスバッティングだー」

味方は大いに盛り上がった。野球経験がなかった四人も、手を叩いて喜んだ。いつもぶすっとしている印象の芳美でさえ、今は歯を見せて笑っている。野球は楽しいな、と静雄は思った。

「ようし、がんばるぞー」

気合いが入った言葉を発して、堀之内がバッターボックスに向かった。堀之内も、野球が好きな気持ちでは他の者に負けない。こうした際の自分の役割を、よくわきまえていた。バッターボックスに入る前にぶんぶんと素振りをして見せ、いかにも打ち気満々の振りをしながら、今度は確実にバントを決めた。意表を衝かれたピッチャーはダッシュが遅れ、慌てて球を拾って一塁に送球する。あわよくばセーフ、というタイミングだったが、残念ながら堀之内はアウトになった。だが、その間に功喜はサードに進んでいる。堀之内はきちんと役目を果たしたのだった。

「ナイスバントだ」

戻ってきた堀之内をねぎらうと、「へへへ」と笑いつつも、「セーフになるかと思ったんだけどなぁ」と悔しがった。「次だよ、堀之内君」と谷が偉そうなことを言った。

次の川端も、野球をよく理解している。常にホームラン狙いの川端ではあるが、ここはともかく走者を返すバッティングに徹したようだ。二球目を捉え、球は三遊間に転がる。サードはキャッチしたが、球の勢いが強かったので弾いてしまった。慌てて拾い、一塁に送球しようとしたものの、川端の足が速かったので思いとどまる。その間に功喜がスタートを切っていたのを見て、サードは本塁に送球した。キャッチャーミットにボールが収まるのは、功喜の脚より少し早かった。

しかし功喜は、キャッチャーのタッチを大きくかいくぐった。いきなり横に走り出したかのような、思いがけない迂回である。そのまま功喜は手を伸ばし、頭から滑り込んだ。功喜の手の先は、ホームベースに触れていた。

「セーフ！」

主審が両手を何度も横に振った。一点先行だ。味方は皆、万歳をして喜んだ。体操着の前面を泥だらけにした功喜は、ピースサインをしながら戻ってきた。そんな功喜を、全員で手荒に叩いて迎えた。功喜は「痛っ、痛っ」と言って頭を抱える。それを見て、また皆で笑った。

13

できればここで畳みかけたかったが、あいにく静雄はライトに球を打ち上げてしまった。少し力んでしまったのだ。キャッチされ、チェンジ。川端は残塁に終わった。

「山辺、頼むぞ。どんどんサードに打たせていいからな」

攻守交代の際に、声をかけた。山辺は闘志が感じられない口調で、「そうするよ」と応える。特に緊張もしていない、いつもどおりの山辺だった。その返事を聞いて、大丈夫だと確信した。

好投していた静雄が退いたので、相手チームは戸惑っているようだった。さらに、山辺の投球練習が相手を惑わせたに違いない。山辺は撹乱《かくらん》のつもりなのか、単に面倒なのか、緩い球しか投げなかったからだ。

向こうはまだ下位打線である。静雄が投げたバッターたちに比べれば、打力は落ちるはずだ。それを見越してか、山辺は打者がバッターボックスに立っても全力投球をしなかった。明らかに、ふだんよりも遅い球を投げる。だが、コースは狙っていたようだ。右打者の内角高めに、山辺は投げたのだった。

打ち頃の球が来て、バッターは当然バットを振る。その打球は、サードライナーとなった。静雄はそれを難なく捕球し、ワンアウト。山辺はこちらに向けて、軽く手を上げる。山辺の意図はわかりすぎるほどわかっていた。

サードに打たせろと静雄が言ったから、そのとおりにしたのだ。三振に打ち取るより、一球で片づいた方が楽である。長打になったらどうするのだと思うが、そこは自信があったのだろう。山辺らしいふてぶてしさだった。

次の打者に対しても、山辺は同じような球を投げた。今度も静雄が三遊間を抜けそうな当たりに飛びつき、ファーストに送球する。ツーアウト。山辺はたった二球で、アウトをふたつ取ったのだ。やはりピッチャーとしては自分より山辺の方が上だと、静雄は感心する。

打順が一巡して、また一番打者に戻った。さすがに上位打線にはこんな投球はしないだろうと思っていたら、大胆にも山辺は続けた。しかも、芳美の守備範囲に速いゴロが行ってしまった。「任せろ」と声をかけて、ボールをキャッチする。ファーストへの送球後は、わざと手をひらひらさせて長嶋の真似をした。こうしておけば、単に目立ちたいだけの奴がショートの守備範囲を侵したと思われるだろう。芳美の守備に不安があることは、まだ悟られていないはずだった。

「山辺ー、怖いことするなよ」

悠々と歩いてピッチャープレートから離れる山辺に近寄り、小声で話しかけた。山辺は澄ました顔で、「三者凡退だったんだから、いいだろ」と言う。外野に飛ばさせない自信があるなら、これも投球術のひとつである。ただ、何回も続けられるとは思わなかった。だから、「次は少し散らせよ」と言っておいた。

四回表の攻撃は、山辺からだった。ここで疲れられても困ると思っていたら、あっさり見逃しの三振に倒れた。わざとなのかどうか、よくわからない。確かめる気にもなれなかった。

六番片倉、七番芳美もアウトになる。ただ芳美は、果敢に打っていった。その結果センターフライだったのだから、悪くなかった。「惜しかったな」と声をかけると、悔しげに頷いた。

四回裏は、相手チームの二番打者から始まる。山辺も楽ばかりを考えているわけではなく、ここから本気を出し始めた。前の回よりも速い球を投げたから、バッターは目を丸くしていた。静雄の方がよほど速い球を投げる、と舐めていたのだろう。

目が慣れないと、本気の山辺の球は簡単には打てない。バッターは振り遅れ、セカンドゴロに倒れた。三番はサードフライ、四番はセンターフライだった。

五回表のこちらの攻撃は、八番三村、九番谷が三振に終わり、また功喜に打順が回った。しかし功喜も、十割打者ではない。ファウルで粘りはしたが、結局ファーストゴロに打ち取られた。走塁を途中でやめ、「ちくしょー」と叫んだ。

五回裏に、山辺が初めて打たれた。高く上がった球がライトに飛んでいき、それを谷が後逸したのだった。完全に打ち取っていたが、守備のミスはやむを得ない。功喜がこぼれたボールを拾ってセカンドに送球したので、なんとかランナーはファーストにとどめておけた。谷は拳を何度もグローブに叩きつけ、「すまない！」と大きな声で詫びた。静雄だけでなく、皆が「ドンマイ」と応じた。

不運は続いた。次のバッターが打った球はピッチャーライナーとなり、山辺のグローブを弾いた。逸れたボールが、山辺の肩に当たったのだった。転がったボールを静雄がすかさずセカンドに送球したから、アウトは取れた。だが山辺は、肩を押さえて顔を歪めていた。

「タイム」

静雄が主審に要求し、山辺の周りに内野陣が集まった。皆、心配そうに表情を曇らせている。

「大丈夫か」と問うと、山辺は首を振った。

「いや、駄目だ」

「そうか」

これは楽をしようとしているのではない。本当に駄目なのだ。ピッチャーはもう無理だろう。問題は、サードの守備に就けるかどうかだった。

「ピッチャーは替わるけど、サードはできるか?」

確かめたら、山辺ははっきりと首を振った。

「ファーストに投げるのは無理そうだな」

それは仕方なかった。交代要員がいれば、手当てのために下げた方がいいくらいである。しかし山辺がプレイ不可能になれば、こちらの試合放棄で負けになってしまう。こらえられるなら、形だけでも守備に就いてもらうしかなかった。

相談して、守備も変更することにした。ボールを投げられなくなった山辺はファースト、川端がセカンドに移り、サードは堀之内が務める。各ポジションに少しずつ不安が残る布陣になってしまったが、他にどうしようもなかった。

ふたたび静雄がピッチャープレートを踏み、試合を再開した。三遊間に打たせない戦略は変わらない。相手の七番打者は右打ちだったので、徹底的に外角攻めにした。高めと低め、そしてストレートとカーブで散らして、セカンドゴロに打ち取る。しかし、ファウルで粘られたのでそれなりに球数を投げた。

八番打者も同じく右打ち。外角を攻めていたら、高めの球を打たれた。またしてもライトフライで、谷が落としてしまう。谷は頭を抱えて悔しがったが、責める気持ちはまったくなかった。ライトに打たせてしまった、静雄が悪いのだ。

ツーアウト一、二塁で、九番打者を迎えた。バッターが九番で幸いだった。プロならピッチャーが九番を打つのが通例だが、中学生ではスタメンの中で一番打力がない者が九番になる。一度内角に見せ球を投げておいたら、的が絞れなくなったらしくピッチャーゴロを打ってくれた。ようやくスリーアウトでチェンジだった。

ナイスピッチング、と味方がねぎらってくれた。頷いて応えながらも、静雄は不安を抱えていた。右の人差し指の腹に、違和感を覚えていたのだった。

14

六回表の攻撃は、まず堀之内が三振に倒れた。続く川端がホームラン性の当たりを打ったが、今ひとつ伸びずにレフトにキャッチされた。そして四番の静雄に打順が回ってくる。がんばれよ、と励まされても、笑顔で応えることができなかった。

バットを握ると、人差し指の腹に鈍痛が走ったのだ。痛みの原因はわかっている。これまで静雄は、こんなにピッチャーを務めたことがなかった。そのため、まめができかけているのだ。山辺が投げられなくなったときに指にまめを作るとは、自分が情けない。とてもではないが、仲間たちには言えなかった。

山辺のように見逃しの三振で終えておくべきなのかもしれないが、そんなことができる静雄ではなかった。打てる球が来れば、ついバットをフルスイングしてしまう。小気味よい音とともにボールは飛び、レフト側のライン際を転々と転がった。行けーっ、という味方の声援に背を押され、全力で走った。セカンドベースに滑り込んだときには、息が切れていた。

走っているときは、後先を考えている余裕がなかった。だから滑り込むときに、右手をグラウンドについてしまった。土と擦れ、指がずきずきと痛む。やってしまった、と思った。

次の打者は山辺だ。山辺がバッターボックスに立ったのを見て初めて、今の走塁が無駄だったことを悟った。ボールを投げられないほど肩が痛いなら、バットを振るのも無理なはずだ。案の定、山辺は一度もバットを振らずにスリーストライクを取られた。相手ピッチャーも、山辺はバットを振れないと見抜いていているようだった。

結局、指を痛めた上に体力を消耗しても、なんの意味もなかったことになる。ゲーム展開を考えられない自分の、頭の足りなさに腹が立った。もう少し賢ければ、ホームランしか狙わない打ち方に切り替えていた。しかし真剣勝負の経験がない静雄には、これが限界だった。

六回裏の守備で、マウンドに立った。今のところ、まだ一対〇で勝っている。だが、このままのスコアで逃げ切れる自信は、まるでなかった。なんとか最後まで右の指に保って欲しい、と祈る気持ちだった。

あいにく、敵の攻撃は一番打者からだった。相手もそろそろ、静雄の速球に目が慣れてきた頃である。いろいろな悪条件が重なってしまった。負けてたまるか、と己を奮い立たせた。

低めに球を集め、長打だけは避けることにした。真ん中から外角を攻め、ツーストライクを取る。しかし四球目に、指に激痛を感じた。球はすっぽ抜けて、球威がないまま真ん中に行ってしまう。相手はそれを見逃してくれなかった。

しまった、と思ったときには打球は頭上を大きく越えていった。レフトの三村が、振り返りながら後方に走る。三村は谷に比べればまだ、守備に期待ができる。飛んだのがレフトでよかった、と静雄は考えた。

しかし、ぎりぎりのところで三村は球に追いつけなかった。かろうじてグローブには当てたが、キャッチできずにこぼしてしまう。すぐに追いつき、中継に入った功喜に向けて投げた。だが、送球のコントロールが悪く、一、二塁間の方へ飛んでいってしまう。川端が球を拾ったときには、打者は悠々とセカンドに到達していた。

静雄は右手をグローブに隠し、自分の方に指を向けた。感触からわかっていたが、ついにまめが潰れて血が出ていた。最悪だ。これではもう、全力投球ができない。いくら静雄が力を込めているつもりでも、どうしても球威は落ちるだろう。どうすればいいのか。

自分が続投すべきか、それとも誰かに替わってもらった方がいいのか。考えて、勝利の可能性が高い方を選んだ。自分が投げ続けても、この後のクリーンナップを抑えられるとは思えない。ならば、功喜に替わってもらった方がずっといい。功喜が打たれても、誰も文句は言わないだろう。上級生が辞めてしまった状態で、ここまでよくがんばったと自分たちを誉めたかった。

タイムを取って、全員をマウンドに集めた。「実は」と前置きしてから、隠していた右手を開く。周りを囲んでいた仲間たちが、小さく声を漏らした。

「やっちまった。我慢して投げてもいいけど、功喜の方がずっといい球を投げられると思う」

「おれかよ」

自分がピッチャーを務める展開になるとはまるで予想していなかっただろう功喜は、目を丸くして絶句した。だが、指のまめを潰した静雄にこのまま投げ続けろとは言えない。決意を固めたように、真剣な表情で頷いた。

「わかった。通用するとは思えないけど、もう仕方ないな。みんな、文句言うなよ」

最後はおどけた口調になった。皆も功喜の冗談はわかっているだろうが、笑わずに首を縦に振る。静雄は主審に向かって、ピッチャー交替を告げた。静雄はサードに戻り、堀之内にセンターに入ってもらう。

二番打者は打ち気満々だった。バッターボックスに入る前に、ぶんぶんと何度も素振りをする。山辺に続いて静雄も、なんらかのアクシデントで降板したと察しているようだ。小柄な功喜があくまで急場凌ぎに過ぎないと、舐めているに違いない。

ピッチャーとしての功喜は、さほど秀でたところがなかった。球は特に速くないし、制球にも難がある。しかしそれでも、堀之内や川端よりはましだ。三番手としては、功喜しかいないのだった。

功喜は投球練習の段階から、振りかぶらずにセットポジションを取った。コントロールに自信がないのだろう。それでいい。たとえ球威がなくても、コースを突けば大きく打たれはしない。内野に打たせる分には、アウトを取れる。もし自分のところに球が来たら、どんな激痛にも耐えて送球すると静雄は決めていた。

二番打者は、少し肩を怒らせ気味にバッターボックスに入った。功喜は慎重に攻め始める。まずは外角のボール球。次は真ん中高めのボール球。ストライクが入らないのではなく、様子を見ているのだろう。球のスピードは、残念ながら静雄や山辺よりも一段落ちた。

三球目のときだった。やや外角気味のストライクコースに行ったボールを、二番打者は突然バントした。打つ気満々と見ていたので、これには意表を衝かれた。功喜もスタートが遅れ、慌ててボールに飛びついてファーストに送球したが、打者の脚の方が速かった。セーフでランナー一、三塁になってしまった。

「ちくしょー」

打ち取られたときのように、功喜はまた天を仰いで悔しがった。ノーアウトで三塁に走者がいれば、外野フライひとつで一点取られてしまう。ここはもう、一点は仕方ないと割り切るべきだった。二点目を与えないことこそが大事である。

もし二点目を与えてしまえば、七回表のこちらの攻撃は下位打線からだった。野球経験がなかった者たち四人では、点を取るのは無理だ。二点目を取られた時点で、勝負は見えたと考えるしかない。そのことは、功喜もわかっているはずだった。

三番打者に対しては、外角低めで攻めることにしたようだ。右利きの三番打者に外角の球を外野にまで運ばれたら、ライトの谷が処理することになる。だからそれを見越して、堀之内にはライト寄りの守備を指示した。追いつけるなら、谷に代わって捕球をして欲しかった。

低めを心がけていたはずだが、必ず狙ったところに投げられるわけではない功喜は、少しボールが高めに浮いてしまった。そこを、バッターに外野に運ばれた。打球は恐れていたとおり、ライトに飛んでいく。だが堀之内がすかさず動いて、谷を制して落下点に入った。

堀之内はフライをキャッチし、ホームではなく二塁に投げた。三塁ランナーは刺せないと、最初から諦めたようだ。正しい判断だと思う。深めのフライだったので、よほどの強肩でなければホームに送球が届くことはなかっただろう。一塁ランナーを進塁させないことが、今は肝要だった。

「ナイス送球だ、堀之内」

仲間がいいプレイをしたときは、必ず誉める。野球はひとりではできないから、必要なことだ。堀之内は手を上げて応えたが、あまり嬉しそうではなかった。タッチアップした三塁ランナーは、当然のようにホームベースに達していた。一点取られてしまい、喜んでいる場合ではないと堀之内の顔は言いたげだった。

ワンアウト一塁で、四番打者を迎えた。向こうの四番打者はこれまで、まるでいいところがなかった。しかし四番を務めるからには、チームの中で一番の強打者なのだろう。今日は当たりがないと見るべきか、あるいはそろそろ打つかもしれないと警戒すべきか。もちろん、相手の不調を期待するわけにはいかなかった。

功喜の攻めは悪くなかった。外角のストライクとボール球をちりばめ、カウントツーツーまで追い込む。だが五球目に、捉えられた。四番打者が振ったバットは、小気味いいほどの音を立てて球を叩いた。

その音だけで、やられたと悟った。球は高々と上がり、外野守備陣の頭上も越え、ラインの外に達してバウンドした。つまり、ホームランである。ここに来て両チーム初のホームランが、相手チームに飛び出してしまった。

相手チームは全員、立ち上がって手を叩き、大いに盛り上がった。一塁ランナーと四番打者は、この喜びを味わうかのようにゆっくりと塁を回る。一対三になってしまった。次の回の打順を考えると、絶望的な点差だった。

功喜はグローブをグラウンドに叩きつけた。静雄は近づいていって、声をかけた。

「お前は悪くない。おれがふだんからもっと投げ込みをしておけば、まめなんか作らなかったんだ」

「いや、静雄のせいだけじゃない。おれとお前、両方のせいだよ。何より、おれたちには運がないみたいだな」

功喜は唇を片方だけ吊り上げ、諦めたようなことを言う。そんなこと言うな、と励ましてやりたいところだが、静雄自身ももう終戦だと思っていた。初めての対外試合は、ほろ苦い結果に終わりそうだ。甘くはなかった、と思った。

続く五番打者の当たりは鋭かったが、静雄がダイレクトでキャッチした。六番打者は打ち上げてくれ、堀之内が簡単に捕球した。三点取られて、ようやくチェンジだ。中学生だから、試合は七回までである。七回表は、こちらの最後の攻撃だった。

「がんばってくるよ」

バットを持った片倉は、柔和な笑みを浮かべて宣言した。片倉には野球を楽しんで欲しいと思う。そうだがんばれ、と皆で励ました。

片倉の決意を、静雄はすぐに感じ取った。片倉はバッターボックスの、ホームベース側ぎりぎりに立ったのだ。太った片倉にそんなところに立たれたら、ピッチャーはかなり投げづらいはずである。まだ降参する気はないんだな、静雄は心の中でそう片倉に問いかけた。

案の定、相手ピッチャーは外角ばかりに投げた。片倉は手を出さず、むしろ身を乗り出すようにして構えた。片倉の巨体に威圧されたのかもしれない。ピッチャーはついに失投をした。片倉の体にぶつけてしまったのだった。

「デッドボール！」

主審が宣告した。もしかしたらコースはストライクだったかもしれないが、主審も眩惑されたのではないか。片倉はボールが当たったところをパンパンと手で払い、こちらに向かってニッと笑った。まるで痛くないようだ。全員で、手を叩いて片倉を誉めた。

次の打者の芳美は、無言でバッターボックスに向かった。声を出すわけにはいかないから何も言わないのだろうが、それがかえって芳美の意欲を感じさせた。芳美は前の打席で、大きいセンターフライを打った。単に練習が不足しているだけで、運動神経が悪いわけではない。期待していいのかもしれなかった。

芳美はかなり粘った。まるで歯が立たないのではなく、何度もファウルを打っている。しかもその球足は、徐々に鋭くなっていた。球に掠っているだけではないのだった。

そしてついに、芳美のバットが球を捉えた。地面を這うように転がった打球が、一、二塁間を抜けていく。ヒットだ。さらに幸運なことに、捕球したライトはセカンドへの送球を片倉の背中に当ててしまった。あんな巨体にドスドスと走られていたら、それを越えて向こう側に投げるのは至難の業だ。片倉はセカンドに到達し、ノーアウト一、二塁になった。やるじゃないか、と芳美に声をかけたかった。一塁ベース上に立つ芳美は、強い意気込みで顔が強張っていたのか、ぎこちない笑みを浮かべていた。

15

八番打者の三村は、硬い表情をしていた。立ち上がってもすぐにバッターボックスには向かわず、一同に対してこう言った。

「おれは今ほど、練習に参加できなかったのを悔しいと思ったことはない。今このときのために、みんなともっと練習したかったよ」

「家の事情なんだから、仕方ないさ。悔いのないようにバットを振ってこい」

静雄は三村の気持ちが理解できた。こんな高ぶる場面で、自分の力のなさを感じるのは悔しくてならないだろう。だが、いいのだ。三村が入部してくれなければ、大会予選に出ることもできなかったのである。だから、送りバントも指示しなかった。送りバントは、そう簡単ではない。バントを失敗してアウトになるより、思い切りバットを振ってきて欲しかった。

三村は頷いてバットを握り、バッターボックスに立った。三村はフルスイングを繰り返したが、残念ながらバットはボールに当たらず、三振に打ち取られた。こちらに戻ってくると、体を小さく丸めるように体育坐りをする。そんな三村の肩を、静雄はぽんと叩いてやった。

「三村君に先を越されてしまった。だから、以下同文だ」

立ち上がってそう言ったのは、谷だった。お前は三村より練習してたじゃないか、という声がすかさず飛ぶ。谷はしかし悪びれもせず、堂々とバッターボックスに向かい、三振して帰ってきた。無言で地面に胡座をかいた谷は、なにやら怒っているかのようだった。運動が苦手な自分自身に、腹を立てているに違いない。秀才タイプなのにムードメーカーの谷は、いつもみんなを笑わせる役割だ。だが今の心の中の悔しさは、三村と同等だろう。それがわかるから、谷の肩も軽く叩いた。谷は真面目な顔で頷いた。

ツーアウト一、二塁だ。ホームランが一本出れば逆転だが、アウトになればゲームセットである。思いがけず上位打線まで回ってきたのは幸いではあるものの、二塁ランナーの片倉には期待できない。単打では、片倉が三塁で刺されるだけだった。

「功喜、長打だ。長打以外は狙うな」

短く声をかけると、功喜もその意図は理解したようだが、口をへの字に曲げた。

「無茶言ってくれるぜ。おれはそういうタイプじゃないって、知ってるだろう」

「タイプじゃなくてもなんでも、それしかない」

「せいぜいがんばってくるよ」

言い残して、功喜は打席に立った。相手ピッチャーはここまで、交替をせずにひとりで投げている。さすがにそろそろ、球威も落ちている頃だ。功喜のフルスイングなら、球を外野に運ぶことも不可能ではないはずだった。

功喜は駆け引きをしなかった。普通に構え、力を込めてバットを振る。長打狙いであることは、状況からして相手もわかっているはずだ。だからバントヒットを打つと見せかけたところで、意味はない。もはや、正々堂々と戦うしかないのだった。

アクシデントで突然ピッチャーを務めることになった功喜には、大いに同情の余地がある。だが本人は、そんなことを言い訳にはしたくないだろう。自分がホームランを打たれたせいで、負けそうになっていると考えているはずだ。こんなとき功喜は、黙って引き下がる男ではなかった。

功喜の意地か、それとも勝利への執念か。フルスイングは、小気味よく球を捉えた。球は空に向かって伸び、外野に飛んでいった。ホームランか、と思わず皆が立ち上がったが、ラインの手前でワンバウンドした。しかし、そのままラインを越えた。つまり、エンタイトルツーベースだった。

「うおおおおおお」

拳を握って、雄叫びを上げた。さすがは功喜だ。こんな場面できちんと走者を帰せるとは、すごいとしか言いようがない。皆で顔を見合わせ、「すげー、すげー」とただ繰り返した。片倉は悠々と戻ってきて、「やったー」と万歳した。功喜はセカンドベース上で、ガッツポーズをとっている。

ツーアウト二、三塁、得点は二対三となった。まだチャンスは続いている。しかし、次のバッターの堀之内を見て、静雄は固まった。堀之内の顔は、緊張のあまり蒼くなっていたのだ。

「堀之内」

思わず、名を呼んだ。堀之内は首をぎこちなく動かしながら、こちらを振り返る。

「何?」

「リラックスだ。緊張することはないぞ。気楽にバットを振ってこい」

「緊張なんてしてないよ。大丈夫大丈夫」

堀之内はそんなふうに答えたが、まるで大丈夫ではなさそうだった。声が震えていたのだ。堀之内の様子に気づいて、他の全員が言葉を失った。駄目だ、すでにプレッシャーに負けている。緊張せずにいるのが難しい場面ではあるが、堀之内は緊張しすぎだった。明らかに、体がガチガチになっていた。

打席に立って一球目を、堀之内は積極的に振りにいった。しかし、バットとボールはかなり離れていて、しかもボールがキャッチャーミットに収まってから振っている始末だった。日頃の実力の、十分の一も発揮できていない。ふだんの堀之内なら、ここでヒットくらいは期待できたところだ。だが、重圧がかかる局面でふだんどおりの打撃ができるほど、堀之内は場数を踏んでいなかった。

緊張を相手バッテリーに見抜かれたか、ピッチャーは真ん中高めのボール球を投げてきた。それなのに堀之内は、スイングしてしまう。「球をよく見て選べ」と声をかけたが、堀之内の耳に届いている様子はなかった。

ピッチャーの次の一球は、渾身の力を込めたとおぼしき速球だった。振り遅れ、堀之内は空振りをする。三振、スリーアウト、ゲームセットだ。急造チームで大健闘したが、負けは負けだった。地区予選第一試合で、静雄たちは敗退してしまったのであった。

16

「ごめん、おれのせいだ」

堀之内はしょげかえっていた。自分が不様な打ち取られ方をしたと感じているのだろう。静雄はすぐ言葉を返そうとしたが、先に反応したのは谷だった。

「違う。負けたのはチーム力のせいだ。ぼくたちはチーム力で相手に劣っていたから、負けたんだ」

いつもなら「お前が言うな」と突っ込まれるところだが、今は誰もそんなことは口にしなかった。谷の言うとおりだからだ。誰かひとりのせいではない、チームとして未熟だったから、勝てなかったのである。試合直前に寄せ集めたメンバーで勝てるほど、対外試合は甘くなかった。

少し重い雰囲気のまま、着替えた。静雄と山辺は、それより先に保健室に行って治療を受けた。指のまめは、試合中よりもずっと痛かった。父ちゃんに話したら、情けないって叱られるだろうなぁ。そう想像すると、もっとピッチャーの練習もしなければと意欲が湧いてきた。

「惜しかったな、みんな。でも、いい試合だったぞ」

試合中は校舎内にいた顧問の教師が、のこのこ出てきてそんなことを言った。本当に見てたのか？　と怪しんだが、相手は教師なので疑いを口に出すわけにはいかない。皆それぞれに、頷いて応じた。試合が終わったからには、またすぐ埠頭に戻って船に乗らなければならない。離島のチームは、ハンディが大きかった。

船に乗り、行きと同じように甲板に出た。これまでずっと喋らなかった芳美が、ようやく声を発する。

「あたし、すごい楽しかったよ。野球の試合に出られて、嬉しかった」

いつもどおり、あまり表情を変えないが、声は弾んでいた。心にもないことを言っているのではなく、本心だとわかった。片倉も続いた。

「うん、おれも。楽しかったぁ」

「君たちはいいよ。塁に出たからな。ぼくなんて、全打席三振だった」

愚痴めいたことをこぼしたのは、谷である。珍しく、芳美が応じた。

「じゃあ、楽しくなかったの?」

「いや、楽しかった」

谷はすかさず答える。その早さに、皆が微笑んだ。三村も、風に負けない大きな声で言った。

「おれも楽しかった。野球、楽しかった」

「そうだな、野球楽しいな。これからもっとがんばろうぜ」

功喜が拳を握って小刻みに振った。皆が「おう」と同意する。静雄の中では、悔しさがいつの間にか小さくなり、充実感に取って代わられていた。物心ついた頃からずっとボールを投げ、バットを振ってきた静雄ではあるが、ようやく今日、野球の本当の面白さを知った気がした。こんなに面白いなら、とてもやめられないなと思った。

17

離島の悲しさで、くがのチームとの対外試合はまるで組めなかった。こちらから練習試合のためにわざわざくがまで行くことはできないし、島に来てくれるチームなどいるはずもない。練習試合の相手は、もっぱら島にあるもうひとつの中学の野球部だった。

そちらの野球部には二、三年生がいるのでこちらより強いかと思いきや、さほどでもなかった。三回やれば、二回はこちらが勝つ。だからあまり歯応えがある相手とは言えず、試合を通じて強くなれた実感が持てなかった。もどかしさを感じているうちに、一年生の一年間は終わった。

二年生になると、新入生が入部してきた。野球は人気があるので、新入部員には困らない。しかしそれは、頭数がもう充分に揃うということでもあった。四月の終わり頃に顔を出した三村は、退部すると言った。

「おれ、ろくに練習できないし、試合のときみたいに足引っ張っちゃうから、人数が足りたなら辞めるわ。これまで楽しかったよ」

家業を手伝わなければならない三村の事情はわかっている。残念だが、引き留めるわけにはいかなかった。

「一年間、ありがとうな。三村のお蔭で、大会に出られたよ」

心からのねぎらいの言葉だった。三村に足を引っ張られたなんて、思っていない。感謝の気持ちしかなかった。

「せめて、試合に応援に行けたらいいんだけどな。きっと無理だ」

最近は島に来る観光客も増えている。火口見物は島の大きな売りだから、山の上の食堂は繁盛しているらしい。繁盛しているなら人を雇えばいいのにと思うが、いずれ三村が跡を継ぐのだから、今から仕事を覚えておく必要があるのだろう。高校には行かず、そのまま店で働くと聞いていた。

「山の上から、おれたちの勝利を念じててくれよ」

何かうまいことを言ってやりたかったが、出てきたのはそんな言葉だけだった。それでも三村は、笑って「そうする」と答えてくれた。

一年生の中には、即戦力になりそうな者が何人かいた。三村の抜けた穴は、簡単に埋まりそうだった。それどころか、静雄たちだけだったときよりも戦力がアップしそうである。一年生は皆、谷よりうまかったからだ。

谷も辞めるかな、と内心で考えた。三村と同様、谷もまた人数合わせで入ってくれただけである。もともと運動は得意でないのだから、人が足りた今、当然辞めるだろうと思ったのだった。

「谷、すまないけど、今後スタメンは一年生の誰かを使うことになるよ」

谷のプライドを傷つけないよう、一年生がいないところでそう宣告した。しかし谷はショックを受けた様子もなく、「それは正しい判断だ」と平然と言った。

「どう見ても、ぼくよりうまい一年生はたくさんいるからね。うまい者が先発する。スポーツの基本ルールだ」

いかにも谷らしい物言いだった。続く言葉を静雄は待ったが、谷は何も言おうとしない。

「あれ？　野球部続ける気がなくなったんじゃないのか」

不思議に思って訊いたら、谷は心外そうに眉を顰めた。

「何を言うんだ。ぼくに辞めて欲しいのか。ぼくはうまくはないが、野球を愛する気持ちでは誰にも負けないぞ。もしかしたら、ぼくの頭脳が役に立つときが来るかもしれないし」

「そ、そうか」

谷を追い出したいわけではなかった。続けたいと望んでくれるなら、もちろん歓迎である。何しろ、一年間一緒に練習をしてきた仲だ。谷には充分に友情を感じていた。

とはいえ、谷の頭脳が役に立つときなんてきっと来ないだろうなとも思った。野球は確かに頭を使うが、谷の頭のよさとは種類が違う気がする。まあ、谷がいるとチームが明るくなるから、それが一番ありがたかった。

芳美がどうするつもりかは、見当がつかなかった。芳美は一年間練習して、かなりうまくなった。芳美が男なら、一年生にポジションを譲ることはないだろう。しかし、どこまで男の振りをし続けられるか、心許ないところがある。スタメンを務められる一年生がいるなら、辞めてもおかしくなかった。

ところが、特に何も言わずに芳美は練習に出てきた。一年生の頃と同様、バットを持って素振りをし、グローブを着けてキャッチボールをする。どうやら、辞める気はなさそうだ。ならば、静雄の方から言うことは何もない。芳美はショートのレギュラー確定だった。

片倉もまた、辞めるとは言わなかった。片倉はキャッチャーとして、得がたい人材である。いざとなればデッドボール覚悟でバッターボックスに立てるのだから、人数合わせどころの話ではない。片倉が続けてくれるのは、チームにとってありがたいことだった。

ちょうどその頃、静雄の家でもちょっとした事件があった。ついにカラーテレビを購入したのだ。世の中が好景気に沸き、人々が皆、自分の家は上中下の中だと思うようになっていた。中流を自任する家庭が欲しがる物トップスリーが、カラーテレビ、カー、クーラーの3Cだった。その三つのうちだったら、静雄はカラーテレビが一番欲しい。巨人戦をカラーで見たかったからだ。父も同じ考えだったので、3Cの中では真っ先にカラーテレビを買った。功喜を始めとする友達連中は羨ましがり、静雄の家まで巨人戦を観に来た。「ホントに色がついてる」「すげー」などと興奮した感想を皆が口にすると、鼻が高くてならなかった。

五人の一年生のうちふたりを、レギュラーに抜擢した。これまでのウィークポイントだったライトとレフトが、穴ではなくなった。他にも、ピッチャーを任せられる者がいた。山辺の方が力は上だが、試合中は何が起こるかわからないのは学習済みである。山辺に続く二番手ピッチャーがいるのは、心強いことだった。

つまり、去年よりも明らかに戦力は上がったのであった。今度こそ大会で勝ち進められると意気込んでいたら、一回戦で強豪と当たってしまった。地区予選の優勝候補である。まるで歯が立たず、あっさり負けた。完全に一方的な試合で、去年の方がずっといい戦いができた。静雄自身もシングルヒット一本に抑えられ、かなり落ち込んだ。大会で勝ち抜いていくのは、考えていたよりずっと難しい。そのことを痛感させられた。

「悔しいなぁ。こっちのヒットが二本だけなんて、信じられない。あいつら、ホントに中学生なのかよ」

帰りの船の中で、功喜が悔しげに声を張り上げた。相手ピッチャーを打てたのは、静雄と川端だけだった。かろうじて完全試合は免れたが、ヒットは散発的だったので零封された。功喜もバントヒットすらできなかったのだから、レベルが違うとしか言いようがなかった。

「対外試合が組めないのが、痛いよなぁ」

ずっと考えていることだった。島に生まれたのをハンディと感じたことはなかったが、ここに来て、くがに生まれていたらどうだったろうかとつい仮定してしまう。レベルの高い連中と練習をし、強いチームとふだんから試合をして、今よりもっとうまくなっていたのではないか。プロの野球選手になりたいという夢は、手が届かないくらい遠くにあるのではないかと思い始めているところだった。

「自分たちの力で変えられないことを嘆いても、仕方ない。練習あるのみだ」

沈滞した空気を払拭するように鼓舞したのは、谷だった。頭でっかちの谷らしい言葉だが、今は正しい。「お前の知恵でなんとか解決してくれよ」と山辺が言うと、谷はにべもなく「無理だ」と答えた。笑いが起き、ようやく敗戦後の重い空気が少し変わった。谷の存在のありがたさを感じるのは、こういうときだった。

それに比べて読売ジャイアンツは、依然として強かった。その年のペナントレースも制し、六連覇を成し遂げた。ONのうち長嶋は、打率こそさほど高くなかったものの、二十二本の本塁打を打ち、さらに百五打点で三年連続の打点王になった。勝負強い長嶋には、打点王がよく似合う。

一方の王は、三年連続の首位打者と九年連続の本塁打王を獲得した。三冠王になれなかったのは、打点王を長嶋に阻まれたからである。つまり同じチームに打撃主要三部門のトップが揃っていたわけで、巨人が強いのも当然だった。試合を観ていて本当に楽しく、応援し甲斐があった。

巨人戦を観ていると、ますます野球が好きになった。

三年生になっても、野球部にはあまり変化がなかった。静雄たち三年生七人のポジションを脅かすような一年生は入ってこず、序列は変わらなかったのである。ライトとレフトの二年生に取って代わる者もなく、新入部員は戦力の底上げには貢献しなかった。それでも、三年生七人の実力は日々の練習で上がっている手応えがあった。今度こそ、という思いで中学生最後の地区予選に臨んだ。

一回戦の相手は、昨年のような強豪ではなかった。特に評判を聞かない中学である。これは勝てるかと思ったら、そうたやすくはいかなかった。途中までは接戦だったが、運が向こうに傾き、結局三対五で負けてしまった。三年連続の一回戦敗退だった。何がいけないのかと、さすがに落ち込んだ。

今のスタメンの九人は、静雄が見る限りかなりレベルが高い。全員が走攻守三拍子揃っているわけではないが、それぞれに秀でたところがある。それなのに勝てないのは、やはり実戦不足が理由としか思えなかった。堀之内が典型だが、皆多かれ少なかれ、肝心な局面になると緊張してしまうのだ。緊張感は、練習では作り上げられない。もうひとつの中学の野球部とは実力差が開く一方で、練習試合をしても大勝するから緊張などしない。くがのチームとの対外試合をできないことが、最後まで響いた形だった。

大会が終われば、三年生は引退である。やり残した気持ちが大いにあるが、この借りは高校で返すつもりだった。高校で甲子園を目指す。それが、子供の頃からの目標だった。

今や高校への進学率も、八割を超える時代だ。幸い、島には都立高校があった。さほど裕福でない家の子供でも、その高校に行くのが通例である。静雄も、なんの疑問もなく高校に進学するつもりだった。

他の三年生にも一応確かめてみると、片倉を除く全員が都立高校に行くと答えた。片倉は、中学を卒業したらくがの相撲部屋に入門することになっているらしい。一緒に進学できないのは残念だが、それが片倉の以前からの夢だった。どうせ相撲部屋に入門するなら、力士として名を成して欲しかった。

「テレビ観て、応援するからな」

皆でそう励ました。片倉はいつもの柔和な笑みを浮かべ、「ありがとう」と応じる。

「でも、テレビ中継されるくらい、強くならないとね」

「大丈夫だよ。お前ならできるよ」

島の中で特に野球がうまい者たちが集まっても、対外試合ではまるで結果が出ない。これを井の中の蛙と言うのかもしれないと、静雄は密かに思っている。同じように片倉もきっと、くがに行けば苦労するだろう。太っていれば勝てるほど、相撲は甘くないはずだ。だから「お前ならできる」という励ましにはなんの根拠もないのだが、今は言わずにはいられなかった。片倉を励ますことすらできないなら、甲子園など夢のまた夢だと思っていた。

中学生活最後の練習を終えると、着替え終えた芳美が珍しく校門で待っていた。「一緒に帰るか」と声をかけたら、「うん」と頷く。最後なので、何か言いたいことがあるのかもしれない。

「あたしが野球やるのも、これで最後だ」

歩き出すと、芳美がぽつりと呟いた。高校に入ってまで男の振りはできないだろうと、静雄も考えていた。芳美本人も、当然わかっていたようだ。

「なんで？　高校入ったら、もう野球やらないの？」

功喜が能天気に尋ねる。功喜は何も考えていなかったらしい。芳美と一緒に野球をやるのが、あまりに当たり前になっていたからだろう。

「高校の野球部は、女を入れてくれないよ。男の振りも無理だろうし」

芳美は俯いたまま、答えた。それでも功喜は、鈍感に応じる。

「女は入れないかどうか、訊いてみないとわからないいんじゃないの？」

「馬鹿、わかるだろ。甲子園に女が出たなんて話、聞いたことあるか？」

芳美の代わりに言い返したのは、山辺だった。そのとおりだ。中学では上級生がいなかったから、女の芳美を仲間に入れることができた。しかし高校に入れば、先輩がいる。これまでのような好き勝手ができるわけがなかった。

「あたし、マネージャーをやるよ。球拾いくらいはできるし、人が足りなかったらキャッチボールの相手もできるしさ」

芳美は顔を上げて、そう言った。すでに決めていたようだ。「それがいいだろうな」と山辺が頷く。以後、少ししんみりしてしまった。皆、片倉が抜けて芳美も入部できない高校生活を思い、寂しさを感じていたのだろう。いつもこんなときにずれたことを言って場を和ませる谷も、今は口を噤んでいた。

そうして静雄たちは、中学卒業のときを迎えた。

18

高校入学に際しては一応試験があるが、簡単なので全員が合格した。だから高校生になったといっても、ほとんど中学からの持ち上がりで、あまり代わり映えしない。単に校舎の場所が変わっただけ、といった趣《おもむき》だった。

マネージャー志望の芳美も含めて、ほぼ全員が野球部に入部した。ほぼ、というのは、谷は野球部ではなく将棋部を選んだからだ。もともと谷は、将棋が好きだったらしい。

「中学に将棋部はなかったからね。高校に入ったら、将棋部に入ろうと決めていたんだ」

廊下ですれ違ったときに声をかけたら、そんなことを言った。決めていたなら、中学にいるうちに話してくれればよかったのにと思ったが、谷なりの気遣いだったのかもしれない。人がどんどん抜けていくのが、谷自身もいやだったのではないか。結局残ったのは、中学に入学した際に一緒に野球部に入部した五人だけになってしまった。

「なんか、寂しいな」

谷が入部しないだろうことは皆が予想していたはずだが、いざ五人だけになってみると欠落感があった。五人で揃ったときに、堀之内がぽつりと呟いた。大会に出るために必死でメンバーを集めたときのことを思い出す。結果的に、いい仲間に恵まれた。一勝もできなかったが、中学時代は楽しかったと思う。

野球部は、高校の中で最大の部活だった。やはり野球は人気があるのだ。一年生の入部希望者は静雄たち五人だけでなく、他にもいて全部で九人だった。二、三年生で十五人いるので、総勢二十四人の大所帯となる。この中でレギュラーポジションを取るのは、少し難しいかもしれない。静雄は自信があるが、他の四人のうち何人がレギュラーを摑めるか、予想できなかった。

中学のときのことを思い出し、またしごきに近い練習を課せられるのではないかと覚悟していたが、そんなことはなかった。そもそも中学とは違い、練習に顧問の先生が出てくるのだ。三十代半ばで、自分自身も野球が好きそうな男の先生である。名は春日《かすが》といった。

「みんなの評判は聞いてるぞ。けっこうやるらしいな」

一年生の前に立ち、春日は嬉しげに言った。中学時代の野球部の戦績が、耳に入っているようだ。静雄たちとは違う中学から入ってきた四人も、やはり野球をやっていた面々である。何度も練習試合をしたから、もちろん顔は知っていた。実力面では、静雄たち五人とは差があった。

いざ実戦的な練習を始めると、やはり上級生たちはレベルが高かった。一年生の実力を測るためのバッティング練習では、ピッチャーの球が速くて当てるのに苦労した。静雄でも、十球のうち三本しかヒットにできなかった。それでも上級生たちは、一年生が打ったことに驚いていたのだが。

静雄でも三本だから、他の者たちは苦戦していた。功喜がなんとか一本ヒットを打っただけで、他校から来た一年生まで含めて他は全員ノーヒットだった。ボールを投げたのは、三年生の正ピッチャーらしい。これだけ速い球を投げるピッチャーがいるのは、試合に勝つためには嬉しいことだった。

「やっぱり高校は厳しいな。一年のうちは、レギュラーなんて無理かも」

練習を終え、そんな弱音を吐いたのは堀之内だった。正直、堀之内には難しいと静雄も思う。上級生たちの大半は、中学時代はどこにいたのかと思うほど野球がうまかった。他校からの進学組も多いだろうが、全員ではない。静雄たちの中学から高校に入った人もいるのだ。静雄たちが追い出した形になった上級生も何人かいたものの、その人たちはおそらく補欠だ。うまい人は中学時代、別のスポーツをやっていたのではないか。やはり高校野球は花形だから、高校に入って野球に転向した人も少なくないのだろう。そんな人たちに交じれば、堀之内の力が見劣りするのはやむを得なかった。

「ここの部に限らず、どこでも一年生がレギュラーを摑むのは難しいだろ」

静雄は一般論を口にして慰めた。堀之内だけでなく、静雄も含めて全員がレギュラーへの道は険しいと見なければならない。もちろん静雄は、どんなに難しくてもレギュラーポジションを勝ち取るつもりでいるが。

「まあ、そうだよな。中学が特別だったんだよなぁ」

つい半年前までのことを懐かしむように、堀之内は慨嘆する。そう、上級生がいないまま二年半も部活動をするなんて、特別中の特別なことだ。高校に入って、普通の環境に置かれただけのことだった。

中学とは違い、高校にはシャワー室があった。これまでは練習後の汗だくの体で帰宅するのが当たり前だったが、シャワーを浴びられるならその方がありがたい。今は三年生が使っているので、順番が回ってくるのを待っているところだった。一年生はどうしても、同じ中学出身の者たちで固まってしまう。芳美は一緒にマネージャーとして入部した一年生女子とともに、先に帰った。

「でもよ、中学のときより強い部になるんじゃないか。うちの高校が強いなんて評判は聞いたことなかったけど、話で聞くだけじゃわかんねえなと思ったよ」

冷静なことを言ったのは、山辺だ。そのとおりである。この野球部が甲子園に出場したことは、かつてなかった。だから自分たちがレベルを引き上げなければならないと意気込んでいたのだが、まさかレギュラー取りを阻まれるかもしれないとは思わなかった。一年生が簡単にレギュラーになるようなら、甲子園など遠い夢でしかない。二、三年生に力があってこそ、甲子園に近づけるのだった。

「そうだよ、厳しいのはいいことじゃないか。おれは本気で甲子園に行きたいからな。おれたちだけの力じゃ足りないことは、中学で身に沁みてわかっただろ。上級生がうまくて、ちょっとほっとしたよ」

功喜が山辺の言葉に応える。功喜と改めて話したことはなかったが、やはり本気で甲子園を目指しているのだとわかり、嬉しかった。もしかしたら本気なのは、この五人の中でも静雄と功喜だけかもしれない。その本気度が、レギュラーポジション獲得の明暗を分けるのではないかと予想した。

だらだら喋っているうちに、ようやくシャワーの順番が回ってきた。シャワー室の手前の脱衣所で、全員服を脱ぐ。すると堀之内が、「あれぇ？」と頓狂な声を発した。功喜の尻を指差し、しげしげとそこを見ている。

「その尻の痣、どうした？　おれも同じ形の痣があるんだよ。偶然だなぁ」

功喜の尻には、まるで唇の形のような赤い痣があった。長い付き合いだが、尻をまじまじと観察したことはないので知らなかった。思わず、「そうなのかよ」と言葉を挟んでしまう。

「おれにもあるぜ。ほら」

静雄の痣は、右の腰骨の辺りにあった。体を捻って、その痣を堀之内と功喜に見せる。すると山辺も、「なんだと」と加わってきた。

「おれもあるよ。ここに」

山辺が示したのは、左の腋《わき》の下だった。川端ものっそりと、「おれも」と言い背中を向ける。川端の背中には、ちょうど真ん中辺りに痣があった。

「面白ぇ。おれはここ、ほら」

堀之内は臍の横を指差した。全員、赤い唇のような痣だ。まるでハンコを押したように、同じ形だった。

「おれ、ばあさんから聞いたよ。イチマツ痣って言って、生まれつきこの痣を持ってる人は島に多いらしいぜ」

川端がぼそぼそと言った。川端は声変わりをしてからいっそう、喋り方が重々しくなった。これほど長い言葉を話すのは、最近では珍しいことだった。

「ああ、おれも聞いた。そうそう、イチマツ痣な」

功喜は恥ずかしいのか、尻の痣を手で隠しながら応じる。そういえば静雄も、子供の頃にそんなことを聞いた気がした。確か、父にも似た痣があったはずだ。

「なあ、お前らも痣があるか？」

堀之内が他校から来た四人の一年生にも声をかけた。だがその四人は、揃って首を振る。痣があるのは、静雄たち五人だけのようだ。

「なんでイチマツ痣って言うんだ？　別に市松模様じゃないのにな」

山辺が疑問を口にする。それに答えられる者はいなかった。名前の由来よりも、全員が同じ形の痣を持っている方が不思議だった。「土着民の証拠かな」などと言い合い、皆で笑った。

19

予想どおり、レギュラーポジションを取れたのは静雄と功喜だけだった。公平に見て、順当だろうと思う。上級生の壁は、そんなに低くはないのだった。

補欠に回った三人も含め、静雄たちは真面目に練習に励んだ。くがの高校だったら、環境が変わってあれこれ目移りし、練習に専念できなかったかもしれない。だが幸か不幸か、島には娯楽が少ないし、同級生の半分は中学でも一緒だった顔触れだ。さほど新鮮味がなく、中学での生活をそのまま続けることができた。

それに、静雄たちには目標があった。静雄と功喜にとってはもちろん、甲子園出場である。そして他の三人は、レギュラーポジション奪取が練習に打ち込む理由になった。上級生を交えての練習は辛く、だからこそ鍛えられているという実感があった。まだまだうまくなりたい、と静雄は念願した。

七月に入ると、夏の甲子園大会の地区予選が始まった。一回戦はまた、くがで行われる。だが中学時代とは違い、場所は学校の校庭ではなく球場だ。本物の球場で野球ができることに、静雄は密かに胸を高鳴らせた。補欠になった三人の手前、大っぴらに喜べないのが残念だった。

試合に使われる球場は、世田谷《せたがや》区の駒沢《こまざわ》オリンピック公園内にあった。中学の頃との大きな違いは、着いてすぐに試合とはならない点だった。島の高校が不利にならないよう、大会スケジュールを配慮してくれたのだろう。公園の芝生に寝転び、疲れを癒す暇があった。それだけでも、試合に臨む際の体の軽さが違った。

こちらのレギュラーは、三年生が五人、二年生ふたり、一年生ふたりという編成だった。三年生ピッチャーの球は速いし、控えには山辺がいる。何より、静雄が六番を打つという点からして、中学時代よりずっと人材に恵まれていることの証だった。加えて、相手は名前を聞かない高校である。舐めているつもりはないが、さすがに勝てるだろうと踏んだ。

実際、試合は七対二という点差で勝利した。静雄も二安打一打点という成績だった。こちらのチームは三番打者から六番まで、長距離打者が揃っている。四人で畳みかけたときの攻撃には、我がことながら迫力があった。三回の表に一挙四点を取り、勝負の行方は決した形だった。

「強すぎて、出番がねえよ」

帰りの船で、堀之内が文句を言った。確かにそうだった。代打を送る必要がなく、堀之内はもちろんのこと、二年生の控えにも出場機会がなかった。一年生の補欠は当面、応援要員になりそうだった。

しかし日を改めた第二回戦は、そう簡単にはいかなかった。相手チームは強く、初回にエラー絡みで二点取られた。相手ピッチャーも速球に切れがあって、こちらの自慢の強力打線も沈黙した。二対〇のまま、試合は回を重ねていった。

七回の裏は、こちらの三番からの攻撃だった。ここで点を取らなければ、このままゲームセットとなってしまう可能性が高い。幸い三番の三年生は、ミートがうまかった。最初から単打を狙えば、脚も速いので出塁の可能性が高い。綺麗な流し打ちはサードの守備範囲を抜けなかったが、深いところでの捕球となったので、一塁への送球が遅れた。タイミングはぎりぎりだったものの、三年生の脚の方が速かった。

こちらのベンチは大いに盛り上がった。特に堀之内は、それが自分の役割と心得たかのようによく声を出した。「いけます！　がんばってください！」と、喉が嗄《か》れそうなほど大声を張り上げている。声の大きさでは、こちらのチーム一番だった。

四番は主将の三年生だった。口数は多くなく、行動で見本を示すタイプである。だからこんなときは、期待できる人だった。

案の定、主将はヒットを打った。ファーストとライトの間に落ちるポテンヒットだったが、ヒットはヒットだ。これでランナーは一、二塁となった。一打逆転のチャンスだった。

五番打者は、球を引っかけてしまった。だが走者たちの判断がよく、打つと同時にスタートを切っていた。前に出て球を拾ったサードは、カバーがいないので三塁への送球ができなかった。二塁にも投げられず、結局一塁でアウトを取るしかなかった。ワンアウト二、三塁になり、静雄に打順が回ってきた。

「静雄！　見せ場だ！　男になれ！」

堀之内の声が、ネクストバッターズサークルまで届いた。言われなくても、ここが見せ場と心得ている。久しぶりに、心地よい緊張感を覚えた。なんとしても一点、できれば二点は返したい場面だった。

バッターボックスに立った。ゆったりと構え、相手ピッチャーに目を据える。最悪、外野フライでも一点なのだ。重圧がかかっているのは静雄ではなく、ピッチャーのはずだった。右投げのピッチャーはセットポジションを取り、ランナーたちの動きに目を配りながら投球モーションに入る。

次の瞬間には、キャッチャーミットに球が収まる音がした。速い。ここ一番で、相手ピッチャーは今日最高の投球をしてきた。まだこんな力が残っていたのか。静雄は少し驚いた。もともと球が速いと思っていたのに、さらにもう一段階速くなり、目が追いつかなかった。まずい、と思った。

動揺したつもりはなかったが、次の内角高めの球はよけてしまった。顔に向かってくると錯覚したのだ。実際には、きちんとキャッチャーミットに収まった。しかもストライクだった。ストライクの球を、腰が引けてよけてしまったのである。自分が恥ずかしかった。

二度とこんな不様な真似はしない。そう誓って、今度は前のめりに構えた。そんな意気込みが、気づかぬうちに力みになっていたのだろう。次の球に手を出し、打ち上げてしまった。ピッチャーはそのフライを、楽々と捕球する。走者は動けず、静雄は一点も返せずに倒れた。

深甚なショックを受けた。同じアウトでも、プライドを傷つけられる打ち取られ方だった。半ば呆然としながら、ベンチに戻る。少し無神経なところがある堀之内が、声をかけてきた。

「なんだよー、静雄らしくないじゃないか」

「ごめん」

かろうじて答えるのが精一杯だった。一打が期待される局面で、走者を帰すこともできずにピッチャーフライを打ち上げた。こんな屈辱があろうか。静雄は幼い頃から、甲子園で活躍して全国的なスターになるつもりだった。それが、地区予選で情けなく打ち取られている。自負がからがらと音を立てて崩れていきそうだった。

七番打者も三振に打ち取られ、二者残塁に終わってしまった。最大の好機を生かせなかった静雄たちのチームは、そのまま零封されて負けた。なんとも白ける負け方だった。

20

甲子園への夢が、ひとまず終わってしまった。次は春の選抜だが、少し間が空く。もちろん静雄は気を抜くつもりはないものの、ちょうど夏休みに入るタイミングだった。やる気が途切れてしまうメンバーがいても、やむを得ない状況ではあった。

夏休みに入ると、堀之内と山辺が練習に出てこなくなった。静雄にとっては、かなり意外だった。堀之内は心からの野球好きだし、山辺はいい加減そうで実は真面目だ。そんなふたりが練習を怠るとは、何かよほどの事情があるのかと考えた。

山辺の理由は、すぐにわかった。彼女ができたらしいのだ。狭い島のことだから、そうした噂はあっという間に駆け巡る。一緒にいれば、絶対に目撃されるからだ。山辺は長身で野球が得意なのだから、女子に好かれるのは理解できた。もともとむらっ気がある男だから、そのうちまた戻ってくるだろうと思った。

堀之内の方が問題だった。なぜ練習に出てこなくなったのか、よくわからないのだ。静雄は毎日練習漬けなので、堀之内が学校に来なければ顔を合わせる機会がない。だから、本人に問い質すこともできなかった。

「ねえ、ちょっといいかな」

練習後に、芳美に呼び止められた。特に用はないので、着替えた後に会うことにする。シャワーを浴びてから校庭に戻ると、芳美は夕暮れの中ひとりでぽつんと立っていた。

「堀之内君、なんで練習に来ないの？」

前置きもなく、芳美はいきなり訊いてきた。無愛想なのはいつものことだが、なぜか少し怒っているようにも感じられる。静雄は「さあ」と首を傾げるしかなかった。

「実はおれも、不思議に思ってたんだ」

「柳町《やなぎちょう》で遊んでたって話を聞いたよ」

柳町には商店街がある。大した店があるわけではないが、島で一番大きいスーパーマーケットがあるし、書店もある。高校生が退屈凌ぎに遊びに行くとしたら、浜辺か柳町のどちらかだった。

「柳町にいたからって、遊んでるとは限らないだろ。ただの買い物かもしれない」

堀之内を庇ってそう答えたが、芳美は納得しなかった。

「違うよ。だって二時間くらいいたらしいし」

芳美が聞いた話はこうだった。クラスメイトの女子が、親戚の家への届け物を親に頼まれた。親戚の家に行くには、柳町を通る。その際に、手みやげを買うためにスーパーマーケットに立ち寄った。するとそこに、堀之内がいた。堀之内は文房具を眺めていたという。

クラスメイトは親戚の家に行き、二時間ほどお喋りをした。そして帰り道に、またスーパーに寄った。今度は親に頼まれていた食材を買うためだった。そのときにまた、堀之内を見かけた。堀之内はお菓子の棚の前にいたそうだ。

「だから少なくとも二時間は、スーパーで暇を潰していたんだよ。あたしたちが練習している時間に」

芳美が怒り気味な理由がわかった。練習に出てこられない事情があるならまだしも、単に怠けているだけではないかと思えるからだ。堀之内はやる気を失ったのか。意外でもあり、同時にわずかに納得してしまう気持ちもあった。

「最初に買い物をしてから、また二時間後にスーパーに行った、なんてことはないよな」

可能性だけを考えて弁護したが、芳美に睨まれてしまった。

「自分でもそうじゃないと思ってるでしょ」

「まあ、ね」

堀之内と会う必要を感じた。直接話を聞かないことには、何も言えない。

「おれ、堀之内に会いに行くよ。後でちゃんと報告する」

「そのとき、あたしも一緒に行きたい。呼んで」

芳美は意外なことを言った。ただ、芳美も中学からの仲である。拒否する理由はないので、承知した。後日、堀之内と約束したら教えることにした。

堀之内とは電話で、会う約束を取りつけた。平日は練習があるから、日曜日にする。芳美も一緒とは言わなかった。なんとなく、堀之内がいやがりそうな気がしたのだ。

そして、その週の日曜日。昔よく野球をやった空き地に、静雄は向かった。堀之内とは、そこで会うことにしたのだ。自分たちがそうであったように、小学生が野球をやっているだろうが、隅の方にいれば話を聞かれる心配はない。周りに人の耳がないところがいいだろうと考えたのである。

最初に着いたのが静雄で、遅れて堀之内がやってきた。芳美には、少し時間をずらして来いと言っておいたのだ。堀之内は特に悪びれる様子もなく、空き地で野球をやっている子供たちを眺めて「懐かしいなぁ」などと言う。年数で言えば懐かしむほど昔ではないのだが、高校生にとって小学生当時のことはすでに懐かしい思い出だった。

「最近、どうしたんだ?」

持って回った言い方をしても仕方ないので、すぐ本題に入った。堀之内はとぼけず、「練習か？」と応じる。静雄が無言で頷くと、ばつが悪そうに顎を掻いた。

「なんと言うかさ、情熱が薄れたって言うのかな、燃えるものがなくなっちゃったんだよね」

そんな返事は予想済みだった。山辺のように彼女ができたわけではないと思っていた。問題は、なぜ情熱が薄れたか、だった。

「レギュラーポジションを取れなかったからか？」

思い当たる理由は、それだった。レギュラーになっていれば、情熱を失うわけがなかった。

「まあ、そうなんだけどさ」

堀之内は言葉を濁す。そして、無意味に足許の石を蹴り始めた。野球をやっている子供たちからは離れているので、誰にも当たらない。

転がった石が、返ってきた。蹴り返した人は、芳美だった。堀之内は芳美を見て、愕然としている。対照的に芳美は、無表情なまますたすたとこちらに近づいてきた。

「なんで練習に来ないの？」

芳美は単刀直入だった。それが芳美のいいところだが、今はもう少し任せて欲しかった。堀之内も、静雄には言えても芳美には言えないことがあるだろう。情熱が薄れた、なんて率直な言葉は、相手が静雄だから漏らしたのかもしれなかった。

「な、なんで大島も来るんだよ」

堀之内は明らかに腰が引けていた。もともと堀之内は、芳美相手には軽口を叩かなかった。もしかしたら、感情が面《おもて》に出ない芳美に対してなんとなく苦手意識があるのかもしれない。静雄も、芳美に真顔で問い詰められたら少し怖い。

「お前が練習に来なくなったのを気にかけてたのは、大島なんだよ」

芳美は説明しそうにないので、代わって静雄が答えた。堀之内にとっては意外だったらしく、目を見開いている。

「やる気なくなったの？　どうして？」

芳美は畳みかけた。いや、ここは堀之内が話しやすいよう、問い詰めるのはやめておこうぜ。そう言いたかったが、静雄も芳美を制止できなかった。

「今、静雄に答えてたところだ。レギュラーポジションを取れなかったからってのもあるけど、それだけじゃない」

堀之内は、改めて説明を始めた。芳美にもきちんと理由を話す気があるようだ。

「この前、地区予選の試合で負けて、壁が高いなぁと思っちゃったんだよ。おれなんかじゃぜんぜん越えられないくらい、高い壁だなぁって」

堀之内の言葉には、少し意表を衝かれた。そんなことを考えていたとは、夢にも思わなかった。

「壁なんて、高いに決まってるじゃない。簡単に甲子園に出られると思ってたの？」

言い返したのは芳美だった。堀之内は首を振る。

「いや、もちろん簡単だなんて思ってなかったよ。厳しいのはわかってたさ。ただ、静雄でさえあんなふうに打ち取られちゃうなんて、ショックだったんだ。どう言えばわかってもらえるかな。おれなんか、場違いだって気がしたんだよね」

「場違い？」

よくわからなかった。例えばバレエの大会に堀之内が出ていたら、それは間違いなく場違いだろう。しかし野球なのだから、なぜそんなふうに感じるのか理解できなかった。

「わかんないかなぁ。大人の中に子供が交じっちゃったって言うか、柔道の黒帯しかいないところに白帯が紛れ込んでるって言うか。ともかく、おれが甲子園を目指すなんておこがましいように思うんだ」

堀之内は俯いて、恥ずかしげに言った。自分の内心を口にするのは、勇気がいるのだろう。芳美がいる前でよく話してくれた、と静雄は内心で思った。なかなかできることではない。

「実力が足りないからってこと？　だったら、なおさら練習すればいいでしょ」

しかし芳美は、そんな堀之内の心の内は推し量れないようだった。ずけずけと正論を言う。この場に芳美を呼んだのは失敗だったかもしれない、と密かに考えた。まず、堀之内とふたりだけで会うべきだった。

「いや、練習してもとうてい越えられない高い壁だって感じたんだよ。だから、練習すること自体が空しくなったんだ」

堀之内はいやがらず、きちんと答えた。芳美はその言葉を吟味するように、しばし黙り込む。静雄は、うまく考えをまとめられなかった。

甲子園出場が目標ならば、仕方がないのかもしれない。いくら練習しても甲子園に行けないと悟ってしまったなら、空しくもなるだろう。その意味では、甲子園に行くと公言している静雄が、堀之内のやる気を削《そ》いでしまったとも言えた。ただ、夢は夢のままでもいいのではないかという思いもある。誰もが夢を現実にできるわけではない。堀之内は生真面目に考えすぎなのではないだろうか。

「贅沢だよ」

ぽつりと言ったのは、芳美だった。先ほどまでの詰問調ではなく、ほんの呟きだったので、聞き間違いかと思ったほどだ。芳美はもう一度、今度ははっきりと言い切った。

「贅沢だよ。練習したくてもできない人だっているのに」

堀之内は面食らったようだった。それは静雄も同じであった。練習したくてもできない人、とはもちろん芳美のことだろう。だからか、と腑に落ちた。だから芳美は、堀之内に会って文句を言いたかったのだ。今になってようやく、芳美の気持ちが理解できた。

「野球が好きなんでしょ。もう野球は好きじゃないの？　あたしは今でも好きだよ。見るだけじゃなく、自分でもやりたい。中学の頃は、本当に楽しかったよ。男子に交じってボールを投げてバットを振って、あの頃はよかった。高校なんて入りたくなかった。あたしがどんな気持ちで球拾いしたり、みんなのグローブの手入れしたりしてると思うの？　そんなことしたいわけじゃないよ。でも、野球が好きだから、なんでもいいから関わりたくてやってるんだよ。練習しないなら、あたしに代わりにやらせてよ」

　芳美は両手の拳を、きつく握っていた。堀之内に殴りかかるのではないかと、見ていて心配になった。だが芳美は、行動には出なかった。怒っても仕方ないとわかっていて、堀之内に気持ちをぶつけているようにも見えた。

「なんか……ごめん」

　堀之内は素直に謝った。女子にこんなになじられたら、謝るしかないだろう。芳美がどんな気持ちでいるか理解しようともしなかった自分もまた、謝るべきだと静雄は思った。ただ、それは唐突なので、代わりに割って入った。

「大島の言いたいことはわかった。堀之内にも充分伝わったと思う。だから、この場は任せてくれ。後はおれが話すから」

「――うん」

　芳美は頷くと、踵を返した。そのまま、まるで逃げるように空き地を出ていく。自分でも、激してしまったことを恥じているのかもしれない。次に会ったときは、何もなかったように接してやろうと考える。その方が、芳美は嬉しいだろう。

「ええとさ、野球楽しもうぜ。練習来いよ」

いろいろ言うべきなのかもしれないが、結局口から出たのはそんな言葉だけだった。芳美の勢いに気圧されていた堀之内は、ほっとしたように「うん」と答えた。それを聞いて、もう大丈夫だなと確信した。

21

夏休みに入って異変があったのは、堀之内と山辺だけではなかった。実は、静雄自身にも変調があった。バッティングの調子が落ちていたのだ。

内角高めの球に、タイミングが合わなくなっていた。振り遅れることもあれば、スイングが早すぎることもある。打撃練習だから意図的にタイミングをずらされているわけではなく、むしろピッチャーは打ちやすい球を投げてくれているはずなのだが、バットに掠りもしなくなった。外角の球ではそんなことがないので、内角高めだけが苦手になってしまった格好だった。

原因は、すぐに思い当たった。地区予選の試合でのことだ。あの試合の最終打席、静雄は内角高めの球を怖がって仰《の》け反《ぞ》ってしまった。そんな自分を情けなく感じ、屈辱とも受け取った。あのときの気持ちが、尾を引いているのだ。

「どうした、調子悪そうだな」

練習を見ていた顧問の春日に、見抜かれてしまった。春日は自分でも趣味で野球をやるらしく、名目だけの顧問ではない。本来なら、監督と呼ぶべき人だった。

「はあ、でも大丈夫です」

いったん打席を外し、強がった。大丈夫なのかどうか自分でも確信が持てないが、泣き言は言いたくない。そんなに時間はかからず、修正できるだろうと楽観もしていた。

しかし、実際はそうではなかった。タイミングのずれを自覚しているのに、なかなか合わせられない。自分の打撃が自分で思うようにならず、もどかしさを覚えた。そんな状態で十日ほどが過ぎ、ようやく自覚した。これがスランプというものか、と。

驚いた。仰天したと言ってもいい。もちろん、スランプという現象があることは知っている。プロでもスランプに陥るものだと聞く。だがなぜか、自分には無縁のことと思い込んでいた。慢心ではない。生まれてこの方、思うように野球ができない状態など一度も経験したことがなかったのだから、スランプに陥る自分が想像できなかったのだ。人間の想像力の及ぶ範囲は、実はすごく狭い。芳美が練習をしたがっているとは考えもしなかったように、自分がスランプになる日が来るとは思わなかった。予想外の事態に、ただ呆然とした。

「最近、調子落ちてるな。どうしたんだ」

春日が気づくくらいだから、付き合いの長い功喜は当然見抜いている。帰り道で、そう訊いてきた。一緒に歩いているのは、練習に復帰した堀之内と川端だ。山辺は未だ、高校最初の夏休みを楽しく過ごしているようだ。

「おれ、スランプらしい」

正直に告白した。隠してもわかることだし、むしろなんらかのアドバイスをしてもらえるならその方がいい。静雄の言葉を聞いた功喜は、特に驚かなかった。堀之内と川端も同じである。本人より、傍で見ている方が正しく状況を理解していたのかもしれない。

「内角高めから逃げてるよな。予選の試合が原因か」

功喜は意外なことを言った。逃げている？　そんな自覚はなかった。

「おれが逃げてるか？　むしろ向かっていってるつもりなんだけどな」

「ぜんぜんだよ。腰が引けてる」

そうなのか。そんなことはないはずと言い張っても、仕方ない。客観的に見て、静雄は球から逃げているのだろう。無意識のうちのことだけに、たちが悪かった。つまり、バッティングフォームが崩れているのだ。

「自分じゃわからなかった。どうすればいいと思う?」

己を客観視できていないのだから、助言を求めるのも恥ずかしくなかった。それどころか、助けて欲しいという気持ちになっていた。

「どうすればって言われてもなぁ。おれはスランプになったことないし」

功喜は困ったように首を傾げた。そのやり取りに、横から堀之内が口を挟む。

「スランプになるなんて、静雄も人の子なんだなぁ」

まるで面白がっているかのようである。だが腹は立たず、気楽な堀之内が羨ましいだけだった。

「当たり前だろ」

苦笑して応じると、堀之内はなおも言い返す。

「当たり前じゃないよ。静雄はスランプになんかならない超人だと思ってたぜ。でも、ものは考えようだ。スランプになるのが予選の最中じゃなくて、今でよかったんじゃないか」

「……まあ、そうだな」

堀之内なりに励ましてくれているのかもしれない。それがわかるだけに、素直に頷いておいた。堀之内の言うことにも、一理あった。これが予選中であったら、チームの足を引っ張るところだった。

「スランプには、素振りだろ」

川端がぼそりと言った。なるほど、基本に立ち返れということか。確かにそうだと納得していたら、珍しく川端が言葉を重ねる。

「王も、鏡で自分のフォームをチェックしながら素振りするらしいじゃないか。むやみにバットを振るんじゃなく、フォームの崩れを直すんだ」

「自分のフォームをチェックできるような、でかい鏡なんてないよ」

鏡どころか、家の中は素振りができるほど広くない。そんなことをしたら、母親に怒鳴りつけられるだろう。

「じゃあ、おれたちがチェックしてやる。静雄のいいときのフォームは、頭に焼きついてるからな」

功喜がそう言ってくれた。それはありがたい。堀之内が「おれたち？」と疑問を挟むと、功喜は「静雄のためだろ」と言い返した。堀之内は偉そうに、「まあ、しょうがねえなぁ」と応じた。

翌日、練習前にフォームを見てもらった。ふだんから互いのプレイぶりを観察しているから、すぐにあれこれと指摘が入る。「右肩が下がっている」だの、「脇が開いている」だの、「背筋を伸ばせ」だの、言われればなるほどと思えることばかりだった。指摘された点を意識してバットを振ってみると、すぐに修正できた気になる。しかしそんな簡単なはずはなく、やはりボールを投げてもらわないとわからなかった。

「じゃあ、いくぞ」

功喜に軽く投げてもらうことにした。日頃ピッチング練習をしていないから、どうしても全力投球というわけにはいかない。それでも、単なるフォームチェックだから充分だった。静雄も、本気で打つつもりはなかった。

功喜は内角に投げてきた。球はそれほど速くない。ボールをよく見てバットを振った。にもかかわらず、球はボテボテのゴロになった。

「ただの打ち損じか？　それとも内角が怖いのか？」

功喜が大声で訊いてきた。この程度の球が怖いわけがない。だから「打ち損じだ」と答えたが、自分でも強がりのように聞こえた。頭をひと振りして、再度構え直した。

次の球には、恐怖を感じた。顔に向かってくる気がしたのだ。思わず大きくよけ、後ろによろける。球は、キャッチャーとして坐っていた川端のミットに収まった。よけなければ当たっていたコースではなかった。ただの、内角高めの球だった。

「やっぱり駄目じゃないか」

功喜に言われた。確かに駄目だ、深いショックを受けた。

「もう一度、素振りをしてみろよ」

立ち上がった川端が言った。素直に応じて、バットを振る。するとまた、様々な指摘を受けた。実際にボールを投げてもらう前はフォームを修正できたのに、ほんの二球でまた崩れてしまった。重症だ、と自覚した。

「なあ、あんな遅い球でも怖いのか」

近づいてきた功喜が、不思議でならないかのように尋ねた。否定はできない。先ほどははっきりと恐怖を感じた。自分が内角高めの球を怖がっていることを、認めざるを得なかった。

「怖い」

「じゃあ問題は、その恐怖心だな」

功喜は冷静な口調で、断じる。川端と堀之内も、無言で頷いた。

「どうすればいいんだろう」

恥ずかしさも忘れて、不安な気持ちを曝け出した。原因がわかっても、この恐怖心をどう克服すればいいのか思いつかない。今は仲間に頼るしかなかった。

「さっきの球は、ぜんぜん顔に当たりそうじゃなかったぞ」

功喜は言うが、理屈ではないのだ。反射神経でよけてしまうのだから、意思ではどうにもならないのである。

「体が勝手に反応しちゃうんだよ」

「じゃあさ、どのコースなら当たらないか、体に憶えさせればいいんじゃないか」

堀之内が提案した。功喜が「なるほど」と応じる。

「そうだな。静雄はバッターボックスに立って、バットは振らずにともかく球筋を見てろよ。絶対に逃げるな。当たらないとわかれば、体も反応しなくなるだろ」

「わかった」

言われるままにするしかなかった。ふたたび功喜がピッチャーのポジションに行き、「いいか」と声をかける。静雄は一応バットを構え、「いいぞ」と応えた。

逃げるな逃げるな、と自分に言い聞かせた。功喜を信頼して、ともかく立っていればいいのだ。ボールは顔には当たらない。それをきちんと見極めろ。

ボールが投げられた。音を立てて、川端のミットに収まる。ボールから目を離さなかったつもりだった。だが、自分の腰が引けなかったかどうかは確信がなかった。

「どうだ？　おれは逃げたか」

「いや、逃げてない。その調子だ」

球を受けた川端が、功喜に返しながら答えた。そうか、よかった。まだ安心はできないが、光明は見えてきた。何度も投げてもらえば、恐怖心は薄れるかもしれない。

その後、五球投げてもらったところで上級生たちがちらほらとやってきた。もう少し続けたかったが、やむを得ない。「これなら大丈夫かもしれない」と手応えを口にし、三人に礼を言った。

三人とも、「よかったな」と言って笑った。

22

しかし、やはりそう簡単なことではなかった。功喜が意図的に緩い球を投げていたから怖くなかったのだと、練習が始まると判明した。二年生ピッチャーが投げる球から、また逃げてしまったのだった。

「どうしたんだ。逃げるような球じゃないだろう」

春日に怒られた。春日はふだん、練習中に怒ったりはしない。その春日が注意するのだから、よほどみっともない様を曝したようだ。自分が情けなかった。

「……すみません」

謝るようなことではないが、今は謝罪の言葉しか口にできなかった。バッターボックスから外れ、ひとりで素振りをする。そんな姿を春日に見られているのを感じた。このままだと、レギュラー落ちするかもしれない。野球に関して自信を失ったことがなかった静雄だが、今は己を恃《たの》むことができずにいた。

仲間たちに指摘されたことを意識しながら、ひたすらバットを振った。その一方で、どうすれば恐怖心を振り払えるのか考え続けた。そして、ひとつの結論を得た。

練習を終えて帰る際に、仲間たちに話しかけた。三人とも、いっせいに静雄の顔を見る。静雄は決意を込めて言った。

「頼みがある」

「ただの内角高めの球じゃなく、おれの顔のそばにボールを投げて欲しい。もちろん、当たらないボールだ」

「えっ」

三人が声を揃えて、驚いた。そんなことを静雄が言い出すとは、予想もしなかったようだ。

「なんでそんなことを？」

功喜が意図を尋ねる。静雄は考えていた言葉を発した。

「荒療治だ」

「荒療治」

三人とも、眉を顰めた。当然だろう。わざと顔のそばにボールを投げる練習なんて、聞いたことがない。

「顔のそばにボールが来ても怖くないと、体に憶え込ませたいんだ。だから、緩い球じゃ駄目だ。全力投球で、顔のそばに投げて欲しい」

「そんなの、無理だよ。投げるこっちが怖いだろうが」

功喜が言い返す。もちろん、それはわかっていた。

「ヘルメットを被る。それに、当たっても文句は言わない。おれが頼んだことなんだから」

「いやいや、そういう問題じゃなくって、当たったら危ないだろ。おれたちの球じゃ死ぬことはないにしても、大怪我するかもしれないぞ」

「大丈夫だ。本当に当たりそうなら、よける。おれの反射神経を信じて、投げて欲しい」

軽く頭を下げると、三人は互いに顔を見合わせた。おずおずと口を開いたのは、堀之内だった。

「おれ、コントロールに自信ない」

「おれだってそうだよ。顔のそばに投げるなら、全力投球なんてできないぜ」

功喜も首を振る。川端は無言で、両手をわずかに上げた。無理、という意味だろう。

「頼むよ。こんなこと、先輩にはお願いできないだろ。お前たちに頼むしかないんだよ」

眉根を寄せて、懇願した。この三人だけが頼りだった。このままでは、スランプから脱出できないままに高校生活が終わってしまうかもしれない。そんなことだけは、なんとしても避けたかった。ボールから逃げるような状態が続くくらいなら、デッドボールで死んだ方がましだった。

「……まあ、そこまで言うなら、少し試しで投げてみてもいいけどな。ただ、全力投球は無理だ。コースを狙った、置き球しか投げられない」

功喜が渋々、そう言ってくれた。静雄は声を弾ませた。

「それでもいい。全力投球は、慣れてきたらでいいよ」

「そんなこと、慣れるかよ」

喜んだ静雄とは対照的に、功喜の声は暗かった。気が重いのだろう。申し訳ないとは思うが、静雄がスランプから脱することができたら功喜たちも嬉しいはずだ。甲子園出場の夢が叶えば、これも笑い話になるはずと確信していた。

次の日も、練習前に早めに集まってもらった。しっかりヘルメットを被り、バッターボックスに立つ。まず最初に投げる役を引き受けてくれた功喜は、いかにも気が進まなさそうだった。

「ともかく、最初は当たっても痛くない程度の球にするぞ」

「おお」

答えて、バットを構えた。山なりのボールが向かってくる。怖くない怖くない、と内心で唱えていたら、カツーンといい音を立ててボールがヘルメットに当たった。「ああっ」と功喜が叫んだ。

「ごめん！　難しい！」

「いいんだ、いいんだ。おれ、逃げなかったよな」

頭に当たったことが、むしろ嬉しかった。今の球なら、よけようと思えばよけられた。だが功喜はピッチャープレートの位置から離れ、素手の右手と左手のグローブを拝むように合わせてこちらに近づいてくる。

「ごめん。やっぱり無理だ。できない」

「えぇーっ、そんなこと言わないでくれよ」

当ててしまったことで、功喜は怖くなったようだ。だが、続けてくれないと困る。あの程度なら怪我どころか痛くもないのだから、気にしないで欲しかった。

「おれはなんともないから。大丈夫だよ」

「いや、無理だ。あれ以上の力では投げられない。あんな緩い球なら、意味ないだろ」

確かに、当たっても痛くないと思うからよけなかったのかもしれない。もっと速い球でないと、体が逃げるかどうかはわからなかった。

「そこをなんとか頼むよ」

「無理無理、絶対無理」

いくら頼んでも、功喜はもう投げてくれなかった。やむを得ず、次は堀之内に頼む。だが、堀之内もすっかり怖じ気づいていた。

「功喜が無理なのに、おれなんかもっと無理だよ」

「大丈夫だって。当たっても怪我なんかしないから」

「いや、ヘルメットならともかく、顔に当たったらまずいだろ。川端に頼んでくれ」

「じゃあ、川端。頼むよ」

振り返って、キャッチャーを務めていた川端を見た。川端は無言で首を振ったが、それは拒否の意味ではなく、仕方ないということのようだ。キャッチャーミットを堀之内に預け、功喜からグローブを受け取ってピッチャープレートに向かう。

川端は構えると、なんの合図もせずに投げてきた。しかしボールは静雄の顔のそばどころか、大きく外れて右打者用のバッターボックスの上を通過した。立ったままだった堀之内が、二歩ほど動いてキャッチする。笑いながら、「おいおい」と言った。

「やっぱり、顔のそばに投げるのは難しいのか」

大きい声で尋ねると、川端は頷いた。わざと顔のそばに投げるような真似は全員したことがないから、静雄が思っていた以上に難しいのかもしれない。続けて五球投げてもらったが、いずれも顔のそばには来なかった。川端は首を振って、ピッチャープレートを外れた。

「無理か」

落胆せずにはいられなかった。もちろん、仲間たちにがっかりしたわけではない。もともとおかしなことを頼んでいるのだから、彼らがうまく投げられなくても仕方なかった。落胆したのは、このままではスランプから脱出できないからだった。いっそ二年生ピッチャーに泣きつくかと考えた。

その日の練習後に道具を片づけていたら、芳美に話しかけられた。

「ねえ、練習前に変なことしてなかった？」

「えっ、見てたのか」

「うん」

こちらからは姿が見えなかったが、校舎にいたのかもしれない。見られて困ることではないものの、なんとなく恥ずかしかった。

「あれって、内角高めを打つための練習？」

芳美はずっと練習を見ているだけに、静雄が内角高めを打てなくなったことを知っているのだ。

白《しら》を切っても仕方ないので、素直に認める。

「うん。おれ、内角高めが怖くなっちゃったんだよね。自分に向かってくる気がして。だから、大丈夫だってことを体に憶え込ませるために顔のそばにボールを投げてもらおうとしたんだけど、みんなコントロールに自信がないからうまくいかなかったんだ」

もうひとりのマネージャーにだったら、絶対に言えないことだった。芳美は中学からの付き合いだし、一緒にプレイもしたくらいだから女子だと思っていない。いまさら恥じる気持ちもなかった。

「コントロールか。狙ったところに投げられる人じゃないと、危ないもんね」

「少しくらい当たってもいいんだけどな」

静雄は笑ったが、芳美は顔の筋ひとつ動かさなかった。「駄目でしょ」と言って離れていく。なんだよ、と静雄は言いたくなった。ああいう態度だから、こちらも女子とは思わないのだ。

翌日のことだった。昼過ぎに、家に思いがけない客がやってきた。山辺だった。山辺の顔を見た瞬間、まさか部活を辞めると言うんじゃないだろうなと身構えた。今のままなら、山辺が退部してもおかしくなかった。

「静雄、お前、スランプなんだって？」

いきなり、遠慮も何もないことを訊いてきた。どこかから噂を聞いたのか。山辺がこの夏休み、彼女と楽しく過ごしていたかと思うとなんとなく面白くない。少しはこちらの気持ちも考えてみろ、と言いたかった。

「ああ、まあ、そうなんだよ」

「顔のそばにボールを投げて欲しいけど、誰もできないんだそうだな」

「うん」

功喜たちの誰かが、山辺の耳に入れたのだろうか。山辺に伝えてどうするのだ、と思った。

「しょうがねえな。おれが練習に付き合ってやるよ」

「えっ」

その申し出は、まったく予想しなかった。山辺は彼女と遊ぶのに夢中なのではないのか。

「お前、かわいい彼女ができたんだろ。デートしなくていいのか」

「よくはないけど、静雄がスランプで苦しんでるのに放っておくわけにはいかないだろ。おれが彼女と別れることになったら、お前、責任感じてくれよ」

山辺は冗談めかして言う。しかし、静雄は笑えなかった。山辺の友情に感動して、言葉が出なかったのだった。何も言わずに山辺の左肩を軽く叩くと、山辺はニヤッと笑った。

23

その日からさっそく、練習前に学校のグラウンドに来てもらった。他の三人にも、声をかけた。功喜と堀之内は、山辺の顔を見てやっかみ半分に冷やかした。だが山辺は堂々としたもので、「羨ましいか」などと尋ね返していた。

「最初は、バッターボックスに立たないでくれ。どんな感じか、投げてみるから」

山辺はまず、そう指示した。なるほど、投げたことのないコースに投げるのだから、練習が必要だ。言われて初めて気づいた。他の三人も、「ああ」と言いたげに目を丸くしている。

キャッチャーミットを嵌めた川端を、山辺は坐らせなかった。山辺はセットポジションに構えてから、ボールを投げる。かなり速い球が、立っている川端の顔の高さ辺りに来た。川端から見て、ボールは右側に届いた。つまり、左打者の頭付近だ。

「もうちょっと」

そう言って、山辺は投げ込んだ。十球ほど、いずれも同じようなコースにボールが来る。コツを摑んだのか、山辺は「よし」と言った。

「静雄、バッターボックスに立てよ」

「おう」

促されて、バットを手にしてバッターボックスに入った。山辺の速い球を見ていたので、すでに恐怖心を覚えている。あれが頭付近に来たら、きっと逃げてしまう。しかし、いつまでも逃げていたら、野球人生は終わりなのだ。自分から向かっていくくらいの根性を養わなければならなかった。

「いいぞ」

合図をした。山辺は構え、速い腕の振りで投げる。バッターボックスの外から見ていたよりもずっと速い球が、顔に向かってきた。思わずよけ、尻餅をついてしまった。

「なんだ、静雄。情けないなぁ」

山辺は指を差して笑った。その容赦のなさが、今はありがたかった。山辺がわざとそうしているのが理解できた。静雄の裡《うち》で、負けん気が頭をもたげてきたからだ。

「来い」

ふたたび、バッターボックス内でバットを構えた。山辺はまた、頭の高さにボールを投げてきた。今度は尻餅こそつかなかったものの、首を竦めてバッターボックスから外れてしまう。しかしボールは、静雄が立っていたところからは離れた地点でキャッチャーミットに収まった。ちょうどホームベースの上、つまりよけなくても静雄に当たるコースではなかった。

「よくボールを見ろ。それと、おれのコントロールを信頼しろ」

「ああ」

山辺に叱咤された。まったくそのとおりだ。逃げるのは、山辺を信頼していないことを意味する。山辺の友情に応えたいなら、逃げては駄目だった。

その後、三十球余り投げてもらった。体がびくりと反応してしまうのは直らなかったが、最後にはバッターボックス内にとどまっていられるようになった。そもそも、顔のそばにボールが来たら逃げるのは、人間として自然な反応である。どういうコースなら当たらないか、学習できた気がした。

部の練習が始まったら抜けるわけにはいかず、山辺はそのまま残った。ずっとサボっていたことで春日にからかい気味の嫌みを言われたが、気にしないのが山辺のいいところである。何事もなかったように練習して、終わった後は一緒に帰った。明日以降も、静雄の恐怖心克服に付き合ってくれるとのことだった。

そうして、高校最初の夏休みが終わった。残念ながら、内角高めが打てるようにはならなかった。だが、自分に当たりそうにない球を怖いと思うことはなくなった。その意味で、山辺に付き合ってもらったのは役に立ったのである。後は、タイミングのずれを自力で修正するだけだった。

九月になれば、東京都の秋季大会が始まる。これは春の選抜高校野球の予選を兼ねている。ここで勝ち抜かなければ、出場校として選ばれることはない。甲子園に行きたいなら、負けるわけにはいかない大会だった。

大会に向けてのスターティングメンバーが発表された。覚悟していたが、案の定静雄は選ばれなかった。明らかに調子を崩しているのだから、やむを得なかった。三年生はすでに引退しているので、その穴は一年生が埋めなければならない。そんなときにスランプに陥るとは、何をやっているのかという気になる。仲間のうちでは、功喜だけでなく川端も堀之内もスタメンに抜擢された。山辺は練習をサボっていたのが響いたか、二番手ピッチャーを言い渡された。それでも、本人はまるでがっかりしていなかった。むしろ二番手が希望だったのだろう。

大会第一回戦は、もちろんくがで行われる。また船に乗り、くがのグラウンドに向かった。夏の暑さも少し和らぎ、スポーツをするには絶好の季節がやってきた。船でくがに行くのは高校生になっても一大イベントなので、船の中でいつものようにはしゃいだ。

対戦相手は、名前を聞かない高校だった。しかしそれは、向こうにとっても同じだろう。静雄たちの高校は、残念ながら一度も東京都代表になったことがない。やはり離島のハンディは大きいのだ。向こうは勝てると踏んでいるだろう。しかし、舐めてかかってくれてけっこうだった。

試合が始まれば、驚くことになる。

とはいえ、ベンチスタートの静雄は応援に声を嗄らす以外にできることはなかった。控えの無力さを、初めて味わった。だが、決して無駄にはならないはずと自分に言い聞かせる。控えの気持ちがわかれば、今後スタメンに返り咲いたときにそのありがたみが理解できるだろう。野球を続けていく上で、有意義な経験にしなければならなかった。

こちらは初回に一気に三点取った。ヒットとフォアボールで一、二塁だったところに、五番の川端が二塁打を打ったのである。さらにヒットが続いて、川端も生還した。幸先のいいスタートだった。

「すげえぞ、川端！　よくやった！」

ホームベースを踏んだ川端を大きな声で迎えたが、心の中に悔しさがあるのを認めなければならなかった。調子を落としていなければ、静雄が五番を打っていたはずである。つまり、この見せ場は自分が主役だったかもしれないのだ。もちろん、アウトに終わる可能性もある。自分だったら、と考えるのは傲慢なのだが、どうしても思わずにはいられなかった。

試合は三対〇のまま推移したが、五回の表にこちらのピッチャーが摑まった。四球と単打で二点取られたのだ。二点くらいは仕方ない。追加点を取れないでいる打者の責任だと、静雄は内心で考えた。

そもそも、こちらは長旅の末に試合をしている。どうしたって、ピッチャーのスタミナが切れてしまう。だから二番手ピッチャーを用意しているのだが、春日は動かなかった。山辺のスタミナはもっと保たないと考え、温存しているのか。おそらく、その判断は正しい。山辺は三回くらいしか投げられないだろう。二年生ピッチャーには、もう少しがんばってもらわないとならなかった。

五回の裏のこちらの攻撃は三者凡退に終わり、六回の表にふたたび二年生ピッチャーが追い込まれた。先頭打者にヒットを打たれた上、二者連続でフォアボールを出してしまったのだ。ノーアウト満塁である。ピッチャーの限界が来たのは明らかだった。

「ピッチャー交替」

ここでようやく、春日が腰を上げた。山辺はすでに、静雄とキャッチボールをして肩を温めている。春日に告げられ、「こんな場面でかよ」と呟いた。確かに、一年生ピッチャーには荷が重い局面である。でも、山辺なら特に重圧には感じないはずだった。性格的に山辺はリリーフに向いている、と改めて思った。

山辺は最初から全力で投げた。まずひとり目を三振に打ち取り、ふたり目はサードゴロに仕留めた、はずだった。しかしそのゴロを、二年生のサードが弾いた。球がファウルゾーンに転がり、その間に三塁ランナーがホームインする。ついに同点になってしまった。向こうのベンチは大いに盛り上がり、こちらは落胆の声をこらえるのに精一杯だった。

おれだったら、とまたも思わずにはいられなかった。静雄がスタメンなら、サードを守っていたはずなのである。あの程度のゴロを後逸することはあり得ない。とはいえ、誰にでも失敗はある。先輩を責めるつもりはなかった。ただ、調子を落としてベンチに坐っている自分を叱りたかった。

山辺は次の打者をセカンドフライ、さらに次をまた三振に打ち取って、その回の失点を一点に抑えた。リリーフとしては上出来である。「ナイスピッチングだ」と声をかけると、口をへの字に曲げて肩を竦めた。サードのエラーを、不満に思っているようだった。

相手ピッチャーは、尻上がりに調子を上げている感があった。六回裏の攻撃も、三者凡退だった。初回に三点も取れたのは、運がよかったのかもしれない。エンジンがかかってくると、こちらの打者はまるで打てなくなった。スコアボードには、二回以降ずっと○が並んでいる。このままでは、さらに一点でも取られたら負けてしまう。皆、口には出さないが、焦り始めているのが見て取れた。

七回表も、ツキに見放されていた。エラーが二度続き、走者一、二塁になってしまったのだ。ベンチで見ていて、まずいなと静雄は思った。明らかに山辺が苛立っているからだ。エラーはふたつとも、きちんとキャッチしていればアウトだった。それを続けてエラーされれば、ピッチャーとしては腐る。まして前の回も、失策絡みで点を失っているのだ。山辺は静雄たちにこそ優しいが、上級生と親しく付き合う性格ではない。上級生のミスを笑って許せるほど、山辺の心が広いとは思えなかった。

静雄の心配は、的中した。山辺はコントロールを乱し、次打者にフォアボールを出してしまったのだ。球が速くコントロールがいい山辺の最大の弱点は、心である。周囲が山辺を乗せてやらなければ、自滅してしまうかもしれなかった。

フォアボールを出してノーアウト満塁になってしまったことで、少し大胆さを失ったのだろうか。山辺の次の投球は、ど真ん中に行ってしまった。相手打者は、それをきっちりと打ち返す。ボールは外野後方に飛び、転々と転がった。功喜が俊足を生かして追いつき、返球したが、走者はふたりホームインしてしまった。五対三。相手ピッチャーが調子を上げていることを思えば、大きい二点が入ってしまった。

「山辺ーっ、冷静になれ！　お前なら抑えられるはずだ！」

大声で、そう言った。ピッチャーを乗せるための言葉ではなく、本心だった。冷静な山辺なら、こんな場面にも動じないはずだ。頼むから頭を冷やしてくれ、と祈る気持ちだった。

山辺は天を仰いで、ふーっと大きく息をついた。静雄の言葉で、自分が冷静さを失っていたことに気づいたのかもしれない。グローブをこちらに向けてちょっと上げ、不敵な笑みを浮かべた。そうだ、それでこそ山辺だ。打たれて悄然としているような態度は似合わない。失点は二点で収まりそうだと思った。

予想どおり、山辺はその後の打者をきちんと三振に打ち取った。狙って三振を取ったようだから、味方の守備は当てにできないと判断したのかもしれない。もしそうなら問題が残るが、取りあえず今はひと息つけた。後は逆転するだけだった。

24

とはいえ、相手ピッチャーの出来を思えば、二点差は重かった。七回裏のこちらの攻撃も、打線は湿っていた。あっさり三者凡退に終わり、山辺を休ませる暇もなかった。おそらく山辺は、もうゴロさえ打たせないという気でいる。しかしそうしたいなら、打たせて取る楽な投球はできない。山辺の体力がどこまで保つか、不安があった。

八回表の相手の攻撃を、山辺は打者三人で終えた。だが全員三振というわけではなく、ひとりにはセンターフライを打たれた。そのときには愕然とした様子で、ボールを目で追って振り返っていたから、打ち上げられるとは思わなかったのだろう。山辺の球は、自分の感触以上に力が抜けてきているのかもしれない。延長に入ったら間違いなく摑まると、静雄は見て取った。

　つまり、勝負は残り二回だ。ここで逆転しなければ、仮に同点に追いついたところで、勝ち目がなくなる。果たして、あと三点以上取れるだろうか。自分が打者として打席に立てないことが、もどかしくてならない。このまま出番もなく負けるのは、どうにも受け入れがたかった。

　そんな静雄の気持ちも空しく、八回裏の攻撃も三人で片づけられた。皆、積極的にバットを振っているのだが、タイミングがどうしても合わない。むしろゴロやフライを打ってしまい、相手ピッチャーを助けている面もある。ひとりで力んでいる山辺とは、対照的だった。

　九回表の守備では、なんとか山辺のスタミナも保った。三者三振とはいかなかったものの、内野ゴロをエラーする人はいなかった。山辺としてはゴロを打たれたことも不本意なのだろうが、本来の投球は打たせて取るタイプのはずだ。力みがある分、今日の山辺は本調子とは言えなかった。

　そして、最終回の攻撃がやってきた。ここで二点差をひっくり返さなければ、試合は終わりだ。打順は五番の川端からである。川端は初回にこそ二塁打を打ったものの、以後は沈黙し続けている。なんとか意地を見せて欲しかった。

「川端！　これで終わりなんて、いやだぞ。絶対、塁に出てくれ」

　声をかけると、川端は重々しく頷く。口数は少ないし表情も変えないから内心が読み取りにくいが、気合いは入っているはずだった。川端はバットを握り、ブンと音を立てて素振りをする。馬鹿、ここは強振じゃなく出塁狙いだろ。そう内心で叫び、静雄は頭を抱えた。

川端はバッターボックスに入り、肩を怒らせて構えた。見るからに、ホームランしか狙っていない雰囲気だ。確かに川端はホームランを打てる打力があるが、その分三振も多い。ここは当てにいってくれよ、と懇願したかった。

二球続けて、バットは空を切った。まるで打てそうにない。駄目なのかよ、と弱気になり、川端とは逆に肩が落ちそうだった。川端はこちらの気も知らず、肩を怒らせた構えを変えなかった。

三球目も、川端は強振した。空振りではなく、バットはボールを掠った。打ちそこねである。しかし思い切り振った分、打球は意外にひょろひょろと飛んだ。目測を誤ったか、セカンドは下がりきれず、センターは前に出られず、ちょうどその間にボールは落ちた。ラッキーなポテンヒットだった。

「うおおおお」

ベンチは盛り上がった。打ちそこねであろうと、ヒットはヒットである。川端の不器用さが、いい方向に転がった形だった。おそらく向こうの守備陣も、長打しか警戒していなかったのだろう。

次の打者は功喜だった。こんなときには、頼りになる奴だ。「凡退だけはするなよ」と声をかけると、「まあ、ホームラン狙いだな」などと答える。こんなときに冗談を言えるなら大丈夫だ、と安心した。

功喜は得意の駆け引きに出た。バントの構えをして、ピッチャーを揺さぶったのである。バントする気満々に見せて、ピッチャーが投球すると同時に普通に構え直したりもするから、敵バッテリーはバスターも警戒しなければならない。ピッチャーはコントロールを乱し、カウントはワンスリーになった。次は確実にストライクが来ると、ヤマを張ることができた。

功喜は結局、バントをした。それも、一塁方向へのバントだ。走者の川端が塁を離れてリードしていたから、ファーストは前進守備をしていない。ピッチャーがボールを取りに行き、脚が縺《もつ》れて転んだ。どうやら、揺さぶられてついに脚に来たようである。川端はセカンドに進塁し、功喜も悠々ファーストに到達した。ノーアウト一、二塁になった。

二回以降抑え込まれていたこちらの、ようやくのビッグチャンスだった。ここで畳みかけたいが、七番の二年生は三振に倒れた。さすがに、「ああーっ」と落胆の声が漏れてしまう。この場面はせめて、アウトになってもランナーを進めて欲しかった。

八番打者は、堀之内だ。ここで堀之内に一打が出ないと、次はピッチャーの山辺に回ってしまう。山辺の打撃は悪いわけではないが、今は球数が重なって疲れが出ているはずだ。堀之内には、何がなんでもアウトにはならないで欲しかった。

しかし、堀之内はまたしても緊張過多になっていた。瞬きも忘れ、ただ前方の中空を見つめている。まずい、これでは中学生のときの再現だ。思わず春日に目をやった。春日も、堀之内の強張った形相には気づいていた。

「行けるか」

視線が合うと、春日は短く尋ねてきた。ついに来た！　跳ねるように立ち上がり、「はい！」と答える。最後の最後に、ようやく出番がやってきた。スランプなんて、知ったことではない。ここで後込《しりご》みするようなら、もう二度とバットなど握らない方がよかった。

「よし」

ひと声発して、立ち上がった。春日が審判に選手交代を告げる間、バットを軽く振った。不安はない。あるのはただ、バッターボックスに立てる喜びだけだった。控えになるのはいい経験だったが、もう充分だ。やはり試合に出て活躍しないことには、野球の本当の面白さを味わったとは言えない。今こそ、野球を楽しむときだった。

ヘルメットを取って一礼し、バッターボックスに入った。構えると、ピッチャーマウンドが遠く感じられた。いいことだ。不調のときは、ピッチャーが近くから投げているようだった。遠くから投げればその分、静雄の手許に届くまで時間がかかる。つまり、球筋を見極める余裕があるということだ。気持ちで負けていないことを、自分で確認した。

ピッチャーはセットポジションから、クイックモーションで投げた。外角低め。手を出したいところだが、ボール球だと判断した。実際、キャッチャーミットに収まってみればボールの判定だった。よし、球が見えている。一度力を抜き、再度構え直した。

疲れが出てきて、ピッチャーのコントロールが甘くなっているのかもしれない。一球目は意図的に外したというより、外れてしまったようだった。ならば、失投を期待できる。甘い球が来たら、コースを問わずに振ると決めた。

二球目は内角だった。それも、内角高めだ。その一瞬、静雄は無心だった。考えるよりも先に、体が動いた。

内角高めが来た。だがほんのコンマ何秒かの間に考えを巡らせたとしたら、こんなことだった。

おれに打てるだろうか。いや、打てるかどうかじゃない、打つんだ。あのコースなら、デッドボールにはならない。山辺との練習で、そのことはもう体に憶え込ませた。体に当たる心配はないから、ともかくバットに当てることだけを考えろ。むしろ打ち頃の球じゃないか。

両手にずしりと重みを感じた。それをそのまま、振り切って弾き返した。遅れて、小気味いい音が耳に届いた。バットでボールをジャストミートした音。打球は高々と舞い上がり、青い空を横切って白い雲に紛れた。次に姿を現したときには、フェンスの向こうで大きくバウンドしていた。

「おおおおおお」

大きな叫びが響き渡った。味方の全員が叫んでいた。ベンチから飛び出し、両手を高々と突き上げている。走者の川端と功喜も、万歳をしていた。功喜に至っては、ぴょんぴょん跳びはねていた。

逆転サヨナラホームランだった。六対五。九回裏の攻撃だから、これでゲームセットだ。あまりに劇的すぎて、静雄は興奮できなかった。ひとりだけ冷静に、バットを置いて一塁に向けて軽く走り出す。相手ピッチャーは、脱力して膝からくずおれていた。

塁をすべて回り、ホームベースを踏むと、味方に手荒く歓迎された。皆、大喜びで静雄を平手で叩いた。ヘルメットならいいが、肩や背中を叩かれると痛い。「痛い、痛い」と言いながら、逃げ回った。

「静雄ーっ、やっぱりお前はすごいな！」

功喜が抱きついてきて、感極まったように言った。皆の歓迎から逃げているうちに、静雄の中でも喜びが大きくなっていた。これでまた試合ができる。一回戦敗退なんて、どうしてもいやだった。自分の力でチームを勝ちに導けたことが、今は誇らしい。皆が喜んでいるのが、嬉しかった。

25

静雄はまた、スタメンに返り咲いた。あれだけの活躍をしたのだから、当然のことだ。五番に収まり、次の試合でもふたたびホームランを打った。まるで夏の間の不調時に貯めた打撃力を、今いっせいに放出しているかのようだった。

大会を勝ち進むと、島ならではの難問が浮上した。そう何度もくがと往復できない人が出てきたのだ。高校生だから、船賃は親持ちである。しかしどこの家庭も、充分な経済力があるとは限らない。一、二度ならいいが、三度目ともなると負担が大きいと考える家もあった。そのため、三試合目は参加できない部員が何人もいた。

静雄の父親は野球好きだから、大会を勝ち進んでただ喜んでいる。もちろん、くがへの船賃も出してくれる。だが仲間内では、功喜と山辺が脱落した。どちらの家も、母親が金を出し渋ったらしい。功喜と山辺がいなければ、チームの戦力はがた落ちである。案の定、三試合目で負けてしまった。

「悔しいなぁ。こんなことで負けるなんて、本当に悔しいよ。おれ、アルバイトするかな」

自分が参加していない間に負けたことを、功喜は強く残念がった。この問題は、島の高校に課せられた大きなハンディだ。解決したければ、部員自身が働くしかない。しかし、高校生に働くことを許す家庭は少なかった。功喜も親に提案したものの、けんもほろろに却下されたとのことだった。

島に住んでいる限り、甲子園出場は不可能かもしれない。現状を冷静に受け止め、静雄はそう考えた。静雄の夢は、プロの野球選手になることである。そのためには、甲子園に出てプロチームの目に留まらなければならない。だが今のままでは、甲子園に出られない。プロになるには、いったいどうすればいいのか。

「静雄、お前、高校卒業後はどうするつもりだ」

あるとき、夕食を摂《と》っている際に父に訊かれた。高校を卒業したらそのままプロ野球選手になるとしか考えていなかったので、それが無理なら次の案などない。困って黙り込んでいると、父は察して続けた。

「今のままなら、すぐにプロは無理だろ。だからいったん、大学に行ったらどうだ。それも、六大学じゃないとな。六大学野球で活躍すれば、長嶋みたいにプロになれるぞ」

「えっ、六大学」

静雄の学校の成績は、とても誉められたものではなかった。野球のことしか考えていないのだから、いい成績が取れるわけもない。こんな自分が六大学とは、あまりに途方もない夢ではないだろうか。プロ野球選手になる方が、まだ現実的な気がした。

「お前が大学に行きたいと言うなら、行かせてやるからな。考えておけ」

父はそう言うと、食事を再開した。大学か。まるで考えていなかったが、プロになるための道はそちらにしかないかもしれなかった。幸か不幸か、秋季大会を早々に敗退してしまったので、次の夏の予選までには時間がある。練習もいいが、勉強にも本腰を入れるべきかもしれないと考え始めた。

こうして己の将来について悩み始めた静雄とは対照的に、今をたっぷり楽しんでいる者もいた。山辺である。彼女と別れたら静雄のせいだ、などと言っていたが、実際は別れるどころか未だに仲良くしているようだ。野球以外に興味がない静雄は、彼女がいることを特に羨みはしないが、山辺のお気楽さは少し羨ましかった。

「山辺は楽しそうでいいよなぁ」

そんな気持ちがあったから、あるときつい口に出してしまった。その言葉を、山辺は誤解する。

「なんだ、野球馬鹿の静雄もついに色気づいたか」

山辺はニヤニヤしながら、顎を擦った。野球馬鹿とは言ってくれるが、事実なのだから否定できない。

「違うよ。何も考えずに生きているところが羨ましいんだ」

「失礼な奴だな。おれほど頭を使って生きている男もいないぞ」

山辺は堂々と言い返す。静雄は苦笑して、尋ねた。

「じゃあ、高校卒業後はどうするか、考えてるか」

「考えてない」

これまた、堂々と言い切った。こういうところが羨ましいのである。

「三年生になったら、職探しするよ。何か見つかるだろ」

島の子供で大学に行こうなどと考えるのは、ごく少数である。部活帰りにいつもの面子《メンツ》で歩いているが、おそらく他の連中も将来の展望は同じようなものだろう。功喜だけは、プロを目指しているかもしれないが。

「お前はどうするつもりなんだよ」

訊き返された。大学に行くことを考えている、とはとても言えなかった。恥ずかしいからではなく、まだ自分でも実現可能なこととは思えないためだ。高校生にもなると、ただ野球のことだけを考えていればいいというわけにはいかなくなるのだと実感した。

「悩み中」

だから、そう答えておいた。働く以外の選択肢は進学しかないが、そんなことは思いもよらないのだろう。山辺はとんちんかんなことを言い出した。

「やっぱお前、欲求不満なんじゃないか。だからおれのことが羨ましいんだろう」

「違うって言ってるだろ」

山辺とは話が嚙み合わないと感じ始めていた。やはりこの話題は、功喜としか共有できないのかもしれない。今度ふたりきりのときに訊いてみようと決めた。

「大島のことはどう考えてるんだよ」

唐突に山辺は、なぜか芳美の名を出した。意味がわからず、ぽかんとした。だが唐突だと感じたのは静雄だけらしく、他の連中は急にニヤニヤし始めた。そんな反応が不思議だった。

「とぼけるなよ。わかってるんだろ」

山辺はそんなことを言う。芳美が何かしたのだろうか。しかし、静雄は何も知らない。自分だけが知らないことがあるのか。

「いや、だから、大島のことはどうするつもりなんだよ。卒業後のことを考えるなら、大島のことも考えてやらないと」

山辺の言葉はまったく意味不明だった。静雄の進路と、芳美がどう関係するのか。なんの話をしているのか、さっぱりわからなかった。

「どうしておれが、大島のことを考えてやらないといけないんだ」

真顔で尋ね返すと、山辺は眉を吊り上げた。

「まさかお前、ホントに何も気づいてないの？」

「だから、何に気づいてないんだよ」

静雄の返事を聞いて、他の四人は互いに顔を見合わせた。なんだ、これは。この連中とは長い付き合いだが、こんな反応をされたのは初めてだった。

「かーっ、野球馬鹿だとは思ってたけど、野球以外のことにはこんなに鈍感だったとは。静雄らしいと言えばらしいけどさぁ、おい、どうするよこれ」

言葉の後半は、他の連中に向けられたものだった。それを受けて、功喜が話しかけてきた。

「あんまり鈍感なのも罪だぞ。大島は中学の頃から、静雄のことが好きなんじゃないか」

「はぁ？」

思わず声が裏返ってしまった。何を勘違いしたのか知らないが、それだけはあり得ない。いったい、どこを見ているのだろうか。

「何言ってるんだ？　大島本人がおれのことを好きだとでも言ったのかよ」

「いや、言ってないけど、見てればわかるよ」

誰でも知っていることのように、功喜が言う。静雄は納得がいかなかった。

「見てればわかるって、あんな無表情な奴の気持ち、わかるのかよ。おれは何考えてるのか、ぜんぜんわかんないね」

言い返すと、四人はまた顔を見合わせた。今度は、静雄の言うことにも一理あると思ったのではないか。こんなことを言われていると芳美が知ったら、本気で怒るに違いない。もともとは一緒にプレイした仲なのだから、好きだのなんだのといった関係でないのは明らかではないか。

「あのさ、お前が内角高めの球を怖がってるって、おれがどこから聞いたか知ってるか？」

山辺がいきなり話を変えた。そういえば、ここにいる誰かから聞いたのだろうと思って深く考えなかった。誰に聞いたというのか。

「知らない」

「大島だよ。大島がわざわざおれの家に来て、お前の練習に付き合ってやれって言ったんだ」

そうだったのか。それは思いもよらないことだった。言われて思い出したが、山辺が家に来た日の前日に、芳美には悩みを打ち明けている。あの後、山辺の家に行ったのだろう。よけいなことを、とは思わなかった。そのお蔭でスランプを脱出できたのは間違いなかった。

「まあ、野球馬鹿に惚れた大島が悪いね」

山辺が言い括ると、他の三人も同意を示すように頷いた。静雄の言葉に一理あると認めたわけではなかったようだ。自分だけが疎外されているみたいで、面白くなかった。

芳美のどんな態度を見て皆がそう解釈したのか、思い返してみた。静雄のスランプを心配してくれたのは、野球部のマネージャーなのだからある意味当然のことだ。そうでなくても、中学からの付き合いなので特に不思議でもない。そのことだけを取って、静雄を好きだと断じるのはただの考えすぎでしかなかった。

そもそも、静雄の記憶にある芳美はいつもぶすっとしていて、女子らしさが皆無だった。恋愛感情があるなら、好きな相手の前では笑顔のひとつも見せるのではないか。あの芳美が、静雄に限らず誰か男を好きになることなどあり得ないと思えた。

しかし、常に仏頂面というわけでもなかったことを思い出した。中学一年の、最初の試合の後。野球が楽しかったと船の甲板で言ったときは、わずかに笑っていたような気がする。ああいう表情をすれば、少しはかわいく見えるのだよなと思った。

いったんそう考えたら、なにやら急に芳美のことを意識してしまうようになった。次に会ったとき、どんな顔をすればいいのか。よけいなことを吹き込んでくれると、山辺たちを恨みたくなった。

26

十月には、セ・リーグを制した巨人が阪急ブレーブスとの日本シリーズにも勝利し、V8を達成した。もちろんそれは巨人ファンとして喜ばしかったが、不安もあった。前年には首位打者を獲得した長嶋が、無冠に終わったのだ。特に打率が悪く、三割を切った。二年前も打率は三割に届かなかったものの、打点王は獲得している。本塁打も二十七本にとどまり、久しぶりに無冠に終わったのだった。

長く活躍してきた長嶋も、気づけばもう三十六歳である。どんな名選手であっても、年齢には勝てない。ファンたちは漠然とながら、その日が遠からず来ることを覚悟したのだった。

一方の雄である王は、前半戦こそ不振だったが、後半に巻き返し、なんと七試合連続ホームランの記録を打ち立てた。通算では四十八本のホームランを打ち本塁打王、自己記録の百二十打点で打点王に輝いた。王に関しては、まだ安心して見ていられそうだった。

静雄にとっては野球がすべてであったが、この年は日本にとって大きいことがふたつもあった。二月に札幌《さっぽろ》で冬季オリンピックが開かれ、五月には長らく占領状態だった沖縄《おきなわ》が日本に返還されたのだ。大人たちは集まるとたいてい、そのどちらかの話題で盛り上がったらしい。静雄が生まれた年には「もはや戦後ではない」という言葉がはやったそうだが、なんのことはない、アメリカによる占領状態はまだ続いていたのだ。沖縄が返還されてもアメリカ軍の基地は残るらしいから、本当に独立したと言えるのかどうか静雄にはわからないが。

田中角栄《たなかかくえい》という通産大臣が、日本列島改造論なるものを言い出したのは六月のことだ。日本全体を高速道路や新幹線で結び、地方も工業化して国力を上げようということらしい。そんな流れに乗ったのかどうか知らないが、島もずいぶんと拓《ひら》けてきた。車を持つ人が増えたので道路が整備され、バスで遠くまで行けるようになった。火口までも行きやすくなり、くがとの連絡船も高速になったため、観光客が増えた。観光客が増えれば、みやげ物屋が増える。それだけでなく、これまで島にはなかった焼き肉屋や寿司屋、スナック、ブティックなどができた。残念ながら、どれも静雄の生活にはあまり関係がない店ばかりだった。

景気がよければ、人々の財布の紐も緩む。そのアイディアを思いついたのは、静雄の父だった。

静雄たちは二年生に進級し、また夏の甲子園の予選が始まった。静雄たちのチームは一戦目二戦目を勝ち抜いたが、三戦目にして負けた。理由は、去年とまったく同じである。親が船賃を出してくれない主軸が抜けたため、戦力が落ちたのだ。この壁だけは、どうしたって破れないのかと諦めかけた。

「募金をしたらどうだ」

また予選敗退して落ち込んでいた静雄に、父はそう言った。唐突だったのですぐには意味がわからず、父の顔をただ見返した。

「募金だよ。ぼくたちを甲子園に行かせてくださいって、箱を持って寄付を募るんだ」

父は説明をする。寄付とは、要は金を恵んでくれということではないのか。それは恥ずかしい行為だという気持ちが先に立ち、静雄はあまり乗り気になれなかった。

「寄付ねぇ」

「なんだ、そのいやそうな顔は。赤い羽根募金って、聞いたことないか？　島ではやってないけど、くがではお前たちくらいの子供が町で寄付を求めてるんだぞ。親が船賃を出してくれない子がやるなら恥ずかしいかもしれないけど、お前はあくまでチームのためだろ。他の部員たちと、町や港で募金してみろよ」

「うーん、そうか」

現実的に考えて、他に方法はなさそうである。募金で船賃が集まるものかどうかわからないが、やってみる価値はありそうだった。

「わかったよ、ありがとう。部員に話してみる」

「おう。島の高校が甲子園に行けるとなれば、みんな応援してくれるぞ。けっこう金は集まるんじゃないかと思うけどな」

父は頼もしいことを言ってくれた。そうなのか。野球は単に自分たちだけのことだと考えていたが、甲子園に出れば島の誇りになり得るのだ。なにやら嬉しくなる話でもあった。

翌日、練習の際にその話をさっそくしてみた。最初の反応は昨日の静雄と同じようなものだったが、父がしたように力説すると目の色が変わってきた。親が船賃を出してくれないひとりである山辺が「やってみるか」と声を上げると、皆が口々に「やろう」と言った。二年生だけでなく、三年生も一年生も話に乗った。

まずは手始めに、スーパーマーケットの前に立ってみることにした。初めてだから、静雄と堀之内、川端の三人で試してみた。一応、スーパーには断りを入れた。店長は野球ファンだったので、簡単に許可してくれた。なるほど、父が言うとおり、島から甲子園に行く高校を出したいと考える人は多いかもしれない。最初の一歩から、手応えが感じられた。

しかし、実際に店頭に立って募金を始めてみると、静雄たちが手にした箱に金を入れてくれる人は少なかった。船賃がないから選手がくがに行けずに負ける、とは訴えなかったので、なぜ金が必要なのか伝わらなかったのかもしれない。放課後の二時間ほどで、集まったのはたったの二百五十円だった。

「先は長いな」

堀之内が疲れた声で言った。確かに、そうかもしれなかった。

その後、いろいろ工夫をした。野球部ということがわかるよう、ユニフォームを着て募金をすることにした。自分たちのチームが強く、甲子園に行ける可能性があることを訴えた。しかし島暮らしでは不利で、交通費がかかることを強調した。その際には、船賃を出してくれない家庭を責めるような物言いは絶対にしないようにした。手分けして、複数の場所で同時に募金することにもした。

すぐに成果が出たわけではないが、少しずつ金は貯まり始めた。面白いのは、女子マネージャーも一緒に募金に立つと、なぜか金の集まりがいいのだ。やはり女子の方が、関心を引きやすいらしい。それがわかってからは、なるべくマネージャーにも協力してもらうことにした。

ある日、学校で久しぶりに谷が話しかけてきた。もちろん谷とは仲違いしたわけではないのだから、廊下ですれ違えば挨拶をする。だが互いの興味の対象がずれてしまったので、親しくお喋りをすることはなくなっていた。別のクラスの谷がわざわざやってきて静雄に声をかけたのは、初めてのことだった。

「なあ、聞いたけど、君たちは本気で甲子園を目指してるんだって？」

高校二年になっても、谷の外見はあまり変わっていなかった。相変わらずひょろひょろの体軀《たいく》で、顔は髭など永久に生えてきそうにないほどつるっとしている。口調も中学時代と同じで、その変化のなさでなにやらほっとさせてくれる奴だった。

「本気だよ。当たり前じゃないか」

「いいなぁ、それ。ぼくはそういう夢を追う姿が好きだよ。そのための募金をしているそうじゃないか。ぼくにも手伝わせてくれないか」

予想外の申し出だった。今は将棋に熱中しているようだが、かつては野球をともに愛した仲である。その気持ちがまだ残っているのかと思うと、嬉しくなった。

「ありがたい。助かるよ。ぜひ手伝ってくれ」

声を弾ませて応じると、谷もにやりと笑った。

「かわいい女子ほど集金力はないけど、せいぜいがんばるよ」

頭がいいだけあって、現状を的確に捉えたことを言う。静雄は苦笑するしかなかった。

谷は自分だけでなく、将棋部の友達も動員してくれた。それの何が助かると言って、練習の時間を捻出できることだった。野球部全員で交替で募金に立っているが、募金担当の者はその間練習ができない。谷たち将棋部の面々だけに任せきりにする気はないが、人手が増えればそれだけ練習の時間も増える。持つべき者は友だなぁ、と心の中だけで思った。谷に言えばつけ上がるから、直接は言わずにおいた。

別の日には、もうひとりの懐かしい人とも顔を合わせた。静雄と功喜がスーパーマーケットの前に立っていたら、自転車で目の前に停まった人がいた。誰かと思えば、三村だった。三村は静雄たち野球部の者にも負けないほど真っ黒に日焼けし、腕や脚は逞しく太くなっていた。自転車で山を上り下りしているのなら、脚も太くなるだろう。すでに働いているだけあり、大人びて見えた。三村は白い歯を見せて、「よう」と言う。

「久しぶりだな。野球部、けっこう強いそうじゃないか」

「おう、懐かしいな。元気か」

「元気元気。親にこき使われて、風邪ひいてる暇もないよ」

山の上の食堂はあくまで観光客向けの店であって、静雄たちはまず行かない。だから三村が働いているところを見たことは、これまでなかった。こうして自転車に乗って山を下りてきたのは、おそらく買い出しだろう。好きな野球をやっているだけの高校生である我が身が、少し申し訳なく思えた。

「甲子園か。いいなぁ」

三村は静雄たちが持っている箱に目を向け、そう言う。そこには「ぼくたちを甲子園に行かせてください」と書いてあるのだ。三村は目を細めて、静雄と功喜を交互に見た。

「お前たちなら、本当に甲子園に行けるかもな。よし、少し応援しよう」

三村は前籠に括りつけてある布袋の中から、財布を取り出した。そして五百円札を引き抜き、箱に入れてくれた。

「五百円もか。助かるけど、悪いなぁ」

静雄たちにとって、五百円は大金である。三村はすでに社会人なのだと、その金額から思い知った。

「くがまで行くのは大変だもんな。おれもこんな形で応援できるなら、嬉しいよ」

「ありがとう」

功喜も礼を言った。三村はまた白い歯を見せる。

「その代わり、本当に甲子園に行ってくれよ。おれ、テレビで見てるから」

「おう、おれが満塁ホームランを打つところを、しっかり見てくれよ」

功喜が大言壮語する。三村は「楽しみにしてるぜ」と言い残し、軽く手を上げて去っていった。功喜はその後ろ姿をずっと目で追いつつ、「やる気が出るなぁ」と呟いた。おれもだ、と静雄は応じた。

27

女子が募金に立つと集金力が上がると判明したので、芳美が友達にも声をかけた。女子が四、五人で町角に立ち、「募金をお願いしまーす」と呼びかけると、無視して通り過ぎる人はあまりいないらしい。やがて募金のことが人づてで広まったようで、「がんばってね」と声をかけて金を箱に入れてくれる人も増えてきた。

とはいえ、募金してくれるのはありがたいが、ひとりひとりの額は決して多くなかった。せいぜい、一度に百円だった。だから残念ながら、春の選抜の予選には貯金が間に合わなかった。これまでの繰り返しで、静雄たちは第三戦で敗退した。高校生活で甲子園を目指せる機会は、もう三年生の夏だけである。そこに向けて、募金をがんばることにした。

巨人はまたもリーグ優勝をした上に、南海ホークスとの日本シリーズも制してＶ９を達成した。特にすごかったのが王で、本塁打、打点、打率すべてで一位、つまり三冠王に輝いたのだった。

ついでに通算本塁打数でも野村克也《のむらかつや》を抜き、プロ野球歴代一位になった。この年は王の年だったと言っても、決して過言ではなかった。

一方の長嶋は、前年同様渋い成績だった。いや、並みの打者であれば、充分な成績だっただろう。百三十安打を放ち、ホームラン二十本、打率二割六分九厘は立派な成績である。しかし、長嶋は長嶋なのだ。本当かどうか知らないが、生涯打率が三割を切らないうちに引退した方がいいと川上《かわかみ》監督から言われたという話も伝わってきた。ファンとしては、寂しい限りだった。

静雄の学業はといえば、これはさっぱりだった。練習の合間に勉強できればよかったのだが、今は募金という別の務めもある。練習をしつつ募金もして、さらに勉強などできるわけがなかった。学校の成績は、せいぜい下の上といったところだった。このままでは、六大学どころか進学自体が夢物語であった。

楽しい時間は短く感じられる。静雄の楽しい高校生活は、あっという間に残り一年となった。三年生になり、いよいよ最後の夏の甲子園への予選が始まった。

去年の新入部員たちもなかなかレベルが高かったが、今年もレギュラーに抜擢できる一年生がいて、静雄が入部して以来一番強いチームになったのではないかという実感があった。何より、最も不安定な要素だった山辺がやる気を出してくれたことが大きい。甲子園に行けるかどうかは自分次第、という自覚が芽生えたらしく、三回くらいでマウンドを降りたがるようなことはなくなった。二年生と一年生にそれぞれ控えとして使えるピッチャーがいるので、そのことによる安心感も山辺の力投を支えているようであった。

懸案の船賃も、仮に決勝まで残ってもなんとか足りそうなほど募金で集まった。つまり、万全の態勢ができあがったのである。ここで勝ち抜かなければ、たとえこの先ずっと高校生を続けたところで一生甲子園には行けないだろうと思われた。

今回はくじ運にも恵まれ、これといった強豪校には当たらなかった。一回戦二回戦を順当に勝ち、鬼門の第三戦もベストメンバーで臨んだので難なく勝利した。勝ち続けることで島における注目度も高くなり、寄付の申し出も増えた。なんとしても甲子園に行くんだ、という気運が島じゅうで高まりつつあった。

これまでの経験から、地区予選を突破して甲子園まで辿り着くには、単に実力があればいいというものではないと静雄は考えていた。運、あるいは流れを摑むといった、さらなる上乗せが必要だと感じている。やはり勝負事には、自分たちの力だけではどうにもならない要素が働くことがあるのだ。その意味で、今回ほど大きいチャンスはないと思っている。確かに流れを摑んでいる実感があった。

投打が嚙み合う、という表現が野球にはあるが、静雄たちのチームは今まさにその状態だった。山辺が力投し、静雄を始めとする打撃陣がよく掩護する。序盤は接戦を演じていても、終わってみれば圧勝という試合が続いた。元来お調子者が多いということもあり、勝ち続けるほどに気分が乗ってきた。これまで地区予選の壁が突破できなかったとは思えないくらい、破竹の勢いでついに決勝まで辿り着いたのだった。

決勝というだけでも気持ちは高まるのに、さらにふたつの要素が静雄を燃え立たせていた。ひとつは、大勢の応援が来ることだった。静雄たちが甲子園に行けるかどうかに興味を持った人たちが増え、今日の試合を観に来てくれるのだ。行きの船では三十人余りの応援の人たちと一緒になって、大いに励まされた。

くがに着いて球場に入ってから、観客席には懐かしい顔を見つけた。片倉だった。今日のことを電話で伝えたところ、応援に行くと言ってくれたのだ。片倉はすっかり恰幅がよくなり、浴衣を着て髷《まげ》を結った姿は、どう見ても相撲取りだった。だから、ひときわ目立っていた。

「久しぶりだなぁ。浴衣姿、似合っているじゃないか」

グラウンドから、声をかけた。片倉はもともと細い目をさらに細めて、大きい声で答えた。

「着られる服がこれしかないんでね」

「ああ、そうか。でも、相撲取りらしくていいぞ。テレビに出るのはいつだよ」

「うーん、あと二年はかかるかなぁ」

「そんなにか。おれたちが甲子園に行く方が先だな」

「そうだよ。今日はがんばって」

そうしたやり取りをしていたら、他の連中も集まってきて、口々に声をかけた。今回は谷と、それから無理をして三村も来てくれた。芳美も含めて、皆で旧交を温めた。「元気か」「懐かしいなぁ」と言葉を交わし、中学の頃に戻ったような気持ちになった。

もうひとつの燃える要素は、敵チームのある選手の存在だった。超高校級と言われ、東京都地区予選のナンバーワン選手と目《もく》されている。そいつを目当てに、プロチームのスカウトもやってくるという噂だった。その選手の名は、市村《いちむら》といった。

静雄としては、自分がそのような存在になれていないことに悔しさを感じるが、一方で負けん気も覚えていた。プロのスカウトが来るなら、アピールする絶好の機会ではないか。市村より活躍し、スカウトの目に留まる。そんな目的を密かに設定して、闘志を燃やしているのだった。

噂の市村は、誰がそうなのか名乗られなくてもすぐに見当がついた。ひとりだけ体がふた回りも大きく、明らかに別格の存在感を放っていたからだ。ピッチャーで四番だというから、典型的な市村のワンマンチームである。突出した選手の存在は、ときにチームそのものを強くするのだ。逆に言えば、市村さえ抑えてしまえば勝てないチームではないはずだった。

ホームベースを挟んで整列し、礼をする。静雄たちは後攻になったので、守備に就いた。これまでの試合と違うのは、「がんばれよー」と声がかかることだった。選手たちは皆、軽く手を上げて観客席の声援に応じる。応援があることがこんなに励みになるとは、初めて経験することだった。

ピッチャーマウンドに立つのは、もちろん山辺である。今日の山辺は期待できると、静雄は考えていた。山辺の彼女が、応援に来ているからだ。力んでしまって調子を崩す可能性もあるが、山辺が彼女の前でそんな不様な姿を曝すわけがない。いいところを見せるためにも、いいピッチングをしてくれるはずだった。

審判の「プレイボール」の声で、試合が始まった。相手の一番打者はひょろりと背が高く、脚が長いのでいかにも俊足そうである。だから一番打者なのだろう。ヘルメットを取って礼をしてからバッターボックスに入ると、かなりグリップを余らせてバットを短めに構えた。まずはボールを転がして、脚でヒットにしようという狙いか。静雄はゴロに備えて、いつでも飛び出せるよう準備した。

山辺が振りかぶって、一球目を投げた。すると、相手打者が意外な動きをした。バットをバントの構えに持ち直したのである。山辺は投げ終わると同時に前に出て、捕球に備えた。静雄も同じく、ダッシュをした。

だが一番打者は、涼しい顔でボールを見送った。ストライクだった。こちらがどれだけバントに備えているか、様子を見たつもりなのか。バントヒットもあり得ることを意識しなければならなかった。

驚いたことに、二球目も相手打者は同じ動作をした。守備側としては、バントの構えをされたらダッシュで前進せざるを得ない。打者は見送り、判定はボールだった。こちらのキャッチャーが、わずかに首を傾げる。意図的に外したわけではないようだ。バントを警戒して、山辺のコントロールが狂ったのだろう。

三球目も、同じだった。判定はストライク。ストライクが先行したのはいいが、こちらは無駄にダッシュを繰り返していた。三球目にして、理解した。相手は功喜みたいな奴なのだ。功喜のような曲者は味方にいるなら頼もしいが、敵だと本当にいやらしい。早くも、山辺のスタミナが心配になってきた。

四球目も、相手打者はバントの構えを見せた。ツーストライクだから、見送る可能性は低い。今度こそ捕球してやると前に出たら、打者はいきなり構え直し、鋭くバットを振った。バスターだ。だからバットを短く持っていたのか、と瞬時に相手の意図を理解した。

キン、という音とともに浮いた球は、静雄の頭上を越えた。まずい。このままではポテンヒットになる。前へのダッシュを踏みとどまり、後方へと飛びついた。思わず、「畜生」と声が出た。体がグラウンドに叩きつけられた。すぐに顔を上げ、ボールの行方を探る。だが、ボールはどこにも転がっていなかった。かろうじて、グローブの先に引っかかっていた。

「ナイスキャッチ」

味方守備陣からも、観客席からも、同じ言葉が飛んできた。なんとかフライに打ち取ったようだ。安堵の息をつきつつ、起き上がる。ボールは投げて山辺に返さずに、手に持ったままマウンドに近づいた。

「よく捕ってくれた。助かった」

珍しく、山辺が礼を言った。静雄はグローブを腋に挟み、両手でボールを擦ってから、山辺に渡した。

「さすがに決勝まで残ってくるだけあって、手強そうだな」

「ああ」

「苛々するなよ」
「わかってる」
山辺は厳しい表情で応じた。静雄は頷き、守備位置に戻る。難しい試合になりそうだった。

28

二番打者は小柄な男だった。なんとなく、いやな予感を覚える。体格が功喜に似ていたからだ。バッターボックスに入った打者は、一番打者と同じくバットを短く構えている。警戒心を強く刺激された。

いやな予感は、的中した。二番打者もまた、バントの構えを繰り返したからだ。序盤からこんな手を使うのは、明らかに山辺を消耗させるためだろう。強豪校のくせに、やることがせせこましいと思わざるを得なかった。

しかし目の端で相手ベンチを捉え、少し認識を改めた。山辺を消耗させる意図もあるのだろうが、それ以上に、何がなんでも塁を埋めようとしているのだと気づいた。ひとりでも塁に出れば、ベンチの中央に悠然と坐っている四番の市村に打順が回る。そのための、このなりふりかまわない戦法なのだ。つまり、それだけ市村が信頼されているということでもあった。

そこまでの奴なのか。ともかく市村に打順を回しさえすれば点が取れると、チーム全体が考えるほどの選手なのか。山辺もずいぶん舐められたものじゃないかと、腹が立ってくる。うちのピッチャーはそれほど簡単に打てないぞと、市村相手に証明してやりたくなった。

そんなことを考えていて、少し集中力を欠いていたのかもしれない。二番打者はバントの構えから、ボールをサード方向に転がした。ほんのコンマ何秒、ダッシュが遅れた。グローブを使わずに素手の右手でボールを掴み、ファーストに送球する。だが一瞬遅く、塁審の判定はセーフだった。二番打者の脚は、思ったより速かった。

「ちっ」

つい、舌打ちをしてしまった。もちろん、自分に対してだ。相手のバントはうまかった。球の勢いを殺していたから、さほど転がらなかった。その分、静雄は前に出ざるを得ず、送球が遅れた。やはり、これまでの相手とはひと味違うと思った。

さすがに三番打者までバントはしないだろうと考えたが、向こうの徹底ぶりは一枚上手だった。今度は最初からバントの構えをし、ランナーを二塁に進めようとする意図を隠さない。またしても、山辺が球を投げると同時にダッシュをした。この程度で息が上がるほど柔《やわ》な体ではないが、ダメージが少しずつ溜まっていくかもしれないという恐れがある。山辺のスタミナに関しては、もっと心配だった。

送りバントをしようと思えばできるはずなのに、三番打者は二球見送った。あくまで、こちらをダッシュさせるつもりなのだ。三球目をバットに当てたので、今度は山辺が捕球してセカンドを見やる。ランナーはもう塁に達しようとしていたから、ファーストに送球した。ようやくツーアウトとなった。

「山辺。超高校級だかなんだか知らないが、お前の力を見せてやれ」

マウンドに近寄って、声をかけた。山辺は「ああ」と応じたが、いつもの不敵な笑みは浮かべなかった。めったに見せない、真剣な表情をしている。それは彼女が観客席にいるからなのか、市村を打席に迎えるからなのか、静雄にはどちらともわからなかった。

バッターボックスに立った市村は、ひときわ大きく見えた。身長は軽く百八十センチ以上ありそうだ。それだけでなく、肩幅が広く胸板も厚い。とても高校生には見えず、体の出来が違うと認めるしかなかった。静雄も体を鍛えてきたつもりだが、市村と並べば貧相に見えてしまうだろう。プロのスカウトが目をつけるわけだ、と納得した。

しかし、野球は体の大きさでやるわけではない。格闘技ではないのだから、体の大きさは決定的な要因ではないのだ。負けるかよ、と密かに対抗意識を燃やした。

右打者の市村は、ゆったりとバットを構える。力みが見られないところが、かえって剣呑だった。さすがにもう、いきなりバントをするような小ずるい真似はしないはずだ。前進守備の意識は完全に捨て、強烈なライナーが飛んできた場合に備えた。

警戒すべきは長打だった。だから当たっても外野フェンスの向こうまで持っていかれないように、外角低めに球を集めるべきだ。そんなふうに配球を考えていたら、山辺はまるで違う投球をした。いきなり内角高めの、市村の顔のそばにボールを投げたのだ。市村は悠然とバッターボックスを外し、ボールをよけた。

山辺の気の強さは、静雄の予想以上だった。山辺の意図は、長い付き合いだからすぐに理解できた。二年前の静雄が経験したように、内角の球に恐怖心を覚えさせようとしたのだ。顔のそばにボールが来れば、打つ気はあっても体が逃げる。静雄自身がその反応に苦労したから、よくわかる。次に内角高めの球が来たら、市村は思わずよけてしまうだろう。山辺が自信を持って内角高めに投げられるのは、二年前に静雄相手に何度も投げたお蔭か。あんなことがこの期に及んで役に立つとは、無駄な練習はないものだなと内心で苦笑した。

二球目は、当然内角高めだった。しかし今度は、ストライクだ。ストライクの球から逃げる、みっともない真似を市村にさせようというのだろう。山辺も人が悪いなと、ニヤニヤしたくなる気持ちで見守った。

冷や水を浴びせられたのは、次の瞬間だった。市村は球から逃げるどころか、打ちにいった。

バットがボールを芯で捉える、小気味いい音が球場に響く。その音を聞いただけで、やられたとわかるほどだった。ボールは高々と舞い上がり、あっという間に外野フェンスの向こうに消えた。

ツーランホームランだ。愕然とした。いろいろな意味で衝撃だった。内角高めの球から逃げなかったこと、球筋をきちんと見極めていとも軽々とフェンス外まで運んだこと、そしてその読み。一球目で仰け反らせる球を投げれば、次も内角高めに来ると予想がつく。市村はそれがわかっていて、待ちかまえていたのだ。読みが当たれば、フェンス外まで持っていかれる。市村の恐ろしさを、目の当たりにした心地だった。

自分の打撃を誇るでもなく、市村は無表情なまま黙々と塁を回る。やがてサードに達し、静雄の目の前を横切った。市村は静雄に一瞥もくれなかった。それはまるで、静雄など眼中にないと態度で語っているかのようだった。静雄は思わず奥歯を噛み締めた。そうやって悔しさを抑え込むことしか、今はできなかった。

29

山辺のショックは静雄以上だっただろう。それでも崩れることなく、次の打者をファーストゴロに打ち取った。スリーアウト、チェンジである。一回表を終えただけで、二点差をつけられてしまった。まさか、山辺が本気で投げていきなり二点も取られるとは思わなかった。

「ドンマイだ、山辺。二点くらい、すぐ取り返してやる」

グローブで山辺の背中をぽんと叩き、そう声をかけた。山辺は己自身に腹を立てているのか、くぐもった声で「ああ」と応じる。あの配球は、山辺の考えだろう。それが間違っていたことに、腹を立てているのだ。人間ならば、間違いはある。次は市村を抑えてくれと、心の中だけで頼んだ。

こちらの一番打者は、功喜だ。功喜なら、あれこれ仕掛けて市村を揺さぶってくれるだろう。あの体格だから、おそらく市村の球は速い。その速さに目が慣れるまで、少し時間がかかるかもしれないのだ。できるだけ、市村に球を投げさせて欲しかった。

打撃の際と同じように、市村のピッチングモーションは悠然たるものだった。ゆっくりと振りかぶり、自分の前に両手を置いて左脚を持ち上げる。だが次の瞬間、ズドンという音とともにボールはキャッチャーミットに収まっていた。速い。球筋を目で追えないほど、市村の投げた球は速かった。間違いなく、これまで見てきたピッチャーの中で一番速い球を投げる。前評判を聞いていても、まさかここまでとは思わなかった。

バッターボックスに立っている功喜にとっては、もっと驚きだったのだろう。タイムを取り、バッターボックスから外れた。何度か素振りをしているのは、動揺を隠しているのか。ベンチで見ているより、バッターとして対峙した功喜の方がずっと球を速く感じたに違いなかった。

バッターボックスに戻った功喜は、最初からバントの構えを見せた。打ちにいっても、振り遅れると判断したか。功喜がそう思うのは、よほどのことだ。功喜は脚で稼ぐタイプではあるが、決して打撃力がないわけではない。たったの一球でヒットが打てないと諦めるとは、それ自体が驚きだった。

次もストライクだった。功喜はバットを引き、見送った。しかしそれは先ほど山辺がやられたように、揺さぶりのためとは見えなかった。手が出せなかったのだ。あの功喜が、あっという間にツーストライクに追い込まれている。市村の威圧感に呑まれているかのようだった。

三球目、功喜はまたバントをした。しかし当てそこね、ボールはファウルゾーンに落ちる。スリーバント失敗、アウトだ。功喜がたった三球で片づけられてしまった。これは一点取るのも至難のわざかもしれない、と静雄は予感した。

「まずいぞ。あいつ、化け物だ」

ベンチに戻ってきた功喜は、ピッチャーマウンドの方を見やりながら言った。静雄は頷く。

「そうみたいだな」

超高校級とは、こういうことか。悔しいが、静雄は騒がれずに市村を見にプロのスカウトがやってくるのも理解できた。プロに入っていきなり活躍する選手は、高校の頃こんな感じだったのだろう。市村なら、プロでも即戦力として通用するのではないかと思った。

二番打者は堀之内だが、堀之内が太刀打ちできる相手ではなかった。三球三振に打ち取られ、「畜生」と言いながら帰ってくる。打者ふたりに対して、たった六球しか投げていない。市村を疲れさせることすらできていなかった。

こちらの三番打者も三振に倒れ、あっさりと一回裏の攻撃は終わった。一回表が長くかかったのに比べ、こちらの攻撃はほんの数分だった。いきなり相手チームのペースで試合が進んでいる。どうにか流れをこちらに持ってこなければならなかった。

二回表の相手の攻撃は、バントの構えで揺さぶるような真似はしてこなかった。やはりあれは、市村の前にランナーを出そうとする作戦だったのだ。並みの高校生相手なら、本気の山辺は充分に対抗できる。三人で相手の攻撃を断ち切り、チェンジとなった。山辺は依然として、不機嫌そうな顔をしている。

二回裏は、静雄の打順からだ。市村の球が速いことは、よく理解できた。しかし、球は速ければいいというものではない。速い球ほど、当たれば遠くまで飛ぶ場合もある。臆したら負けだと思った。

バッターボックスに入り、ごく普通に構えた。まずは向かい合い、市村の球筋を見たい。市村はゆっくりとしたモーションから、投げ込んできた。やはり、速い。目が追いつかない。だが、タイミングを合わせることがまったく不可能とは思わなかった。

市村が投球モーションに入ってから、球がキャッチャーミットに収まるまでのほんの数秒。それを把握すれば、バットを出すことができる。コースの読みが当たれば、ヒットだ。もともとバッターは、バットがボールを捉える瞬間を見ていないらしい。最終的には、反射神経で打っているのだ。どんなに相手の球が速かろうと、タイミングを摑めればこちらの勝ちだった。

市村の二球目、静雄は頭の中でバットを振った。振り遅れた気はしない。よし、摑めたと思う。次は必ず振る。そう決めて、しかし力みは見せずにバットを構えた。

三球目、今度は実際にバットを振った。ボールに当たった。だがボールは後方に飛んで、金網にぶつかった。ファウルだ。ミートはできなかったが、手も足も出ないわけではない。たとえ相手が化け物でも、こちらは物心ついたときからボールを握っていた野球馬鹿だ。歯が立たないはずはなかった。

四球目。バットを振る。今度はボールが前に飛んだ。しかし左に逸れ、ファウルになる。タイミングは徐々に合ってきている。いける、という感触を得た。

ここで初めて、市村が少し間を空けた。いまさら相手打者を認識したかのように、じっと静雄を見ている。そうか、やっとおれを敵と認めたか。遅いのが腹立たしいが、認めさせたのは痛快だった。お前を打ち崩して、おれの名前を記憶に刻み込んでやる。さあ、来い。

市村は構えた。ゆっくりと振りかぶり、腕を振る。このタイミングだ。静雄はバットを振りにいった。だが次の瞬間、体にブレーキをかけた。まさか、こんなことが。なんとかスイングと認められないようこらえたつもりだったが、腰は回っていた。静雄のバットをよけるように、球はゆっくりとキャッチャーミットに届いた。

「ストライク、バッターアウト！」

主審の宣告が、耳に刺さった。静雄はバランスを崩し、左膝をグラウンドについた。完全にタイミングを外された。話には聞いていたが、初めて見た。これがスローカーブというやつか。ゴリゴリの速球派だと思っていたのに、こんな真似ができるとは。驚きのあまり、なかなか立ち上がれなかった。膝をついたまま、マウンドの市村を見つめる。市村もまた、視線をよけずに見返してきた。

こいつ、すげえな。素直に感嘆した。こんなすごい奴がいるのか。東京の地区予選だけでこのレベルの化け物が出てくるなら、甲子園ではどれだけすごい奴が集まるのだろう。行ってみたいな、と単純に思った。甲子園に行きたい。ずっとそう思い続けてきたが、今が一番その思いを強く持っているかもしれなかった。強い相手と戦ってみたい。そんな気持ちに、自分がわくわくしているのを自覚した。

「静雄、お前、笑ってなかったか」

ベンチに戻ると、功喜にそう言われた。自覚がなかったので、「えっ？」と訊き返す。

「そうか？　そんなつもりはなかったけどな」

「いや、笑ってたよ。打ち取られたのに、笑ってた。どうしたんだよ」

「どうしたんだろうな。あんなすげえ奴がいて、嬉しいんだな」

「なんだ、それ。静雄らしいなぁ」

功喜は呆れたような声を出した。しかし静雄の気持ちはわかるのだろう、功喜もまた笑っていた。野球は争い事ではない。楽しむためのものなのだ。負けたくはないが、すごい敵は大歓迎だった。

五番の川端は、果敢にバットを振っていった。しかしまるでタイミングが合わず、掠りもしない。三球三振に倒れ、六番打者も同様だった。

三回表、山辺も相手を三者凡退に打ち取った。市村が出てこない場面では、山辺も自分のピッチングができている。このままでは、市村の独擅場《どくせんじょう》となってしまいそうだった。そんなことにはさせないと、静雄は改めて闘志を燃やした。

30

三回裏、こちらの下位打線は市村に歯が立たなかった。レギュラーに抜擢されている二年生たちなので、かなり力はあるのだが、相手が悪い。上位打線が奮起しなければならなかった。

四回表の相手の攻撃は、三番打者からだ。最初の打席ではバントをしたから、どれほどの打力があるかわからない。山辺は球を低めに集めたが、それをうまく掬われた。ボールが外野に飛んでいく。一瞬ひやりとしたものの、ボールは伸びずに功喜のグローブに収まった。ただのセンターフライに、つい安堵の息をついてしまう。市村の幻影に怯えさせられていた。

そしてふたたび、市村の登場だった。静雄はタイムを取り、マウンドに向かった。山辺はなぜか、いやそうな顔をする。声をかけられたくなかったようだ。

「なんだよ、大丈夫だよ」

先にそんな文句を垂れた。静雄は苦笑して、「わかってるよ」と応じる。

「お前なら通用するって言いたかったんだ。コースを丁寧に突けば、打たれないよ」

「どうだかな。何しろ、相手は化け物だからなぁ。人間の力は通用しないんじゃないか」

「そんなこと言うな。自信を持って投げろ」

山辺が弱音を吐くのは珍しい。いやがられたが、声をかけてよかったと思った。市村の第一打席では強気に出て打たれはしたものの、気持ちの上ではその方がいいのだ。絶対に逃げるなよ、と心の中で釘を刺した。

一球目、山辺は外角低めに投げ、それを市村は見送った。市村の第一打席で、静雄が考えた配球と同じだ。長打を警戒するなら、その辺りに投げておくべきである。打たれてもホームランでなければよし、と今は考えなければならなかった。

二球目も同じく外角低めだったが、今度はボール球だった。市村はやはり見送る。バットはピクリとも動かなかった。ワンストライク、ワンボール。できればストライクを先行させたいが、市村相手に焦りは禁物だ。次は内角低めに投げて、市村が外角にヤマを張っていないか確かめたらどうかと考えた。

三球目に起きたことが、静雄は一瞬理解できなかった。山辺が失投したとは思えなかったからだ。気づけば、ボールはまた外野フェンスの向こうに運ばれていた。呆気に取られ、山辺に視線を向ける。山辺は呆然と、一塁に向かう市村を見ていた。

頭を整理する。山辺は三球目に、静雄が考えたように内角低めに投げたのだ。すると市村は、バッターボックスの中で少し後ろに下がった。その上で、肘をうまく折り畳んだコンパクトなスイングをした。コースは低めだったにもかかわらず、市村のバットにがっちり捉えられた。そしてボールは、ホームランゾーンまで飛んでいた。

内角低めの球を打ちにいけば、どうしてもアッパースイングになる。アッパースイングだとバットが出遅れるし、飛ばすにはパワーが必要だ。だからたいてい、アッパースイングは咎められる。アッパースイングをしている打者は、下手だと見做されるものだ。

市村はこの打席で、山辺が投げた瞬間に半歩ホームベースから離れた。そうすることで、内角の球が市村にとっては真ん中になった。加えて、ボールから距離をおけば極端なアッパースイングをしないで済む。さらにコンパクトなスイングを心がけたことで、バットにパワーを乗せられたのだ。市村のパワーを伴ったバットにミートされれば、ボールはフェンスの向こうまで飛ぶ。これが、市村がやったことだった。

驚くのは、市村が内角低めを予想していたことである。そうでなければ、ピッチャーが投げた瞬間に半歩下がったりはできない。内角だ、と判断してから下がるのでは遅いのだ。二球外角が続いた後に内角が来ると予想するとは、市村の読みがかなり鋭いことを意味していた。恵まれた体格に任せて野球をやっているのではなく、頭もいいのは間違いなかった。

ゆっくりとベースを回る市村が、三塁までやってきた。市村は、今度はこちらを見ていた。静雄と視線が合う。市村の通り過ぎざま、声をかけた。

「お前、すごいな」

すると市村は、少し驚いたように目を丸くした。そしてわずかに微笑むと、「ああ」と応じた。敵に誉められて、照れたようだ。大きい背中がホームベースに向かうのを、静雄はずっと見守った。

次の五番打者に、山辺はヒットを許した。さすがに動揺しているようだ。「山辺っ！」と呼びかけ、マウンドに近づいていく。静雄だけでなく、他の内野陣も集まった。

「わかってるよ、うるせえな」

山辺は煩わしげに、グローブを嵌めた左腕を振った。こんな反応をするのが予想できたから、ホームランを打たれた直後は声をかけなかったのだ。だがやはり、このまま放ってはおけない。山辺が自信を失っているのか、あるいは頭に血が上っているのか、見極める必要があった。

「市村に打たれるのはしょうがないけど、他の奴には打たれるなよ」

そう語りかけると、山辺はむきになった。

「しょうがないだと？　しょうがなくねえよ。次は必ず打ち取ってやる。見てろよ」

そんなことを言った。静雄は内心で、「へえ」と声を上げた。山辺はたいてい、「疲れた」と言って五回でマウンドを降りる。だがもう一度市村と対戦するつもりなら、最低でも六回までは投げなければならない。どうやら負けん気に火が点いたようだった。

「だったら、変に打たれてスタミナを使うな。簡単に片づけて、楽をするのがお前のピッチングだろ」

「……わかってるよ」

ふて腐れたように、山辺は返事をする。しかし、少し頭は冷えたようだ。静雄は「よし」と頷いて、守備位置に戻った。

四回裏のこちらの攻撃は、打順よく一番の功喜からだ。功喜が打席に向かう前に、声をかけた。

「お前が打ち取られると、うちのチームは調子が出ないぞ」

「静雄が最後はホームランを打って、なんとかしてくれるんだろ」

そんな軽口を返してきた。そうできれば苦労はないけどな、との言葉を呑み込む。静雄が市村からホームランを打つ自信がないように、功喜もまたヒットを打てる気がしていないのかもしれなかった。

打席に入った功喜は、またしてもバントの構えを見せた。いかにも功喜らしいが、しかし市村の速球はバントをすることすら難しい。果たして、きちんと前に転がせるのか。不安半分、期待半分で見守った。

一球目から、功喜は当てにいった。なんとかバットに当たるが、ボールは後ろに逸れる。やはり、前に転がすこともできないのだ。功喜は首を傾げ、感触を確かめるようにバットを前に押し出す動作を繰り返した。

　功喜は少し構えを変えた。腰を落とし、バットが顔のすぐ近くに来るようにしたのだ。ぎりぎりまでボールを見て、きちんと当てようというつもりなのだろう。あれではボールが顔に当たるかもしれないから、かなり怖いはずだ。無理はするな、と言ってやりたかった。

　二球目、功喜はふたたびボールにバットを当てた。ボールは上に飛び、キャッチャーがマスクを取って飛びついた。だが一歩届かず、ボールはファウルゾーンでバウンドした。キャッチャーは立ち上がって、悔しそうに拳をミットに叩きつけた。マウンド上の市村は、変わらず泰然としている。

　ツーストライクだ。第一打席と同じく、追い込まれてしまった。スリーバント失敗を考えると、またバントはしにくい。バスターに切り替えるか。しかし、そろそろ功喜の目は市村の球の速さに慣れてきているのではないかと思った。そのために、バットの近くに顔を寄せているのだ。

　三球目、構えていたバットを功喜は引いた。高めの球は、ボールと判定された。やはり功喜は、球が見えている。さすがだなと感じた。

　四球目、腰をしっかりと落とした功喜は、体全体で市村の速球を受け止めるようにバントした。ギン、という音とともに、ボールはサード方向に転がる。うまい。体をクッションのように使って、市村の球威を殺していた。功喜はすかさず、一塁に向けて走り出した。

　だが反応の速さでは、市村も負けていなかった。すぐにマウンドを降り、転がったボールに飛びついた。そのまま身を捻り、ファーストに送球する。ボールと功喜、どちらが速いか。声援も忘れて、見守った。

「アウト！」

　塁審が親指を立てて拳を掲げた。ほんの一瞬、功喜の脚よりボールが速かった。送球したのが市村でなければ、セーフだっただろう。ぎりぎりの勝負で、市村に敵《かな》わなかった。

ファーストベースを通り越してから立ち止まった功喜は、悔しげに天を仰いだ。そして戻ってくる途中、次打者の堀之内に何か声をかけていた。堀之内は二度頷き、打つ気満々といった体で素振りをした。

「堀之内に何を言ったんだ?」

帰ってきた功喜に尋ねた。功喜はどかりとベンチに腰を下ろしながら、答えた。

「市村が投げると同時に、ともかくバットを振れって言ったんだよ。ボールが手許に来るのを待ってたら、振り遅れるから」

「ああ、なるほど」

確かにそうだが、闇雲にバットを振れば当たるというものではない。ほとんどやけっぱちのアドバイスだなと思った。

ところが、そんなやけくそのスイングが功を奏するから、野球は怖い。誰も打てずにいた市村の球を、なんと堀之内がヒットにした。ミートなど心がけずにフルスイングをしたのが、よかったのかもしれない。当たりそこねではあったものの、ボールは一、二塁間を破って外野に転がった。

「うおーっ」

ベンチも観客席も、たちまち沸いた。何しろ、こちらのチームの初ヒットだ。声を出す機会すらなかったので、皆が一気に元気になった。当の堀之内は、自分がヒットを打ったことが信じられなかったのか、ぽかんとしてすぐには走り出さなかった。一塁で刺されるのではないかとひやりとしたが、ヘッドスライディングをしてなんとかセーフだった。

「よしっ」

思わず拳を握った。これで、次が併殺でなければランナーがいる状態で打順が回ってくる。第一打席ではスローカーブなんて武器があるとは思わなかったから無警戒だったが、今度こそやれない。いい形で出番が来ると、胸が高鳴った。

三番を打つのは静雄たちとは別の中学から入ってきた三年生で、なかなかの好打者だ。そいつに顧問の春日は、送りバントを命じた。まずは一点を返そうというのだろう。正しい作戦だと思った。

しかし三番は、堀之内を二塁に進めることができなかった。功喜が苦労をしたくらいだから、バントも簡単ではないのだ。二度失敗し、最後はバットを振っていったが空振りだった。やむを得ない。ゲッツーに打ち取られなかっただけ、ましであった。

ツーアウトランナー一塁。静雄の打順だった。

31

これまで見てきたところ、市村はさほど球種の多いピッチャーではなかった。基本、ストレートとカーブだけである。つまり、スローカーブは静雄にしか使っていないのだ。そのこと自体は、静雄を特別視しているわけだから嬉しいのだが、喜んでいるだけでは駄目だ。あのスローカーブを打たなければならないのだから。

他の打者にスローカーブを使っていないのは、静雄にとって不利だった。速球なのか緩い球が来るのか、フォームから見抜く材料が少ないからだ。しかし、まったく同じフォームで投げるのは不可能である。どこかに必ず、違いが出る。果たしてそれを見抜けるほど、球数を投げさせられるだろうか。あるいは、緩い球だけにヤマを張って待つべきか。

方針を絞りきれないまま、何度も素振りをした。打ち気があるところを見せておけば、またスローカーブを使うかもしれない。緩い球を投げさせるための、心理戦だった。ヘルメットを取って礼をして、バッターボックスに立った。

スローカーブがあることを見せてしまった分、市村も配球が難しくなったはずだった。こちらが最初から緩い球だけを待っていたら、確実に打たれるからだ。つまり、一球目は必ず速球で来る。そう読んで、構えた。

読みは当たった。全力でバットを振ったが、コースが内角だったので差し込まれた。引っ張りすぎ、ファウルになる。しかし、手応えは悪くなかった。そしてもうひとつ、静雄が緩い球を待っていないと市村は思うだろう。だから次からは、スローカーブを使う可能性が高くなった。

二球目は、何が来ても見送ることにした。市村のフォームを見ることが目的だった。フォームの違いを見抜けなければ、こちらの負けだ。打つ気がある姿勢だけは示し、市村をじっくり観察した。

市村が腕を振ると、一瞬でボールはキャッチャーミットに収まった。速球だった。速球のフォームだと思ったので、読みは当たったことになる。だが、フォームの違いを見極めるという目的は果たせていないまま、ツーストライクになってしまった。

ストライクの速球を見送ったことで、こちらがスローカーブを待っていると市村は読みを変えたかもしれない。ならば、次は速球だ。もともと市村は、速球に自信があるはずである。仮に速球が来ると読まれても、力負けしない自負があるだろう。よし、次は速球に的を絞り、振ることにした。

三球目、セットポジションから市村は振りかぶった。腕が振り下ろされる。このタイミングだ、とバットを振りにいって、負けたことを悟った。スローカーブだったのだ。

なんとかスイングをこらえたが、完全に体勢が崩れていた。もはやバットに力が入らない。かろうじて球に当てたものの、ボテボテと市村の前に転がった。市村はそれを素手で拾い、悠々と一塁に送球した。静雄はろくに走れないまま、アウトになった。

読み負けだった。裏を搔いたつもりが、さらにその裏を搔かれた。問題はスローカーブではないと、ようやく気づいた。こちらの読みを見抜かれているから、いいように翻弄されるのである。負けているのは野球の技術ではなく、頭のよさだ。頭脳で市村に勝たなければならないと、静雄は方針を明確にした。

五回の表、山辺は相手の下位打線をポンポンとテンポよく打ち取った。まだ投げる気があるからこそ、力を抑えているように見える。静雄の予想どおり、相手の攻撃を三人で片づけてマウンドを降りると、山辺は自ら続投を希望した。春日は「よし」と応じた。

一方こちらの攻撃は、五番の川端が三振に倒れたが、六番打者がフォアボールで出塁した。一試合のうち、一度もフォアボールを相手に与えずに投げきるのは難しい。市村といえども、ピッチングマシンのように正確に投げ続けることはできなかったようだ。

七番は三振。しかし八番がまたフォアボールを選んだ。打てるわけがないからと、球を選ぶことに徹したのがよかったのだろう。ランナー一、二塁となって俄《にわか》に盛り上がったものの、打順は九番の山辺だった。通常ならここで代打が送られるところだが、山辺は自ら続投を希望している。果たして春日はどうするかと思ったら、そのまま打席に立たせた。

ふだんの山辺なら、自分の役目はピッチングとばかりにあっさり見送りの三振に倒れる。だが今日はさすがに、打ちにいった。自ら望んだ続投だし、ここで一点でも返せればチームが楽になると当然わかっている。本気のスイングから、山辺の意気込みが感じ取れた。

とはいえ、市村は意気込みだけで打てる相手ではなかった。山辺は果敢に振りにいったものの、ボールに掠りもせずに三振に打ち取られた。審判にアウトを宣告された後も、山辺はなかなかバッターボックスから出なかった。悔しさを嚙み殺しているのだろう。山辺にしては珍しいことだった。

六回表は、相手の二番打者からの攻撃だった。また、市村に回る前に塁を埋める作戦に出るのではないか。どんなに不様でも無骨でも、作戦を徹底できるチームは強い。二番打者はバットを短く持ち、なんとかボールに食らいつこうという姿勢を見せていた。

山辺は右利きだから、マウンド上ではサード方向、つまり静雄の方に顔を向ける。山辺はちらりとこちらを見やり、ほんのわずか頷いたかのようだった。目が合った瞬間、静雄は意図を理解した。よし、任せろ。グローブに拳を叩きつけて、応えた。

山辺は、サード方向に打たせると言いたいのだった。山辺としては、市村の打順が来るまで絶対にランナーを出したくないだろう。だから最も信頼する、静雄に球を拾わせようと考えているのだ。思い返せば、山辺は困ったときはたいてい静雄に任せてきた。望むところだ、山辺の信頼を嬉しく思った。

相手の二番打者は左打ちである。外角低めに投げれば、引っ張るのは難しい。バットを出せば、サード方向に飛ぶ可能性が高い。打者はうまくバットをボールに当てたが、飛んだ先は静雄の守備範囲だった。捕球して、一塁に投げる。まずはワンアウトだ。

次の三番打者も同じだった。わざとサード方向に打たせていると気づかれない限り、結果は変わらない。打ち頃の球が来れば、バッターはどうしても手を出す。しかしどんなに当たりが強くても、静雄はキャッチする。必ず自分の守備範囲に来るとわかっていれば、そうそうミスはしないものだ。かくして、市村の前ふたりを打ち取った。ツーアウトランナーなし。市村との勝負に、山辺が集中できる環境が整った。

山辺の球種は、高校に入ってから増えた。カーブとシュートを投げられるようになったのだ。速球だけでは通用しないと、自分なりに考えたのだろう。山辺は根気がないが、必要とあれば練習をする。今ほど、球種を増やしておいてよかったと思ったときはないのではないか。お前なら大丈夫だと、静雄は心の中で励ました。

一打席目も二打席目も、山辺は速球をスタンドまで運ばれた。さすがに、速球一本槍の勝負は通用しないと考えているだろう。まずはカーブから入るか。右投げの山辺が右打ちの市村にカーブを投げれば、ボールは遠ざかっていく。一球目からは手を出しにくいはずだった。

静雄が考えたとおり、山辺はカーブを投げた。ぐんと曲がった球を、キャッチャーは手を伸ばして捕球した。ボールだった。市村はバットを動かさなかった。変化球には手を出さず、速球を待っているのかもしれない。しかし、市村は裏を読む。カーブは打つ気がないと見せかけて、そこに狙いを絞っているような男なのだ。

気をつけろよ、と内心で考えていたら、山辺は二球目もカーブを投げた。一瞬ひやりとしたが、市村はまたしても見送った。今度はあまり曲がらなかったお蔭で、ストライクだった。だがその分、打ちやすい球だったのではないかと思う。市村が見逃してくれてラッキーだった。

打ち頃の球を見逃したからといって、市村が速球を待っていると考えるのは甘い。次もカーブを投げたら、今度こそ打たれる。そうアドバイスしたかったが、静雄がマウンドに行けば市村は狙い球を変えるだろう。山辺たちバッテリーで、市村の考えを読んでもらうしかなかった。

三球目、コースは外角に行った。明らかにカーブとは違う。裏の裏を掻いたのか。しかし、考えすぎではないかとも思えた。市村が素直に速球を待っていたら、必ず手を出す。まずいぞ、静雄は打たれることを覚悟した。案の定、市村はバットを振った。ボールはスタンドまで飛んでいくかと思われた。

しかし案に相違して、ボールはファースト方向に転がった。一塁手の川端が前に出てボールを取り、カバーに入った山辺にトスをする。アウト。市村は一塁の近くにも寄れずに終わった。

静雄は見た。三球目はストレートではなく、シュートだった。外角から真ん中に入ってくる球筋。さすがの市村もタイミングを狂わされ、引っかけてしまった。市村は立ち竦み、やられたと言いたげに苦笑していた。

思えば、山辺はこの試合が始まってから一度もシュートを投げていなかった。カーブよりも自信がないのか、山辺はシュートを多投しない。だからだったのかもしれないが、結果的に市村にシュートを警戒させずに済んだ。市村の苦笑は、シュートがあるとは思わなかったが故のものだろう。カーブに加えてシュートまであるなら、なぜこれまで速球だけで勝負してきたのかとも言いたいのではないか。市村に対して速球だけで挑んだのは山辺のこだわりだが、そんな意地は初対面の市村にはわからないことだった。

「ナイスピッチングだ」

ベンチに帰りながら、声をかけた。山辺は眉を吊り上げ、「疲れたぜ」と応じた。

32

六回の裏、こちらの攻撃は功喜からだった。前の打席は、かなり惜しかった。今度こそ何かをやってくれるのではないかと、期待したくなる。功喜自身も、三連続凡退ではプライドが許さないはずだった。

「そろそろなんとかしてくれよ、功喜」

功喜がバッターボックスに行く前に、そう声をかけた。功喜は理不尽なことを言われたとばかりに、顰《しか》め面をする。

「なんとかするのは静雄の役割だろうが」

「功喜が塁に出たら、おれが返すよ」

行きがかり上、豪語せざるを得なかった。功喜はにやりと笑い、「言ったな」と言質を取る。

「約束守れよ」

そんな言葉を残しての、第三打席だった。静雄に言われるまでもなく、何か策を練っているだろう。何をやるつもりなのか、単純に楽しみだった。

功喜は打席に立った。バットは普通に構えている。打つ気に見せてバントなのか、あるいは本当に打ちに行くのか。味方である静雄がわからないのだから、市村は判断に困っているだろう。とはいえ、速球なら小細工に負けないとも思っているのではないか。振り負けるなよ、と心の中で功喜に話しかけた。

市村の一球目は、もちろん速球だった。その球を、功喜はスイングする。バットはボールに当たったが、ジャストミートではない。ファウルゾーンに転がった。

同じファウルでも、ヒットになりそうにない当たりそこねだった。それでも、ボールに掠りもしない状態ではない。やはり前の打席でじっくり市村の投球を見ただけあり、目が慣れたのだ。前の打席のアウトを無駄にしないのは、さすが功喜だった。

二球目、これも功喜はファウルにした。振り遅れてはいるが、食らいついている。「がんばれ」と思わず声が出た。

三球目も四球目も、功喜は市村の速球をファウルにした。ここに至り、ああそうかと思い出した。これはいつもの功喜だ。相手の格が違うから忘れていたが、こんなふうにピッチャーに球数を投げさせて疲れさせるのはお手の物なのである。相手側にやられる一方だったけれど、目が慣れた功喜はついにいつもの本領を発揮し始めたのだった。

タイミングが合っていないから、ヒットになるとは思えない。しかし何球投げても、功喜はしぶとくファウルにする。五球六球と投げても同じだったので、さすがに市村もいやになってきているのではないかと思えた。功喜は味方にすれば頼もしいが、敵に回せばこんなにいやらしい奴はいないのだ。打てもしないくせに、と市村が考えたとしたら、それはますます功喜の思う壺だった。

心なしか、市村の肩が上下し始めたように見えた。呼吸が乱れてきたか。いいぞ、功喜。同じチームの味方だからというだけでなく、単純に心から応援したくなった。

七球目もファウルされ、市村はマウンド上で大きく息を吐いた。このままでは自分が不利だと悟り、勝負をかける気になったようだ。これまで以上の渾身の一球が来るか。一度でも空振りをしたら、三振なのである。食らいつけよ、と祈る気持ちで思った。

八球目が来た、と思ったら来なかった。キャッチャーミットにボールが収まる音がせず、静雄は驚いた。なんと、市村はスローカーブを投げたのだ。ともかく功喜に空振りさせたい一心だったのだろう。功喜に根負けしたとも言えた。

さらに驚きは続いた。功喜はタイミングをずらされることもなく、緩い球を打ち返した。その瞬間に、功喜の狙いがようやくわかった。功喜は最初から、市村にスローカーブを投げさせるつもりだったのだ。市村の速球は、どんなに食らいついてもヒットにできない。だが緩い球なら、打てる。功喜の計算勝ちだった。

打球は内野の頭上を越え、外野手の守備範囲に届く前にバウンドした。レフトがボールを拾って送球したが、功喜はすでに一塁に到達していた。頭脳的な、見事なヒットだった。

「さすがだー、功喜ー」

ベンチもスタンドの応援席も、一緒になって盛り上がった。功喜は一塁ベース上で、得意げに両手を振って応える。マウンド上の市村はといえば、悔しがらずに苦笑いを浮かべていた。先ほど山辺に打ち取られた際と、同じ表情だ。歯応えがある相手にぶつかると、嬉しくなるのだろう。おれと同じだな、と静雄は思った。

ネクストバッターズサークルにいた堀之内を、春日が呼んだ。当然、送りバントの指示だ。堀之内は特に気負った様子もなく、頷いている。堀之内は緊張さえしなければ、自分の役割を全《まっと》うできる。これが最終回ならガチガチになるところだが、まだ六回なのが幸いだった。

打席に入った堀之内は、最初からバントの構えを見せた。ベンチに呼ばれたのだから、バントの指示だと誰の目にも明らかだ。意図を隠しても仕方ない。最初から構えておいた方が、ボールをよく見極められる。前の打席で功喜がやったように、堀之内も前屈みになって球筋を見る姿勢になった。

一球目はバットを引いた。猛然とダッシュしてくる市村に気圧されたか。しかし、そうではないかもしれないと静雄は見て取った。堀之内は元来、お調子者である。功喜が市村を疲れさせる作戦に出たら、自分も尻馬に乗るのだ。市村にダッシュを繰り返させるつもりだな、と意図を読んだ。

予想どおり、二球目も堀之内は見送った。しかしバントの構えをしているから、市村はダッシュせざるを得ない。そのこと自体はいいのだが、ツーストライクになってしまった。次でバントを失敗すれば、アウトになる。果たして堀之内は、きちんとボールを転がすことができるのか。

静雄の不安をよそに、堀之内はきっちりとバントをした。いや、少し危なかった。市村の球が速いから、転がらずにサード方向に跳ね返ったのだ。危うく市村にキャッチされそうだったが、ボールはグローブをすり抜けてフェアグラウンドでバウンドした。前進していた三塁手がボールを捕り、セカンドに送球しても間に合わないと確認してから、ファーストに投げた。堀之内は全力疾走していたが、クロスプレーにもならずアウトになった。

「ひやひやさせるなよ、堀之内ー」

お役御免とばかりに後ろのベンチでふんぞり返っている山辺が、帰ってきた堀之内をそんな言葉で迎えた。「すべておれの計算どおり」と堀之内は軽口を叩く。市村に抑え込まれていた間は消沈していた味方ベンチだが、いつものムードになってきた。この回が勝負だな、と静雄は思い定めた。

三番打者は、バットを短く持ってなんとか市村の球を打ち返そうとした。一度は空振り、一度はファウルになり、カウントツーツーまで粘った。しかし最後は、空振りに打ち取られた。ベンチに帰っていく際に、静雄に「お前が頼りだ」と声をかけてくる。「おう」と笑って答えた。功喜との約束があるから、是が非でも市村を打ち崩さなければならなかった。

市村との三度目の勝負だ。こんな相手と何度も勝負できることが嬉しい。打席に入ると、思わず笑みをこぼしてしまった。対照的に、市村は無表情だ。本気になっているのがわかる。来いよ、と心の中で市村に話しかけた。

33

功喜の市村攻略法を見ていて、静雄も思いついたことがあった。頭脳勝負では、これまでのところ負けている。だが、力と力の戦いになれば、どちらに分があるかわからない。もちろん駆け引きも野球のうちだが、静雄としては市村の速球を打ちたいのだった。そのために、力対力の勝負に持ち込むことにした。

一球目、市村は当然の如く速球を投げてきた。静雄に対して、最初からスローカーブを投げるような愚は犯さない。功喜に狙い打たれたばかりだから、なおさらスローカーブは投げにくいだろう。その球を、静雄はファウルにした。

狙ってファウルにしたわけではない。打ちにいって、ファウルになってしまったのだ。しかし、空振りだけはするまいと思っていた。ともかく、ファウルにすることに意味がある。ファウルが続けば、市村はまた疑心暗鬼になるだろうからだ。

二球目もふたたび、ファースト側のファウルゾーンに転がった。三球目はサード側のファウルゾーン、四球目はサード側のスタンドに入るファウルフライ。そろそろ市村も、静雄が功喜と同じことをしようとしているのではないかと怪しみ始めているはずだ。しかし、同じ手が二度通用する市村とは思えない。こちらは当然、別のことを考えていた。

五球目はいい当たりだったが、惜しくもポールの外側だった。あと一メートル内側なら、ホームランになっていた。「惜しい」「いける」と声援がスタンドから飛んでくる。静雄自身も、いい手応えを感じていた。

第一打席でも、こんな展開で市村はスローカーブを使ってきた。ますます好都合だ。来いよ、と心の中で市村に呼びかけた。

六球目、市村はボールを投げた。ボールが市村の手を離れた半呼吸後、静雄はバットをフルスイングした。バットの芯ががっちりとボールを捉えた感触。当たった瞬間、行ったとわかった。

高くは上がらない、ほとんどライナーのような飛び方だった。市村の頭上を越え、ジャンプしたセンターの頭の上も通り過ぎ、ボールはスタンドの座席にぶつかって跳ね上がった。先ほどとは違い、ファウルゾーンではない。ホームランだった。

「うおおおおお」

ベンチとスタンドの応援席から、いっせいに雄叫びが上がった。市村の速球を真っ向から打ち返した、小気味のいいホームランである。盛り上がらないわけがなかった。

二塁にいた功喜は、まるで勝ち越したかのように両手を挙げてぴょんぴょんと跳ねた。声は聞こえないが、静雄すげーと言っているのではないか。しかし、これは功喜がヒットを打ってくれたお蔭である。功喜が打っていなければ、このホームランもなかった。

市村はただ速球を投げ、静雄はそれを打っただけだ。傍目には、なんの駆け引きもなかったように見えるだろう。だが、そうではない。功喜のヒットが、市村の計算に微妙に影を落としていたのだった。

功喜は速球をさんざんファウルにして、市村がスローカーブを投げるのを待ちかまえた。そして静雄も、何度もファウルを打った。静雄も同じくスローカーブを狙っていると考えるのは当然である。市村としては、緩い球を投げるのが怖かったはずだ。

だから静雄は、速球のみに狙いを定めていた。緩い球が来るかもしれないという考えは、完全に捨てていた。ファウルが続いたのは、単に打ち損じていただけである。力と力の勝負になれば、打つか打ち取られるかだ。結果、静雄は勝った。楽しい打席だった。打てたからではなく、市村との真っ向勝負が楽しかったのだ。

ゆっくりと塁を回り、ホームベースを踏んだ。仲間たちは手を挙げて迎えてくれる。だが、まだ三対二だ。負けていることに変わりはない。ここで気を緩めるわけにはいかなかった。

さすがの市村も動揺したか、五番の川端にもヒットを許した。一球目に来た甘い球を、川端は見逃さなかったのだ。打球は三遊間を破り、川端は楽々一塁に達した。川端は大振りが目立つが、決してそれだけのバッターではない。失投をきちんとヒットにする技術も持っていた。

ここで畳みかけたいところだったが、川端にも打たれたことでかえって市村は冷静さを取り戻したようだった。続く六番打者を、切れのある投球で空振りの三振に仕留めた。やはり、そうそう簡単に点は取らせてくれない。残り三回であと一点、できれば二点、もぎ取りたかった。

七回表、こちらのピッチャーは交替した。ふだんは五回しか投げないのだから、山辺はがんばったと言える。二番手としてマウンドに上がったのは、大内《おおうち》という二年生だった。

大内の投げる球は、球威もコントロールもごく平凡だった。決して球が遅いわけでもノーコンでもないが、山辺には明らかに劣る。しかしひとつだけ、山辺にはない武器があった。大内はフォークを投げられるのだ。

フォークは肘や肩に負担がかかる。高校生が多用するのは、あまり望ましくない。だが大内は、プロになりたいわけじゃないからと言ってかまわずフォークを投げた。自分の武器はフォークだけとわかっているのだろう。遊びで投げたら自分でも驚くほどストンと落ちたので、フォークが面白くなったそうだ。本人が喜んで投げているから、春日もあまり投げるなとは言わなかった。

大内は口数が多くないが、決して暗い性格ではなく、むしろいつもにこにこしている男だった。今も出番が回ってきたのが嬉しくてならないかのように、笑顔のままマウンドに立っている。この笑顔は、フォーク以外のもうひとつの大内の武器だと静雄は思っていた。あの笑顔を見ていると、どんなに緊張した場面でも大丈夫だという気になってくる。それは特筆すべき美点だった。

いくら本人が投げたいと言っても、やはりフォークは多投すべきではない。だから、キャッチャーのリードが大事だった。最初にフォークを見せ、その幻影に怯えさせる。フォークが来るかもしれないと思わせて、ストレートで打ち取るのが理想なのだ。要は、市村のスローカーブと同じだった。静雄もスローカーブに苦しめられたからこそ、今はなおさら大内のフォークの価値がよくわかった。

相手の五番打者は、市村の陰に隠れてはいるが好打者である。左打ちの五番打者に対し、大内はまず外角に二球続けて投げた。一球目はボール、二球目はストライクだった。そして三球目、コントロールが狂ったかのようにボールは真ん中に行った。当然、相手は振ってくる。しかしボールは、バットに当たりそうなところでストンと落ちた。キャッチャーが体全面で止めようとして、落球はしたがなんとかボールを摑む。打者は驚いたように、マウンド上の大内を見ていた。

驚くのも当然だ。高校野球で、フォークはなかなかお目にかかれない。まして大内のフォークは、かなり切れがある。まさに、ストンという擬音を使いたくなる変化なのだ。二番手でこんなピッチャーが出てくるのかと、こちらの層の厚さにも驚いているのではないだろうか。

四球目は高めの球だった。しかし打者のバットは、コースよりかなり下を空振りした。明らかに、フォークの落差に眩惑されている。フォークが来るかもしれないと思えば、高めの球にも手を出してしまう。見送ればボール球だったからなおさら、つい振ってしまったのだ。見せ球としてのフォークは、かなり効果を発揮した。

問題は、これがどこまで続くかだった。フォークはすごいがストレートは大したことないと見破られたら、ストレートを狙い打たれる。大内が打たれる場合は、いつもそうだった。あまり長く投げさせるのではなく、ここぞというときに使うといいピッチャーなのである。

続く六番打者も、ど真ん中を見送った。フォークかもしれないと思ったようだ。しかしただのストレートだったので、打者としてはかなり悔しいだろう。フォークには、そういう屈辱を味わわせる効果もあった。

結局、低めの球を引っかけてサードゴロだった。静雄が難なく捌《さば》いて、ツーアウト。しかし七番打者には、ストレートをうまく引っ張られてヒットを許した。打者をあっさり三人で片づけられるほどの力は、大内にはないのだった。

とはいえ、八番打者もサードゴロに打ち取った。上々の出来である。ベンチに引き上げる際に

「ナイスピッチング」と声をかけると、大内は嬉しそうに笑った。

七回裏も、向こうチームのピッチャーは交替しなかった。マウンドに上がるのは、変わらず市村である。体が山辺の一・五倍くらい大きいのだから、スタミナもそれ相応のはずだ。二番手ピッチャーは必要なく、市村が完投するのだろうと思われた。

こちらの七番八番九番は、全員空振りの三振だった。功喜のようなファウル作戦をすることもできない。点を取られ、市村の球威はさらに増したかのようだった。静雄のホームランが、市村の目の色を変えさせたのは間違いなかった。

34

八回の表、相手の攻撃は九番からである。大内はフォークを使わずに仕留め、打順が一番に回る。向こうにとっての好打順だ。絶対に市村の前にランナーを出してはならなかった。

一番打者は、ぶんぶんと何度も素振りをした。バントの構えで揺さぶろうにも、大内にはフォークがあるから失敗する可能性が高い。ストレートを振りにいくしかないとわかっているのだろう。こんなところにも、フォークの威嚇力が効いていた。

球を散らしているのか制球が定まらないのか、カウントはツーツーになった。キャッチャーが後逸する危険性があるから、もうフォークは投げられない。ど真ん中だけは避けろよと内心で思っていたら、球は真ん中に行ってしまった。これはフォークじゃないはずだとひやりとしたら、案の定その球を捉えられた。打球は一、二塁間を抜けていった。

ランナーが出てしまった。もうひとり出塁すれば、市村まで打順が回ってしまう。なんとしても抑えてくれと、大内に向かって頼み込みたくなった。ここで追加点を取られたら、残りの回での逆転がかなり厳しくなる。

二番打者を迎え、大内は初めてキャッチャーのサインに首を振った。二度目の指示で頷き、セットポジションに構える。まさかと思ったら、一球目からいきなりフォークだった。正念場を迎え、大内はフォークの多投を決意したようだ。

打者は空振りをした。キャッチャーは落球したが、すぐに飛びついて送球の構えをした。一塁ランナーは走れず、ファーストに戻る。フォークで空振りさせるのもいいが、キャッチャーの後逸でランナーを進塁させてしまう危険性があることも忘れないで欲しかった。

たまらず、マウンドに駆け寄った。「大内」と呼びかけ、口許をグローブで隠しながら話しかける。

「サードに打たせろ。絶対におれが捕ってやるから。山辺もさっき、そうしてたろ」

「えっ、でも、ゴロにならないかも」

コースをうまく突けない大内は、失投してそれを長打にされることを警戒しているのだ。しかし、そのときはそのときだ。ここで打たれるようなら、チームの総合力が劣っていたということである。大内のせいにするつもりはなかった。

「まあ、気楽に投げろや」

「はい」

大内はいつもの笑顔を浮かべた。それでいいんだと、静雄も笑い返した。

静雄の言葉で肩の力が抜けたか、続く球は走っていた。思わず手を出してしまったといった体で、打者はサードゴロを打つ。静雄は猛ダッシュをして球を拾い、セカンドに送球した。アウト。キャッチした堀之内がすかさずファーストに投げると、そちらもアウトだった。ゲッツー、チェンジである。土壇場で、大内に好投が出た。大内は両手を挙げて「やったー」と叫ぶ。ベンチに引き返す野手たちが、次々にグローブで大内の体に触れた。

八回の裏、こちらの攻撃も好打順である。一番の功喜からだった。

当然市村も、功喜には警戒しているはずだ。おそらく、静雄の次に神経を使っているのではないか。となると、なんらかの対策を取ってくると思われる。それに対して功喜は、どんな手段で対抗するのか。

「また何か考えてるのか」

功喜がベンチを出ていく前に、尋ねた。功喜は「いや」と首を振る。

「何も。そんなにいくつも手があるなら、最初からやってるよ」

「まあ、そうか」

さすがの功喜も、打つ手が尽きたようだ。とはいえ、市村の速球を正攻法で打つのは難しい。ならば、バントヒットを狙うか。

そう考えていたら、功喜も同じ判断だったようだ。打席に入り、バントの構えをする。これで市村がうんざりすれば心理的に優位に立ったようなものだが、あいにくと変わらず無表情だった。これまでどおりに振りかぶって、一球目を投げる。

速かった。八回にもなって、まだこんな速い球を投げられるのか。驚いたのも束の間、功喜はバットを当てにいった。しかし速さに負けて、当て損なった。ボールは変な角度で跳ね上がり、功喜の右肩に当たった。

うっ、という呻きがベンチまで聞こえた。かなり痛そうだ。春日がタイムを取り、駆け寄る。静雄たちは立ち上がって、ベンチから見守った。

功喜の首の動きからすると、大丈夫と言っているようだった。春日は何度も確認をとっているみたいだが、結局交替はせず、功喜はそのまま打席に立つ。戻ってきた春日は、「本人は大丈夫と言ってるが……」と心配そうに一同に報告した。

功喜はバントの構えを続けた。これしかないと思い定めているようだ。この回も含め、こちらの攻撃はあと二回しかない。ここで功喜が出塁しなければ、追いつけるチャンスは広がらない。それがわかっているから、多少の痛みはこらえているのだろう。

しかし二球目を、功喜は当てられなかった。静雄の目には、功喜が身を乗り出すのをためらったように見えた。自分も経験があるからわかる。怖い思いをすると、体が勝手に逃げてしまうのだ。功喜が第二打席でやったように、体をクッションのように使って球威を殺さないと、市村の球はバントできない。あれではボールを転がせないだろうと、残念な気持ちとともに予想した。

果たして、三球目を功喜はフライにしてしまった。やはり、ボールの球威をうまく殺せなかったのだ。ほぼ真上に上げてしまい、キャッチャーマスクを外したキャッチャーが捕球する。功喜は無念そうに、天を仰いだ。

「畜生！」

功喜は戻ってくると、ひと言発してベンチにどっかりと坐った。その動きは、右肩を庇っているように見えた。尋ねずにはいられなかった。

「大丈夫なのかよ」

「平気だ、これくらい」

「ちょっと、ユニフォームを脱いで見せてみろ」

「いやだよ、めんどくさい」

功喜はこちらを向かず、グラウンドの方に目をやったまま答えた。いやだと言っているものを、無理に脱がせるわけにはいかない。脱がせたところで手当てはできないので、引き下がるしかなかった。

二番の堀之内は、またやけくそ作戦に出た。だがむやみにバットを振っても、そうそうまぐれ当たりはしない。一度でも当たったのが、奇蹟のようなものだったのだ。あえなく三振に倒れて戻ってくると、功喜と同じように「畜生！」と悪態をついてベンチに坐る。意図して真似をしているわけではないだろうが、お調子者の堀之内らしくて、微苦笑を誘われた。

三番もサードゴロに倒れ、八回裏の攻撃は終わった。ひとりでも塁に出てくれれば、逆転のチャンスの場面で静雄に打順が回ってきたのだが。もしかしたら、最大の追撃の機会を逃したのかもしれなかった。

いよいよ最終回、相手の攻撃である。三番からだから、どうしたって市村に回る。市村を抑えることが理想だが、仮に打たれたとしても被害は最小限にとどめなければならない。三番打者を塁に出すわけにはいかなかった。

大内にはチェンジの際に、またサードに打たせろと声をかけてある。大内は笑って、「そうします」と答えた。

先ほどの二番打者は左打ちだったから、外角に投げればサード方向に飛ぶ可能性が高かった。しかし、三番打者は右打ちである。わざとサード方向に打たせるのは難しい。内角に投げれば、痛打されるかもしれないからだ。それでもフォークを見せ球に使えば、内角を打ち損じるのではないかと期待していた。

一球目、大内は真ん中低めに投げた。内角を狙って、真ん中に行ってしまったのか。幸い、打者は見送った。判定はボールだった。

次はど真ん中だった。さすがにこれは失投だろう。まずい、と思ったが、またしても打者は見送る。あまりにど真ん中過ぎて、フォークだと考えたようだ。ストレートだったので、悔しそうに顔を歪めた。こちらが思う以上に、向こうは大内のフォークを警戒しているのかもしれない。

三球目は内角に行った。少し差し込み気味だが、相手は手を出した。ど真ん中を見送ったことで、打ち気に逸ったのだろう。サードゴロになり、静雄は安堵しながらボールを処理した。アウト。ランナーなしで、市村を打席に迎えられた。

バッターボックスに立った市村は、最終回であっても泰然としている。緊張することはないのだろうか。打ってよし、投げてよし、さらに心も安定しているのだから、プロのスカウトが見に来るわけである。そこまで考えて、ようやくスカウトの存在を思い出した。試合に集中していて、すっかり忘れていた。スカウトの前でホームランが打てて、いまさらながら口許が緩みそうになる。だが今は、浮かれている場合ではない。市村がサード方向に打ったら、なんとしてもキャッチしてやるつもりだった。

大内はランナーがいなくても、セットポジションで投げた。一球目、真ん中高めにボールが行く。市村はスイングした。しかしそれは、空を切った。ボールが落ちたからだ。大内は一球目からフォークを投げた。

スイングを終えた姿勢のまま、市村はキャッチャーを見ていた。捕球位置から逆算して、どれくらいの落差があったか測っているようだ。いったんバッターボックスから出て、アッパー気味の素振りをする。今度フォークが来たら、掬い上げて打つという示威行為だろう。フォークを投げにくくさせる心理戦でもあった。

だからこそ、逆にフォークでいけ。心の中で、静雄はそう大内に話しかけた。大内のストレートでは、市村には通用しない。どうせ最終回だ、フォークの出し惜しみをしている場合ではなかった。

二球目は一球目より内角寄りだった。ふたたび市村はバットを振る。ボールはバットから逃げるように、下に落ちた。よし、またフォークだった。大内のフォークは、来るとわかっていても簡単に打てるものではない。それは市村でも例外ではなかった。

市村は再度、打席を外してアッパースイングの素振りをした。次こそ、という意思表示に違いない。ここでさらにフォークを投げる勇気が、バッテリーにあるか。おれがキャッチャーなら、次もフォークを要求すると静雄は考えた。

大内は投げた。今度は外角高めだ。市村はバットを下から掬い上げる。ストレートであれば、完全に空振りのスイングだ。しかし、ボールは落ちた。その落ちたボールを、市村のバットが捉えた。

やられた、と覚悟した。ボールは高々と舞い上がったからだ。しかし、飛距離がなかった。高く上がりはしたが、落下地点は外野だった。ライトがそれを、しっかりと捕球する。ベンチも観客席も、大きな歓声を上げた。静雄は無意識に止めていた息を、大きく吐き出した。

市村は小さく頭を振ると、最後に頷いてベンチに帰っていった。いい勝負ができたと、満足しているのだろう。あいつも野球馬鹿だなと、静雄は考えた。決勝の相手チームに市村がいて、本当によかったと思った。

難敵を打ち取った後は、気が抜けたりする。まだ油断はするなよと念じていたら、次の五番打者の打球はセンターに転がった。前進した功喜がキャッチし、ファーストに送球しようとする。だがその球は、ボテボテとセカンド付近に転がった。投げた功喜は、グローブで右肩を摑んでしゃがみ込んだ。

先ほどの自打球で、送球できないほどに肩を痛めていたのだ。幸い、二塁手の堀之内がボールを摑んだから、打者はセカンドまで進塁することはできなかった。それはいいが、心配なのは功喜だ。春日がまたタイムを取り、功喜の許へ走る。ボールが投げられないなら、本人は悔しいだろうが交替するしかなかった。

ふた言三言のやり取りの後、春日が両手の人差し指をくるくると回した。選手交代だ。ベンチを出る前に春日が指示していたのか、二年生がグローブを摑んで飛び出してくる。功喜はゆっくりと、グラウンド外に向けて歩き出した。

「必ず逆転するからな」

功喜がそばを通り過ぎる際に、そう声をかけた。少し俯き気味だった功喜は顔を上げ、「絶対だぞ」と真剣な表情で言った。功喜のためにもがんばらなければならない。静雄は決意を込めて頷いた。

35

ランナーを背負った投球にはなったが、大内は追加点を与えなかった。及第点どころか、立派なピッチングである。これで逆転したら、立役者は大内かもしれなかった。大いに誉めてやりたいところだった。

しかし、そんな暇はなかった。最終回の攻撃、打順は静雄からである。自ずと気持ちが高ぶる。バットを持って、ゆっくりとバッターボックスに向かった。

できればホームランを打ち、同点に追いつきたかった。次打者の川端には期待できるが、それ以後は下位打線になってしまう。単打では、生還できるかどうかわからなかった。最低でも同点にするのが、この回の目標だった。

打席に立ち、バットを構えた。マウンド上の市村は、小憎らしいほどに無表情である。だが内心では、静雄同様にこの勝負に高ぶりを覚えているはずだ。今日会ったばかりでろくに言葉も交わしていない相手なのに、静雄は市村の気持ちが手に取るように理解できた。

もうひとつ、わかることがある。市村は全力で投げてくるだろうということだ。全力とは、全部速球という意味ではない。自分のすべての力を使い切る投球をするから、当然スローカーブも交えてくる。前の打席のように、速球にだけ狙いを定めるというわけにはいかないのだ。だが、それでいい。こちらもまた、自分の出せる力すべてをこの勝負に注ぎ込むつもりだった。

とはいえ、一球目からスローカーブは来ないと考える。スローカーブはあくまで、速球を投げてこそ効果があるのだ。最初は絶対、速球が来る。速球とわかっているなら、見送ってワンストライクを無駄にする気はなかった。

市村は振りかぶる。腕が振り下ろされる半呼吸後に、バットを振る。タイミングは前打席のホームランと同じだ。果たして、来たのは速球だった。

バットはボールに当たった。しかし、当たりそこねだ。ボールの下を叩いてしまい、打球は後ろに飛ぶ。後方のフェンスに当たって、下に落ちた。ボールの行方を目で追ってから、視線を市村に戻した。

ボールが手許でホップした。最終回まで投げてなお、市村のボールには伸びがあった。すごいな、と感嘆する。プロに行くなら、投手か野手かどちらを選ぶのだろう。どちらかを捨てるのは、本当にもったいなく思えた。こんな奴もいるんだなと、改めて驚いた。

二球目、外角低めだった。それをうまく掬い上げたつもりだったが、ボールはサード側のスタンドに入った。ボールの回転が速いから、微妙に変化しているのかもしれない。バットの芯で捉えないことには、前に飛ばないのだ。

三球目はふたたび外角。だが明らかなボール球だった。こちらの打ち気がどれくらいか、様子を見たか。打ち気に逸っているようなら、スローカーブを投げるつもりだと読んだ。

四球目は緩い球が来てもおかしくなかった。どちらだ。市村の顔や仕種を一瞬も見逃さないよう凝視したが、見抜けない。仕方ない。速球だ。そう決めて、バットを構えた。

市村が投げる。静雄はバットを振る。内角高めの速球。かつて静雄が苦手としたコースだ。しかしもう、体は逃げない。腕を畳んで、バットを振った。うまく当たらなかった。ファースト方向へのファウル。カウント、ツーワン。大きくひとつ息を吐く。もしかしたらおれは今、笑っているかもしれない。緊張感はあるが、楽しくてならない。野球は楽しい。もっともっと、バットを振っていたかった。

五球目、スローカーブは来ないと決めつけた。今や、市村の考えは自分の考えと溶け合っていた。楽しくてならないこの勝負では、速球を投げたいはずだ。顔は無表情だが、心はわくわくしているに決まっている。お前も笑っていいんだぜ、と話しかけた。

市村が腕を振った。ボールが来たが、もうコースはどこだかわからない。どこでもいいから、ともかくバットを振る。当たった。だが、こちらの感覚を上回ってさらに市村の球は速かった。時間にして、〇・〇〇一秒くらいの狂い。真芯で捉えきれなかった。

ボールは打ち上がった。ぐんぐん外野に飛んでいく。センターがボールを見上げながら、慌ててバックする。フェンスに背中をぶつけた。もうあれ以上は下がれない。ボールが落下し始める。センターはグローブを伸ばしてジャンプした。

パシン、という音がした。ボールがグローブに収まる音が、バッターボックスまで聞こえた。センターはグローブを掲げたまま、捕球したことを何度も誇示した。二塁塁審が「アウト！」と宣告した。

駄目だったか。静雄は空を見上げた。たった〇・〇〇一秒のずれ。きっと市村は、この試合一番の球を投げたのだろう。九回だから疲れが出て、握力は落ちていたはずだ。それなのに、気迫で一番の球を投げた。その気迫が、〇・〇〇一秒のずれを生んだ。力と力をがっつりぶつけ合った勝負に、静雄は負けた。そういうことだった。

「あー」

空を見上げたまま、声を出してみた。悔しいのに、悔しくなかった。空が青いのが、妙に嬉しかった。

36

市村の高校は、甲子園で一勝した。だが二回戦で、市村が三点も取られて敗退した。市村が打たれるところをテレビで見て、静雄は信じられなかった。何かの間違いだとすら思った。点を取られてがっくりしている市村は、静雄が知る市村ではなかった。

日本は広いのだなと、改めて感じた。市村を打ち崩すような奴が、全国にはきっとごろごろいるのである。打たれた市村を見て、静雄は自分の夢が破れたことを悟った。地区予選の決勝で負けたときより、ショックが大きかった。

十月、巨人はついに優勝を逃し、V10はならなかった。長嶋は引退を宣言して、「巨人軍は永久に不滅です」という名言を残した。その様子をテレビで見守り、父とふたりでぼろぼろと涙をこぼした。

結局、高校三年間を通じて野球ばかりに身を入れていたので、学業はさっぱりだった。六大学のどこかを受けても受かるわけがないので、進学は諦めた。それはつまり、プロ野球選手になる夢を諦めることでもあった。市村の高校が甲子園で負けた様を見たときに、すでに心に決めていたことだった。

一緒に野球をやっていた連中の大半は、大学には行かずにそのまま地元の会社に就職した。静雄も、工務店が雇ってくれた。工務店の社長が野球好きで、静雄の活躍を知っていたのである。地区予選決勝の際はくがまで応援に来てくれていたので、「あの最終回の当たりは惜しかったなぁ」と静雄の顔を見るたびに言った。

仲間内でただひとり大学に入ったのは、谷だった。なんと、立教《りっきょう》大学に受かったのである。野球やれよ、と勧めたが、「無理言うな」と笑われた。大学に入っても、将棋を続けたいそうだ。

長嶋が引退して巨人の応援に今ひとつ身が入らなくなったが、代わりに相撲を見るようになった。しかし目当ての力士はまだ幕下なので、取り組みはテレビで中継されなかった。いずれ必ず片倉の姿をテレビで見られると、静雄は信じていた。

野球部の仲間たちとは、社会人になっても付き合いが続いた。たまに集まり、酒を飲んだり、気が向けば山に登ったりした。山の上にある食堂では、三村が一人前に包丁を振るっていた。料理の腕はそこそこだが、訪ねていくと喜んで総菜を一品サービスしてくれるので、正直な感想は言えなかった。

火口付近まで行くのは、野球で鍛えた静雄たちでもなかなかに骨が折れた。急な勾配の道では前屈みになり、息を切らせながら脚を動かす。しかし、脱落者はひとりもいなかった。皆で言葉を交わしながら登っていると、疲労も楽しかった。

「お前、女のくせによくついてくるな」

「女のくせにはよけいだ」

真後ろを歩く人に声をかけると、芳美はぶすっとした顔で応じた。

第十六部　一ノ屋の終わり

1

物心ついた頃から、父のことが苦手だった。

嫌い、とは違う。実の親だから、嫌ってはいない。だが、どんなときでも不機嫌そうにしているあの顔が、どうにも苦手なのだ。松人《まつと》は、子供の頃から父の顔色を窺って生きてきた。

自分が引っ込み思案な性格になったのは、生来のことではなく、父の不機嫌な顔と大いに因果関係があると思っている。もしのびのびと成長することができたなら、祖父のように毎日楽しく生きていられたのではないか。祖父は、何をやっていても楽しそうな人だった。松人は密かに、祖父のことを人生の達人と呼んでいた。なぜ祖父のようにいつもにこにこしている人から、生まれてこの方一度も笑ったことがないかのような父が生まれたのか、不思議でならない。ただ、自分の性格が父と無関係ではないように、父の性格もまた祖父と関係があるのかもしれないとは思った。常に苦虫を嚙み潰しているかのような表情は、祖父への反発だったのか。

実際、父と祖父とは水と油だった。違いは表情だけではない。ふたりは何から何まで違っていた。その違いの原因が祖父への反発だったのだとしたら、納得できなくはない。もっとも、松人は父ではなく祖父に共感するのだが。

祖父は開明的な人だった。長く続いてきた一族の長であるにもかかわらず、「もうそんな時代じゃないだろ」と言って血筋に重きを置かなかった。かつて、松人の家系は島の人々に暮らしを支えられていたらしい。要は、何もしなくても生きていけたそうなのだ。武士でもない、名主でもないのに、なぜ働かなくてもよかったのか。祖父が「どうでもいいこと」と言うので深く学べなかったが、断片的な話を総合すると、どうやら巫女《みこ》のような存在だったらしい。神聖な一族なので村で大事にされていた、といったところのようだ。確かにそれでは、現代の世で神通力を失うのも無理からぬところである。「もうそんな時代じゃない」のは、祖父の言うとおりだった。

にもかかわらず、父は血筋にこだわった。「一ノ屋の血を残すのが自分の務め」と言い張り、祖父に反発した。一ノ屋の血なんてものに、なんの意味があるのか。一ノ屋本家の人間だからと崇め奉る島民など、今やひとりもいない。もちろん、松人の一家は島民に食べさせてもらっているわけではない。祖父は戦後まで働かずに生きていたらしいが、父はごく普通に会社勤めをしている。なんの変哲もないサラリーマンなのに、貴種も何もあったものか。意味のない家名に固執する父は、頑迷としか思えなかった。

引っ込み思案な性格は、交友関係に如実に影響した。男子とうまく付き合えず、女子とならば気兼ねなく話ができるのだ。何事にも消極的だと、男子の間では軽んじられる。「お前はお味噌ね」「味噌っかす」と言われ、仲間外れか邪魔者扱いされた。相手がそんな態度なら、こちらも親しみの持ちようがない。その点、女子は分け隔てをしなかった。女子の方が、話をしていてよほど楽しかった。

それは小学校に入ってからも変わらなかった。低学年のうちは、女子と友人関係を築けたので楽だった。だが三年生にもなると、残念なことに男子も女子も互いを意識し始めるようになった。松人は何も変化を感じていないのに、周りが変わった。女子と話していると、男子から冷やかされたりからかわれたりするようになった。

そんなことをして何が面白いのか、わからなかった。意識するならむしろ、話しかければいいのに。話しかけられないから、女子と親しくする松人をやっかむのだろう。女子の側も意識しているという点では同じで、乱暴で汚い男子を敵視し始めていた。なぜか、松人だけは例外扱いだった。女子たちに言わせると、松人は優しいから他の男子とは違うのだそうだ。

からかわれるのが面倒なので、女子とは大っぴらに言葉を交わさないようにした。女子たちも事情をわかってくれていたので、男子の目がないところでだけ話しかけてきた。女子はいつも、「男子はガキよね」と言った。その口振りは、松人は男子ではないかのようだった。

女子たちと表面上の付き合いがなくなって孤独になったかというと、そうでもなかった。乱暴な男子に馴染めない人は、他にもいたのだ。クラスの中で目立たず、運動が得意でなく喧嘩もしない。そんな男子同士、自然に仲良くなった。友達の名は小林《こばやし》といった。

小林は小柄で痩せっぽちだった。そんな体格だから気弱な性格になったのか、それとも生まれつきなのかわからない。松人にとっては、どうでもよかった。松人のことを馬鹿にしたり苛めたりしないというだけで、貴重な存在だった。むろん、小林も粗暴な者たちから標的にされる側である。教室の片隅で、松人と小林は肩を寄せ合って目立たぬように生きている状態だった。

松人と小林は似た者同士だったが、一点だけ違うところがあった。小林は女子と話ができないのだ。松人にはそれが不思議だったが、小林からすれば松人の方が不思議だそうだ。なぜ構えずに話ができるのかと、何度も訊かれた。

「おれ、緊張しちゃうんだよね。女子と何を話せばいいのか、ぜんぜんわからない」

あるとき、そんなことを言った。それを聞いて、松人は笑う。

「なんで緊張するの？　別に怖くないよ」

「怖くはないけど、なんでか緊張するんだ。一ノ屋くんはどうして緊張しないの？」

「だって、同じ年だろ。緊張する必要ないでしょ」

「そうなんだけどね。わかってても、ドキドキして話しかけられないんだよ」

つまり、小林もまた女子を意識しているということなのだった。その感覚がない松人は、意識するとはどういう状態なのかも理解できない。なぜ自分だけがそうなのか、という疑問が胸に宿った。

女子と気兼ねなく話ができるといっても、親しさの濃淡はある。男子の中で小林と気が合うように、女子の中にも気が合う人がいた。その女子も目立つ方ではなく、むしろ目立ちたくないと望むタイプだった。だから相性がいいと言えばそうなのだが、その女子は自分から男子に話しかける性格ではない。それなのに親しくなったのだから、よほど馬が合ったのだろう。

その女子、南野理香《みなみのりか》とは偶然にも、入学したときからずっと同じクラスが続いていた。だから互いに、成長の過程をよく知っている。小さい頃からあまり動かず、じっと道端の花を眺めているような子供だった。昔はよく、松人も付き合って花を眺めた。他の男子に言わせれば、花を見て何が楽しいのかわからないそうだ。それは小林ですら同じなのだが、松人は楽しかった。花を見る楽しさを言葉ではうまく説明できないけれども、理香とはその気持ちを共有できた。他の人には理解してもらえない通じ合うものが、理香との間にはあったのだった。

理香は、人目があるところで言葉を交わせば松人がからかわれるとわかっている。だから他の女子と同様、男子がいないところでだけ話しかけてきた。しかしあるとき、その現場を小林に見られた。相手が小林だったから松人は気にしなかったが、小林は目を丸くした。男子と会話なんて死んでもできないといった風情《ふぜい》の理香が、松人となんでもないことのように言葉を交わしていたからだろう。その場は何も言わずに立ち去り、後で驚きを抑えきれないかのように言った。

「一ノ屋くんは、南野さんとも仲がいいの？」

「うん、そうだよ。南野さんとも、っていうか、むしろ女子の中では南野が一番仲いいかな」

「ええっ。そうなの？　なんで？」

「なんでって、なんとなく気が合うんで」

「うそ、すごいな。おれは南野さんにだけは絶対に話しかけられない」

まるで理香のことを恐れているかのような口振りだった。あんなおとなしい理香をなぜ恐れるのか、松人はわからなかった。

「普通に話しかければ、返事してくれるよ」

「いや、そうじゃなくてさ」

なぜか小林は、そこまで言うと口籠った。そうじゃないならどうなのか、当然話すと思って待っていても、もじもじして続けない。小林の態度が理解できず、尋ねた。

「えっ、何？　南野に何かあるの？」

「だってさ、南野さんってかわいいだろ。ドキドキして話しかけられないよ」

小林の説明を、松人は最初間違えて受け止めた。前にも小林は、女子にはドキドキして話しかけられないと言った。そのときは、緊張するとのことだった。だから理香に対しても同じなのだと解釈したのだ。

「ドキドキするのと南野がかわいいのは、なんの関係があるんだ？」

「えっ」

小林はまたしても目を見開き、しばし硬直した。なかなか口を開かないので、何をそんなに驚いているのか奇妙に感じた。

「どうした？　おれ、変なこと言ったかな」

「えっとさ、一ノ屋くんは南野さんのことをかわいいとは思わないの？」

小林の口振りは、話が通じない相手とまずは共通の土壌を探すかのようだった。質問の意図はわからないものの、取りあえず答える。

「いや、かわいいと思うよ。けっこう整った顔してるよね」

「だろ？　だからドキドキするんだよ」

小林の「だから」はかなり飛躍があるように感じた。しかし、あまりに小林が当たり前のことのように話すので、飛躍があると感じる自分の方がおかしいのではという気がした。松人は本能的に、この話題は避けた方がいいと判断した。受け流すために、わかった振りをしておいた。

「ああ、そういうこと」

「そうそう。きっとおれだけじゃないと思うぜ」

小林はそんなこともつけ加えた。やはりおかしいのは自分の方なのか、と松人は密かに考えた。

2

祖父は散歩が好きな人だった。戦後しばらく大工仕事の手伝いをしていたが、若い頃は働かずに毎日ぶらぶら歩き回る生活をしていたらしいので、昔からの散歩好きだそうだ。松人は小さい頃から、祖父に連れられて散歩をした。松人は散歩が好きというより、祖父と一緒に歩くのが好きだった。

祖父は顔が広い人だった。少し歩くと、すぐに知り合いに出くわす。「おお、松次郎さん」と気安く声をかけてくる人は、一ノ屋の血筋を特別視しているようには思えなかった。あくまで祖父は、大勢いる島民の中のひとりである。だから一ノ屋の血の意味は戦後に失われたわけではなく、もっと前から特別ではなくなっていたようだった。

とはいえ、その顔の広さそのものが特別であることの証なのかもしれなかった。例えば、島内にいくつもの会社を持つ偉い人とも、祖父は友人のように接した。社長の方が若いだけに、むしろ祖父に対して敬意を払っているかのようにも見えた。

あるいは、島で初めての医者として皆の尊敬を集めている人とも、祖父は懇意だった。祖父は医者と将棋仲間らしく、向こうの手が空いているときは将棋を指したがった。将棋をすることになると、松人は先に帰れと言われた。将棋のルールを教えてくれる気はないようだ。だから幼い頃は、医者と出会うとがっかりしたものだった。露骨に落胆していたらしく、医者には「おいおい、そんな顔しないでくれ」と言われてしまったこともあった。

祖父は出会う人と言葉を交わすのが好きであり、その一方でただそぞろ歩くのも好きだった。手を繋いで浜辺を歩き、疲れると砂浜で腰を下ろして打ち寄せる波を眺めた。自然の風景に目をやっているとき、祖父はいつも「ああ、平和だなぁ」と呟いた。祖父は戦時中の大変な時期を生き抜いてきた。その呟きにどんな意味が籠っているのか、幼い子供でも理解できた。

「松人、お前は戦後に生まれてよかったな」

あるとき、ふと思いついたように祖父は言った。松人は十歳になっていたが、まだ祖父との散歩を好んでいた。祖父の言葉は、戦後生まれの身としてはあまりに当たり前に感じられた。

「そりゃあ、そうだ。おれだけじゃなく、戦後生まれはみんなそう思うでしょ」

「まあな。ただお前は特に、戦争に行かされたら真っ先に死んでるだろ。お前は兵隊になれる性格じゃないからなぁ」

「うん、そうだろうね」

ただでさえ争い事が嫌いなのに、戦争に行って相手国の兵士を殺せるわけがない。人殺しをするくらいなら、自分が死んだ方がましだった。

「お前は誰に似たんだろうなぁ。うちの血筋にこんな優しい子が生まれるとは、思いもしなかったよ。もっとも、うちの一族はみんな違ってて、似てる人なんてひとりもいないんだけどな」

祖父は目尻に皺を寄せて、松人の顔を見る。松人は祖父の笑い皺が好きだった。

「確かにそうだね。父さんとじいちゃんは、ぜんぜん違うもんな」

深く納得して、応じた。自分と父も、まるで違う。

「おれと兄貴も似てなかったしなぁ。ああ、兄貴と政文《まさふみ》は、ちょっと似てるか」

政文とは、父のことである。祖父の兄は松人が幼い頃に死んだので、あまりよく憶えていない。

「じいちゃんの兄ちゃんも、笑わない人だったの？」

「そうそう。兄貴は真面目すぎてね。笑うことも忘れちゃった人だったんだよ」

祖父は海の方に目をやった。水平線の先に、何かを見ているような目だった。

「じゃあ、似てるね。父さんは伯父さん似だったのか」

遺伝とは不思議なものだなと思った。血筋を遡《さかのぼ》れば、自分に似た人も見つかるのだろうか。

「じいちゃんの父さんは、どんな人だったの？」

ふと疑問を覚えて、訊いてみた。祖父の父の話は、これまで聞いたことがなかった。

「おれの父さんか？　父さんはおれが生まれる前に死んじゃったから、会ったことないんだよ」

「えっ、そうだったんだ」

思いもよらないことだった。祖父はいつもにこにこしているから、そんな生い立ちとは想像もしなかった。

「日清戦争に行って、死んじゃったんだ。話で聞くと、どうも要領の悪い人だったらしいからね。そんな人が戦場に行ったら、そりゃ死ぬわな」

祖父は特に不幸とは思っていない口振りだった。訊いて悪いことをしたと思っていたから、救われた心地になった。

「平和が一番だね」

祖父の呟きが、前より理解できる気がした。祖父は「そうだぞ」と言葉に力を込める。

「平和だからこんなふうにのんびり散歩ができるし、将棋も指せるし、テレビで野球を観ていられるんだ。ありがたいことなんだぞ」

「うん」

戦後生まれの子供は苦労知らずと言われるが、確かに祖父の世代が味わった辛酸は遠い世界の話だった。そんな時代を生きてきたのに、常に笑顔を絶やさずにいる祖父はすごいと思った。同時に、笑うことができずにいる父の度量は狭く感じられた。

浜辺を離れ、家に帰る途中で空き地のそばを通った。空き地では、子供たちが野球をやっていた。皆、松人より少し年下だろうか。知った顔はなかった。

「ほう、野球か。子供のときから野球ができるなんて、いいなぁ。おれもやりたかったなぁ」

祖父は立ち止まり、嬉しげに言った。祖父は野球好きである。そもそも祖父は、何事も楽しまずにはいられないたちなので、好きなことが多いのだ。

「ちょっと見ていこう」

そんなことを言って、空き地に入っていった。子供たちの迷惑にならないよう、端にとどまって大きな石に腰を下ろす。松人は手頃な石がなかったから、地べたにそのまま坐った。

子供たちは適当な木切れを使って遊んでいるのではなく、ちゃんとバットを振っていた。それだけでなく、ピッチャーはグローブまで持っている。さすがに人数分あるわけではなく、少ないグローブを交替で使っているようだが、贅沢であることに変わりはない。親が野球好きで、買い与えたのだろうか。

二チーム作れるほど人数はいないので、ひとりずつ交替でピッチャーとバッターを務めていた。皆、一様にうまい。どのピッチャーの球もなかなか速いし、バッターはそれに負けていない。たまにいい当たりが遠くまで飛んで、ボールを目で追った祖父は「おおっ」と声を上げた。おそらく祖父は、生まれてこの方バットを振ったことはないのだろう。自分も振ってみたそうに、バットを構える真似をした。

「松人、お前はあんまり野球が好きじゃないんだよな」

祖父は尋ねる。祖父の言葉には裏の意味がないから、楽だ。これが父なら、本当は何が言いたいのかとつい考えてしまう。野球が好きではないなんて男らしくない、と不機嫌になるのではないかと身構えただろう。

「うん、あんまり」

正直に答えた。「ははは」と祖父は笑う。野球に限らず、好きではないことを無理強いするような真似を、祖父はしない。

「付き合わせて悪いな。もうちょっと見たいわ」

「いいよ。じいちゃんの好きなようにしてよ」

ルールがわからない将棋を見るより、ずっとましだ。野球は、見ていればどういうゲームかわかる。

子供たちのやっている野球はまだ遊びレベルだから、守備側はあまり楽しくないのだろう。だから、一番面白いピッチャーとバッターを交替でやっているようだ。松人たちが見ている間にもピッチャーは何回か替わり、一番背の高い者の順番になった。グローブを受け取って、ピッチャーが立つ位置に向かう。

特に投球練習もせず、いきなり投げ始めた。先ほどまでのピッチャーとは違い、キャッチャーのグローブに届いたときに重い音がした。祖父は「ほう」と言う。他の子供たちより、明らかに球が速かった。

バッターとして打席に立った者たちは、そのピッチャーの球を打てなかった。掠《かす》りもせず、ただバットが空を切る。背の高い者は、ひとりだけ飛び抜けてうまいようだった。

「あのピッチャー、やるなぁ」

祖父は前のめりになり、前を見つめたまま呟いた。野球好きの祖父でなくても、松人も同じ感想を持った。それだけではない。ピッチャーの投げる姿には、なぜか引き込まれるものを感じた。野球になんてまったく興味がないのに、不思議なことだった。

しかしそのピッチャーも、ついに打たれた。ボールはかなり遠くに飛んでいく。草叢《くさむら》に入ってしまったので、バッターは文句を言われていた。「自分で探しに行けよ、シズオ」と周りに促され、バッターは顰《しか》め面をしながらボールを取りに行く。ピッチャーは腰に手を当てながら、「ちぇっ」と舌打ちして足許の石ころを蹴っていた。

あまり子供らしくない、少し気障《きざ》な振る舞いだった。しかし、そんな様子も格好いいなと松人は思った。

3

以来、学校にいるとあのピッチャーをなんとなく捜してしまった。廊下を歩くときや校庭で遊ぶ際に、いないだろうかと気にしてしまうのである。空き地で遊んでいたからには、おそらくあの周辺に住んでいるのだろう。ならば、同じ小学校に通っているはずだ。いずれは見かけるのではないかと思っていた。

そして実際、数日後に校内で見つけた。下駄箱の近くにいたのだ。使っている下駄箱から、学年が判明した。松人のふたつ下の、まだ二年生だった。二年生にしてはずいぶん背が高いな、と思った。二歳年上の松人と、ほとんど変わらないかもしれない。

脱いだ上履きには、「山辺」と書かれていた。名前がわかった。名前を知ってどうしようというわけではないが、なんでもいいから知りたかったのだ。なぜ知りたいのか、自分でも理由は判然としなかった。

　山辺と言葉を交わす機会はなかった。そもそも、話をしたいと思っていたわけではなかった。どうも気になるので、見かけたら目で追っていただけである。山辺の姿は放課後の校庭や、野球をやっていた空き地でよく見つけた。山辺を見ていると、なぜか気持ちが浮き立った。

　過去に経験がないことだった。山辺のどこが、他の人と違うのか。自力では答えを見つけられず、あるとき祖父に問いかけた。一緒に散歩をしている際のことである。

「ねえ、じいちゃん。前に空き地で野球をやっている人たちがいたでしょ。あの中で、特に球が速いピッチャーがいたじゃない。憶えてる？」

「ああ、憶えてるぞ。それがどうした」

「うん、なんかさぁ、気になるんだよね。校内で見かけると、つい目で追っちゃうんだよ」

「へえ、そりゃまたどうして？」

「わかんない。なんでなのかなぁ」

「野球をやってみたくなったんじゃないよな」

「違うよ。野球はぜんぜん好きじゃない。ただ、あいつだけ見ていたいんだよね」

「なんだろうな」

　祖父は首を傾げた。松人自身が己の気持ちを理解しかねているのだから、祖父にわかるわけがないのかもしれなかった。

「なんかね、あいつを見てるとドキドキするんだよ。あいつがいないときも、ずっとあいつのことを考えてるんだ」

「えっ」

自分の状況を正直に話すと、祖父は立ち止まって目を見開いた。瞬きすらせずに松人を見つめているので、よほど驚いたようだ。今の話の何がそんなに祖父を驚かせたのかと、松人は戸惑った。

「ずっと、あのピッチャーのことを考えてるのか」

「うん、そう」

「頭から離れないんだな」

「そうだよ」

「で、見てるとドキドキするのか」

「そうだってば。そう言ったでしょ」

祖父の確認をくどく感じた。何かおかしなことを言っただろうかと、不安になってくる。祖父は松人に視線を据えたまま、黙り込んだ。松人は祖父に打ち明けたことを後悔し始めた。

「ねえ、どうしたの？　行こうよ」

立ち止まって動かなくなった祖父の手を引いて、促した。祖父はようやく「うん」と頷き、歩き始める。だが、心ここにあらずといった様子で、単に松人に引っ張られるに任せていた。

「なあ、松人。少し浜辺に行くか」

しばらくしてから、祖父は口を開いた。浜辺に行くのは珍しいことではないから、「うん、いいよ」と応じる。そのまま方向を変え、砂浜に出た。

「坐ろう」

散歩で浜辺に寄る際にいつも坐る場所に、並んで腰を下ろした。祖父はふだんと変わらず、海の彼方に視線を向けている。海は今日も青く、波は穏やかだった。松人はこの海しか知らないが、話で聞く東京の海はかなり汚いらしい。家のすぐそばに綺麗な海があってよかったと思う。

「この前、おれの兄貴の話をしただろ。生真面目だった兄貴」

祖父はぽつりと言った。たった数日前のことなので、もちろん憶えている。

「うん、父さんに似てるんでしょ」

「うーん、そんなに似てるわけじゃないんだけどな。政文と兄貴は、むしろ正反対かもしれない」

「なんだ、そうなの。似てるのは笑わないところだけか」

「そうだな。それだけかも」

同意して、祖父は笑う。ただ気のせいか、その笑いはどこか乾いているように聞こえた。

「兄貴がいるのに、どうしておれが一ノ屋本家を継いだか、考えてみたことあるか」

問われて、初めてその奇妙さに気づいた。祖父が一ノ屋本家の当主であるのはあまりに当たり前すぎて、気にしたことがなかった。

「ええと、じいちゃんの兄ちゃんは子供がいなかったから？」

「兄貴に子供ができなかったのは、結果的にそうだったってだけだよ。おれが本家を継いだときは、まだおれは独身だった」

「そうなの？　じゃあ、なんで？」

「兄貴が逃げたからだ」

祖父は思いがけないことを言った。意味がわからなかった。

「逃げた？　どうして？」

「一ノ屋の当主でいる重圧に耐えられなかったのさ」

「重圧？」

重圧という言葉は知っているが、当主の座に重圧を感じる気持ちが理解できない。それほどの家ではないのに、いったい何が重圧だったのだろう。

「松人が不思議に思うのも、無理はないな。一ノ屋なんて名前、今はなんの意味もないから。ただ、昔はそうじゃなかったんだよ」

「働かなくても、島の人たちが食べさせてくれてたって聞いた」

「ああ、そうだ。一ノ屋の色男は島に幸せをもたらす、って言われてたからな。それは知ってるか？」

「知らない」

初めて聞いた。そもそも、なぜ色男なのか。

「うちの血筋には、たまにびっくりするくらいいい男が生まれるらしいんだ。おれのじいさんがまさにそうで、実際に島に幸せを振りまいたらしいぞ」

「へえ、どうやって？」

単純に好奇心で訊いたが、なぜか祖父は苦笑した。

「まあ、それは訊くな。今となっては非常識な話だからな」

「あ、そう」

はぐらかされて不満だったが、祖父がそう言うからには訊かない方がいいのだろう。おとなしく引き下がった。

「じいさんが言い伝えどおりの人だったから、大変だったのがおれの親父と兄貴だ。ふたりとも色男じゃないんだから、じいさんみたいでいる必要なんかなかったのに、重圧を感じたわけだよ」

「ああ、そういうこと」

確かに、そんなに血が近い人が伝説のような存在になったのなら、それを重く感じるのも無理はない。逃げ出すほどの重みなのかどうかは疑問が残るが、実際に祖父の兄は逃げたのだから、当人にしかわからないことなのだろう。

「でも、おれは逆に気楽だった。だって、見てのとおり色男じゃないんだから、島の人を幸せにできるわけがないしな。みんな、おれにそんな期待なんてしなかったし」

「そうだよね。じいちゃんの気持ちの方がわかるな」

正直に感想を口にすると、祖父は目尻に皺を寄せて「そうかそうか」と言った。

「松人はそれでいいんだ。一ノ屋の血になんて、なんの意味もないんだから」

常日頃言っていることを、祖父はまた繰り返した。今ようやく、その言葉の意味を理解できた気がした。

「おれは自由に生きて、楽しかったよ。何しろ、働かなくても生きていけたんだからな。毎日好きなことをして生きて、それを誰にも咎められないなんて、こんな自由な一生はないよ。だから、わかるんだ」

祖父は松人の頭に手を置いた。そして、こちらをじっと見たまま、目を細めて言った。

「自由に生きられる人なんて、ほんのひと握りしかいない。おれは幸運にも、そのひと握りの中に入っていた。でも、お前はきっと違う。もう、そういう時代じゃないからな。これから、辛いことが多いかもしれない。自分たちと違う人間を、人は嫌うんだ。特に政文は、お前を理解しないだろう。政文は一ノ屋本家の血筋であることに、誇りを抱いている。兄貴と正反対だって言ったのは、そういう意味だ。政文は一ノ屋の血から逃げない。あの誇りが、いずれお前を苦しめるんじゃないかと心配だよ」

祖父が何を言おうとしているのか、よくわからなかった。ただ、父との仲を心配してくれているのは感じられた。そんなふうに言われたら、不安が増す。祖父に庇って欲しかった。

「じいちゃん、おれの味方をしてよ」

「もちろんだ。ただ、おれもいつまでも松人の味方をしてやれるわけじゃない。それに、お前を理解しないのは政文だけじゃないぞ。むしろ、ほとんどの人が理解しない。お前はそんな中を生きていかなきゃいけないんだ」

「えっ、どうして？　なんでそんなこと言うの？」

脅されて、怖くなった。目に涙が滲んでくる。祖父は「ごめんごめん」と言いながら、頭を撫でてくれた。

「いいか、おれは松人の味方だ。何があっても、味方だ。でも、他の人はどうかわからない。だから、ピッチャーをやってた子が気になるってことは、誰にも言うんじゃないぞ」

「えっ？」

話がいきなり戻ってきて、戸惑った。そこから始まった話だったのか。しかし、祖父がなぜ一ノ屋の血筋に言及したのか理解できない。山辺とどう繋がるのか、まったく意味不明だった。

「いいか、誰にも言うんじゃないぞ」

祖父は語気を強めて繰り返した。松人は頷くしかなかった。

「……うん」

「よし、いい子だ」

祖父は松人の頭から手をどけると、また視線を海に向けた。松人からは横顔が見える。なぜかその顔は、寂しげだった。自分の話が祖父を寂しくさせたのかと、わずかな罪悪感を覚えた。

4

祖父はその年の暮れに死んだ。居酒屋で友人たちと楽しく呑み、その帰りに石段から足を踏み外して転落し、頭を強く打ったのである。あまりの突然の死に、松人は呆然とした。酔っぱらって転んで死ぬなんて、阿呆な死に様ではないかと思った。

だがよくよく考えてみれば、祖父らしい死に方ではあった。死の直前まで、楽しく騒いでいたのである。祖父には、長い闘病生活の末の死など似合わない。面白おかしく生きた祖父には、こんな死に方がいいのかもしれないと考えると、少しは慰めになった。

祖父の葬儀には、大勢の人が来てくれた。島に住む人の半分は参列したのではないかと思えるほどの大人数だった。祖父の交友関係の広さを知ったし、人徳もあったのだろうと感じられた。意外だったのは、少なからぬ数の人が「一ノ屋の代替わり」と口にしていたことだった。もちろん、年配の人ばかりである。ふだんは一ノ屋の家名になど特に畏敬の念を払っていなかった人たちも、まったく意に留めていないわけではなかったと判明した。一ノ屋が特別な家系だという意識は、年寄りの間ではまだ生きていたのだ。

松人は一番の話し相手を失った。笑わない父はもちろんのこと、母や五歳離れた妹も祖父の代わりにはなれない。家族には人並みに愛着を覚えているが、祖父は別格だった。祖父は松人の保護者であり、人生の先輩であり、そして友だった。その三つをいっぺんに失った痛手は、あまりに大きかった。誇張でなく、三日三晩泣いた。

話し相手に不自由していた自覚はなかった。だが、祖父に死なれて初めて意識した。祖父に去られてしまえば、松人が心を開いて話せる相手はふたりしかいない。小林と理香だ。必然的に、そのふたりと話す時間も増えた。

小林とお喋りする分には、特に苦労はなかった。学校でも放課後でも、気兼ねなく話すことができる。問題は理香だった。周囲の目を気にすれば、隠れて接さざるを得ない。学校でひと言ふた言交わすだけでは物足りず、もどかしさを覚えた。学校の外で会えないだろうかと、松人は考え始めた。

理香がピアノ教室に通っているのは知っていた。だから、家を十分くらい早く出てくれないかと頼んだ。そうすればピアノ教室のそばで落ち合って、少しだけ話ができる。理香は「いいよ」と快諾してくれた。

以来、週に二度のピアノ教室の前に、十分だけ理香とお喋りをするのが楽しみになった。小林とはなんでも話せる関係を築いているつもりだが、相手が違えば話題も変わる。特に理由があってのことではないが、小林より理香の方が口が堅いようにも思っていた。だからどちらかといえば、理香はより本音で接することができる相手だった。

そんな気持ちを抱いていたから、祖父に釘を刺されたことを忘れたわけではなかったが、つい山辺について語ってしまった。下級生に格好いい男子がいると、話題に出した。理香が変な反応をしなかったので、以後も何度か山辺の話をした。野球がすごくうまいこと、すらりと背が高いこと、山辺には野球仲間がいて皆それぞれうまいことなど、知っていることをその都度語った。山辺の話に理香が興味を持っているかどうかは、あまり気にしなかった。

ある日のことだった。学校内で理香とすれ違い、階段の裏に呼んで少し話した。するとそこに、折悪しくクラスメイトが通りかかった。坂本《さかもと》というその男子は、松人が理香と一緒にいるのを見て目を丸くした。何か言い訳をしなければと考えていたら、坂本はまるで見てはいけないものを見たかのようにそそくさと離れていく。思わず理香と顔を見合わせた。

「なんかあれ、誤解したかもね」

理香はさほど心配した口調ではなかった。女子は男子と話しているところを見られても、冷やかされたりしない。口調が気楽なのは、そのせいだった。

松人はそういうわけにはいかないので、どう対応しようかとしばらく思案したが、噂が広まったりはしなかった。どうやら坂本は、誰にも言わなかったらしい。騒ぎ立てない坂本に感謝した。

しかしそれから数日後、昼休みに坂本に呼び止められた。坂本はどちらかといえば勉強より運動が得意なタイプであるが、クラス内で目立つほど運動神経に優れているわけではなく、言ってみればそれほど個性的な存在ではなかった。松人とは四月に同じクラスになったばかりだから、まだほとんど会話をしていない。

「あのさあ、一ノ屋って、もしかして南野と付き合ってる?」

校庭の隅に連れていかれたから警戒していたら、坂本は唐突にそんなことを訊いてきた。質問の意図がわからず、慎重に答える。

「付き合うって、どういう意味?」

「いや、だから、そのう、ほら、一ノ屋にとって南野は彼女なのかな、って」

つまり、男女交際をしているかと尋ねているのだ。まだ小学生なのに、男女交際などするわけがない。質問自体に驚いた。女子との仲を冷やかしたりからかったりする者も、男女交際しているとは本気で考えていないものと思っていた。

「違うよ。何言ってるんだ」

だから真顔で否定した。まったく発想外のことだという気持ちが、口調に籠った。

「ホントに?」

それでも坂本は、念を押す。坂本が何を考えているのか、理解できなかった。

「ホントだよ。そんなわけないだろ」

「ああ、よかった」

坂本はなにやら大袈裟に、胸に手を当てて大きく息をついた。松人が理香と男女交際をしていなかったら、どうだというのか。一から十まで、坂本の反応は不思議だった。

「つまり一ノ屋は、南野とただの友達なんだな？」

坂本はそんな確認をしてきた。これは認めていいのかどうか、判断に迷った。認めても、あまりいいことはないように思えた。

「ただの友達っていうか、ただのクラスメイトだよ」

慎重な物言いをしておいた。しかし、坂本は信じなかった。

「そんなことないんだろ。実はおれ、見たことあるんだよね」

「えっ、何を？」

やはりまだ警戒しておくべきだったようだ。坂本の人となりを知らないから、腹を割った話ができない。よけいなことは言わず、続く言葉を待った。

「学校の外で、一ノ屋が南野とふたりで会ってるところ」

松人は黙り込んだ。否定と肯定、どちらが適切な反応か判断がつかなかったからだ。だがこちらのそんな警戒心も知らず、坂本は明るい口調だった。

「南野と仲いいんだな。幼馴染みかなんか？　羨ましいなぁ。南野、かわいいもんなぁ」

坂本は思いがけないことを言った。いや、男子の間で理香がかわいいと言われているのは知っている。松人も、理香は整って愛らしい顔立ちをしていると思っていた。しかし、坂本が今それを言い出すとは予想もしなかったのだ。

「いや、あのさ、一ノ屋が南野とただの友達なら、頼みたいことがあるんだよ」

「――何？」

今度は別の意味で警戒した。変なことを頼まれても、聞けることと聞けないことがある。

「これ、渡してくれないかな」

坂本は急に顔を真っ赤にした。そしてズボンの尻ポケットから取り出した物を、勢いよく差し出す。それは封筒だった。

「何これ？」

受け取らず、尋ねた。坂本はますます顔を赤らめた。

「き、訊くなよ。南野に渡して欲しいんだ。もちろん、中身は読むなよ」

ようやく理解が追いついた。どうやら坂本は、南野のことが好きらしい。だからまず最初にしつこく松人との関係を確認し、それからこの頼み事をしたのだろう。封筒は、ラブレターに違いなかった。

安堵のあまり、苦笑したくなった。しかしここで笑っては、坂本を怒らせるかもしれない。なんとかこらえて、封筒を受け取った。

「いいよ。でも、ただ渡すだけだよ」

「えっ、いや、できたら返事を聞いて欲しいんだけど」

坂本は図々しくも、そんなことまで求めた。返事とはつまり、男女交際の申し込みについてだろう。理香が受け入れるわけないとは思ったが、そこに関しては松人が答えるところではない。学校外で理香と会っているところを見られたという弱みもあったので、やむなく引き受けた。

「わかった。これを渡して、返事を聞けばいいんだね。他には何もしないよ」

理香を説得して欲しいと頼まれても、それは無理だ。坂本はがくがくと頷く。

「いいよ、いいよ。頼まれてくれるか？　ありがとう」

坂本は松人の肩をパンパンと叩いた。痛いなと思い、今度は苦笑を我慢しなかった。

5

理香のピアノ教室が始まる前に会って、坂本から手紙を預かったと伝えた。会う場所はこれまで、特に隠れるところがない細い道だった。だがそのせいで坂本に目撃されてしまったから、今日は警戒して物陰に移動した。家と家の間で、物置の裏に当たるから、三方が遮られている。ここなら、見つかる可能性は低いだろう。

手紙を受け取った理香は、「何これ?」と不思議そうにした。尋ねられても、理香が手紙を読む前に用件を話してしまうわけにはいかない。松人としては、「さあ」と首を傾げるしかなかった。

「ともかく、読んでくれってさ。で、返事して欲しいって」

「あ、そう」

それだけの説明で、理香はすぐに内容を察したようだった。その態度から、ラブレターをもらうのは初めてではないのかもしれないと感じた。小学五年生にもなると、色気づいてくる者がいる。考えてみれば、坂本以前にも積極的行動に出た人がいてもおかしくなかった。

理香はまったく表情を変えずに、坂本の手紙を読んだ。心を動かされたようには、とても見えない。やっぱり断るんだろうな、とその表情から推察した。

「読んだよ。で、返事は一ノ屋くんにすればいいの?」

「うん、しょうがないから伝えるよ。で、どうするの?」

「ごめんなさい、って言っておいて」

「わかった」

つい笑ってしまった。坂本には気の毒だが、わかりきった結果だった。

「笑うってことは、私が断ると思ってた？」

こちらの反応を見て、理香はそんなことを訊いてきた。そのとおりなので、頷く。

「思ってたよ。男女交際なんて、まだ早いよな」

「一ノ屋くんはこの手紙を預けられても、なんとも思わなかったでしょ」

「えっ、どういう意味？」

続いての理香の質問は、意図が摑めなかった。なんとも思わなかったわけではなく、断ると思っていたと言ったばかりではないか。話が嚙み合っていないと感じた。

「なんとも思ってなかったから、こんな手紙を預かってきたんだよね」

理香は自分の足許に視線を落として、そう言った。松人はただ戸惑った。理香とは気が合い、互いのことがすぐに理解できると思っていた。それなのに今は、何が言いたいのかわからない。こんなことは初めてだった。

「私ね、前は一ノ屋くんが私のことを好きなんじゃないかって勘違いしてたんだ」

さらに理香は、おかしなことを言い出した。勘違いとはどういう意味か。勘違いなどではないのに。

「えっ、なんで？　好きだよ」

だからすぐに言い返したのだが、理香は顔を上げると苦笑した。

「私の言ってる好きと、一ノ屋くんの好きは違うと思う」

「違う？　どう違うの？」

好きという感情に種類があるのだとしても、松人はこれまでほとんど意識してこなかった。祖父を好きだった気持ちと、理香を好きな気持ちに違いは感じない。ふたりとも話をしていて楽しい相手だし、大事な存在だと思っている。理香にとって松人は、そういう存在ではないのだろうか。

「去年辺りから急に、男子に告白されることが増えたんだよね」

唐突に理香は話を変えた。松人の当惑は続いたが、耳を貸すしかない。ラブレターを渡したのは坂本が初めてではないという推測は当たっていたのだな、と内心でぼんやり考えた。

「告白して何がしたいの、って思うけど。たぶん、こんなふうにふたりで会ってお喋りしたりしたいんだよね。つまり私と一ノ屋くんは、告白してきた男子が望むような付き合いをしてるんだよ。だからね、ピアノ教室の前に会う時間を作れないかって一ノ屋くんに言われたときは、そういう意味かと思った」

「うーん、そうか」

松人が鈍いから、これが男女交際とは思わずにいたということか。小学生に大人のような付き合いができるはずもない。松人の誘いは告白と同じことであり、だから理香がそう受け取ったのも無理はなかったようだ。

「でもさ、一ノ屋くんは単純に私とお喋りしたかっただけなんだよね。私のことを仲がいい友達と思ってるんでしょ」

「……まあ、そうだね」

そのとおりなので、否定しようがなかった。しかし、なにやら自分が悪いことをしたような気にもなってきた。何が悪かったのかは、よくわからないが。

「正直言うとね、前からうすうす感じてはいたんだ。一ノ屋くんって、他の男子とは違うから。でも、その違いがなんなのか、わからなかったの。最近になって、ようやくわかった」

「何がわかったの？」

松人はまったく、理香が言わんとしていることに見当がつかない。自分が他の男子と違うという自覚すらなかった。

「ここ最近さ、山辺って下級生の男子の話ばっかりするでしょ。山辺くんの話をするとき、一ノ屋くんはすごく楽しそうだよ。声が弾んでるし、目がきらきらしてるし、ほっぺたが赤くなってることもある。それって、どういう感情だか自分でわかってる?」

「……さあ」

山辺についての話がつまらなかったのだろうか。確かに、理香がその話題を楽しんでいるかどうかはまるで気にしなかった。実は気分を害していたのか。

「誰かが誰かを好きになると、そういうふうになるんだよ。お母さんが好きとか、友達が好きとかの好きじゃないよ。恋愛って意味の好き。一ノ屋くんは、山辺くんに恋してるんだよ」

理香はきっぱりと言い切った。その指摘は、真っ直ぐに松人の心に突き刺さって、深いところに届いた。愕然とする一方、すべてが一瞬にして氷解したような感覚があった。今この瞬間、世界に満ちている謎が何から何まで解き明かされたとも感じられた。

「おれは、山辺が好きなのか――」

呆然と、理香の指摘を繰り返した。自分の気持ちは自分がよくわかっている、などと考えるのは大きな間違いだった。自分でも把握できずにいた感情を、理香が説明してくれた。理香の言うとおりなのだと、心の奥底で得心した。

「そういう人も世の中にいるって話は聞いてたけど、まさかこんな身近にいるとは思わなかった。なんか、一ノ屋くんらしいなと思ったよ」

理香は微笑んだ。おそらく、気持ち悪いなんて思ってないとこちらに伝えようとしているのだ。これが友情だな、と理解した。理香は友達として、松人を受け入れてくれているのだった。

遅れて、ついに祖父の言葉が腑に落ちた。だから祖父は、山辺の話を誰にもするなと言ったのだ。祖父は松人の気持ちに気づいて、今後の多難さに思いを馳せた。周りに知られないことこそが、松人の身を守る唯一のすべだと見通していたのだろう。今ならば、祖父の言葉の正しさがわかる。自分は危ういところに立っていたのだと気づいた。理香が松人を否定する可能性もあったのだから。

「うまく言えないけど、これはこれでいいなと思った」

言葉を失っている松人と対照的に、理香は饒舌《じょうぜつ》になっていた。松人はただ、理香が話すことを聞いているだけだ。理香は軽やかに続けた。

「やっと一ノ屋くんが理解できたし、一ノ屋くんも私が理解してると思えば気が楽でしょ。だから、これでいいと思うのよ。もちろん、私は誰にも言わないよ。一ノ屋くんも、私以外の人に山辺くんの話はしない方がいいよ」

理香もまた、祖父と同じ助言をした。誰もがそう考える。松人は自分が、本当の気持ちを世間に隠して生きていかなければいけない人間なのだと自覚した。何も知らない無邪気な子供でいられる期間は終わったと、今悟った。

6

祖父と理香の忠告に、松人は従った。いや、意図的に従ったというより、結果的にそうなったのである。というのも、松人は混乱のさなかにあったからだ。気持ちを言葉にできないのだから、他者に話せるわけがなかった。

自分が異性ではなく同性に恋愛感情を抱くという事実を、松人は受け止めかねていた。世間が同性愛者をどういう目で見るか、十歳にもなればわかる。いつの間にか、偏見が身についてしまっている。その偏見が今、自分自身に向けられているのだ。己の裡《うち》に偏見がある限り、自己卑下せずにはいられない。世間で言う〝普通〟でありたいと望む気持ちと、実際の自分との狭間で、松人は苦しみ始めた。

しかし、感情を意志で抑えるのは難しかった。山辺を好きな気持ちは、自分でもどうにもならない。山辺の姿を見かけると嬉しいし、もっと見ていたいと思ってしまう。これが恋心というものなのかと、新鮮な発見に複雑な思いを抱いた。

秘めた恋心だからか、小学校を卒業して中学生になっても、気持ちは変わらなかった。むしろ、別々の学校になって見かける機会が減り、渇望感が増したほどだ。松人の思いはあくまで山辺だけに向けられた一途なものであり、だから自分は男が好きなのではなく山辺が好きなだけだとも考えた。女性に興味が向かないのと同様に、他の男にもまったく気持ちは動かない。これは同性愛とは違うのではないかと、希望的観測に縋りたくなった。

三年生に進級し、山辺が中学に入学してきたときには嬉しかった。また、校内で姿を見ることができる。依然として、話しかけようとは思わなかった。遠くから見ているだけで、充分に満足だった。

山辺は野球部に入った。当然、そうするだろうと思っていた。予想外だったのは、山辺たち一年生が入部すると、上級生たちが辞めてしまったことだ。どうやら、何かいざこざがあったらしい。断片的な話から察するところ、山辺たちがあまりに野球がうまいので、上級生は立場がなくなって辞めたようだ。山辺たちは、空き地で草野球をやっているときからうまかった。そうなるのも仕方ないのではないかと、松人は密かに考えた。

野球部員が一年生だけになったのは、松人にとって嬉しいことでもあった。山辺がレギュラーになるからだ。練習の様子を見れば、山辺が必ずいることになる。松人は運動が苦手なので中学では化学部に入ったが、窓から校庭を眺めていられる。部活の時間はできるだけ窓際の席に坐り、外に目をやることが増えた。

小学生の頃と違い、中学になると部活は対外試合がある。野球部は都大会に参加するらしく、それならばぜひ試合を見てみたかった。だが残念ながら、試合はくがで行われるのだった。相手がわざわざ島まで来るはずもないから、当たり前といえば当たり前なのだが、離島暮らしの不便さを初めて感じた。遠くから山辺たちの勝利を願うしかなかった。

「なあ、最近野球に興味が出てきたのか」

あるとき、小林に訊かれた。特に裏の意図がない問いかけなのはわかるのに、ひどくうろたえてしまった。なぜそんなことを尋ねるのか。自分の素振りに何か変なところがあっただろうかと、とっさに考える。

「えっ、どうして？」

「だって、部活中によく校庭を見てるだろ。たいてい、野球部が練習してるからさ。野球が好きになったのかと思って」

小林も同じ化学部である。実験中は外を見ず、手が空いているときにちらちらと見るにとどめていたのだが、小林には気づかれていたようだ。加えて、松人が野球に興味がないことを小林は知っている。そんな松人が野球部の練習を見ていたら、野球好きになったのかと考えるのも当然だった。

少し考え、認めることにした。野球が好きになったということにしておけば、練習風景を見ていても不思議に思われないからだ。実は未だにルールはよくわかっていないが、それは今から学べばいい。山辺が好きなことを、自分も詳しく知りたいという気持ちも湧いてきた。

「うん、そうなんだ。死んだじいちゃんが好きだったからさ」

「へえ、ついに一ノ屋も野球に興味を持つようになったかぁ」

小林が「ついに」などという言い方をするのは、今どき野球に興味がない方が珍しいからだ。子供が好きなものは巨人、大鵬《たいほう》、卵焼き、と言われるくらい、野球は人気がある。自分の恋愛傾向を知られないためには、できるだけ周囲と同じ振る舞いをした方がいい。野球好きの振りをするのは、自衛のためにもなると考えた。

「まあ、まだ好きになり始め、ってところだけど」

あまりあれこれ訊かれても答えられないので、そう逃げを打っておいた。しかしこれで、今後は堂々と野球部の練習を見ていられる。もっと早く、野球が好きになったと言っておけばよかったと思った。

上級生が辞めてしまった野球部は、他の部に入っていなかった一年生を掻き集めて、なんとか九人揃えたらしい。そんな状態だったから、都大会の地区予選は一回戦で負けてしまった。山辺がいても負けるのか、と松人は驚いたが、野球はチームプレーなのだからひとりの力だけではどうにもならないのだろう。来年以降、うまい一年生が入ってこなければ同じことの繰り返しになってしまうのではないかと予想した。

中学三年間はあっという間に過ぎ去り、松人は島にある都立高校に進学した。小林と理香も、同じく高校生になる。小林との仲は小学校以来何も変わっていないし、理香との友情も人目を避けつつ続いていた。その一方、変化は確実にあった。松人と小林は依然として目立たない存在でしかなかったのに、理香は年頃になってますますかわいくなったのだ。中学の頃、すでに学年一かわいいと評判だったし、それは高校に入っても持続した。今や理香は、最も注目される女子のひとりとなっていた。

そうなると、人目を避けて会うのも難しくなる。理香はいつでも誰かに注目されているからだ。そろそろ理香との付き合いを諦めなければならないだろうかと松人は考え始めていたが、理香の判断は違った。

「もう、こそこそするのはやめようか」

不意に、そんなことを言った。校内だったので、思わず周りを見回してしまう。だが理香は、まるで悪びれていなかった。

「冷やかされるの、そんなにいや？　冷やかされたってホントにただの友達なんだから、もういいでしょ」

堂々としたものである。小さい頃から、大勢の人の視線に曝《さら》され続けてきたからだろうか。積極的な性格になったわけではないが、少なくとも超然としているようにはなった。冷やかし程度で動じない強さを、理香は身につけていた。

「そ、そうだね」

それに引き替え、松人はまだ覚悟が固まっていなかった。そんな自分を、情けなく思う。しかし、理香との友情を失いたくはなかった。理香と話ができなくなるくらいなら、冷やかされる方がましだと考えた。

「わかった。そうしよう。いつでも南野と話ができるなら、おれも嬉しいよ」

「でしょ？　私もよ」

理香はにっこりと微笑む。おそらくこんなふうに微笑まれたら、舞い上がってしまう男子は多いのだろう。幸か不幸か、松人は舞い上がらない。自分の異質さに松人はずっと苦しめられているが、理香との友情を成立させてくれているのは唯一のいい点だと思っていた。

恐れるまでもなく、高校生にもなると女子と話していたからといって冷やかされたりはしなかった。むしろ、羨ましがられるだけだった。ある日のことだ。別のクラスになった理香は、松人の教室までやってくると宣言どおり人目を気にせず話しかけてきた。他の男子たちの視線が、いっせいに集まる。理香は、松人が先日貸した本をもう少し借りていたいと言った。「面白いから、ついじっくり読んじゃって」とつけ加えると、じゃあねと手を振って教室を出ていく。たったそれだけのことだったが、男子たちに与えた衝撃は大きかったようだ。理香の姿が消えて一拍後に、松人の周りに群がってきた。

「おい、一ノ屋。いつの間に南野さんとそんなに仲良くなってたんだ」

「お前ら、どういう関係なんだよ」

「本を貸したって、どういうことだ。ふたりで会ってたのかよ」

口々に、非難なのか羨望なのかわからない口調で質問をぶつけてくる。こうなることを松人は予想していたが、おそらく理香も承知の上でわざわざこちらの教室までやってきたのだろう。周囲に自分たちの関係を理解させるため、急ぎでもない用件で訪ねてきたのだ。そうしておいて自分はさっさと消えてしまうのだから、松人にしてみれば飢えた狼たちの前に差し出されたようなものである。してやられたと、苦笑せずにはいられなかった。

「南野とは気が合うからよくお喋りをするけど、でもそれだけだよ。付き合ってるわけじゃない」

信じてもらえるか不安に思いながら明言したら、意外にも男子たちは納得した。理香が誰かと付き合っているという話より、よほど受け入れやすかったのだろう。さんざん羨ましがられたが、言葉には同時に安堵の色も滲んでいた。男子間での理香の人気の高さを、改めて知った思いだった。

7

理香は中学二年のときに、自分の夢を語った。どちらかといえば人の後ろに隠れ、目立つことを嫌う性格だと思っていたから、松人はそれを聞いて意外に感じた。

『私、歌手になりたいんだ』

理香は恥ずかしそうに言った。確かに理香の容姿なら芸能人にもなれそうだったが、歌がうまいかどうかは知らない。そしてそれ以上に問題なのは性格で、芸能界向きでないのは明らかだった。他人を蹴落としてでものし上がろうという気概がなければ、芸能界では生き残っていけないのではないだろうか。

『歌手か。へえ』

だが松人は、感じたことを口にしなかった。理香の夢を否定したくなかったからだ。おそらく理香も、芸能界がどんなところかわかっているはずだ。その上で望んでいるなら、聞きかじりの知識しかない松人が忠告などできない。むしろ励ましてやるべきだった。

『南野なら、なれるんじゃないか。チャンスがあるといいな』

『ありがとう。そうなの、どうすれば歌手になれるのか、わからないのよね』

理香は悩ましげに言い、そして以後、その問題の解決策は特に見つからないようだった。

しかし、高校一年の夏休みのことだった。突然理香から電話があり、話がしたいと呼び出された。港で落ち合うと、理香は興奮気味に言った。

「あのね、あのね、私、スカウトされた」

「スカウト？」

スカウトという言葉には、今ひとつ馴染みがなかった。すぐには理解できずにいたら、理香は焦れったそうに続けた。

「島に観光に来た音楽プロデューサーの人が、私を見て声をかけてくれたの。芸能界に興味はないか、って」

「ええっ、それってつまり……」

「そう。私にやる気があるなら、歌手にしてくれるって」

驚いた。いくら容姿に恵まれていても、特殊なつてがなければ芸能界には入れないだろうと考えていた。それが、たまたま島にやってきた芸能関係者に声をかけられるとは、なんという幸運か。芸能界では運もないとやっていけないだろうから、その意味で理香は幸先がいいのかもしれない。道などないはずのところに、いきなり舗装道路ができたようなものだった。

「いつから？」

島にいたままでは歌手になれないから、いずれはくがに行かなければならない。ならば、高校を卒業した後か。そんなふうに悠長に考えたのだが、理香の返事は違った。

「できたら、すぐにくがに来ないかって言われた。私、歌手になるためのレッスンをぜんぜんしてないでしょ。だから、準備の時間を長めに取るためにも早い方がいいって」

「そうなのか――」

思いがけない話に、言葉が続かなかった。まさか、理香の親たちも一緒に引っ越すわけにはいかないだろう。くがに行くとしたら、理香ひとりでだ。まだ十五歳の女の子が、遠く離れた地でひとりどう暮らすつもりか。その多難さには、想像が及んでいるのかと危ぶんだ。

「くがで、どこに住むの？」

「音楽プロデューサーさんが、自分の家に下宿させてくれるって。誰でも最初は、そうやって準備を始めるんだってよ」

弟子みたいなものなのだろうか。徒弟制は芸能界には似合わない気もするが、案外そういう世界なのかもしれない。いきなりひとりで放り出されるより、理香本人も両親も安心か。もし自分なら、下宿を選ぶだろうと考えた。

「それ、お父さんお母さんには話した?」

いくら理香が望んでも、両親が許さなければ無理だ。確認すると、理香は少し表情を曇らせた。

「話した。ふたりとも、反対だって」

「どうして?」

「まだ早い、って。ひとりでくがになんて行かせられない、って言うのよ。でも、歌手になりたいなら十五歳じゃ遅いくらいなの。だって、下積みに何年かかるかわからないでしょ。早く始めた方が、絶対に有利なのよ」

「まあ、そうだろうなぁ」

素人が考えても、それはわかる。一方、理香の両親の気持ちも理解できた。かわいい娘をひとりでくがに行かせるのは、不安でならないはずだ。その音楽プロデューサーが、信用できる人なのかどうかも気になる。

「私、絶対にくがに行く。どんなに反対されても、絶対に行くことにした」

理香は力強く言い切った。日頃、自己主張をあまりしない理香には珍しいことだ。それだけ、歌手になりたい気持ちが強いのだろう。理香が望むなら、それもいいのではないかと松人は思った。

それから三ヵ月後に、理香はくがへと旅立った。両親をどう説得したのか、詳しくは聞かなかった。頑として言い張り、押し切ったらしい。いつもは親の言うことを聞く理香が、どんな説得にも折れなかったのだから、両親も覚悟のほどを知ったのだろう。理香がくがに向かうときは、港で見送った。

「手紙書くからね。ちゃんと返事書いてよ」

理香は幾分緊張気味だった。嬉しさだけではなく、やはり未知の世界へ踏み出すには怖さもあるのだろう。松人はしかし、その緊張には気づかない振りでふだんどおりに答えた。

「もちろん書くよ。レコードが出たら、絶対買うからな」

「うん、十枚くらい買って」

理香は軽口を叩いた。そんな余裕があるなら大丈夫だ、と松人は安堵した。

両親と松人、それと女の友達数人に見送られ、理香は高速船に乗った。すぐ甲板に出てきて、出発まで手を振る。汽笛とともに船は動き出すと、最初はゆっくりだったのに、すぐにスピードを速めて小さくなった。あっという間に船体が見えなくなると、取り残された寂寥感《せきりょうかん》が思いの外《ほか》に大きかった。ふたりの親友のうち、ひとりがいなくなってしまった。その寂しさは、おそらく時間が経つにつれて大きくなるのだろうと予想した。

約束どおり、理香からの手紙は二週間後に来た。東京が都会で驚いたこと、音楽プロデューサーの家が豪邸でこれまた驚いたこと、奥さんが親切で安心したこと、最初のレッスンはぼろぼろで怒られたことなどを、便箋二枚に亘《わた》ってびっしりと書いている。字の詰まり具合に、理香の様々な感情が籠っているかのようだった。松人も返事を書こうとしたが、こちらは特に変化がないので書くことがない。東京で生活している理香が羨ましい、と相手を喜ばせることを綴《つづ》っただけだった。

以後、理香からの手紙はほぼ一週間に一回のペースで届くようになった。他の女友達にも手紙が来ているそうなので、毎日誰かに書いているのではないか。その頻度に、見知らぬ土地で暮らす寂しさが見て取れた。そんな思いをしてまで選んだ道なのだから、是が非でも歌手になって欲しいと願わずにはいられなかった。

歌手といえば、男なら森進一《もりしんいち》、女なら由紀《ゆき》さおり辺りがぱっと思い浮かぶ。他に女性歌手なら、森山良子《もりやまりょうこ》、いしだあゆみ、青江三奈《あおえみな》、カルメン・マキといったところか。グループならば、ピンキーとキラーズも売れている。

それぞれ皆、子供でも口ずさめるヒット曲を持っている。理香が目指しているのは、そのクラスなのだろうか。どれほど無謀なのか、あるいは実現可能なのか、松人にはまったく見当がつかない。ただ、現に有名になっている人がいるのだから、絶対に不可能というわけではないはずである。まずはレコードデビュー、そしてテレビ出演まで漕ぎ着けて欲しい。もし本当に理香のレコードが発売されたら、飛び上がって喜ぶだろう自分の姿が想像できた。

昔に比べればぐがとの行き来は簡単になったというが、高速船代は安いものではない。まして理香は、夢を追って島を出ていったのだから、そうちょくちょく帰ってくるわけにはいかないはずだった。理香が島に帰ってきたのは、その年の暮れのことであった。

理香が到着する日、松人は港で待っていた。理香の両親、女友達はもちろんのこと、男も大勢いた。理香に一方的な思いを抱いていた男子たちが、大挙して出迎えに来たのだ。二ヵ月ぶりに理香の姿を目にすることができるとあって、男子たちは揃ってそわそわしていた。

船が到着して、乗客がぞろぞろと出てきた。この二ヵ月間、手紙のやり取りはしても写真は送ってもらっていなかった。だから、理香が東京の水でどれだけ洗練されたか、松人は知らなかった。ぐっと大人びていたりしたら嬉しく思うだろうか、それとも理香を遠く感じて寂しさを覚えるか。自分の気持ちがわからずにいたら、なぜか緊張してきてしまった。

理香が現れた。男子たちが「おおーっ」とどよめいた。迎えが大勢いたことに理香は戸惑ったか、渡し板の途中で立ち止まる。女友達たちは、「理香ちゃーん」と手を振った。

理香は、あまり変わっていなかった。松人の記憶にある姿そのままだった。それを見て、安堵と失望を同時に味わった。いくらなんでも、二ヵ月くらいではそう変わりはしないのか。歌手になる夢は、まだまだ遠いようだと感じた。

「ただいま。こんなにみんなが迎えに来てくれるなんて、思わなかったよ。ありがとう」

理香は明るい口調で言った。男子たちは女子に合わせて、「理香ちゃん、お帰り」と名字ではなく下の名前で呼んだ。理香は照れ臭そうに「ただいま」と答えた。

「お帰り。ぜんぜん変わってないな」

松人が素直な感想を口にすると、理香は苦笑気味の表情を浮かべた。

「嘘でも、大人っぽくなったって言ってよ」

そんな言《い》い種《ぐさ》がやはり松人が知っている理香そのもので、変わっていなくてよかったとようやく思えた。

8

女子の発案で、理香の帰省を祝う会が開かれることになった。希望者は誰でも参加できることにしたら、理香と大して親しくなかった男子たちがたくさん手を挙げた。全部で二十人近くになってしまったので、それだけの人数を収容できる場所となると限られる。個人宅で受け入れ可能なのは松人の家だけだったから、親に頼んで会を開かせてもらうことにした。

「おおーっ、やっぱ一ノ屋の家って広いんだなぁ」

当日、やってきた男子は口々に似たような感想を漏らした。松人の家は戦前からあり、町外れに建っているので空襲からも逃《のが》れられた。ただ広いだけで掃除が大変だが、内情を知らない人からすれば感嘆したくなるだろう。二十畳の座敷を開放し、全員を迎え入れた。

母にすべての準備の負担をさせるわけにはいかないので、食べ物と飲み物は各自持ち寄ることにした。飲み物用のコップも、それぞれ持参である。高校生だから宴会というわけではなく、ジュースを飲みお菓子を摘まみながらお喋りするだけだ。それでも、社交的とは言えない松人がこのような集まりに参加するのは初めてなので、緊張と楽しみがない交ぜになった心地だった。

「一ノ屋くんの家系って、特別なんだってね。だから、こんなに大きい家に住んでるんでしょ」

女子のひとりが、そんなことを言った。まさかこれだけの人数が集まって自分の話題になるとは思わなかったので、松人は顔を真っ赤にさせて答えた。

「特別って言っても、昔の話だよ。おれの父さんは、普通のサラリーマンだし」

「でもさ、これだけ大きい家に住めるなんて、普通じゃないよねー。島で一番大きい家なんじゃないの」

別の女子が松人の言葉に応える。戦前はこの家より大きい洋館があったそうだが、戦争で燃えてしまった。今では確かに、島で一番の大きさかもしれない。

「おれの家のことなんて、いいよ。今日は南野の話を聞くための会だろ。都会の話を聞こうよ」

注目されることに慣れていないので、居心地が悪かった。その状態から逃げるために理香の名を出すと、皆の興味はあっさり移り変わった。特に男子たちが、身を乗り出さんばかりに理香の話を聞こうとする。理香は視線が集まっても松人のように戸惑うことなく、堂々と「なんでも訊いて」と言った。早くも、人に見られることが苦にならなくなっているようだ。

「芸能人には会った？」

「東京の人はやっぱりおしゃれなの？」

「銀座には行った？」

「歌のレッスンって、何をするの？」

テレビを見れば都会の情報は入ってくるが、離島には縁のないことばかりだ。皆、自分の知らない都会の暮らしに憧れている。訊きたいことは、際限もなく出てきた。

理香は、自慢げにならないよう気をつけているのだろう。「あまりよく知らないけど」と断ってから、質問のひとつひとつに答える。たった二ヵ月ではまだ経験していないことも多そうだが、それでも実際に東京に住んでいる人の話は新鮮だった。間違いなく、会の主役は理香だった。

三時間余り喋って、会はお開きになった。再会を約束し、別れる。次に理香が帰ってこられるのは、お盆休みだそうだ。春休みはレッスン漬けの毎日を送ることになるらしい。華やかさだけでなく、歌手になるための厳しさも垣間見られた。

理香の帰省は四日間だったので、会って話ができたのはそのときだけだった。ふたたび船に乗る際は、また全員で見送った。理香は少し寂しげに見えた。実家の暮らしを思い出し、里心がついたのかもしれない。がんばれ、と松人は心の中で声をかけた。

その後も理香は手紙を送ってきた。一週間に一回というペースは変わらないので、さすがに話題が尽きてくる。やがて、手紙のトーンに変化が現れた。以前は新しいものに接する喜びが文面に表れていたが、そうした気持ちが薄れたからか、内心の吐露が多くなった。レッスンが厳しく、楽しいばかりではないらしい。いくらがんばってもプロデューサーに認められないため、歌の才能がないかもしれないと思い始めているという。そんなことはないよと松人は返事で慰めたが、理香の歌を聴いたことがないのだから説得力がない。今度帰省した際には、ぜひ歌を歌ってもらおうと考えた。

四月になり二年生に進級しても、理香の手紙に明るさは戻らなかった。依然として、デビューの日は決まらないらしい。まったくの素人が一から勉強しているのだから、そんなに簡単にデビューできるわけもないが、理香はもう少し楽観的な未来を想像していたのだろう。慰めの返事を書くことは苦ではないものの、理香の精神状態が心配になった。歌手の卵は普通、どれくらいのレッスン期間でデビューできるのか。もしかしたら、デビューできずに終わる人も少なくないのかもしれない。

夏休みに理香が帰ってきたとき、港に出迎えた者たちは一様に驚いた。理香が化粧をしていたからだ。年末の帰省の際は変わっていないことに安堵したが、今回の変化は大きかった。ひとりだけ一足飛びに大人になったかのようで、近寄りがたさを覚える。一同のそんな反応を見て、理香は「どうしたの、みんな」と言った。自分の化粧が出迎えた者たちを驚かせているのはわかるだろうに、少し空々しさを感じた。ただの照れ隠しであってくれればいいのだが、と密かに思った。

しかし、変わったと感じられたのはそのときだけで、日を改めて集まったときは素顔だったこともあり、以前の理香のままだった。理香に限らず、皆こうして少しずつ変わっていくのかもしれない。そんなふうに考えたら、変化は嫌うことではないと思えた。きっと自分も、気づかないうちに変わっていくのだろう。それが成長というものか。

年末の際と同様、松人の家に集まっている。理香の近況報告が一段落したところで、松人は発言した。

「ねえ、南野。みんな、南野の歌を聴いたことないからさ、歌ってみてよ」

「えっ、今?」

この頼みは予想外だったようで、理香は目を丸くした。しかし、場は大いに盛り上がった。

「それはいい」、「ぜひ聞きたい」、「歌って、歌って」と参加者はねだった。

「うん、じゃあ、歌うね」

理香は少し恥ずかしそうにしながらも、承知した。一瞬考えてから、「何がいい?」と訊いてくる。どんな曲でも歌えるのか。松人がただ感心していたら、男子のひとりが「わたしの城下町」と曲名を挙げた。現在ヒット中の、小柳《こやなぎ》ルミ子《こ》の曲だ。何度も耳にしているので、おそらく誰でも歌える。それだけに、歌の巧拙がはっきりしそうだった。その一方、歌詞の意味は正直よくわからない。田舎の子供には理解できない世界なのだろう。

「わかった」

松人の不安をよそに、理香はあっさり頷いた。そして坐ったまま、発声練習もせずに歌い出す。少し聴いて、驚いた。予想より遥かにうまかったのだ。プロデューサーに認められないと言うから、歌唱力は今ひとつなのではないかと想像していた。今ひとつどころか、こんなにうまい歌を聴いたのは初めてだ。伴奏もないのにまったく音程は外れず、声量があって聞き手の腹に響いてくる。大人の世界を描いているかのような歌詞に負けず、同じ年の人が歌っているとは思えない艶めきがあった。これで認めてもらえないなら、プロの壁はどれほど厚いのか。かえって、理香の前途の多難さを感じた。

理香が歌い終えると、一同はいっせいに拍手をした。「すごいすごい」、「感動した」、「本物の歌手みたい」という感想は、決して世辞ではなかった。皆、松人と同じように度肝を抜かれたのだろう。歌手を本気で目指す人のすごさを、全員が思い知ったのではないか。

もう一曲、という当然のリクエストが飛び、今度は南沙織《みなみさおり》の「17才」を歌った。最近のヒット曲は、なんでも歌えるようだ。それが終わると、さらにもう一曲と男子がねだったが、さすがに三曲までにしておこうと女子が止めた。これ以上歌わせて、喉が嗄《か》れたりしたら申し訳ない。三曲目は由紀さおりの「手紙」を歌い、それも拍手喝采を巻き起こした。集まりは、前回以上に理香の独擅場《どくせんじょう》で終わった。皆が軽い興奮状態のまま、散会となった。

年末年始の休みは四日だったのに、今回はたったの二日だけだそうだ。一泊しただけで、理香はすぐに東京に戻っていった。次の帰省はまた年末だという。理香も東京で高校に通っているから、それはやむを得ないことであった。

季節が巡って、冬のある日のことだった。理香から松人の家に、電話がかかってきた。これまではずっと手紙のやり取りだったので、驚いた。東京と島の間での電話代は馬鹿にならない。めったなことがなければかけてこないはずで、何が起きたのかと心配した。

「どうしたの？」

電話を受けた母から代わり、問いかけた。少しの間があり、理香の声がする。

「……うん。突然、ごめんね」

声は震えていた。寒いのだろうか。東京の冬は島より寒いと、以前に言っていた。背後からは、喧噪めいた音が聞こえる。これは公衆電話からなのかと考えた。

ごめんね、と言ったきり、理香は続けなかった。ますます心配になり、再度声をかけようとした。だが、理香は無言ではないと気づいた。微かにだが、嗚咽が聞こえる。泣いているのだ。

どうすればいいのか、わからなかった。こんなときに気の利いた言葉をかけられる機知はない。ただ、ひとりで東京に行き、思うように夢に向かって進めずにいる理香の辛さは感じられた。大して力もない慰めの言葉をかけるより、今はただこうして電話に付き合ってあげようと考えた。辛いときに理香が電話をかける相手でいられてよかった、とも思った。

「南野、がんばれ」

それが適切な言葉だという確信も持てず、声をかけた。かろうじて、「うん」という返事が聞こえる。そこに、ビーという機械音がした。やはり公衆電話で、料金が足りずに回線が切れそうなのだ。「がんばれ」ともう一度言うと、返事は聞こえずに電話は切れた。悲しい気持ちで、受話器を置いた。

その後の手紙でも、年末に帰ってきた際にも、理香は泣いていた理由を説明しなかった。松人も、無理に聞き出そうとはしなかった。ただ、これからも辛いときは電話して欲しいと思った。そういう友達付き合いは、今後もずっと続けていきたかった。

三度目の帰省では、また理香の変化が窺えた。今度は囲む会に来たときにも、化粧をしていたのだ。もちろん、化粧をしているのは理香だけだった。そのせいか、なんとなく皆はずっと戸惑っていて、あまり盛り上がらなかった。理香の笑みも寂しげだった。

高校三年の夏になると、松人にも悲しいことが起きた。同じ高校に入学してきた山辺に、ガールフレンドができたのだ。高校生で男女交際をするような人はなかなかいないので、あっという間に評判になった。山辺が高校に入ってきて喜んでいたのに、たったの四ヵ月でそれは悲しみにすり替わった。

こうして、松人の密かな片思いは終わったのだった。

9

高校を卒業して、就職することになった。島の子供で大学まで進学する者はめったにいないので、ごく自然な選択だった。就職先は、島で一番大きい工務店を選んだ。終戦直後にくがから材木を運んで、町の復興に大いに貢献したと聞いている。社長は言わば、島の英雄だった。

「松次郎さんの孫なら、そりゃあうちで引き受けないわけにはいかないよな」

社長は戦争で顔の左半分に大火傷《やけど》を負い、かなり怖い面相である。だが人はよく、松人は小さい頃からかわいがってもらっていた。なんでも遠縁に当たるらしく、親戚付き合いをしているわけではないが、一ノ屋の本家に敬意を払ってくれている節もある。実は父も、社長が経営する別の会社に就職していた。

「一ノ屋の跡取り息子を迎えることができて、おれも嬉しいぜ」

社長はそんなことを言った。一ノ屋の跡取り息子、と言われたのは祖父の葬儀以来だ。ふだんはまったく意識していないのだが、そのように見ている人もいるのだと改めて気づかされた。

一ノ屋の血を松人に意識させる人は、もうひとりいた。他ならぬ、父だ。父は松人が就職したときから、急に血筋に言及するようになった。

「お前も社会人だから、うちの一族の務めを考えなければならん。うちはこの島にとって、特別な一族だからな」

夕食の席で、重々しく言った。それを聞き、松人は内心で驚いた。一族の務めとは、いったい何か。父が務めに類したことをしているところは見たことがないので、意外に感じたのだった。

この島に神社はない。それは一ノ屋の家が、言わばご神体のようなものだったかららしい。知らなかったのだが、祖父の代までは島で行われる地鎮祭に必ず呼ばれていたそうだ。神主代わりだったのだろう。そういうことなら、立派な務めと言える。しかし父はもう、地鎮祭には呼ばれていないはずだ。父は何を指して、務めと言っているのか。

「務めって、なんですか」

恐る恐る、訊き返した。父は常に苦虫を噛み潰したような顔をしている人で、近寄りがたい。話しかけづらく、言葉を交わす際にはいつの間にか敬語を使うようになっていた。親しみやすかった祖父とは、正反対だ。とても親子とは思えない。

「血を残すことだ」

父は明言した。松人は納得できない。

「それだけ、ですか」

「そうだ」

はっきり言い切られ、松人は考え込んだ。祖父が生前に話していたことを思い出したのだった。

一ノ屋の血筋には、びっくりするくらいいい男がたまに生まれ、島に幸せをもたらすという。それがただの言い伝えなら迷信だと無視もできるが、松人の四代前にそういう人がいたと祖父は言っていた。四代前なら、まだ明治期の話である。言い伝えなどではなく、事実なのだろう。

問題は、「たまに」という点だ。代々ではなくたまにならば、次はいつになるかわからない。しかしそのときまで、家系を残しておかなければならないということか。祖父も父も、そして松人も、その間の繫ぎなのだと理解した。

非科学的な話だと、聞き流すこともできた。だが松人は、そんな気にはなれなかった。祖父までは、特別な家系の当主としての役目があった。もはやそんな時代ではないとはいえ、一族に与えられた役割を疎《おろそ》かにしては、祖父の人生を否定することになってしまうと思えたのだ。父の言葉だけなら、反発したかもしれない。しかし祖父は、血を残すために次男なのに家を継いだ。祖父のことが好きだった松人は、祖父が継いだ血を自分の代で終わらせたくはなかった。

「だから、お前もゆくゆくは結婚して、一ノ屋の血を後世に伝えるのだ。そのつもりでいろ」

父は命じた。高圧的だったが、逆らうことなど思いもよらない。まして、松人自身が一ノ屋の血を残さなければならないと考えているのだから、素直に頷くだけだった。

「長男は大変ねぇ。結婚まで親に命令されるなんて」

呑気な声を発したのは、妹の妙子《たえこ》だ。この五歳下の妹は、父の威圧感などまるで感じていないように、いつも飄々《ひょうひょう》としている。そういうところは、祖父に似ていた。それなのに祖父にあまり懐かず、散歩にはついてこなかった。もっとも、人に従わず自分の好きなようにしているところこそ、祖父似と言えた。

「理香ちゃんがあんな美人じゃなければ、結婚してくれたかもしれないのにね。残念だったね」

妙子は完全に面白がっていた。妙子のそんな性格を、松人は少し疎ましくも、また羨ましくも思っている。祖父のようには生きられない。同じように、妙子の真似もできなかった。

「南野とはただの友達だよ」

妙子に言い返した。たとえ理香がくがに行かなくても、松人と結婚はしないだろう。理香は松人の、山辺に対する気持ちを知っている。友情と同情だけでは、結婚しようとは思わないはずだった。

「せっかくあんな美人と仲いいのにね。美人過ぎるのも、困りものね」

妙子はまるで松人の言葉を聞いていなかった。自由気ままな妹に、松人は苦笑するしかなかった。

妙子は理香しか話し相手がいないかのようなことを言ったが、実際は違う。周りの目を気にしないことにした高校では、理香以外の女子ともよく話した。ぎらぎらしたところのない松人は、女子にとって話がしやすい相手のようだ。それは、会社でも同様だった。

会社ではまず、営業職に就いた。建築の知識が皆無なのだから、最初の仕事としては当然の配属だ。しかしいずれは、設計をしてみたかった。そのことは入社の際に希望しているので、少しずつ教わっていくことになっている。自分の設計した家が建ったら、どんなに嬉しいだろうと今から夢想していた。

会社には、同期入社の者が数人いた。半分は事務職の女性だ。皆、同じ高校の出身だからもともと付き合いがある。中でも河野《こうの》知美《ともみ》という女性は、高校時代から比較的親しい間柄だった。

知美は小柄で、常に笑顔を絶やさない人であった。仏頂面をしている人より、笑っている人の方が明らかにいい印象を受ける。だから知美は、男子の間で人気があった。理香がいたから顔立ちで誉められることはなかったが、充分に愛らしい容姿と言っていい。松人も知美の明るさには好感を持っていた。

高校時代に知美と同じクラスになったのは一年だけだったので、よく話をしたのもその一年限りであった。しかしそのときの好感触が互いに残っていたからか、会社に入ってからは言葉を交わすことも多くなった。もっとも、知美は誰に対しても愛想がいいので、松人は自分だけが親しいとはまったく思っていなかった。松人自身も、他の女性と接する際と同じ態度でいるつもりだった。

社会人になってからも、小林との付き合いは続いていた。小林は違う会社に就職したので、毎日顔を合わせることはなくなったが、だからこそ予定を作って会うようになった。出入りすることを覚えた居酒屋で、互いに麦茶を飲みながら総菜をつついた。ある日、小林はしみじみと言った。

「一ノ屋は河野さんと同じ会社で、いいよなぁ」

以前にも似たようなことを言われた気がして、記憶を探った。遥か昔のことだが、松人が理香と仲がいいのを羨ましがったのだった。こいつ、昔から変わらないなと苦笑したくなる。そんなに女性と親しくなりたいのだろうか。

「河野さんが好きなの?」

直截《ちょくせつ》に訊いた。別におかしいことではないと思ったからだが、小林は妙にもじもじする。

「いや、好きってわけじゃなくて、河野さんってかわいいだろ。南野さんはもうまったく手の届かない人って感じだけど、河野さんは庶民的って言うか、現実的って言うか。ああいう人と仲良くなれたら、男は幸せだろうなぁって思うんだよね」

　明らかに理香に憧れめいた気持ちを抱いているのに、小林は理香が帰省した際の囲む会には一度も参加していない。なぜなのか理由を言わなかったが、高嶺の花と思っていたからか。確かに、東京で歌手を目指していると聞けば、遠い世界の人に思える。小林にとって理香は、もはや非現実的な存在なのだろう。

「だったら、高校時代に話しかけておけばよかったのに」

　なぜそうしなかったのか不思議なので言うと、小林は困った顔をする。

「簡単に言うなよ。誰でも一ノ屋みたいに、気軽に女の子に話しかけられるわけじゃないんだぜ」

　この指摘には、うまく応えられなかった。自分が女性に興味がないことを悟られてしまうかもしれないからだ。

　かつては、好きなのは山辺だけで、男が好きなわけではないと考えていた。だがこの年になってみると、そうして自分をごまかすのも限界に達した。未だに松人は、女性に興味がないのだ。恋愛の対象として女性を見たことが一度もない。その一方、意識するのは必ず男性だった。もう、自分の気持ちを偽り続けることはできなかった。

「でも、勇気を出さないと進展しないだろ」

　話の矛先が自分に向かうのを避けた。しかし同時に、いつか小林には本当のことを話したいとも思った。理香がそばにいなくなってしまった今、松人の親友と言える存在は小林だけなのだ。小林には、本当の自分を知っておいて欲しかった。

「そうだなぁ」

　しかし、小林の歯切れは悪かった。だから女の子と親しくなれないんだよ、と内心で思ったが、それを指摘するのは酷なので口にはしなかった。

　女性についての話題はそこで終わり、しばらく四方山《よもやま》話をしているうちに、小林が「そういえば」と言い出した。

「うちの高校の野球部、今はけっこう強くなったらしいな。ほら、一ノ屋も気にしてた二年下の連中が、かなりうまいんだって。あいつらが入ったお蔭で、大会で勝てるようになったって聞いたぞ」

「……へえ」

　気の利いた反応ができなかった。もちろん、その話は知っている。山辺に対する気持ちは破れたが、今でも意識していることに変わりはない。松人が戸惑ったのは、「一ノ屋も気にしてた」という小林の言葉だった。昔、野球部の練習を見ていたときには野球に興味が出てきたと言ってごまかしたが、実はごまかし切れていなかったのだ。野球ではなく部員に興味があることは、とっくに知られていたのだった。

「でもさ、試合は必ずいいがであるだろ。部員みんながいいがまで行かなきゃいけないけど、そう何度も行けないじゃないか。で、試合が続くとくがまで行けない部員が出てきて、それで負けちゃうらしい。島の子供は不利だな」

「そうだな」

　そこまでは知らなかった。そういうことなのか。実力で負けるならともかく、他の要因で勝てないのは悔しいだろう。なんとかしてやれないものかと考えた。

「いくら野球がうまくても、島生まれならではの壁があるよなぁ。その点、南野さんは運がよかったよ。たまたま島に来たプロデューサーにスカウトされるなんて」

　また理香の話になった。今度は、話題が逸れたことを喜ばなかった。もう少し、野球部の話を続けたかった。

「二年生のピッチャーは、どうなんだろう」

「えっ？」

小林は頓狂な声を上げる。松人の言葉の意味がわからなかったようだ。松人は具体的に言い直した。

「二年生のピッチャーは、くがに行けてるのかな。それとも、金がなくて行けないのかな」

「さあ、それは知らないな。なんで二年生のピッチャーなの？　付き合いがあったのか？」

「そうじゃないけど」

不意に、衝動に衝き動かされた。自分のことを話すなら今だと思えたのだ。この瞬間を逃したら、もう二度と打ち明ける機会が来ない気がする。あれこれ考えても言えないだろうから、衝動に任せるべきだとも判断した。

「二年生のピッチャーは、山辺って言うんだ。おれ、実は、小学生の頃から山辺のことが好きだったんだよ」

「……えっ？」

小林は思いきり怪訝そうな顔をする。理解できないのだろう。松人はもう一度、間違えようもなくはっきりと言った。

「山辺のことがずっと好きだったんだよ。山辺は高校に入って彼女ができたから、失恋しちゃったけど」

「ちょ、ちょっと待ってくれ。何を言ってるかわからない。山辺って、男だよな。女の子のピッチャーなんていないよな」

小林は混乱しているようだった。そうか、やはりすんなりと受け止められる話ではないのか。

密かに、軽い失望を覚える。しかし、それは仕方のないことだ。珍しい話に直面すれば、誰でも面食らう。ただ、時間をかければきっと理解してくれるはずだと考えた。

「うん、山辺は男だよ」

認めると、小林は目を泳がせた。箸を手にして料理を無意味につついたかと思うと、麦茶を一気に飲み干す。慌てたせいで気管に入ってしまい、ひどく噎《む》せた。咳が治まってから、改めて訊いてきた。

「つまり、一ノ屋は男が好きってこと？　それを今、告白してるの？」

「そう。小林には知っておいて欲しいと思って」

「はあ」

小林は脱力したように、椅子の背凭れに体を預けた。そして呆然と松人を見て、「ああ」と力ない声を発する。

「だからか。なんか、いろいろ腑に落ちた。だからか」

「腑に落ちたって、何が？」

おそらく、長い付き合いの間に引っかかることがいくつもあったのだろう。だが、松人の側からは見当がつかない。何に引っかかっていたのか、聞いてみたかった。

「いや、例えば女の子と気兼ねなく話ができるところとか、さ。女の子を女の子として意識してないんなら、そりゃあ気兼ねもないよな」

「まあ、そうだね」

素直に認めた。わかってもらえるのは嬉しいことだ、と感じた。

「だからずっと、野球部の練習を見てたのか。練習全体を見てたんじゃなく、山辺ってピッチャーを見てたんだな」

「そう。そういうこと」

見ているだけの恋だった。これからも、そういう恋を続けなければならないのか。いや、自分には一ノ屋の跡継ぎとしての務めがあるのだった。この期に及んで、父の言葉を思い出した。

「ええとさ、つかぬことを訊くけど」

続けて、小林はなにやら言いにくそうに上目遣いになった。打ち明けたからには、なんでも訊いてもらった方がいい。「何?」と促すと、小林は少したためらってから口を開いた。

「おれと友達付き合いしてるのも、もしかしておれのことが好きだから?」

これには思わず噴き出してしまった。何を言い出すのか。小林を恋愛対象として見たことは、一度もなかった。

「好きは好きだけど、友達としてだよ。おれにとっては、南野と同じ。南野も小林も、おれには大事な友達だよ」

「ああ、そう。よかった」

小林は心底安堵したかのように、息を吐いた。よかった、とはどういう意味か。わずかに引っかかったが、確かめずにおいた。そこは触れてはならない部分だと、本能的に悟った。

10

仕事を覚えるために、先輩に連れられて建築現場を回ることが多かった。工務店の仕事を学ぶには、やはり現場を見ることが大事である。何度も回るうちに、大工たちにも顔を憶えてもらった。特に年配の大工には、一ノ屋という名前ですぐに認識してもらえた。

そうして現場回りをしているときのことだった。若い大工のひとりが、松人を見てなにやらにやりと笑った。その笑い方は、どうにもいい感じではなかった。他人を嘲《あざけ》る笑いに見えたのだ。

大工は鉋《かんな》で木材を削っていた。その手を休めず、口許を片方だけ吊り上げるような笑みとともに話しかけてきた。

「なあ、聞いたぜ。お前、男が好きなんだってな」

一瞬、呼吸が止まった。すぐには反応できず、固まってしまう。なぜ相手がそんなことを言い出したのか、まったく見当がつかなかった。

「な、何を言ってるんですか」

かろうじて、言葉を絞り出した。何か言い返さなければ、肯定したことになってしまう。自分の好みは、なんとしても隠しとおさなければならないと考えていた。

「違うのかよ。弟から聞いたぜ」

大工は冷笑を浮かべたまま、鼻を鳴らした。大工の弟は、松人と高校の同学年だった。さほど親しく付き合っていたわけではないが、理香を囲む会に来ているので面識はある。その弟から聞いたというのか。しかし弟は、どこからそんな話を仕入れたのか。

「違いますよ。違うに決まってるじゃないですか」

顔の前で、手をぶんぶんと振った。傍らには会社の先輩もいる。先輩が大工の言をどう受け取ったか、不安でならなかった。

「へえ、じゃあ弟の勘違いかね」

まるで松人の主張を信じていないかのような、大工の口振りだった。しかしどう思われようと、白を切るしかない。

「そうですよ。なんでそんな勘違いをしたのか」

大工も仕事中なので、それ以上しつこく尋ねては来なかった。安堵した気持ちを顔に出さないよう気をつけつつ、さりげなくその場を離れた。

「さっき、変なこと言われてたな。あれ、なんだよ」

現場での挨拶をひととおり終え、次の現場に移動する途中で、先輩に訊かれた。当然不審がられるだろうと思っていたので、今度は動揺しない。

「なんでしょうね。おれ、嫌われてるのかな」

わざとへらへらした物言いをした。笑い話として流すのが、最良だと判断した。先輩も、「お前、何やったんだよ」と呆れるように言い、大工の言葉を真に受けた様子はなかった。

やがて、気分が沈んできた。先ほどはとっさのことで頭が働かなかったが、落ち着いて考えれば事実は明白だったからだ。秘密の漏洩元は、ひとつしかない。何しろ松人はこれまで、ふたりにしか自分の好みを打ち明けていないのだ。そのうちのひとりである理香は、くがにいる。そうなると、残るのはひとりだけだった。

小林はなぜ、秘密を漏らしたのか。どうしても言わざるを得ない局面があったとは思えない。ならば逆に、大したことではないと考えたか。おそらくそうなのだろう。松人にとっては重大事でも、小林にはただの世間話の種に過ぎなかったのだ。だから簡単に、他人に話してしまったに違いない。きつく口止めしなかったことを、今になって悔いた。

とはいえ、小林を放置しておいていいことにはならない。このまま誰彼かまわず話されては、たまったものではない。小林に腹を立てたくなる気持ちをこらえつつ、連絡をとった。電話では家族の耳があって話せないので、先日のように呼び出した。

「話って、何？」

居酒屋で落ち合い、注文を終えると、小林は気楽な調子で訊いてきた。やはり、自分がしたことにまったく罪の意識を覚えていないようだ。親友だから松人の悩みの深さを理解してくれるだろう、と考えていたのが間違いだったと悟る。松人の悩みは特殊だから、いくら親友であろうときちんと説明しないことにはわかってもらえないのだ。

「うん、おととい、現場を回ったら大工のひとりに言われたんだ」

誰から何を言われたのか、順を追って話した。すると途中から、小林の顔色が変わった。松人はその反応を見て、ショックを受けた。小林は自分が悪いことをしたという自覚があったのだ。それを松人に知られ、まずいと顔を青ざめさせている。そんなことならなぜ、秘密を簡単に漏らしてしまったんだ。松人は友人の考えがわからなくなった。

「ごめん。本当にごめん。ついうっかり喋っちゃったんだ。もう二度と誰にも言わないから。ホント、すまない」

小林は平謝りした。言葉のとおり、本気で申し訳なく感じているのは伝わってくる。この謝罪が上辺だけのものとは、松人も思わない。しかしどうしても、「ついうっかり」というくだりが引っかかってしまった。

松人の秘密は、ついうっかり喋ってしまうような軽いものではないはずだった。秘密の重みをきちんと受け止めていれば、ついうっかりなどあり得なかった。つまり、小林は松人の秘密を軽く考えていたことになる。不信感を覚えずにはいられなかった。

秘密を知られることがどれだけ辛いか、切々と訴えるべきだろうか。だが、どうにも気力が湧かなかった。空しさが、心の底から込み上げてくる。この辛さは、親友にすら共感してもらえないものなのだ。ならば、他に理解者などいるはずがない。理香が島にいないことを、改めて寂しく感じた。

「あのさ、わかってるとは思うけど、こんな話が噂になったら大変なことになるよ。馬鹿にされたり、気持ち悪がられたり、いい印象を持ってくれる人なんて絶対にいないんだ――」

ここまで話して、自分の言葉に愕然とした。小林もまた、松人のことを内心で馬鹿にし、気持ち悪いと思っているのではないか。「もしかしておれのことが好きなのか」と松人に問い、違うという返事に「よかった」と答えたのはそういう意味か。恋愛感情を持たれていたら気持ち悪いから、そうでなくて「よかった」のか。

「うん、本当に悪かったよ。わかってる。知られたくないよな。知られたら、周りの見る目が変わっちゃうもんな」

もう大丈夫だから信用してくれ、と言わんばかりに小林は何度も頷いた。その言葉を信じたいと思う。しかし一方で、「見る目が変わる」という小林の言葉に傷ついてもいた。見る目が変わったのは、小林自身ではないのか。今でも、以前と何も変わらないと言い切れるのか。

心の中で疑問に思ったが、問い質しはしなかった。問えば、ここで小林との友情は終わると察したのだ。

問わないのは、単に終わりを先延ばしにしただけかもしれない。友情を変質させたのは、松人なのかもしれない。松人は自ら望んで、男性を好きになるように生まれついたわけではない。自分がこのような人間であることを、呪いのように感じた。

11

人の口に戸は立てられないとは本当にそのとおりで、松人は男性が好きだという噂が立ってしまった。小さな島の悪いところで、こうした噂はすぐに広まる。会社でも、面と向かって何度か訊かれた。もちろんその都度否定はするが、相手が松人の言葉を信じたかどうかはわからない。もともとあまり男性性を前面に出していなかったこともあって、陰でオカマ呼ばわりされるようになってしまった。

オカマとは、自分が男性であることに違和感を覚え、女性になりたいと望んだ人ではないのだろうか。ならば、松人は違う。松人は男性でありながら、恋愛対象が男性なのだ。オカマではないと言い返したかったが、陰で言われていることなので反論の機会がない。仮に反論できたとしても、陰口は払拭できないだろう。無力感を覚えた。

まずいことに、噂は父の耳にまで入ってしまった。あるとき、夕食の席で問い質された。

「松人、お前に関する悪い噂を聞いた」

父がそう前置きしたとき、来るべき時が来たかと諦めた。当然、認めるつもりはない。だが父は、松人の言葉だけでは納得しないかもしれない。何しろこの年になるまで、松人は女性に興味を示したことがないのだ。一番親しかった女性が、芸能人を目指せるほどの美人だった点も、こうなってはマイナスポイントである。あれほどの美人に興味を示さなかったのはなぜだ、ということになってしまうからだ。

「噂？　なんですか」

無視するわけにもいかないので、尋ね返す。父は厳めしい表情で、こちらを見た。

「お前がオカマだという噂だ」

父の言葉を聞き、ため息をつきたくなった。オカマかどうかは、見ればわかるだろう。そんなことを訊くということは、父はオカマという言葉の意味もわかっていないのだ。しかし、父の理解などどうでもいい。話してわかってくれる相手ではないのだから。

「オカマというのは、女の格好をする人ではないですか。おれは違いますよ」

一応、説明をした上で否定した。言葉の定義に従えば松人は明らかにオカマではないので、父は黙り込む。これで話は終わってくれればいいのだがと期待したが、そうはいかなかった。

「お前は男が好きなのではないかという話を聞いた。違うんだな」

「違います」

嘘であろうと、きっぱり否定する必要があった。それが、父を安心させることにもなるのだ。

「ならば、早く結婚しろ。結婚して、一ノ屋の血を残すんだ」

結局、父が一番望むことに帰結した。それが目下の、松人の最大の悩みだった。恋愛対象が男性だという自覚があるのに、一ノ屋の跡取りとして血脈を次世代に受け渡さなければならない。自分の好みは脇に置いても、果たさなければならない義務だと考えていた。

結婚するなら、気が合う相手がいい。気が合うといえば理香だが、理香はこれから歌手になろうという身だ。結婚なんてできるわけがない。となると真っ先に思いつくのは、最近よく話をする相手である知美だった。

知美は性格が穏やかで、気が利く。笑顔が優しく、男子社員からも人気があった。向こうが松人をどう思っているのかわからないが、こちらからはなんの文句もない。知美と今以上に親しくなることはできないだろうか、と考えてみた。

こんなとき、以前ならば相談する相手は小林だった。だが秘密を漏らされてから、なんとなく疎遠になっている。何より小林には、本当のことを告白しているのだ。女性と親しくなる方法を相談することなど、できなかった。

他に適当な相手がなく、やむなく妙子に訊いてみた。妙子は年齢の割に妙に達観したところがあるから、物事を冷静に見ている。面白がりはするだろうが、有益な助言をしてくれるかもしれなかった。

「なあ、女性と親しくなるには、どうすればいいと思う?」

唐突な問いかけではあったが、妙子も噂は耳にしているはずである。その噂を打ち消すためかと、一応のところ納得してくれるものと予想した。

「あら、兄ちゃんもようやく色気づいたの？」

妙子はそんな言い方をした。妹でなければ、付き合いづらいタイプである。だが、こちらをからかう言動は織り込み済みだ。受け流し、話を戻した。

「冗談事じゃないんだよ。おれは一ノ屋の跡取りとしての義務があるんだから。わかるだろ」

「大変ねぇ、跡取りは」

まったく同情していない口調で、妙子は言った。同情などしてもらわなくていい。からかってもらってかまわないから、知恵を授けて欲しかった。

「そうねぇ、相手にもよるとは思うけど、ピクニックでも誘ってみたら」

ピクニックか。島には娯楽が少ない。映画館も劇場もないし、しゃれたレストランもない。都会であればそうしたところに誘うこともできるだろうが、島では一緒に時間を過ごす口実がないのだ。ピクニックは、なるほど無難な口実かもしれなかった。

「妙子、お前、いいこと言ってくれるな。男とデートなんて、まだまだ先のことだろうに」

「そうでもないよ」

「えっ」

思いがけないことを言われ、目を見開いた。まだ中学生なのに、男とデートしているのか。

「そんなにびっくりしないでよ。いずれそのうち、って妄想を膨らませてるの。そういうの、大事でしょ。ぜんぜん考えてないから、兄ちゃんはそうやって中学生の妹に訊くしかなくなるんだよ」

ずけずけと言われ、松人は苦笑するしかなかった。まったくそのとおりで、言い返す余地がない。我が妹ながら、妙な女だと思う。

ピクニックに行くというのは、松人にとっても心躍ることだった。それならば、本心から楽しみで誘うことができる。善は急げと、会社で機会を見て知美に話しかけた。

「ねえねえ、河野さん。もしよかったら、今度一緒にピクニックにでも行かないか」

もっとうまい誘い方があるのかもしれないが、直截に用件を口にすることしかできなかった。知美は一瞬驚いた表情をしたが、すぐにそれは笑みに転じた。

「行く。行きたい」

弾むような声が嬉しかった。いやな相手だと思われていないのはわかっていたが、誘いに応じてくれるかどうかはまた別だ。ふたつ返事で行きたいと言ってくれて、安堵した。

「他に誰か誘うの？」

続けて、知美はそう訊いてきた。そうか、多人数のピクニックを考えていたのか。ふたりきりだと言えば、拒否されるかもしれない。今度は恐る恐る、答えた。

「いや、もしよかったら、ふたりで行こうよ」

すると知美は、さらに表情をぱっと明るくした。そんな反応をされるとは思わなかった。驚きと喜びがない交ぜの気持ちで見つめていたら、知美は顔を赤らめて俯いた。そして今度は小声で、

「うん」と頷いた。

日曜日に、港の前のバス停で待ち合わせた。ここからは島を一周するバスが出ている。島の南側に行き、ふたりで弁当を食べる予定だった。弁当は、知美が作ってきてくれることになっていた。

「私、実は南の方には行ったことなかったの。一度行ってみたいと思ってたんだ」

知美は最初から、声を弾ませていた。頬も少し上気していて、楽しみでならないといった気分に見える。松人も楽しみだった。同行してくれる相手が知美でよかったと思った。

島の南側には切り立った崖があり、そこにははっきりとした地層や断層が見られる。島の名勝のひとつで、観光客がよく訪れるらしい。だが地元の人間にしてみれば、わざわざ行く場所ではなかった。だから今回のように、人目がないところに行きたければ打ってつけなのだった。

バスで三十分ほど揺られた。その道中、知美とはずっと喋っていた。同じ高校に通っていたから、思い出話ならたくさんある。加えて、そもそも気が合うのでたわいないやり取りも楽しかった。三十分間、会話が途切れることは一度もなかった。

目的のバス停で降り、崖まで歩いた。崖は道路沿いにある。緩やかなカーブの先に、目指す崖があった。見上げるほどの崖が、綺麗な断面を曝している。この道路を通すために作られた人工の崖で、その結果見事な地層が現れたそうだ。くっきりと色分けされた地層が、何重にも積み重なっている。これが何万年、何十万年の時間を封じたものだと思うと、壮大さに感嘆せざるを得なかった。

「思ったよりすごいね」

知美も同じ感想だったようで、地層を見上げながら呟いた。松人もそうだが、そもそも地層に興味がなかったのだろう。だが実際に目にしてみれば、単純に圧倒される。くがにはこれほど見事な地層はなかなかないのかもしれない。だから観光客がわざわざ来るのか、と初めて納得した。

「ホント、すごいね」

圧倒的な風景の前では、語彙が乏しくなるのだと知った。ふたりとも、すごいとしか言っていない。しかし、他に形容しようがないのだ。「うん、すごい」「いや、ホントにすごい」と互いに言い合い、同じことの繰り返しに笑った。

しばらく眺めてから、道路を離れて浜辺に下りた。南側の浜は海水浴場として開発されているわけではなく、自然が手つかずで残っている。そこに茣蓙《ござ》を敷き、海風を感じながら知美の弁当を開いた。母親の手は借りずにふたり分を作ってくれたらしく、卵焼きやニンジンの肉巻き、きんぴらゴボウ、小エビの素揚げなどの労作が詰まっている。どれだけの手間をかけてくれたのかと想像すると、ありがたくて簡単に食べていいものか迷った。すごい、おいしそう、とひとしきり誉めてから、ノリが巻かれたおにぎりを頰張った。塩がほどよく利いていて、染みるように旨《うま》かった。

「ホントにおいしい。どれもおいしい。これならいつでも結婚できるね」

ひととおり口をつけ、すべてを誉めた。こうした際の定型句として「いつでも結婚できる」と言ってしまったら、知美は耳まで赤くして俯いた。そんな反応に、松人も自分の言を必要以上に意識してしまった。しばらく、無言で弁当を食べ続けることになった。

海から吹いてくる風は穏やかで、水面は静かに輝いていた。

12

くがから朗報が届いた。ついに、理香のレコードデビューが決まったそうだ。レッスンばかりで話が進展している気配がなかったので、このままデビューできずに終わるのではないかと密かに危惧していた。そうはならず、とうとうデビューに漕ぎ着けたことに、最大限の賛辞を送りたかった。

「絶対レコード買うよ。島じゅうの人が買うんじゃないかな。この島にだけ、たくさんレコードを送ってもらわないと」

電話で報告してきた理香に、興奮気味に捲《まく》し立てた。我がことのように嬉しい、という表現はまさに今この状態のことだ。最大の難関を通過したからには、この先は薔薇色の未来が待っているだろう。理香の今後の活躍が、身震いするほど楽しみだった。

「ありがとう。でもホント、みんなが買ってくれたら、すぐ売り切れになっちゃうね。島だけに限れば、大ヒットだ」

理香の声も嬉しげだった。おそらく、松人が聞いていない苦労が山ほどあったことだろう。それを乗り越えてのデビューなのだから、感慨もひとしおのはずだ。今はただ、歌手デビューを喜んでいて欲しかった。

「みんなに宣伝しておくから。レコードプレイヤーを持ってない人にも買わせるよ」

「ははは、そうよね。プレイヤーを持ってる人の方が少ないよね」

かく言う松人自身もレコードプレイヤーを持っていなかったが、これを機に買うことにした。同じように、レコードプレイヤーを買う人が続出するのではないかと予想した。

「デビューしたら、テレビにも出るんだろ。出ることが決まったら、また教えてね」

「うん、すぐは無理だと思うけど、出られることになったら知らせるよ」

「えっ、すぐは無理なの？　デビューしたら、テレビに出るものだと思ってた」

「そんなに簡単な世界じゃないよ。テレビに出るためには、ここからまたがんばらなきゃ」

そうなのか。それほどいくつも越えなければならない壁があるとは思わなかった。理香は素人が考えるよりも、ずっと厳しい世界に飛び込んだのだ。喜びの裏で、そんなことも考えた。

「そうかぁ。でも、まずは最初の一歩だ。デビューしないことには、テレビにも出られないもんな。本当におめでとう」

「うん、ありがとうね」

そんなやり取りをした四ヵ月後に、理香のデビューシングルが発売された。島にあるレコード屋は売れることを見越して、多めに四枚仕入れたそうだが、当然のことながらその程度ではあっという間に売り切れた。松人は理香から話を聞いてすぐに予約していたので、発売当日に買えた。会社に持っていき、社員たちに見せた。皆、ジャケット写真の理香を見て「美人だねぇ」と感嘆の声を上げた。確かに、もともと整った顔立ちの理香であったが、ジャケットの写真はさらに磨きがかかってまさに芸能人の顔になっていた。もう、松人が知っている理香とは別人のようだった。

ジャケットを見た人はひとり残らず、自分も買うと言った。だからレコード屋が仕入れる先から売れてしまい、理香と話したとおり、島の中では大ヒットだった。日曜日には、理香の曲を聴くために松人の家に人が集まり、披露会の趣《おもむき》になった。「ヒマワリと水平線」というタイトルから想像できるとおり、曲調は明るく、十九歳の女の子のデビュー曲にはふさわしいかと思えた。だがよくよく聴いてみれば、歌詞はそれほど明朗ではなく、苦みを伴っていた。そこがまた都会の気配を感じさせ、聴いた者たちには大好評だった。都合十回近く再生したが、誰もが最後まで飽きなかった。

松人がそう考えていたように、皆が次はテレビ出演を期待した。だが、理香からその連絡は来なかった。やはり、まだまだ次のステップには進めないのだろう。理香の後押しをするためには、デビューシングルが売れることが大事だった。松人は、せめてもと宣伝に努めた。

松人自身の変化もあった。特に大っぴらにしたつもりはなかったのだが、狭い島のこととて、ふたりで何度も会っていればいずれ知れ渡る。知美と交際していることは、公然の秘密となった。

そしてそのお蔭で、オカマ呼ばわりされることはなくなった。松人は男が好き、という噂が間違いだったと、知美との交際によって示した形になったのである。一時期は息をするのも人目を憚らなければならないかのようであったが、ようやく普通に呼吸ができるようになった。頭上の暗雲が晴れた心地だった。

知美との交際は順調だった。なんと言っても、知美とは気が合うので一緒にいて楽しい。いくら言葉を交わしても、話題が尽きるということがなかった。知美は間違いなく、松人が今一番親しい人だった。

しかしそれは、かつての理香と同じではないのかと、頭の片隅でちらりと考える。理香とも、わざわざ学校の外で会う時間を作るほど、ウマが合った。あのとき松人は、理香に対して恋愛感情は持っていなかった。理香のことを言葉で言い表すなら、親友が最も適切だと思う。ならば知美も、自分にとっては親友なのではないか。知美に対して覚える情は、本当に友情ではなく愛情なのか。

そんな疑問がずっと消え去らなかったが、あえて無視した。世の中には、愛情すらないままに結婚する夫婦もいるのである。友情であろうと愛情であろうと、強い情があるならばいいではないか。理香と親しくしていたときは、まだ子供だったのだ。大人になれば、男女の間の情が友情であろうと、子供のときとは意味合いが違う。

当の知美も、松人が理香と親しいことは知っていた。だが、ふたりの仲を疑ったりはしなかった。松人と理香が純粋に友情で結ばれていることを、素直に信じている。おそらくそれは、松人の愛情が自分に向いていると確信しているからだろう。松人としては、少し複雑な気持ちだった。

「私もレコード買ったよ。今度理香ちゃんが島に帰ってきたときは、紹介してね」

無邪気にそんなことを言った。知美と理香は同じ年だが、家が遠かったので付き合いはない。単純に、自分の生まれ育った土地からスター候補が出て、誇らしく思っているだけだった。そんな裏表のないところも、松人を安心させる美点であった。

レコードデビューすると忙しくなるのか、その年の盆に理香は帰ってこなかった。地方巡業をするらしい。忙しいのはいいことだった。暇を持て余していて、スターになれるわけがない。

松人も以前に比べてテレビの歌番組を見るようになったので、知識が増えた。今は売れっ子の人でも、かつては地方巡業をしていたというケースが多いようだ。つまり、理香は誰もが通る道を歩んでいるところなのだろう。順調なのだと受け取った。

その推察を裏づけるように、年末には二枚目のシングルが発売された。デビューシングルがヒットしたわけでもないのに次が出せるのは、有望新人と見做《みな》されている証拠だ。また島は大騒ぎになり、皆が奪い合うようにレコードを買った。島にいる限り、理香はすでに大スターのように感じられた。

二枚目のレコードが出れば、営業活動はさらに忙しくなるようだ。その年は暮れにも、理香は帰島しなかった。結局、一年を通して一度も帰ってこなかったことになる。そんな年は初めてだった。

「紹介する機会がないな」

苦笑しながら、知美に言った。会う機会が減るのは、それだけ理香が遠い存在になっている証左でもある。理香本人のためには、いいことなのだ。残念がるところではないと、松人は考えた。

「そうね、相手は芸能人だもんね。そんなに気軽に紹介してもらうわけにはいかないよね」

知美も同じ理解をしているようで、もはや理香を松人の友達とも捉えていない口振りだった。そもそもがは、島の人間にとって未だに遠い地である。そこで歌手になった人は、別世界の住人そのものだった。テレビの中にいるべき人より、身近にいる人に知美の興味は向いているようだった。

交際期間が二年目に入ると、互いになんとなく結婚を意識するようになった。十代のうちはまだ早い気がするが、成人すれば結婚は現実的な話になる。父にもせっつかれるので、いずれ近いうちにと思うようになった。知美の方も、若くしての結婚に抵抗はないようだった。

とはいえ、最も問題となるのが経済力だった。さすがに入社二年目の給料では、所帯は持てない。社長は結婚後も知美が働くことを許してくれそうだが、それも子供ができるまでだろう。あと一年、貯金に励むことにしようとふたりで相談して決めた。

夏には、理香の三枚目のシングルが発売された。依然として、テレビで理香を見ることはなかった。三枚目ともなると、最初の熱狂は薄れる。島内でも、三枚目は買わない人がぽちぽちと現れているようだった。理香は昨年と同様、島に帰ってこなかった。

明けて翌年、二十一歳で松人は結婚した。結婚式は、昨今では珍しくなった洋式でも、島では一般的な仏式でもなく、人前式だった。それが一ノ屋のしきたりなのだそうだ。屋敷を広く開け放ち、誰もが参加できるようにした。大勢の人が代わる代わる覗きに来て、好きに酒を飲んだり食べ物を抓《つま》んだりして帰る。昔の田舎では珍しくない形式なのだろうが、昭和五十年にもなってこんな結婚式はなかなか行われないのではないか。朝から晩まで、大勢の来客に対応して疲れ果てた。それは知美も同じだったので、新婚初夜はふたりしてそのまま寝てしまった。翌朝、崩れるように寝ていたことに気づき、顔を見合わせて笑った。

13

新婚初夜に疲れて寝てしまったのは、松人にとって少し気が楽になる面もあった。結婚したなら避けて通れないことが、負担に感じられていたからだ。果たして自分は、知美と夫婦になれるのだろうか。そんな不安が、胸の奥に巣くっていた。

結婚後も、実家に住み続けることになっていた。何しろ、島で一番大きい屋敷である。部屋はあるし、他に家を借りる金がもったいない。一ノ屋の跡取りとして、屋敷を出ていきにくいという事情もあった。知美も最初からその点は承知してくれていて、親や妹と同居することに問題はなかった。

翌日も、その次の日も、疲れを理由に何もせずに寝た。しかし四日目には、知美はこちらの機嫌を窺うような顔をした。自分が何か、松人を怒らせることをしてしまったのかと考えたようだ。不必要な心配をさせて申し訳なかったと、松人も覚悟を決めた。

「ごめん、経験がないから、なんか怖くて」

少なくとも、嘘ではなかった。怖い気持ちは間違いなくある。知美は対照的に、悩みが消えたかのように晴れ晴れとした表情になった。

「それは私も同じだよ。怖くても、ふたりなら乗り越えられるよ」

知美の口調が明るければ明るいほど、松人の心に宿るわずかな罪悪感が大きくなるかのようだった。

その夜、知美の布団に入った。知美は一瞬、体を強張らせたが、すぐに力を抜いた。松人は知識を総動員して、知美と夫婦になろうとした。だが、体がついてこなかった。

「ごめん、なんか緊張してるのか、うまくできない」

三十分以上もがんばり続けた挙げ句、白旗を揚げた。知美は目を開け、慰めるように微笑んだ。

「最初はしょうがないよ。焦らないようにしよう」

「うん、ありがとう」

知美の優しさがありがたかった。自分の布団に戻り、仰向けになって天井を見つめた。しばらく寝つけなかった。

次の夜も、その次の夜も、松人は知美と結ばれることはなかった。どうしても、体が反応しないのである。自分がいわゆる不能でないことはわかっていた。しかし、女性が相手では駄目なのだ。ここまでどうにもならないとは、松人自身も予想外だった。

「ねえ、もしかして、できない人なの？」

ついに知美は、恐る恐る尋ねた。そう疑うのも無理はない。緊張だけでごまかせる段階は、もう過ぎていた。

「いや、そんなことはないんだけど……」

言葉を濁すしかなかった。すると知美は、違う意味に受け取った。

「私が悪いのかな……」

布団の上にぺたりと坐り、首が九十度近く曲がるほど俯く。その理解だけは、全力で否定しなければならなかった。

「違うよ。そんなことない。悪いのは全部おれなんだ」

「だって、体が悪いわけじゃないんでしょ」

知美は顔を上げる。目が潤んでいた。

「焦ると、ますます駄目なんだ。申し訳ないけど、時間が欲しい。ねっ」

「――うん」

一応のところ、知美は納得してくれた。しかし、いつまでこの状態が続くのか。可能なら、きちんと知美と結ばれたい。松人は切望した。

夜を除けば、知美との関係は良好だった。親友のように気が合い、結婚した仲である。朝起きて松人の家族たちとともに朝食を摂《と》り、ふたりで会社に行き、夕方にはふたりで帰り、また夕食をともにする。一緒にいる間はずっと喋っていて、結婚前のように笑い合った。こんなに仲がいいなら、これで充分ではないのか。そうも思うが、夫婦であるからには友達以上の関係にならなければならない。そのことが、松人の心に重くのしかかっていた。

毎夜気まずい思いを味わい、とうとう知美の方が先に決断した。現状維持を望んだのである。

「少し、休もう。一ヵ月休んでみようよ。そう決めた方が、お互い気楽でしょ」

「ああ、そうだね。うん、そうしてくれると助かる」

「なんか、夜がいやだったもんね。いやな思いするくらいなら、最初からやめようよ」

「知美がそれでいいなら」

正直、安堵した。楽しい時間を過ごしたまま眠りに就けるなら、その方がずっといい。知美も同じ思いなのだろう。一ヵ月と言わず半年くらい猶予が欲しかったが、さすがにそれは言い出せなかった。

その一ヵ月の間に、嬉しいことがあった。ようやく理香がテレビに出たのだ。歌番組に登場し、一曲歌った。テレビ用の衣装を着た理香はどこから見ても芸能人で、子供の頃から知っている幼馴染みとは思えなかった。その番組は、家族全員でテレビに齧りついて見た。おそらく、この島の家庭ではどこでも同じだっただろう。

テレビ出演決定を電話で教えてくれたとき、理香は少し照れ臭そうだった。「あのね」と言ったきりなかなか続けないので、何事が起きたのかと心配した。理香は少し早口に、「テレビに出ることになった」と告げた。

「録画だから、もう収録してる。たぶん、来週放送される」

「えっ、そうなの。すごいじゃないか。おめでとう」

家族が驚いてこちらに目を向けるほど、大きい声を出してしまった。その反応で自分が大声を張り上げたことに気づき、少しトーンを下げる。だが、遅れて心臓が高鳴り始めた。興奮が後追いでやってきた。

「うん、ありがとう。ホント、やっとだよ。もう一生、テレビには出られないかと思った」

理香の声には、ほっとしたような響きが混じっていた。もしかしたら、喜びよりも安堵の方が大きいのかもしれない。テレビに出られないまま終わる不安と、ずっと戦っていたのだろう。最初照れ臭そうだったのは、いまさらとでも思ったのか。しかし、何事も一歩ずつである。レコードデビューを果たすまでに時間がかかり、そしてテレビに出るまでにも時間がかかる。それは当たり前なのだ。恥じるようなことではなかった。

「島じゅうに宣伝しておく。その番組が放送される時間は、外を歩いてる人がいなくなるな」

「ええーっ、大袈裟な。私に興味ない人だって、たくさんいるでしょ」

「そんなことないぞ。みんな、島の誇りだって思ってるんだから」

「そうなの？　それなら嬉しいけど」

理香はあまり自信がなさそうだった。これまでの歩みが遅かったために、自信が失われてしまったのかもしれない。だが、着実に階段を上っているなら、それを誇るべきだ。二段飛ばし、三段飛ばしに階段を駆け上がる人がいても、自分と比べてはいけない。理香は理香の歩みで、階段を上っていけばいいのだから。

「島は東京と放送局が同じでよかったよ。違ってたら、その歌番組が放送されなかったかもしれない」

「そうね。島に住んでるときはくがは遠いところだと思ってたけど、実は近いんだよね」

その近い島に、理香はもう二年も帰ってきていない。そもそも、こうして電話で話すのも久しぶりのことだった。

松人が結婚してから、理香は遠慮したのか電話をかけてこなくなったのだ。結婚直前に一度、式に出られないと詫びるためにかけてきたのが最後だった。地方巡業で、ほとんど東京にはいないらしい。なんとかスケジュールをやりくりしたかったが駄目だったと、理香は申し訳なさそうに何度も言った。しかし結婚式当日には、祝電を送ってくれた。理香はスターになるためにくがに行ったのである。祝電をくれるだけで充分だったし、スター候補からの祝電を松人は人に自慢したかった。

結婚直前の電話でも、今回のテレビ出演を知らせる際も、理香は立ち入ったことを訊いてこなかった。松人が女性と結婚することに、当然疑問を抱いたはずである。その点を質さないのは気遣いだが、どのように納得しているのか松人からはよくわからなかった。成長して女性を愛せるようになったと解したか、一ノ屋の跡取りだから結婚しなければならなかったと考えたか、あるいは同性愛者であることを隠すための偽装結婚だと理解したか。むしろ松人の方から確かめたかったが、家族がいる家の中ではそんな話はできなかった。理香だけが松人のすべてを知る相手なのに、電話ではもう以前のようになんでも打ち明けるわけにはいかないのだった。

「遠慮しないで、また電話してくれよ。それから、忙しいだろうけど年末くらいは帰っておいで」

「そうだね。そうできるといいな。一ノ屋くんの奥さんにも会ってみたいしね」

「知美も、島が誇るスターに会いたいって言ってるよ」

「よろしく伝えて」

そんなやり取りをして、電話を終えた。一度テレビに出たからには、今後も続けて出るものと思っていたから、次の電話もすぐかかってくると予想していた。だが、そうはいかなかった。理香からの電話は、またしばらくかかってこなかった。

約束の一ヵ月が過ぎた。松人と知美は、互いに恐れを抱きながら同じ布団に入った。しかし、結果は一ヵ月前と同じだった。どうしても、できない。その結果を受けて、松人も認めざるを得なかった。自分は女性と結婚するべきではなかったのだ、と。

知美は泣いてしまった。この一ヵ月間、複雑な思いを押し殺して我慢していたのだろう。それが無惨な結果に終わってしまい、感情を押しとどめることができなくなったに違いない。松人は慰めたかったが、この世の中で誰よりも知美を慰めるにふさわしくない人は他ならぬ松人だった。自分の罪深さを、いまさらながら痛感した。

今夜は寝て、改めてこの問題について話し合うことにした。だが、知美が啜《すす》り泣く声はいつまでもやまなかった。松人は天井を見つめ続け、知美が泣いている間は自分も目を瞑るまいと考えた。

知美は話し合いを求めてこなかった。ずっとひとりで考えているようで、口数が少なくなった。松人からは解決案を提示できないので、ただ見守るしかない。知り合ってから初めて、知美が何を考えているのかわからなくなった。

「ねえ、病院に行こう」

一週間ほどして、ついに知美は結論を出したようだった。それは松人にとっては予想外の提案だった。体がおかしいわけではないから、病院に行くという発想はなかった。そもそも、こんな問題に対応してくれる病院があるのか。そうした疑問が湧いたが、口には出さなかった。せっかくの知美の提案を、無下に却下したくはなかった。

「病院？　何科に行けばいいのかな」

「私もわからないけど、泌尿器科とか、きっと東京には治療してくれる病院があるよ。ねっ、抵抗あるだろうけど、私のことを思うなら病院に行って」

知美は縋るような目を向けてきた。病院に行って治るものなら、それは松人にとっても望ましい。病院で解決できる問題ではないと思いつつも、一縷《いちる》の希望を託したくなった。

それ以後、ふたりで病院探しを始めた。電話帳で泌尿器科のある病院を見つけ、公衆電話からかけるのである。公衆電話を使ったのは、日中だから会社に行かなければならず、かといって会社の電話で話せることではなかったからだ。悩みを電話口で告げるのは心理的抵抗が大きく、恥ずかしかったが、知美のためと思えばためらってはいられなかった。叶うことなら、知美との結婚生活を続けたいと松人も望んでいたのだった。

これはという病院を見つけ、行ってみることにした。知美は自分も一緒に行きたいと言ったが、さすがに恥ずかしいのでまずはひとりで行くことにした。船に乗る際、港で見送る知美はまるで今生《こんじょう》の別れのように思いを抱えた顔をしていた。松人は微笑んで手を振ったつもりだったが、表情が引きつっていたかもしれなかった。

病院は、船が着く竹芝桟橋から近いところを選んだ。治療には実績があるらしく、電話で話を聞いてくれた相手が男性だったことも安心材料だった。予約をしてあったので、受付後にさほど待たされず診察室に入れた。医師は中年の、銀縁眼鏡をかけた理知的な雰囲気の男性だった。まずは松人に、淡々と質問を向けてくる。口調が事務的だから、かえって答えやすかった。機能的な問題はないこと、にもかかわらず妻と性行為に及べないことまでを、正直に告げた。だが、自分が本当は男性に恋愛感情を覚えることまでは、どうしても言えなかった。

結果、器質的な問題ではなく心因性の問題であろうと診断された。松人の自覚とも一致する。一応、内服薬は出すが、心因性の問題ならば精神科を受診すべきと勧められた。それを聞いて、気が重くなった。精神科は、気軽に訪ねていけるところではない。内服薬でなんとかならないかという淡い期待は、結局叶えられなかった。

島に帰り、知美に報告すると、静かな声で「そう」と応じた。だが、内心で激しく落胆していることが見て取れた。精神科に行くことには抵抗を覚えていたが、やはり行かなければならないかと覚悟を決めた。こんな顔を見せられては、行きたくないとは言えなかった。

泌尿器科で紹介された精神科の病院に電話をして、診察の予約をした。また、会社を休んで行かなければならない。知美以外の家族には悩みを隠しているので、病院に行くこと自体も秘密だ。今日も松人は、会社に行く振りをして家を出た。前回は、知美は半日だけ休みを取って、港に見送りに来てくれたのだった。

三週間後に、またくがに向かった。今回は知美の見送りを断った。会社を休むほどではないというのが表向きの理由だが、本当はあの思い詰めた顔をもう一度見るのが辛かったためだった。ひとりで船に乗り、早々に椅子席に着くと、気が楽になった。

精神科は東京の千代田《ちよだ》区にあった。前回と違い、今度は電車に乗って移動する。めったにない経験なので、それだけで子供のように胸が弾んだ。だが、病院の前まで来るとそんな昂揚感は消え失せた。どうせ無駄だろう、という後ろ向きな気持ちが、心を支配していたのだった。

問診も二度目なら、恥ずかしいと感じる気持ちも薄れる。どうにでもなれという捨て鉢な気分で、医師の質問に答えた。泌尿器科の医師とは違い、「奥さんをどう思っているのか」「恋愛結婚だったのではないのか」などと立ち入ったことを訊いてくる。その質問自体には正直に答えるが、根本の問題を隠しているのだから解決にはならないだろうと言葉の裏で考えていた。男性に恋愛感情を抱く性質は、治療でどうにかなることではないとわかっていた。

「これは、根が深い問題かもしれませんね。どうも、あなた自身が気づいていない障害が、奥さんとの間にありそうです。少し時間をかけて、その障害を探ってみましょうか。障害が何かわかれば、きっと問題は解決できるでしょう」

経験が言わせるのか、医師は真実に近いことを口にした。間違っているのは、松人自身が気づいていないという点だ。こちらが正直に話していないのだから、やむを得ない。つまり、松人が秘密を死守する限りは絶対に解決できないということでもあった。

こうなることはわかっていた。だから、精神科に行きたくなかったのだ。時間と金を無駄にするだけだと、結果は見えていた。それでも、知美のために来るしかなかったのだった。

空しいのは、今後も無駄と知りつつ通院しなければならないだろうことである。精神科に行った振りはできない。ちゃんと診察を受けたことを、受診料明細を示して知美に報告する約束だからだ。なにやら、無理に無理を重ねている気がしてきた。問題が何に根ざしているか、松人はわかっている。それなのにどうにかならないかと足掻いているせいで、知美を悲しませ続けているのだった。必要なのは通院ではなく、決断なのかもしれなかった。

帰宅して、治療には時間がかかることを知美に話した。知美も覚悟があったのか、それを聞いても動揺しなかった。結局、何も解決しない日々が継続することになった。夜のことを除けば、波風が立たない生活であった。

月に一回、くがの精神科に行った。医師の問診を受け、栄養剤のようなものをもらって帰る。知美に報告し、「そう」という返事を聞く。それを、半年間繰り返した。

半年目に、知美はなにやらさばさばした顔で言った。「これはもう、この状態を受け入れるかどうかだね」と。

「この件以外は、幸せだもんね。私たち気が合うし、ぜんぜん喧嘩もしないで仲がいいし、これでいいって思えるかどうかなんだよね。なんか、悟った」

それはそのとおりなのだ。だが、本当にいいのかと松人は訊き返したかった。明らかに知美は、無理に自分を納得させているだけだったからだ。痛々しい、とすら思った。

「……ごめん」

松人は、それしか言えなかった。必要なのは決断、と半年前に考えたことを思い出す。決断こそ、知美のためなのだろうか。本当に知美も、松人の決断を望んでいるのか。答えが見つからなかった。

しばらくはまた、平穏な日々が続いた。他人の目に、松人と知美は仲睦まじい夫婦としか映らなかっただろう。一緒に暮らす両親や妙子でさえ、そう見ていた。知美は吹っ切れたように明るくなり、よく笑った。結婚前の知美はこうだったのだよなと、松人も改めて思い出した。知美が笑っているのは、松人にとっても喜びだった。

だから、何がきっかけなのかわからなかった。もしかしたらきっかけなどなく、少しずつコップに水が溜まっていたのかもしれない。そしてその水は、ついに溢れた。言わば、必然の結末であった。

「思い出したんだけどさ、私と結婚する前、ちょっと変な噂が流れてたよね。あなたは本当は男が好きなんだ、なんて」

夜に、照明を消して布団に入ったとたんだった。暗闇の中で、不意に知美が言い出した。突然のことに、松人はうまく答えられない。闇の向こうから、知美の声だけが届く。

「あれって、噂じゃなかったんでしょ。やっぱり、男の人が好きなんでしょ。その噂を打ち消したくて、私と結婚したんだよね」

「ち、違」

違うと否定したつもりだった。だが声が掠れて、最後まで言えなかった。否定自体が嘘だった。これ以上、知美に嘘をつき続けることを、体が拒否しているかのようであった。

「ひどいね」

闇の中で発される声は低く、知美ではない人がそこにいるのではないかと不安になった。しかし、声の主は紛れもなく知美だった。知美はこちらに背を向けると、「お休み」と言った。松人は応じることができなかった。

15

それからほどなくして、知美に離婚を切り出された。松人は離婚したくなかったが、応じざるを得なかった。知美に対しては、ただただ罪悪感を覚えている。知美を解放してあげることが、自分の責務だと考えた。

こうなってしまった理由はすべて、こちらにあった。知美は何ひとつ悪くなかった。むしろ、知美は妻として嫁として、本当によくしてくれた。感謝以外の感情はなく、自分と別れて幸せを摑んで欲しいと願うだけだった。

だから、父の言葉は許せなかった。父は知美に関して、こんなことを言ったのだ。

「子供を産めない嫁は、追い出されても仕方がない」

何もわかっていない父が腹立たしかった。子供ができなかった理由は、全面的に松人にあるのだ。それに、知美は追い出されたのではなく、出ていったのである。捨てられたのは、松人だった。捨てられても当然のことをしたからであった。

知美のためにも、父に言い返したかった。だが、それはできなかった。抱えている秘密がそのまま、罪の重さに転じているかのようだった。なぜこんなに苦しまなければならないのかと、己自身を呪いたくなった。

そんなときに、理香から連絡があった。少し時間を作れるから、東京まで遊びに来ないかと言うのだ。どこかから、松人が離婚したという話を聞いたようだ。本当のことを誰にも言えずに悶々としていると察して、誘ってくれたのだろう。友達はありがたいと、素直に思った。

「東京タワーに行こうよ。行ったことないでしょ。私もないから、一緒に行こう」

電話口で理香は、弾むような声で言った。確かに東京タワーは行ってみたいが、理香と一緒に行ったりしていいのだろうかと心配した。

「芸能人が男とふたりで東京タワーになんか行ったら、スキャンダルになるんじゃないか」

本気で案じて言ったのに、理香はそれを聞いて噴き出した。

「何言ってるの。私のことなんて誰も知らないから、大丈夫だよ」

そうなのか。レコードを何枚も出して、テレビにも出たのだから、誰も知らないなんてことはないだろう。しかしまだ、街中で声をかけられるほどの知名度はないのかもしれない。理香当人が笑って大丈夫だと言うならば、これ以上松人が気にかける必要はなさそうだった。

誘いに応じ、土曜日の午後から東京に行くことにした。安いホテルで一泊し、翌日に東京タワーに行く。理香は土曜日から付き合ってくれるとのことだった。土曜の夜は、理香が適当な店を探しておくと言った。

理香は竹芝桟橋まで迎えに来てくれた。サングラスもかけず、素顔のままだ。久しぶりに会う理香は以前の面影をとどめていつつ、別次元の美しさを獲得していた。理香の顔は知らなくても、この美人を一般人と思う人はいないだろう。芸能人やファッションモデルになるしか生きる道がない、特別な美しさだった。

「テレビで見たから知ってるつもりだったけど、実物は本当に綺麗だなぁ」

素直に感想を口にした。理香は苦笑気味の顔をする。

「下心なしに言ってるのがわかるから、本当の誉め言葉なんだよね。ありがとう」

そんな返事の裏側に、美しく生まれた人の苦労が仄見《ほのみ》えるかのようだった。下心を抱いて近寄ってくる男は、たくさんいるのだろう。その相手が、簡単に突っぱねられない立場の人だったら面倒なこともありそうだ。昔は気づかなかった、美人であることの負の面に思いが及ぶようになった。

「ホテルは近くに取ってあるんだよね。いったん寄って荷物を置いて、すぐに夕ご飯を食べに行こうよ。私、お腹空いちゃった」

理香は腹に手を当て、そう言う。芸能人になっても、まるで気取ったところがないことに安堵した。

「わかった。そうしよう」

竹芝桟橋から歩いて行けるホテルにチェックインし、部屋に荷物を置いてからロビーに戻った。理香は「こっち」と言って松人を先導する。行く店は決めてあるようだ。東京を知らない松人には助かることだった。

ところが、案内された先が居酒屋だったので戸惑った。こんな大衆的な店に入っていいのか。電話では心配するなと言われたが、やはり芸能人と行く店ではないように思う。「ここなの？」と疑問を口にすると、「料理がおいしいんだよ。信用して」と言われてしまった。

中に入って、安心した。理香は個室を予約していたのだ。三畳ほどの狭い座敷だが、襖を閉めてしまえば人目を気にする必要がなくなる。さすがに理香も、他の客からじろじろ見られるのはいやなのだろうと察した。

注文は理香に任せ、飲み物はビールを頼んだ。考えてみれば、理香と酒を飲むのは初めてだ。理香はけっこういける口だという。自分でそう言うだけあって、ビールの最初の一杯を旨そうに飲み干した。

「こうやって、大人になって一緒にお酒を飲むようになるなんて、小学生の頃には想像もしなかったね」

理香はしみじみと、だが同時に面白がるかのように言った。松人も同感である。理香が東京に行ってからは、このまま疎遠になってしまうのではないかと覚悟をしていた。未だに付き合いが続いていることを、嬉しく思った。

「そもそも、大人になっても一ノ屋くんと友達付き合いが続いてるなんて、思いもしなかったよ。普通、無理でしょ。男女だと、子供のときはいくら仲良くても、大きくなるとそのまま付き合い続けるのは難しくなっちゃうからね。一ノ屋くんが特別な人でよかった」

理香は松人を、特別な人と呼ぶ。それは気を使った表現なのか、本当にそう思っているのか。理香のことだから、本当に特別と捉えていそうだ。理香の言うとおり、松人が特別でなければ付き合いは途切れていただろう。

「おれが特別だから南野とは付き合いが続いたけど、逆に知美とはそのせいで駄目になっちゃったよ」

理香は離婚の経緯を聞くつもりで、誘ってくれたのである。触れにくい話題だから、こちらから切り出そうと思っていた。理香は少し居住まいを正し、「聞くよ」と短く促した。

すべてを包み隠さず話した。もともと知美とは高校時代から仲が良かったこと、同じ会社に入ったこと、小林に秘密を打ち明けたら松人は男が好きだと噂になってしまったこと、その噂を打ち消したくて一番仲がいい知美と結婚したこと、結婚すればどうにかなるかと思っていたらどうにもならず、知美を傷つけてしまったこと……。

「馬鹿だねぇ」

最後まで聞き終え、理香は吐息を漏らすように感想を口にした。まったくそのとおりだ。端的な言葉に、なにやら救われる心地がする。自分が一番聞きたかった言葉は、このひと言だったのではないかとすら思えた。

「言えない秘密を抱えて苦しいのはわかるけど、他の人を巻き込んじゃ駄目だよ」

「そうだな。もう、こんなことはしない」

「だね。知美さんに、いつかちゃんと謝れるといいね」

「ああ」

理香は正確に、松人の気持ちを見抜いている。わかってくれる人がいることのありがたさを、ひしひしと実感した。

「一ノ屋の跡取りとして、子供を残さなきゃって考えたんでしょ。お父さんにも、ずっとそう言われ続けてたんじゃないの」

「南野はなんでもわかってるな」

長年連れ添った古女房みたいだなと、内心で笑った。それもそのはず、もう知り合ってから十年以上になるのである。何もかも見抜かれても、むしろ当然という気がした。

「で、どうするの。再婚しても、同じことの繰り返しになるだけでしょ」

「そうなんだよ。だから悩んでるけど、正直まだ何も考えられない。知美に対する罪悪感でいっぱいだから」

「ああ、そうだよね。ごめん」

デリカシーに欠けると思ったか、理香は詫びて視線を落とした。「いいんだ」と松人は首を振る。遠慮なく言ってくれる存在が、今は貴重だった。

「一ノ屋の血を引く人ってさ、実は島にたくさんいるんでしょ。昔、痣を見せてくれたよね。この痣がある人は一ノ屋の血を引いてるんだ、って」

理香は顔を上げ、ふと思い出したようにそんなことに言及した。言われてみれば、話した憶えがある。クラスにも他にひとり、イチマツ痣を持つ者がいた。

「そう。不思議な話だよね」

「痣で血の繋がりがわかるなら、誰かを養子にもらえばいいんじゃない？　何も、跡継ぎは一ノ屋くんの実の子供じゃなくてもいいでしょ」

「——そうか」

蒙《もう》を啓《ひら》かれた思いだった。その発想はなかった。ずっと直系が跡を継いできたから、自分も子供を作らなければならないと思い込んでいた。一ノ屋の血を引くと明らかならば、養子でもかまわないのではないか。行き止まりだと思えた進路が、不意に開けたかのようだった。

「それはいい考えだ。ありがとう。ああ、さすが南野だ。本当に感謝するよ。おれがどれだけ助けられたか、きっと南野はわからないよ」

「それならよかった。なんでも相談してよ」

理香は自分の胸を軽く叩くと、得意げに顎を反らした。照れているのかな、と思った。

16

次々に運ばれてくる料理は、理香の言うとおりどれもおいしかった。気取ってなく、家庭の味ふうである。だからこそ寛げて、気の置けない友人との酒が進んだ。問わず語りに、互いの近況に言及した。

「……私くらいの年で人生語るのもおこがましいけど、もういろいろ経験してきたからね、わかるんだ。生きてく上でぶつかる壁って、高いねぇ」

理香は微笑みながら、そんなことを言った。言葉と表情が嚙み合っていないが、芸能人の作り笑いとは思わなかった。当人が言うように、〝いろいろ〟経た上でのこの微笑みなのだと松人は受け取った。

「正直言うとね、島を出たときは、もっと順調な将来を思い描いてたよ。十代のうちにヒット曲を出して、今頃は流行歌手になってると思い込んでた。笑っちゃうんだけど、本気で思ってたからね」

「おかしくないよ。そう思ってなきゃ、むしろ駄目だろ」

　理香の口調には少し自虐の気配が感じられたので、松人は励ますつもりで言い返した。理香は我が意を得たりとばかりに頷く。

「そうそう。そのとおり。そうなのよ。でも、それだけじゃ足りないんだよね。ただの甘い思い込みではなくって、一点の曇りもない確信というか。信じるってレベルを超えて、自分が流行歌手になることを知ってる、ってくらいにならないと駄目なんだよね」

「知ってる？　未来予知みたいに？」

「そんな感じかな。一ノ屋くんは上杉謙信《うえすぎけんしん》の小田原《おだわら》攻めのエピソードって、聞いたことある？　上杉謙信は敵からの鉄砲が届くところにひとりで行って、悠々とお弁当を食べたんだって。当然相手はバンバン鉄砲を撃ったんだけど、謙信には一発も当たらなかったのよ。当たらないこと自体が不思議だけど、なんでそんな危ないことをしたのかって思わない？　きっと謙信は、弾が当たるわけがないっていう確信があったんだよね。自分は毘沙門天《びしゃもんてん》の化身だから、弾になんか当たらないって。もし少しでも、自分はただの人間だって思う気持ちがあったら、弾は当たってたよ。信じる信じないじゃなくて、自分には弾が当たらないと知ってたんだろうね、謙信は」

「へえ」

すごい話だ。自分の行く末にそこまで確信があったとは、やはり常人ではない。

「今、売れっ子になってる歌手って、上杉謙信みたいな人たちなんだと思う。それくらいの強運と、自分は特別だと心の底から思う気持ちがないと、売れるようにはならないんだよね。これまでいろいろ見てきて、売れる人と売れない人の違いがわかった気がするんだ」

「それは確かに、厳しい世界だね」

「うん、そうなの。本当に選ばれた人たちだけが生き残っていける世界なのよね。私はたぶん、そこまでじゃない気がする。こんなふうに思ってること自体が、もう駄目なんだよね」

理香の口調に滲んでいるのは、自虐ではなく諦めなのかもしれない。高校一年で東京に行き、もう五年にもなる。その間、レコードを出してテレビにも出たが、ヒット曲には恵まれなかった。自分の運を疑う気持ちが芽生えても、仕方がないだろう。歌唱力や容姿といった点では申し分ないだけに、運だけが足りない現実はもどかしいに違いない。運ばかりは、持って生まれたものなのだろうか。それとも、自力で引き寄せることができるのか。

「駄目なんて言わないでがんばれ、って励ますのは簡単だよな。でも、そんな話を聞いたら、励ましていいものかどうか迷うよ」

どんな言葉をかければいいのか、わからなかった。理香が飛び込んでいった世界の厳しさは、部外者にはおそらく想像もできないはずだ。安易な言葉は、とても口にできなかった。

「別に、弱音を吐いてるつもりじゃないんだ。ただ事実を説明してるだけ。それにね、諦めてもいないんだよ。諦めさせてもらえない、と言った方が正確だけど」

「諦めさせてもらえない？　誰が？　事務所？」

「じゃなくて、現実がね。というのも、デビューしてずいぶん経ってからヒット曲を出す人もいるのよ。苦節十何年の末とかさ、聞かない？　そういうこともあるから、簡単には諦められないんだよね」

「そうなのか」

あくまで素人考えではあるが、まだ理香は若いから諦めるには早いと思える。この先何十年もしがみつけ、とは言わないが、もうしばらくがんばってもいいのではないかと内心で考えた。

「なんかさ、悪い女に引っかかったって、こういう状況なのかなって思うよ。縁を切りたいのに、切れない感じ。まあ、まだまだ続けるけどね」

「それがいいよ。自分が納得するまで、やってみた方がいいと思う」

「そうそう。私もそう思ってる。納得するまでね」

そんな言葉に続けて理香は、現在どんな仕事をしているかを打ち明けた。流しのギター弾きとともに地方のバーやスナックに行って、リクエストされた曲を歌っているのだという。地方巡業をしているとは聞いていたが、公民館のようなところで歌っているのだとばかり思っていた。実際は、もっと地道なことだった。驚きが顔に出てしまうのを隠せなかった。

「びっくりしたでしょ。そんなことで将来の見込みあるのか、って思われちゃうよね。ただ、今はこれしか仕事がないんだ。ヒット曲がない歌手なんて、こんなものなのよ。それでも、私の歌を聴いてレコードを買うって言ってくれる人がいるからね。本当かどうかわからないけど、買うって言った人十人のうちひとりでも買ってくれたら、御の字だから。これが今の営業活動。ひとりでもふたりでも、私の名前を知ってる人を増やすためにがんばってるのよ」

「それは、すごいな。尊敬するよ」

素直な気持ちだった。もし自分なら、そこまでできない。もっと早い段階で挫折していると思う。理香の腹の据え方に、感嘆の念を覚えた。

「諦めがいいのは、この世界では罪悪なんだよね。諦めが悪いことは、売れるための絶対条件だと思う。だからね、三十五まで足掻いてみようかなって考えてるんだ。あと十年以上だから、けっこう長いよね。それまでは島に帰れないけど、たまにこうやってお喋りしようよ。こんなこと言えるの、一ノ屋くんだけだから」

「そうだな。おれも、いろいろ気合いを入れ直そうって気になった。辛いことがあっても、南野ががんばってるって思えば耐えられる。お互い、簡単じゃない道を歩いてるけど、もうちょっとこのまま踏ん張ってみよう」

理香は同性愛者ではない。だからこそ、理香にありのままの自分を受け止めてもらえることが嬉しかった。残念ながら小林とは疎遠になってしまったが、理香との付き合いは今後も変わらないであろうと確信できた。自分が同性愛者でよかったと、初めて思えた。

十時半まで飲み、翌日の再合流を約束して別れた。そして次の日は午前十時に東京タワーの下で落ち合い、一緒に展望台に上った。高所から見る東京はスケールが大きく、一生の思い出になりそうだった。理香は終始、子供のようにはしゃいでいた。

17

理香に授けてもらった、養子を取るという案は、松人にとって光明だった。どうすることもできないと思っていた困難な状況を、これで打破できる。理香にはいくら感謝しても足りなかった。とはいえ、理香の案を丸呑みするわけではなかった。いくら一ノ屋の血を引いているとはいえ、これまでまったく付き合いがなかった人を養子に迎える気にはなれない。東京から帰る船の中でずっと考え、ひとつの結論に達した。少し気の長い話ではあるが、これこそが唯一の理想的決着ではないかと思えた。

妙子の子供を養子に迎えるのだ。もちろん、妙子はまだ高校生だから結婚は先のことだし、結婚したところで子供ができるとは限らない。子供が生まれても、男の子だという保証はない。加えて、嫁に行ったならば、長男を養子に出すことはできないだろう。男の子をふたりは産んでもらわないとならない。なかなか困難な条件だが、しかし充分可能なことではあった。

松人は兄として、妙子の性格を熟知している。今からこんなことを言えば、絶対に臍を曲げるに決まっている。下手をすると、結婚しないと言い出しかねない。だからこの腹案は、妙子には内緒にするつもりだった。

妙子ではなく、他にこの案を話すべき相手がいた。父だ。父は当然のような顔をして、離婚した次の日から「再婚しろ」と松人をせっついていた。このままずっと言われ続けるのは、かなり辛い。自分には子供ができないかもしれないから、妙子の子供を養子に迎えたいと言っておけば、しばらく猶予期間ができる。父を黙らせるためにも、この案は打ち明けておくべきだった。

果たして父は、渋い顔をした。まだ高校生の妙子に期待するのは、確実性に欠けると思ったのだろう。だが松人は、ここで嘘をついた。実は以前、何度も東京の病院に通っていたが、それは子供ができないためだった。診察の結果、どうやら松人は子供に恵まれない体質らしいと判明した。だから、妙子の子供を養子に取るしかないのだ。そのように説明したのだった。

父は納得した。病院でそう診断されたのなら仕方がない、と思ったのだろう。現に知美との間に子供ができなかったのだから、説得力がある。それに、子供が作れない体質という説明は、まったくの嘘ではなかった。松人にとっては真実なのだから、迫真性があったようだ。気難しい父も、松人の決意に押し切られた形だった。

長年の懸案が、ついに解決した。正確には解決を先延ばししただけなのだが、当面の安寧は確保できた。もう女性を傷つけるような真似はしないで済むし、父から跡継ぎを求められることもない。高校を卒業して以降、初めて息がつけた心地だった。

松人と別れた後、知美は社長が経営する別の会社に移った。社長が配慮してくれたのだ。二年後に、いい人を見つけて再婚した。そのことを知ったとき、松人は安堵し、知美を心から祝福した。今度こそ幸せになって欲しいと、混じりけなしに思った。

それからの生活は、楽しかった。もちろん苦労は人並みにあったが、自分が抱えている秘密の大きさに比べれば何ほどのこともなかった。政治はロッキード事件で揺れたものの、総じて世の中には明るい出来事が多かった。「およげ！たいやきくん」が大ヒットし、『スター・ウォーズ』や『未知との遭遇』といったSF映画が話題となり、インベーダーゲームが大流行した。『スター・ウォーズ』が面白そうなので、会社の仲間たちとわざわざ東京まで行き、観た。あまりの船の中では皆、興奮してずっと内容について語り合っていた。

東北新幹線と上越新幹線が開通し、レコードに替わるCDが発売され、東京ディズニーランドができた。その年に、妙子が結婚をした。以前から付き合っていた、会社の先輩が相手だった。妙子は二十四歳になっていた。

これほど安堵したことはなかった。世の中を斜《はす》に見ている妙子だから、もらってくれる男がいるかどうか心配だったのである。真面目が取り柄の実直な男で、妙子がそういう人を選んだことは意外だった。子供の頃から自分の将来を考えていたくらいだから、結婚相手も堅実に選んだのかもしれない。何はともあれ、喜ばしいことだった。あまりに松人が嬉しそうなので、「兄さんがそんなに喜んでくれるとは思わなかった」と妙子には驚かれてしまった。むろん、なぜ喜んでいるのかは言えなかった。

この数年の間、残念ながら理香はヒット曲に恵まれなかった。一度、芸名を変えて再デビューをした。シングルレコードが出せるだけいいのかもしれないが、ヒットはしなかった。そしてそれきり、再デビュー後の二枚目のシングルは発売されなかった。

結婚した翌年に、妙子は身籠った。松人にしてみれば、待望の妊娠である。男の子が生まれることを強く望み、数ヵ月を待った。生まれた子は、男の子だった。

父とともに、大喜びした。あの難しい顔しかしない父が、このときばかりは笑っていた。よほど嬉しかったのだろう。父には苦手意識をずっと持っていたが、初めて申し訳ない気持ちになった。こんなにも喜ぶならば、内孫を抱かせてやりたかった。後ろめたさ、後悔といった感情は、今後もずっと自分につきまとい続けるのだろうと考えた。

嬉しいことは続いた。さらに次の年に、妙子は第二子を授かったのだ。期待はしていたが、まさかこれほどすぐに望みが叶えられるとは思わなかった。あまりに物事がとんとん拍子に進むので、これ以上期待はするまいと己に言い聞かせた。生まれた子が女の子であっても、落胆してはいけない。松人にとっては、かわいい姪であることは間違いなかった。

しかし、それは取り越し苦労だった。ふたり目もまた、男の子だったのだ。妙子本人は、女の子がよかったのにと苦笑いを浮かべていた。その気持ちはわからないでもない。とはいえ、松人にとっては小躍りしたいほどの最上の結果だった。こんなにも望んだとおりになるのは、こうなるべくしてなった運命だったからだと思った。

父の喜びようは、最初の子のときの比ではなかった。なんと、涙を流したのだ。目頭を押さえて噎《むせ》び泣き、「これで……、ようやく……」と切れ切れに呟いた。それほどに、跡取り問題で心を悩ませていたのか。その姿を見て、祖父から聞いた祖父の兄の逸話を思い出した。当主の重責に堪えられず、逃げてしまったという大伯父のことだ。父はあまり表情を変えないので読み取れなかったが、その大伯父が背負っていたものと同等の重圧を感じていたのかもしれない。本来は松人が受けなければならない重圧を父に肩代わりさせていたようで、申し訳なさを覚えた。しかし、それももう終わりだ。これで、すべてが丸く収まる。

もっとも、妙子に首を縦に振らせるのが難問かもしれなかった。妙子ほど、どんな反応をするか予想ができない人はいない。あっさり承知する可能性もあるが、意固地に断る事態も大いに考えられる。父には、どうか早まらないでくれと釘を刺しておいた。

一方、母はそのことについて楽観していた。「妙ちゃんも一ノ屋の家に生まれたんだから、跡継ぎの意味はわかってるでしょ」と言うのだ。母はどんなときでも父を立て、自分は一歩後ろに下がっているタイプの女性だが、実は肝が据わっている。母が動じている姿を、松人は見たことがない。そういう人だから、頑固な父が夫でもうまく御《ぎょ》してこられたのだろう。細かいことにはこだわらないせいで、家の中が常に綺麗とは言いかねるが、その大らかさに松人は救われていた。父も妹も苦手に思っていた松人にとって、母こそが家庭内の唯一のよりどころであった。

年子で子供を持つのは、本当に大変だそうだ。一歳しか違わなければ、上の子もまだ赤ん坊である。赤ん坊ふたりを育てるのは、目が回る忙しさだろう。だからすぐには養子の話を切り出さず、まずは一年様子を見ようということになった。一年経っても落ち着いてはいないはずだが、少なくとも考える余裕くらいはできていると母は言う。何事も自分で決めてきた父も、このときばかりは母の意見におとなしく従った。

子供たちは、えも言われぬかわいさだった。子供はどこの子でもかわいいのだろうが、やはり血が近い子は別格であった。一挙手一投足がかわいくてならない。特に子供が好きという自覚はなかったので、自分がこれほどに甥たちを愛することが意外だった。やはり、別の家の子を養子に迎えることなど考えられなかった。

一年経ち、父と母もいる場で妙子に養子の話を切り出した。実家に帰ってきていた妙子は、次男を抱いてあやしながら黙って聞いていた。その表情に、変化はない。どう受け止めているのか、反応からは見て取れなかった。

「この子が生まれたとき、お父さんが泣いたっていうから、そんなことじゃないかと思ってたよ」

聞き終えて、妙子は口を開いた。そして二度、大したことでもないように頷く。

「いいよ。わかった。そうするしかないよね。うまい具合に男の子がふたり生まれたんだから、私も実家孝行だよねぇ」

「いいのか？」

あまりに簡単に応じるので、思わず訊き返してしまった。妙子の一存で決められることではないはずである。夫や夫の両親に相談しないと、後々問題になるのではないか。

「もちろん、籍だけの話よ。手放すつもりはないからね。兄さんだって、子育ては無理でしょ」

妙子は澄まして言う。松人も、当然そう考えていた。子供を実の母親から引き離すような真似は、いくら家が近くてもできなかった。

「ああ、籍だけでいいんだ。まあ、将来はこの家に住んでもらいたいけど」

「私たち一家が、この家をもらおうか。兄さんは明け渡してよ」

さも名案とばかりに、妙子は提案した。その態度が堂々としているので、本気か冗談かよくわからない。

「……家のことは、この子が大きくなってから決めよう。話を戻すけど、籍だけのこととはいえ、俊信《としのぶ》君や向こうのご両親に相談しなくていいのか」

俊信というのが、妙子の夫である。俊信自身も両親も物わかりの悪い人ではなさそうだが、話の筋は通しておく必要があるだろう。そんな心配をしていたら、妙子は軽い口調で「大丈夫、大丈夫」と言った。

「こんな話が出てくることは予想してたって言ったでしょ。もう俊君にもお義父《とう》さんお義母《かあ》さんにも話を通してあるから、大丈夫だって。向こうも、一ノ屋の跡取りなら仕方がない、って言ってくれてるよ」

「そうなのか」

父が重々しく頷いた。当然そう考えるだろう、とでも言いたげだ。しかし、そんな暗黙の了解が成立するのは父の代までだ。今後は、一ノ屋の名の威光などないも同然になると松人はわかっていた。

「ならば、これで我が家にもようやく跡取りができたわけだな。おれも安心して死ねる」

父は安堵の息をつくようにして、言った。父のこのこだわりのため、松人は養子を取る。だが妙子に抱かれている幼子は、もう血を残すことなど考えなくていいと松人は密かに思った。

18

昭和六十二年の暮れも近くなると、世間はなにやら浮き立った雰囲気になってきた。株価と土地の値段が、どんどん上がり始めたのである。そのふたつが上がるのはすなわち、景気がいいということだ。東京では次から次に、新しいビルが建ち始めたそうだった。

島には、その余波すら訪れなかった。価格が上がるのはやはり東京の土地であり、離島の土地に変化はなかった。わずかな影響として、人々の金回りがよくなれば旅行に行こうかという気にもなるようで、少し観光客が増えた。しかしそれも束の間のことで、すぐ平年並みに戻った。旅館を経営している人に言わせると、収入が増えた人は沖縄や海外のリゾートに行くので、こんな東京のそばの小島には目も向けないのだろうとのことだった。なるほど、それも一理あると納得した。

東京では空前の建設ラッシュが始まろうとしているのに、島は十年一日の如く変化がないことを、社長は嘆いた。東京の工務店は、かつてないほど稼いでいるらしい。島を動かして東京にくっつけてえよ、と社長は真顔で言った。孤島であるが故に時代の波に乗りそびれていることを、機を見るに敏な社長は悔しく思っているのだろう。会社が急成長すれば給料も上がるが、それと引き替えに家に帰ることもできないほど忙しくなるなら、あまり歓迎できない。島がよくも悪くも変わらないことを、松人は密かに好ましく思った。

甥たちはすくすくと成長していた。男の子はやはり元気なもので、三歳になった長男は少し目を離すとすぐに走ってどこかに行ってしまうようになった。二歳の次男も、それを追いかけようとする。外に出るときは犬の引き紐みたいなのをつけておきたいよ、と妙子はぼやいた。

東京では年々、交通事故による死者の数が増え、今や第二次交通戦争とまで言われているらしい。島では東京ほど車の交通量は多くないが、それでもまったく走っていないわけではない。町中ならば、横断歩道は左右を確認してから渡る必要がある。妙子のぼやきは、冗談事ではなかった。

年が明けても、日本の好景気は続いた。三月には青函《せいかん》トンネルが開通し、東京ドームが完成した。野球といえば後楽園《こうらくえん》球場を真っ先に思い出すので、それがなくなってしまったことには一時代の終わりを感じた。そして翌月には、瀬戸《せと》大橋が開通した。これで日本が、北から南まで陸路で繋がったことになる。ますます、孤島は置いてけぼりになったかのようだった。

明らかに日本は、上昇傾向にあった。誰もが未来に希望を持ち、収入は右肩上がりに増えていくと信じた。そんな浮かれた雰囲気が日本列島を覆う中、島の地価は上がらず、島民の収入は増えず、くがはまるで外国のように見えた。時代から取り残されているのは、島だけではなかった。

代わる代わるヒット曲が生まれる芸能界で、理香の名前を聞くことはなかった。

理香も松人も、三十四歳になった。来年には、理香が自ら区切りと決めた三十五歳になる。もともと、人気商売の歌手だから、二十代前半が勝負時だった。そこを逃し、三十を過ぎてしまったからには、今後の上がり目は薄い。理香は今も、地方のバーやスナックを巡って歌を歌っているのだろう。その胸には、どんな思いが兆しているのか。ひとつの節目が近づいていることを、松人は予感した。

その予感は、ある意味的中した。しかしそれは、松人が想像もしない形でだった。想像はしないが、恐れていたことではあった。妙子の次男が、交通事故に遭ったのだ。

妙子はそのとき、息子ふたりを連れて買い物に出ていた。行きはともかく、帰りに荷物がある場合は、どうしても子供ひとりとしか手を繋げない。妙子は次男の手を握り、次男には反対側で長男と手を繋がせた。そうして三人連なることで、安全を確保しているつもりだった。

しかし、路上に子供の注意を惹くものがあった。雄のカブトムシがいたのだ。長男はそれを見つけ、捕まえようとした。カブトムシは難なく長男の手をかいくぐり、飛んだ。飛んだ方向は、車道側だった。

長男は次男の手を振りほどき、路上に飛び出した。妙子はすぐさま、長男を呼び止めた。だが長男は止まらず、そのままカブトムシを追いかけた。妙子の目は、車道をこちら側に向かって走ってくる車を捉えていた。

悲鳴を上げかけた妙子は、思わず次男の手を離してしまった。すると次男は、長男を追って車道に出た。長男は妙子の声を聞いて足を止め、振り返ったが、そこはほとんど車道を渡り切ったところだった。一方、次男はまだ、車道の中央付近にいた。車は、小さい子供の姿に気づかなかった。

次男の体が宙に飛んだと、半狂乱になった妙子は病院で何度も繰り返した。車とぶつかり、三メートルほど飛んだようだ。妙子は号泣しながら怒り、自分の髪を掻きむしった。長男はそんな母親を怖がり、父親の脚に縋って泣いた。妙子の夫の俊信は、ただただ呆然としていた。

車の運転手は、事故を起こした者としては最善の行動をとっていた。自分が子供を撥ねたことに気づくと、その場から逃げたりせず、次男を車に乗せて病院に担ぎ込んでくれたのだ。悪い人でないのは確かだが、事故の加害者であることに変わりはない。病院の待合室で、うなだれた姿勢で警察官からの質問を受けているところを松人は見た。

次男は緊急手術を受けた。だが無念なことに、手術の甲斐もなく幼い命は散った。妙子は絶叫して泣き崩れ、俊信はベンチにへたり込み、母は両手で顔を覆った。そして父は、両目を見開いたまま硬直していた。まるで、こんな現実は受け入れられないと全身で拒絶しているかのようだった。

松人は、呆然とした。かわいがっていた甥が、三歳になる前に天に召されてしまったのである。呆然とする以外に、何ができよう。悲しみを感じることもできず、心が金縛りに遭っていた。

一ノ屋家が跡取りを喪《うしな》ったことに思い至ったのは、その夜のことだ。ただ、そんなことは些事《さじ》にしか思えなかった。幼い子供が死んだのである。耐えがたい現実に耐えるだけで精一杯で、他の心配などしている余裕はなかった。

だが、葬式を挙げ初七日が過ぎ、四十九日も終えると、否応なく現実を直視せざるを得なかった。父の消沈ぶりが、見るも無惨だったからだ。次男の死後のふた月ばかりで、十も二十も年を取ってしまったように見えた。頬がげっそりと瘦け落ち、目の下に隈ができ、嘆きぶりでは妙子に負けていなかった。妙子はまだ、長男の世話があるだけ生気を保っていたと言える。父は生きる気力を失ったかのように、影を薄くしていった。

父が気落ちしている理由は明らかだったから、松人も考えるしかなかった。やはり理香が言っていたように、縁者を捜して適当な年頃の子を養子に迎えるか。父には兄弟がいるので、松人には従兄弟《いとこ》が数人存在する。それらの従兄弟が子供を持つ年になっているから、まずは話をしてみるべきだろう。気は進まなかったが、他に選択肢はなかった。妙子の長男を養子に取るのは、さすがに俊信側の親族が許さなかった。

父はついに倒れた。心を覆った絶望が、体を蝕んだかと思われた。だが病院で検査を受け、ただの心労ではなかったことが判明した。父は膵臓《すいぞう》癌に冒されていたのだった。

会社で定期検診は受けていたが、見逃されていた。レントゲンでも写らない場所に、癌は潜んでいたのだ。父は体の不調を訴えるような人ではなかったので、ずっと黙って違和感に耐えていたらしい。そのまま入院したが、とても早期発見とは言いかねる状態だった。

一ノ屋家を襲った悲劇と連動するかのように、浮かれ騒いでいた日本列島の雰囲気が一変した。今上《きんじょう》天皇が吐血し、入院したのだ。世間はたちまち自粛ムードとなった。楽しいこと自体が罪であるかのように、大小のイベントが次々中止された。花火や祭りといった行事はもちろんのこと、各種スポーツの大会が中止となり、明るい雰囲気のテレビＣＭが差し替えられ、バラエティ一番組やギャグアニメの放送も取りやめられた。街角からは派手なネオンが消え、往来する人々の顔からは笑顔が失せた。

日本全体に、暗雲が垂れ込めていた。

19

父は、手術のために東京の病院に転院することを拒んだ。一ノ屋の当主が、くがで死ぬわけにはいかないと言うのだ。医師も、手術で癌を取りきれる可能性は低いと判断した。父はまだ若いだけに、癌の転移も早かったようだ。体じゅうを切り刻んでも助からないかもしれないなら、島で人生を全《まっと》うしたいと望む気持ちは松人にも理解できた。

十月に父は退院し、家に戻った。もちろん動くことはできず、そのまま床に就いて過ごす日々となった。退院の数日後、松人は枕許に呼ばれた。父が案じることはひとつしかない。当然のように、跡取りをどうするつもりかと尋ねられた。

「一ノ屋の血を引く子を、養子に取ります」

「そうか」

その返事に満足したのか、父は短く答えたきり目を瞑った。跡取り問題に関しては、やり取りはそれだけだった。

父は病に抗い続けた。十二月まで、痛みに苦しみながらも命を保ったのだ。テレビや新聞では連日、天皇の病状が報道された。天皇は高齢だから、おそらく快癒は見込めないだろうと世間の誰もが思っていた。松人たち家族にしてみれば、天皇が先か父が先か、毎日息を詰めて見守っている状態だった。

先に力尽きたのは、父だった。十二月の半ば、年の瀬を迎える前に父は身罷《みまか》った。一ノ屋は最年長者と最年少者を、同じ年に喪ったことになる。悲しみは二倍ではなく、十倍にも二十倍にもなるかのようだった。

明けて昭和六十四年一月七日、天皇は崩御した。すぐさま、元号が平成となることが発表された。官房長官が墨書の「平成」という文字を掲げる姿を、松人は母とともにテレビで見た。母は、感慨深げに言った。

「昭和もついに終わったねぇ。戦争はあったし、お父さんとみっちゃんも死んじゃったし、いい時代じゃなかったなぁ」

　松人にとってはさほど悪い印象はなかった昭和だが、なんと言っても最後が悪すぎた。元号が替わり、新しい時代となるなら、その方がいいと現時点では思えた。

「松人、あんた、養子を取るつもりなんだって？」

　不意に母は、顔をこちらに向けて切り出した。父から伝わったのだろう。母には改めて話すつもりだったから、今がその機会だと居住まいを正した。

「うん、そうなんだ。当てがあるわけじゃないけど」

「いいよ、そんなの。養子なんて、もうやめなさい」

「えっ」

　思いがけないことを言われ、戸惑った。母の口振りは、単なる思いつきのようである。こんな大事なことを、簡単に決めていいのか。

「昭和も終わって、新しい時代になるんだ。一ノ屋も、お父さんの代で終わり。あんたは好きに生きなさい」

「好きにって、そんなわけにはいかないよ」

　ずっと心に重くのしかかっていたことを、母の言葉ひとつで打ち捨てられるわけもない。母は捨て鉢になっているのではないか。むしろ心配になった。

「あんた、女の子が好きじゃないんだろ。本当は男の人が好きなんだろ」

　続けて母は、松人の度肝を抜く指摘をした。驚きのあまり、呼吸が止まる。返事ができないでいると、母はなんでもないことのように続けた。

「隠してるつもりだったんだろうけど、自分の子供のことだからね、ずっと前からわかってたよ。お父さんも知ってたんだよ」

「……そうだったんだ」

何がきっかけだったのか、とは考えなかった。毎日一緒に暮らしていれば、隠しとおせることではなかったのだろう。それならばもっと早く言って欲しかったと思ったが、親としても軽々に口にできることではなかったのだと想像が及んだ。互いに、秘密をしこりのように感じていたのかもしれない。

「だから、あんたが離婚して、子供ができることは諦めたんだよ。やっぱり無理だったのか、って。そうしたら妙子が男の子をふたりも産んでくれたから、嬉しかったねぇ。これで万事丸く収まるかと思ったのに、そうはならないんだから人生は残酷だね」

母はいっそさばさばとした口調だった。両親たちも心の中で葛藤していたのだと、今になってようやく悟る。親不孝だった、と思った。

「昭和が終わったら、養子なんて考えないで自由に生きろって、お父さんが言ったんだよ。あんたにそう伝えてくれって」

今度は、言葉も出なかった。あらゆる事態を想定しても、父がそのように考えることだけは想像しなかった。父ほど家の血にこだわっている人はいないと思っていたのに。血筋より、家名より、松人の人生を考えてくれていたのか。

「この島で、ずっと秘密を抱えて生きるのは辛いだろう。新しい時代になったんだから、もうあんたもいろいろなことから解き放たれて、好きに生きるといいよ。東京に行って、自分の人生を探しなさい。私は妙子たちと、この屋敷で暮らすから。妙子も、子供を見る目はひとりでも多い方がいいって考えてて、一緒に暮らしたがってるのよ」

「そうなんだ……」

島を出て、自由に生きる。それまで考えてもいなかった選択肢を与えられ、松人は眩暈《めまい》にも似た感覚を覚えた。不可能なことだから夢に思い描きさえしなかったが、自由という言葉には目眩《めくるめ》く甘美さがあった。おれはやはり、一ノ屋という名を重荷に感じていたのか。大伯父と同じように、逃げ出したいと心の中でずっと思っていたのか。名を捨て、故郷を捨て、誰も知らないところで生きるのは大変だろう。だが、それこそが自分の求めることだったのだと、今はっきりと自覚した。

「お父さんもさ、自由に生きろって自分で言えばいいのに、言えなかったんだよ。昭和ひと桁生まれだからさ。言えないんだよねぇ。そういう人なんだって、わかってあげて」

「——ああ」

不意に、涙が驚くほどの勢いで溢れてきて、戸惑った。父が死んだ直後も、涙はほとんど出なかった。そのとき流すべきだった涙が今、どうしようもなく溢れてくる。松人は袖で目許を拭い、肩を震わせた。いくら拭っても、涙は止まらなかった。

母が洟《はな》を啜る音が聞こえた。

20

「へえ、東京で暮らすんだ」

電話口で、理香は少し驚いたように言った。理香も一ノ屋の血について知っているから、松人が島を出ることはあり得ないと思っていたのだろう。一拍おいてから、続けた。

「じゃあ、すれ違いだね。私はもう、島に戻ろうかと思ってるんだ」

「そうなのか」

そんな決断をするだろうと、松人も予想していた。時代の変わり目なのである。誰もが、自分の進むべき道を改めて考える。

「今年で三十五だからね。まだ誕生日は来てないけど、昭和も終わったから、もういいかって。精一杯がんばって駄目だったんだから、諦めがついたよ。島が懐かしくてね」

「東京の暮らしに慣れてたら、島は退屈だぞ」

「そうかもね。だったら、遊びに来て。私も、一ノ屋くんに会いに東京に行くよ。また、どこかに一緒に遊びに行こう」

「そうだな」

理香の声がさばさばしていることに安堵した。自分で言うとおり、やりきった手応えがあれば満足なのだろう。結果こそ出なかったが、理香は立派だと思った。松人はこれから、己の生きる道を探さなければならない。三十代半ばからの再スタートだが、決して遅すぎはしないはずだった。

思えば、生涯の友と言える人と幼いときに知り合えたのは、幸運なことだった。松人は理香のお蔭で、これまでの半生で孤独を感じることはなかった。おそらく理香も、それは同じだったのではないか。何年も昔、理香が泣きながら電話をかけてきたことを思い出した。悲しいとき、電話をする相手として選んでもらえたことが誇らしかった。これからも、悲しいときや嬉しいとき、理香と語り合いたい。近いうちの再会を約束して、電話を切った。

社長に事情を話し、退職を希望した。社長は驚いたが、慰留はしなかった。それどころか、東京での就職先を紹介してくれた。社長は大伯父を東京で見つけ、島に連れ戻してきた人である。多くを説明しなくても、松人の気持ちを理解してくれたようだ。いくら感謝しても足りなかった。

二ヵ月かけて、東京で暮らす準備をした。そして島を出る日、港には母や妙子一家、会社の同僚や社長が見送りに来てくれた。恋人には恵まれなかったが、よい知人たちと出会えた。島での暮らしは、公平に見てさほど悪いものではなかった。

出港の汽笛とともに、船が動き出す。高速船だから、いったん港を離れると風を切る速さで水面を走り出した。視界に映る島影が、見る見る小さくなっていく。島が水平線の向こうに消えるまで、甲板から動かなかった。

島が完全に見えなくなってから、舳《へ》先《さき》の方へと移動した。もちろん、くがはまだ見えない。しかし松人が見据える先には、新しい何かがあった。

平成が始まろうとしていた。

第十七部　邯鄲の島遥かなり

1

あ、地震、と誰かが呟いた。

その呟きを聞くまでもなく、揺れていることを育子《いくこ》は感じていた。大した揺れではない。せいぜい震度二くらいだろう。でもそれが頻繁に起こると、少し不安になってくる。黙って天井を見上げ、照明器具がゆらゆらしているのを眺めている人たちは、きっと同じ気持ちなのだろう。またかよ、という男子の声も聞こえた。

先生も板書する手を止め、様子を窺っていた。一分も経たずに揺れは収まったので、生徒たちの方を改めて向いて注意を促す。

「今の地震は避難するほどじゃなかったけど、もうちょっと大きかったら本当に避難するからな。油断するなよ」

そんな申し合わせが、先生同士でできているのかもしれない。先生の注意を聞いたら、ますます不安になってしまった。何しろここは、火山島なのだ。火山島で何度も地震が起きるなんて、いやな予感がするどころの話ではない。

火山の噴火には、周期がある。活動中の火山なら、二十年おきくらいに噴火するところもあるそうだ。この島の火山が最後に噴火したのは、江戸時代のことらしい。ずいぶん間が空いてしまった。いつ噴火が起きても、おかしくないのだった。

はっきりとは憶えていないが、地震が起き始めたのは七月くらいだった気がする。夏休み中に何度か、揺れているのを感じた。つまり、足かけ三ヵ月に亘って小さい地震が続いているのだ。まるで、ジェットコースターに乗って少しずつ上に上っているときみたいな感覚だ。もう少しで急に落下するとわかっていても、逃げられない状態。ジェットコースターなら怖いのと楽しみなのが半々だが、地震では怖いのが十割だ。いきなり急降下するような事態には、絶対にならないで欲しい。

「なんか、やな感じだねー」

授業が終わって休み時間になると、清美《きよみ》が近づいてきて顔を顰《しか》めた。清美とは高校に入ってから知り合った仲だが、一学期の四ヵ月弱でかなり親しくなった。クラスの中では、一番仲がいい。育子は別に人見知りというわけではないが社交的でもないので、親しくなれる友達が見つかってよかったと思っている。

「ホントに噴火したら、どうなるんだろう？」

つい先週辺りまでは、あくまで「もしもの場合」として話題にしていたが、そろそろ現実のこととして考えた方がいいかもしれないと思えてくる。きっと大丈夫だ、なんて楽観してしまうのが一番駄目なのだろう。

「どこが噴火するか、だよね」

清美は島の子らしいことを言う。これは、くがの人にはわかりにくい言葉ではないか。噴火口といえば、火山の頂上にあるものと思いがちだ。だが実際には、山のあちこちに火口はある。神生山の火口も、二十ヵ所くらいあるはずだった。

「噴火するにしても、人がいないところだったらいいのに」

島の住居エリアは主に北西部に集中していて、南東方面にはほとんど誰も住んでいない。そちらで噴火して、火山のエネルギーを放出してくれれば最も望ましかった。

「美雲《みくも》では昭和の頃に一度、全島民がくがに避難したことがあるでしょ。あのときは一ヵ月くらいの避難だったらしいよ」

清美はかなり噴火についての知識を蓄えているようだった。親から聞いたのだろうか。美雲とは、一番近い島の美雲島のことだ。美雲島もここと同じく、火山島だった。

「一ヵ月かぁ。それ、当然学校は休校だよね」

「夏だったから、実際にはそんなに授業は潰れなかったんじゃないかな」

「夏！　いいなぁ。夏に一ヵ月も東京で過ごせるなんて、むしろ嬉しいんですけど」

「確かに」

くがには、夏休みに何度か行ったことがある。ジェットコースターに乗ったのも、そのときのことだ。ただ、父親の夏期休暇を利用して行ったので、ほんの数日間でしかない。育子が知っている東京は、ディズニーランドと東京タワー、浅草《あさくさ》と新宿くらいなものだった。渋谷《しぶや》にも原宿《はらじゅく》にも、行ったことはない。

「もしホントに東京で一ヵ月くらい暮らせるなら、あたし、毎日原宿に通っちゃう」

「あたしも。きっと一緒に避難するんだろうから、原宿も一緒に行こうよ」

「うん、行こう行こう」

頻発する地震に漠然とした恐怖を覚えていたはずなのに、清美と話しているうちにむしろ楽しみになってしまった。ぜひとも噴火して欲しいとすら思う。高校生にとって、島は退屈だった。遊園地や映画館がないのは当然のこととして、コンビニエンスストアもおしゃれなコーヒーショップもないのだ。沖縄の離島にコンビニがあると知ったときには、目を丸くして「なんで？」と呟いてしまった。ここも一応東京都なのに、沖縄の離島より田舎なのである。この島は未開の地だと、育子は本気で考えていた。東京への憧れは、一日経つごとに大きくなっていくようだった。

家に帰り、夕食の支度をする母に「今日も地震があったね」と話しかけた。母は口数が多い方ではないので、「そうね」と相槌を打つだけで他に感想は言わない。しかし育子もそんな母には子供の頃から慣れているので、かまわず一方的に喋り続けた。

「ホントに山が噴火したら、東京に避難することになるのかなぁ。美雲は一ヵ月くらい避難してたんだってね。あたしも東京で一ヵ月暮らしたい」

「馬鹿言ってんじゃないわよ」

母は包丁をトントンと動かしながら、こちらを見ずににべもなく言った。母は美人だが、愛想のかけらもない。別に怒っているわけではないのに、いつも仏頂面をしているのだ。どうやって父と仲良くなったのかと不思議に思うが、長い付き合いらしいから父も母のいい面をわかっていたのだろう。父の友達はよく、「当然ふたりは結婚すると思っていた」と言う。それに対して父は、「ぜんぜんそんな気はなかった」と言い返すが、照れ隠しに違いない。

「一ヵ月も東京に行ってたら、仕事はどうするの。その間、お給料なしになっちゃうのよ」

「……ああ、そうか」

現実的なことを指摘され、昂揚感が急速に萎んだ。子供の育子はともかく、大人は一ヵ月間ものんびり暮らすわけにはいかない。美雲島の人たちは、いったいどうしていたのだろう。東京でアルバイトでもしていたのか。

「美雲は観光客も来なくなって、大変だったんだからね。噴火なんて、冗談じゃないわ」

「うーん、そうだね」

育子の父は観光業に携わっているわけではないが、島の観光が下火になればまったく影響を受けないこともないだろう。島の暮らしは、皆どこかで繋がっているのだ。生活が成り立たなくなるのは、育子も望まない。

「じゃあさ、現実に避難しなくちゃいけなくなったら、どうするの？」

ただの仮定の話をしているつもりはなかった。これだけ地震が続けば、避難する可能性は常に念頭に置いておく必要がある。母と父は、そうなった場合のことを考えているのだろうか。

この問いには、母はすぐには答えなかった。考えていなかったわけではないだろうが、わからない部分が多すぎるのかもしれない。

「――噴火の規模にもよるね。すぐ帰れるかと思って結果的に避難が一ヵ月になっちゃうのと、最初から一ヵ月くらいは帰れないとわかっているのとでは、対応も違ってくるでしょ」

「そうだねぇ」

「最初から一ヵ月を覚悟してるなら、あたしも避難先でバイトするかも」

「そうかぁ」

自分はどうすればいいのか。自分こそ、何も考えていなかったと育子は自覚した。

「パパも当然、バイトするよね」

「まあ、そうだろうね」

父は家族思いだから、母だけ働かせて自分は何もしないなんてことはないはずだ。土木作業でもなんでもして、なんとかお金を稼いでくれると思う。もっとも、東京暮らしとなれば、父にも楽しみがあると気づいた。

「東京に避難するなら、パパも意外と喜ぶんじゃないかな」

「なんで?」

「だって、ナイターに行けるよ」

父は大の野球好きである。野球のシーズン中はいつも、缶ビールを飲みながらナイター中継を観ている。そんな姿は、いかにも昭和のおじさんだ。学校の男子は、野球好きがいないわけではないが、サッカー好きの方が断然多い。育子たちの世代は大人になっても、ビール飲みながらナイター観戦はしないと思う。

とはいえ、父の野球好きを馬鹿にしているわけではない。何しろ父は、高校生のとき本気で甲子園を目指していたらしいのだ。都大会の決勝まで行き、惜しくも敗れたのだという。そこまで打ち込んでいたなら、馬鹿にするどころかむしろ尊敬する。今ではお腹が出たおじさんになってしまったが。

「ああ、ナイターね。あたしも行こう」

あまり感情の起伏を見せない母だが、野球に関しては別だった。母も野球が好きなのだ。好きが高じて、中学生のときは男子の振りをして野球部に入っていたらしい。そんなの嘘でしょ、と思ったが、父の友達も認めるから本当のようだ。高校では頭を丸刈りにしなければならなかったから男子の振りはやめた、と母は真顔で言う。冗談なのかそうでないのか、母の言動は今ひとつわかりにくい。

「あー、はいはい。仲が良くていいねぇ」

両親が野球を観ていると、育子はほったらかしにされる。そのことを僻《ひが》んでの冷やかしだったが、母には通じなかった。

「まあね」

母は真顔で応じた。

2

そんなやり取りをした二日後に、水蒸気爆発が起きた。山の東側から噴煙が上がり、火山灰も降ったらしい。幸いにもそのエリアには人が住んでおらず、避難の必要はなかった。とはいえ、これが最初で最後の水蒸気爆発になるとは、誰も考えていなかった。

爆発によって山頂が陥没し、カルデラというものになったらしい。火山島に住んでいるのに、育子はその単語を知らなかった。これまでいかに、平穏な日々を過ごしていたかを思い知った。

火山灰が降るような水蒸気爆発が起きたとはいえ、被害があったわけではない。怖いと思いつつも、これまでどおりの生活を続けるしかなかった。ただ、もちろん大規模な噴火に備えて準備はした。いつでも避難できるよう、家族で荷物をまとめておいた。

「手で持てるくらいに荷物をまとめるのって、難しいね」

必要最小限の物だけをバッグに詰めてみて、育子は改めてそう感じた。水と食料、着替えを入れたら、それだけでほとんどいっぱいになってしまったのだ。本や雑誌など、暇潰しのための物はいっさい入れられない。育子はそれほど読書家というわけではないが、好きな本は何冊かある。これまでに買ったお気に入りのＣＤや置物、アクセサリー、ゲーム、服の大半なども、避難となったら置いていかなければならない。東京で避難生活を送りたい、なんて思っていたのはただの想像力不足だったと気づいた。

「おれは両手に持てるし、背中にもしょえるから、持っていきたい物があったらこっちに入れておけよ」

父がそう言ってくれた。若い頃にスポーツをしていただけあって、お腹が出た今でも、父はけっこう逞しい。いざとなったら頼りになる父親がいるのは、嬉しいことだった。

「うん、ありがとう。選んでおく」

そう答えたものの、避難生活に必要ない物を父に持たせるのは申し訳なかった。そんな余裕があるなら、少しでも多く食べ物を持っていった方がいいのだ。レトルト食品はまだしも、水と缶詰はかなり重い。父の負担を増やすわけにはいかなかった。

十日後に、また同じ場所で水蒸気爆発が起きた。今度の爆発は大きかったらしく、風向きによっては町にも火山灰が降ってきた。育子は山を見上げたが、頂上を挟んで反対側なので、噴煙は見えない。ただ、いよいよ切迫してきたことはひしひしと感じた。

「避難することになればいい、なんて思ってたあたしが間違ってた」

学校で机に突っ伏し、清美に懺悔《ざんげ》した。水蒸気爆発が起きていても登校しなければならないことに違和感があるが、むしろこのまま学校に通い続けたいとも思う。学校が休みにならないうちは、まだ日常の続きなのだ。非日常がすぐそこに迫っている現実から、目を背けていられる。

「怖いよねー。ブレーキが壊れた車に乗ってて、崖がすぐそこにある感じだよ」

清美は坐っている椅子をがたがたさせて、もどかしさを表した。皆、気持ちは同じだ。車から逃げ出そうにも、どのタイミングで飛び降りればいいのかわからない。避難することになるのかどうかすら決まっていないのは、まさに蛇の生殺しだった。

「映画だとよく、みんなパニックになって我先にと船に乗ろうとするでしょ。あんなふうにならないといいけど」

いざ避難することになったらと想像すると、育子はそんな様子を思い描いてしまうのだった。清美は口をへの字にして、首を傾げる。

「そこまで切羽詰まる前に、避難するって決まると思うけどねぇ。それより、島民全員がいっぺんに船に乗れるわけじゃないでしょ。まずは子供だけ避難、なんてことになるかもしれないよ」

「えーっ、それも怖い。そうなったら、一緒に逃げようね」

思わず清美の手を摑んだ。清美もしっかりと握り返してくる。

「うん。港ではお互いに捜し合って、絶対に合流しよう」

一緒にいてくれる人がいるのは心強いと、改めて思った。ひとつの避難所に、島民全員が入れるはずもない。いくつかのグループに分かれることになってしまうとしても、港からずっと一緒にいれば離れ離れにはならないだろう。

それにしても、避難生活を現実のこととして想像してみると、漠然と考えていたときよりずっと辛そうだとわかってきた。そしてきっと、現実は予想より遥かに大変なのだ。泣きたい気持ちになってきた。ただでさえ離島暮らしが好きではないのに、どうして島に火山なんてものがあるのかと文句を言いたくなる。育子の文句など、誰も聞いてくれないだろうが。

その後は少し、小康状態が続いた。揺れていることがかろうじて感じ取れる程度の小さな地震が、何度かあっただけだった。とはいえ、このまま治まると楽観している人は、おそらく島にはひとりもいなかっただろう。蛇の生殺し状態が、ただ終わりも見えずに継続しているだけであった。

十月に入って、すぐのことだった。寝ていた育子は、経験したこともない轟音で叩き起こされた。なんの音か、とは思わなかった。こんな大きな音の原因は、ひとつしかあり得ない。ついに山が大規模噴火を起こしたのだった。

「山が、山が」

意味もないことを口にしながら、自分の部屋を飛び出した。両親も廊下に転がり出てくる。母は真っ先に、育子を抱き締めてくれた。父はリビングルームのカーテンを開け、外を覗いた。早朝なので日が出ているはずなのに、外は妙に薄暗かった。

「ちょっと待ってろ」

父は言い残して、パジャマのまま玄関から出ていった。育子と母は、父が開けたカーテンの隙間から外を見る。だがここからでは、山は見えないのだ。だから父は、外に出ていったのだった。

「噴火してる。山のてっぺんから、煙が出てるよ」

すぐに戻ってきた父は、硬い顔でそう言った。それを聞いて母は、短く「着替えるよ」と育子に告げた。そうだ、パジャマ姿で避難するわけにはいかない。冷静な母に倣《なら》って、自室で手早く着替えた。

着替えてから、三人で外に出て山を見た。父の説明どおり、山頂から黒い煙が上がり始めている。煙というより、雲のようだ。黒い雲がゆっくりと、山頂から姿を現している。その成長の速度が遅いことに、少しだけ安堵した。

「三村の奴、大丈夫かな」

父は黒煙を見上げて、ぼそりと呟いた。三村とは、山頂近くでおみやげ屋兼食堂を経営している人だ。中学時代からの付き合いだそうで、育子も何度も会ったことがある。山頂から噴火したら、真っ先に被害を受けるところにいる人だった。

「溶岩が流れ出してるわけじゃないみたいだから、すぐに逃げれば間に合うよ。ただ、上の方がどうなってるかわからないけど」

母が答えた。母が言うなら大丈夫だろうと思うが、一刻を争うことは間違いない。三村一家だけでなく、育子たちも早く避難しなければならないかもしれなかった。

「ねえ、避難するの？　荷物持って、港に行った方がいいのかな」

母の袖を引いて、尋ねた。母は父と顔を見合わせ、首を横に振る。

「まだ煙だけだから、避難命令は出ないと思う。きっと、石が飛んできたり溶岩が流れてきたりして初めて、避難することになるんだよ」

「あんな状態なのに？　時間の問題だよ」

母が悪いわけではないのに、山を指差して責めるような物言いをしてしまった。そこに父が口を挟む。

「時間の問題なのは確かだけど、逆に準備の時間があるとも言える。東京に避難するにしても、向こうの受け入れ態勢が整ってないと駄目だろ。たぶん、まだ何もしてないよ。だから、これくらい大きく噴火してくれた方がいいんだ。この映像を見たら、さすがに重い腰を上げるはずだから」

「そういうものなの？」

あまりにのんびりした話だと思ったが、火山が身近にあるわけでないならそれも仕方がないのかもしれない。それに、山頂から噴火したら直ちに危機が迫ってくると考えていたのに、実際はそんなことはなかった。今この時点では、まだ火山灰も町まで届いていない。以前聞いた、鹿児《かご》島《しま》の暮らしを育子は思い出した。鹿児島の桜島《さくらじま》は常に噴煙を上げているが、町の人々は平然と通常の暮らしを続けている。それを思えば、煙くらいで避難とならないのは当然なのかもしれない。自分たちも、鹿児島の人たちのようにここで暮らし続けられるのだろうかと考えた。

黒煙は少しずつ少しずつ、膨らみ続けている。まるで巨大な生物のようで、気味が悪かった。

3

父の友人である三村さんは、さすがに店を閉じて麓《ふもと》に避難してきた。父は三村さんたち一家を受け入れるつもりだったようだが、町役場が配慮して旅館の一室を借り上げてくれた。育子の家は大きいわけではないので、正直ほっとした。いくらなんでも、もうひとつ別の一家を受け入れるには手狭すぎる。友人を放っておけないのは、父らしかったが。

その一方、育子の生活に変化はなかった。噴火当日と翌日は学校が休校になったものの、なんとその次の日には普通に登校することになったのだ。火山灰は降ってきたが、被害らしい被害がなかったためだった。黒煙が立ち上る山を見たときに考えたとおり、鹿児島と同じで噴火する山と共存していくことになるのかもしれない。ただ、火山灰には困った。間断なく降ってきて積もる灰は、雨よりずっと鬱陶しい。吸い込むとよくないのでマスクをしているけれど、そもそも空気自体が濁ったかのようで、息苦しかった。鹿児島には行ったことがないが、こんな量の火山灰は降っていないのではないかと思った。とてもではないが、この状況のまま暮らし続けるのは辛い。

父も会社に行っている。噴火当日、様子を見てくると出社したら、そのまま戻ってこなかった。仕事をしていたそうだ。帰ってきたときには、ヘルメットを持っていた。勤め先は工務店だから、ヘルメットくらいはあると言う。

「でも、みんなが持って帰りたがったから、各自ひとつだけになったよ。本当は三人分欲しかったんだけどな」

父は残念そうに顔を顰めた。ひとつだけでも借りられたならいいんじゃないの、とお気楽に考えていたら、これはお前の分だ、と渡された。

「外に出るときは、必ず被れ。いつ石が降ってくるか、わからないんだからな」

「えっ、あたしの？」

父がそう判断するのは、考えてみれば当然だった。自分が使うわけがない。しかし高校一年の女子にとって、ヘルメットはできれば被りたくない物だった。髪の毛が潰れるし、見た目もよろしくない。反射的に受け取ったものの、手にして内心で「うーむ」と唸ってしまった。

とはいえ、親の気遣いを無にするわけにはいかない。家を出るときにはヘルメットを被り、少し離れたら脱ぐことにした。もちろん、また噴火が起きたらすぐ被る。ともかく、ヘルメットを被っているところを誰かに見られたくないのだった。

黒煙は成長し、今や雲というより柱のようになった。いや、育子は柱ではなく大木を連想した。

『ジャックと豆の木』の、空まで続く大木だ。近くまで行けば、手足を使って登れそうなほど、気体ではなく固体に見える。表面がでこぼこしていそうなところも、樹の幹に似ていた。

しかしよく見れば、やはりそれは大木ではないのだった。ゆらゆらと、微妙に揺れ動いている。ならばあれは樹ではなく、ものすごく太い龍の胴体か。龍が目覚めて火を噴き、人間の町に灰を降らせているのだった。

学校までは、傘を差して通っている。そうしなければ、全身灰まみれになってしまうだろう。傘を差していても、学校に着いてみると制服が薄汚れているのだ。噴火がやむか、灰が降ってこないところに避難するか、どちらかにして欲しかった。

「あー、もう。早く避難したい」

思いは同じようで、清美もそうぼやきながら制服の汚れを落としていた。服はまだいいが、髪に灰がつくのが本当に困る。自分だけではうまく灰を払い落とせたかわからないので、蚤取りをする猿のように友達同士で髪をチェックするようになった。まずは育子が、清美の髪を見てやっている。清美は前を向いたまま、続けた。

「いくらなんでも、避難の準備はしてるんだろうねぇ。まさか、灰なら死なないからって、ここに住み続けろと思われてたりしないよね」

「うーん、誰が避難を決めるんだろ。町と東京都かな」

「避難先は東京になるんだろうから、都知事が決めてくれないと始まらないよね。島民全員の避難先を確保するのに手間取ってる、と思いたい」

「八千人くらいだっけ？　過疎ってると思ってたけど、八千人は多いよね」

「八千人って、船が何往復しないといけないんだろう」

例えば溶岩が流れてきて、ようやく避難ということになっても、八千人がいっせいに島を離れることはできない。どうしても、順番にということになるはずだ。その場合、果たして避難は間に合うのだろうか。溶岩が流れてくるなんて事態になる前に、避難を始めなければいけないのではないか。くがの人は本当にそれを理解しているのか、怪しいと思った。

話すことといえば噴火のことしかなく、話せばますます不安が膨らむ。子供だから大人の決定に従うしかないのだが、大人だって自分では何ひとつ決められないのではないかといまさら気づいた。偉い人たちが判断を間違えませんように、と祈る気持ちになった。

そんなやり取りをした数日後に、また大規模噴火が起きた。今度は噴石を伴っていた。火山弾がいくつも、町中まで落ちてきた。もはや、危険がない状態とはとても言えない。避難が始まるものと考えた。

それなのに、まだ避難命令は出なかった。いったいどういうことなのか。「なんで避難しないの？」と育子は両親に問いかけた。

「もしかして、東京の人は島のことを知らないんじゃないの？　それとも、知っててまだ大丈夫なんて思ってるのかな」

高校生の育子が憤《いきどお》るくらいだから、町役場には避難を求める声がたくさん届いているのだろう。町役場がそれを無視しているはずはないから、避難の判断を下さないのは東京都庁か。死者が出るか、溶岩が町に流れてこない限り、誰も何も決める気がないのではないかと疑いたくなった。

「島民全員の収容先が、まだ確保できないんだろう。美雲とここでは、人の数が違うからな」

父が難しそうな顔で、腕を組んだ。美雲島はこの島よりずっと小さいので、正確には知らないが、おそらく人口は四千人にも届かないほどではないか。こちらは倍以上なのだから、収容先確保に手こずるのは理解できる。それにしても、かなり前から噴火の危険は予知されていたのだ。のんびり構えていたとしか思えなかった。

「……いざとなったら、お前たちだけでもくがに行くことを考えないとな」

父は考えるように一拍おいてから、そんなことを言い出した。母がぶっきらぼうに応じる。

「自主避難なら、お金がかかるね。育子は学校を休むことになっちゃうし」

「命には替えられない」

父は珍しく、母みたいな切り口上で答えた。母は小刻みに何度も頷き、「そうだね」と言う。

だが、育子としては自主避難なんてしたくなかった。避難するときは清美と一緒と決めていたのに、離れ離れになってしまう。それどころか、誰ひとり知っている人がいない世界に飛び込んでいくことになるのだ。できるなら、みんなで揃って避難したかった。

その大規模噴火が起きてから、硫黄《いおう》臭がするようになった。火山ガスが出ているらしい。引火するようなガスではないそうだが、不快な臭いだけで恐怖が募る。もはや島は、人が住めるところではなくなったと考えざるを得なかった。

それなのに、未だに避難は決定しなかった。噂によると、都知事と火山噴火予知連という組織が互いに判断を譲り合っているらしい。大事《おおごと》なので、責任を負いたくないということなのか。そんなことをしている間に人が死んだら、その方がよっぽど責任問題だと思うのだが。

そして、月が改まってしまった。目の前で山が噴火しているのに、まさかこれほどの期間、ここにとどまることになるとは予想もしなかった。火山灰が降り、硫黄の臭いが漂い、ときには噴石も降ってくる中で、島民は普通に仕事をし、育子たちは学校に通っている。日常と非日常が同時に存在していて、自分は今どちらの世界にいるのかわからなくなった。

火山活動は収束に向かいつつある、という気象庁の発表を聞いた。本当なのだろうか。住人の実感としては、このまま治まりそうな気配は感じない。もちろん治まってくれた方がいいのだが、とても楽観はできなかった。本当に活動が弱まりつつあるのだとしたら、それは嵐の前の静けさに過ぎないのではないかと思った。

育子の感覚は正しかった。十一月四日午後五時過ぎに、山の北西部で割れ目噴火が起きた。これまで噴火していなかった場所だ。それだけではない。その割れ目からはついに、溶岩が流れ出した。溶岩は育子たちが住む町に向けて、ゆっくりとその触手を伸ばし始めた。

4

幸いにも、溶岩の流れは遅かった。溶岩が流れ始めたら、あっという間に何もかも呑み込むのではないかと育子は想像していたが、そうではなかった。本当にゆっくりと、しかし着実に山腹を下り始めている。時間をやるからこの間に逃げろ、と山の神様が言っているかのようだった。溶岩が真っ直ぐ流れてくれれば、主に北西部に広がっている町に確実に達する。今度こそ、島から逃げなければならない。もはや、悠長なことはいっさい言っていられなくなった。

町役場には、噴火対策本部が設置されていた。その対策本部が全島避難を決定し、連絡船運航会社に救援を要請した。運航会社がそれに応え、所有している船すべてを島に向かわせてくれたらしい。なんだ、頼めば動いてくれるのか、と育子は話を聞いて思ったが、これも緊急事態だからだろう。溶岩が流れてこなければ、全部の船を動かしたりはしてくれなかったに違いない。

それだけではなかった。いち早く国が対応してくれ、海上保安庁の巡視船や海上自衛隊の護衛艦も派遣されるそうだ。その一報を育子たちは、港前の広場に集まっている人たちの会話を聞いて知った。ニュースソースは、待合室に設置されているテレビらしい。待合室の中から「おおっ」という歓声が漏れ聞こえてきて、そのニュースはすぐに外にも伝わってきた。

港には、大勢の人が押し寄せていた。そのため、待合室はすぐにいっぱいになったようだ。育子たちもたもたしていたわけではないが、到着したときにはすでに入れなかった。だからこうして、広場に立っている。この広場にすら入れなかった人たちは、ロータリーに溢れていた。

こんな混雑の中だが、育子は幸いにも清美を見つけることができた。清美一家も待合室に入れなかったらしく、広場にいたのだ。可能なら近寄っていって手を握り合いたかったが、溢れ返る人々がそれを許さない。手を振って、アイコンタクトをすることで互いの存在を確認した。

溶岩の動きが遅いためだろうが、人々がパニックに陥っていないのは安心できることだった。広場とロータリーにいるのはざっと三百人くらいだが、この数でもいっせいに混乱した動きをしたら怪我人や死者が出るかもしれない。救助の船が何隻も島に向かっていることもまた、人々が冷静でいられる理由かもしれなかった。そうは言っても、船はいつ来るのかとやきもきする気持ちを必死で抑えているのだが。

島には大きい港がふたつある。育子たちがいる本町《もとまち》港と、北にある波戸《はと》港だ。こちらの本町港の方が歴史が古く、江戸時代からあるらしい。それに対して波戸港は、戦前に軍艦建造のための造船所が造られた際に開かれたそうだ。今はもう造船所はなく、連絡船の着岸港に転用されている。くがと往復する連絡船は、風向きによっては接岸できないこともあるので、両方の港を使っているのだ。だから島で船に乗る際は、その日の風向きによってどちらの港に向かうか決めなければならない。朝になってみないと、船がどちらに着くかわからないのだった。

もちろん今は、両方の港を使うことになるだろう。港は小さくはないが、多数の船を同時に受け入れられる規模ではない。人も、二ヵ所に分散させる必要がある。港がふたつでも足りないくらいだった。

港の待合室はガラス張りなので、テレビの音は外まで聞こえてこないが、画面は見える。今は、噴火とはまるで関係ないことを映していた。テレビで放送されているニュースは全国放送の番組なので、島に向かっている船の動きを逐一知らせてくれるわけではないのだろう。それが呑気に感じられ、やはり直接的に脅威が迫らない限り、どんな大事件でも他人事《ひとごと》なのだなと感じた。育子自身、これまで全国で起きている事件を遠いこととしか受け止めなかった。これからはもう少し、当事者の気持ちになって考えることができるだろうかと思った。それとも、喉元過ぎれば熱さを忘れてしまうのか。

「えっ」

突然、広場に大きい声が響いた。声を上げた人は、育子が立っているところからは見えない。だが、その悲鳴にも似た声がいい報せに触れて発せられたとは思えなかった。何があったのかと、人々の注意が声の主に集中するのが感じられた。

「溶岩の流れが速くなって、方角を変えてこちらに向かっているそうです」

同じ声だった。自分が知った情報を、皆に分け与えたようだ。広場にいて知ったのだから、おそらく携帯電話で得た情報か。島でも数年前から、携帯電話が使えるようになっている。

「ど、どうすればいいの」

思わず、両親の顔を見た。父はとっさに、周囲に目を走らせた。人々はまだ動こうとしていないが、何かきっかけがあれば崩れてしまいそうなほど緊迫感が漂っている。ここにいる人たちは、どう行動するべきなのか。

「大勢の人がパニックになると、圧死する人も出る。圧死、わかるか。押し潰されて死ぬことだ」

父は恐ろしいことを言った。人いきれで暑く感じていたが、一瞬、背筋が冷えた。

「ええっ」

「だから、おれのそばを離れるな。おれが絶対に守ってやる」

「うん」

これほど父を頼もしく思ったことはなかった。母は少し身を寄せてきて、自分と父の体で育子を挟んでくれた。母も盾になるつもりなのだろう。母と目を合わせ、頷き合った。

そのとき、頭上にあるスピーカーから声が聞こえた。広場に立つ鉄柱の上部に、スピーカーがあるのだ。ざわめきがぴたりと止まる。育子も耳を澄ませた。呼吸すらも止めた。

「本町港にいる皆さん、町長の腰越《こしごえ》です。どうか落ち着いて聞いてください」

それを聞いて、わずかに安堵した。町長が事態を把握している。ならば、すぐに対応してくれるはずだ。パニックは避けられるかもしれない。

「島の北西方向に向かっていた溶岩が、向きを変えて西に、つまり本町港の方へと流れ始めました。皆さんを波戸港まで、バスで移送します。自家用車をお持ちの方は、直ちに波戸港へ移動してください。車の席に余裕がある方は、できれば船を待っている人を乗せてあげてください」

ああ、バスが来るのか。育子は詰めていた息を吐き出した。育子の家には、自家用車がない。ここまでも、歩いてきたのだ。町長のアナウンスは続いた。

「それと、第一陣の船がもうすぐ本町港に着きます。この船にも、可能な限り乗ってもらいます。乗員の上限は二百五十名です。争わず、順番にお乗りください。乗れなかった方も、必ず波戸港で乗れます。皆さん焦らずに、理性的に行動してください」

育子は父の右腕の袖を摑んだ。待合室にいる人数を考えると、第一陣に乗れるかどうか微妙だと思ったからだ。乗れる可能性に賭けて、波戸港に行かずに待つか。それとも、早めに移動すべきか。

「ねえ、船を待つ？　それとも、バスに乗る？」

父母に問うた。どちらも、難しい判断だった。バスを待っても、すぐに乗れるとは限らないのだ。父は振り返り、睨むように山を見た。ぎりぎりの決断を強いられている父は、歯を嚙み締める音が聞こえそうなほど唇を真一文字に結んでいた。

「――バスが来たら、育子、お前だけでも乗れ」

口を開いた父は、そんなことを言った。育子は驚き、ぶんぶんと首を振った。

「そんなの、いやだ。はぐれちゃうよ」

「別々に東京に行っても、必ず連絡はとり合える。まずは逃げることが大事だ」

「三人一緒じゃなきゃ、意味ないよ。パパたちも東京に行けるなら、あたしだけ先に行く必要ないでしょ」

「万が一のためだ。言うことを聞け」

「やだ」

目に涙が浮かんできた。こんな局面で、まさか両親と離れ離れになるとは思いもしなかった。たった四ヵ月前の、噴火の可能性なんて微塵も考えずにのほほんと生きていた日々を尊く感じる。確固としたものだと思い込んでいた日常は、壊れることもあるのだ。そんな現実を、恐怖とともに思い知った。

父がまた口を開こうとしたときだった。大きな声で、父の名を呼ぶ人がいた。父はとっさに振り返り、「おお」と声を上げる。父が目を向けた先には、知っている人がいた。

「静雄、お前たち、車ないだろ。乗せてやるから、来い。五人乗りだから窮屈だけど、少し我慢しろ」

「助かる、コーキ」

話しかけてきたのは、父の友人のコーキおじさんだった。育子も子供の頃からよく知っている。背が低いがエネルギッシュで、いつも父と掛け合い漫才のような会話をする人だ。父とは小学生の頃からの親友らしい。

膝から力が抜けそうなほど、安堵した。これで、両親と離れずに済む。コーキおじさんは、よくこちらを見つけてくれた。いくら感謝しても足りなかった。

人を掻き分けて、コーキおじさんのいる方へ向かった。コーキおじさんの家も三人家族なので、五人乗りの車に六人で乗るのは確かに窮屈だ。でも、自分が父の膝の上に乗ればいいと育子は考えた。

「地獄に仏だ。感謝する」

父は思いが籠ったような、低い声を発した。それに対してコーキおじさんは、ふだんと変わらない飄々とした口振りだった。

「おーおー、感謝してくれ。座席が足りないから、大島は静雄の膝の上に乗れよ」

「馬鹿」

母はにこりともせずに、ぼそりと言い返した。母も中学時代からの付き合いなので、遠慮がない。大島というのは、母の旧姓だった。古い付き合いだから、未だに呼び方を変えていないのだ。

「おれがトランクに入る。波戸まではすぐだから、大丈夫だろ」

父が言った。コーキおじさんも、「まあ、それがいいか」と応じた。

「こっちだ」

コーキおじさんは顎をしゃくり、車を停めているところまで先導し始めた。これで大丈夫だと安心した育子は、最後に山を見上げた。辺りはすでに暗いので、山は黒いシルエットになっている。そこに、一本の筋が赤く光っていた。溶岩流だ。明るいうちにも見ていたが、暗くなると近く感じられ、恐ろしかった。夜の闇の中で明々と光る溶岩は、いかにも熱そうだった。

「――怖い」

無意識のうちに呟いた。この眺めは、生涯忘れられないだろうと思った。生まれたときから当たり前のようにすぐそこにあった山が、今は別のものに変貌している。大袈裟でなく、この世の終わりにも感じられた。

「ああっ」

人々の間に、どよめきが走った。今度は何かと反射的に身を竦ませたが、すぐに「船だ」という声が続いた。その声に引っ張られ、視線を海に転じる。黒い海に、複数の光が浮かんでいた。まさしく、船が放つ人工の光だった。

自然発生的に、拍手が起きた。この場の全員が乗れるわけではないが、それでも救助が来たことに喜びを示さずにはいられなかったのだ。育子はまた父の袖を摑み、「来たね」と言った。父はその手に、自分の手を重ねた。

5

波戸港で船に乗るまで一時間ほど待ち、東京に着いたときには夜十一時を回っていた。竹芝桟橋には貸し切りバスが来ていて、それに乗って代々木《よよぎ》にある国立オリンピック記念青少年総合センターというところに連れていかれた。ひとまず、ここに泊まることになるようだ。体育館みたいなところで雑魚寝《ざこね》かと覚悟していたが、そうではなく、ちゃんと宿泊できる施設だった。ホテルだと言われたら、そのまま信じてしまいそうなほど設備が調《ととの》っている。まさかこんなところに入れてもらえるとは思わなかったので、感激した。しかし感激も束の間で、疲労のあまりすぐに寝てしまった。

翌日には、都営住宅への入居を希望するか訊かれた。親戚の家に身を寄せる人も、中にはいたからだ。だが育子の一家にはくがに住む親戚がいなかったので、都営住宅に入ることにした。これで引き続き、父と母と家族三人で暮らせる。育子は胸を押さえて、大きく安堵の息をついた。

育子たち一家は、町田《まちだ》というところにある都営住宅をあてがわれた。そこまでは自力で行かなければならないようだ。町田という地名は聞いたことがなかったし、そもそも電車に乗った経験も数えるほどだ。都営住宅までの行き方を書いた紙をもらい、育子たちは青少年総合センターを後にした。コーキおじさん一家は府中《ふちゅう》の、清美一家は足立《あだち》区の都営住宅にそれぞれ入居することになった。

都の職員の説明によると、都営住宅には生活に必要な最低限の物が揃っているらしい。布団や冷蔵庫、カーテン、タオルなどといったものだ。正直、そこまで期待していなかったので驚いた。何もない部屋に入れられるくらいなら、青少年総合センターにそのまま住み続けたいと思っていたほどなのだ。

「なんか、待遇よくてびっくりだね」

駅に向かって歩きながら、母に話しかけた。母は「ホントね」とだけ答える。その後は父が引き取った。

「島の住人全員分の家を用意したんだったら、そりゃあ時間もかかったわけだな」

父の言うとおりだ。噴火の予兆があるのに何をもたもたしているのかと腹を立てていたが、申し訳なかったと思った。むしろ、よく全島避難に間に合わせたものだ。結局、逃げ遅れた人も死者もいなかった。大人数の避難としては、大成功だったのではないか。

青少年総合センターの最寄り駅は、小田急《おだきゅう》線の参宮橋《さんぐうばし》駅だった。そして町田も、小田急線で行けるのだ。育子だけでなく父も電車に慣れているとは言えないので、複雑な乗り換えがなくてありがたかった。町田はなかなか遠くて時間がかかったが、電車に乗っていること自体が楽しかった。

　三十分以上かかって着いた町田駅の周辺は、東京の中心部からかなり離れているとは思えないほど開けていた。島に比べたら、大都会と言っていい。何しろ、デパートがあるのだ。デパートなんて、新宿や銀座にしかないと思っていた。

　駅を出ると店が連なっていて、人通りも多い。思わず、「うわー」と声を発してしまった。これならば、わざわざ都心部に行かなくてもなんでも用が足りそうだった。

「ずいぶん大都市だな」

　父も意外に思っているようだ。聞いたこともない街に行くことになり、辺鄙な暮らしを覚悟していたのだ。大間違いだった。

　大きい街であることのデメリットもあった。駅前のバスターミナルが大きすぎて、どのバス停から乗ればいいのかわからなかったのだ。案内板にはバス停の番号が書いてあるが、そのバス停が見つけられない。歩いている人に三回話しかけて、ようやく目指すバスに乗れた。都会生活は大変だ、と思った。

　十五分ほどで着いたバス停から歩き、団地を見つけた。団地はいくつも連なっていて、あてがわれた部屋を捜すのがまた大変だった。やっとの思いで部屋を見つけたときには、大きく息が漏れた。何もかもがコンパクトだった島の暮らしとは、まるで違う。短期間では、とても慣れられそうになかった。

　事前の説明どおり、部屋の中にはすぐに生活を始められる必需品がひととおり揃っていた。育子たちは着替えと食べ物しか持ってきていないのだ。これで、人がましい暮らしができる。父がぼそりと「ありがたいな」と呟いた。

　しばらく部屋で休んでから、夕方に周辺を歩いて回った。近所に大きいスーパーマーケットを見つけたので、買い物をした。持ってきた非常食は、まだ手をつけない方がいいだろうと判断したのだ。スーパーも島のものとは規模が違い、店の中で迷うのではないかと心配になった。しかし、見て回るのは楽しかった。

夕ご飯は、母が作った。部屋にはフライパンや食器、電気炊飯器まであったのだ。今後のことを考えると、外食なんて贅沢はできなかった。避難生活がどれくらい続くか、見当がつかない。見舞金をもらえるそうだが、それを当てにするわけにはいかない。島に帰るまで、手持ちの金を少しずつ切り崩して使わなければならないのだった。

「こうやって三人でご飯を食べてると、ほっとするな」

父が、感慨深げに言った。珍しく母が、「そうね」と相槌を打つ。育子もまったく同感だったので、「そうだね」と応じた。家族がちりぢりになる可能性もあったのだ。三人でいられるなら、きっとなんとかなると楽観した。

さすがにテレビはなかったので、特にすることがない。今日も刺激が多くて疲れたから、早く寝た。寝る前に、学校はどうなるんだろうと考えた。

次の日からは、情報収集に努めた。テレビがないので、情報源は主にラジオだ。あの規模の噴火が、一週間程度で収まるとは思えない。下手をすると美雲島のように一ヵ月、あるいはそれ以上、避難生活が続くかもしれない。だとしても、噴火の様子を毎日聞かずにはいられなかった。

とはいえ、ラジオに家族三人で齧りついているだけでは、気持ちが滅入ってしまう。せっかく東京に来たのだからと、周囲を散歩した。驚いたのは、町がどこまでも続いていることだった。島では、少し歩けばすぐに町外れに行き当たる。人が住んでいない地域に出るには、十五分もあれば充分だ。ところが、ここではいくら歩いても町が途切れない。そのこと自体が、なんとも驚異的だった。ここは都心部ではないのである。新宿から電車で三十分以上も離れた町がこの規模とは、東京は想像していた以上に大きい都市なのだと実感した。

団地の周りだけでなく、駅前にも行った。駅前は完全に繁華街で、商店街という規模ではなかった。デパートがあるし、驚いたことにあの有名な109もあった。109は渋谷にしかないと思っていたから、大袈裟でなく目を疑った。町田はすごい、と啞然とした。

あまりの賑やかさに興奮し、可能なら買い物を存分に楽しみたかったが、残念ながら先立つものがなかった。噂に聞くスターバックスを見つけたときには中に入ってみたかったけれど、じっとこらえた。我が儘を言って、両親を困らせたくはなかった。

そんな生活を一週間も続けると、当初の興奮は冷め、不安が勝ってきた。何もすることがないと、人は不安になるのだと知った。両親は早くも、アルバイトをするべきかと相談し始めている。行政に生活のすべての面倒を見てもらっている状態は心苦しいし、何より居心地が悪い。その感覚は、まだ働いていない育子であっても同じだった。

「一ヵ月じゃ済まないかもしれないよね」

火山活動がまるで収まっていないことをラジオのニュースで聞くと、母はぼそりと言った。映像を見られないので想像するしかないが、あの大木のような噴煙がそう簡単に消えるとは思えなかった。避難生活が一ヵ月以上になるなら、育子もこちらの学校に転校したいと望むようになった。おそらく東京の高校生は、島育ちの育子よりずっと勉強ができるはずだ。このままでは、どんどん差がついていくだけだという焦りがあった。

「そうだな。短期のバイトを見つけられるようなら、働く方がいいかも。おれは一応、社長に相談してみるよ」

父は答える。母とは違い、勝手に職探しをするわけにはいかないのだろう。

「そうね」

「あたしも学校に行きたい」

口を挟んだ。父は少し驚いたような顔をしたが、「わかった」と応じてくれた。そりゃそうだよな、としみじみとした口調で続けた。

「おれたちの人生、かなり変わっちまうかもな。それでも、育子の人生は悪いことにならないよう、一番いい道を探してやるから安心しろ」

「うん」

正直に言えば、父の言葉で不安が晴れたわけではなかった。しかし今は、そう言い切ってもらうことでずいぶんと勇気づけられた。

6

東京の高校に通いたいと言った裏には、実はひとつの下心があった。育子は以前から、大学に行ってみたいと考えていたのだ。それは漠然とした希望で、あまり実現可能なこととは思っていなかった。島に大学はないから、進学したければ**く**がでひとり暮らしをしなければならない。しかし我が家にそんな経済的余裕があるかどうかわからなかったし、そもそも自分がひとり暮らしに耐えられる自信もなかった。だから、大学に行きたいとは思うものの、行かなくても別にいいかという気持ちもあったのだった。

東京の高校に通い始めれば、そのまま大学に行けるかもしれない。状況がどう転ぶかわからないが、島暮らしをしているときよりは進学がぐっと現実味を増したと思えた。島に戻れるようになっても、例えば父だけ帰ってもらうとか、あるいは自分が東京の生活に馴染んでひとりでも残る気になるなど、いくつかの可能性が考えられる。そんな発想で、東京の高校への転校を望んだのだ。

育子が通っていた島の高校は都立だから、こちらでも都立高校に入れるのではないかと思う。しかしそのためには、しばらく島に帰れないという確証が必要だ。育子は駅前の大型家電量販店に行き、テレビ売り場でニュースを見ることを思いついた。必ず島の噴火を取り上げるとは限らないが、人々の関心が向いている今、ニュースでまったく触れないはずはない。案の定、三日に一回程度の頻度でテレビ売り場に通ってみたら、ほんの一分程度でも噴火の様子は必ず報じられた。例の、大木めいた噴煙は未だ健在だった。こりゃとうぶん駄目だ、と半ば安堵する気持ちで画面に見入った。

行動力がある母は、すぐに近所のスーパーマーケットでレジ打ちの仕事を見つけ、働き始めた。母は無愛想だが、愛想よりも手早さが求められる東京のスーパーはむしろ性に合っていたようだ。一度、仕事ぶりを遠くから観察してみたら、働き始めたばかりとは思えないほどきびきびと客を捌《さば》いていたので感心した。もっとも、もたもたしている母なんてまるで想像できないのだが。

一方、父はそう簡単にこちらで仕事を見つけるわけにはいかないようだった。何度か社長と相談をしているみたいだが、未だに結論が出ずにいる。すぐに島に戻る可能性もゼロではないのだから、こちらで就職口を探すわけにはいかない。かといって、短期のアルバイトも父の年齢ではなかなか難しそうだった。

その分、父は行政との連絡をまめにとっていた。市役所に通い、育子の学校の相談をしてくれていたようだ。町田にも都立高校があるからそこに入れてくれればいいが、どうやらかなりレベルが高い学校らしい。特例扱いで転校しても、果たして勉強についていけるのだろうかと不安に感じていたら、ある日父が驚く話を持って帰ってきた。

「廃校になった全寮制の高校があるらしい」

戻ってくるとすぐ、前置きもなく父は言い出した。話の方向が見えないので「へえ」と気のない返事をしたら、予想もしないことを告げられた。

「島の子供は、高校生だけじゃなく小学生も中学生も、みんなそこに入れって話になってるらしいぞ」

「えっ」

すぐには理解できなかった。全寮制ということは、親許を離れてそこで暮らせという意味か。ここに家が用意されているのに、なぜ寮に入らなければならないのだろう。そう考えて、ここから通学できる距離ではないのかと思い至った。東京は広い。おそらく、うんと遠い場所にあるに違いない。

「島の人はあちこちばらばらになっちゃったからな。ひとつの学校に通わせるのは難しいだろ。かといってそれぞれの家に近い学校に転校させるにしても、学力の問題とか、子供が感じるだろう孤立感とか、いろいろマイナス面があるわけだ。なら、島の学校が丸ごとこちらに移動したという形にすればいいということになったらしい。ちょうどいい具合に全寮制の校舎が空いてたし、学校の先生たちも避難してきてるんだから、これまでの続きでそのまま教えてもらえる。小学校の低学年の子には酷じゃないかと思うけど、まあうまいアイディアではあるよな。高校生にとっては、寮生活も楽しいだろうし」

父が説明をしてくれた。ひと言ひと言噛み締めるように頭の中で整理すると、なるほどそうかもしれないと思えてきた。東京の高校に転校するのはたとえレベルが高くない学校であっても不安だったし、父が言うように寮生活は面白いかもしれない。何より、周りがみんな知った顔だと思えば、心強かった。東京の高校生に、田舎者と馬鹿にされるのではないかとかなり案じていたのだ。全員田舎者なら、人目を気にする必要がない。

「うん、いいね。それは決まりなの？」

「まだ決定ではないようだけど、おれに話すくらいだからもう決まったようなものなんじゃないか。育子がいなくなると思うと、おれもママも寂しいけどなぁ」

「パパはともかく、ママは寂しがったりしないんじゃないの」

母との関係がうまくいっていないわけではないが、少しドライだと感じる面はある。だからそう言ったのだが、父は眉を顰めて首を振った。

「なんだ、お前、まだママのことがよくわかってないんだな」

「えっ、そうなの？」

「そうだよ。ママは表情筋が未発達なだけで、心が冷たいわけじゃないんだぞ」

心が冷たいとは思っていなかったが、表情筋が未発達という表現には大いに納得させられた。思わず笑ってしまうと、「まあ、おれも理解するまで時間かかったけどな」と父はつけ加えた。

夜に、清美に電話をしてみた。清美は全寮制の話を知らなかったので、かなり戸惑っていた。それでも、育子が挙げたメリットを聞き、気持ちが前向きになったようだ。「じゃあ、また一緒に学校に行けるんだね」と声を弾ませた。

「学校だけじゃなく、寮でも一緒なんて、けっこう楽しみかも」

「でしょ。みんな知り合いなんだよ。あたしたちのことを田舎者って馬鹿にする人はいないんだから」

「あ、やっぱり、それを心配してた？」

「うん、してたよー。東京の高校、怖いって思ってた」

「実はあたしも」

そんなやり取りをして、ふたりで笑った。おそらく育子たちだけではなく、島の子供は皆、多かれ少なかれ同じ思いのはずだった。

数日も経たず、島の子供を一ヵ所に集めることが決まった。もちろん拒否することも可能だったが、ほとんどの家庭が同意をしたようだ。親たちですら着の身着のままなのだから、子供たちの面倒を行政がまとめて見てくれれば、正直助かるだろう。島の子供全員という点もまた、各家庭に安心感を与えたようだった。

決定の通知をもらった翌日、育子は寮に向かうことにした。両親と離れて暮らすことには寂しさや不安もあったが、新しい生活への期待の方が大きかった。特に別れを惜しむことなく、「じゃあ、行ってくるね」と簡単な挨拶で家を後にした。父は悲しげな顔をしていたが、母は例によって無表情だった。表情筋が未発達だから、と内心で考え、くすくす笑った。

寮はあきる野《の》市というところにあった。聞いたことのない地名だが、町田がそうであったように、そこも都会なのではないかと期待した。参ったのは、町田からかなり遠いことだった。バスと電車を乗り継ぎ、二時間近くかかるらしい。竹芝桟橋から島までが三時間であることを思えば、相当な距離だ。東京は広い、と思った。

八王子《はちおうじ》や立川《たちかわ》など、途中の乗換駅は案の定、大きい街だった。だが、立川から青梅《おうめ》線という路線に乗ったら、だんだん様子が違ってきた。育子にとっては見慣れた風景、つまりあまり都会とは言いがたい雰囲気になってきたのだった。

寮の最寄り駅である秋川《あきがわ》駅で下車すると、自分の期待が完全に裏切られたことを知った。町田とはまるで違う。駅前が野原というわけではないが、商店は数えるほどだった。これならば、島の港周辺の方がよほど開けている。東京はどこも栄えている、と考えるのは間違いだと悟った。

寮がある高校は、駅からさらに離れていた。歩いて十五分以上かかった。駅前はまだましだったと、すぐにわかった。歩くほどに、周りから建物が減っていくのだ。ああ、ついに東京の外れに辿り着いてしまった、と考えた。

そしてようやく、広々とした敷地内に建つ建物に到着した。改めて、周囲を見渡す。建築物は軒を連ねておらず、点在しているだけだ。なにやら妙に既視感のある眺めだった。また田舎生活か、と苦笑せずにはいられなかった。

7

寮生活は合宿のようだった。何しろ、寮内にいるのは知った顔ばかりなのだ。先生まで知っている人だから、まるで修学旅行である。親許を離れた寂しさなんて、自分でも薄情だと思うほど感じなかった。

割り当てられたのはふたり部屋だったが、同室になったのが性格のいい子だったので、安心した。依存してくるタイプではなく、お互いに話がしたいときにはお喋りに興じ、疲れていたり静かにしていたいときには黙っている。そんな距離感が心地よく、この調子なら寮生活もさほど苦にならなさそうだと考えた。

教科書を持ってこなかった人には改めて支給され、授業は避難前の続きから始まった。それまで取り続けていたノートがないこと、そして教室にいる皆が私服であることを除けば、ここが島だと錯覚してしまうほどなんの変哲もない。各自がばらばらに東京の学校に転校するより、確かにずっといい対処だった。自分が避難してきた身だということすら、つい忘れそうになった。

同じ校舎内に、中学校と小学校も入った。それだけの人数を収容できるほど、校舎は大きかったのだ。東京の外れの田舎とはいえ、やはりそういうところは島とは違う。島の子供全員が入っても、まだ教室が余っているほどだった。

育子たちくらいの年齢になれば、毎日が修学旅行気分で楽しく暮らせるが、小学生はそうもいかない。特に低学年の子は親許から離れ、かなり情緒不安定になっている子が多いようだ。そこで、育子たち高校生や中学生が、積極的に小さい子たちと遊んであげることにした。かなり年が離れていても、寝起きをともにしている仲間である。放課後になると、一緒にサッカーや野球をやったり、将棋や囲碁を教えたり、他にも楽器を演奏する子、絵を描く子、理科の実験をする子、あるいはただお喋りをする子と、それぞれに楽しめることをした。周りに何もなく、どこかに遊びに行けるわけでもないので、育子たち年長の者たちにとってもいい気散じになった。

もちろん、厳格に縛りつけられている寮生活ではないから、週末には親許に帰ることも可能だった。育子も最初のうちこそ帰っていたが、そのうちペースが落ちた。母だけでなく、とうとう父もこちらで仕事を見つけたので、週末でも働くことが増えたのだ。それならば、寮内にいて清美たち友人と遊んでいる方が楽しかった。

一ヵ月以上経っても、島の噴火は収まる気配を見せなかった。どうやら噴火の規模は、美雲島の比ではなかったようだ。美雲島の人が一ヵ月も避難したと聞いたときには、ずいぶん長い避難だったのだなと思ったが、それどころではない。気象庁も、早期収束はあり得そうにないと発表していた。半年とか一年とか、それくらいのスパンで考えなければならないと漠然と覚悟が固まり始めていた。

そうした事情で、ついに父もこちらで働き始めたのである。父が勤める工務店の社長が決断し、社員全員に職探しをするよう通達したのだ。それだけでなく、希望者にはつてを辿って勤め先の斡旋《あっせん》までしてくれた。お蔭で父は、町田の工務店に就職できた。小さい工務店だが、家庭的でいい雰囲気だという。これまでの経験を生かせるのもありがたい、と父は言っていた。

育子の両親だけでなく、他の子供の親たちもそれぞれに東京での仕事を見つけ始めたようだ。

皆、避難は長期戦になると腹を括ったのだろう。そうなると嬉しいのは、お小遣いをもらえるようになったことだ。親が無職では子供の小遣いどころではないが、高校生にもなって自由になる金がゼロなのは辛い。島にいたときほどもらえるわけではないにしても、いくらかでも使えるお金がある状態は心に余裕をもたらしてくれた。

そこで、清美と以前に約束したとおり、原宿に行ってみた。清美だけでなく、他にも話を聞いて参加を希望した人がたくさんいたので、まさに修学旅行だった。以後、都内の有名スポットに友人たちと行くのが楽しみになった。買い物はほとんどできなかったが、それでも東京の店を見ているだけで楽しかった。

しかしそんなふうに新生活を満喫できているのは、ある程度年齢が高い者だけだった。小さい子供にとって親と離れた生活は酷だったようで、寮にある公衆電話の前にはいつも行列ができていた。親と電話をすることだけが、寂しさに耐えている子供たちの慰めになっていたのだ。当初は一台しかなかった公衆電話が、そうした事情を踏まえて三台に増えた。だがそれでも数が足りず、順番待ちの行列になっているのである。

ありがたかったのは、テレホンカードが寄付されるようになったことだ。子供たちの実情が、マスコミで報道されたらしい。その後、全国からテレホンカードが送られてきた。電話代を気にせずに親と話ができることが、子供たちにとっての数少ない救いだった。

やはり子供たちだけを集めての集団生活は、あくまで一時凌ぎだったのである。その後、親たちがこちらで職を得たことによって、親許へと帰っていく子が増えた。特に年齢の低い子ほどその傾向が顕著で、二ヵ月後には小学校一、二年生の数は半減していた。

「あたし、けっこうこの生活気に入ってるんだよなぁ」

食堂に集まってお喋りをしているときに、育子はぽつりと呟いた。小学生にとって今の生活が辛いのはわかる。泣いている子を慰める先生も大変そうだ。だが育子には毎日が非日常で、ただ楽しいだけだった。とはいえそれは周りに同級生たちがいるからであって、友人がひとりふたりと欠けていったら楽しさも減じてしまう。皆にはホームシックになどならず、なんとか踏みとどまっていて欲しかった。

「あたしも気に入ってるけど、いずれは親許に帰らなきゃなと思ってるよ」

育子のルームメイトが応じた。ルームメイトはキャピキャピしたところがなく、常に物事を冷静に見ている。この意見も、まったくそのとおりと言うしかなかった。

「今、小学生はどんどん数が減ってるじゃない？　この調子でいくと、小学校はなくなっちゃうのかな」

こう疑問を投げかけたのは、清美だった。確かに、それはそうなのだ。生徒がいなければ、学校は成り立たない。しかしそれは、小学校だけの問題ではないはずだった。

「ってことは、あたしたちも寮から抜けたら、高校もなくなっちゃうってこと？　うそー」

「親許からでも通いたいけど、ここ、遠いからなぁ」

この高校を維持したいという気持ちは、皆同じだった。そのためにも、親許には帰らずにここでの生活を続けようと誓い合った。

避難は一時的という思いは、東京でクリスマスや正月を迎えるうちに、徐々に薄まっていった。引っ越したのだ、との意識が自然と芽生えてきたのだ。それは誰しも同じだったか、四月になって進級しても生徒数は微減だった。中学から高校に進学してくる者も、少なからずいた。他の東京の高校に入る道もあったのに、やはり島の高校に入りたかったようだ。下級生が入ってくるのは、高校の存続のためには嬉しいことだった。

高校二年にもなれば、今後の進路について考えなければならない。週末に町田に帰ったとき、育子は親に希望を伝えた。

「あたし、大学に行きたい」

渋い顔をされるのではないかと恐れながら告げたのだが、父はあっさりと「ああ、いいよ」と顔も上げずに応じた。あまりに軽い口調に、拍子抜けした。

「えっ、いいの？」

念を押すと、新聞を読んでいた父はようやく育子を見た。

「いいよ。おれらの時代とは違って、今は大学くらい普通だろ。ちょうど東京にいるんだから、行けよ」

父は物わかりが悪い人ではないとわかっていたが、それでも育子は見くびっていたようだ。こんなにも簡単に認めてくれるとは、予想しなかった。もっとも、これも東京で暮らしているからかもしれない。島を出てひとり暮らし、となれば話は違っていただろう。

「ママも同意見？」

一応、確認をした。母は言葉を発さず、二度頷く。ふたりに承知してもらえて、遅れて喜びがやってきた。

「やった、嬉しい。ありがとう」

「その代わり、ちゃんと勉強しろよ。悪い遊びを覚えたりしたら、学費を出すのをやめるからな」

父はわざとらしく眉を寄せた。育子はとぼけて、目を逸らした。

「悪い遊び、覚えたいなぁ」

「じゃあ、門限は八時な」

「えーっ、そんな大学生、いないよー」

久しぶりの、親とのじゃれ合いだった。このまま島に帰らず、両親とともにずっと東京に住み続けたいと望んだ。

8

育子は東京での生活にどんどん順応していった。順応といっても、周囲に何もないので都会暮らしの感覚はまるでない。だから、寮生活こそ順応すべき対象だった。寮での生活が普通になれば、ここがくがか島かの違いは感じられなかった。

それでも、月に二回ほど週末に友人たちと都心部に行くのは楽しみだった。その点は、島とは違う。島から東京へは気軽に行けなかったが、ここはなんと言っても地続きなのだ。原宿や渋谷に行くのは、最初のうちこそ大冒険だったが、やがてそれも日常の娯楽になった。

島の噴火はいっこうに収まらず、あっという間に一年が経ってしまった。もう永久に島に帰れないのではないかと思えてきたが、帰島の努力は続けられていたようだ。調査隊が、何度も島に行っていたらしい。報告によると、噴煙は上がっているものの、火山弾が飛んでくることはなくなったという。そこで、一年経ったのを機に一時帰宅が行われることになった。希望者が募られ、父は参加した。母と育子は東京で待つことにした。

「しばらく駄目だなぁ、あれは」

帰ってきた父は、諦め気味に言った。肩が落ち、視線も下を向いている。こんな父を見るのは初めてだった。

「火山灰がすごく積もってて、まるで雪国みたいだったよ。今も火山灰が降ってるんだから、片づけても無駄だしな。町も道路も、見渡す限り白くなってるんだ。歩くのも大変だった」

「家はどうだったの？」

母が訊いた。工務店勤めのメリットで、両親は割と若いうちに一軒家を建てた。自分の家、という意識はかなり強いのだろう。

「屋根に火山灰が降り積もってたけど、大丈夫だったよ。一応、屋根から灰は下ろしておいた」

「そう。それならよかった」

そのやり取りを聞き、両親はまだ島に帰る気があるのだと知った。東京暮らしに馴染んだ育子とは、気持ちにずれがある。父と母はこのまま東京に住み続けたいとは思わないのだろうか。いずれ機会を見て、確かめてみたいと考えた。

三年生に進級すれば、受験の年である。受験勉強のために、育子は予備校に通った。他にも大学進学を考える人がいたので、励まし合って勉強に専念した。その甲斐あって、六大学とまではいかないが、一応名の通った大学に合格した。これでまた四年間、東京で暮らせる。合格したときに真っ先に思ったことは、それだった。

寮を出るのは予想以上に寂しかった。友人たちとの集団生活は、不自由もあったが、それ以上に楽しくてならなかった。その楽しみが失われることを惜しみ、皆で泣いた。救いは、大半の者が今後も東京暮らしを続けることだった。卒業してもまた会おうと約束し合い、波乱の高校生活を終えた。

大学での日々は、自分でも笑いたくなるほど平凡だった。真面目に授業に出、アルバイトをして小遣いを稼ぎ、テニスサークルに入って友達を作り、コンパに参加して酒を飲むことを覚えた。恋愛も経験し、ほんのわずかな回数、出会いと別れがあった。

成人式も、東京で迎えた。住民票を移したので、町田市の成人式に出席した。このときばかりは、島の友人たちとちりぢりになってしまったのが残念だった。可能なら、寮生活をともにした仲間たちと一緒に成人式に出たかった。だから、日を改めて集まり、飲み会をした。卒業から二年経って、変わった面と変わらない面があり、それを互いに見つけるのが面白かった。

島の噴火活動は、丸四年経つとさすがに弱まってきた。有毒ガスの発生量は無視できるほど少なくなり、ついには避難指示が解除された。島に戻りたい者は、戻っていいことになったのだ。もはや帰島は選択肢の中に入っていなかったので、育子は意外なことを聞かされた心地になった。

父はかつての勤め先の社長と連絡をとり、相談を始めた。ただ島に戻っても、仕事がなければ暮らしていけない。その結果、まずは社長だけ島に帰って、状況を確認することになった。

「先々代の社長は、空襲を受けて島が焼け野原になった後、町の復興にすごく力を尽くした人だったんだ。今の社長は戦後に生まれた人だけど、当時のことを先代から聞いているから、今こそ自分の出番と思っているようだよ。できればおれも、社長の力になりたい」

父は真面目な顔で、育子と母に告げた。父がそう望むなら、反対はできない。とはいえ、自分も父と行動をともにする気はさらさらなかった。また両親と離れて暮らすことになるのか、とドライに考えた。

「あたし、大学は卒業したいし、できれば就職もこっちでしたいと思ってる」

正直に自分の気持ちを口にした。育子がそう言うことは予想していたのか、父は特に落胆した様子を見せなかった。

「そうだな。いまさら育子は島に帰れないよな。もうすっかり東京の人間だもんな」

「うん、ごめんね」

謝ることではないのかもしれないが、父を突き放したように感じてしまい、詫びた。ただ、親から巣立つ日はいずれ来ることだったのだとも思った。

母が父とともに帰島するのは、意外でもなんでもなかった。母が無愛想だからわかりにくいが、両親は仲がいいのだ。二ヵ月後に父は島に帰ることを正式に決め、育子は残ってひとり暮らしを始めた。純粋なひとり暮らしはこれが初めてなので、さすがに寂しさを覚えたが、東京に残れた喜びの方が勝った。

ちょうどその頃から就職活動を始め、四年生の六月には内定をもらった。勤め先に選んだのは地方銀行だった。これまた、特筆すべき点のないごくごく平凡な選択である。特別でありたいという気持ちが微塵もない育子には、なんの不満もない、むしろ採用してもらえて飛び上がるほど嬉しい就職先だった。

生活が激変した高校生活に比べ、大学の四年間は何も起きない穏やかな期間だった。火山の噴火による避難という大事件こそ、自分の人生には似合わない突発事だったのだ。今後はこの四年間のように、平凡な日々が続いていくのだろうと漠然と思い込んでいた。明日が今日と同じであることを、信じて疑わなかった。

平成二十三年三月十一日になるまでは。

9

地震が起きたとき、育子はファストフード店でアルバイト中だった。カウンターで接客をしていたのだが、すぐに地震に気づいた。客とのやり取りをやめ、様子を窺う。次の瞬間、強い衝撃がやってきた。

横揺れだか縦揺れだかもわからない、とにかく激しい揺れに恐怖を覚えた。立ったままではいられず、慌ててカウンターに摑まった。揺れは激しいだけでなく、異様に長く感じられた。これはただごとではない、と揺さぶられながら悟った。

ようやく揺れが収まっても、業務を続けるのは無理だった。男性マネージャーが外の様子を窺い、ひとまず店舗を閉めることにした。店内にいた客にはしばらくとどまってもらったが、余震が来ないのを確認してから引き取ってもらった。育子たちアルバイト店員は業務そっちのけで、地震の規模がテレビで報道されるのを待った。

体感したとおり、これまでになかったような大地震だったことが判明した。震源は東北だったらしく、被害が激しそうだ。店を閉めることを優先し、片づけにかかった。やがて、テレビにとんでもない光景が映し出された。

大規模な津波が、東北地方を襲ったのだった。現実の光景とは思えない、町が水没する様が中継された。皆、固唾を呑んで見守り、意味ある言葉を発する人はいなかった。少ししてマネージャーが、東北に親戚がいる者はいるかと確認したが、誰も手を挙げなかった。

携帯電話が繋がらなくて、東京も非常事態になっていると実感した。本部からの指示で、店員の帰宅が優先されることになった。仕事もそこそこに、育子たちは着替えて店を後にした。

だが最寄り駅まで行き、電車が停まっていることを知った。途中の交差点でも、信号機が消えていた。火山の噴火による避難を経験していた育子ですら、これはあのときを上回る天災だと感じた。大規模自然災害とはいっても、しょせんは小さな島の中での話だったのである。この地震とは、規模も被災者の数も段違いだった。

駅前のタクシー乗り場には、すでに長蛇の列ができていた。バスにも乗れそうにない。携帯電話は依然として繋がらず、島にいる両親の安否も気になった。育子は迷った末に、歩いて帰ることにした。

職場から家まで歩いたことはないから、どれくらい時間がかかるか見当がつかなかった。それでも、いつ動くかわからない電車を待つよりましではないかと思えた。歩き続けていれば、いつかは辿り着く。幸い、今日は歩きやすいスニーカーを履いていたし、明日はアルバイトがない。なんとか家に帰り着ければ、明日は寝ていられると考えた。

結局、四時間かかった。途中、休みを取るためにコンビニエンスストアに何度か寄ったが、どこも停電で店員がレジスターを使わずに会計をしていた。冷蔵庫も動いていないから、最初の頃に寄った店ではまだ飲み物が冷たかったが、やがてぬるいものしか置いてなくなり、ついには店頭から品が消え始めた。皆、食糧の確保に走ったようだ。育子もレトルト食品や缶詰を買っておいた。

自宅も停電していて、テレビが点かなかった。だが避難生活を経験している育子は、乾電池で動くラジオを持っていた。ラジオで情報を仕入れ、驚いた。福島《ふくしま》の原子力発電所が津波に襲われ、何かまずいことになっているというのだ。地震だけでも空前絶後の規模かもしれないのに、加えて原発もおかしくなっているとは、未曾有の事態だ。日本はどうなってしまうのかと、かつて経験したことのない不安に苛《さいな》まれた。

それでも、夜はあっさり眠りに就けた。四時間も歩き通して、疲れ果てていたのだ。次の日に目が覚めたときには、すでに正午に近かった。嬉しいことに、電気は復旧していた。ようやく、島の両親と連絡がとれた。ふたりとも、特に被害には遭わなかったそうだ。こちらも家に帰るのが大変だっただけで無事と伝えると、父も母も安堵の声を発した。家族に何もなかったのは、ひとまずいいことであった。

以後はずっと、テレビに齧りついていた。報道されるのは、非現実的なことばかりだった。原発がメルトダウンを起こせば、東日本には人が住めなくなるとまで言っていた。むろん、島に逃げても駄目だろう。たった二十二年しか生きていないのに、人生を左右する天災に二度も見舞われるとは思いもしなかった。これが自分の運命なのかと、暗澹《あんたん》とした気持ちになった。

午後四時過ぎには、原発が水素爆発を起こしたと報じられた。白煙が立ち上る様を、育子はテレビで見た。これでもう終わりかと絶望したが、メルトダウンを避ける努力は続けられ、最悪の事態には至らなかった。爆発の影響で放射能が飛散し、東京の水道水からも放射能が検出されて怖かったが、身を守る手段は乏しかった。電力不足から計画停電が始まり、育子の家も該当地域に入っていたので、定期的に電気が来ない生活を味わうことになった。これに比べたら、同じ被災生活でも友達と寮で一緒に過ごせた高校時代の方がよほどましだったと感じられた。

気になったのはやはり、被災して避難した人たちのことだった。どうしても、他人事とは思えなかった。振り返れば、島からの避難には余裕があり、物も持ち出せたし命の危険はほとんど感じなかった。その一方、今回は津波で何もかも失い、命からがら逃げ出し、受け入れ先もただの体育館といった状態の人がほとんどのようだ。家や生活必需品を用意してもらっていた自分のときとは、まったく違う。強く同情せずにはいられなかった。

やがて、被災地にボランティアに向かう人たちが現れた。素人が行っても邪魔になるだけ、という批判もあったが、育子は心を打たれた。自分のすべきことはこれだ、と瞬時に確信した。育子は多くの人たちのバックアップで、快適な避難生活を送った。その恩は今、返さなければならない。四月になって銀行勤めが始まったばかりではあるが、被災地に向かうのは義務だとすら思えた。

とはいえ、身ひとつでいきなり東北に行くような無謀な真似はしなかった。自分も避難経験があるだけに、かえって慎重になったのだ。まずは情報収集に努めた。

マスコミで報道されているのがごく一面に過ぎないことは、経験上知っている。だから、現地に行った人の生の声が聞きたかった。こんなときは、ツイッターだ。ツイッターで「東北」「被災地」「避難」「ボランティア」などのワードを使って検索をする。するとかなりの数、実際に現地に足を運んだ人のアカウントが見つかった。驚いたのは、関東だけでなく西日本から向かった人も少なからずいたことだ。こんなとき、じっとしていられない人がたくさんいるのだろう。すごいことだ、と素直に感嘆した。

写真もかなりアップされていて、やはり相当壊滅的な状態にあることがわかった。そして、ボランティアは控えるべきという報道もあるが、ともかく今は四の五の言わずひとりでも多くの人の助けが必要とされていると、何人もが呟いているのを見た。おそらく、求められているのは力仕事ばかりではない。女の自分でも、できることが必ずあるはずだと考えた。

しかし、女だからこその面倒があるのも事実だった。男ならば風呂にも入らず、場合によっては野宿も辞さずに現地で働くこともできようが、女はそうもいかない。単に身だしなみの問題だけでなく、自分の安全を確保する必要もある。そうなると、最初の一歩を踏み出すのが難しかった。何しろ育子は、現地に行く足すらないのだ。

信頼できそうな仲間を捜そう、と方針を決めた。できれば女性の方がいい。車を持っていれば、さらに望ましかった。そんな人を求めて、しばらくツイッターを見て回った。ほどなく、ひとりの候補が見つかった。

年齢はわからない。だが、自分の写真もアップしているので見当はつく。おそらく、三十代半ばから後半くらいだろうか。化粧気はなく髪も後ろで無造作に縛っているだけだが、それだけにいかにも行動力がありそうだ。顔立ちは少しきつめで、敵に回せば怖いが味方にすれば頼もしいタイプ、と勝手に想像する。何よりツイートが歯切れよく、感傷を交えずただ現実を淡々と伝えていて、そこに好感を抱いた。この人とお近づきになりたい、と思った。

その人のアカウント名は、〈みっふぃー〉だった。ミッフィーが好きなのだろうか。曖昧さのないツイートとは不釣り合いに思えて、少し女性らしさを感じた。〈みっふぃー〉は「ボランティアに行くなら」という注意書きに始まるツイートをしていて、準備すべきアイテムをいくつも挙げていた。それを読む限り、かなりお金がかかりそうだ。しかし、だからといって諦めるわけにはいかない。借金をしてでも、必要な品を揃えるつもりだった。

〈みっふぃー〉が強調していたのは、自分の身を守ることであった。瓦礫《がれき》や倒壊家屋がたくさんある地域では、怪我をする危険性がある。ボランティアに行って、怪我をして帰ってくるのでは元も子もない。そのために、日常生活ではまず必要ない物をたくさん紹介していた。

作業着、ヘルメット、ゴーグル、マスク、革の手袋、鉄板入り長靴、などだった。頭や目、手を守ることはもちろん、釘を踏み抜くこともあるので鉄の中敷きが入った長靴が必要なのだそうだ。さらに、現地ではホテルや旅館に泊まることは期待できない。テントを持参しなければならないようだった。だが、さすがにテントは手に余る。これに関しては、どうすればいいか相談したかった。

〈みっふぃー〉に接触をとるより前に、それらの準備を整えた。本気であることをわかってもらいたかったのだ。その上で、ツイッターで話しかけた。持って回った言い方はせず、単刀直入に切り出した。

〈22歳の女性です。私もボランティアに行きたいのですが、現地に行く足がありません。どうすればいいか、相談に乗っていただけませんか〉

それに対する返事は、半日後にあった。

〈現地に行くだけが助けではないから、まずは義援金でサポートしたらどうかしら〉

じゃあ一緒に行こう、という返事をまったく期待していなかったと言えば嘘になる。しかし、見ず知らずの人をいきなり受け入れるわけもなかった。何しろ、こちらが本当に女なのかどうかも、向こうからすればわからないのだ。義援金で、と言われるのは考えてみれば当然だった。

〈もうボランティアアイテムを買ってしまいました。お金はあんまりないので、体を動かして困っている人を直接助けたいです〉

そう答え、買い込んだ作業道具一式の写真も添付した。そして、返事を待たずにさらに続ける。

〈私は神生島出身で、噴火で本土に避難してきたんです。そのとき、大勢の人に親切にしていただきました〉

〈私の避難生活は快適でした。でも、この震災で避難しなければならなかった人たちは、私とはぜんぜん違います〉

〈あまりの違いに申し訳なくって、行動せずにはいられないんです〉

〈ぜひ、力になってください〉

ツイートを連投した。ただの思いつきではないと、わかって欲しかったのだ。これで駄目なら他の人を捜すだけだが、簡単に引き下がる気はない。安楽なボランティアなんて期待していないから、せめて現地にどうやって行けばいいのかだけでも助言して欲しかった。

返事はまた半日後だった。今度はツイートではなく、ダイレクトメッセージだった。

〈ツイート読みました。本気だということが理解できました〉

10

〈みっふぃー〉はふだんのツイートと同じように、単刀直入にこちらの素性を訊いてきた。育子は面接を受けているような気持ちになりながらも、正直に答える。二十二歳の銀行員であること、両親は島に帰ったので東京でひとり暮らしをしていること、まだ社会人一年生なので車は持っておらず、東北に行く手段がないこと、自分が受けた恩を返すのは今だと考えていること……。

〈わかりました。では、一度東京で会ってみましょうか〉

〈みっふぃー〉はそう提案してきた。願ってもないことだ。ぜひ、と答えて、会う約束をした。〈みっふぃー〉は大学の研究室で働いているという。住まいは東京だとのことなので、向こうの都合に合わせて新宿で会うことにした。

週末はできるだけボランティアに行きたいからと、会う日時は平日の夕方を指定された。育子は仕事を終えてすぐに電車に乗り、新宿を目指した。待ち合わせ場所はアルタ前だった。育子は向こうの顔を写真で見ているし、こちらも写真を送ったから、互いに見つけられるはずだった。

時間がぎりぎりになってしまったので、すでに〈みっふぃー〉はアルタ前にいた。遠目からでも、すぐに見分けられた。背が高いし、何より存在感とでも言うべきオーラを感じた。バイタリティーがある人は、雑踏の中にいても目立つのだ。

「樋口《ひぐち》さんですか。お待たせしました」

近寄って、声をかけた。〈みっふぃー〉の本名は樋口だった。樋口は育子を見ると、にこりともせずに応じた。

「初めまして。では、少し坐って話しましょうか」

よけいな挨拶などしないところが、ツイートのままだった。かなりぶっきらぼうな人だが、こういうタイプは母で慣れている。むしろ、なんだか嬉しくなった。島にはこういう人が多いと、ふと思い出したのだ。

樋口は当てがあるらしく、さっさと歩き出した。アルタの中を突っ切り、裏路地に出る。狭い道沿いの建物の二階に、喫茶店があった。上がってみると、席は空いていた。向かい合って坐って、改めて頭を下げた。

「お時間を割いていただき、ありがとうございます。ツイート、ずっと拝見していました。私も樋口さんみたいに、少しでも被災者の力になりたいと思っているんです」

「問題は、泊まるところなのよ」

自己紹介の類は完全に飛ばし、樋口はいきなり本題に入った。さすがに面食らったが、話が早いのは悪くない。戸惑いを顔に出さないようにして、耳を傾けた。

「本当ならテントを持っていって寝るのが一番いいんだけど、私はそこまでお金をかけられないから、車の中に寝てる。言うまでもないけど、向こうはまだ旅館やホテルに泊まれる状況じゃないから」

「……そうですよね」

テントがないのは、育子も同じだ。テントも車もない育子は、現地でボランティア活動をする資格がないのか。そんなはずはない、と考えたかったが、自力で解決できないことであるのは間違いない。もどかしさが募った。

「実はもうひとつ、いや、ふたつか。問題があるのよ。ひとつはガソリン代。高速代はボランティアはただになるからいいんだけど、往復のガソリン代は出ないからね。毎週末行くと、けっこうな出費になる」

「ああ」

それはそうだ、といまさら気づく。車を持っていないと、ついガソリン代のことは失念してしまう。車は空気で動くわけではないのだ。

「それともうひとつは、疲れること。向こうではかなり体力を使うからね。さらに往復も車を運転するのは、なかなかきついのよ。日曜日に帰ってきて、翌日から仕事だから、なおさら辛い」

「はい」

そのふたつの問題を解決する方法に、育子は思い至っていた。樋口もそれが念頭にあって、話しているのではないか。期待していたら、予想どおりのことを問うてきた。

「あなた、車の運転はできる？」

「運転免許証は持ってます。ペーパードライバーですけど」

「そう。誰でも最初はペーパードライバーだからね。ガソリン代折半、それと運転を替わってくれるなら、一緒に行ってもいいわよ」

「ホントですか！」

思わず声が大きくなった。期待どおりの展開だ。こう言ってくれるからには、宿泊の問題も解決してくれるのだろう。

「向こうで泊まる場所は……」

「狭いけど、車の中で寝ましょう」

「はい！」

むろん、贅沢を言う気はない。危険のない場所で寝られるだけで、御の字だ。目の前の霧が一気に晴れた心地だった。

「そういう問題があるから、私も同行者を求めていたの。でも、なかなか難しいのよね。知り合いの中にはいないし、ネットで話しかけてくる人の真意はわからないし」

樋口は淡々と言う。確かにそうなのだろうと思うが、ならばなぜ育子のことは受け入れてくれたのか。

「私のことは信じてくれたわけですね。でも、まだ会ったばっかりなのに、どうして信じてくれたんですか」

もう少し訊き方があるかもしれないが、樋口は気にしないだろうと思った。そういう意味でも、この手のタイプの人は付き合いやすいのだ。

「第一印象ね。あなた、嘘をつくタイプには見えないから。私、真面目な人が好きなの」

「私、真面目です！」

ここぞとばかりに自己アピールをしてしまった。胸を張って言えるほど真面目かと問われれば怪しいが、少なくとも嘘はつかない。今後の行動でも、真面目さを示すつもりだった。

「うん、見ればわかる」

樋口は頷くと、不意に口角を上げてニッと笑った。とたんに表情が華やかになり、面食らう。先ほどまでの無表情と落差があるから、なおさら魅力的に見えた。ふだんからもっと笑っていればいいのに、と思ったけれど、さすがにそれを口には出せなかった。

来週からゴールデンウィークになるが、可能なら今週末から始めた方がいいかもしれないと、樋口は言った。当然のことながら、ゴールデンウィークは初めてボランティア活動に参加する人がどっと増えるだろうからだ。そうなれば現場が混乱するかもしれないし、経験者に教えてもらう機会も少なくなる。人が増える前に一度でも行ってみた方が、勝手が摑めるだろうとのことだった。

「行きます」

即答した。もともと予定は入れていないし、言われなくても今週末から行くつもりだった。そのための準備もしてある。育子の意気込みを見て、樋口は満足そうに頷いた。

「私のツイートを見て、必要なグッズを買い揃えたようね。でも、その他にも持ってると便利な物もあるのよ」

雨天用のジャケット、パンツ、ゴム手袋、ポーチ、それから携帯電話を使いたいなら充電用バッテリー、万が一のための医薬品、などを樋口は挙げた。育子はメモに書き取り、すぐに買いに行きますと答えた。

「だったら、今から行く？」

この周辺で、すべて安く手に入るのだそうだ。付き合ってくれると言うので、一緒に店を出た。夜七時を過ぎているのに、新宿はまだまだ明るい。電力不足で、地域によっては計画停電をしている今は、どうしても違和感を覚える。東京で使われる電気は、福島を始めとした地方の発電所から送られていたのだと、今回の原発事故で初めて意識した。

ディスカウントストアに連れていってもらい、必要な品をすべて揃えた。こんな安い店があるとは知らなかったので、連れてきてもらわなければもっと高い店で買っていただろう。想像どおり、まさに頼りになるお姉さんだ。買い物を終えたら、「じゃあ、金曜日」とあっさり帰ってしまったのも、いかにもなので笑いたくなる。一緒にご飯を食べよう、という展開になるとは、育子も考えていなかった。

そして金曜日の夜、準備を整えて新宿駅西口に向かった。夜のうちに移動し、向こうに着いたら朝まで寝るという予定なのだ。西口地下のロータリーにやってきた樋口の車は、予想よりずっと大きかった。街乗り用ではあるが、四輪駆動車だ。女性だから小さい車に乗っていると勝手に想像していただけに、戸惑った。こんな大きい車を、自分が運転できるだろうかと不安になる。

「ご苦労様。さあ、乗って」

育子の手からバッグを受け取って後部の荷物置き場に入れると、樋口は促した。助手席側のドアを開けたが、車高が高いので掴まって体を持ち上げなければならなかった。車内は広く、これならふたりで寝ても窮屈ではなさそうだ。

「よろしくお願いします」

発進してから、改めて挨拶した。樋口は前を見たまま、「こちらこそ」と応じる。続けて、育子の気持ちを正確に見抜いたことを言った。

「車高が高い方が、視野が広くて運転しやすいのよ」

なぜ、車の大きさに不安を感じていることがわかったのだろう。かなり鋭い人なのだと認識した。こういうタイプを煙たがる人もいるだろうが、言わなくてもわかってくれるなら楽だと育子は思う。樋口の前では、なんでも曝《さら》け出そうと考えた。

「そうなんですか。でも、運転できるかなぁ」

「車体が大きいから安定してるし、それに最初は高速でだけ替わってもらうことにするから。高速は真っ直ぐ走るだけだから、怖くないよ」

「はい」

高速道路はスピードが出るから怖いのだが、それも慣れの問題だろう。ともかく、樋口の言葉は信用することにした。樋口が大丈夫と言うなら、大丈夫なのだ。

東京の道にはまるで詳しくないので、自分がどちらに向かっているかもわからなかった。だが、北を目指していることは間違いない。いつの間にか埼玉《さいたま》に入っていて、川口《かわぐち》から東北自動車道に乗った。そこが川口だとわかったのは、カーナビゲーションシステムがそう言ったからだ。

道中、ぽつぽつと言葉を交わした。ずっと楽しくお喋りをする、という道程にならないことは最初から予想していた。だが一方的に育子が話しかけているわけではなく、思いの外に樋口の方からも話題を振ってきた。一応、こちらの人となりには興味があるらしい。主に島の噴火の様子や避難生活について、断続的に訊かれた。

途中の館林《たてばやし》インターチェンジで、トイレ休憩をとった。そしていよいよ、運転を交替した。樋口からのアドバイスは、ただ「リラックスして」だけだった。それでも育子は、肩を怒らせて運転席に着いた。

東北自動車道は、かなり空いているとのことだった。地震前は、こんな夜中でもこれほどがらがらではなかったそうだ。走行する車は少なく、代わりに目立つのはパトカーだった。サイレンを鳴らしているわけではないので、緊急ではないのだろう。「見て」と樋口に促されてナンバープレートに注意を向けたら、「川崎《かわさき》」と書いてあった。神奈川《かながわ》県警の車両だ。

「東北に応援に行くんだろうね」

「ああ……」

今この道を東北に向かう車は全部、支援のためなのだろう。そう考えると、仲間意識が湧いてきた。助けるため、ではなく、助け合うために東北に行くのだ。自分も被災者だからこそ、そういう意識が強かった。

一時間くらいで、樋口はまた運転を替わってくれた。今日は肩慣らしだから、とのことだった。たった一時間だったが、力んでいたので肩がガチガチに強張っていた。車を降りて初めて、すでにかなり疲れていることに気づく。本番はこれからなのだから、ここで疲れていては駄目だと自分を叱咤した。

四時間半ほどで、目的地の石巻《いしのまき》市に着いた。駐車する場所は決まっているらしく、樋口は迷わず車を停めた。そしてシートを倒すと、「さあ、寝ようか」と言う。歯は途中のサービスエリアで磨いたからいいが、顔を洗う手段はない。もうこの辺りは、水も自由に使えないと考えた方がいいのだ。それは覚悟の上だったので、育子もシートを倒して横たわった。車のシートは、完全に平らにはならない。こんな状態で寝られるだろうかと案じたが、心配するまでもなくあっという間に眠りに落ちたようだ。気づいたら、もう朝だった。

「おはよう。起きるよ」

声をかけられて、目を覚ました。着いたときは真っ暗でほとんど何も見えなかったが、今は視界が開けている。車を降りて、周囲を見回した。

11

何もない景色が広がっていることを覚悟していた。だが案に相違して、そんなことはなかった。駐車場には車が何台も停まっているし、隣の空き地にはたくさんのテントが張られている。大きい荷台のトラックの前には、迷彩服を着た人が立っていた。あれは自衛隊か。ボランティアの拠点として使われているここは公園だそうで、敷地の外には民家らしき建物が残っていた。

考えてみれば、何もないならボランティアは必要ないのだ。建物が残っていて、そこに戻りたい人がいるから、人手が必要とされている。そんな当たり前のことに、いまさら気づいた。テレビで見た、津波が何もかもを流し去っていく光景はあまりに強烈で、ここもそうだったのだろうと勘違いしていた。流されずに残っている建物を見て、復興という言葉を初めてリアルに感じた。そうだ、ここをもう一度再生しなければならないのだ。

「七時半に、ボランティアの受付が始まる。それまでに朝ご飯を食べておこう」

車を出て伸びをしていた樋口が、そう話しかけてきた。朝食は、来る途中のコンビニで買ってきた。時刻は現在、六時五十分である。食事をしてから身支度をする時間は、充分にあった。

ボランティアに来ている人は、思いの外に大勢いた。テントの数だけでも、ざっと二十以上はありそうだ。中には樋口を見て、挨拶をする人もいる。何度か通ううちに、顔見知りになったようだ。樋口は育子を紹介してはくれないので、自分で今日からのボランティアだと名乗った。

朝食を摂ってから、ボランティア登録をした。その際に、保険にも入れた。活動中に怪我をした場合に備えてだ。たった五百円だったので、驚いた。保険なんてまるで考えていなかったから、ありがたいと思った。

八時に、割り当てられた地域に向かうために車で出発した。すぐに、道が下りになっていることに気づいた。向かっているのは、どうやら海の方だ。ということは、と内心で緊張感を高まらせていたら、風景が変わってきた。

ボランティア村があった公園は、被害が少なかったからこそ拠点に選ばれたのだと、ようやく理解した。ついに育子は、本当の被災地を目の当たりにした。

そこは白茶けていた。被った泥が乾き、全体を覆っているからだ。点在する家はすべて傾き、崩れている。道路標識や電柱も、真っ直ぐに立っているものは一本もなかった。ここが以前、町だったことを知らなければ、泥地の中になぜ家の残骸があるのかと不思議に思うところだろう。それほどにすべてが破壊し尽くされていて、無事なものはひとつとして存在しなかった。

「うわ……」

思わず声が出た。この泥は、津波が運んできたのだ。ここは海辺ではない。それなのに津波が町全体を呑み込んだとは、この目で見ても信じられないほどだった。しかも被害は、この地域に限らないのだ。東日本の太平洋岸すべてが被災地になるとは、想像を絶する大災害だったのだと実感した。

「この辺り、今は人が住んでないんですよね……」

どう見ても、人が戻ってこられそうにはなかった。更地にして新たに町を造るか、あるいは住民全員が別の地域に移り住むか。どちらにしても、復旧はあり得ないのではないかと思えた。

「さあ、どうだろう。家に愛着があって、住み続ける人もいるからね」

「えっ、そうなんですか」

復旧はあり得ない、などと考えてしまったことを反省した。それはあくまで、部外者の判断なのだ。この場所で、自分の家に住んでいたいという気持ちは、決して理解できないことではない。

可能かどうかとは、また別の問題なのだった。

そんなやり取りをしていてよかったと、仕事を割り当てられてから感じた。育子たちの仕事は、一軒の家の中を綺麗にすることだったのだ。それは無駄じゃないのか、との思いは抑え込んだ。たとえ結果的に無駄に終わったとしても、家の住人が望むなら綺麗にするべきなのだった。

「今日は壁とか柱の汚れを落としてくれるかな」

前からこの家でのボランティア作業をしていたらしき中年男性が、育子たちに指示をした。樋口とは面識があるらしく、「連れがいるなんて、珍しいね」と話しかけている。それに対する樋口の返事は、「まあ」だけだった。どういう関係か説明しないのだろうなと内心で予想していたらそのとおりだったので、育子は密かに笑いを噛み締めた。

家の中は、育子の腰の辺りまで水に浸かったようだった。その高さまで、壁に汚れが残っている。漆喰ではなく壁紙なので擦っても大丈夫らしく、汚れ落とし洗剤と雑巾《ぞうきん》が用意されていた。家具はすでに、運び出されている。樋口と手分けして、さっそく着手した。

洗剤のお蔭か、汚れは思ったよりも落ちた。擦るほどに綺麗になっていくので、楽しいとすら感じる。だが、どうしても完全に綺麗にはならない。うっすらと跡が残ってしまう。それでも、何もしないよりは遥かにましだった。

この家の清掃をしているのは、他に男性ふたりだった。男性たちは床板を剝がし、床下に浸入した泥を掻き出している。そうしておかないと柱が腐り、この家に住めなくなってしまうそうだ。むろん、泥をすべて掻き出したとしても、この家に住めるかどうかはわからないのだが。

ともあれ、目に見えて成果があるのは精神的に楽だった。一心不乱に壁を拭き続け、気づけばお昼時になっていた。お湯を沸かしてくれた人がいたので、それをもらってカップラーメンを食べる。ふだんはカップラーメンを食べないのだが、こんなときは塩分がおいしく、あっという間に平らげてしまった。まだスープを飲んでいる中年男性が、家の方に顎をしゃくって言った。

「この家にはさ、ご夫婦と小さい子供ふたりが住んでたんだ。でも、旦那が仕事に行ってる間に津波に呑まれて、奥さんと子供たちは未だに行方知れずさ。旦那だけ無事で、それがどうしても受け入れられなくて、また家族でここに住みたいって望んでるんだよ」

それを聞き、先ほどまで作業を楽しいと感じていた自分が、とたんに恥ずかしくなる。家を綺麗にして欲しいと思うくらいなら、家族は皆無事だったのだろうと無意識のうちに決めつけていたのだ。想像力が足りなかった。

「じゃあ、奥さんとお子さんが戻ってきたときのために、綺麗にしておかないとね」

樋口がそう応えた。震災からこれだけ時間が経ってもまだ行方不明のままなら、無事生還する可能性はほとんどゼロに近いだろう。それでも、あり得ないとは誰にも断言できないのだ。育子は意図的に明るい声で、「そうですね」と相槌を打った。

午後の作業には、気合いが入った。改めて、ボランティア作業の意義が理解できた気がした。壁と柱に関しては、樋口とふたりで家全体を綺麗にすることができた。窓はなくなり、床も剝がされているからまるで建築途中のようだが、大工の手が入れば人が住めるようになるだろう。問題は、この地域が危険区域に指定されないかどうかだった。危険区域と行政が見做せば、生き残った人も別の場所に移り住まなければならないそうだ。

午後四時に作業を終え、近くの温泉に行くことになった。それは期待していなかったので、望外の喜びに思わず声が出た。風呂に入れるだけでもありがたいのに、温泉とは。一日の最後に、贅沢なご褒美だった。

数台の車に分乗し、総勢二十人ほどで温泉に移動した。行った先はホテルで、ボランティアには浴場が無料開放されていた。女性の人数は少なく、全部で六人である。ごゆっくりどうぞ、と男性陣に言ってもらったので、遠慮なく長湯をした。露天風呂から海が見えて、いい眺めと言いたいところだったが、あの海が大勢の人々の命を奪ったのかと思うと、呑気なことを言う気にはなれなかった。

ボランティア村に戻ると、夕食が用意されていた。地元の人たちが、豚汁とご飯を作ってくれていたのだ。被災して大変だろうに、ボランティアの恩義に報いたいのだという。ありがたくいただくことにした。

人数が多いので、数人ずつのグループに分かれて食べることになる。育子たちは七人のグループの中に入り、車座になった。樋口は全員と顔見知りらしいが、育子にとっては初対面の人ばかりである。今日からのボランティアだと、軽く自己紹介した。

「樋口さんと一緒に来たってことは、東京の人？」

見た目が大工っぽい、四十絡みの男性に訊かれた。そちらに向かって頷き、「ええ」と答える。

「出身は違いますけど、今は東京に住んでます」

「出身はどこ？」

すかさず、別の人に尋ねられた。あれこれ質問されるのは、仲間として迎えようという気遣いなのだろう。詮索されているとは思わなかった。

「神生島です。神生島ってご存じですか」

地方の人は知らないかもしれないと考えてそう訊き返したのだが、一同が驚きを顔に浮かべた。

「神生島⁈」

何人かの声が揃った。

12

「神生島ってさ、噴火して大変だったんじゃなかった？」

そんな声が上がった。やはり島の噴火は、全国的にニュースになっていたのか。ここに来て初めて、ニュースバリューを実感した。

「はい、大変でした。あの噴火で避難して、それ以来東京に住んでるんです」

「何年か前に噴火は収まって、避難指示も解除されたんじゃなかったっけ？」

「そうです。両親は島に戻りましたけど、私は大学に行っていたので残ったんです」

「テレビで見たけどさ、復興で大変なんじゃないの？」

「はあ、まあ。でも、ここほどじゃないですから」

育子が言うと、やり取りが途切れて沈黙が落ちた。しかし、話すことがなくなったからではなく、皆が言葉を呑み込んだ結果のような沈黙だった。少しして、育子の隣に坐っていた男性が口を開いた。

「キミ、テレパシー使える？」

「は？」

唐突すぎて、何を言われたのかわからなかった。男性は面白がるように、車座の面々に向けて顎を突き出した。

「ぼくはみんなが言いたいこと、わかるよ。『人の心配してる場合か』って、心の声が聞こえた」

男性の指摘に、一同が苦笑した。頷いて、「まあ、そうだね」と呟いている人もいる。育子も苦笑いを浮かべるしかなかった。

「でも、噴火といっても死者が出たわけじゃないし、家もなくなってないし、ここはぜんぜん違うんですよ。復興と言ったって、もともと何もなかったんだからあんまり変わらないんです」

「観光地として、割と有名だったよね。それに、椿油も名産じゃなかった？　何もないことないよねぇ。と思ったけど、口には出さないでおく」

男性は言いにくいことを和らげようというつもりか、そんな言い方をした。すかさず、「ヨシアキくん、心の声が漏れてるよ」と突っ込みが入った。座がどっと沸く。育子も合わせて笑ったが、表情が引きつっていないか不安だった。

きつい物言いにならないよう努力はしているが、結局は言いたいことを言う人だな、と思った。年格好は育子と同じくらいだろうか。痩せ型で、髪は少し長め。細面は、見る人によってはいい男と評価するかもしれない。育子の好みではないが。

言いたいことを隠さず言う人は嫌いではないが、どうせなら持って回った言い方をせずにストレートに言って欲しい。母や樋口のようなタイプの方が、育子にとっては付き合いやすいのだ。ちょっと苦手だな、と内心で思った。

「同じ年くらいに見えるけど、何年生まれ？　あ、まだ年齢を訊いて失礼になる年じゃないよね」

ヨシアキは、今度は全体に向けてではなく育子にだけ話しかけてきた。話しかけられたくないんだけどなと思いつつ、顔は愛想笑いを浮かべて答える。

「一九八九年です」

「あ、同じ年だ。ってことは、平成元年生まれだね」

言われたくないことを言われてしまった。だから年齢を訊かれるのはいやなのだ。樋口に助けを求めたかったが、当然の如く我関せずと食事をしている。無視するわけにはいかないので、仕方なく返事をした。

「いえ、昭和です」

「えっ、なんで？　もしかして、七日間しかなかった昭和六十四年生まれなの？」

「はあ、まあ」

育子の誕生日は昭和六十四年一月七日、つまり昭和最後の日だったのだ。あと一日遅ければ、平成生まれになっていた。高校を卒業するまでは同じクラスの人の大半が昭和生まれだったのでどうとも思わなかったが、大学に入って自分の運の悪さを意識した。昭和生まれか平成生まれかの違いは、かなり大きかったのだ。

平成生まれの人にとって、昭和という言葉にはどこか侮蔑のニュアンスが滲んでいる。「昭和のセンスだよね」とか「いかにも昭和の人だ」など、〝昭和〟は一時代前の代名詞として使われるのだ。あたかも、たった一日を境にして、旧人類と新人類に分かたれたかのようである。そのたった一日の差で、育子は旧人類になってしまった。だから生まれ年を訊かれると、育子は必ず西暦で答える。

「すごいね、昭和六十四年生まれなんて、超レアじゃん。人に自慢できるね」

ところがヨシアキは、思いがけないことを言った。「えっ？」と声を発し、ヨシアキの顔をまじまじと見てしまう。一日違いで昭和生まれになってしまったことをからかわれはしても、肯定されたことはなかった。そんな発想もあるのか、と驚いた。

「ああ、まあレアはレアですね。自慢になるかどうかはわかりませんけど」

どう答えていいかわからず、ヨシアキの言葉を半分認めて、半分疑問を呈した。ところがヨシアキは、箸を突き出して主張する。

「なるよ。ほら、ここにいる人に訊いてみな。昭和六十四年生まれなんて、貴重だと思いませんか？」

ヨシアキが一同に尋ねると、「そうだね」「珍しいよな」と賛同の声が上がった。育子は戸惑いながら、「ありがとうございます」と頭を下げた。

「ってことは、ぼくは七月生まれだから、学年は一年後輩だね」

ヨシアキはにこにこしながらつけ加えた。どうでもいいことだなと思いながらも、育子は「そうなりますね」と応じた。

食事後は、少し酒盛りをした。車座が一度崩れたので、酒を飲む際には隣がヨシアキではなくなった。そのことに密かにほっとしつつ、ビールをちびちび飲んだ。酒にあまり強くない上に疲れていたので、すぐに眠くなった。樋口も寝ると言うから、早めに席を立ってまた車の中で寝た。

翌日は午前中だけ作業をし、正午前に帰路に就いた。少し早いと思ったが、明日の仕事を考えればこれくらいで引き揚げるべきなのだろう。ヨシアキには朝の受付の際に声をかけられたが、それきりだった。特に挨拶もせず、ボランティア村を後にしてきた。

「ヨシアキに気に入られてたね」

帰りの車中、ハンドルを握りながら樋口がそんなことを言った。育子としては同意したくなかったが、傍目にはそう見えたのだろうかとも思った。

「そうなんですかね。人なつっこそうじゃないですか」

「まあね。でも、私にはあんなふうに話しかけてこないよ」

それは樋口がとっつきにくいからではないかと内心で考えたが、もちろん言えなかった。代わりに、本音を口にした。

「私、ああいうタイプはちょっと苦手かも」

「なんで？　さばさばしてて付き合いやすいと思うけど」

「そうですかねぇ。さばさばしてるっていうのは、樋口さんみたいな人のことを言うんですよ」

「私はさばさばしてるんじゃなくて、ずばずば言うんだよ」

「あはは、うまいですね」

やはり樋口みたいに喋ってくれる人の方がいい。とはいえ、母に似たタイプだから接してて心地いいのであって、これが男性だったら腰が引けているかもしれないとは思った。男性にこんなふうに接してこられたら、それこそ苦手意識を持ちそうである。だとすると、ヨシアキくらい柔らかな物言いでくるんでくれた方がいいのだろうか。

「で、初めてのボランティア活動はどうだった？」

樋口は話題を変えた。育子は身を乗り出したくなる。

「はい、充実感が味わえました。正直、ちょっと楽しいとすら思ったんですけど、被災者の方たちにはとても言えませんね」

「いいんじゃない？　ボランティアが楽しく作業をしてるなら、被災者の人たちだって喜んでくれるよ。ボランティアの人たちの明るさが救いになる、って言ってくれる被災者もいるからね」

「そうなんですか。だったら私も嬉しいです」

「来週もやる？」

「はい、ぜひ」

言葉に力を込めた。思い切って樋口に声をかけてよかった、と思った。だがその一方、心の底から充足しているわけではなかった。なぜなのかとしばらく考え、ようやく気づいた。人の心配してる場合か、というヨシアキの言葉に引っかかっているのである。やっぱりあの人苦手だな、とこっそり肩を竦めた。

13

　翌週はゴールデンウィークだったので、ボランティアの数が増えていた。ここは有名企業が音頭を取っているから、ボランティアが参加しやすいのだそうだ。こうしたボランティア村は今や東北のあちこちにできているが、活動をする人はたいてい、同じところに何度も通っているという。各所を転々とする人は珍しいらしい。ボランティア同士の繋がりや、地元の人との交流が生じるから、他には行かなくなるのだ。今回も育子たちは、また同じボランティア村に参加していた。

　前回、樋口がたいていの人と顔見知りだったように、二週続けて来れば見知った相手と出会う。ヨシアキとも会ったが、先週よりもずっと人が多かったので、挨拶を交わしただけだった。向こうも、馴れ馴れしく話しかけてくるようなことはなかった。

　さらに次の週も、育子は石巻に向かった。ボランティアを始める前は資金が心配だったが、一番負担が大きいのはガソリン代くらいで、他には意外とかからなかった。宿泊代は必要ないし、食事はコンビニで買ったものや地元の人の振る舞いを食べているので、千円もかかっていない。ガソリン代は樋口と折半だから、まだまだ資金は保《も》ちそうだった。樋口がボランティアに行く限りは、同行しようと思っている。

　ゴールデンウィーク明けは、やはり参加者が減っていた。新規参加者はほとんどいなくなり、先々週もいた人ばかりが目立つ。朝の受付を終えたら、いきなりヨシアキと出くわしてしまった。

「ああ、おはよう。三週続けて参加なんて、精が出るね」

　精が出る、という表現は同じ年とは思えなかった。そんな言い回し、育子は生まれてこの方一度も使ったことがない。それが少しおかしく、つい口許が緩んでしまった。その反応を見て、ヨシアキは「あれ？」と首を傾げる。

「ぼくさ、テレパシーが使えるって言ったでしょ。だからキミの内心もわかるんだよね。ぼくのこと、苦手だと思ってなかった？」

「えっ、そんなこと……」

顔に出ていただろうかと反省した。ヨシアキは鈍感ではなさそうだ。気をつけなければならないと、心のメモに書き留めた。

「たまにいるんだよね、キミみたいな反応する人。できればぼくは誰にでも好かれたいんだけど、うまくいかないんだよな。でも、今は笑ったでしょ。なんで？　先週はいやそうな顔してたのに」

「いやそうな顔なんてしてないつもりだし、テレパシーが使えるんならどうして笑ったかもわかるんじゃないの？」

同じ年なので、敬語を使うのはやめた。同じ年というより、むしろ学年ではこちらがひとつ上なのだ。敬語でない方がヨシアキも気楽だろうと思った。

「言うねぇ。何度も会っているうちに苦手意識が薄れて、親近感が湧いてきた、とか？」

「外れ」

そう答えて、「じゃあね」と手を振ったが、本当に外れだろうかと自分の返事を反芻《はんすう》した。三度も会えば、最初の頃より親近感はどうしても湧いてくる。あながち外れではなかったかと考え、そんな結論を意外に感じた。

今回の作業は、比較的力仕事だった。倒壊した家から、荷物を運び出すことだったのだ。使える物がまだ残っているかもしれないから、ともかくすべて外に出さないと、家を撤去できない。

家の再建ではなく、生活の再建のための作業だった。

家具など重い物は男性が運び出してくれたが、それでも腕力を必要とした。お昼休憩を取ったときには、腕がパンパンになっていた。温泉に入って筋肉をほぐすのが楽しみになる。作業には慣れているはずの樋口も、腕が痛そうだった。

作業の大変さを考慮してもらい、午後は別の建物に移った。そちらではまた、清掃作業だった。しかも民家ではなく工場で、水を使って床を洗い流すことができ、午前中とは対照的にかなり楽だった。お蔭で、夕方に作業を終えたときにも疲労困憊《こんぱい》というほどではなかった。

温泉に入ってから戻ってくると、夕食の時間である。今日はカレーライスで、また他のボランティアたちと車座になった。そこに、ヨシアキも加わってきた。わざとこのグループに入ってきたようにも思えた。

ただ、今回は隣り合わせではなく、少し離れていた。他に新顔がいたので、前々回の育子のように自己紹介をしている。その男性は、趣味がサイクリングだと言った。するとヨシアキが、

「あ、ぼくも」と声を上げた。

「実は、地震があったときは日本一周の途中だったんですよ。ちょうど東北にいたので、そのままボランティアで居着きました」

そうなのか。顔を合わせるのも三度目だが、個人的なことはまるで聞いていなかった。居着いたということは、通っているのではなくこのボランティア村に住んでいるのか。すごいな、と素直に思った。震災からすでに二ヵ月になるのだ。

いいですね日本一周、などと新顔の人とヨシアキは意気投合していた。そのやり取りを聞くともなく聞いていて、ヨシアキが平日は自転車で行けるところにあるコンビニエンスストアでアルバイトをしていることを知った。大学四年生なのに、就職活動はしていないらしい。震災のせい

ではなく、もともと就職する気がなかったようだ。どうやって生きていくつもりなのか、と他人事ながら心配になった。

「命さえあればなんとかなるかなぁ、って思ってるんですよ。旅の途中で、親切な人にはたくさん会ったし。被災した人たちも、悲しみをこらえて一所懸命生きてるから、ぼくもがんばろうって」

にこにこしながら、ヨシアキはそんなことを言った。確かに被災者には、命さえあればなんとかなると考えて欲しい。それほどに、何もかも失った人が多いからだ。しかしヨシアキの場合は、ただの考えなしではないか。これまで身の回りにこんな能天気な人はいなかったので、かえって新鮮に感じた。

翌日、帰り際にヨシアキを見かけたので、今度は育子から声をかけた。ヨシアキは振り返ると、「おっ、帰るの？」と訊いてきた。

「また来週、でいいのかな？」

「うん、また来る。ここに住みついてるとは思わなかったよ」

「なんとなく離れがたくなっちゃってね。テントと寝袋があるし、温泉にも入れるから、なかなか快適だよ」

「来週、何か必要な物があったら買ってきてあげようか」

一瞬前まではそんなことを言う気はなかったので、自分の言葉に驚いた。アルバイトをしてまで滞在し、ボランティアをしているという話に感銘を受けたのかもしれない。

「あ、そう。ありがとう。そうだなぁ」

ヨシアキは顎に手を当て、少し考える素振りをした。特に思いつかなかったのか、首を傾げて答える。

「必要な物ってわけじゃないけど、珍しいレトルトとか缶詰があったら、買ってきてくれると嬉しい」

なるほど。テントに滞在だと、食事はどうしても簡素になる。二ヵ月もいれば、ワンパターンになっていたことだろう。ヨシアキの希望はよく理解できた。

「わかった。じゃあ、何か見つけておくね。楽しみにして」

「おお、待ってるよ。といっても、そんなに義務に感じなくてもいいからね」

「うん」

育子も働いている身なので、時間が限られている。それを考慮して、義務に感じなくてもいいと言ったのかもしれない。初めて会ったときは持って回った言い方をする人だと思ったが、気遣いの結果なのだと理解できてきた。

「じゃあね」

「バイバイ」

互いに手を振って、別れた。珍しいレトルト食品はどこに売っているだろうか、とすぐに考えた。

ところが、次の週に想定外のことが起きた。樋口に用ができ、週末に石巻には行けなくなったのだ。樋口抜きで、育子ひとりで行くことはできない。ボランティアはお休みにせざるを得ないが、そのことをヨシアキに伝える手段がなかった。メールアドレスくらい聞いておけばよかった、と少し悔いた。

さらにその翌週に石巻に行ったときには、自分からヨシアキを見つけて詫びた。

「ごめんね。先週は樋口さんの都合で来られなかったんだよ」

「ああ、そうだったんだ。まあ、しょうがないよ。義務に感じなくていいって言ったじゃん」

「こういうこともあるから、メールアドレス教えて」

「おお、いいよ」

お互いの携帯電話を出して、メールを交換した。ついでにと言って、電話番号も教え合った。そうしてからようやく、買ってきたレトルト食品を入れた袋を渡した。

「ありがとう。どれどれ」

袋に詰めたのは、神戸《こうべ》牛のカレーやタコライス、浜松《はままつ》産の鰻の蒲焼きの真空パック、深川《ふながわ》めしなどだった。ヨシアキは目を輝かせ、「いいねぇ」と言った。代金はきっちり受け取った。ヨシアキとは貸し借りがある関係になりたくなかった。

14

夜の酒盛りでは、ヨシアキはまた育子がいる輪に入ってきた。明らかに、育子と話をしたがっている。今回も、さりげなく育子の隣に坐った。最初のときほど、それをいやだとは感じなかった。

「ねえねえ、テレパシーによると、そろそろぼくに対する苦手意識も薄れてきたんじゃないかと感じるんだけど」

そんなふうに話しかけてきた。育子は首を傾げて見せた。

「ううん、外れ。ヨシアキくんのテレパシー、ぜんぜん中《あた》らないよ」

「そうかなぁ。そんなことないと思うんだけどなぁ」

ヨシアキは不本意そうに眉根を寄せた。その顔を見て、育子は笑った。

ヨシアキはビールを飲みながら、初めてここに来た頃のことを語った。震災直後だったので今よりもっと状況はひどく、生き残った人たちも呆然としていたという。復旧といってもどこから手を着けていいかもわからず、取りあえず津波で泥まみれになった家の中から大事そうな物を捜したそうだ。息子夫婦と孫ふたりがいなくなった人の、家族全員で写っている写真を見つけたときは、涙を流して感謝されたとヨシアキは言った。自分にはそれくらいしかできることがなかったのだが、と。

育子は黙って話を聞いていた。聞くエピソードひとつひとつを、生涯忘れないだろうと思った。

その日以後は、ボランティアに行ったり行かなかったりのペースだった。毎週ではさすがに体も金銭的にも辛いし、自分の生活もある。樋口も本業が忙しくなってきたらしく、無理をしないことにしようと相談して決めた。石巻に行かないときは、そんな必要もないとは思ったのだが、一応ヨシアキにメールで知らせた。ヨシアキの返事はたいていい数行だが、育子と会えないことを残念がっているのはテレパシーを使わなくても感じ取れた。

ボランティアに行くようになって、三ヵ月ほど経った頃のことだった。なにやら思い詰めた顔をしているヨシアキに、唐突に「付き合って欲しい」と言われた。ヨシアキに好意を持たれていることはわかっていたが、まさかこんな真正面から切り出してくるとは思わなかった。

「ストレートだなぁ。もしかして、絶対断られないとでも思ってる？」

「オーケーの可能性は七割くらいかな。でも三割は、断られるかもと思ってるよ」

「七割とは図々しいね。どこからその自信は出てくるの？」

「えっ、駄目なの？」

ヨシアキは情けなさそうに、眉を八の字にした。育子はふざけたことは言わず、真面目に答えた。

「付き合うって、今の状況でどういう付き合いをする気？　石巻で会うにしても、ボランティア作業で手いっぱいでしょ。平日は会えないし、大した付き合いはできないじゃない」

「ぼくさ、そろそろ石巻は撤収しようかと考えてるんだ。東京に行こう、って」

「そうなの？　私のためにボランティアをやめるって言うなら、そんなのいやだよ」

「今だって週末しか作業をしてないんだから、同じだよ。週末には、ぼくも樋口さんの車に乗せてもらって石巻に来ようかなと考えてる。樋口さんにはまだ話してないけど」

「ふうん。こっちにいた方が、お金がかからないんじゃない？」

意地悪のつもりではなく、現実的なことを指摘した。東京では寝袋生活をするわけにはいかないから、宿泊代がかかる。往復のガソリン代だって、払ってもらわなければならない。

「さすがにテント生活も辛くなってきたよ。日本一周の旅をしているときは、基本的に安い宿に泊まってたからね。そろそろ、ちゃんとした布団かベッドで寝たい」

「そっか。じゃあ、東京に来れば。東京で会ってもいいけど、付き合うかどうかはそれから考える」

交際を申し込まれていやな気はしないが、ヨシアキと付き合うことはまったく考えていなかったので、ひとまず返事を保留した。こんなことをすぐ決められるほど、育子は決断力があるわけではない。どちらかというと、石橋を叩いて渡る方だ。

それでもヨシアキは、ぱっと顔を輝かせた。ガッツポーズを取って、「やった」と呟いている。その様子を見て、「まだオーケーしたわけじゃないんだからね」と念を押しておいた。ヨシアキは「わかってるわかってる」と言うが、本当にわかっているのか怪しかった。

樋口の許可が得られたので、近いうちにヨシアキは東京に移動することになった。樋口が拒否するとは思っていなかったが、いざ決まってみると、「あー、本当に東京に来るんだ」と呟かずにはいられなかった。ヨシアキが軽い気持ちで口説いてきたわけでないのがわかるだけに、育子も真剣に考える必要があった。

その数日後に、ヨシアキは自分の自転車で東京にやってきた。宿は、安いマンスリーマンションを借りたという。もともと資金を貯めて日本一周の旅に出た上に、石巻でのアルバイトでも貯金ができたそうだ。しばらくは東京にいられるとのことだった。

約束を守り、まずは一緒に食事をした。ヨシアキだけでなく育子も財政的に豊かというわけではないから、安い居酒屋にする。ヨシアキは優男ふうではあるが、意外と酒に強い。ビールの小瓶を飲みきると、次からは焼酎に切り替えた。それに対して育子は大して強くないので、レモンサワーを頼んだ。

しばらく、とりとめのないことを話した。ヨシアキは岐阜《ぎふ》出身で、かなりいい大学に行っているのだと初めて知った。そんな大学に入ってなぜ就職しないのかと訊くと、「なんとなく、勘で」などと言う。内心で少し呆れた。

「人生の選択肢がたくさんあるとして、その中のベストはひとつだけだと思うんだよね。で、ベストは就職してサラリーマンになることじゃない気がしたんだ。上下関係とかがある中でうまく生きていけるタイプじゃないって、わかってるからね」

「ふうん。でもさ、そんなこと言ってられるのは今だけじゃないの？　ある程度の年になってくると、いろいろきつくなるよね」

「わかってる。でもね、こういう生き方を選んだ結果は、全部自分だけで引き受ける覚悟があるんだよ。人には迷惑をかけないから、大目に見て」

ひとりで生きていく覚悟があるなら、他人の育子がとやかく言うことではない。しかし、ヨシアキは育子に交際を申し込んだのではないのか。無職の男と付き合うのは、かなり抵抗があるのだが。

「人に迷惑をかけないとか言ってて、よく私に付き合ってくれなんて言えたよね」

「大丈夫だよ。迷惑かけないって。ヒモになんてならないから」

「ヒモなんて、冗談じゃないよ」

ヨシアキは嘘はつかないだろうと、それくらいは理解できるようになった。だが、迷惑がかからないなら付き合ってもいい、というわけにはいかない。誠実なのは確かだが、それだけじゃなぁと今ひとつ踏み切れない思いがあった。

「育子ちゃんは銀行に勤めてるくらいだから、堅実なんだよね。ぼくみたいなふらふらしてる男は駄目か。でも、初対面のときはこんな話をしてないのに、ぼくを苦手に思ったでしょ。ぼくのテレパシーをもってしても、どうしてなのかわからないんだよね」

「ああ、あのときのこと」

母や樋口のように言いたいことをずばりと言うのではなく、ワンクッション置くのが苦手だと思ったのだが、そうではないと今になればわかる。ヨシアキが気にしているなら、話しておこうと考えた。

「私が神生島の出身だって話したら、人のこと心配してる場合かって言ったでしょ。あれ、実はかなり胸に刺さったのよ。生まれ故郷を見捨てた、って意識がずっとあったから」

コンビニエンスストアもない田舎の島が、好きではなかった。東京に行けるなら、山が噴火してもいいと思った。まるでその願いを聞き届けてもらったかのように、噴火で避難して東京に住めるようになった。東京は想像以上にきらびやかで、田舎育ちの者を惹きつけて離さない魅力があった。自分は東京の人間になり、二度と島には帰らないと心に決めた。

避難指示が解除されてから帰島した人は、住人の半分程度だという。東京で生活の基盤を築いてしまい、いまさら帰れなくなった人も多かったのだ。そのため、島の復興は遅れに遅れていた。

もともと田舎町だったのに、今や過疎地のようである。ますます帰る気がなくなった。

その反面、島に必要とされているのに見捨てたという罪悪感が、心の底にうっすらと存在した。島に何事もなければ、堂々と東京にいられる。だが現実は、人が減って寂れていく一方なのだ。東北の復興ボランティアに参加したのは、島を見捨てた罪悪感を埋め合わせるための代償行為なのではないかと、今は疑い始めている。

「それでかぁ」

ヨシアキは納得がいったとばかりに、何度も小刻みに頷いた。そして眉根を寄せ、「ごめんね」と詫びる。

「人にはそれぞれ事情があるんだから、何も知らずにあんなことを言うのは無神経だったね。ごめん」

「違う。事情なんてないのよ。単に東京に住みたかっただけ。だから胸に刺さったの。それなのに、ちゃんと指摘してくれたヨシアキくんを苦手に思うなんて、筋違いだよね」

「うーん、どうだろ。他人から見て大した事情じゃなくても、当人には重大ってこともあるよね。東京に住みたかったって気持ちは、他の人には『それだけ？』って思えるかもしれないけど、育子ちゃんにとってはきっとそうじゃないんだよ。ぼくが就職する道を選ばなかったみたいにさ」

思いがけないことを言われ、愕然とした。確かにそのとおりだ。ヨシアキの本当の思いも知らず、人生を軽く考えていると見做した。自分の気持ちは、自分ですらよくわからないこともある。通り一遍のことをざっと聞いただけの他人に、簡単に理非を断じて欲しくなかった。考えが浅いのは育子の方だった。

「神生島、行ってみたいなぁ。ぼく、離島って行ったことないんだよね」

ふと、場の空気を和らげるかのように、ヨシアキが遠い目をして言った。それを聞いた瞬間、考えるより先に口が動いた。

「じゃあ、一緒に行こうか。案内してあげる」

ほとんど反射的に、そう言っていた。常の自分らしくない大胆な発言に、育子自身が驚く。だが、口にしたことを後悔はしなかった。ヨシアキと一緒に島に行ってみたいと、強く思った。

「うん、行く行く。行きたい」

ヨシアキは嬉しげに笑った。その裏表のない笑顔に、かなり好感を抱いていることを育子は自覚した。

15

そうなるのではないかと思ってはいたのだが、結局ヨシアキのことを受け入れてしまった。流れに逆らわずにいたら、行き着くところに行き着いたという感じだった。とはいえ、ヨシアキが就職しようとしない大学生であることには依然として抵抗があった。今は付き合ったとしても、結婚なんて絶対考えられないと思った。

マンスリーマンションの家賃がもったいないので、育子の部屋に転がり込むことを許した。1Kだからふたりで住むには狭いが、ヨシアキは自分の荷物がほとんどないし、一緒にいて楽しいうちは大丈夫だろうと考えた。ヨシアキがアルバイトをして稼いでくれるなら、ふたりで住むための部屋を探してもよかった。

一緒に暮らし始めてすぐのことだった。育子の腋《わき》のすぐ下、乳房の横辺りにヨシアキが目を留めて「あれっ？」と言った。

「何これ、キスマーク？」

「ああ、これ」

反射的に、そこを手で隠した。遠からず見つかると思っていた。いちいち説明をするのが面倒だが、避けて通るわけにはいかない。

「キスマークじゃないよ。痣。生まれたときからあるんだ」

そう言ってから、手をどけて改めて見せた。ヨシアキは顔を近づけ、「痣なのか」と驚く。

「バッチリ唇の形だね。こりゃ、間違えられるな」

「そうなの。だから水着を買うときはここが隠れるかどうか確認しなきゃならなくて、面倒臭い」

「レーザー治療とかで消せるかもしれないけど、そこまでするほどではないか」

「まあね。ちょっと面倒だけど、生まれたときからあるから愛着もあるしね。パパにも同じ形の痣があるんだ」

「えっ、そんなことあるの？　すごい偶然だね」

ヨシアキは目を丸くした。初めてこの話を聞いた人は、皆同じような反応をする。それが面白いときもあれば、煩わしいときもある。今は面白かった。

「偶然っていうか、遺伝じゃない？」

「うそー。痣が遺伝するなんて話、聞いたことないよ」

「ホントだってば。私は見たことないけど、おじいちゃんにもあったらしいよ。うちの一族は、みんなこの痣があるの。イチマツ痣って名前まであるんだよ。なんでそんな名前なのかは知らないけど」

「えーっ、ちょっと信じられない。たまたまじゃないの」

「あたしとパパだけじゃないんだよ。島には他にも、同じ痣を持ってる人がいるんだから」

「風土病みたいなものなのかな。うーん、ただの偶然だと思うなぁ」

珍しくヨシアキは、頑固に首を傾げた。痣の遺伝はごく普通のことだと思っていたから、そこまで否定されるとついむきになる。

「じゃあ、賭けようか。私が赤ちゃんを産んだら、きっと同じ痣があるんだよ。絶対だよ」

「おー、そこまで言い張るなら、賭けよう。何を賭ける?」

「うーんとね、一週間なんでも言うことを聞くってのはどう?」

「いいよ。ところで、誰の赤ちゃんを産むつもり?」

「さあ、誰のでしょう?」

顔を逸らしてとぼけたら、脇腹をくすぐられた。育子は笑いながら悶えて、ベッドの上から逃げた。

石巻でのボランティア活動は続けていたが、参加者が増えたこともあり、作業を自分で探さなければならないほどになった。それだけ復旧が進んだということであり、いい傾向だった。むろん、完全復旧は何年も先のことになるだろうが、泥だらけのまま放置されている家は見当たらなくなった。被災者はすでに、仮設住宅や修繕した自宅に落ち着き、新しい生活を始めている。頃合いが近づいているように、育子は感じた。

「ねえ、神生島に行く?」

石巻から帰ってきて、コンビニで買った弁当を食べる際に、そう提案した。ヨシアキはふたつ返事で、「行く」と答えた。

「行く行く。いつ行くのかなって、待ってたよ」

「行くのはいいけど、うちに泊めてあげるわけにはいかないからね。パパが号泣する」

「うん、そりゃもちろん。安い旅館とかペンションとか、あるでしょ。そっちに泊まるよ」

「あるよ。たぶん満室なんてことはないから、必ず泊まれると思う」

そんなやり取りをしてから、計画を立てた。せっかく島に行くなら天候が悪くない日にしたいから、天気予報を気にかけた。週末が晴れの日を狙い、高速船の予約を取る。ヨシアキは一泊三千円のペンションを見つけて、そこに泊まることにした。

そして当日、朝早く竹芝桟橋に行き、船の出港を待った。毎年お盆と正月には帰っているからさほど久しぶりというわけではないが、こんな時期に帰島するのは初めてだ。事前に連絡しておいた両親も、「何か用があるの？」と訝《いぶか》しんでいた。母にだけこっそりと、「ボーイフレンドを案内するために帰る」と打ち明けておいた。

高速船は通常の船とは違い、水面からわずかに浮いて前進する。だから水の抵抗を受けず、速いのだ。それを知ったヨシアキは、「すごいすごい」と興奮していた。いざ出発すると、風が当たらない室内の席には落ち着かず、デッキに出て船が波を切り裂く様に目を輝かせていた。まるで子供のようだった。

三時間で、船は島に着いた。今日は本町港に接岸した。本町港周辺は、島で最も栄えている地域だ。ここに来ると、避難のために港前広場に人が集まっていたことを思い出す。あのときは怖かった。あの恐怖が今でも忘れられないから、島に帰りたくないのかもしれないと思った。

「あっという間だねぇ。近いなぁ。これならぜんぜん移動も苦じゃないじゃん」

港の建物を出て、大きく伸びをしながらヨシアキはそう言った。石巻に車で行くことに比べれば、確かに楽だ。とはいえ、かかる時間だけが問題ではないのである。帰ってきたいと思わせてくれるものが、ここにはあるのかどうか心許なかった。

育子はロータリーの反対側を見やり、ショックを受けた。店が、みやげ物屋一軒しかないのだ。以前は、食堂や喫茶店があった。レンタサイクルの店もあった。そうした店が、今は閉まっている。島で一番賑やかなはずの場所が、人気《ひとけ》もなく閑散としていた。

　これまでは、お盆や正月だから店が休みなのだと思っていた。だが、そうではないとようやくわかった。島は、緩やかに死のうとしているのだ。若い人が島を出ていき、観光客も来なくなり、島は完全に活気を失った。これが、育子が見捨てた島のなれの果てだった。うすうすそうではないかと思ってはいたものの、直視せずに来た現実だった。

「なんにもないね」

　呆然と、独り言のように呟いた。初めて石巻に行ったときのことを思い出した。もちろん、向こうは大勢の人が亡くなり、生活の基盤を失い、大変な悲劇だった。同じ自然災害でも、死者がひとりも出なかったこの島とは事情が違う。それでも、自然の猛威が人々の営みを押し流したという点では同じに思えた。育子は足が竦むような空虚さを覚えた。

「でも、いいところだよ。山は雄大で、潮風が気持ちよくて、他に何が必要なんだ」

　育子の言葉に、ヨシアキが明るい声で応えた。ああ、いかにもヨシアキが言いそうなことだ。どんなときでも物事を肯定的に捉えるところに、育子は惹かれたのである。ヨシアキと一緒に帰ってきてよかったと思った。

「そうだね。魚もおいしいよ」

　育子は少し声を大きくしてつけ加え、ヨシアキの腕に自分の腕を絡めた。育子がそんなことをするのは珍しいので、ヨシアキは不思議そうに「あれっ？」と言った。その反応が面白く、育子はくすくす笑った。

16

港のそばではお昼ご飯が食べられなかったので、歩いて五分ほどの商店街に向かった。商店街とはいっても、商店が軒を連ねているわけではない。数軒にひとつの割合で、通り沿いにぽつぽつと店があるだけである。それでもこれが、島で唯一の商店街なのだった。商店街という言葉の概念が違うと、東京の繁華街を知ってしまった育子は思うが。

スーパーマーケットで弁当を買い、港に戻ってベンチに坐って食べた。元気がない育子の様子を、ヨシアキは敏感に見て取る。

「噴火前に比べて、すごい寂れちゃった?」

「ああ、うん。寂れたっていっても、前は栄えてたわけじゃないんだけどね。三十が十くらいになっちゃった、って感じ。それでも、九十が七十になるより、三十が十になる方がダメージが大きい気がする」

「まあ、そうだね」

励ます言葉も見つからないのか、ヨシアキはただ肯定するだけだった。自分のせいで会話が湿っぽくなるのもいやなので、育子は島の自然の魅力を語った。ヨシアキはいちいち、「へーっ」と感心してくれる。自転車で日本一周を目指していたくらいなのだから、様々な景色を見ているだろうに、まるで初めて聞くことのように興味を示してくれるのがヨシアキのいいところだった。

バスの時刻まではまだ時間があるので、港を外れて少し海沿いに歩いた。沖縄のような青い海ではないが、東京の近くとしてはかなり綺麗な海ではないかと思う。ヨシアキもずっと海の方に目を向けながら、何度も「綺麗だねぇ」と呟いていた。

「あっ、ダイビングショップがあるんだ」

前方に見えてきた建物を指差して、ヨシアキは嬉しげに声を上げた。どうやら営業しているようだ。てっきり廃業したものと思っていたので、育子も意外に感じる。

「そうだね、あるね」

「噴火前は、けっこうダイバーも来てたんでしょ。いいダイビングスポットが多いって話だもんね」

「らしいね。やったことないけど」

「えっ、そうなの？　もったいない。まあ、海のそばに住んでる人は、かえってそんなものか」

「そう言うヨシアキは、やったことあるの？」

これまで、ダイビングの話なんて聞いたことがなかった。単に知識として知っているだけだろうと高を括っていたら、案に相違してヨシアキは頷く。

「あるよ。ライセンスも持ってるし」

「知らなかった。そんな趣味があったんだ」

「器材を持ってるほどじゃないけどね。三十本くらいは潜ってるかな」

「へー」

岐阜の山生まれだと聞いていたから、マリンスポーツの経験が豊富とは思いもしなかった。島育ちの育子より、よっぽど海に親しんでいるのかもしれない。

「やってみたいなぁ。突然でも、対応してくれるよね」

ヨシアキはそんなことを言う。育子は眉を顰めた。

「今から？　私を置いて？」

「育子ちゃんも一緒にやろうよ。体験ダイビング」

「これから島の観光をするんでしょ。ダイビングしてる時間なんてないよ」

「うーん、残念。じゃあ、また今度だな」

「今度？」

島にもう一度来るつもりだろうか。勢いで言っているとしか思えなかった。

頃合いを見て港に引き返し、バスに乗った。今日は島を一周する予定なのだ。島の南側には、めったに見られないスケールの地層がある。道を造った際に山を削ったら、そこに地層があったそうだ。火山島だから綺麗な地層ができていて、その規模は世界有数だという。育子も小学校と中学校で、遠足で南に行った際に見た。

三十分ほどで到着した。バス停の名前が「地層前」で、ダイレクトだとふたりで笑った。地層はまるでバウムクーヘンのようにくっきりとした層を成しており、ヨシアキは見上げて「おおーっ」「うわーっ」と感嘆した。よほど感銘を受けたのか、スマートフォンで何度も写真を撮っている。あまりにヨシアキが感動しているので、ただ眺めているだけでは損をしている気になり、育子も何枚か撮影した。子供の頃に見ているからこういうものと思っていたが、他の地域を知った目で見れば確かにめったにない光景である。もしかしたら、恵まれた環境にいたことに気づいていなかったのかもしれないとも考えた。

一時間後にやってきたバスに乗り、次は椿農園に向かった。ここも、島の名所のひとつである。少し椿の季節には早いが、早咲きの椿もあるそうだ。三十分以上かけて到着し、入り口で入場料を払う。他の観光客は見当たらなかった。

ヨシアキは花を愛でるタイプではないので、地層を見たときほど椿には興味を示さなかったが、椿油工場は面白がった。他に観光客がいなかったからか、搾りたての椿油を舐めさせてくれて、それは育子にとっても初めての経験だった。油には違いないのだが、さっぱりしていて、美味と言ってもいい。地元の名産品なのに、おいしいとは知らなかった。

さらにバスに乗り、島で唯一の寺を目指した。さほど豪壮な寺ではないが、由緒はあるらしい。何より、縁結びのご利益があるという仏像が見所だった。中学や高校の頃は、好きな男子がいる女子たちはこっそり詣でていたものだ。

「昔、あまりに綺麗な人がいて、島じゅうの男がその人に夢中になって仕事をしなくなっちゃったんだって。で、責任を感じた女の人は尼さんになったんだけど、そうしたら今度は男たちが嘆いてまた何もしなくなっちゃったのよ。仕方なく、女の人にそっくりな仏像を彫ったら、男の人たちの気持ちも治まったの。昔話みたいな話だけど、大正時代のことらしいよ」

「何それ。面白いな」

案の定、この話にヨシアキは食いついてくる。絶対に興味を示すと思っていた。

寺は少し小高いところにあるので、辿り着くまでに石段を上らなければならない。息を切らしながらようやく境内に到着し、まずは手水舎《ちょうずや》で手を洗った。それから賽銭をし、お祈りをする。

ヨシアキと仲良くしていられますように、と育子は祈った。

「ねえねえ、なんて祈ったの？」

ヨシアキに訊くと、少し照れ臭そうにしながら答えた。

「育子ちゃんと仲良くしていられますように、って。育子ちゃんは？」

「内緒」

「えーっ」

ヨシアキは抗議の声を上げたが、笑ってごまかした。仏像は本堂ではなく、横手にあるお堂に設置されている。しつこく尋ねてくるヨシアキを置いて、そちらに向かった。

「ああ、本当に綺麗な顔の仏様だねぇ」

仏像を見て、ヨシアキは感心した。由来を知っていればなおのこと、美しい顔立ちに見える。こちらでも手を合わせ、同じことを祈った。「ぼくと仲良くしていられますように、って祈ったんでしょ」とヨシアキが訊いてくるので、もう一度「内緒」と答えた。ヨシアキには本当にテレパシー能力があるのではないか、と疑いたくなる。

「神生島、面白いなぁ。正直、こんなに面白いとは思わなかったよ。想像以上だ。これだけじゃなく、火口のそばにも行けるんでしょ。ダイビングもできるし、一泊じゃまるで足りないよ。見所がこんなにたくさんあるのに、ぜんぜん知られてないよね。もったいない」

石段を下りながら、感に堪えたようにヨシアキは言う。育子もそれは同感だった。

「うん、面白かったね。なんか、島を再発見した気持ち。私もこんなに面白いとは、知らなかった」

「観光客が来ないのは、もったいないねぇ」

ヨシアキは繰り返した。そう言われると、そうかもしれないと思えてくる。島は売り出し方が下手なのだ。噴火の不安がなくなったなら、もっと観光地としてアピールすべきではないのか。

日が落ちかけ、辺りは夕焼けの色に染まっていた。バスでまた港に戻り、食事ができる店を探す。途中、営業しているスナックを見つけた。昼食を摂れる店もやってないのに、スナックが開いているとは意外だった。

「ここ、元芸能人のママさんがやってるから、島で人気の店なのよね。島がこんなに寂れても、男の人たちが通うから開けてるんだな」

通り過ぎざまに、説明した。ヨシアキは「へーっ」とまた感心して、店構えをしげしげと見る。

「元芸能人って、何？　歌手？」

「そう、歌手。何枚かレコードも出したらしいよ。でもあんまり売れなくて、島に戻ってきたみたい。すごい美人で、歌もうまいっていうのに、それでも売れないんだね」

「元芸能人までいるのかぁ。神生島、奥が深いなぁ」

ヨシアキはそんな感心の仕方をする。美人のママさんと島の魅力は関係ないと思うのだが、ヨシアキの感じ入り方が面白かった。

ようやく営業している居酒屋を見つけ、入った。そこそこ先客がいたので、知り合いに見つかるのではないかと思ったが、幸いにも顔見知りはいなかった。夜十時まで飲み食いし、ヨシアキをペンションへと送る。帰宅すると、父が嬉しげに出迎えてくれた。

「友達と来たんだって？　うちに泊まってもらえばいいのに」

父は友達を女だと思い込んでいる。父の心の平和のためにも、ここは嘘をついておいた。

「気を使うから、ペンションの方がいいんだって」

「そうかぁ。気を使う必要なんて、ないのになぁ」

父は残念そうだった。今度は本当に女の友達を連れてこようと、内心で思った。

17

翌日、また港でヨシアキと落ち合った。今日は火口を見に行く予定だが、登山道の入り口まではバスで行けるのである。バスは時刻表どおりにやってきたので、ふたりで乗り込んだ。昨日に続いてのバス旅だが、ヨシアキとお喋りしていると退屈しない。毎日一緒にいるのに、どうしてこんなに喋ることが尽きないのだろうと不思議になる。

バスの乗客は育子たちだけで、登山道入り口の駐車場にも車の姿はなかった。行楽シーズンではないとはいえ、とても観光地とは思えない有様だ。駐車場横のみやげ物屋兼食堂は営業しているそうだが、よく潰れずにいるものだと思う。

お昼ご飯には早いものの、ここで食べておかないとこの先に店はないので、食堂に入った。ガラス戸が閉められた店内は薄暗く、営業していると聞いていなければまだ開いていないと思ったところだろう。育子はガラス戸に手をかけ、「こんにちは」と中に声をかけながら入った。右手にみやげ物屋の会計、左手に食堂の注文受付があるが、どちらにも人がいなかった。

「はい、いらっしゃいませ。あら、育子ちゃんじゃない」

奥から出てきた女性が、こちらの顔を見て言った。育子はぺこりと頭を下げる。

「お久しぶりです。今日は火口に行くんで、寄ってみました」

「あら、珍しい。って、後ろの人は彼氏？　彼氏と一緒に来たなんて、やるわねぇ」

女性はヨシアキを見て、ニタリと笑った。そのとおりなので、否定はできない。育子も笑い返すと、続けて男性が現れた。

「おお、育子ちゃん。久しぶりだなぁ。なんだ、男連れか。静雄が泣いたろ」

ここの主人は、父の中学時代の同窓生である。噴火の際に、父が身を案じていた人だった。三村のおじさん、と子供の頃から呼んでいる。

「パパには教えてないです。昨日、この人はペンションに泊まったんで。おじさんも、パパには内緒にしておいてくださいね」

「ああ、わかったわかった。しかし、育子ちゃんもそんな年かぁ。おれがじじいになるわけだなぁ」

三村のおじさんはぼやいた。父と同じ年のはずだが、頭髪はすでにかなり白くなっている。とはいえ、若白髪の類だろう。昔はここと麓《ふもと》を自転車で行き来していたというから、とんでもない体力だ。頑健な体つきなので、老け込むには早かった。

「ここでお昼ご飯を食べてから、行きますね。注文、いいですか」

「もちろんだ。腕によりをかけて作るよ」

三村のおじさんは太い二の腕を叩いた。育子はヨシアキとともにメニューを覗き込み、とんかつ定食を頼む。ヨシアキはかなり迷った末に、カツカレーにしていた。

「名物料理って、ないんだね」

受付を離れ、窓際の席に坐ると、ヨシアキが小声で囁いた。迷っていたのは、ここならではのものがなかったせいらしい。育子も声を潜めて答えた。

「そういえば、ないね。魚がおいしいけど、こんな山の上で刺身定食を食べたい人もいないだろうし」

「何か、作ればいいのに。火山丼とか」

「火山丼？　何それ」

笑いながら訊き返した。ヨシアキは真顔で言う。

「例えばさ、エビ天を何本も立てて、火山みたいな形にするとか。なんでもいいんだよ。ここじゃないと食べられない、って名前にしておけば」

「なるほどねぇ。おじさんにアドバイスしておこうか」

「いや、まあ、今は角が立つから、いずれ」

名物料理を作るのはいい発想だが、ただそれだけで本土から客を呼べるとは思わなかった。火山丼目当てに、わざわざ山を登ってくる人もいないだろう。客を呼びたいなら、もっと抜本的な対策が必要だった。そんな対策など、育子はまるで思いつかなかったが。

運ばれてきた料理を、のんびりと食べた。父は三村のおじさんの料理に対し、『あいつは高校にも行かないで修業を始めたのに、料理の腕はそこそこなんだよなぁ』と遠慮のない評価をする。まあ、父の評価は間違っていなかった。決してまずくはないが、特に個性もなくごく普通の味である。

会計の際にまた三村夫婦と挨拶をし、食堂を出た。この先から頂上までは、まったく建物がない。開けた傾斜を、道が通っているだけである。ヨシアキの提案で、その眺めを背景にふたりの写真を撮った。島に来てからこちら、ずいぶん写真を撮っている。帰省なのに、まるで観光に来たかのようだった。

ここから山頂までは、歩いて一時間はかかる。ただひたすらに広い草原なので開放感があり、最初のうちはあれこれ喋っていたが、やがて互いに口数が少なくなってきた。道が上り坂になったのだ。それも、けっこうな勾配である。ひたすら脚を動かし、前へと進んだ。

途中、何度か休憩を取りながら、ようやく頂上部に着いた。とはいえ、ここが終点というわけではない。登山道は、火口をぐるりと囲むように延びているからだ。その円周に辿り着いただけで、まだ火口は見えない。

「なかなかハードだけど、山登りも楽しいねぇ」

何をやっても喜びを見いだすヨシアキは、案の定この厳しい上り坂も楽しんでいた。こんなふうに言われると、どんな励ましよりも辛さが吹き飛ぶ。一緒にいて、まったく不愉快に感じない人だった。これで定職にさえ就いてくれればなぁ、とつい思ってしまう。

山頂からの眺めは絶景である。今日は天気もいいので、ひときわ見晴らしがよかった。四方を囲む海がよく見えるのはもちろんのこと、麓の町が一望できる。もともと大きい町とは思っていないが、ここから見下ろすと本当にちっぽけだった。

写真を撮りながら歩き続けると、いよいよ道は火口に近づいていった。思いの外、近くまで行ける。ヨシアキは興奮の声を発した。

「うおっ、本物の火口だ。すごいすごい。しっかりすり鉢状になってるね。あそこに見えてる赤い部分は、もしかしてマグマか。マグマが見えるんだ」

火口に人が落ちないように柵があるのだが、その柵から身を乗り出してヨシアキは覗き込んだ。

子供のようにはしゃぎ、指を差している。ヨシアキの言うとおり、マグマが見えた。噴火は収まったばかりなのだと実感できた。

「こんなにはっきり火口が見えるなんて、期待してなかったよ。あの辺りが火口なんだろうな、って漠然と理解して終わりだと思ってた。いやぁ、これはすごい。これ、島の財産だね」

「まあ、そうだね」

噴火は煩わしいが、島の人は意外にもそれほど嫌ってはいない。神生山という名前からもわかるように、この山には神様が住んでいると思っているからだ。加えて、避難しなければならないほどのひどい噴火でなければ、観光の売りになるという現実的な利点もある。島が観光地として名を知られるようになったのは、やはり火山のお蔭だった。もっとも、今はその利点がまるで生かせていなかったが。

道は、火口に近づいたり離れたりしながら続く。ヨシアキは火口に近づくたびに写真を撮り、興奮した。歩くよりも興奮して疲れないかと、そのはしゃぎぶりに苦笑したくなる。しかし、本土の人にとってはそれくらい感動的な眺めなのだろう。島の者が忘れている、山の価値を教えてもらった心地だった。

一般に、下り坂の方が辛いと言われるが、それは脚が弱っている人にとってのことで、育子たちには楽だった。往路の苦労が嘘だったように、快適に道を下る。もう一度食堂に寄って三村夫妻に声をかけ、バスの時刻まで休んだ。またバスに揺られて港を目指し、終点の待合室のコインロッカーから荷物を取り出した。定時にやってきた高速船に乗り込んで、島を後にした。

「神生島、最高だったなぁ。絶対また来よう」

デッキに出て島影にいつまでも目を向けながら、ヨシアキは感じ入ったように呟いた。やっぱりまた来る気なんだ、と育子は内心で思った。

18

東京に帰ってきてから、ヨシアキはスマートフォンを見ていることが増えた。何を見ているのかと覗いてみたら、神生島で撮った写真を見返しているのだった。よほど印象的な旅だったらしい。

「島、そんなに気に入った？」

何もない田舎と見做して顧《かえり》みなかった育子にしてみれば、少々意外である。だから尋ねたのだが、ヨシアキはその質問自体が不思議なようだった。

「気に入ったよ。誰でも気に入るでしょ」

「そう？」

確かに今回の旅では、島の魅力を再発見した思いだった。だが、誰でも気に入るとは、少し贔屓《ひいき》の引き倒しが過ぎるとも感じる。生まれ故郷をよく言ってもらうのは、嬉しいことではあるが。

「今度は絶対ダイビングをやる。寒くなる前にやりたいから、すぐまた行こうよ」

続けてヨシアキは、そんなことを言った。さすがに、その提案には乗れない。

「ええーっ、年に二回くらいしか帰らないのに、続けて何度も帰ったらパパに怪しまれるよ。私と同棲してるってばれたら、ヨシアキはパパに殴られるかもよ」

「うそー、そういう人なの？」

「違うけど」

殴りはしないが、大いに嘆くだろう。父のことを嫌っているわけではないから、悲しませたくはない。次に帰るのは、年末にしたかった。

「じゃあ、しょうがない。ひとりで行くか」

「えっ、ひとりで？」

育子抜きでも行きたいのか。そこまでとは思わなかった。

その言葉どおり、ヨシアキは自分で手配をしてまた島に行ってしまった。今度は高速船ではなく、運賃が安い夜行便で行くという。夜にこちらを出発し、ひと晩かけて島に着くのだ。早朝に着くから、午前中にダイビングができてかえっていいらしい。

島で一泊、船で二泊してヨシアキは帰ってきた。島からメールをもらっていたのでわかっていたが、ダイビングショップのオーナーとかなり親しくなったそうだ。物怖じしない性格なので、ヨシアキは割とすぐ誰とでも仲良くなる。石巻でボランティアをしているときにも、それはわかっていた。

「すごいよかったよ。さすがに透明度はそれほどでもないけど、魚と珊瑚が豊富で、沈船があって、洞窟があって、ダイビングの楽しさが全部味わえた。ショップのオーナーに連れられて美雲島のそばまで行って、イルカも見られたもんなぁ」

「イルカはすごいよね。私も見たことない」

ダイビングは経験がないので、島のこととはいえ未知の領域だ。加えて、イルカウォッチングは美雲島のレジャーというイメージがあった。神生島から行ってもいいのかと、いまさらながら気づいた。

「他の観光地が羨ましがるくらい観光資源があるのに、ぜんぜん生かしてなくてもったいないって力説したんだよ。そうしたらオーナーが、町役場の観光課の人と引き合わせてくれた。居酒屋で、どうやったら島を盛り上げられるかってたっぷり話し合ってきた」

「えっ、そうなの。なんか、ヨシアキが島生まれみたいだね」

「ぼくは山生まれだからさ、海に対して憧れがあるんだよね。あんなところで生まれ育ったなんて、ただただ羨ましいよ」

「そ、そう？」

ヨシアキの言葉に、戸惑わずにはいられなかった。それは典型的な、隣の芝生は青いというやつではないのか。育子がヨシアキの生まれ故郷に行けば、きっといい場所だと思うに違いない。

「またすぐ行くって、オーナーと約束したんだ。だからたぶん、来月行く」

「えっ、また？　ボランティアはもう行かないの？」

ボランティアからはしばし足が遠のいているが、やめたつもりはない。近いうちにまた、ヨシアキとともに行く気でいた。

「行くけど、最初の頃ほど切実に必要とされてはいないでしょ。向こうに行っても、今は自分で仕事を探さなきゃいけないくらいじゃない。他の地域はまだまだかもしれないけど、石巻は割と手が足りてきてるよね」

「まあ、そうかもね」

育子が知る範囲でも、痛々しい光景はかなりなくなった。被災者と話をしても、表情が明るくなった人が増えた。もちろん、身内や知人を亡くした人の心が癒えたわけではないだろうが、少なくとも前に進めているという実感があった。行くペースが落ちたのは、それもあってのことだった。

「ぼくは神生島をなんとかしたい。なんとかしようと考えてるのがぼくだけなら、なおさらがんばらなきゃなって思うんだよね」

「なんとかって？」

「島を盛り上げるんだよ。観光客で賑わってる島にしたいんだ」

ヨシアキの目は輝いていた。もともと現状を肯定するタイプではあったが、こんなに生き生きしている姿を見るのは初めてだ。以前ヨシアキは、人生のベストの選択をしたいと言っていた。もしかしたら、それを見つけたのかもしれないと思えるほどの入れ込みようだった。

二週間後に、ヨシアキはまたひとりで島に行ってしまった。育子は樋口とともに、久しぶりにボランティアに行った。道中、ヨシアキが島を活気づかせたいと意気込んでいることを話した。樋口は冷静に、感想を口にした。

「ちょっとふわふわしたところがある人だったから、腰を落ち着かせられるところが見つかったならよかったんじゃない。それが育子の生まれ故郷だなんて、運命だよね」

「運命、ですか……」

もしヨシアキが本気なら、本当にそう言えるかもしれなかった。育子も少し前から、軽く自問自答していた。このままずっと東京に住むつもりなのか、故郷には二度と帰らないのか、と。

ボランティア仕事後に、一緒に食事をしていた被災者が述懐したことがある。帰る故郷があるのはいいことだと、その人は明るい口調で言った。その人が住んでいた土地は危険区域に指定されたので、他の場所に移転しなければならないのだ。明るく語る口振りが、育子にとっては辛かった。

「あんた、神生島出身なんだって。噴火で、東京に避難したそうじゃないか。大変だったんだろ。あたしたちのことを心配してくれるのはありがたいけど、そろそろ自分のことを考えてみてもいいんじゃないの？　あんたを必要としてる土地は、ここだけじゃないんだよ」

そうも言われた。そうかもしれないと思う。被災地でヨシアキと出会ったことが運命ならば、そのヨシアキが島に恋してしまったことも運命なのかもしれない。運命ならば、逆らうのは意味のないことだった。

石巻では、公民館の壁剝がしをやった。断熱材が水を吸ってしまい、駄目になってしまったからだ。電動ドライバーを使ったが、それなりに力仕事だったので疲れた。加えて、廃材置き場がいっぱいになってしまい、作業を途中でやめなければならなかった。個人ボランティアができることには、そろそろ限界が来そうだった。

島から帰ってきたヨシアキは、驚くことを宣言した。ダイビングショップでアルバイトをするから、大学を卒業したら島に移住するというのだ。まったく予想していなかったわけではないが、それでもヨシアキの決断の早さに目を丸くせずにはいられなかった。

「島に住むの？　もう私との生活は解消するってこと？」

「育子ちゃんも島に来ればいいんだよ。同棲解消なんて言うと聞こえが悪いけど、ぼくが先に島に行って待ってるってことだよ」

「だって私、こっちで仕事があるんだよ。島に帰ったって、仕事がないじゃないの」

「うーん、そこが問題なんだよね。育子ちゃんの仕事ねぇ」

ヨシアキは難しげに眉根を寄せる。完全に、育子が島に帰ることを前提に考えているようだった。

「ちょっと待って。仕事があれば帰るってことじゃないよ。島で仕事を見つけたって、今と同じくらいのお給料をもらえるわけじゃないからね。今の仕事、辞めたくないよ」

「そんなに銀行の仕事が好きなの？」

「そうじゃないけど、誰でも入れるわけじゃないんだから、辞めるのはもったいないじゃない」

「もちろん、無理強いはしないけどね」

少し悲しげに、ヨシアキは言った。その表情を見て、樋口の言葉を思い出した。ヨシアキはようやく、腰を落ち着かせられるところを見つけたのだ。その決断を邪魔したくはなかった。

ヨシアキを引き留めることはできず、かといってついていくこともできず、三月に家から送り出すことになった。同棲解消を惜しむ気持ちなどまるで見せずに、ヨシアキは嬉々として出ていく。またひとり暮らしに戻った部屋で、育子は寂しさを感じた。

19

ヨシアキが世話になっているダイビングショップのホームページが、まめに更新されるようになった。スタッフブログに、島の写真がちょくちょくアップされる。無署名だが、もちろんヨシアキが更新しているのだろう。地層や火口、椿油工場、縁結びの仏像など、見憶えのある場所の写真が多く載っていた。しかしそれ以外の、一緒に行ったわけではない場所の写真を見ると、また寂しさに襲われた。

〈すごい話を聞いたよ！〉

あるとき、文面からも興奮していることがわかるメールが届いた。どうやら、島に鍾乳洞があることを知ったらしい。育子も話に聞いたことはあったが、行ったことはない。むしろ、危ないから絶対に行くなと言われていた。

〈しかも、ただの鍾乳洞じゃなくて、徳川埋蔵金伝説まであるんだってね。面白すぎる。そんなおいしい話があるのに、なんで観光客が入れるように整備しないんだって、町役場の尻を叩いたよ。本当にもったいない。で、今度大学の先生を呼んで調査してもらうことになった〉

ヨシアキの行動力には驚かされる。考えてみたこともなかったが、言われてみればいい観光資源である。ヨシアキに感化され、島が閑古鳥が鳴く状態なのが不思議に思えてきた。

ゴールデンウィークに帰省した際にも、ヨシアキは島にいた。自分の実家には帰らないそうだ。ヨシアキはすでに島で何人も友達を作っていて、紹介された。どちらが島生まれなのかわからなかった。

「火山丼も、三村さんに提案したよ」

ヨシアキはいたずらっ子のような表情で、言った。冗談みたいなアイディアだが、悪くはない。三村のおじさんも乗り気になったようだ。

「せっかくだから、山の食堂だけじゃなくてどこでも火山丼をやればいいと思うんだ。それでこそ、島の名物料理でしょ。他にも、火山まんじゅうをどこかで作ってくれないかって考えてるんだよね。火山煎餅《せんべい》でもいいけど」

「それ、本気？」

笑いながら尋ねたが、ヨシアキは「本気本気」と答える。

「名物のお菓子がないなんて、おかしいでしょ。絶対作るべきだよ」

確かに、名物料理と名物菓子は、観光名所ならば必ずあるかもしれない。それがなかったということは、やはり島には商売っ気が足りなかったのだろう。

「観光課の山岡《やまおか》さんは旅行会社とも付き合いがあるからさ、紹介してもらった。今、旅行会社の人にはいろいろ相談に乗ってもらってるんだよ。島の名所巡りツアーを組めば、かなり面白いものになると思うんだよね」

ヨシアキは声を弾ませる。対照的に、育子は後ろめたい気持ちにもなってきた。

「ホントは私たちみたいな島の若い人が、そういうことをしなきゃいけなかったんだよね。ヨシアキに代わりを押しつけてるようで、気が引ける」

「育子ちゃんたちの世代は、避難で東京に行かなきゃいけなかったんだから事情が特殊だよ。

もし申し訳ないと思うんなら、島に帰ってくれれば？」

ヨシアキはおどけた口振りで言う。冗談なのはわかるが、育子は「うん……」と曖昧な答えしか返せなかった。

ゴールデンウィークにも実家に帰らないヨシアキを、ひとりで放置しておくわけにはいかない。ヨシアキはほとんど家具のないアパートで、ひとり暮らしをしているのだ。だから覚悟を決めて、家に呼んだ。父は顔を引きつらせていたが、育子の交際相手が島に住んでいると知って、徐々に機嫌がよくなった。終いにはヨシアキと酒を酌み交わし、すっかり意気投合していた。そうなるんじゃないかと思った、と見ていて育子は苦笑した。

両親にも紹介したので、以後はヨシアキに会うために堂々と島に帰れるようになった。ヨシアキはほとんど東京には来ない。会いたいなら、育子が島に行くしかないのだった。育子も高速船ではなく夜行便を使うことにしたが、それでも頻繁に行くと船賃が負担になる。遠距離恋愛の難しさを感じ始めた。

十月に島に行った際のことだった。ヨシアキが「実は」と、耳打ちをするように話しかけてきた。

「まだ内々の話なんだけど、今度東洋汽船が中途採用の現地社員を募集するんだ」

東洋汽船は、島に来る船を運航している会社である。その会社が、現地社員を募集する。ヨシアキが育子にそれを話す意味は、即座に理解できた。

「給料は今の銀行の方がいいかもしれないけど、島では数少ない正社員の口でしょ。しかも、東洋汽船はそれなりに大きい会社だし。育子ちゃん、考えてみる気はない？」

「ある」

即答した。自分はこういう機会を待っていたのかもしれない、とも思った。もちろん、採用してもらえるとは限らない。落ちる可能性も少なくないが、しかし気持ちはすぐに固まった。そんな自分の反応から、本心では島に帰りたいと願っていたのだと自覚した。

ヨシアキは着々と作り上げていた人脈を通じて、募集の詳細を把握していた。入社試験は、東京で受けられるらしい。さっそく応募し、十一月に東京の本社で面接を受けた。久しぶりに緊張したが、手応えは悪くなかった。もっとも、育子以外にも島の人間が大勢応募するのだろうから、勝ち抜ける自信はまるでなかった。

数日後、結果が判明した。何がよかったのか自分ではわからないが、幸いにも採用してもらえた。その電話をもらったとき、嬉しさと同時に納得感もあった。そうか、こういう運命なのだな、と納得したのだ。

一月からの採用なので、十二月末日付で銀行を辞めた。辞表を出したときは、特に引き留められなかった。女の子はいずれ辞めるもの、という意識が未だにあるのだろう。行内の友達と別れるのは辛かったが、島に遊びに来てと誘っておいた。友達たちは皆、島の写真を見せると興味を持ってくれた。

有給休暇を使って十二月下旬を休みにし、引っ越しをした。島でヨシアキと暮らすのではなく、実家に戻るのである。父は諸手を挙げて歓迎してくれた。まさか帰ってくるとは思わなかったようだ。母は例によって冷静だったが、喜んでくれているのは伝わってきた。

「また島暮らしか」

港に降り立ったとき、呟かずにはいられなかった。人生、何が起こるかわからない。きっとこの先も楽しいのではないかと、能天気に考えた。

20

町役場が作っている神生島のホームページが変わった。色彩やコンテンツがポップになり、役所仕事臭がすっかり消えた。名所紹介では若い女の子を案内役にした写真を載せ、旅行者目線で各地を説明している。その若い女の子とは、誰あろう育子であった。

観光課の山岡に頼まれたのだった。山岡は育子やヨシアキの少し上の世代で、そろそろ三十に手が届く年格好である。役場の中では、若手と言っていい。停滞している島をなんとかしたいという気持ちはあったらしく、ヨシアキに刺激を受けて最近は活動的になっていた。ホームページ改修も島のアピールの一歩だから、ぜひ協力して欲しいと頼まれたのだった。

もちろん、それだけで目覚ましく宣伝力が上がるなどとは、誰も考えていない。他にもツイッターのアカウントを作り、さして実のないことを日々呟いていた。役所が砕けた調子で呟いていると、それだけで話題になる。フォロワーは徐々に増えていた。

ヨシアキと山岡だけでなく、島を活気づかせたいと考えている人は他にもいた。そうした人たちと二週に一度は集まり、あれこれアイディアを出し合っていた。全員がツイッターアカウントを作って、島の風景写真をアップしている。今は口コミが力を持つ時代だ。こうした地道な努力が、徐々に効いてくることを期待していた。

「お祭りってないの？」

居酒屋で集まって飲んでいるとき、ヨシアキが一同に尋ねた。ヨシアキ以外は皆、島の人間である。互いに顔を見合わせ、「あるよ」と口々に応じた。

「というより、あった、だね。噴火以来、やってないから」

「どんな祭り?」

「どんなって、まあ普通の祭りだよ。お神輿担《みこし》いで、盆踊りして。東京みたいに、屋台が出たりはしないよ」

「お神輿あるんだ? それなのに、もうお祭りはやってないの? もったいない」

ヨシアキにかかると、なんでも「もったいない」である。しかし確かに、のんびり構えていた面は多々あるのだ。

「でも、祭りを復活させたくらいじゃ、観光の売りにはならないよな」

これは山岡の言だった。他にも何人か同意する。そこでふと、閃いた。

「じゃあさ、いっそ新しいお祭りにすればいいんだよ。火山島ってことを売りにするなら、火祭りとか」

以前、スペインで行われている火祭りの様子をテレビで見たので、思いついたのだった。日本でもどこかでやっているかもしれないが、少なくとも育子は知らないから、それほどあちこちで開催されているわけではないだろう。この島でやれば、かなり特徴的なものになるはずだった。

「ああ、それはいいね。子供には花火を配って、楽しんでもらうってのはどう?」

ヨシアキが賛同してくれた。面白そうだと、皆が乗り気になる。残念ながら今年の夏にやるにはもう遅いから、来年にはぜひ開催しようということになった。

ヨシアキのスタッフブログが好評だったのか、この夏のダイビング客はここ数年のうちでは最も多かったそうだ。ほとんどの人が、海には満足してくれたという。だが、島に商業施設が何もないのを残念がる声が多かったとのことだった。せめて、昼食を摂れるところが欲しいのは確かだった。

夜に営業している店でも、今は昼の時間帯は閉めている。そうした店に働きかけ、昼も開けてくれるよう仲間たち数人で頼んだ。他にも、港前には閉店してしまったみやげ物屋もある。元の経営者にもう一度店を開いてもらうのは難しかったので、新しくみやげ物屋を誘致したかった。

「そういうことなら、社長に動いてもらおう」

この件に関しては、父が協力してくれた。父の勤め先は工務店だが、社長は他に不動産屋も経営している。先々代が、幅広くいくつもの会社を創っていたのだ。店の借り手を探すのは、不動産屋の仕事である。任せて大丈夫そうだった。

ダイビング客が増えれば、口コミで他の観光客もやってくる。連絡船の運航会社で働いているからこそ、客の増加ははっきりと感じ取れた。そのお蔭か、新規のみやげ物屋もオープンした。もちろん、噴火前の水準にすら達しない客数だが、ヨシアキたちの努力が少しずつ実っているのは確かだった。

ダイビングショップでのヨシアキの業務内容は、基本的に力仕事のようだった。船に客の器材を運び入れたり、エアタンクを積み込んだりと、なかなか重労働のようである。もちろん、海中で客のガイドはできない。ただのアルバイトであって、素人と大差はないからだ。とはいえ、がんばっていくつものライセンスを取っているようだった。

「レスキューの資格を取ったよ。これで、何かあったときはお客さんを助けられる」

「そういう資格があるんだ。それは大事だね」

ヨシアキは島が気に入っただけでなく、ダイビングを自分の一生の仕事にしようと決めたようだった。ゆくゆくは、インストラクターの資格を取りたいらしい。そうしてくれれば、育子も嬉しかった。いつまでもアルバイト生活では、困ってしまう。

「いずれは自分の店と船を持ちたいんだよね。そうなったら最高だよなぁ」

ヨシアキは遠くを見る目で、夢を語る。二十四歳にもなってアルバイトの身には、壮大な夢だ。

育子は現実的に考えざるを得なかった。

「店と船って、いくらくらいかかるのかなぁ。店は賃貸で借りるとしても、船は高いんじゃないの？」

車ではないのだから、数百万では済まないだろう。つい水を差すようなことを言ってしまったが、ヨシアキはあくまで楽天的だった。

「高いかもしれないけど、なんとかなるよ。これまでも、なんとかなってきたからさ」

「まあ、そうだね」

ヨシアキの呑気さに、苦笑した。ヨシアキはこれでいいのだ、と思えた。

年明けから着々と準備を進め、その年の夏には火祭りを開催した。広場で篝火《かがりび》を盛大に焚き、前後に松明《たいまつ》を掲げた者たちを従えた神輿が町を練り歩き、子供たちに花火を配った。初の試みだったからこの祭りを目当てに来島した人は少なかったが、動画を撮影したので、来年以降には期待できる。ネットに動画をアップすれば、この勇壮さに興味を持ってくれる人も出てくるはずだった。

「マラソン大会をやろう」

祭りが終わると、ヨシアキはそんなことを言い出した。よくまあ、次から次へとアイディアが出てくるものだと感心する。島一周の道路は風光明媚だから、マラソンはかなりいい思いつきだ。走る人にとって、楽しいマラソンコースになるのは間違いなかった。

仲間たちと相談して、プランを練った。ヨシアキはフルマラソンを誘致したかったようだが、それはとても無理なので、手製の大会を開くことにした。いきなりフルマラソンでは人も集まらないだろうから、三キロコース、五キロコース、十キロコースと三段階設定する。定員を決め、参加料を取れば、企画としては充分に成立するだろう。このことも町役場のホームページや各自のツイッターで告知したところ、思いの外に応募があり、すぐ定員に達した。

「育子ちゃんも出るでしょ」

ヨシアキは当然のように言った。まあ、企画側が傍観しているだけではわからないこともあるだろうから、渋々承知する。だが当のヨシアキは、週末は仕事があるから無理だという。なにやら梯子《はしご》を外された気分だった。

開催は十一月になったが、島はまだまだ寒くない。むしろ、マラソンにはいい頃合いだった。当日は運よく晴れ、本土から大勢の人がやってきた。去年の、閑散とした港が嘘のようだ。午後二時からスタートし、大きい事故もなく全員がゴールインして終わった。育子もこの日に備えて毎日ジョギングをしていたので、ヘロヘロになりながらも完走した。なかなかの達成感だった。

参加者は皆そのまま一泊し、翌日に観光をして帰った。育子が見る限り、島を楽しんでくれたようである。みやげ物屋はもちろんのこと、飲食店、商店、そして旅館やホテルは大いに潤った。島を盛り上げるための企画としては、大成功だった。

こうした企画は、毎年やってこそ定着する。その翌年も、火祭りとマラソン大会を開いた。祭り目当ての観光客は去年より増え、マラソン大会はあっという間に募集定員に達した。宿泊施設が受け入れられるなら、来年は定員を増やそうということになった。

火祭りも、去年に比べてスケールアップした。消火準備を整えた上で、篝火を広場だけではなく町の各所に設置したのだ。お蔭で夜には、町全体が幻想的な雰囲気に包まれた。大半の観光客は、篝火に携帯電話を向けて写真を撮っていた。

ヨシアキが島に移住して四年目に、大きな変化があった。ついに、インストラクターのライセンスを取得したのだ。ライセンスを取ったら、アルバイトではなく社員として雇用するという約束を、オーナーとしていたらしい。これで晴れて、長かったアルバイト生活も終わりだった。

「おめでとう！　ホントに嬉しいよ。いつまでもアルバイトのままなら、付き合いを考えなきゃって思ってたからね」

半ば本気、いや七割くらい本気だった。それでも付き合い続けていたのは、オーナーとの約束を知っていたからだ。ようやく腰を落ち着けてくれて、嬉しさもあるが、何より安堵した。これでヨシアキと別れずに済む、と思った。

「育子ちゃんには心配かけちゃったねぇ」

ヨシアキは口ではそう言うが、あまり悪びれていなかった。例によって、なんとかなるとしか考えていなかったのだろう。こういう人なのだから、受け入れるしかない。実際になんとかなってきたのだから、目くじらを立てても仕方なかった。

家に呼んで、家族でヨシアキの就職祝いをした。父は大いに喜んでくれ、意外なことに母も笑っていた。ヨシアキの去就に、ふたりとも気を揉んでいたのだろう。これで両親を安心させられたかなと思うと、肩の荷が下りた心地だった。

後日、ヨシアキは育子を海辺に呼び出し、「実は」と打ち明け話をした。オーナーとの約束は、さらに先があったらしいのだ。

「オーナーもそろそろ五十になるだろ。その年でインストラクターを続けてるのも、辛いんだ。肉体労働だからね。体が動かなくなる前に、誰かに店を任せたいってずっと考えてたんだって。で、ぼくさえその気があるなら、店長にならないかって言われてるんだよ」

「えっ、いい話じゃない。やったね」

オーナーとヨシアキの関係は良好である。いずれはそうならないかと期待していたが、すでに話が出ていたようだ。

「うん、まだ先のことだけどね。でも店長になったら、小さいとはいえ一国一城の主でしょ。自分がそんなふうになれるなんて、つい数年前には考えもしなかったよ」

「ホント、なんとかなるもんだねぇ」

ヨシアキの人生観を持ち出し、しみじみと述懐した。当のヨシアキは、「うん、そうなんだ」と認める。

「だからね、育子ちゃん、ぼくと結婚してくれない？」

「えっ」

唐突で、驚いた。まさかそういう展開になるとは、まるで予想していなかった。そうか、今日はそのための呼び出しだったのか。

「うん、結婚しよう」

あっさりと答えた。それ以外の答えは、持ち合わせていなかった。いまさらヨシアキ以外の誰と結婚できるだろう。運命を感じたことは、何度もあったのだ。予定していた瞬間が、今来たに過ぎなかった。

「あ、嬉しいな。まあ、断られるとは思ってなかったけどね」

ヨシアキは少し得意げに言う。育子は知り合ったばかりの頃を思い出して、訊き返した。

「テレパシーで？」

「ううん、テレパシーなんか使わなくても、わかったよ」

そうだろうなと思った。育子も、テレパシーを使わなくてもヨシアキの考えがよく理解できた。

結婚するとなると、いろいろ準備が大変だった。岐阜まで行き、初めてヨシアキの両親にも挨拶をした。息子は一生根なし草で生きていくのだろうと両親は思っていたらしく、やたら感謝された。お前のせいで息子は遠い島に行ってしまった、と恨まれるのではないかと覚悟していたので、拍子抜けしたが嬉しかった。

プロポーズから一年後に、結婚式を挙げた。この点では強く主張し、島ではなく本土の結婚式場を使った。島には結婚式場などないから、人を呼ぶなら町の公民館を借りるしかない。そんな結婚式は絶対にいやだった。

披露宴には、樋口や高校までの同級生、銀行時代や今の会社の同僚を呼んだ。清美とも久しぶりに会った。清美はとっくに結婚していて、今や二児の母である。メールでやり取りはしていたが、なかなか会う機会を作れずにいた。

「育子が島に帰るとはねぇ」

意外そうに、清美はニヤニヤしながら言った。高校の頃には、島を出たいとよく語り合っていたのだから、当然だろう。清美はあのまま、東京で就職して東京の人と結婚し、今に至る。自分がそうならなかったことは、育子自身も意外だった。

結婚式から披露宴まで、父はずっと泣きどおしだった。あまりにオイオイ泣くので恥ずかしかったが、終いには釣られて育子も泣いた。当然のことながら母はいつもどおり無表情だったので、その対比がおかしくて、泣き笑い状態になった。

その翌年、天皇が退位することが決まった。育子が生きてきた平成が、終わることになったのだ。日付上は昭和生まれとはいえ、記憶にはまったく残っていない。平成とともに生きてきたから、それが終わるのは不思議な心地がした。

「年号が変わるんだぁ。なんか、ずっとこのまま平成が続くと思ってた」

「ホントだねぇ。次はどんな年号になるんだろう」

育子たちは島でアパートを借り、暮らしている。広くはないが、不自由はない。ヨシアキの仕事場にも育子の実家にも近いから、便利な場所だった。工務店に勤めている父は、いずれお前たちの家を建ててやるからな、と張り切っている。

それから一年後に、育子は妊娠した。子供は絶対に欲しかったから、嬉しかった。だが予定日を聞いて、複雑な思いになった。四月末頃だったのだ。

「四月末ってさ、ちょうど年号が切り替わる頃じゃない？」

「そうだねぇ。年号は何になるんだろうね」

ヨシアキはあまり、育子の心配を理解していないようだった。平成生まれは、育子の悲哀を味わっていないのだ。

「私、一日違いで昭和生まれだったんだよ。もう一日遅ければ、『昭和の人』呼ばわりされなかったのにさ。もしかしたら、この子も同じ目に遭うかもよ。平成生まれになっちゃうかもしれないんだから」

「別にどっちでもいいんじゃない？」

呑気にヨシアキは言う。やはり、年号の変わり目に生まれる意味を軽視している。こうなったら、意地でも平成のうちには産むまいと決意した。

噴火からもう十年以上の月日が過ぎ去り、今やその傷跡はどこにも見られなかった。観光客は噴火前よりも増え、港には常に人がいる。いくつもの新しい商店がオープンし、元からの住人たちにも活気が出た。今や、東京にありそうなおしゃれなカフェまでできているのだ。自分たちの努力だけでこうなったとは思わないが、しかしヨシアキがこの島に来なかったらどうなっていただろうと想像することはあった。ヨシアキと出会い、この島で暮らすことが運命だったのなら、人の運命とはなんと面白いのだろうと思わざるを得なかった。

改元の一ヵ月前に、新しい年号が発表された。「令和」という響きには、馴染みのなさと同時に新鮮さを覚えた。昭和生まれの自分は、平成、令和と三つの時代を生きることになるのだ。歴史の流れの中にいることを、強く意識した。

妊娠八ヵ月目から産休を取り、出産に備えた。いくら社員になったとはいえ、ヨシアキの稼ぎだけでは心許ない。育子は出産後に仕事に復帰するつもりだった。職場も自宅も近いこの島だからこそ、子育てと仕事の両立には不安を抱いていなかった。

徐々に重くなる体を持て余し、そしてついに陣痛を感じ始めた。四月三十日のことだった。ヨシアキはなかなか頼りになり、タクシーを呼んで育子を病院まで送り届けてくれた。診察を受けてから陣痛室に入り、歯を食いしばって間欠的な痛みに堪えた。母も来てくれ、ヨシアキと交代で腰をさすってくれる。遅れて来た父は、廊下をうろうろしていた。このまま陣痛が続くならもう死ぬ、とまで思った頃に、分娩室に運ばれた。

「今、何時？」

運ばれる途中、ヨシアキに尋ねた。ヨシアキは腕時計を見て、「八時過ぎだよ」と答える。まだ八時か。日付が変わるまでには、四時間もあった。

以後のことは、あまり記憶にない。痛みで記憶も意識も飛んだようだ。ようやく意識が戻ってきたのは、「女の子ですよ」と看護師さんに声をかけられたときだった。元気な産声を上げる赤ん坊は、体を綺麗に洗われてからおくるみに包まれ、育子に渡された。

生まれたての赤ん坊は猿みたいだ、と聞くが、まったくそんなことはなかった。まん丸な顔をしていて、すでに愛らしい。小さな体で大きな口を開けて泣く子を見たとたん、かつて感じたこともなかった大きな愛情が体の奥底から突き上げ、自分はこの子を全力で愛するのだと知った。これが、子を持つということなのか。

「がんばったねぇ。お疲れさん」

始末が終わって、ヨシアキが分娩室に入ってきた。「ほら」と言って、赤ん坊を渡す。ヨシアキはおっかなびっくり受け取り、肩をがちがちに怒らせて抱いた。赤ん坊はなぜか泣き止んだ。

「今、何時？」

安堵すると、直前まで気にしていたことを思い出した。日付が変わっていなければ、この子は平成生まれになる。果たして今は平成なのか、それとも令和になったのか。

「午前二時だよ。長くかかったね」

そうか、令和生まれか。新時代の子だ。よかったね、と我が子に語りかけた。キミは令和元年生まれなんだよ。

「ああ、そうだ。その子の体のどこかに、痣があるはずだよ」

生まれたら確かめようと思っていた。ヨシアキは虚を衝かれたような顔をしてから、赤ん坊を返してくる。受け取って、おくるみを剥いだ。すぐに、左の脇腹に痣を見つけた。小さな小さな、唇の形の痣だった。

「ほら、あった。賭けは私の勝ちだね。一週間、なんでも言うことを聞いてね」

「うわー、ホントに痣があった。不思議だなぁ」

ヨシアキは目を丸くする。本当に不思議なことだ。きっとこの子が将来子供を産んでも、その子がさらに子供を産んでも、痣はあるだろう。そう考えると、悠久の時の流れの中を育子とヨシアキの血が生きていくのだと思え、深い感動が込み上げてきた。育子は赤ん坊に顔を寄せ、小さな痣にそっと口づけした。

初出
『小説新潮』二〇一九年六月号～二〇二一年一月号

装画　浅野隆広

邯鄲《かんたん》の島遥《しまはる》かなり　下《げ》

著者

貫井《ぬくい》徳郎《とくろう》

発行

2021年10月30日

発行者 佐藤隆信

発行所 株式会社新潮社

〒162-8711 東京都新宿区矢来町71

電話 編集部 03-3266-5411

読者係 03-3266-5111

https://www.shinchosha.co.jp

装幀　新潮社装幀室

印刷所

錦明印刷株式会社

製本所

加藤製本株式会社

乱丁・落丁本は、ご面倒ですが小社読者係宛お送り下さい。
送料小社負担にてお取替えいたします。
価格はカバーに表示してあります。

ISBN978-4-10-303875-7　C0093